中国都城保卫战

全新修订

纪红建 / 著

中国书籍出版社
China Book Press

图书在版编目（CIP）数据

中国都城保卫战 / 纪红建著 . -- 北京 : 中国书籍出版社, 2022.4

ISBN 978-7-5068-8938-4

Ⅰ . ①中… Ⅱ . ①纪… Ⅲ . ①纪实文学－中国－当代 Ⅳ . ① I25

中国版本图书馆 CIP 数据核字（2022）第 034830 号

中国都城保卫战

纪红建 著

图书策划	尹 浩　魏润滋
责任编辑	尹 浩
插　　图	胡小珍
责任印制	孙马飞　马 芝
装帧设计	闽江文化
出版发行	中国书籍出版社
地　　址	北京市丰台区三路居路 97 号（邮编：100073）
电　　话	（010）52257143（总编室）（010）52257140（发行部）
电子邮箱	eo@chinabp.com.cn
经　　销	全国新华书店
印　　刷	三河市顺兴印务有限公司
开　　本	889 毫米 ×1194 毫米 1/32
字　　数	440 千字
印　　张	17.375
版　　次	2022 年 4 月第 1 版　2022 年 4 月第 1 次印刷
书　　号	ISBN 978-7-5068-8938-4
定　　价	68.00 元

版权所有　翻印必究

前言

说到都城，绝大多数人首先想到的是它的辉煌与神圣，而忽视了渗透在那片土地上的争夺者的鲜血。其实，对于都城，辉煌、神圣与尸体、鲜血同在。

中国历史上统一政权或地方政权的首都，又称都、都城、国都、京城、皇城。都城既是某一王朝的政治中心，也往往是其经济和文化中心，它的设置应该比较稳定和极具代表性。因而探讨国家历史，往往是从都城开始的。中国古代都城的历史便是整个中国历史的缩影。从历史文献记载，中国古代自夏代以来有217座都城。在这些都城中，西安、北京、洛阳等古都又具有特别重要的地位，成为中国历史的焦点。

都城城堡是中国古代都邑周围构筑的有门的防御性墙垣，是永备筑城的基本形式，是战略要地防御的重要依托。由于军事防御的需要，城堡多建在地势险要、易守难攻的地方，或负山面水，或夹河而建，讲究山川形胜。同时，又必须兼顾经济和交通。只有这样，才能达到国家的长治久安。当然，都城的选定也会对整个国家政治、军事、经济的发展产生一定的影响。

在中国历史上，许多政权在自身发展中经历了都城位置的逐步转移，并呈现出先以东西向迁移为主，后以南北向交替的位置变换。都城东渐是古都发展史上的一个重要特点。这一特点是由古代政治、经济、军事及民族等因素的矛盾运动引起的，同时也深含着地理的、历史的诱因。同时，中国都城的发展也是由简单到复杂，由不完善到逐渐完善的。

早在氏族制度的兴盛时期，原始村落的周围往往有壕沟环绕，这便是早期的军事防御设施。夏朝是中国早期国家形成的标志，也是中国都城出现的开端。传说中的夏都大部分分布在豫西颍河上游、伊洛盆地，豫北和晋南汾河下游、涑水地区，迁移不定。商成汤在亳（今山东曹县东南）建都之前，商朝都城已有过8次迁移，而在建都城于亳后又经历了6次迁移。盘庚迁殷之后，在200多年里，商都没有再迁移，直至晚商帝乙移处离宫朝歌（今河南淇县）。西周的都城也经历了数次迁移，从黄土高原一步步移到渭河谷地，最终迁都于丰（今陕西西安西南）。周武王继位，以丰京地狭为由，迁都于沣河东岸的镐（今西安市斗门街道），只留宗庙在丰京，通称丰镐。东周列国时期，铁器的使用带来农业、手工业生产的发展，商业的分离以及人口繁聚，从而促进城市的兴起。此时周王室势力日益衰微，诸侯争霸，列国纷纷筑城设防，营造都城，形成一批大大小小诸侯国君居处的列国都城。自秦始皇建立统一的专制主义中央集权国家，直至12世纪初赵宋政权南渡的1300多年间，统一政权和统治中国北方较大地区的政权，都是以长安、洛阳、开封或安阳作为都城；建康（今南京）只在南北分治对立时期作为中国南方政权的都城；而十六国和五代十国割据政权的都城存在的相对时间均不长。这一时期国都的迁移，主要是在中原地区的长安、洛阳、开封、安阳间做东西轴向的摆动。公元12世纪，金兵南下，开封失守，赵宋政权仓皇南迁，后正式以临安府为南宋都城。同时，金海陵王从上京会宁府（今黑龙江阿城南白城子）迁都原辽南京析津府所在地燕京（今北京），定名中都大兴府。从此时开始，有着数千年建城史，也一直是中国北方重镇的北京开始了它的国都历史，元、明、清、北洋时期，直到今日，它一直是全国的政治和文化中心。

在人类历史上，战争作为流血的政治是随着私有制和阶级的产生而出现的。在氏族社会，存在着血亲复仇或争夺生存发展空间的流血冲突，这是原始的战争。而自从有帝王以来，便有了宫廷，有了守卫王宫及护卫君主的专职人员。于是，劳役、监禁、杀戮噩梦般地缠绕着人们，直接或间接围绕保卫都城的战争便产生了，而历朝历代的统治者要保住自己的统治地位，很大程度上都是以都城是否存在而作为标志的，都城失陷可能国亡，都城在而国在。为了保卫都城的安全，统治者倾全力部署精锐的御林军保卫都城。正因为如此，为争夺最高权力，历朝历代围绕都城展开的战争变得相当激烈,没有一次血的政变、朝代的更替不是与都城紧紧相连的。刀光剑影，往往是胜利者踏着失败者的尸体昂然登上至尊宝座，人民的命运被牢牢地捆绑在统治者争权夺利的战车上。鲜血汇成了洪流……

目 录

第一章　中国最古老的都城防御与战争 / 001
　　一、从原始村落到简单的城堡防御设施 / 002
　　二、华夏战争之鼻祖 / 004

第二章　夏城堡防御与保卫战 / 009
　　一、夏城堡防御设施 / 011
　　二、夏城堡保卫战 / 013

第三章　商都城防御与保卫战 / 019
　　一、商都城防御设施 / 020
　　二、商都城保卫战 / 021

第四章　西周都城防御与保卫战 / 025
　　一、西周都城防御体系 / 026
　　二、西周禁卫军 / 029
　　三、西周都城保卫战 / 030

第五章　春秋列国都城防御与保卫战 / 033
　　一、主要列国都城防御体系 / 035
　　二、主要列国禁卫军 / 040

三、主要列国都城保卫战 / 041

第六章　战国时期列国都城防御与保卫战 / 061

一、主要列国都城防御体系 / 062

二、主要列国禁卫军 / 064

三、主要列国都城保卫战 / 064

第七章　秦朝皇城咸阳防御与保卫战 / 071

一、秦朝咸阳城池防御体系 / 072

二、秦朝禁卫军 / 074

三、秦朝咸阳保卫战 / 075

第八章　西汉皇城长安防御与保卫战 / 081

一、西汉长安城池防御体系 / 082

二、西汉长安禁卫军 / 085

三、西汉长安保卫战 / 087

第九章　东汉皇城雒阳防御与保卫战 / 099

一、东汉雒阳城池防御体系 / 100

二、东汉雒阳禁卫军 / 102

三、东汉雒阳保卫战 / 103

第十章　三国时期各国都城防御与保卫战 / 105

一、三国都城城池防御体系 / 106

二、三国都城禁卫军 / 108

三、三国都城保卫战 / 109

第十一章　两晋时期都城防御与保卫战 / 123

一、西晋洛阳与东晋建康城池防御体系 / 124

二、两晋禁卫军 / 125

三、西晋洛阳与东晋建康保卫战 / 127

第十二章　十六国重要政权都城防御与保卫战 / 147

一、十六国重要政权都城防御体系 / 149

二、十六国重要政权禁卫军 / 152

三、十六国重要政权都城保卫战 / 152

第十三章　南朝都城建康防御与保卫战 / 167

一、南朝建康防御体系 / 168

二、南朝各代禁卫军 / 169

三、南朝建康保卫战 / 170

第十四章　北朝各都城防御与保卫战 / 181

一、北朝各都城防御体系 / 182

二、北朝各代禁卫军 / 185

三、北朝各代都城保卫战 / 187

第十五章　隋代皇城防御与保卫战 / 193

一、隋代皇城防御体系 / 194

二、隋代两都禁卫军 / 197

三、隋代皇城保卫战 / 198

第十六章　唐代皇城长安防御与保卫战 / 217

一、唐代长安城池防御体系 / 218

二、唐代长安禁卫军 / 220

三、唐代长安保卫战 / 222

第十七章　五代十国时期诸国都城防御与保卫战 / 235

一、五代十国时期重要都城防御体系 / 237

二、五代十国时期的中央禁军 / 238

三、五代十国时期诸国都城保卫战 / 239

第十八章　北宋皇城东京城池防御与保卫战 / 259

一、北宋东京城池防御体系 / 260

二、北宋东京禁卫军 / 262

三、北宋东京保卫战 / 264

第十九章　辽代皇城防御与保卫战 / 269

一、辽代上京和南京城池防御体系 / 271

二、辽代皇城禁卫军 / 273

三、辽代皇城保卫战 / 274

第二十章　西夏皇城中兴府防御与保卫战 / 295

一、西夏中兴府城池防御体系 / 296

二、西夏中兴府禁卫军 / 297

三、西夏中兴府保卫战 / 298

第二十一章　南宋皇城临安府防御与保卫战 / 305

一、南宋临安府城池防御体系 / 306

二、南宋临安府禁卫军 / 308

三、南宋临安府保卫战 / 308

第二十二章　金代皇城防御与保卫战 / 319

一、金代皇城防御体系 / 320

二、金中都禁卫军 / 326

三、金中都保卫战 / 326

第二十三章　元代皇城大都防御与保卫战 / 337

一、元代大都城池防御体系 / 339

二、元代大都中央禁军 / 344

三、元代大都保卫战 / 345

第二十四章　明代京师防御与保卫战 / 369

一、明代京师城池防御体系 / 370

二、明代京师禁卫军 / 388

三、明代京师保卫战 / 391

第二十五章　清代京师北京防御与保卫战 / 443

一、清代北京城池防御体系 / 444

二、清代北京禁卫军及其防卫部署 / 447

三、清代北京保卫战 / 451

第二十六章　北洋政府时期北京防御与保卫战 / 491

一、北洋政府时期北京城池防御体系 / 492

二、北洋政府主要警卫部队 / 494

三、北洋政府时期北京保卫战 / 495

参考文献 / 539

中国都城保卫战

第一章 中国最古老的都城防御与战争

远古传说时期，似乎离我们现代人已经遥不可及，但实际上我们与那个时代的人们始终串在"战争"这一根主线上，因为战争几乎贯穿着人类的整个发展历程。当时，不同氏族部落的人们为了给血亲复仇而发生了流血冲突，这种冲突随着人口密度的增大、争夺生存空间的事件增多而开始频繁起来。虽然那时人们群居的地方还不能称之为都城，更不能称之为皇城，但作为群体的居住地，为了保证一个个部族的安全与生存发展，部落与部落之间已经有了壕沟和城墙等军事防御设施。渐渐地，我们的祖先由开始的流血冲突发展到了大规模的残酷战争。阪泉之战与涿鹿之战就是中华文明有史记载的最早战争，它们不仅开创了中国战争史之先河，也显现了那个时期都城防御的原始性与初创性。

一、从原始村落到简单的城堡防御设施

这是很早的事了，早到氏族制度的兴盛时期。虽然那时我们的祖先还过着相当原始的生活，但为了各自部落的利益，原

始村落的周围往往有壕沟环绕，这就是早期的军事防御设施。虽然岁月的侵蚀已经让几千年前的历史变得模糊不清，但通过当年留下的聚落遗址，似乎可以看到这里戒备森严，我们的祖先拿着简易的武器在展开一场场厮杀。

西安半坡聚落遗址，成不规则圆形，居住区分为两片，分属两个群团或经济共同体，其间以沟道为界，居住区外围绕一条大防卫沟，沟外为氏族墓地，还有烧陶器的窑场。

陕西临潼姜寨史前聚落，平面呈椭圆形，一侧临河，其余部位有围沟环绕，规模较小，但内侧很可能有木桩和树枝编成的栅栏或围墙，因为考古专家发现有一些炭化木柱倒在沟中。围沟内侧每隔一段距离有一座哨所，残存的三座分别在东南寨门、东北寨门正中，以及正北凸形围沟的内侧，可以瞭望到东、西、北三个方向。东部的两个寨门外是墓地，不是主要通道，正门应在西南，靠近临河的一面，既方便生产生活，也比较安全。毫无疑问，这些周密的安排反映了人们对防卫的重视。这一时期所有的防御设施都是聚落中的人们共同营建的，所保护的也是整个聚落被血缘纽带联接在一起的所有成员。

进入远古英雄时代以后，随着战争的增多和武器的进步，部落与部落之间的防御设施日益加强，开始出现了设防的城堡，而且随着时间的推移，城堡日益普遍于两大河流域及内蒙古长城地带。这些城堡便是都城的前身，这些城堡大大小小有一定的等级差别，与一般的中小型聚落更形成鲜明的对照，反映出社会出现的大金字塔式多层结构。逐渐地，受城堡保护的不再是参与修建的全体成员，而是大大小小金字塔顶端的人物及其血缘亲属家族成员和有关服务设施。

位于湖北天门石家河镇北1千米的石家河古城，是一片南北走向的岗地。城垣依地势而建，东、西城垣沿两条岗的外侧修筑，南、北城垣均有宽达数百米的缺口，正对岗间的低冲，以便暴雨时节过山洪和平时的排水，缺口部分用陷阱、木栏等传统方式进行防御。城垣近方形，边长各1000米上下，面积100万平方米，是迄今为止湖北发现面积最大、筑造较为原始的城垣。

而始建年代稍晚的城头山古城则显示了防御设施的重大进步。它始建于屈家岭文化时代，兴盛于石家河文化时代，存在年代为公元前2700年—前2000年。古城位于湖南澧县县城西北车溪乡，平面呈圆形，内坡平缓，外坡陡直。这不仅使高高的城垣能稳固矗立，而且有利于城内人员登垣守城。陡直的城垣外坡不仅使敌人难于攀登，而且城外还有宽而深的护城河，是由人工河道与自然河道结合而成的，加之东、西、南、北四面都有城门，两两相对，城内地面高于城外，中心点又高于四门，城内积水可以通过四门排入护城河。

二、华夏战争之鼻祖

阪泉之战

阪泉之战是目前公认的中国历史上最早的战争，是当之无愧的"华夏第一战"。因为这是目前中华文明浩瀚历史长河中有史可查的第一场战争，相关内容曾见载于春秋时的史籍中。

约公元前26世纪，也就是相传的黄帝时期，在黄帝征服中原各族之战中，黄帝与炎帝两部落联盟在阪泉（今北京延庆区境内；有史学家认为在今天的河北涿鹿东南，也有史学家认为在今天山西的运城市州镇）的这次交战，是华夏集团内部两个同源共祖的远缘亲属部落间的一场争雄战争。

神农氏之后，中原出现两大部落联盟。两大部落的首领分别是炎帝和黄帝，据说他们都是少典氏的后裔。炎帝出生和成长在姜水（渭水支流，今陕西岐山东），以姜为姓。其族沿黄河流域向东发展进入中原，成为黄河中游地区的强大部落联盟。黄帝出生和成长在姬水（即岐水，今陕西境），以姬为姓。此族东进中原后，居于轩辕之丘（今河南新郑西北），称之为轩辕氏（又称缙云氏、帝鸿氏、有熊氏）。此族形成包括姬姓12部落的部落联盟。

此时的中华大地已是战事频繁。黄帝经常进攻附近不肯归附的部落，势力不断扩大；炎帝也不甘示弱，一直不断扩大自己的势力。一山岂能容二虎，黄帝与炎帝两大联盟不可避免地爆发了冲突。黄帝率领以熊、罴、虎、貔、鹰等为图腾的各部落，在华北大地这个叫阪泉的地方与炎帝各部落交战。于是，我国远古时代有史可查的第一次大规模的战争——阪泉之战，就这样爆发了。

战斗异常激烈，双方投入军队都有万人之多。顿时叫喊声、厮杀声不绝于耳，阪泉之地血流成河。阪泉之战共经历三次战斗，最终黄帝部落联盟获胜，并初步建立了黄帝对中原地区的领导地位，也拉开了英雄时代的帷幕。

涿鹿之战

涿鹿之战是古史传说中黄帝与蚩尤在涿鹿之野（今太行山

与泰山之间的广阔原野）的作战，也是父系氏族社会后期的大规模部落战争。虽然兵器简单、战阵原始，但与当今的现代化战争相比，它仍不失艰苦激烈，这也是中华民族一场历史性的战争。

传说距今约4600年前，发祥于今陕西的黄帝姬姓部落和炎帝姜姓部落因发展壮大而向东迁徙。黄帝部落渡过黄河到达今河北北部，炎帝部落沿渭河、黄河进至河北中部。同时，发祥于今河北、山东、河南三省相邻地区的蚩尤九黎部落正向西发展，为争夺适于放牧和浅耕的中原地带，与炎、黄两大部落发生冲突。蚩尤族善于制作兵器，其铜制兵器精良坚利，且部众勇猛剽悍，生性善战，擅长角牴，进入华北地区后，首先与炎帝族发生了正面冲突。蚩尤族联合巨人夸父部族和三苗一部，用武力击败了炎帝族，并进而占据了炎帝族居住的"九隅"，即"九州"。

形势非常紧迫。为了生存，炎帝族不得不向同一个集团的黄帝族求援。黄帝族为了维护华夏集团的整体利益，便答应了炎帝族的请求，将势力推向东方。这样，便同正乘势向西北推进的蚩尤族在涿鹿地区遭遇了。当时蚩尤族集结了所属的72个支族（也有人认为是81个），在力量上占据优势，所以双方接触后，蚩尤族便倚仗人多势众、武器优良等条件，主动向黄帝族发起攻击。而黄帝族则率领以熊、罴、狼、豹、雕、龙、鹗等为图腾的氏族，迎战蚩尤族，并利用位处上游的条件，在河流上筑土坝蓄水，以阻挡蚩尤族的进攻。

战争爆发后，刚好碰上浓雾和大风暴雨天气，这很适合来自东方多雨环境的蚩尤族展开军事行动。所以在初战阶段，适合于晴天环境作战的黄帝族处境并不有利，九战九败（九是虚数，形容次数之多）。然而没多久，雨季过去，天气放晴，这就给黄帝族转败为胜提供了重要契机。黄帝族把握战机，在玄女族的支援下，乘势向蚩尤族发动反击。他们利用特殊有利的天候——狂风大作，尘沙漫天，吹号角，击鼙鼓，乘蚩尤族部众迷乱、震慑之际，以指南车指示方向，驱众向蚩尤族进攻，终于一举击败敌人，并在冀州之野擒杀其首领蚩尤。

涿鹿之战就这样以黄帝族的胜利而宣告结束。涿鹿之战的结果，有力地奠定了华夏集团据有广大中原地区的基础，并起到了进一步融合各氏族部落的作用。战争的胜利者黄帝部落与东方夷人部落融合，并向南发展，与炎帝、共工及黄河流域的众多氏族部落融合，逐渐形成以黄、炎部落为核心的华夏族。传说中的黄帝、炎帝，则被后人尊崇为华夏族的祖先。

中国都城保卫战

第二章
夏城堡防御与保卫战

公元前 21 世纪，黄河中游一个强大的部落联合体首领禹死后，他的儿子启用暴力的手段夺取了首领的职位，公开抛弃了残存的氏族制度外壳，建立了奴隶制的夏王朝。之后，又经太康、仲康、相、少康四世，约近百年的时间，多次运用战争手段，才确立夏后氏的统治。同时夏朝的交通工具开始有了很大发展，并且有了专司车辆制造的"车正"。交通的发展反映和促进了夏朝的商业发展，增进了各地政治、经济、文化的联系，同时也为城堡防御提供了保障，有利于统治者加强统治。传说中的夏都有：阳城（今河南登封东南）、平阳（今山西临汾西南）、安邑（今山西夏县东北）、斟鄩（今河南巩义西南）、帝丘（今河南濮阳西南）、原（今河南济源西北）、老丘（今河南开封东北）、西河（今河南汤阴东北）等地。夏是我国历史上最早的一个王朝，由于年代的久远和文献的缺乏，这两个朝代的禁卫制度和禁卫军名称我们已无法知悉。但夏时期，社会阶级矛盾激化，而且统治阶级内部的权力之争也相当激烈，发生了一系列残酷而激烈的战争，在这些战争中有相当一部分是围绕着都城发生的。在都城战事中，禁卫军自然担任着战争的主角，起到举足轻重的作用。为了保卫都城的安全，夏王朝统治者也加强了城池防御设施的建设。

一、夏城堡防御设施

与远古传说时期相比，夏时期的城堡防御设施已经有了突飞猛进的发展。特别是随着武器的改进，个体的防护装备也日益发展，而作为群体防护的城堡更多，也更坚固了。此时，既有新建的城堡，也有的是将始建于英雄时代的城堡进行加固，继续使用。英雄时代的中心聚落主要靠高耸的城墙和深陷的壕沟来保护，而夏代的政治中心更是增加了对宫殿建筑群的安全防卫，这也是中华文明发展进步的重要体现。

河南偃师二里头的1号宫殿，是夏代城堡遗址之一。这个基址长、宽各约100米，正殿在基址的中部偏北，坐落在3米多厚的长方形基座上。基址四周环绕一周廊庑式建筑，拱卫着中部正殿，南面廊庑的中部偏东有一宽敞的大门，里面三条通道；通道之间和两侧都建有一个小室，共4间，这是守卫武士的门卫房。廊庑东北角开设两道小门，是专供宫室内部通行的门道。在正殿前面是广庭，面积不小于5000平方米，可以同时聚集万人之多，这也是统治者发布政令的场所。像这样在一座夯土基址上修建的，由正殿、庭院、廊庑、门道组成的封闭式大型宫殿建筑，布局紧凑、严密，构成一个庞大的整体，仅从军事防御的角度来看，是前所未有的，这也是夏代与远古传说时期城堡防御设施相比有了突飞猛进的重要标志。

更让人惊叹的是，夏代作为群体防御的军事设施还因地制宜有着多种形式。山西夏县东下冯遗址与河南偃师二里头遗址是同属于二里头文化的两个不同地域类型,存在年代大体相当。在二里头遗址大型宫殿存在的同时,东下冯的夏民在聚落周围也修建了"回"字形沟壕做为防卫系统。东下冯在今天的运城盆地东缘,涑水支流青龙河上游南北两岸的台地上,总面积25万平方米。它东傍中条山,西北临鸣条冈。河北岸地势开阔,是遗址的边缘地区,南岸是一片西南低、东北高的缓坡,遗址的中心及"回"字形沟壕就在这片中条山与青龙河之间的坡地上。沟壕分内外两圈,方形圆角,平面呈"回"字形,内外沟四边间距略有不同。在"回"字形沟壕围护的近1.8万平方米范围内,有密集的居住遗迹,包括窑洞式的房子、储藏室、水井、陶窑、坟墓等。从中不难看出,沟壕原来是作为聚落的双层防护设施而修建的,意图是将入侵之敌挡在沟外。但是从外沟外沿到内沟内沿最大距离不过20米,在以弓矢为主要武器,而且在不断发展改进的时代,这种防护沟的作用显然是有限的。

　　这种军事防御方式使用一段时间后,夏代的统治者和军事谋臣们不得不改变防御设想,将人工修建的屏障与人力守卫结合起来,也就是用土、夯土、砾石将外沟回填一部分,成为深处可达二至三米,浅处约一人深的"战壕",并且在壕沟内壁构筑守卫者的住室、储藏室,以便日夜巡逻、防守。各地段深浅不一的壕沟不仅方便守卫者发现和阻击进犯之敌,还可以及时隐蔽自己,这样就比较单纯地利用壕沟大大增强了防御能力。当时,与壕沟配合使用的防御武器主要是弓矢。

二、夏城堡保卫战

武观之乱

这是围绕领袖职位而发生的一场争夺战。

在夏代益和启的时代,原有的传统习俗已渐渐被新的价值观念取代。特别是在禹死后,启立即发动了对法定继承人的争夺,斗争异常激烈,并且几经波折。发动"叛乱"的启自然遭到益的有力反击,并且一度处于劣势,甚至被抓起来拘禁了。然而,由于启有禹打下的基础,根基更深、实力更强,并且在拥护者的支持下,夏后氏及其拥护者联合起来对益发动战争,城堡被击溃,启将益杀害,夺得了领袖的权位。

启用暴力手段结束"禅让制"后,他的儿子们又发生了争夺继承权的骨肉相残的武观之乱。武观之乱发生时,已经是启的晚年岁月了。此时,启的儿子们看到父亲已老,都想继承父亲的领袖权位。为此,启的儿子们不惜采用各种手段来争位。在争立之中,季子武观被放逐西河,也就是今天的晋南河汾之间。但武观哪肯就此罢休,被放逐西河后,他仍旧为自己叛乱夺权酝酿和准备着。让启没想到的是,当年自己暴力"禅让"夺得领袖权位的手段竟然被自己的儿子学到了。后来,当继任问题进一步提到日程上时,武观发动叛乱,效法启用暴力夺取继承权。

这场权力之争危及城堡和权位,几乎瓦解了夏王朝的统治,幸亏随后有彭伯寿率师出征西河,才平定了武观的叛乱。

寒浞夺权之战

在夏代初期发生了一场重大的权力之争,也就是寒浞夺权之战。

夏代初期的时候,有穷部落部族又出了一名擅长射箭的首领,仍袭用羿的英名,历史上叫后羿,又称夷羿。擅长于射箭的后羿带领族人从鉏(今河南滑县东十五里)迁至穷石(今洛阳市南),并伺机夺取了夏后氏太康的统治权。但当他夺得统治权后,却也和太康一样不管民事、不问政事,倚仗自己善射的本事而整天在田地里打猎游玩,并稀里糊涂地弃用贤臣武罗、伯因等人,而任用了爱挑拨离间、花言巧语的寒浞。寒浞本来是寒国君主伯明的子弟,因有挑拨离间、花言巧语的恶行而被驱逐。后羿不仅收留了他,还信任他并加以重用。于是,后羿为后来自己的惨遭蒸煮埋下了伏笔。

得此机会,寒浞一方面对内讨好后羿,对外大肆贿赂、愚弄老百姓,收罗、培植自己的势力;一方面想尽一切办法让后羿如痴如醉地在田地里打猎游玩、远离政事,以便自己伺机谋反。

不久后,寒浞见时机成熟,便与后羿之妻共同谋划,于后羿在田地里打猎游玩快要回来的时候,策动王家卫队将后羿杀害,并放在汤镬里进行蒸煮。自然,后羿的孩子们也难逃一死,都被杀死在有穷城堡里。从此寒浞夺取了夏朝政权,他的两个儿子也勇武善战,加紧了对夏后氏势力的追剿。

成汤灭夏之战

夏是一个统治长达400多年的中原王朝,虽然日益腐朽没落,但毕竟"瘦死的骆驼比马大",到最后还有一定的威慑力。而在当时,商还是一个新兴的小国,这对于夏来说,无疑是个小儿科。但成汤为了不断壮大自己、扩大地盘,很机智地采取了争取民心的策略。

成汤在攻打并消灭夏的附属国韦、顾、昆吾以后,便积极准备与夏桀决一死战。在决战前,成汤主要做了三件准备工作:

在景亳举行盟会;

规划郑亳,将政治中心西迁,逼近夏王朝腹心地区;

停止贡纳,观察动向,为军事进攻奠定基础。

景亳会盟发生在攻打韦的前夕。当时出征已进行大半,想除去夏的诸侯已经团结起来,并形成了一定的气候,很多原来臣服于夏桀的诸侯已转向支持成汤。

为了进一步组织和动员反对夏桀的政治力量,成汤利用出现的气象异常,宣扬说这是上天的警示,上天用灾异表达对夏桀严厉的警告,而且在镰宫授天命于汤,说去诛杀夏桀吧,必获得大胜。其实,成汤这样做是为了展示自己以德治民,争取诸侯的支持,进而通告四方,标榜自己受天命才敢攻打夏,使诸侯不敢不支持他,从而巩固和壮大了反对夏桀的政治联盟。完成一切军事部署后,成汤就准备出兵攻打夏桀了。

就在这时,伊尹提议:停止对夏桀的贡纳,观察他的反应。果不其然,夏桀看到商没有贡纳,十分生气,便召集九夷之师来攻打成汤。伊尹看到夏桀还有九夷之师听从他的命令,从而证实他气势还盛,认为攻打夏桀的时机还不成熟。伊尹建议成汤:谢罪请服,恢复并进朝贡纳。成汤采取了伊尹的建议。

第二年,成汤继续采用这种办法来试探夏桀。成汤没有贡纳,夏桀又发怒了,再次召集九夷之师。然而,夏桀怎么也没想到,自己无视亲缘关系而消灭友邻,导致夷夏关系的最终破裂,而使自己进一步陷入孤立。九夷之师不听他使唤了!这标志着夏王朝失去了一支强有力的同盟军!

而此时,夏王朝内部矛盾也日益尖锐。夏桀暴政,而且贪得无厌,任用谀臣,残害贤良,致使大多数有识之士、正义之士都萌生了叛离之意,只不过是在高压下不敢有所表示而已。可笑的是,在这种情况之下,夏桀还愈加感到自己了不起,以为自己统治有方,矜过饰非,进一步激化了矛盾。夏太史令终古利用天象警示进行劝谏,而夏桀的暴政反而越来越厉害。看到毫无希望,终古只得弃夏奔商。这一举措在信奉天命鬼神的时代,无疑产生了巨大的政治影响。成汤也抓住了这一契机,进一步大造舆论,削弱夏的势力。

成汤意识到,攻打夏桀的时机真正成熟了。但为了清楚地掌握敌人的动态,成汤派伊尹潜入夏王朝内部。商朝为了使夏桀不怀疑伊尹,放出风声说伊尹有罪,成汤要亲自将他杀射。于是,夏桀相信了伊尹。

三年后,伊尹返回成汤所在的都亳,向成汤报告敌情:夏桀宠信妹嬉、琬、琰,而不体恤百姓,民众不堪压榨,积怨很深。这种夏王朝统治气数已尽的社会舆论充分反映了民心的向背,因此成汤与伊尹联盟宣誓:必灭夏桀。紧接着,伊尹二次赶赴夏王朝,想方设法接近结交因琬、琰得宠而受冷遇的妹嬉。伊尹很快获得了成功,并从妹嬉那里得知:夏桀曾梦见西方有个太阳,东方也有个太阳,两个太阳相斗,西方太阳取得了胜利,东方太阳以失败告终。伊尹派人将这一情况报告给了成汤。由于夏桀曾把自己比作太阳,甚至认为太阳亡则自己亡,据此,成汤认为这是自己发兵的绝好机会,从而不顾国内正面临旱灾的不利因素,毅然下令发兵攻打夏桀。

成汤攻打夏桀进军时，采取了战略迂回的策略。当时夏桀在斟鄩，成汤以郑亳作为攻打夏桀的基地，在其东边。如果从东方西进直取斟鄩，需要经过荥阳汜水西关（即虎牢关）进入伊洛平原。而这里自古是兵家必争之地，并且还在夏桀的直接控制下，作为扼守伊洛平原的通道，必设重兵把守。所以，成汤先攻灭了昆吾，占据今新郑一带，打开了入夏门户，并命令部队从东方出于国，从西边进攻。而此时，夏桀还陶醉在西方太阳胜、东方太阳不胜的梦境中，甚至有恃无恐而未做任何准备。

当成汤的军队出其不意突然出现在斟鄩西南时，首先在心理上给夏桀以致命的一击，没有任何准备的夏桀只得仓皇出逃。夏桀逃到晋西南，在有严密军事防御设施的安邑（今山西夏县东北）立足。在这里，他重整军队，准备与成汤激战一场，挽回败局。战前，成汤发表了誓师词，申明所以要民众放下正进行的农业生产讨伐夏桀，是为了执行上天的命令。成汤还列举了讨伐和推翻的理由，其实也是夏桀的种种罪行：用沉重的劳役和残酷的剥削欺压人民，以致臣民们都愿意和夏桀同归于尽……最后，成汤还告诫所有出征的将士：你们要好好辅佐我出征灭夏，我会大大地赏赐你们，决不食言。若有谁不听军令，将会被降为奴隶或处死，决不宽恕。

于是，成汤率领浩浩荡荡的大军直逼夏都安邑的郊区，在鸣条与夏桀的部队相遇，摆出鸟散云合、变化无穷的鸟云之阵。几场激战下来，大败夏桀，成汤还擒获了夏桀手下的得力干将推哆与大戏。鸣条决战的结局是夏桀败走南巢，最后死于山中，夏朝宣布灭亡。成汤进一步征伐尚未降服的夏的附属国，巩固胜利，扩大战果。最后，成汤建立了商王朝，取代了夏王朝。

第三章 商都城防御与保卫战

公元前 16 世纪商成汤成功将夏灭亡，并建都城于亳（今山东曹县东南）。其实，在此之前，商朝都城已有过 8 次迁徙，而在建都城于亳后又经历了 6 次迁都。这 6 次迁都分别为：嚣（今河南荥阳东北）、相（今河南内黄东南）、邢（今河南温县东北）、庇（今山东郓城）、奄（今山东曲阜）、殷（今河南安阳）。盘庚将都城迁到殷之后，就再也没有迁都，直至晚商帝乙移处离宫朝歌（今河南淇县）。为了保卫都城的安全，商王朝统治者同样加强了城池防御设施的建设，并部署了大量的禁卫军。

一、商都城防御设施

到商朝时，都城修建和不断完善城防设施就成了比较普遍的现象。此时，筑城技术也达到了一定的水平，并明显是从军事的角度出发，具有浓郁的军事特色，军事重地都高筑城垣。不过，到了商代晚期，都城却没有城垣。

商代前期的都城亳，由于是成汤消灭夏的基地，并处于接近夏王朝统治中心的地区，自然有高大坚固的城垣。城墙底宽而高，是用版筑法分层分段夯筑的。当时的建造者为了加固城墙，除平夯外，墙体内外还各增加了一层倾斜的夯土。城内分布着宫殿区、一般贵族与平民居住区等。

商代后期的都城殷墟，与亳形成了较为鲜明的对比。宫殿区只有一个围沟，北端达洹水南岸，东端与洹水两岸相接。这里处于商王朝的中心地区，商代晚期也已有一套比较完备的王宫、王都守卫和封疆警卫制度。不过，这里却也没有城垣。

二、商都城保卫战

武王灭商之战

武王灭商之战是我国早期历史上朝代更替过程中最大的战役之一，也是上古时期以少胜多的突出战例。

商朝晚期，正当商王朝军队陷入旷日持久的攻打东夷战争的泥潭时，周占领了崤函险道，又把军队驻扎在伊洛地区，并经常派侦察兵到商都城探听王朝内部的变化情况。

在周内部，周武王朝已经调整好权力机构，组成了强劲有力的领导集团，并积极与边远国通好，共建反商联盟。武王为了检验联盟的牢固程度和军事力量，在即位的第二年就通报各诸侯，一同攻打商。接到这个召唤后，各诸侯纷纷赶来，强烈要求立即出兵攻打商朝。不过，武王没有正式攻打商，而是开展了一场检验各诸侯兵力的大型军事演习，即我们常说的武王盟津观兵。武王之所以没有攻打商，一方面是他认为诸侯之间并不齐心，另一方面是他认为商纣王还没有到众叛亲离的地步，朝廷内还有一部分忠于商王朝的大臣在力图挽救危亡。

距武王盟津观兵不到两年,商周之间的政治形势就发生了急剧的变化。此时,商王朝统治集团内部矛盾加剧了,那些力图挽救危亡的大臣们也不得不投奔周王朝。商王朝统治集团力量削弱了,而周把商朝的大贵族都吸引过来了,不仅让从商朝来到周的贵族在朝当官,还封给他们土地,很好地笼络了人心。这样的举措,加速了商王朝统治集团的瓦解,为武王攻打商创造了有利时机。也就在此时,各诸侯国纷纷响应武王的号召,赶往盟津会师。

古人的出征打仗也很有讲究,为提高士气和战斗力,必须进行演习和动员宣誓。在出征地点,武王组织军队进行了战阵演习和誓师仪式,然后与盟军会师。盟军渡河后,各诸侯国君都急切地要求抓住战机,将商朝击溃。于是武王因势利导,不失时机地发布誓师令,列举了商纣王的种种罪行,宣言他要执行上天的意旨惩罚商纣王,勉励将士一定要杀到暴君的老巢去。武王的战前动员极大地鼓舞了全军士气,盟军勇往直前,以超常的速度向前开进。

在出发的第六天,盟军便来到了商郊的牧野。来到牧野第二天黎明时分,武王率领周军的各级武官和庸、蜀等各诸侯国首领,在盟军阵前举行誓师大会。誓师大会上,武王宣读了名为《牧誓》的誓词,这个誓词流传至今。武王在这篇誓词中揭露了商纣王听信妇人之言,抛弃祖宗和家国,离异父母兄弟,任用奸臣,残暴百姓的种种罪行。武王要求对这样的人要天下人共同来杀害。在誓词中,武王还宣布了作战纪律:要听从指挥,保持队形,步调一致,勇猛杀敌,但对于逃跑的纣军不要追杀。武王说完后，全军士气更加高涨，四千辆战车的甲士和步兵陈列在牧野，严阵以待。

商王朝军队虽然队伍庞大，达到17万人之多，远远超过了武王的兵力，但许多士兵是被迫来参加战争的，内心极不情愿，根本就无心应战。当商朝的军队出现在阵前时，武王立即命令师尚父攻击商军。勇敢善战的师尚父率领少量的勇猛士兵向纣军挑战，立即打乱了商军阵脚。而武王则亲自率领劲旅攻击商军的主力。无心应战的商军立即土崩瓦解。商纣王见大势已去，逃回鹿台，蒙衣自焚而死。武王乘胜率大军攻占朝歌，同时命令师尚父领兵扫荡残敌，彻底解除参战敌军的武装。

周盟军占领朝歌的第二天，武王就举行了改朝换代的即位仪式，宣告"革殷"成功，以姬姓周王代替子姓商王为天下共主。

中国都城保卫战

第四章 西周都城防御与保卫战

此乃中国历史上继商朝之后的朝代，建都于宗周（今陕西省西安市西部），由于周朝后来将都城东迁，所以称这一时期的周朝为西周。西周从约公元前 1046 年的周武王灭商朝起至公元前 771 年周幽王被申侯和犬戎所杀为止，共经历 11 代 12 王。公元前 770 年，申侯和其他一些诸侯立周平王（宜臼）为国王，平王将京都从镐京迁至洛邑（今河南省洛阳市），历史上称东迁以后的周王朝为东周。周在灭商和平定"三监之乱"后，在东方封建诸侯，经营成周，组建"殷八师"，设立驻屯基地，有计划地建立了以丰镐为中心的军事防御体系。

一、西周都城防御体系

要达到消灭他国的目的，必须先保证自己不会被消灭。西周统治者正是基于这一想法，为了保卫西周王朝的绝对安全，统治者大力加强了军事防御体系的建设，这一力度是前所未有的。当时，周文王时代继续执行祖、父辈开拓疆土、壮大自己的战略方针，在北伐犬戎，西灭密须之后，又东向灭崇，基本上将商王朝在渭河流域的势力消灭干净。周文王进而在崇地建起新都城丰（今陕西西安西南沣河西岸）。从此定都在渭河南岸，将国家的首脑机关设置在这一安全地带。后来，武王又在沣河东岸建起镐京，为适应领土日渐扩大的需要，同时也筹措建立以都城为中心的防御体系，目的很明显：保卫已经开拓的领土和当地人不受侵犯。

以丰镐为中心的防御体系

丰镐，在今天的陕西西安西南沣河东岸一带。它作为当时的都城，是夹沣河而立的双城。并峙的双城面对着终南山，背对着渭水，坐落在王畿西部的中央，又有"周道"通向四周，这样的地理位置与周围有利于攻守的地形、地貌相得益彰。这样一个三面环山、一面滨水的四塞之地，中间为渭河平原，肥沃的黄土地上发展起来的农业社会文明足以立国。四周有利的地形、地势又是巩固国防的天然屏障，可以说，只要有适当的军事防御措施，游牧民族就难以越过高山侵袭此地。

如此选择都城，如此设置，充分显现了当时统治者的智慧和独特的军事防御思想。这也是以丰镐为都城的周王朝在地理上所占据的最有利地势。

以成周为中心的防御体系

崤函险道东端的伊洛平原，是周王朝东都成周所在地。这座根据武王遗愿营建的西周大都城，是西周时期天子统治东方的政治中心和军事大本营。这里有王朝在东方的军事指挥中枢，并驻有周初时期组建的"殷八师"，直辖派驻东方战略要地的部队，调遣坐镇一方的东土侯伯军队，通过"周道"将各种武装力量连接起来，构成一个比较完整的军事防御体系。这个体系以成周为中心，分为南北两线。由于西周前后期防御重点的不同，防御体系也就随之进行了调整，把重点从北线移向南线，以适应保卫王朝东国和南国疆土免遭侵犯的军事斗争。

西周统治者之所以选择伊洛之地营建成周，主要出于周初的政治和军事需要。这里北邻殷人故地，东接新征服的殷东各国，西与宗周相呼应，是新王朝镇抚和经略东方的理想之地，可以充分发挥它当时处在"天下之中"的地理优势。当然，这种优势借助周围的地理形势所产生的政治和军事效应是不可估量的。

西周的都城建设

周武王消灭商和周公东征之后，直到康王时期，在周王畿之外的"四土"，先后分封70多个诸侯国，其中与周同姓侯国就有53个之多。

不管是西周统治者，还是各诸侯国王，为了自身安全和发展，都以筑城保卫王国作为立国的重要措施。当然这更是一种具有深远意义的国防建设。

当时都城的建设，有的是在旧城基础上进行改造、加固和扩建，有的则是在旧城附近选址另建新城，还有的是在战略要地立国筑城，当然这里也是王朝控制险关隘道的军事据点。

在当时，王朝与诸侯国的都城是有等级之分的，不同等级的宗族建立起来的都城，有大小的区别。根据对古代城址的发现和勘察，大体可以看出西周等级不同的城的概貌。西周天子的都城丰镐和成周是历代建都的地方，不容易找到标志其范围的道路设施等。而侯伯的都城，如曲阜鲁故城，始建于西周晚期，是一座不规则的长方形。但西周时的成周比侯伯的都城要大得多。城墙的高矮和墙体的厚度也是有等级差别的，当然也出于军事防御需要而定。出于军事角度考虑，曲阜鲁故城墙体相当厚，这样的夯筑土城比商代的土城更加高大、坚固，是冷兵器时代最好的军事防御设施。城楼、女墙、城隅的结构，也是适应军事防御需要而产生和发展的。

周代还从商人那里学到了利用水道作为防御敌人攻城的手段。这里都城四周已经有了护城河。周代筑城是经过匠人严格规划设计城的大小和城门多少并标出方位后，在就地取土夯筑城墙的过程中，随之挖成城壕，各种重要的防御设施也都一应俱全了。这样自然能够达到筑城、防卫和巩固政权的目的。

二、西周禁卫军

西周是我国历史上第一个有确切纪元的王朝，禁卫体制也初具雏形。

西周的统治者将禁卫军按其任务区分为："腹心之卫""重兵之卫"和"环列之卫"三部分。担负宫廷宿卫的禁卫军称之为"腹心之卫"，由宫正、宫伯掌领，兵士由士大夫阶层的贤良子弟充任，专门负责宫掖内的警卫。担负周王出行时的护驾亲军称之为"重兵之卫"，由虎贲军、旅贲军两支禁卫军组成，分由虎贲氏、旅贲氏统领。虎贲军是周武王伐纣时的精锐部队，周朝灭商后成为禁卫军，主要担负出行中的护驾和驻跸时的行宫护卫；旅贲军主要担负出行中的仪仗，以壮王室声威。担负王宫外围守卫的禁卫军称之为"环列之卫",由司隶统领,卒隶由罪犯和外族奴隶编成的"五隶"(即罪隶、蛮隶、闽隶、夷隶、貉隶)中的一部分人充任。

三、西周都城保卫战

烽火戏诸侯

周朝第十一位王周宣王死后,他的儿子宫湦继位,即周幽王。当时周室王畿所处之关中一带发生大地震,加以连年旱灾,民众饥寒交迫、四处流亡,社会动荡不安,国力衰竭。周幽王是个荒淫无道的昏君,不但没有认真地重建军队以恢复军事实力,反而比厉王更加贪婪地掠夺奴隶贵族和平民的财富,又一次激化了社会矛盾。

幽王的贪婪最直接的后果就是丧失了人心,以致日后犬戎进攻的时候,西六师的部队连象征性的抵抗都没有做,使敌军的部队直接打到城下。此外,幽王还激化了统治者内部的矛盾。

当年宣王之所以和申国联姻,让幽王娶了申侯之女,一方面是想笼络申国,使申国死心塌地地为周朝效命;另一方面是为幽王留一个势力强大的外戚。然而,糊涂的幽王不顾诸侯的反对,不仅废掉了太子,还废掉了原配的申王后,而在这之后又没有果断地攻灭申国,这就引发了争夺王位继承权的战争,种下了王朝灭亡的祸根。

在军事防御的部署上,幽王竟然同意郑和西虢东迁,自毁王畿西部的防御。这两诸侯国原来所在的地域,是宗周通往汉中、陇南和陇东的交通要道,也是西方犬戎入侵宗周的必经之地。二诸侯国东迁，等于向戎族宣告撤除王畿西部的防御阵地，可以自由进入。同时，这也表明王室已没有凝聚力，大贵族都在为自身谋出路。这种状态下的宗周局势，一旦外部势力突然闯入，腐朽的王朝必然会被击得粉碎。当年，也就是西周初年，周天子分封了一些内诸侯，离京城较近，并与这些内诸侯相约，如果遇到王室内乱或外族入侵等紧急情况，就到骊山顶上的烽火台点燃烽火，诸侯望见火光或浓烟，立即出兵救应。这本是巩固天子统治、捍卫京城安全的非常有效的措施。然而，荒唐至极的幽王，因为宠妃褒姒不喜欢笑，为了博得褒姒一笑，竟在没有敌情的情况下命令兵士点燃烽火。各地诸侯见到烽火，纷纷率兵前来勤王，聚集于骊山脚下。他们看见周幽王和褒姒正悠然自得地在烽火台上饮酒作乐，根本没有敌情，不禁恼羞成怒。后来，周幽王又几次随心所欲地点燃烽火，诸侯们便再也不来了。

危机终于来了。幽王十一年（公元前771年），申后的申侯国乘周朝上下交困、危机四伏之际，勾结犬戎的军队大举入侵镐京。而此时，镐京西北方向无任何防御设施，王室直接统率的西六师也未与来敌力战，致使犬戎军长驱直入，迅速包围镐京。幽王只得把解围的希望寄托在各地诸侯上，于是急忙下令点燃烽火。对乱点烽火十分愤慨的诸侯们，认为幽王又是在娱乐逍遥，很少有派军队来的。镐京被围的时间越来越长，等待援军又没有任何希望，幽王只得派出虢石父率百余辆战车出城，作试探性的攻击，企图侥幸取胜。虢石父率兵与犬戎军一经接战，即告溃散，犬戎军乘势冲入镐京，大肆烧杀抢掠。司徒郑伯友在危急中保护幽王出北门突围，本打算到骊山行宫稍事休息后东奔郑国，不料被犬戎军追上，郑伯友战死，幽王被杀于戏水（今陕西省西安市临潼区）。

周幽王被杀的消息传开，诸侯们才知道此次烽火并不是游戏，纷纷起兵勤王。郑伯友封地所在的郑国，行动最快，率先抵达镐京外围。郑伯友的儿子掘突为父报仇心切，不等其他诸侯到达就向镐京的犬戎发动进攻。由于双方兵力悬殊，郑军失利，被迫撤退。

正在这时，卫、晋、秦三国的军队已进驻镐京以东地区。各路诸侯一致推举资深望重的卫武公为统帅，指挥收复镐京的战斗。卫武公临危受命，他决定利用夜间分兵进攻镐京东、南、北三门，唯独留西门不攻，但却派兵埋伏在犬戎军西逃的必经道路两侧，伺机歼灭犬戎。天黑后，诸侯军分别发起攻击。秦军因习惯于对犬戎战斗，对犬戎军的杀伤力最大。犬戎军在城内被诸侯军击败，果然由西门逃窜。担任伏击的郑军由于刚刚战败，兵力有限，未能完全堵住逃窜的犬戎，致使犬戎的几个重要首领漏网。

镐京虽然收复了，但是王朝的荣耀却不复存在。从此，中国进入了春秋战国的东周时代。

中国都城保卫战

第五章
春秋列国都城防御与保卫战

春秋时期作为中国特定的历史发展阶段，得名于鲁国史书《春秋》。

春秋是从公元前770年开始的。这一年，都城位于镐京的周王室，在经历了内乱和外来袭击的双重浩劫之后，不得不放弃破落衰败的镐京，辗转向东迁徙，定都于洛邑，历史上称之为东周。而下限则是以公元前476年为春秋与战国两个历史阶段的相对分界线进行划分。

春秋是中国历史上社会经济、政治、军事、文化等各个方面都发生重大变化的转折时期。春秋初期有大大小小的诸侯国140余个，但纵观整个春秋时期，真正具有相当的经济、政治、军事实力和影响的大中型国家，也不过十多个而已。它们分别是：周、晋、楚、齐、秦、鲁、宋、郑、吴、越、燕、曹、卫等。在春秋近300年的历史岁月里，各种战争此起彼伏，史不绝书。战争的频繁和激烈程度也远远超过了夏、商、西周时期。近300年中，爆发的战争多达数百次，长年烽烟迭起，战车驰骋；旌旗翻卷，杀得昏天黑地，拼得死去活来。乱世出枭雄，在这些激烈战争的洗礼中，自然涌现出了诸如孙武、伍子胥、范蠡等众多的军事天才。

一、主要列国都城防御体系

周都城防御体系

在周平王东迁洛邑之前，洛邑城池防御体系已经成型。公元前1046年，武王攻打纣，周朝取代了商朝。辽阔的东方疆域的开拓，要求统治重心随之东移。于是，一个至关紧要的问题开始困扰周武王，那就是如何牢固控制东方的广大领土。权衡利弊之后，周武王先在如今的洛阳地区筑起了一座小城，取名洛邑，派人镇守殷商的"顽民"。洛邑建好之后，周武王还亲自巡视了一番，认为城市规划得不错，基本上达到了预期目标，于是满意地离开。让他没想到的是，回到镐京之后，自己就开始失眠了。他在心里把洛邑与镐京仔细做了一番比较，觉得洛邑比镐京的地理位置更好，更适合作为周朝的都城，从此便"自夜不寐"。就这样闹了一段失眠后，周武王抱憾驾崩。

随之，周武王的儿子姬诵即位，也就是历史上的周成王。周成王是个孝子，他决心要实现父皇的遗愿，于是便召来自己的两位叔叔——周公和召公，让他们主管复营洛邑，建造王城。周公是历史上出了名的忠臣，以他的德行和威望，本来是可以登上天子宝座的，但他却甘居臣位，死心塌地辅佐周成王。

那时候，没有现代化的科技手段，也没有测量仪器，周公就用绳子取直城郭和街道，并用一种叫做"土圭"的简陋仪器，在夏至的那天测量日影，证明洛邑居于"天下之中"。经过测量，证明这里的确适合建造王城。经过占卜，新城址被确定在涧水和洛水的交汇处。此地位于伊洛盆地中心，水源丰富，土壤肥沃；南对着龙门山，北靠着邙山，群山环抱，地势险要。从军事防御的角度来说，这也是一块相当理想的地方。整个王城的兴建，只用了不到一年时间。它的平面近于长方形，墙外挖有城壕；西城墙迂曲向南。王城内的建筑布局相当整齐规范。四面城墙上各有3个城门，共12门。城内有经、纬道路各9条。这些街道很宽，据说每条大街都可以并行9辆马车。王宫建在中央大道上，王宫左边建有宗庙，右边建有社坛；宫前是朝会用的殿堂，宫后是商业市场。洛邑自此成为西周的陪都，地位仅次于镐京。周王每年都要到这里接受东方诸侯的朝拜。

　　公元前770年，周平王正式将国都迁至洛邑。东迁洛邑（今河南洛阳）之后的周王室，在名义上仍为天下的共主，在春秋初年，它仍旧拥有一定的实力，在某种程度上还能够起控制中原局面、调节诸侯关系的作用。但不久后，周的地位骤跌，所辖地区不断缩小。关中故地大片丧失，先是被犬戎所占，后又被秦人所有。王畿面积比过去大大缩小，它以洛邑为中心，东不过荥阳，西仅至潼关，南不越汝水，北仅抵沁水南岸，方圆不过可怜的600余里。王室辖区的缩小必然导致财政收入的减少，加之许多诸侯已拒绝向天子纳贡，王室财政极为困难。公元前720年，周平王去世，因为随葬品不足，新继位的周桓王只得派人去向鲁国乞求，也就是历史上所说的"求赙"。这在西周以前是从未有过的，西周天子一直奉行"天子不私求财"。这次乞求明显体现了周的衰落，也从一个侧面证实，周的寿命将不会长久了。

晋国都城防御体系

晋国是周武王之子叔虞的始封之国,都城在今天山西省西南部一带。

开始,晋国并不是什么头等大国,但它却从春秋初年开始便拥有了政治上的主动。到了春秋中叶以后,晋国已经拥有今天山西省的大部分以及河北省的西南部、河南省的西北端、陕西省的东端,甚至兼及山东省的西端,纵横跨五省境地,成为北部中原首屈一指的大国。

晋建国以后,先后建都于唐(翼城西)、翼(翼城南)、绛(翼城东),最后迁到新田。迁都新田之前,晋国朝廷曾有过一番争论,很多朝臣主张迁到运城盐池附近,但却遭到了大夫韩厥的反对,他主张迁到新田,理由是新田土地肥沃、航运便利、民众服从教化,很适合晋国的发展和长治久安。经过权衡,晋景公采纳了韩厥的建议,把国都由绛迁移到新田(今山西侯马一带)。此后的200多年里,新田一直是晋国的政治、经济和文化中心。这里热闹非凡,都城相互接连,绵延数里,规模宏大。城里有高大的宫殿台基,城外有铸铜、铸币、制骨、制陶、制瓦等作坊,其军事防御意图十分明显。

楚国都城防御体系

熊绎是楚国的第一位君主,在周成王时受封,都城在丹阳(今湖北秭归一带)。春秋初年,楚和晋国一样,面积和实力都特别有限,但楚国的地理环境相对优越,加上它以蛮夷小国自居,不受周礼传统的束缚,所以始终以兼并小国、争霸中原为立国发展基本宗旨。在数百年的历史中,楚国不断兼并小国,使自己的疆域扩大到今湖北省的大部分、河南省的南部和江西、安徽省的一部分,以及江苏省的西端、陕西的南端,横跨七八个省,成为春秋大国之一。

纪南城位于湖北江陵县城北 5 千米,是春秋战国时期楚国的都城,当时称郢都,因为在纪山的南边,也叫纪郢。自从楚文王元年(公元前 689 年)迁都郢(纪南城),至楚顷襄王二十一年(公元前 278 年)秦国将领白起夺下纪南城,前后 411 年中,楚国共有 20 代国王在此定都,先后统一了近 50 个小国。在全盛时期,楚国的领域北至黄河,东至海滨,西至云南,南至湖南南部。

纪南城是楚国政治、文化、经济中心,成为当时南方第一大都会。城址规模宏大,城墙都是夯土筑成,十分坚固。四周开城门 7 座。南垣及北垣古河道出口处,有两座水门。城内夯土建筑台基密集,古井、窑址遍布全城。宫殿建筑在城内东南部,规模较大。纪南城内有凤凰山,在楚都徙陈(今河南淮阳)后,这里成为秦汉墓地,著名的西汉古尸、大量的汉简及精美彩绘漆器,都是从这儿出土的。

齐国都城防御体系

齐国是太公望姜尚的始封之国,都城设在临淄,即今天山东淄博市临淄区东北。之后,齐国又先后定都于薄姑(今山东博兴东南)、营丘。自西周以来,齐国就一直是雄踞东方的大国。

在齐献公于公元前 859 年迁都之前,营丘就已经有旧城邑存在。于是齐献公在旧城邑城墙的基础之上修筑新的都城。营丘城,分为"外城""内城""皇城"三层。外城修建有东、西、南、北四城关。东门，即现在马宋镇古城村东十五里；西门，即现在古城村西五里；南门，即现在古城村南十二里；北门，即现在古城北六里，潍城区张官庄、陈官庄村附近。内城呈正方形，非常广阔，也就是现在的古营丘城址。城垣周长5600米。

秦国都城防御体系

秦始祖非子，受封于秦（今甘肃清水东北）。

秦国本来只是周王室的附庸小国，后来经过多次迁都，到襄公时，因勤王有功，周平王赐给他们岐西之地，秦国便开始列为诸侯。此后，经过秦国历代国君的苦心经营，秦国迅速崛起于西方，成为春秋时期的大国之一。虽然秦国多次迁都，但他们并没有忽视都城和王室的安全，每个都城都是从军事防御角度考虑修建的。秦国最后的都城咸阳就是最为典型的例子：它位于陕西省八百里秦川腹地，地理位置十分重要，是我国中原地区通往大西北的要冲。

鲁国都城防御体系

鲁国是周武王之弟周公旦的始封之国，都城在曲阜（今山东曲阜）。

鲁国的地盘在今山东省东南部一带以及江苏省北部的一部分。从军事环境来看，鲁国具有较好的战略地位。虽然占据有利地位，但鲁国却一直处于弱小被动的境地。导致这一局面出现的主要缘由，是鲁国统治者治国无方。

曲阜城是按照西周都城的设计思想来建设的，与其他国的都城建设相似，分外城和内城两部分。外城是不规则的圆角长方形，四周有较宽的城壕，共有城门11座，东、西、北三面各有3门，南面有2门。内城位于全城的中部偏北，近方形。城内有鲁王宫城。城内不管是东西、还是南北走向的道路，都与城门和宫殿相通。宫城南有宽约15米的道路通向南墙东门，直指城南1.5千米处的夯筑台基。宫城、南墙东门、"舞云台"呈直线排列。道路北段两侧各有3处大致对称的建筑基址，形成鲁城内一条由最重要建筑物构成的中轴线。

宋国都城防御体系

宋国是殷商后裔微子启的始封之国，都城建在商丘（今河南商丘）。

宋国的地盘约有今河南省的东南部、江苏省的北端以及山东省的西端，方圆三四百里。在春秋战略格局中，宋国由于处于中原要冲之地，一直是各大国争取角逐的对象。商丘城位于今商丘市南。城内地势呈龟背形，共93条街道。全城布局如棋盘状。商丘城的建筑根据当时五行相克相生的理论，大多是走马门楼和四合院建筑群。南门两侧建有两个水门，将水排进护城河。当年，宽阔的护城河碧波荡漾，环绕全城。不过，商丘古城的辉煌都已经被沧桑岁月冲击得干干净净。现存的古城已是明朝正德六年（1511年）所建。城池内方外圆，形似古钱。城门为拱券式，至今保存完好。原城门外，还各有一瓮城，瓮城呈半圆形，城门与正门不相冲，北门向西，东门和西门向南，南门向东，所以商丘古城古有"四门八开"之说。

二、主要列国禁卫军

春秋时期，各国负责保卫都城的禁卫军主要是中央军。

中央军是春秋时期各诸侯国军事力量的主体，是从事对外征战、对内镇压的正式武装。它的兵源主要来自各国"国"内的族邑居民，即具有充当战士资格的"国人"。

中央军直属于各国国君或由国君委派的执政之卿的统帅指挥，在国家政治生活中具有很高的地位，是国家政权机器中最重要的组成部分。各国的中央军数量相当多，为适应当时诸侯争霸的需要，各国不断扩充壮大自己的军队。

三、主要列国都城保卫战

齐鲁长勺之战

公元前 684 年，即周庄王十三年的春天，鲁国进行了一场卫国之战，这是春秋初年齐、鲁两个诸侯国之间进行的一场车阵会战，也是我国历史上后发制人、以弱胜强的一个著名战例，即历史上著名的齐鲁长勺之战。

齐鲁长勺之战的发生与当时的时代背景密不可分。齐国和鲁国都是西周初年分封的重要诸侯国，又互相毗邻，在诸侯兼并、大国争霸的动荡局面下，难免发生各种矛盾，而矛盾冲突的激化，又势必造成两国间兵戎相见的结果。

当时的鲁国占据着今山东西南部地区，在春秋诸国中居于二等地位，疆域和国力与齐国相比，均处于劣势。齐国辖有今山东东北部地区的广大地域，那里土地肥沃，又富渔盐之利。太公立国后，推行了一系列的正确政策，因而经济发达，实力雄厚，自西周至春秋，一直是东方地区首屈一指的大国。

公元前 686 年冬，齐国宫廷内部发生了一场动乱。齐襄公的堂弟公孙无知杀死了襄公,自立为君。几个月后,齐臣雍廪又杀死了公孙无知。这样一来,齐国的君位便空置了起来。当时流亡在外的公子小白和他的哥哥公子纠都想乘机回国继承君位,于是发生了一场君位争夺斗争。结果是公子小白捷足先登,率先入国抢占了君位,他就是历史上赫赫有名的齐桓公;公子纠时运不佳,在这场权力争夺中丢掉了自己的性命,其重要谋臣管仲也被罗致到齐桓公的手下,后来成为齐桓公霸业的重要奠基者。在这场齐国内部斗争中,鲁国是站在公子纠一边的,还曾公开出兵支持公子纠回国争夺君位。但结果是乾时之战,损兵折将,大败而归。鲁国的所作所为,导致齐、鲁之间的矛盾进一步激化,齐桓公本人对此更是耿耿于怀,不肯善罢甘休,终于酿成了长勺之战的爆发。

公元前684年春,齐桓公在巩固了君位之后,仗着自己实力强大,不顾管仲的劝阻,决定攻打鲁国,以报复鲁国一年以前支持公子纠复国的宿怨,企图一举征服鲁国,向外扩张齐国的势力。当时鲁国执政的是鲁庄公,他接到侦察兵的报告,知道齐军大举来攻,便决定动员全国的力量,同齐军一决胜负。就在鲁庄公准备发兵应战之时,鲁国有一位名叫曹刿的人因不忍心看到自己的国家遭受齐国军队的蹂躏而入见庄公,要求参与战事。

曹刿询问庄公依靠什么同齐国作战。鲁庄公说,对于衣物食品之类的东西,总是要分赐给臣下,不敢独自享用。曹刿指出,这样做不过是小恩小惠,不能施及全国,民众是不会出力作战的。鲁庄公又说,自己对神明是很虔敬的,祭祀天地神明的祭品从不敢虚报,很守信用。曹刿认为,对神守点小信,未必能感动神明，神也是不会降福的。鲁庄公想了一下，又补充道，自己对待民间的大小狱讼，虽然不能做到明察秋毫，但是必定酌情度理地予以处理。曹刿这时才说，这倒是尽到了君主的责任，为老百姓办了好事，具备了同齐国决一胜负的基本条件了。曹刿请求随同鲁庄公奔赴战场。鲁庄公允诺了他的这一请求，让他和自己同乘一车前往长勺（今山东曲阜北）。

鲁军根据齐强鲁弱的客观形势，在长勺迎击来犯的齐军。两军都摆开了决战的态势，待布阵完毕后，鲁庄公准备传令擂鼓出击齐军，希望能够先发制人。曹刿见状赶忙加以劝止，建议鲁庄公坚守阵地，以逸待劳，伺机破敌。鲁庄公接受了曹刿的这一建议，暂时按兵不动。而此时，齐军方面求胜心切，以为自己有强大的兵力优势，便主动向鲁军发起猛烈的进攻。但他接连三次的出击都在鲁军的严密防御之下遭到了挫败，没能达到先发制人的作战目的，反而造成自己战力衰落、斗志沮丧。此时，曹刿见时机已到，建议庄公果断进行反击。鲁庄公听从了曹刿的意见，传令鲁军全线出击。于是，鲁军凭借高昂的士气，一鼓作气，迅猛英勇地冲向敌人，冲垮齐军的车阵，大败齐军。

鲁庄公看到齐军败退，打算立即下令发起追击，却又被曹刿所劝阻。曹刿下车仔细察看，发现齐军的车辙痕迹紊乱；他又登车看看远处，望到齐军的旗帜东倒西歪，判明了齐军确是败溃，这才建议鲁庄公实施追击。鲁庄公于是下令追击齐军，进一步重创齐军，将其赶出了鲁国国境，鲁军至此取得了长勺之战的最终胜利。

战争结束后，鲁庄公向曹刿询问此役取胜的原委。曹刿回答说，用兵打仗靠的是勇气，第一次击鼓冲锋时，士气最为旺盛；第二次击鼓冲锋，士气就衰退了；等到第三次击鼓冲锋，士气便完全消失了。齐军三通鼓罢，士气已完全丧尽，而我军士气却正十分旺盛，这时实施反击，自然就能够一举打败齐军。

接着，曹刿又说明没有立即发起追击的原因，齐国毕竟是实力强大的国家，不可等闲视之，而要谨防他们假装失败而设下埋伏。后来看到他们的车辙痕迹紊乱，看到他们的旌旗歪斜，这才大胆地建议实施追击。曹刿的一番话说得鲁庄公心悦诚服，点头称是。

晋楚邲之战

周襄王二十年，楚联合陈、蔡、郑、许四国攻宋。晋文公出兵援宋，在城濮之战中大败楚国。城濮之战中楚国遭到失败，但由于它长期以来都是南方地区的大国，地广民众，物产丰富，兵力充裕，仍具备着东山再起的实力。

城濮之战后不久，楚国就跟晋国讲和，目的是为了迷惑晋国，转移晋国的视线。在达到这一目的后，楚国积极发展军力，伺机再次北上中原，同晋争霸。

晋国方面，自从他们取得城濮之战胜利后，开始放松了对楚国动向的警惕，而与原先的盟国秦国之间也产生了矛盾。矛盾激化的结果便是两国间先后几度兵戎相见，其中最为著名的便是殽之战。此战，晋军虽然伏击秦军成功，使对方几乎全军覆没，取得战役上的大胜，但他们在战略上却是大大地丢了分，因为它使得秦晋同盟关系陷于瓦解，两国间战事频繁，秦国亲近楚国，从而极大地牵制了晋的力量，这就为楚国再次北进中原提供了客观上的帮助。

于是，楚国便利用这一机会，再次向中原地区用兵，扩张自己的势力。它接连吞并中原南部的江、蓼等小国家，并攻打郑、陈，使他们臣服。接着它又先后迫使蔡、宋等国归附自己。楚庄王继位之后，英明有为，在他的整治下，楚国的实力有了进一步的增强，甚至借出兵讨伐陆浑之戎为名，公然陈兵于洛邑境内，向周天子询问九鼎之大小和轻重。九鼎是国家权力的象征，楚庄王这样做，无疑暴露了他欲取代周天子的用心。此举虽然遭到周臣王孙满的批驳，但是却充分反映了楚国实力再度崛起的客观事实。

当然，楚庄王心里清楚，要真正号令中原诸侯，光征服陈、蔡等国是远远不够的，而必须从军事上战胜晋国才能实现自己的夙愿。于是，他积极伺机寻求与晋开战的时机。与此同时，晋国也不能容忍楚国势力重新弥漫于中原的局面，所以召开了盟会，争取他国的支持，力图抑制楚国的北进。

当时，郑、宋等国家夹在晋、楚势力之间，对哪一方也不敢轻易开罪，只好两面讨好，以求自保。尤其是郑国，位于中原腹心四战之地，处境更是微妙。这时，因为晋国的威逼，它权衡利害后，转而投靠了晋国。楚国深知郑国在争霸全局中的重要性，决定对郑国用兵，迫使其服从自己，以便进而封锁黄河，阻晋南下。周定王十年（公元前597年）春，楚庄王以郑通晋为罪名，大举攻打郑国，从而拉开了晋楚邲之战的序幕。晋楚邲之战是春秋中期的一次著名会战，也是当时两个最强大的诸侯国——晋、楚争霸中原的第二次重大较量。

这年六月，郑国都城在被围数个月后，因为得不到晋军的及时援助，虽经坚决抵抗，但终于还是被楚军攻陷了。郑襄公肉袒向楚军请和，楚庄王答应了郑国缔结和约的请求，退兵30里，派使臣与郑国进行联盟，郑国则以襄公弟子良到楚国做人质。

郑国是晋进入中原的通道，晋国自然不能允许楚国控制这里，所以，当楚围攻郑国二个月后，晋景公就委任荀林父为中军元帅，率军救郑。但此时晋军发兵，明显已经延误了战机，加上进军又不迅速，所以当郑国与楚国缔结和约的消息传来时，晋军才抵达今河南省黄河北岸的温县地区，陷入了战略上的被动局面。

就在决定下一步战略方案之时，晋军内部又发生了尖锐的分歧和激烈的争执。荀林父认为：郑国既然已投降楚国，晋军再去救郑就失去了意义，所以暂时不渡黄河，勒兵观衅，等楚军南撤后再进兵，逼迫郑国归附自己。上军主帅士会赞成荀林父的意见，强调兵只可观衅而动，楚军当时正处于有理、有利、有节的优势地位，现在同它作战对晋不利，主张另待时机，再树霸权。

荀林父与士会的意见无疑是正确的，但是却遭到中军副将邵縠的坚决反对。邵縠认为：晋国之所以称霸中原，是因为军队勇武，臣下尽力；如今失掉了郑国，称不得"力"了，面临敌人而不打，也称不得"武"了，要是在我们这些人手上失掉霸主地位，还不如去死。在这种好战心理的驱使下，邵縠不顾荀林父的军令，擅自率其部属渡河南进，他的这种行为严重干扰了晋军统帅中枢的有效指挥。

邵縠擅自渡河的事件发生后，晋下军大夫即认为这么做必败无疑。这时，司马韩厥就向荀林父建议，郤縠以非主力部队攻打敌人，势必招致危险，您身为元帅，对此是负有罪责的，还不如命令全军渡河前进，即使打了败仗，责任也是由大家共同承担。对此，荀林父犹豫不决，最后还是被迫令全军南渡黄河，行至邲地（河南衡雍西南），由西而东背靠黄河列阵。

楚军知道晋军渡河后，内部也出现了战与不战的分歧。令尹孙叔敖主张见好就收，及时撤兵，不与晋军正面冲突。伍参在分析了晋军内部将帅不和、士气低落等弱点后，向楚庄王建议同晋开战。楚庄王采纳了伍参的意见，打消南撤的念头，转而率兵向北推进，抵达管地（今河南省郑州市一带）。

就在大战一触即发的前夕，郑襄公派遣使臣皇戍前往晋国军营进行劝说，说楚国军队一旦胜利就容易骄傲，他们兵士都老了，武器也不先进，应当进攻楚军，并答应郑军将协同晋军作战。对郑国的这一劝战建议，晋军将帅中又发生了一场辩论。

郤縠力主答应郑国使者的要求，赞成立即出战，认为这是打败楚国，让郑国服从自己的好机会。

下军副将栾书不同意郤縠的意见，认为楚军实际情况并不骄傲，军士也不老，武器也先进，郑国来劝战，纯粹是出于对自身利益的考虑，希望晋、楚速战速决，以战争结局来决定郑国的去从。中军元帅荀林父一时犹豫于两派的意见之间，迟迟未能作出决断。

正在晋军进退不决之时，楚庄王派遣使者求见晋军主帅，表示楚国这次出师北上，目的只是为了教训一下郑国，并无攻打晋国的意思。晋上军主帅士会代表荀林父比较客气地答复说：晋、郑两国一同受命辅佐周王室，如今郑国怀有二心，晋国现在特奉周王的命令质问郑国，而与楚国没有多大关系。郤毅却对此大为不满，认为荀林父是在谄媚楚国，便派中军大夫赵括用挑衅性的语言答复楚使：晋国出兵是为了把楚军从郑国赶走，为此不惜同楚军交战，绝不避战。这样一来，晋军内部的混乱分歧，便直接暴露在楚国使者跟前，楚庄王从而掌握了晋军的意向和虚实。为了进一步麻痹晋军，确保决战的胜利，楚庄王再次派人以卑屈的言辞向晋军求和。荀林父原先并无决战的决心，见楚军求和，即予以答应，并放松了戒备。

这时，楚军开始乘机派遣乐伯、许伯、摄叔等人乘战车向晋军挑战，既打击了晋军的士气，又摸清了晋军的虚实。楚军挑战后，晋军中两个心怀不满、希望晋军失败的将佐魏锜和赵旃，也先后要求前去向楚军挑战，未被允许，改为出使请和。魏锜和赵旃两人进至楚国军营后，擅自向楚军挑战进攻，结果恰好被楚军利用了，楚国大军于是倾巢而出，猛烈攻打晋军各部，给前来挑战的晋军魏锜、赵旃、荀莹部以沉重的打击，并乘胜进逼晋军大营。

这时，荀林父还在营中等待楚军派使者前来议和。而楚军突然如潮而至，使得他手足无措，计无所出，竟然在惊恐中发出全军渡河北撤的命令，并大呼先渡河者有赏。这样一来，晋军更是陷于一片混乱，大败溃逃，拥挤于黄河河岸附近，争相渡河逃命。船少人多，渡河没有指挥，先上船的怕楚军追上，急于开船，未上船的跳入河中，手攀船舷，导致船只不能开动。结果引起晋军一阵自相砍杀，造成船上断臂断指积成一堆，晋军蒙受了重大损失。

所幸的是，楚军并没有压迫晋军在河岸一起歼灭的计划，晋军大部才得以渡河逃脱。另外，晋上军在士会指挥下，预先做好准备，设伏挫败楚公子婴齐率领的楚左军进攻，有条不紊地向黄河北岸撤退；晋下军大夫荀首为营救其子荀䓨而奇袭楚先头部队成功，射死楚将连尹襄老，活捉公子谷臣。所有这些，都起到了掩护晋军渡河的客观作用，减少了晋军的伤亡。经过一天的激烈战斗，楚军取得了战争的胜利，邲之战就此画上了句号。接着，楚庄王进兵衡雍，在那里以胜利者的身份修筑楚先君宫殿，举行祭河仪式和祝捷大会，然后撤军凯旋南还。

在作战中，楚军利用晋军内部分歧、指挥无力等弱点，适时出击，战胜对手，从而一洗城濮之战中失败的耻辱，在中原争霸斗争中暂时占了上风。至于楚庄王本人，也由于此役的胜利而无可争辩地跻入史所称道的"春秋五霸"位置。

秦晋麻隧之战

公元前581年，为晋国复兴作出重大贡献的晋景公与世长辞了，他的儿子州蒲继位，即历史上所称的晋厉公。晋厉公即位初年，继续执行了他父亲景公制定的区别主次缓急，各个击破敌人，重树晋国霸权的战略方针，把进攻的矛头首先指向秦国。

对于晋厉公来说，不战而屈这种方法同样是最好的方式，所以，一开始他就想通过和平的手段争取秦国的归附。为此，他于公元前580年约请秦桓公在令狐（今山西临猗西）相会。然而，秦国与晋国长期为敌，两国之间的利益冲突无法调和，所以，秦桓公对盟会丝毫不守信用，一回国就背盟，继续与晋国为敌。为了使自己的军事行动有较大的成功系数，秦桓公约楚国与白狄共同攻晋。

然而，此时的楚国正受制于吴，根本不想和晋国正面为敌，所以楚共王不但坚决拒绝了秦国的建议，而且还把这一情况转告了晋国。晋厉公眼见和平争取秦国的初衷落空，于是决心用武力征服秦国，以消除自己侧后的最大威胁。为了使楚国在秦国、晋国冲突中置身局外，保持中立，他加紧了拆散秦楚联盟的步骤，积极谋求进一步改善同楚国的关系，从而暂时消除来自东南方向的威胁，以集中力量专门对付秦国。

秦国对晋国的战略动态茫然无知，对自己不利的战略处境也毫无觉察，居然率先挑起了晋、秦之间的战事。公元前579年秋天，秦桓公约白狄攻打晋国，晋军奋起反击，在交刚将白狄打败。秦国的这一挑衅行为不但没有给晋国带来实际损失，反而为晋军攻打秦提供了借口。

公元前578年，晋国决定与秦开战，一决胜负。战前，晋厉公派遣大夫吕相赶赴秦国，宣布与秦国绝交。在与秦国绝交书中，晋国方面列举了双方关系变迁情况，表明晋国历代国君为维护秦晋之好所做的不懈努力，以及秦国历代国君的背信弃义。晋国在开战之前发表这份绝交书，其真实意图有两种可能：一是在于诓骗楚国，使其误以为晋国攻打秦国之举不过是清算两国的旧恨宿怨，从而巧妙地掩盖晋国攻打秦国为对楚国战略之一环的真相；二是在于博取诸侯同情，认为晋国想谋和而秦国无诚意，晋国用兵是迫不得已的事，从而赢得诸侯对晋国攻打秦国军事行动的支持。

在为攻打秦国做好充分的舆论准备后，晋厉公又亲自率领晋国四军，并联合鲁、齐、宋、卫、郑、曹等八国部队征伐秦国。晋国这次作战的意图非常明确，那就是集结起绝对优势兵力，在尽可能短的时间里，彻底击破秦军，使之不再成为晋国西方之患，再转而全力对付楚国。换句话说，晋军的作战指导思想是集中兵力，尽敌为上，速战速决，一举而克。这样做对于晋国来说是完全必要的，因为如此既可以避免战事太久而被楚国所乘，又能够给秦国以歼灭性的打击，使之无法在短时期内再成为晋国之患。作战方针确定后，晋联军即展开行动，以迅雷不及掩耳之势直趋麻隧（今陕西泾阳西北），进而逼近秦军而阵，并随即发动突击攻势。

秦军在兵力上居于劣势，又背泾水而阵，进退失据，形势非常被动。在晋军猛烈的攻击下，秦军遭到惨败，他们在泾河以东的部队都被歼灭，秦将成差及不更女父等人被俘。但晋联军也在作战中付出了很大的代价，比如协助晋军作战的曹宣公阵亡。秦桓公收拾残部，退却到今咸阳一带。晋联军乘胜追击，渡过泾水进抵侯丽（今陕西泾阳西）。至此，晋国痛击秦师的作战目的业已达到，遂胜利班师，麻隧之战终于以晋联军大胜秦国而画上了句号。

麻隧之战使秦国遭到一次极为沉重的失败，其精锐主力几乎全部被歼，实力严重受损，在较长一段时间内无法再对晋国构成大的军事威胁。

齐晋平阴之战

公元前558年，晋悼公病逝，他儿子平公继位。历来就怀有不良用心的齐国乘晋君初立之机，公然背弃中原联盟，与楚国通使交好，并调兵攻打鲁、卫、曹等中原盟国，想代晋称霸。

三年后，为巩固中原联盟，维护霸业，晋平公亲自领兵出征。晋、宋、卫、郑、曹、莒、邾、滕、薛、杞、小邾十一国军队会师于鲁济（即鲁界内济水，今山东境内）。大军压境，齐灵公立即率领军队在平阴组织防御，并在平阴附近之防门挖壕筑墙以坚守。晋平公的诸侯联军兵分两路，以主力攻打平阴之齐军，而余部则经鲁、莒国境，越沂蒙山奔袭齐都临淄（今山东淄博临淄北）。

诸侯联军主力在平阴展开攻坚战。

齐国守军死伤无数。为迷惑齐军，诸侯联军又在平阴南面山泽险要的地方虚张旗帜为阵，用战车拖柴扬尘，让人感觉大军驰骋。齐灵公见此景观大吃一惊，于是乘着夜色掩护率军逃走。

诸侯联军入平阴，俘虏齐军殿后将领殖绰、郭最，随后又攻克了京兹（今山东平阴东南）、邿（今山东平阴西南）、围卢（今山东平阴东北）。主力部队则进抵临淄城下，与先遣军队会合，将齐国都城团团包围，用火进攻都城四面城门。齐灵公本想逃到邮棠（今山东平度东南），但被太子和大臣们劝阻住。诸侯联军穷追溃逃的齐军，东至潍水，南及沂水。此时，楚国也发动部队攻打郑国，目的在于救助齐国。晋平公怕腹背受敌，于是在第二年春与诸侯会盟于督扬（今山东长清东北）后撤军。

齐晋平阴之战，是齐灵公企图称霸，背盟通楚，攻打盟国而引起的。从历史上看，齐灵公并非英明君主，又没有贤才来辅佐他，加上国力远不及晋国，所以他的争霸企图注定是要失败的。

晋国栾氏之乱

栾氏是晋国一个强宗大族，拥有很大的政治势力。早在晋悼公统治时期，栾魇就桀骜不驯。在晋国攻打秦国的棫林之战中，他充任下军主将，拒不听从主帅荀偃的命令，致使晋军的整个作战部署受到严重的破坏。

栾氏的骄横，造成与其他卿大夫之间的尖锐对立。晋平公期间继任中军主帅的范宣子父子就与栾氏势不两立。此时，栾魇已经去世，他儿子栾盈继任下军主将，但范、栾两氏的矛盾丝毫没有得到缓和。到了晋平公六年（公元前552年），终于演变成一场血腥的残杀。

在这场内乱中，范宣子先发制人，驱逐栾盈，并诛杀了栾氏的党羽黄渊等10名晋大夫。而栾盈因变起仓促，没有来得及反扑，只得仓皇逃奔楚国，不久又投奔齐国。齐庄公认为可以利用栾盈图谋晋国，以报平阴之战失败的一箭之仇，于是接纳并收买了栾盈。无疑，栾氏之乱因为齐国的插手而变得更加复杂化。

晋国执政者对流亡的栾盈的活动相当警惕，曾于公元前552年、公元前551年先后两次召集诸侯会于商任（今河北任县东南）和沙随（今河南宁陵西北），警告诸侯不许接纳栾氏。然而，齐庄公对此毫不理睬，反而加紧策划潜送栾盈回晋国发动武装叛乱。

公元前550年，晋国嫁女到吴国。齐国趁向晋国赠送陪嫁的姜女的机会，用篷车将栾盈及其死党送到曲沃。来到曲沃后，栾盈以曲沃为基地发动叛乱，并一度率军攻入晋国都城绛城。

晋国的范宣子起兵反击，在赵氏、中行氏、知氏、韩氏等大族的支持下，抑制住栾盈的攻势，将其势力赶出绛城，然后乘胜追击，将栾盈所盘踞的曲沃团团包围。

栾氏的叛乱，实际上是由齐国策动的，是齐国偷袭晋国战略计划的一个组成部分。所以，当齐庄公见晋国正忙于镇压叛乱、兵力空虚、有机可乘时，便迅速起兵，以精锐之师西越太行，奇袭晋国的腹地。齐军进展神速，首先一举攻占了晋国东方战略基地朝歌（今河南淇县），然后兵分两路：一路入孟门，登太行，直逼晋都绛城；另一路沿太行南麓，经今河南省沁阳、济源等地，越今王屋山东脉的要隘，会师于绛城。齐军的南北两路不久在荧庭（今山西翼城东南）会合，并在此地给予晋军以严重的杀伤。

然而，齐军的战役成功并未收到相应的战略进展。由于这年冬天晋军在范宣子统率下攻入曲沃，诛杀了栾盈及其同党，使齐国原先制定的与栾盈会师、互相策应、以夺取主动的计划泡汤。齐庄公也考虑到晋整体实力强大，自己孤军深入，不宜持久的情况，而主动结束奇袭晋国的战争，撤军回国。

吴楚柏举之战

吴楚柏举之战是春秋末期一次规模宏大、影响深远的大战，也可以称得上是东周时期的第一个大战争。

公元前515年，吴国公子光夺得吴国王位，称吴王阖闾。阖闾即位后，立志称霸天下。他整军经武，任用楚国亡臣伍子胥、伯嚭为谋士，大军事家齐人孙武为将军，教授兵法，操练队伍，使吴国出现国富兵强的势头。楚国是南方大国，春秋以来吞并的诸侯国最多，但自从公元前516年楚昭王即位后就有江河日下的趋势，不仅内政腐朽，而且又与周边国家如唐、蔡等国家不和。

公元前512年，吴王阖闾在先后灭掉归附楚国的小国徐国和钟吾国后，便想趁机大举进攻楚国。但孙武认为吴王阖闾的这一举措不妥，于是劝吴王阖闾说，现在楚国的实力仍旧很强，是天下的强国，并非徐国和钟吾国可以比拟的，而我军连续消灭了两个国家，已经人困马乏了，军资消耗相当大，不如暂时收兵，养精蓄锐，再等良机。伍子胥也劝吴王阖闾说，我们现在人马疲劳，确实不宜远征啊！现今楚国内部不和，我军如果用一部分人马出击，楚军必定全军出动，等楚军出动后，我军再退回，这样经过几年后，楚军必然疲惫不堪。那个时候，方可考虑大举攻打楚国。吴王阖闾认为伍子胥说得有理，便采纳了他的建议，将吴军分为三支，轮番骚扰楚军。当吴军的第一支部队袭击楚国边境的时候，楚国即派大军迎击。等到楚军出动，吴军便往回撤。待楚军返回时，吴军的第二支部队又攻入了楚国边境，如此轮番袭扰楚国达6年之久，致使楚国因连年应付吴军而人力、物力都被大量耗费，国内十分空虚，楚军将士疲于奔命，斗志沮丧。

公元前506年，楚国令尹囊瓦率军围攻已经归附吴国的小国家蔡国。受到围攻后，蔡国危急中向吴国求救。于是，吴国打起兴师救蔡的旗号，由吴王阖闾亲自挂帅，以孙武、伍子胥为大将，阖闾的胞弟夫概为先锋，集中全国3万水陆之师，乘坐战船，由淮河沿水而上，直往蔡国边境。囊瓦见吴军来势凶猛，不得不放弃对蔡国的围攻，回师防御本土。当吴军与蔡军会合后，另一个小国唐国也主动加入吴蔡两军行列。于是，吴、蔡、唐三国组成联军，浩浩荡荡，沿着淮水继续西进。三军进抵淮汭（今河南潢川）后，孙武突然决定弃舟登陆，由向西改为向南进军。

伍子胥不理解孙武的意图，便问孙武，吴军都会水性，善于水战，为什么要改从陆路进军呢？孙武答道，用兵作战，最贵神速。应当走敌人料想不到的路，以便打他个措手不及。逆水行舟，速度迟缓，吴军优势难以发挥，而楚军必然乘机加强防备，那就很难破敌了。一番话说得伍子胥点头称是。就这样，孙武挑选了3500名精锐士卒为前锋，迅速地穿过楚国北部大隧、直辕、冥阨三道险关，直插楚国纵深。几天后，便挺进到汉水东岸。

当吴军突然出现在汉水东岸时，楚昭王果然慌了手脚，急派令尹囊瓦和左司马沈尹戌集中全国的兵力匆忙赶到汉水西岸，准备与吴军作战。当时，左司马沈尹戌向令尹囊瓦建议，由囊瓦率楚军主力沿汉水西岸正面设防，而他本人则率部分兵力北上方城（今河南方城），迂回到吴军的侧背，摧毁他们的战船，断掉他们的回路。尔后，他再与囊瓦主力实施前后夹击，一举消灭吴军。本来，这是楚军击败吴军的上策，囊瓦起初也同意了沈尹戌的建议。可是在沈尹戌率部北上方城后，楚将武城黑却对囊瓦说，如果等待沈尹戌部夹击，战功就会被沈尹戌独得，还不如以主力先发动进攻，击破东岸的吴军，这样令尹的功劳自然居于沈尹戌之上。这时，大夫史皇也说，楚国人讨厌你而赞扬沈尹戌，如果沈尹戌先战胜吴军，功劳在你之上，你的令尹之位也就难保了，所以最好赶快向吴军进攻。囊瓦一听，觉得有理，于是改变了原来的作战计划，在没有充分准备的情况下，传令三军，渡过汉水，向吴军进攻。孙武见楚军主动出击，正求之不得，便采取后退疲敌、寻机决战的方针，主动由汉水东岸后撤。囊瓦果然中计，挥军直追。此时，吴军以逸待劳，在小别（在今湖北汉川东南）至大别（今湖北境大别山脉）间迎战楚军，三战三捷。

囊瓦连败三阵，便想弃军而逃。这时，史皇对囊瓦说，国家太平时，你争着执政，现在作战不利，你就想逃跑，这是犯了死罪。现在你只有与吴军拼死一战，才可以解脱自己的罪过。囊瓦没有办法，只得重整部队，在柏举（今湖北麻城）列阵，准备再次投入战斗。

公元前506年11月19日，吴军赶到楚军阵前，列阵相峙。吴军先锋夫概对吴王阖闾说，囊瓦这个人不仁不义，楚军没有几个愿意为他卖命的，我们主动出击，楚军必然溃逃，我军主力随后追击，肯定会获全胜。吴王阖闾不同意夫概的建议。夫概回到军营后，对部将们说，既然是攻打楚军的大好机会，我们当臣子的就应见机行事，不必等待命令。现在我要发动进攻，拼死也要打败楚军，攻入郢都。夫概得到了部将们的赞同。于是，夫概率领自己的5000前锋部队，直闯楚营。

果然，楚军一触即溃，阵势大乱。吴王阖闾见夫概部突击得手，乘机派遣主力投入战斗，楚军很快便土崩瓦解。史皇战死，囊瓦弃军逃往郑国。楚军残部撤到柏举西南的清发水（今湖北安陆西的涢水），吴军半渡而击，俘虏楚军一半人马。渡过河后，饥饿难忍的楚军逃到雍澨（今湖北京山县境），就开始架锅做饭。吴军先锋夫概部追到这儿后，楚军只得仓皇逃走。

吴军捡了个便宜，吃了楚军做的饭，继续追击。

楚国的左司马沈尹戍得知囊瓦的主力溃败，急忙率领本部兵马由息（今河南息县境）赶来救援。吴军先锋夫概的部队在沈尹戍部队突然的凌厉反击下，猝不及防，一下就被打败了。吴军主力赶到后，孙武指挥部队迅速将沈尹戍的部队包围。尽管沈尹戍左冲右突，奋勇冲杀，受伤三处，却仍无法冲出包围。最后，沈尹戍见大势已去，只得命令他的部下割下自己的脑袋回报楚王。随后，吴军一路向郢都扑去。

此时郢都城内已是风声鹤唳，人心惶惶，楚昭王不顾主战大臣子西、子期的反对，也不顾全城军民的生死存亡，悄悄地带上几名家属开门出城，向云中和陨城方向逃去。昭王西逃的消息传到军队，楚军立即就涣散，子期率领部分精兵去追赶和保护昭王，而子西见败局难以挽回，也只好率残兵西逃。

11月29日，吴军攻入郢都。柏举之战以吴军的辉煌胜利而宣告结束。

吴越夫椒之战

吴越夫椒之战是周敬王二十六年（公元前494年）在吴楚争霸战争中，吴王夫差率军在夫椒（今江苏太湖洞庭山）大败越军的作战。

这年，越王勾践听说吴王夫差为报父仇，正加紧训练军队，准备攻越，决心孤注一掷，先发制人，首先发动对吴国的进攻，以求侥幸取胜。

吴王夫差接到情报，说越国军队会来侵犯，便当即调集精兵10万准备抵御来犯之敌。这样，两军相遇于吴国境内的夫椒，战争进行得十分激烈，双方从白天一直厮杀到夜晚，打得天昏地暗。吴军在夫差、伍子胥等人的指挥下，派出奇兵高举火把猛攻越军两翼，并乘敌人混乱之际夹击越中军主力。受到打击的越军斗志全无，被吴军杀得丢盔卸甲，鬼哭狼嚎。

越王勾践见大势尽去，只得收拾残兵败将，向南仓皇退去。夫差、伍子胥指挥吴军穷追不舍，尾随而来。越军逃到浙江（今钱塘江）边时被吴军追上，勾践无奈之下，只好集中残余兵力摆开阵势，再次同吴军拼命。然而，刚刚取得胜利的吴军士气正旺，锐不可当。他们在夫差、伍子胥的指挥下进退自如，攻势凌厉。已经成为惊弓之鸟的越军哪里是他们的对手，既损兵，又折将，没有任何办法，只有三十六计走为上计，准备朝都城会稽（今浙江绍兴）方向狼狈逃窜。

越军连战连败，斗志消沉，军心涣散。勾践自知已经无力抵挡吴军的进攻，只好放弃平原地区，带着残余的 5000 名士兵退守会稽山上的一个小城之中，企图依山凭险固守抵抗。

夫差指挥吴军乘势攻破越国都城，然后跟踪追击，进逼会稽山麓，将勾践所栖居的小城团团包围。

越军被围困在会稽山上，断水绝粮，处境日益恶劣，实际上已经濒临彻底覆灭的边缘，而对吴军来说，这时距离其灭亡越国、夺取最后的胜利仅咫尺之遥。

越王已经没有退路了，但又不甘心束手就擒，于是召集范蠡等人商议挽救危局的策略。范蠡提出屈辱求和的建议，主张用卑辞厚礼向吴国求降，如果不行，就由勾践亲自到吴国做人质。无可奈何的勾践只得采取了范蠡这一建议，一面准备死拒，一边派遣大夫文种去吴军大营向夫差请和，力陈勾践降服的诚意。夫差有意接受越国的求和，但伍子胥却认为吴越两国不可并存。其实，伍子胥的建议十分正确，开始也打动了夫差本人，他觉得灭越只不过是举手之劳，于是拒绝了越的求和提议。

文种回到越国的大本营与勾践、范蠡商量后，再一次出使吴军大营。这次，他把活动的重点放在吴太宰伯嚭的身上，用美女、财宝对他进行贿赂，请他从中做工作，劝说夫差允许越国作为吴国的附庸国，同时声明如果吴国不同意，越国就会破釜沉舟，与吴国血战到底。伯嚭被越国买通了，便向夫差进言，竭力主张答应越国的求和要求，使越国继续存在下去。伍子胥对伯嚭的论调十分反感，坚持认为，越国已经被彻底打败，应该乘势灭掉它，不能养虎为患。他也清醒地看到，越王勾践不是等闲之辈，他手下的几个得力干将也不是那么好对付的；眼下越国虽然暂时受挫，但是只要一息尚存，就有可能死灰复燃、卷土重来，所以，必须一鼓作气，一举平定，否则，他日必为吴国的大患。

可是作为最高决策者的夫差，却更倾向于采纳伯嚭的意见，考虑接受越国的请和要求。这是因为与齐、晋争霸，是吴国国君梦寐以求的夙愿。现在越国既已经表示臣服，夫差便不愿与它过多纠缠，而急不可耐地要实施战略目标的转移，用重兵向北推进，与齐、晋争一日之长。同时，夫差也认为越国既已投降，便名存实亡，不足为患。于是，吴、越两国正式议和，以越国作吴国的附属国为条件，结束双方的军事对抗。随后，吴王夫差统率大军回国，夫椒之战也就画上了句号。

第六章 战国时期列国都城防御与保卫战

战国时期（公元前475—前221年）是我国历史从奴隶制社会进入封建制社会的大转变时期。"战国"一词原指秦统一以前的"七雄"——秦、齐、楚、魏、赵、燕、韩，自西汉刘向编订《战国策》之后，它就成为特定历史时期的专有名词。

战争是战国时期最大的特色。这段时期内，登上政治舞台的新兴地主阶级为了巩固和扩大自己的统治，革新军制，增强战具，整军备武，弱肉强食，称王称霸，政治、军事、外交斗争异常激烈、异常频繁，也异常精彩。在历时200余年的战国时期，有历史记载的大战就达到了200余次，其中围绕列国都城发生的战争达到数十次之多。当然，战争的发展也造就了若干杰出的军事家、谋略家和兵学家，从而奠定了上承三代、下启百世的封建军事理论基础。

一、主要列国都城防御体系

战国时期，由于战争的频繁和常备军的出现，都城的防守成了秦、齐、楚、魏、赵、燕、韩等各国国防设施建设中的重要内容，因此，各国加大了对都城军事防御体系的建设。

此时段，各国都城建设考虑了以下几个方面：首先，都城的选择与修建必须一切从防御敌人的战略考虑，必须是关系着整个国家全局或一个地区安危的战略要地，或控制着交通之要冲，或控制着一大片地区的经济命脉，成为人们常说的"兵家必争之地"，起着整个战局支撑点的作用；其次，对于军事将领来说，都城必须是最为坚固的依托之地，可以牵制敌军；最后，都城也必须能作为战争的重要后勤基地，能够提供大量的粮食、衣物、武器、钱财以及兵员。

当时城池的修筑，一般是在备战时从容进行的。根据都城防御的要求，列国都城一般由城墙、城壕以及城门、悬梁（即后世俗称的吊桥）、城楼、垛堞等组成。城墙往往不止一重，而有数重，一般是内之为城，外之为郭。战国时都城修筑的方法，主要还是夯土版筑，由于城垣很厚，不可能一次夯成，需要由里向外，或由外向里，逐段加宽夯筑。夯完一层之后，再筑一层。

战国时期城防建设的规模较大。赵国首都邯郸城，分王城和东北郭城，仅郭城就东西宽约3200米，南北长约4800米，还有20米左右宽的城墙。齐国的首都临淄，也是内外二城，内城周长7000米，外城周长1.4万米。

事实证明，战国时期城池的防御体系与战争的成败有重要的关系。另外，由于战争规模的扩大、战争运动性的增强和作战地域的延伸，各国统治者在重点守御关塞要津和防守城邑的同时，也需要建筑更大规模的防御工程，以尽可能地阻止敌国军队深入自己的腹地，捍卫整个国土的安全。

于是,当时的建造者掌握了建筑河流堤防的经验和技术,将边境上原有的大河堤防连接险要之地加以扩建,将原先的水利工程改造成为军事上的防御设施。其中规模较大、延伸较长的,被称为"长城"。当时主要有齐国内地长城、楚国长城、魏国长城、赵国长城、燕国南长城,以及中山国长城。

二、主要列国禁卫军

战国时期,因为各国疆土面积大小、人口数量各不相同,加上各国变法改革的广度和深度也存在很大的差异,所以各国的兵员多少不一。

战国时期的禁卫军虽然有了进一步的发展,但基本还是继承春秋时期禁卫军体制,禁卫军依旧是保卫各国最高统治者——国王以及王室的警卫部队。如赵国称宫廷卫队为"黑衣",赵文王时还有携带长剑的卫士。另外,各国设置的郎中、卫尉、中尉等武职官吏,他们的职责也是统率卫队或禁军,负责警卫国君、宫廷及国都等事情。

三、主要列国都城保卫战

晋阳之战

历史的车轮走进入了春秋晚期。这一时期社会政治生活的主要形式,是诸侯国中卿大夫强宗的崛起和国君公室的衰微。当时各大国的诸侯,无不被连绵不断的兼并、争霸战争拖得筋疲力竭,这样就给各国内部的卿大夫提供了绝好的机会,得以榨取民众的剩余劳动力积累财富和损公室利民众的方式收买人心。这种情况的长期发展，使得一部分卿大夫逐渐强大起来。强大起来的卿大夫之间，也不可避免地互相兼并，进行激烈的斗争。这在晋国表现得最为典型。在那里，首先是10多个卿大夫宗族的财富和势力一天天地扩展，而他们互相兼并的结果，则只剩下韩、魏、赵、智、中行、范六大宗族，称之为"六卿"。晋国君主的权力已基本被剥夺，国内政治全由"六卿"所主宰。而后，"六卿"之间又因瓜分权益产生矛盾而进行冲突，冲突结果是导致范、中行两氏的覆灭。于是，晋国只剩下了赵、韩、魏、智四大贵族集团。可是"四卿"之间也不能相容，更大的冲突很快就来临了，这样，便直接导致了晋阳之战的爆发。

消灭范、中行两氏之后，智氏的智伯瑶专断了晋国的国政，在"四卿"中具有最雄厚的实力。但智伯瑶是一个没有政治眼光、贪得无厌的贵族，凭借自己的优势地位，强行索取韩氏和魏氏的万家之县各一。韩康子、魏桓子没有能力同智伯瑶抗争，只好被迫割让自己大片领地献给智氏。智伯瑶此举得手后，得陇望蜀，又把矛头指向了赵襄子，狮子大开口向赵襄子索取土地。赵襄子不甘心受制于智伯瑶，就坚决拒绝了他的无理要求。

赵襄子不屈服的态度大大惹怒了智伯瑶。于是，他在周贞定王十四年（公元前455年）大举发兵攻赵氏，并胁迫韩、魏两氏出兵协同作战。赵襄子见三家联军前来进攻，自知打不过人家，便采纳谋臣张孟谈的建议，选择民心向赵的晋阳城（今山西太原西南）进行固守。

智伯瑶统率三家联军猛攻晋阳城，但三个月都没有攻下，随后又围困一年多还是没有攻克。于是，屯兵坚城之下的联军渐渐趋于被动，而晋阳城中军民却是同仇敌忾，士气始终高昂。

智伯瑶眼看着战事拖延两年而没有什么进展，不禁焦急万分。他苦苦思索，终于想出引晋水（汾水）淹灌晋阳城的计策，企图用它来攻破晋阳坚城。于是，智伯瑶命令士兵在晋水上游筑坝，造起一个巨大的蓄水池，再挖一条河通向晋阳城西南。又在围城部队的营地外，筑起一道拦水坝，以防止大水淹没晋阳的同时也淹了自己的人马。工程竣工后，正值雨季来临，连日大雨不止，河水暴涨，把蓄水池灌得满满的。智伯瑶下令，掘开堤坝，一时间大水奔腾咆哮，直扑晋阳城，很快晋阳全城便都被浸没在水中了。城内军民只好支棚而居，悬锅而炊，病饿交加，情况十分危急。但尽管这样，守城军民始终没有动摇斗志，仍坚守着危城。

韩、魏两氏参与攻打赵氏，本来就是出于被胁迫，这时他们对智伯瑶的残暴更有了亲身的感受，开始感到赵氏如果灭亡后，自己也难免落得被兼并的下场，于是便对作战行动采取消极应付的态度。敏锐的赵襄子看出了韩、魏两氏与智伯瑶之间这种滋长中的矛盾，决心巧妙加以利用。于是，他派遣张孟谈乘夜潜出城外，秘密会见韩康子和魏桓子，用唇亡齿寒的道理，说服韩、魏两家暗中倒戈。

赵、韩、魏三家密谋联合就绪后，便在一个约定的夜间展开军事行动：赵襄子在韩、魏两家的配合下，派兵杀死智伯瑶守堤的官兵，掘开了卫护堤坝，放水倒灌智伯瑶军营。这时，智伯瑶的部队从梦中惊醒，乱作一团。赵军乘势从城中正面出击，韩、魏两军则自两翼夹攻，大破智伯瑶军，并擒杀智伯瑶本人。三家乘胜进击，全部消灭了智氏宗族，并瓜分了他们的土地，为日后"三家分晋"奠定了坚实的基础。

晋阳之战，揭开了战国历史的帷幕。

邯郸之战

这是战国后期的事了，是赵、魏、楚三军联合挫败秦军进攻赵都邯郸的一次防御战。

赵自武灵王"胡服骑射"后，国富兵强了，也成了秦国的主要竞争对手。

周赧王四十六年（公元前269年），秦国派遣胡阳攻打赵国阏与（今山西和顺西），但被赵国将领赵奢击败了。周郝王五十五年（公元前260），秦国将领白起在长平（今山西高平西北）大败赵军，杀赵军45万人，但秦军也损失惨重，损失过半。

当时白起主张一举消灭赵国，但秦昭王却听从了范雎的意见，允许赵国割地求和。但赵国不久后就背约了，不肯割让六城给秦国。赵国此举把秦国激怒了。

周赧王五十六年（公元前259年）正月，秦昭王派遣五大夫王陵率兵攻打赵国，围困邯郸（今属河北，赵南长城在其南沿漳河、滏阳河由今武安西南经磁县到肥乡南），初战失利。秦军没有放弃，再次增加兵力进行攻打，但损失更大。秦王想用白起替换王陵进行攻打，但白起认为这时攻打邯郸不是最好时机，赵国同诸侯里应外合，秦国必败无疑，便说自己生病了，没有受命前往。于是，秦王只得改派王龁替换王陵，仍旧没有取胜。

赵国都城被围，情况越来越危急，赵孝成王便派平原君赵胜率毛遂等20人说服楚王发兵救赵。楚国派遣了春申君黄歇率兵前往邯郸。赵国同时向魏国求救，魏安釐王也派遣了将军晋鄙领兵 10 万救赵。但魏王受到秦王的威胁后，又派人命令晋鄙在邺（今河北临漳）安营，等待观望。

魏、楚两国的援兵没有到，邯郸告急，军民困乏饥饿，又缺少兵器。赵相平原君不得不把家里所有的财物都分给士兵们，甚至将妻妾都拉入队伍准备应战，鼓励军民共同抵抗国难，并精选 3000 名勇士出击秦军，使秦军后退 30 里。

魏公子无忌（信陵君）偷到了魏王的兵符，将晋鄙击杀。夺取兵权后，他又选兵 8 万，于第二年会同楚军攻击围困邯郸的秦军。

在赵、魏、楚联军的攻击下，秦军大败，王龁撤围退走，秦将郑安平被赵军围困，率领 2 万人投降赵国。

秦灭魏之战

秦王政二十一年（公元前 226 年），秦军在攻占燕国都城蓟，取得北方决定性胜利的同时，开始将主攻方向转向南方。

秦王派遣名将王翦的儿子王贲率领大军进攻楚国北部地区（今河南南部），连连取得胜利，占领了 10 多个城。无疑，秦军对楚国予以一定的打击，使楚军不敢轻举妄动，这样一来，也就保障了正在攻打魏国秦军的侧背安全。随后，攻打楚国的秦军立即挥军北上，于第二年突然进袭魏国，包围了魏国都城大梁（今河南开封）。魏军依托城防工事，拼死防守。秦军强攻没有取得效果，只得引导黄河、鸿沟的大水灌城。三个月后，大梁城被水破坏。魏王出城投降，魏国宣告灭亡。

秦灭楚之战

秦国在消灭魏国后，于秦王政二十二年（公元前 225 年）

决心消灭楚国。

但当时，秦王嬴政没有听王翦用60万大军全力攻打楚国的建议，而是轻信了李信建议用20万人进攻。于是，秦王嬴政命令李信、蒙恬率领20万人攻打楚国。

秦军兵分两路深入楚国领地，企图围歼楚军。

李信一路攻取平舆、鄢郢，而蒙恬一路则攻打寝，楚军一一败退，没有重大抵抗。实际上，李信一直没有与楚军主力进行决战，楚军统帅项燕将主力隐蔽了，并尾随李信军三天三夜，直到他同蒙恬会师于城父。

一天，项燕趁李信轻敌无备，下令突然发起攻击，连破秦军两座营垒，杀死七名都尉。李信大败回师，蒙恬也随之撤军。秦王嬴政听到李信他们失败了便大发雷霆，后悔当初没有听王翦的建议，于是他亲自到王翦家乡频阳，请王翦复出为将。

秦王政二十三年（公元前224年），王翦率领全国军队60万攻打楚国，蒙武为副将。王翦军队沿楚方城北经陈再占平舆后，筑壁垒坚守，命令将士们休息习武，养精蓄锐，等待战机。

楚国将领项燕开始等待秦军的进攻，后来见秦军数月还没有什么动静，便竭尽全力向秦军进攻，但无法攻破秦军的坚固壁垒，于是命令部队东撤。此时，秦军乘机追击楚军，楚军大乱，追至蕲，将楚国大将项燕杀死，楚军败得一塌糊涂。王翦、蒙武乘胜攻占江淮楚国的城邑。一年后，秦军又攻破了楚国都城寿春，俘获了楚王负刍，楚国宣告灭亡。

中国都城保卫战

第七章 秦朝皇城咸阳防御与保卫战

秦朝存在的时间很短，仅仅是历史长河中一瞬间，自秦始皇二十六年（公元前221年）建立秦朝，至秦二世三年（公元前207年）秦朝灭亡，总共15年。但是，这一瞬却非同凡响，它是我国历史上第一次出现大一统局面，是承前启后、继往开来的分水岭。秦朝定都咸阳（今陕西咸阳东），为了维护和巩固其空前统一的封建帝国，统治者陆续采取了一系列的防御措施。

一、秦朝咸阳城池防御体系

古咸阳城是秦朝的都城，也是当时世界上最大、最繁华的城市之一。秦咸阳城以咸阳为中心，东至黄河，西达千河、渭河，北起九山，南至秦岭，地域非常宽广。渭河以北主要有冀阙、咸阳宫、兰池宫及"六国宫殿"，渭河以南是举世闻名的"阿房宫"以及供皇帝游玩的甘泉宫和上林苑。

当初，秦孝公将都城由栎阳迁到咸阳，不仅仅因为它位于关中平原的中心、沣水和渭水的交汇地带，既有衣食之仗，又有地形之险，进可攻退可守，更因为它具备"据河山之固，东向以制诸侯"的战略条件，符合秦国不断东进的战略目标。

可见秦的建都选址首先要服从它的军事战略部署。秦正式迁都以后，就把战略重点放在了东进上。随着兼并战争规模的不断扩大，秦不断地把六国的都城"搬到"咸阳，造成咸阳虽宏伟壮观却缺乏统一规划的混乱局面，只是一味地贪多求快。

统一全国以后，秦总结并继承前人的经验，把"象天法地"作为城市设计的指导思想，并将其赋予新的、具有实际意义的内涵，使咸阳的整体布局与天象呈现出一一对应的关系。营室对应阿房宫，阁道对应横桥，天汉对应渭水，紫宫对应咸阳宫。同时，与星象位置对应的还有城中的市井、手工业区、商业区等。由此可见，秦所设计的咸阳城是对其前代城市规划思想的发展。但秦人在运用"象天法地"思想规划城市的同时，也将迷信思想带入了城市规划体系中，使其带有神秘主义色彩。这种思想对后代的城市规划产生了重要影响。它规范了我国古代都城的基本格局，以后各代都城的兴建，基本依照此种格局。

咸阳城的城市功能，从它一开始建立就明确地表明了它的军事防御功能。之后，随着战争形势逐渐朝着有利于秦的方向发展，咸阳城的功能也发生了改变，逐步从以军事防御为主的"城"，向以发展经济为主的"市"转化，这一点到战国晚期表现得尤为突出，咸阳城内出现了不少铸铁、制陶等手工业作坊。咸阳城的大体布局是：宫城在城的北部；手工业作坊和居住区绝大部分在城的西部和西南部；手工业作坊有民营和官营之分；居住区也有等级差别。

不过，最具特色的城池防御工程当属秦万里长城。春秋战国时期，由于战争的频繁、激烈和规模的不断扩大，军事筑城技术广泛发展起来。各诸侯国为了防御邻国的突然袭击，常常在自己的边境上修筑一些关、塞、亭、障等守备设施，后来又进一步把关、塞、亭、障用城墙连接起来，或把大河堤防加以扩建，便出现了所谓的长城。秦始皇统一中国后，为了利于国家的统一，一方面下令全部拆毁了内地的诸侯互防长城；另一方面，出于抵抗匈奴、加强国防的需要，不仅没有拆毁边地长城，而且在秦、赵、燕三国边地长城的基础上，进一步大规模加以修葺、连接和增筑，于是出现了我国历史上闻名古今中外的秦朝万里长城。

二、秦朝禁卫军

秦始皇统一六国后，为巩固中央集权，建立了一系列的制度，其中绝大部分为后世两千余年的历史所承传，禁卫制度就是其中之一。

秦朝实行皇帝、皇宫、京城三级保卫体系，即由郎中令率领郎官等贴身侍卫部队守护于皇宫殿内，形成皇帝的核心警卫；由卫尉率领卫士守护于皇宫殿外和宫墙之内，担负皇宫徼巡和宫门守卫，形成环卫皇帝的第二道防线；由中尉率领禁卫军负责皇宫之外京城的警备，形成拱卫皇帝的外围防线。

郎中令所管辖的郎官分为中郎、侍郎、郎中、郎中车将、郎中户将、郎中骑将及谒者等秩级。中郎、侍郎、郎中分别隶属于五官中郎将、左中郎将、右中郎将三署，共同担负皇帝的宿卫任务；郎中车将、郎中户将、郎中骑将的下属分别有左、右车郎，左、右户郎，左、右骑郎等，郎中户将主要负责保卫宫殿门户，郎中车将、郎中骑将分别主管皇帝的车辇和骑乘，负责皇帝出行时随从护驾；谒者其本来职责是"宾赞受事"，即朝会时接待宾客、唱赞司仪和接受奏章，但自发生荆轲谋刺秦王事件后，谒者也增加了警卫职责，朝会时作为皇帝的贴身侍官，手持短兵器监视上奏者。

卫尉的属官有公车司马令（简称公车令）、卫令等。公车令职掌宫门守卫，凡宫外臣民上书、贡纳及皇帝召见某人，都是由公车令签发入宫。其属下有各宫门的屯卫兵，白天负责警卫宫门，夜晚在宫中各处巡逻；卫令统领各宫殿外的卫士，担负皇宫警卫，职责是白天巡行皇宫各处，夜晚则率卫士屯驻于宫墙下的周庐（相当于现代的警卫值班室）中值班。卫尉率领的屯卫兵又称材士，是一支重兵。

中尉主要任务是统领京城警备部队巡察京城，禁备盗贼，维持治安，并在皇帝出行时率兵充任护卫及仪仗队。

三、秦朝咸阳保卫战

陈胜起义军与秦军鸿门之战

秦朝的暴政，加上徭役、赋税不断加重，人民的日子越来越不好过，阶级矛盾也日益尖锐。

秦二世元年（公元前209年）七月，陈胜、吴广在大泽乡（今安徽宿州市东南）起义，陈胜自立为将军，吴广为都尉，号称"大楚"，宣布"伐无道，诛暴秦"。起义军进展顺利，控制了今安徽、河南两省交界处的大片土地。起义军每经过一地，广大人民群众都会踊跃参军。当起义军抵达陈邑（今河南淮阳县）时，已拥有战车六七百辆、战马千余匹、步兵数万人，发展成一支浩浩荡荡的大军。

起义军占领陈邑后，陈胜受到当地老百姓和广大将士的拥戴，自称"陈王"，以吴广为"假王"（副王），定国号为"张楚"。陈胜在陈邑建立政权后，为了进一步扩大起义军的力量，给秦朝以更沉重的打击，决定派主力部队西攻咸阳，并分兵夺取其他郡县。当时，秦朝三四十万大军正扼守在长城一带防备匈奴，守卫咸阳的兵力只有5万人，各郡县害怕起义军的声势，无不各自为守。

陈胜命令吴广西攻中原重镇荥阳（今河南荥阳东北），命令周文出函谷关直捣咸阳，命令宋留由武关（今丹凤县东南）迂回咸阳。荥阳城坚粮足，又有秦朝宰相李斯之子李由率重兵驻守，吴广多次攻打都拿不下，于是双方形成了僵持局面。周文部则乘吴广包围荥阳秦军的机会，于九月间攻破函谷关，占领了戏（今临潼区东北）地，距秦都咸阳已不到百里。

秦二世得知这个危急的情况后，内心十分害怕，赶紧召集群臣商议对策。秦少府章邯见形势危急，建议立即赦免正在骊山营造宫室的刑徒，给他们发兵器，抵御起义军。秦二世采纳了章邯的建议。于是，章邯奉旨将在骊山做苦工的犯人和奴隶数十万人，匆促编成军队，迎击周文军。同时，调回防御匈奴的王离所部军队与章邯共同反击起义军。

十月间，鸿门一战，周文部大败，不得不退出关中，暂时驻扎在函谷关东面的曹阳（今河南灵宝东北），后来又败于渑池（今河南渑池西）。陈胜闻讯，急忙调援军西进，但吴广在荥阳城下不得脱身，宋留军进攻武关失利。

就在这时候，秦朝北防匈奴的大军已经南下，统一归章邯指挥，使章邯军实力在原有的基础上大为增强。十一月，章邯率大军出关追击周文部，周文部因孤军无援、精疲力尽而溃败，周文自杀，全军瓦解。起义军以失败告终。

项羽、刘邦入关灭秦之战

陈胜、吴广起义失败后，原六国旧贵族拥兵割据，各地反秦武装也在继续积极抗秦。秦二世二年（公元前208年）春，奉陈胜之命攻取广陵（今江苏扬州市）的义军将领召平，以陈胜名义封项梁为"张楚"农民政权上柱国，建议他引兵西进击秦。三月，项梁、项羽率军渡江北上，沿途收编陈婴、英布、吕臣、蒲将军等多部反秦武装，并击败占据彭城（今江苏徐州市）以东地区的秦嘉部，队伍迅速壮大。秦朝将领章邯在击灭陈胜、吴广农民起义军后，为逐次消灭北方各部反秦势力，北上至栗县（今河南夏邑）。项梁派遣的朱鸡石迎战章邯军不利，退军到薛（今山东滕州市东南）时，刘邦率领部队归附。这时，起义军已发展到10万余人。

项梁得知陈胜败亡的消息，接受了范增的建议，拥立死于秦国的原楚怀王之孙熊心为王，仍称楚怀王，作为反秦号召。项梁自称武信君，掌握军政大权。章邯军在栗县击败朱鸡石部后，对魏、齐、赵等地的反秦力量发起攻击，在临济（今河南长垣西南）击败了齐、魏联军，并乘胜进攻齐地的东阿（今山东阳谷阿城镇）。项梁率领军队求援齐军，在东阿城下将章邯军打败。楚军追击至濮阳东，再次将秦军打败。章邯只得退入濮阳防守。

与此同时，项羽、刘邦率军在城阳（今山东鄄城东南）、雍丘（今河南杞县）、定陶（今山东定陶西北）、陈留（今河南开封市东南）等地连破秦军。这年九月，章邯得到补充，在定陶一带将起义军打败，项梁战死。为避免被秦军各个击破，项羽、刘邦等率部东撤到彭城一带，楚怀王也从盱台（今江苏盱眙东北）迁到彭城。

章邯在定陶将项梁打败后，便天真地认为楚地上的兵不多，不足为患，于是率领军队北上攻打赵国。同年闰九月，秦军攻占赵国都城邯郸。赵王不得不由信都（今河北邢台市）退守巨鹿（今河北平乡西南之平乡镇）。章邯命令王离、涉间率领20万人围攻巨鹿，自己则率领20万人驻守在巨鹿南之棘原（今河北平乡南），建筑运粮通道到巨鹿城外，补给王离军。

赵王几次派人向彭城楚军求救。楚怀王便任命宋义为上将军、项羽为次将军，率主力北上救赵；派遣刘邦率一部分不足万人的兵力乘关中（指函谷关以西地区）空虚无备，进军咸阳。十一月，宋义率军抵安阳（今河南安阳市），滞留46日，企图坐观秦、赵两国互相斗争，以收渔翁之利。当时，天气十分寒冷，又下着大雨，军中缺粮，士兵们又冻又饿，并且巨鹿危在旦夕。项羽多次建议立即北上救赵，宋义不听，反而下令军中，不听从命令的士兵全杀，而自己则整天饮酒作乐。在这种情况下，项羽便将宋义杀害了。于是，楚怀王改命项羽为上将军，率军救赵。

此时，巨鹿兵少粮尽，赵国将领陈余及燕、齐等国救兵都害怕秦军，不敢出战。十二月，项羽派英布、蒲将军率领2万余人渡过漳水救赵，取得了初战胜利。陈余再次请求救兵。于是，项羽亲自率领主力部队渡河，命令部队凿沉船只，打破炊具，每人只准携带三日的口粮，以示誓死决战之心。到了巨鹿，项羽的部队与秦军相遇，经过九次战斗，大破秦军，毁灭了他们的甬道，并击杀秦军将领苏角、俘虏王离，而涉间看到形势不妙则自杀了。诸侯军等敬服，拥戴项羽为诸侯上将军。随后，项羽率领部队乘胜追击至漳水南岸，多次击败秦军。章邯想求和，但没有成功，只得率军后撤。项羽派遣蒲将军追击，追到三户津（今河北临漳西）时，再破秦军。章邯又率军南退，项羽又亲自率领楚军及诸侯军追击，在汙水（漳水支流，位于今河北临漳附近）将秦军打败。章邯连战失利，自然受到秦二世的指责。进退无路的章邯，于秦二世三年（公元前207年）七月率领20万秦军投降楚国。

至此，秦军主力全部被歼。项羽率领部队长驱入关。

秦二世三年二月，刘邦率领部队由砀（今河南永城东北芒山镇）出发西进。刘邦采用灵活机动的战术，避免攻坚，乘虚而进，攻打昌邑（今山东巨野南）没有成功，便转兵向西攻破陈留。随后，他率军向南迂回，出辕关（今河南偃师东南）险道，攻克宛城（今河南南阳市），沿途不断发展壮大队伍。这年八月，刘邦采用了张良的计策，收买了秦将，并乘其不备，攻破通往关中的重要门户武关（今陕西丹凤东南）。此时，秦军的主力部队已被项羽歼灭，秦统治集团内部矛盾激化。丞相赵高逼杀秦二世，立子婴为秦王。九月，子婴又杀死了赵高，并派兵据守峣关（今陕西蓝田东南）。刘邦绕过峣关，在蓝田与秦军进行激战，三战三胜，破除峣关。随后，刘邦的军队来到霸上（今陕西西安市东南），直逼咸阳。十月，秦王子婴出城投降。刘邦进占咸阳，秦朝宣告灭亡。

中国都城保卫战

第八章

西汉皇城长安防御与保卫战

汉高祖元年（公元前206年），汉高祖刘邦自称汉王，公元前202年称皇帝，建立汉朝，后建都长安（今陕西西安西北），至公元8年王莽称帝，改国号为新，西汉灭亡。西汉一共210年。史学界也有把王莽推翻后的更始帝算作西汉的说法，这样说来西汉灭亡则是在公元25年。西汉的军事活动，内容丰富，形式独特。汉朝推翻了秦朝的统治，继承了秦朝的制度，特别是禁卫制度在秦朝的基础上进一步完备。同时，从军事防御的角度出发，大力营建首都长安。

一、西汉长安城池防御体系

汉高祖五年（公元前202年），西汉就开始营造位于渭河以南的关中平原上的长安城。汉高帝命丞相萧何主持营建工程，在秦兴乐宫基础上兴建了长乐宫（皇宫）。汉高祖七年（公元前200年）又命令萧何建造了未央宫，并于同一年由栎阳城迁都至此，因地处长安乡，故命名为长安城。在西汉200余年的历史里，长安一直是全国的政治、经济和文化中心，也是丝绸之路的东端起点，繁盛一时。它是中国历史上一个城池防御的奇迹。

西汉长安城呈方形，城墙四面各开三座城门，南墙中为安门，东西两侧为覆盎门和西安门；北墙中为厨城门，东西两侧为洛城门和横门；东墙中为清明门，南北两侧为霸城门和宣平门；西墙中为直城门，南北两侧为章城门和雍门。每座城门都有三个门道，合计十二门、三十六门道。门道一般宽约8米，恰好相当于当时四个车轨的距离。

城内的大街都与城门相通，主要街道有8条，相互交叉，其中最长的是安门大街（长5500米），其余街道多在3000米左右。道路一般宽约45米，路面以水沟间隔分成三股，中间的御道宽20米，专供皇帝通行，两侧的边道各宽12米，供官吏和平民行走。为美化环境，路旁还栽植了槐、榆、松、柏等各种树木，茂密如荫。

城内的宫殿、贵族宅第、官署和宗庙等建筑占全城面积的三分之二。宫殿集中在城市的中部和南部，有长乐宫、未央宫、桂宫、北宫和明光宫等。贵族宅第分布在未央宫的北阙一带，称作"北阙甲第"。长乐宫在汉长安城的南隅，又称东宫，是由秦兴乐宫改建而成的。汉朝初年，刘邦从栎阳城徙居此宫，受理朝政。惠帝以后改为太后的居所，西汉末年毁于兵火。宫殿平面为不规则的方形，周围筑墙，周长1万余米，面积6平方千米左右。宫内主要有前殿、临华殿、长信宫、长秋殿、永寿殿、神仙殿、永昌殿和钟室等14座建筑。宫墙四面各有一门，东门和西门外有阙。未央宫在城的西南隅，又称西宫，为皇帝朝会之所。未央宫接近正方形，四面筑围墙，东西长2150米，南北宽 2250 米，面积约 5 平方千米。宫城四面各辟一门，在东门和北门外立阙。宫内有 40 多座建筑。其中，最高大的是前殿，居全宫正中，台基南北长 350 米，东西宽 200 米，最高处达 15 米，是利用丘陵建造的。其他建筑还有温室、凌室、织室、曝室、天禄阁、石渠阁、宣室殿、麒麟殿、椒房殿、金华殿、承明殿、高门殿、白虎殿、玉堂殿、宣德殿、朝阳殿、柏梁台以及鱼池、酒池等。各殿之间都有"复道"相通，以备缓急。在长乐和未央二宫之间有一座武库，平面呈长方形，东西长 880 米，南北宽 322 米，四周筑墙。建有七个仓库，每库分为四个库房，房中放着兵器。武库建于汉高祖八年（公元前 199 年），是丞相萧何营建的，是当时全国的武器制造和贮藏

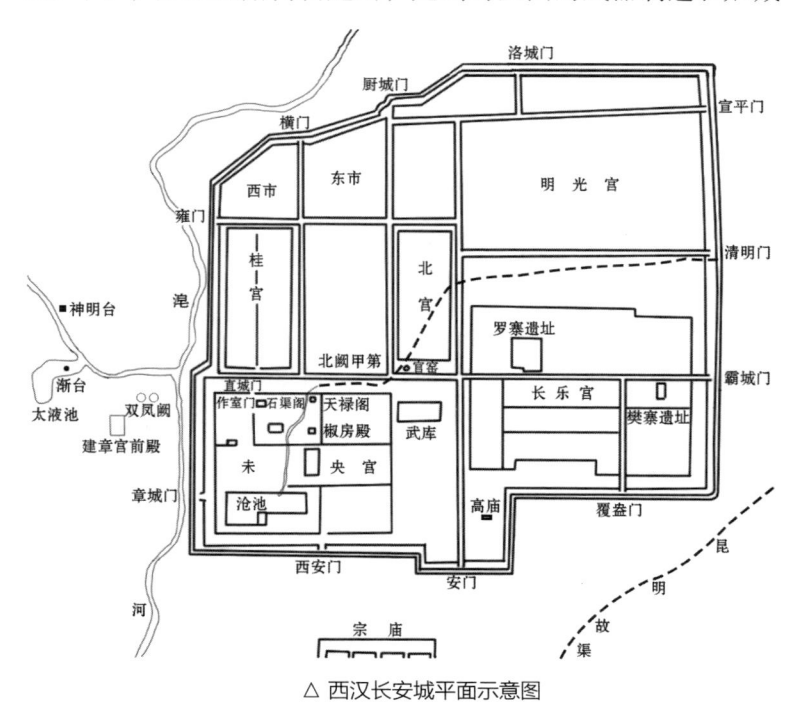

△ 西汉长安城平面示意图

中心，具有极重要的地位，西汉末年被焚毁。桂宫、北宫和明光宫三座宫殿都是后妃们居住的宫室。

西汉末年，长安城毁于战火。东汉定都洛阳，以长安为西京。汉末，洛阳被董卓纵火烧毁后，汉献帝曾迁回长安居住。

二、西汉长安禁卫军

西汉初期的时候，汉廷设置了郎中令负责皇帝的核心警卫；设置卫尉负责皇宫殿门之外、宫门之内的皇宫禁卫；设置中尉掌管京城禁军，负责京城治安保卫。

郎中令统领的警卫力量称"郎"，它所管辖的官有五官中郎将、左右中郎将、中郎、议郎、侍郎、郎中和郎中车将、郎中户将、郎中骑将及谒者、驸马都尉等，也称"郎卫"，分别掌守宫殿门户、出充车骑。

卫尉统领的护卫禁军称为南军，它因为汉皇宫建筑群位于长安城内的南半部而得名。南军有两万多人。卫尉的属官有公车司马、卫士、旅贲三令、丞及诸屯卫侯、司马等，其中，卫士令、丞等直接统率皇宫内驻屯的南军部队，负责守护宫门、巡查宫墙之内，担负皇宫警卫。

中尉统领的京城禁军称为"北军"，因为它驻防于长安城北部而得名。北军实力超过南军，是稳定京城秩序、防盗防乱的重要力量，并担负着皇帝出行时的仪仗。汉高祖皇后吕雉当政时，为营造吕氏王朝，让侄子赵王吕禄为上将军统领北军，让侄子梁王吕产为相国统领南军。吕后死后，太尉周勃入北军从而诛灭诸吕，恢复刘氏王朝。汉文帝即位后，以宋昌为卫将军，镇抚南、北军。第二年，废除卫将军，重新设置卫尉、中尉分统南、北军。

到汉武帝的时候，社会极不稳定，京城治安形势动荡，为了确保皇室的安全和出征匈奴的需要，汉武帝进一步加强了皇帝的贴身侍卫力量和南、北军的力量，并多次派遣禁卫军将领率师出征塞外，使西汉禁卫军制度进入了一个全新的发展阶段。

汉武帝改郎中令为光禄勋，并先后组建期门、羽林两支侍卫亲军。收养、训练战死军士子弟，叫作"羽林孤儿"，与原郎卫一起，统由光禄勋率领，担负内廷侍卫。期门军选自陇西、北地等边郡能骑善射的良家子弟，又叫期门武士或期门郎，于建元三年（公元前138年）组建，数量多至千人，主要任务是"期诸殿门""执兵送从"。其首长初为仆射，西汉末年期门武士更名为虎贲郎，由虎贲中郎将统帅。羽林军选自西北六郡良家子弟，于太初元年（公元前104年）组建，初名建章营骑，后更名为羽林骑，由羽林中郎将和骑都尉监领，担负皇帝出行时的武装护卫。曾有不少历史学家猜测，御林军与羽林军从谐音极其相似，有可能人们常叫的御林军就是源自羽林军。

汉武帝改中尉为执金吾，将警备范围从京城扩大到整个三辅王畿地区，并增置左、右京辅都尉，隶于执金吾，分区负责京畿警备。为加强京师警备力量，汉武帝改组北军，升原中尉属官中垒为校尉，执掌北军垒门内外事务；创置胡骑校尉、越骑校尉、步兵校尉、长水校尉、射声校尉、屯骑校尉、虎贲校尉，与中垒校尉合称为"八校尉"。"八校尉"每校兵力近千人，兵士由地方征募的精锐组成，平时屯驻京城及其附近，战时出征，虽仍属北军，但不由执金吾掌管，也互不统属，而是由皇帝特派监军御史直接指挥。除执金吾、"八校尉"担负京城警备外，还专设城门校尉，掌京师城门屯兵，担负城门守卫。

此外，汉武帝还设置了"侍从三都尉"，即奉车都尉、驸马都尉、骑都尉。其中，奉车都尉负责皇帝的舆车驾驶与管理；驸马都尉负责掌管皇室马匹的畜养与调用；骑都尉监领羽林骑，皇帝出行时率骑兵扈驾。

西汉时期，禁卫军在国家政治生活中具有举足轻重的地位。禁卫军统帅郎中令（光禄勋）、卫尉、中尉（执金吾）位列九卿，职高权重，都是由皇帝的亲信担任。在周勃诛灭诸吕和武帝平息"戾太子"叛乱等重大事件中，禁卫军发挥了关键作用。特别是汉武帝多次派遣禁卫军将领如李广等率京师禁军北征匈奴并取得佳绩，为后世各朝代扩大中央禁军的规模和功能，开启了先河，而此前的朝代是不以中央禁军出征的。

三、西汉长安保卫战

绿林起义军进攻长安之战

外戚王莽篡夺西汉皇位后，政治腐败，经济凋敝，加之在边疆连年发动战争，激起了风起云涌的农民大起义。

新莽天凤四年（17年），新市（今湖北京山东北）人王匡、王凤被饥民推戴为领袖，发动起义。随后，南阳、颍川（今河南禹州）的马武、王常、成丹等人亦率众前来。这支农民起义军选择绿林山（今湖北京山北大洪山）作为根据地，历史上称之为"绿林军"。

不久，琅琊郡莒县（今山东莒县）人樊崇乘青州、徐州地区（今山东半岛及其莒县以东地区）饥荒之机，也揭竿而起，一年内发展到 10 万余人。为了在战斗中区分敌我，樊崇令全体将士用朱红涂眉，历史上称之为"赤眉军"。

赤眉军与绿林军相互配合，不断发展壮大。

新莽地皇三年（22年）以后，绿林军从南向北，赤眉军从东向西发展，两支起义军不约而同地向经济发达的南阳地区进军，在军事上造成了对王莽统治中心洛阳和长安的威胁。

第二年二月，农民起义军抵制了以刘縯、刘秀为代表的南阳地主集团的篡权野心，立刘玄为帝，国号仍为汉，建元更始。王匡为定国上公，王凤为成国上公，朱鲔为大司马，刘縯为大司徒，陈牧为大司空。实际领导权仍掌握在农民出身的绿林将领手中。

王莽听到农民起义军建立了政权，大为震恐，急忙命令大司空王邑驰赴洛阳与大司徒王寻共同组织重兵，企图一举歼灭绿林军。五月，王邑、王寻率领 40 万大军（号称百万）进攻绿林军所在地昆阳（今河南叶县）。昆阳一战，莽军大败，主力基本被歼，王寻被杀，王邑等少数人逃回洛阳，再也无力向起义军发起进攻。

昆阳战败后，王莽任命王邑为大司马、张邯为大司徒、苗诉为国师，旨在加强对长安的守卫。王莽将围剿赤眉起义军的太师王匡、国将哀章军调往洛阳地区，以守卫洛阳，屏蔽函谷关，阻止起义军进入关中，命令都尉朱萌、右队大夫宋纲加强武关的守备。王莽以九个将领，号称"九虎将军"（一说"九龙将军"），率领禁卫军数万人以增强华阴（今华阴市东）、回溪（今华阴市境，俗称回坑）一带布防，企图固守洛阳、长安要地。

绿林起义军于昆阳大捷之后，一面休整部队，一面部署进兵洛阳和京师长安。更始帝命令定国上公王匡率领军队攻取洛阳；派西屏大将军申屠建、丞相司直李松等指挥大军进攻武关（今丹凤县东南），试图取关中、长安。

八月，起义大军向关中进军，攻拔了析县（今河南西峡县）、丹水（今河南淅川西），接着又攻占了武关。随后，起义军一部由李松统率北上袭取函谷关，进占了湖县（今河南灵宝市西北）。

王莽军守卫洛阳、回溪的"九虎将军"各部，大部分被起义军击败，"二虎"自杀，"四虎"逃亡，只剩"三虎"收集残兵退保渭口（今华阴市北）京师仓。

李松、邓晔等率领部队直攻京师仓，但没有攻下，便驻扎在华阴，赶制攻城的器械。同时，李松派校尉王宪率兵北渡渭水，进入左冯翊（今大荔县），进占频阳（今富平县北），以进袭长安的侧背。王宪的军队进展顺利，沿途城邑都归降了起义军。李松另外派出了偏将军韩臣等向西直取新丰（今临潼区东北）与莽军交战，莽军败退，韩臣部乘胜追击，挥军直至京师长门宫（今西安市东北）。

起义军兵临长安城下，长安附近临时起兵反王莽的部队也纷纷云集长安城下，争相进攻长安城。而王莽此时已无力组织军队守卫长安城了，于是他效法秦二世，下令释放狱中所有囚徒，发给他们兵器，组成军队，强迫他们为新朝卖命。但这些囚徒谁也不愿为王莽送死，刚过渭桥（今西安市北）就纷纷哗变，一哄而散。

十月一日，起义军于宣平门（东城门）攻入长安城内，王邑、王巡等指挥残部抗御起义军。快到天黑的时候，大批官吏已经逃走了。

十月二日，长安城内青年朱弟、张鱼加入起义军的作战行列，放火烧未央宫，劈开了一些宫室的门，高呼"反虏王莽，何不出降"？

十月三日，王莽率领官吏千余人，由前殿到渐台（未央宫沧池中），想依靠沧池阻挡起义军，大司马王邑指挥的士兵，激战一整夜，伤亡惨重，只得返回渐台，保护王莽。

起义军民把渐台包围数层，冲上渐台，杀死了王邑、王巡等人。王莽吓得躲进了室内，长安商人杜吴冲进室内，几刀就砍死了王莽。

李松、邓晔统率的绿林起义军全部占领了长安城，新朝宣告灭亡。随后，将军申屠建、赵萌也相继到达长安。几天后，王匡也攻克了洛阳。

更始二年（24年）二月，绿林军拥立更始帝刘玄由洛阳迁都长安。

赤眉军击更始帝长安之战

更始二年（24年）二月，更始王朝迁都于长安，成为西汉末年统治全国的新中央王朝。这个政权在封赏王侯和功臣时，起义军将领虽有9人被封为王，但更始政权的实权却操于贵族豪强之手，绿林军出现了拥兵割据、各自为政的状态。更始政权与赤眉军也存在着尖锐的矛盾。刘玄定都洛阳后，赤眉军领袖樊崇曾亲自带领20余名将领赴洛阳投奔绿林军，但刘玄集团没有丝毫诚意，只给他们封了一些空头列侯称号，不给封地，几十万大军不仅未得到妥善安置，反而受到绿林军的袭击。樊崇看出刘玄集团的不良居心，即率部属逃出洛阳，并决定率兵西攻长安。从此绿林军和赤眉军之间开始战争。

很快，赤眉军兵分两路向关中地区进发：一路由樊崇、逢安统率，经武关向长安进军；一路由徐宣、谢禄、杨音统率，经陆浑关（今河南嵩县北）袭占函谷关，向长安进击。

徐宣大军进至弘农（今河南灵宝市北）时，击败更始弘农太守苏茂所部，与樊崇、逢安所率之赤眉军胜利会师。

更始王朝得知赤眉大军西进函谷关的消息后，立即派遣垂相李松率军前往堵截，并命令洛阳的朱鲔率军尾追赤眉军，结果李松军被赤眉军打败，损失万余人。

此时，樊崇等起义军领袖将全军整编成30个营，每营1万人，设三老、从事各1人，负责全营的作战指挥和部队管理。为了和更始政权争夺"复汉"的正统地位，借以号令天下，樊崇等于更始三年（25年）六月，在郑县（今华州）立15岁牧童刘盆子为皇帝，年号"建世"，亦称为汉。以徐宣为垂相，樊崇为御史大夫，逢安为左大司马，谢禄为右大司马，其余赤眉军将领皆为列卿或将军。

这时，刘秀大将邓禹军也率领军队从汾阴（今山西万荣县西）渡河，进占夏阳（今韩城市南），推进到渭水，从北面逼近长安。

更始王朝面对来自东面和北面两方面大军的压力，十分惊慌。原绿林起义军将领张印等人与众臣商议说，赤眉军已经到达了郑，一朝一夕就可到达长安，而长安却是一座孤城，很快就要被攻破了，还不如将长安城中的财产收集起来，东归南阳，再图恢复。申屠建、廖湛等都表示赞同，于是向更始帝刘玄上谏。

刘玄拒不采纳这一建议,并命王匡、陈牧、成丹、赵萌等率军进驻新丰地区,目的在于扼守新丰通往长安的重要交通干道。李松率军驻扎在掫(今临潼区西北),同时命中郎将、左辅都尉公乘歙率领10万军队,与左冯翊兵进至衙县(今白水县北),以抗拒邓禹军。

随着赤眉大军的日渐逼近,更始政权内部也日益混乱,将领和士兵都无心为更始王朝作战,地主豪强与绿林起义军将领之间的矛盾趋于白热化。张卬等因前次商议东归南阳,遭到刘玄严词拒绝,便与申屠建、廖湛、胡殷、隗嚣等商议,打算趁更始帝刘玄在立秋举行祭祀打猎仪式的机会,以武力劫持刘玄转移南阳。不过,该计划泄露了。

立秋那天,刘玄假装有病不外出,下诏令让张卬、申屠建等入宫,准备将他们一起捕捉杀尽。张卬、廖湛、胡殷发觉情况有变,冲出王宫,但申屠建却被当场杀死,隗嚣趁混乱之机逃回天水。

张卬、廖湛、胡殷出宫后,立即率领军队进攻王宫,刘玄大败而走,率领百余护卫人员,逃到新丰赵萌营中。刘玄到赵萌营后,对绿林起义军将领更加怨恨,无端怀疑王匡、陈牧、成丹与张卬是同谋,所以密谋将他们全部杀害,并召他们晋见。陈牧、成丹先到,都被刘玄斩杀。

王匡得知消息后,立即率兵逃向长安,与张卬等合兵共守长安。这时完全站在更始帝刘玄一边的丞相李松与赵萌等在刘玄指挥下,放弃对赤眉军和邓禹部的防卫,回军向长安进攻,经过一个多月的战斗,战败了王匡、张卬等部,刘玄重新入居长信宫。

但此时，赤眉军已顺利进抵高陵（今高陵区）。王匡、张卬等战败后，立即率领部队前往高陵，向赤眉军投降。于是，双方联兵，共同进攻长安宣平门。李松率军迎击赤眉、王匡军，战败被俘。

城门校尉李汜是李松的弟弟，赤眉军于是派人劝说李汜投降，提出只要李汜打开城门，就能保下李松的性命。李汜为换取其兄生命安全，开城迎接赤眉军入城。就这样，赤眉军于更始三年（25年）九月，兵不血刃，胜利进入长安城。

刘玄得知赤眉军入城后，仓皇单骑逃出。右辅都尉严本害怕自己被赤眉军诛杀，以护送更始帝为名，将刘玄控制于自己营内。更始政权的高级官吏、将相、大臣除个别将领与赤眉军格斗战死外，其余全部向赤眉军投降。

十月，赤眉军发布通告：圣公降者，封长沙王。于是，更始帝刘玄立即派遣刘恭（刘盆子之兄）向赤眉军请降。赤眉军命令将军谢禄受降，刘玄将自己的天子玉玺交给刘盆子。至此，刘玄的更始王朝宣告灭亡。

赤眉军与邓禹、延岑争夺长安之战

赤眉军虽然于更始三年（25年）攻占了长安，推翻了更始王朝的统治，但形势仍然十分严峻。此时，刘秀集团已全部占领了河北地区和河内、河东、河西地区，对赤眉军建立的建世政权日益构成巨大威胁。长安地区的地主豪强势力阴谋再起，更始王朝关中地区的部队仍具有相当强的战斗实力，并伺机反攻；盘踞天水的隗嚣也趁混乱之机扩充兵力，积蓄力量，准备抗击赤眉军的征讨。

刘秀集团的大将军邓禹，于这年八月，击败了更始军中郎将左辅都尉公乘歙的 10 万大军，力量迅速壮大，号称"百万之众"。十月，邓禹率领军队向北进发，攻克上郡、北地（今陕西长武和甘肃庆阳、宁夏大部地区）等郡，作为休兵养马、窥视关中的基地。

京兆（今西安市周围地区）、冯翔（今西安以东渭水北部地区）、右扶风（今关中西部地区）三辅地区的地主豪强势力，为了加强对赤眉政权的破坏和扼杀，拼命地控制该地区的粮食，制造民间的恐慌情绪，使京师一带出现严重粮荒，长安城内粮食供应几乎完全断绝。由于赤眉军没有采取得力措施镇压地主豪强势力，在城中粮尽的情况下，只得被迫撤出长安。

汉光武帝建武二年（26 年）正月，赤眉军放火焚烧了宫室后，率兵离开京师长安，向西进军。赤眉军在南郊祭告天地之后，沿着南山（秦岭）北侧西进。建世皇帝刘盆子乘王车，从骑数百，浩浩荡荡向西进发，所经过的城邑无不望风而降。但原更始政权的将军严春，率兵占据郿县（今眉县），抗拒赤眉军西进。赤眉军一举将其击破，斩杀了严春，迅速挥师北上，进占了安定、北地两郡。

这年九月，赤眉军向陇上一带移动，遭到隗嚣部将杨广的阻击，于是转向乌氏（今甘肃泾川县东）、径阳（今甘肃平凉）发展，又被杨广追击，受到了一定的损失，再南进番须（今陇县西北）。

这期间，由于天气突变，适逢大雪，加之长途跋涉，许多士兵被冻死和饿死。赤眉军无奈，只得停止西进，折返长安，开始了与刘秀集团的邓禹军、延岑军对长安的争夺。

当赤眉军西进，离开长安后，邓禹军乘机由上郡等地南下，轻而易举地占据了长安。邓禹进占长安后，既未从政治上提出治理长安的措施，也没有在军事上加强保卫长安的部署，更没有注意对长安及其附近地区的更始政权旧部招抚收容，而是忙于巡行陵园等封建礼仪琐事。所以，邓禹失去了巩固长安的宝贵时机，客观上为赤眉大军重返长安，减少了阻力。当邓禹得知赤眉军东返的消息后，即派兵前去迎击，企图阻止赤眉军重返长安。赤眉军在郁夷（今陇县境）打败了邓禹军，邓禹慌忙退出长安，来到云阳（今淳化县西北），赤眉军随后胜利地进占长安。

邓禹进占长安后，更始二年起兵于汉中的延岑割据势力，这时也乘长安空虚之机，企图率兵进占长安。赤眉军再次进占长安后，延岑率兵经散关（今宝鸡市南）进驻杜陵（今西安市南郊）。

赤眉军御史大夫樊崇得知延岑重兵驻守在杜陵，便命令将军逄安率兵10多万前去征讨。这时位于云阳的邓禹获悉赤眉精兵10多万又离开长安赴杜陵与延岑作战后，便引兵攻入长安城，与赤眉军夜战于城内的藁街（外国使节、国内使臣居住的一条街）。这次，赤眉军将军谢禄率大军将邓禹军击败，邓禹再次退出长安，退到高陵。

这时，原更始政权的将军李宝，也同延岑联合起来一起在杜陵地区抗击逄安军。他们虽不是赤眉军的对手，但仍决心孤注一掷，两军相交便被赤眉军战败，延岑逃出战场，李宝向赤眉军假降。李宝假降后，暗中派人与延岑密商，由延岑继续率军攻打逄安军，由他在赤眉军内部里应外合。于是，延岑立即收集残兵败将，进行整顿后，重新向逄安军挑战。逄安军将领以为延岑乃败将之军，不堪一击，都争先立功，全部出营与延岑对阵。待战胜延岑返回营地时，没想到李宝早已将赤眉军的旗帜全部换上自己的旗帜。赤眉军经过一天的战斗，已经十分疲乏，忽然看到自己营内全部换成了敌人的旗帜，都深感震惊，部队立即混乱惊走。延岑乘势猛攻而来，赤眉军更加混乱，死者达10余万人，逄安只率数千将士，脱险返回长安。逄安的10多万精兵经此一战，几近全部损失。

杜陵之战后，赤眉军元气大伤。当时的形势日趋恶化，南有延岑的重兵，北有刘秀集团的邓禹军，陇上又有隗嚣的军队，各方都在威胁着京都长安。这时三辅地区又遇上大饥荒，各地的地主豪强捣乱破坏，聚众以为营垒，囤积粮食，坚壁清野，以断绝长安的粮食供应。

面对这种情况，赤眉军无计可施，只得第二次被迫做出撤离长安、东归关东地区的决定。汉光武帝建武二年、赤眉建世二年（26年）十二月，赤眉大军20多万人离开长安，沿郑县（今华州区）、武城（今华州区东）、华阴（今华阴市东）之大道向函谷关进军。此时，刘秀集团冯异所率领的军队也正由东向函谷关一边战斗一边前进。冯异军招降了沿途的割据势力，通行无阻地越过了关中门户函谷关。汉光武帝建武三年（27年）正月，冯异军与赤眉军在华阴相遇，赤眉军樊崇等人得知冯异率军到达华阴地区的消息后，立即派兵进击，两军交战达数十次之多，相持60多天，互有胜负。

就在这关键时刻，赤眉军内部发生了刘始等人带领5000多人投降冯异军的事件，这对赤眉军的士气有一定程度的影响。

随后，赤眉军在湖城（今潼关县东）将邓禹军打败。不久后，赤眉军又在宜阳（今河南宜阳西北）被刘秀大军包围，因粮尽力竭，被迫向刘秀投降。这年夏天，原赤眉军首领樊崇、逢安等举兵又起，但最终因为势单力薄，很快被刘秀镇压了。

历时 10 年的赤眉农民起义遂告失败。

中国都城保卫战

第九章
东汉皇城雒阳防御与保卫战

东汉王朝（25—220年）自从刘秀建朝开始，到献帝刘协下台结束，共历时195年。这是继秦、西汉以后第三个统一的封建王朝。东汉的军事活动，内容丰富，形式独特。东汉定都雒阳（今河南洛阳），统治者为了维护自己的统治地位，大力加强了禁卫军建设，从军事防御的角度扩建了雒阳城。

一、东汉雒阳城池防御体系

建武元年（25年），东汉光武帝建都雒阳，至初平元年（190年）董卓逼迫汉献帝迁都长安，雒阳为都历时165年。因为汉代以火德、忌水，所以就改洛阳名为雒阳。

东汉雒阳城是在吕不韦城的基础上加以扩建的。因为都城东西六里一十步，南北九里一百步，所以俗称"九六城"。都城设有城门十二座：东面三门，北起为上东门、中东门、秏门；南面四门，东起为开阳门、平城门、小苑门、津门；西面三门，南起为广阳门、雍门、上西门；北面两门，西起为夏门、谷门。全城共二十四条街。街分三道：中央为御道，专供皇帝及高级官员行走；左、右两道供人行。

城内有南、北两个宫：南宫主要建筑却非殿是光武帝登基的地方；北宫主要建筑德阳殿，极其宏大，能容纳上万人。位于南宫的东观及北宫的白虎观，作为藏书馆及研究机构，因《东观汉记》及《白虎通义》两书而闻名。

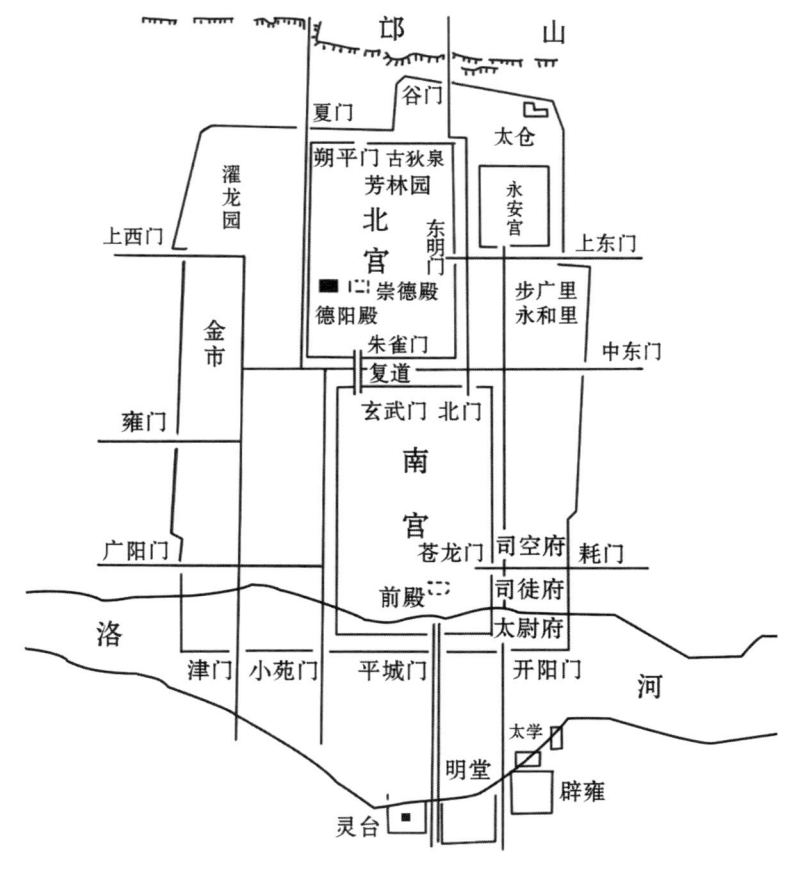

△ 东汉雒阳城平面示意图

二、东汉雒阳禁卫军

东汉时期，禁卫体制出现一个新特点：禁卫职能和设官变得分散化了，禁卫军系统基本上是由一群平级的武官分别统领各自的人马，虽然仍设有光禄勋、卫尉、执金吾等高官，但与西汉比较，在职权上有所退化和缩小。

东汉自光武帝刘秀之后，朝政动荡，外戚势盛，宦官擅权，在频繁的宫廷斗争中，禁卫军每次都充当了重要的角色。

东汉末年，曹操以汉丞相名义执掌朝政大权，挟天子以令诸侯。此时的汉王朝名存实亡。

曹操为一统天下，建立了强大的中央军。中央军分为外军、中军：外军是驻扎在外地的中央直辖军；中军就是驻扎在京师的中央禁卫军，职统宿卫宫廷、守护京师和出外征讨。中军的兵力通常在10万人以上。中军的实际最高统帅是曹操，下设领军、护军各一人处理日常军务。中军中的精锐虎豹骑是曹操的护卫亲军，由亲信将领许褚统帅，后来改称武卫营。武卫营中的一部分担负相府警卫并经常随卫曹操出外征讨，另一部分则长期留守皇宫，外人称之为陪卫，实际上是将傀儡皇帝汉献帝牢固地控制在皇宫之内。建安十二年（207年），中军下设的领军、护军分别改称中领军、中护军，并领营兵。中领军统帅中军，中护军在中领军之下，主要负责考选禁卫武官。

东汉禁卫军参加过大量的宫廷政变、皇城战事，特别是中晚期的时候，宫廷事变几乎贯穿这个时期。如汉和帝与宦官郑众等人合诛窦宪，宦官孙程等杀外戚立顺帝，汉桓帝与宦官单超合诛梁冀，外戚窦武诛宦官，外戚何进谋诛宦官。到汉末的时候，禁卫军还参与了割据天下的争战。

三、东汉雒阳保卫战

雒阳军阀混战

黄巾起义被镇压下去以后,东汉朝廷也面临分崩瓦解之势。在镇压农民起义和少数民族的反抗中,东汉统治者不得不赋予地方官吏、豪强以更多的权力;同时,地方官吏和豪强逐渐认识到朝廷形势之不可逆转,于是纷纷乘机招兵买马,扩充实力,准备参加中原逐鹿,一决雌雄。所以,从黄巾起义到董卓入京前的短短数年之中,地方州郡牧守的权力恶性膨胀,逐渐形成了地方豪强武装割据的政治形势。

此时,东汉首都雒阳也朝不保夕了。特别是中平末年的宦官、外戚集团的互相残杀,使持续了近一个世纪的戚宦争权宣告结束。宦官、外戚集团同归于尽,代之而起的是大军阀董卓专擅朝政。

董卓趁何进、袁绍召地方军队进京消灭宦官之机,举兵在北芒山(今洛阳东北)"奉迎"汉少帝,逐渐控制了雒阳的局势。然后,他利用所掌握的兵权,胁迫百官众卿废少帝,改立陈留王刘协,也就是我们所熟知的汉献帝。而董卓自任太尉,随后又成为相国,掌握着朝廷的绝对权力。董卓放纵部下在雒阳烧杀劫掠,对朝廷百官也是顺者昌、逆者亡,稍有不顺,就滥施酷刑,置人于死地。无疑,董卓的暴虐激起了社会各阶层的普遍不满。

初平元年(190年),各地的州郡牧守以攻打董卓为名,纷纷起兵争夺地盘、掠取权势。由于起兵的州郡都在关东(渔关以东),所以史称"关东军"。关东军共同推举渤海太守袁绍为盟主，纠集了许多豪强武装，从北、东、西三面来包围雒阳。一时间，讨董战争声势浩大，给董卓造成强烈的威胁。

而此时，黄巾军余部白波黄巾正向今山西临汾境内集结，人数达到了10万，有南渡黄河侧击雒阳后背的动向。

董卓自知不得人心，又为避免两线作战，于是二月强行迁都，雒阳数百万人口随驾西行到长安，并放火将雒阳焚毁为一片废墟，企图以"焦土政策"来抵御关东军的进攻。

关东军讨伐董卓的声势虽大，但内部利益并不一致。州郡牧守和各路豪强各有各的打算，谁都不愿与董卓决战，而是各守其阵，静观其变。

董卓是极为残忍的军阀，在他挟汉献帝由洛阳西迁长安时，沿途居然以烧杀为乐，所过之处，无不残破。到长安后，他又继续大肆聚敛，疯狂掠夺，放纵淫乐，为保全自己，又筑坞于郿，积蓄粮食。但董卓集团内部矛盾也异常尖锐。初平三年（192年），董卓部将吕布与司徒王允合谋，将董卓杀死。之后，王允又被董卓旧部李傕、郭汜杀害，关中一片大乱。

董卓死后，关东攻打董卓的联军并没有就此偃旗息鼓，而是更进一步展开了争夺势力范围的激烈混战。

中国都城保卫战

第十章 三国时期各国都城防御与保卫战

三国，由魏、蜀、吴三个国家鼎立而得名。三国时期开始于220年魏国代汉，终于265年晋代魏。但史家往往以184年爆发黄巾起义为三国上限，以280年晋灭吴为三国的下限。三国时期，战争频仍，烈度大。战争主要是封建割据战争和封建统一战争。从190年到魏灭蜀的70多年内，除魏甘露四年（259年）以外，无一年没有战事，战争频率如此之高，在历史上也是不多见的，其中围绕各国都城发生的皇城战事同样频繁而又激烈。

一、三国都城城池防御体系

　　三国时期，主要战争发生在内地，而不是在游牧民族入侵的边境，因此以都邑筑城而不是线式筑城为主。所筑之城也很有限，多数是在国力略有增强的情况下，在新的边防重镇、重要治所、后方重镇等战略要地兴建的。

　　三国时的筑城一般有三种情况：一是建立新城；二是保留旧城，加筑新城；三是拆除旧城，在附近另选新址建城。筑城有如下特点：一是新建和另建的城，大都规模不大；二是加筑重墙，以增强防御的稳定性；三是城外加筑城堡，同大城构成犄角配置；四是在城内加筑称为"京""台"的高大土台，以控制制高点，增加安全度。在筑城技术方面，城墙多用土夯筑。

魏国洛阳城池防御体系

魏文帝黄初元年（220年），刚刚建设洛阳宫，仅仅修复了北宫一部分建筑物。到明帝青龙三年（235年）的时候，就开始大修洛阳宫，并且长达五年之久。除恢复了汉洛阳城原有规模外，并在它的西北角新建了"金庸城"，作为军事上的城堡。

公元265年，司马炎篡夺了皇位，建立西晋，继续以洛阳为首都，到永嘉五年（311年），刘曜攻占洛阳、怀帝被俘为止，为时四十五年。西晋时期，洛阳大体仍沿用曹魏的旧城。由于西晋实现了全国的统一，社会生产有所发展，洛阳又开始呈现出一派繁荣景象。当时洛阳有三市：宫城西边的金市，城东建春门外的马市，城南的羊市。

蜀国成都城池防御体系

成都古城位于川蜀境内，地理位置极其重要。城周围崇山峻岭环绕，秦岭延绵，巴山拱卫，天下闻名的青城山也距城不远。刘备统一巴蜀，建立蜀汉政权，建都成都。之后，刘备以今青龙街一带为中心从军事防御的角度进行了大规模的城市建设。

吴国建业城池防御

公元212年，即吴国孙权迁都秣陵（今南京）的第二年，为加强城池防御，在石头山金陵邑原址筑城，取名石头城，改称建业。

石头城跨水而立，周围数十里，设有子、罗城二重城，商业繁华，热闹非凡。城基为赭红色，内有大量的河光石，都是用自然山岩凿成。唐代大诗人刘禹锡在他的《金陵五题》组诗"石头城"一诗中曾写道："山围故国周遭在，潮打空城寂寞回。淮水东边旧时月，夜深还过女墙来。"直至今日，当年石头城的城墙在清凉山公园里依然可以看到。不过，石头城城墙不是砖也不是石头，而完全是用黄土夯筑的土城墙。

二、三国都城禁卫军

延康元年（220年），曹丕代替汉帝，建立魏朝。

曹魏时期，禁卫体制基本沿袭秦汉的模式，设置了宫殿内、皇城、京师三条防线，但又结合战乱频仍、政局动荡的总形势，进一步加强了以精锐部队为主的禁卫力量。魏文帝曹丕对中央禁卫军进行了改编，在保留武卫营和东汉以来设置的五校，即屯骑营、越骑营、步兵营、长水营、射声营的前提下，又设置了中坚营、中垒营。五校和武卫、中坚、中垒三营统归中领军统帅。其中，武卫营担负宫禁宿卫和皇帝扈从，其他各营负责皇宫和京师保卫。魏明帝时又增置骁骑、游击二营。

曹魏时期，在官职设置上仍有光禄勋、卫尉、中尉之职，但其职责与汉代已有很大的不同。光禄勋"不复居禁中"，也无三署郎，实际负责宫殿内警卫的是武卫将军和殿中将军。武卫将军保卫皇帝的安全，位高权重，常可带兵进入殿中。殿中将军率卫兵具体负责宫殿内的日常警卫，其属官有殿中校尉、殿中都尉及虎贲、羽林郎等。殿中将军平时督守殿内，朝会时戎服直侍皇帝左右，夜间则执白虎幡监开诸城之门。同时，还设有殿中监，"掌张设监护之事"。

此外，内宫中的一些宦官也兼有警卫任务。曹魏在宫城警卫上，仍沿袭了汉代做法，设置卫尉一职，掌宫城掖门的防守和宫中巡察。卫尉的属官有公车司马令、司马、卫士令和左右都侯。公车司马令管理宫外臣民奏章、上书的收发；司马负责守卫宫门；卫士令和左右都侯率卫士巡查宫内殿外。但此时的卫尉与汉代不同，不掌握像南军那样的武装力量。这时真正对宫城警卫负责的是掌兵军将，在曹魏新建的宿卫军中，除武卫营以警卫宫殿为责外，中坚营、中垒营、中领营、中护营、骁骑营、游击营在不出征时，都驻扎在宫城内外，担负宫禁宿卫和京城警备。同时，担负京城警备的还有沿袭东汉的屯骑、步兵、越骑、射声、长水"北军五营"，统由中领军掌领。此时仍设执金吾一职，已是仅存虚名，所以到晋代时就取消了。与魏并存的蜀、吴，它们的禁卫制度与魏大体相似。

三、三国都城保卫战

魏文帝攻吴之战

夷陵之战结束后，吴国的孙权在魏国压力下态度渐渐变得强硬起来，双方由外交斗争升级为沿江激战。

黄初三年（222年）十一月，魏文帝到达宛县（今河南南阳）督战。曹休统率5个州的20余个军，在江边洞口上表，说愿意虎步江南。魏文帝担心有什么闪失，急忙派遣释马前去制止。这时，夜间突然起了暴风雨，南岸的吴军吕范的船只漂到北岸，船翻了将士落水，在曹军的攻击下，部队溃散，淹死数千人，损失半数，余下的部队只得退回江南。见此情景，魏文帝下令紧急渡江。

这时，东吴贺齐的军队由于路远后到，没有遭暴风雨的侵袭，非主力部队独获保全，守住了南岸。魏军遭遇贺齐等反抗后停止渡江。两军夹江驻屯，展开袭击和反袭击斗争。北岸曹休派遣臧霸率领500只轻船、万名敢死军，渡江袭击对岸徐陵（今江苏镇江西），攻城烧车，杀掠数千人，但不敢深入，只得退回江北。南岸虽遭魏军轻船多次袭击，而吴将全琮率部甲胄不离身、兵器不离手，出击驶入江中的数千名魏军，斩杀了魏国将领尹卢，杀死和俘虏数百人。

魏军从西路派优势兵力围攻江陵。城中多数人患有浮肿，能参加战斗的仅5000人；守将朱然胆量和操守有余，神色安然，守城之余，伺机出击，攻破魏军两座军营。所以，魏军围困半年一直攻克不下。魏吴双方又争夺江陵中洲。中洲是长江、沱水围成的江心洲，位于城西14里，控扼长江，支撑江陵，它东西35里、南北15里，可以驻扎大部队；但它却孤悬江上，易攻难守。孙权命令将军孙盛率领上万部队进驻洲上，建立围坞。

黄初四年（223年）正月，魏国将领张部乘舳舻驱逐孙盛，占领中洲。于是江陵内外隔绝，连老鼠、麻雀都行不通了。随后，吴国的诸葛瑾与夏侯尚隔江相战，夺回中洲，派水军在江中游猎。夏侯尚则夜间出油船，从下游偷渡，袭击诸葛瑾，夹江烧毁他们的战船，水路、陆路一齐攻打，再次进驻中洲，并分出步骑兵达3万人架设浮桥，方便大陆与中洲往来。魏国的侍中董昭认为，夏侯尚的军队太深入了，从浮桥过江太危险，只有一座浮桥路太狭窄，犯了兵家之忌。一旦江水暴涨，水军又不足，如果吴军攻桥，拿什么来防御？听董昭这么一说，魏文帝急忙命令夏侯尚紧急撤出。

这时，吴国将领潘璋率领部队到上游50里的地方割芦苇几百万束，制作大筏，企图等待春水暴涨时，顺流放火，烧毁浮桥，并从上下游两头并进，合击中洲的魏军；但大筏制成时，中洲魏军接到命令已经撤出。10天后，江水暴涨。魏文帝见此情景对董昭更是赞许有加。这时，西路魏军疫病流行，江南江北，遍地传染，兵士死亡十分多，不得不撤兵。朱然防御江陵成功，从此名震魏国。

同时，大司马曹仁率步骑兵数万兵力向濡须开进，企图以兵袭取濡须中洲，对外佯称偷袭羡溪（水名，从巢湖东注长江）。东吴命令朱桓分兵救羡溪。救兵派出后，东吴仓促间得知曹仁的军队已进至濡须70里的地方，于是急忙派人追还救兵。救兵未回，曹仁却突然来到。此时，朱桓的部队只有5000人在，众将士面对曹仁大军都很恐惧。朱桓开导说，一旦两军交战，胜负在将领的指挥，而不在于人数的多少。诸位想必听说过曹仁用兵打仗同朱桓哪个更行，曹仁既不是智勇之辈，他的兵士又很胆怯，加之徒步跋涉千里，已是人困马乏。我们据守高城，南临大江，北背山陵，以逸待劳，有百战百胜的优势，即使曹丕亲自来攻打，都不要有什么担忧，更何况是曹仁之流呢？于是，朱桓命令军队偃旗息鼓，以外表示弱，其实是诱惑曹仁。曹仁果然中计，命令自己的儿子曹泰带主力攻击濡须城，袭取濡须中洲，企图扣留洲上朱桓部属的妻子儿女，使濡须城不战自溃。但最终，魏军全线撤军，无功而返。

经过一年多休整后，黄初五年（224年）七月，魏文帝决心再次攻打吴国，进攻方向是从三道并进改为一道，走上次攻打吴国时侥幸取胜的东路，企图集中兵力突破长江。八月，魏文帝整编并加强水军，率大军沿蔡水、颍水、淮水，进驻寿春。九月，到达淮水下游广陵（治淮阴，今江苏淮阴西南）的泗口（泗水入淮口），沿中渎水抵达长江边。这时，吴国东路兵力正在镇压山越，江边防守空虚。但吴国采用了徐盛的建议，进行战略伪装，一夜间在南岸建起了疑城，从石头到江乘（今南京东北25千米）连绵几百里，又调集大批舟舰在江上巡逻。魏文帝临江遥望，见江水猛涨，摇了摇头说，魏国虽有武骑千群，但没有用武之地啊！于是，魏文帝乘坐龙舟进入长江，但忽然遭遇暴风，龙舟漂荡，隔在了南岸，几乎覆没。虽然魏文帝在江边拥兵待机多时，但并未对吴军构成严重威胁。十月，魏文帝退军回许昌，劳师动众一番，只不过在长江边上炫耀了一番军威而已。

经过4个月休整后，即黄初六年（225年）二月，魏文帝企图再次进驻江边等待攻打吴国的时机,他甚至命令修筑宫室，把最高军事指挥机构和主力部队长期部署在广陵前线，筑城屯田，待机出击，以拖疲、拖垮吴军。

魏文帝的具体部署是：诏命陈群为镇军大将军，随车驾监督众军；司马懿为抚军大将军，留镇许昌。魏文帝嘱咐司马懿说，我十分挂念后方，所以委任你全权负责。曹参虽有战功，可是萧何更为重要。这年三月，魏文帝率舟师东征；五月，到谯县；八月，从谯县由涡水入淮。由于中途处理利城（治利城，今苏北赣榆西30千米)兵变事件,直到十月,才经中渎水抵达江边广陵故城。

魏文帝在江边举行了盛大的阅兵仪式,戎兵10余万人,旌旗数百里,有渡江的企图。而此时对岸的孙权严加固守。由于天气寒冷,中渎水道结冰,魏军舟船无法进入长江。魏文帝望着波涛汹涌的江面,叹息无法渡江,并于当月下令退兵。退兵时,夜晚遭到了吴国京城(今江苏镇江)守将孙韶派过江的500名敢死士的伏击,侍从的副车羽盖被截获。其实,在魏文帝出征前尚书蒋济曾作《三洲论》,论述淮路艰难,含蓄地劝阻出兵,但魏文帝没听。回军时间又比上次晚了一个月,中渎水道水枯浅露,战船数千艘搁浅。蒋济用凿地、遏水等措施,使战船完璧归赵,与先行的魏文帝同时到达谯县。

魏文帝虽先后三次攻打吴国,但都被擅长水战、依托长江进行顽强抵抗的弱军所阻遏。

魏灭蜀之战

三国后期,三国中只有司马氏掌政下的魏国势力最强,具备了灭吴、蜀,统一天下的条件。

魏元帝曹奂景元三年(262年),执政的魏大将军司马昭,分析了当时的局势,认为是攻打蜀国的时机了,并决定采取先消灭蜀国,三年之后再消灭东吴。为此,魏国任命钟会为镇西将军,都督关中,做攻打蜀国的准备。同时,魏元帝还放言要先攻打吴国,以迷惑蜀国。

蜀国的姜维听到这个消息后,急忙把情况上报给刘禅,建议派兵把守阳安关(即阳平关,在今陕西宁强西北)和阴平(今甘肃文县西北）的桥头，做好防备。但昏庸的后主刘禅只宠信宦官黄皓，黄皓则相信鬼巫之说，以为魏军不会进攻，刘禅信以为真，于是把姜维的建议置之脑后，连群臣都不让知道。

景元四年（263年）夏，魏国征兵18万，分三路进攻蜀国：征西将军邓艾率兵3万多人，从狄道（今甘肃临洮）向甘松（今甘肃迭部县东南）、沓中，进攻驻守在此的姜维；雍州刺史诸葛绪率3万多人马，从祁山（今甘肃礼县祁山堡）向武街（今甘肃成县西北）、阴平之桥头，切断姜维后路；镇西将军钟会率主力部队10余万人，分别从斜谷（今陕西眉县南）、骆谷、子午谷（今陕西西安南），进军汉中。

刘禅见魏军真的来攻了，才仓促应战，急忙派遣右车骑将军廖化率一支人马往沓中，增援姜维；派左车骑将军张翼和辅国大将军董厥率另一支人马到阳安关防守汉中。这年九月，魏军三路大军发起进攻。在东南，钟会的主力部队三路齐进，而这时刘禅却不等援军到达就命令汉中各外围据点的蜀军撤退，魏军在没遇到任何抵抗的情况下，迅速进入汉中，并随即进逼阳安关。蜀国阳安关守将傅佥，坚守苦战，随后因部将蒋舒开城出来投降，傅佥格斗而死。魏军进占阳安关后，又长驱直入，进逼剑阁（今四川剑阁县西），威胁蜀国都城成都（今四川成都）。

与此同时，邓艾率领的西路魏军也展开攻势，使天水太守王颀、陇西太守牵弘、金城太守杨趋分别从东、西、北三面进攻沓中的姜维。姜维获悉魏军进入汉中的消息，虑及阳安关有可能丢失，剑阁孤危，于是带领部队边战边退，企图移向剑阁。但是诸葛绪率领的中路魏军已从祁山进达阴平的桥头，切断了姜维的退路。姜维为调开桥头的魏军，带军从孔函谷（今甘肃武都区西南）绕到诸葛绪后侧，攻击魏军。诸葛绪生怕自己的后路反被切断，急忙命令魏军后退 15 千米。姜维立即趁机回头越过桥头。当诸葛绪察觉自己上当时，蜀军已远远离去，追赶不上了。姜维从桥头到阴平，继续向南撤退，途中与正在北上的廖化、张翼、董厥等蜀国援军会合，这时他们已经知道阳安关口丢失，于是退守剑阁。不久，邓艾率军抵达阴平，他挑选精兵，想与诸葛绪联合由江油（今四川江油北），避开剑阁，直取成都。诸葛绪以追击姜维为己任，拒绝邓艾联军的建议，率军东去，与钟会军会合。钟会为扩大军权，密告诸葛绪畏懦不前，结果诸葛绪被征还治罪，他的部队也归属钟会。随后，钟会率军挺向剑阁。剑阁有相连的小剑山和大剑山，地形险峻，道小谷深，易守难攻，但又是通往成都的通道。姜维利用这种有利于防守的地形，在此"列营守险"。钟会带领部队多次攻打剑阁都没有取得成功，不久后，魏军又因粮食供应不上，军心动摇，于是准备退军。

魏军攻打蜀国之战，曾一度顺利进展，并切断了蜀军主帅姜维的退路，应该说，灭蜀之举，指日可成。但由于诸葛绪的失策中计，姜维顺利通过桥头，凭险守剑阁，阻挡了魏军的攻势，使之面临粮尽退军、前功尽弃的情形。

就在这个关键时刻，邓艾提出了一条奇策，建议魏军从阴平绕小道攻涪，这样姜维若从剑阁来援，则剑阁势孤易破，若蜀军不援涪，魏军破涪，切断姜维后路，并可直指成都。这条计策被采纳了，并由邓艾执行。从阴平到涪，高山险阻，人迹罕至，十分艰难，不过也基于这个原因，蜀国没在此设防。十月,邓艾率领军队从阴平出发,在无人行走的路上走了300多千米,一路上山高谷深,极为艰险。面对困难,邓艾身先士卒,遇到绝险处,自己带队先过。在克服了这些难以想象的困难之后,魏军终于通过了阴平险道,到达江油。蜀国江油守将马邈见魏军奇迹般出现在眼前,大惊失色,不战而降。邓艾率魏军乘胜进攻涪城。

江油失守后,刘禅派诸葛亮的儿子诸葛瞻阻击邓艾。诸葛瞻的军队在涪城停住。战斗中,魏军破蜀军前锋,诸葛瞻被迫退守绵竹(今四川绵竹),列阵待艾。这时,邓艾派遣使者致书诸葛瞻劝降说,如果投降则被封为琅琊王。诸葛瞻十分愤怒,斩杀了前来劝降的使者。邓艾立即派遣他儿子邓忠及司马师纂等人,从左右两面进攻蜀军。魏军失利,邓艾十分生气,甚至扬言:如果不取胜则斩杀邓忠、师纂。邓艾命令邓忠、师纂再次率军进行战斗。二将急忙重新上阵,结果大破蜀军,临阵斩杀诸葛瞻及蜀尚书张遵等人。就这样,魏军进占绵竹,并立即进军成都。

蜀国的兵力多在剑阁,成都兵少,实际上就没什么防守可言。蜀国君臣听说魏军到来,慌作一团,不知所措。有人建议蜀汉后主逃向南中地区(今四川南部及云、贵部分地区),但那里情况复杂,能否站稳没有把握;有人建议东投孙吴,但孙吴也日益衰弱,自身难保;光禄大夫谯周力主投降魏国,群臣大多附和这种建议。十一月,刘禅接受谯周的建议,开城降魏,同时派遣使者命令姜维等投降。魏军占领成都。而坚守剑阁的姜维,先听说诸葛瞻兵败,但并不知道蜀汉后主的确切消息,恐怕腹背受敌,于是率军东入巴中(今四川巴中)。钟会率魏军进至涪城，派遣将士追赶姜维。姜维退到郪（今四川广福）。随后，接到了蜀汉后主的传令，姜维于是率领廖化、张翼、董厥等人，投戈放甲于钟会军前。至此，魏灭蜀之战结束。

晋灭吴之战

魏元帝景元四年（263年）司马昭消灭蜀国，使司马氏势力进一步加强。咸熙二年（265年）八月，司马昭病死，他的儿子司马炎继承了相国、晋王位，继续掌握着魏国朝政。同年十二月，司马炎废掉魏元帝曹奂，自己登上皇位，即晋武帝，改国号为晋，史称西晋，改元泰始，定都洛阳。这样，魏灭蜀、晋代魏，变三国鼎立为晋与吴的南北对峙。

司马昭曾有灭蜀之后三年就灭掉吴国平定天下的设想，但灭掉蜀国后，因部队老化，人民疲惫，加上又缺乏灭吴所必不可少的一支强大水军，灭吴之举暂时停下了。司马氏转而采取措施整顿内部，如任用贤能，废除苛法，减免赋役，劝课农桑，兴修水利，以此缓和社会矛盾，恢复经济，加强实力基础。司马氏还特意厚待归降的蜀国君臣。例如，封刘禅为安乐公，后来还征用诸葛亮的孙子诸葛京"随才署吏"，其他蜀国降臣封侯者达50余人，以此稳定巴蜀之众，又示意东吴，收买吴国人心。晋代魏后，晋帝司马炎又派遣使者与吴国讲和，作缓兵之计。但与此同时，司马炎抓紧时间，开始做攻打吴国的军事准备。

晋泰始五年（269年），晋武帝以羊祜都督荆州诸军事，镇守襄阳（今湖北襄阳）；卫瓘都督青州诸军事，镇临菑（今山东临淄北）；司马伷都督徐州诸军事，镇下邳（今江苏邳州西南），以这些地区作为进军的基地。羊祜是极力主张并参与密谋消灭吴国的主要大臣之一，他曾在襄阳与东吴名将陆抗对峙，善施恩惠，如主动送还吴军俘虏、吴国禾麦、吴人射伤的禽兽等，使吴国人十分高兴。于是，吴国人北来投降的不断。这迫使陆抗只得采取"各保分界，无求细利"的方针，不敢贸然行事。同时，羊祜率部众勤练兵，促生产，提高了晋军的战斗力，使晋军由"军无百日之粮"变为"有十年之积"。羊祜死后，继任者杜预继续练兵习武，囤积军粮，加紧备战。泰始八年（272年），司马炎任命王濬为益州刺史，密命他制造大船，训练水军，"为顺流之计"。王濬便开始着手制造大船，训练水军。于是，一支强大的水军在长江上游逐渐建立起来了。

正当晋朝国力日盛，积极准备消灭吴国的时候，江东的孙吴却是每况愈下。早在孙权晚年，由于赋役苛重，吴国人民的不满和反抗情绪已有所发展，社会矛盾加剧。晚年的孙权性多嫌忌，动不动就杀人，搞得朝臣人不自安。孙权死后，围绕继位和权力问题，引发了一连串的宫廷内争和帝位更迭，进一步加剧了吴国的混乱。到吴元兴元年（264年），孙权的孙子乌程侯孙皓被迎立为皇帝后，情况更加不可收拾。孙皓昏庸无道，对西晋的威胁，毫无戒心，有时也派兵攻晋，但大多因为草率无功而返。他认为长江天险可保平安，从未认真在战备上下功夫。名将陆抗觉察到晋有灭吴的意图，曾不止一次上疏要求加强备战，他还预见到晋兵会从长江上游顺流而下，特别要求加强建平（今湖北秭归）、西陵（今湖北宜昌东南、西陵峡口）的兵力。

王濬在蜀国造船所剩碎木顺江而下，吴建平太守吾彦取了向孙皓呈报说，如此看来，晋肯定有攻打吴国的计划，最好向建平增兵。如此一来，他们攻不下建平，自然是不敢渡的。然而，孙皓对陆抗、吾彦的建议和警告，一概不予重视。不久后，陆抗在忧虑中死去。吴国的衰落，孙皓的昏庸，为晋的顺利灭吴提供了难得的机会。

咸宁五年（279年），王濬、杜预（当时羊祜已死）以吴主孙皓荒淫凶虐为由，上书建议司马炎最好迅速征伐，一举消灭吴国。司马炎接受了这一建议。这年十一月，晋的平吴大军开始进发。晋军基本上按羊祜生前制定的作战计划，分六路出击：镇军将军、琅琊王司马伷自驻地下邳向涂中（今安徽滁河流域）；安东将军王浑出江西（由和州出击）；建威将军王戎向武昌方向进攻；平南将军胡奋出击夏口（今湖北武汉市）；镇南大将军杜预自驻地襄阳进军江陵（今湖北江陵）；龙骧将军王濬、广武将军唐彬率巴蜀之卒顺江流而下。晋军东西共20余万兵力，以太尉贾充为大都督、冠军将军杨济为副，总统众军。为了协调行动，司马炎命令王濬的军队下建平时受杜预节度，至吴都建业时受王浑指挥。晋军分路出击，目的在于迅速切断吴军联系，各个击破，其中西面晋军主攻，东面晋军牵制吴军主力，最后夺取吴国首都建业。

十二月，王濬、唐彬率领军队7万人沿江而下。太康元年（280年）二月攻克丹杨（今湖北秭归东），继而进逼西陵峡。吴军在这里设置了铁锁横江，又制作了铁锥暗置江中，以为以此即可阻止晋军前进，竟不派兵防守。然而，王濬早已预制大筏数十个，缚草为人，立于筏上，使水性好的士兵以筏先行，筏要遇上铁锥，铁锥即着筏而去，又用大火烧融铁锁。这样，晋军顺利地排除了障碍，一路势如破竹，进克西陵，随后攻克夷道（今湖北宜都）、乐乡（今湖北松滋东北，长江南岸）。

与此同时，杜预率领的晋军，几乎兵不血刃，夺取了江陵，胡奋攻克了江安（今湖北公安西北），所到之处，大多不战而胜。随即，司马炎又命令王濬都督益梁二州诸军事，要他和唐彬率军继续东下，扫除巴丘（今湖南岳阳）。同时命令杜预南下镇抚零陵（今湖南零陵）、桂阳（今湖南郴州）、衡阳（今湖南湘潭西）。随后，王濬遵照命令攻克了夏口，与王戎联军夺取了武昌，并乘船东下，所经之处都被控制。至此，晋军主力已完全控制了长江上游地区。至于东面，太康元年正月，王浑率领晋军已抵达了横江（今安徽和县东南）一带，准备渡江逼近建业。

见此情形，吴国皇帝孙皓十分慌乱，急忙命令丞相张悌率领丹阳太守沈莹、护军孙震等部的3万兵力渡江迎击。一战下来，结果是晋军大胜，临阵斩杀了张悌、沈莹、孙震等吴国将士5800人。一时间，吴国上下大为震惊。

王浑率军逼近江岸，他的部将建议他乘胜直捣建业。但王浑认为司马炎只命他守江北，拒纳建议，停军江北，等待王濬。这时琅琊王司马伷的晋军也进抵长江，威胁建业。三月，王濬军东下抵达三山（今江苏南京市西南）。吴国皇帝孙皓派遣游击将军张象率舟军万人进行抵御，但吴军却毫无斗志，看到晋军的旗帜就投降了。孙皓企图再凑2万兵力进行抵抗，而这些士兵却于出发前夜都已经逃光了。吴国已无兵可守。

此时，各路晋军兵临建业。孙皓只得用大臣薛莹、胡冲计，分别派遣使者奉书向王濬、司马伷、王浑那里求降，企图挑拨离间。按司马炎原先的规定，这时的王濬军应由王浑节度，而王浑却按兵不动，又以共同议事的名义，也要王濬停止进军。但王濬不顾王浑阻拦，于三月十五日以 8 万兵力，行舟百里，鼓动向建业进军。孙皓向王濬投降，吴国宣告灭亡。于是晋统一了全国。

中国都城保卫战

第十一章 两晋时期都城防御与保卫战

在两晋南北朝的 324 年（265 年—589 年）中，只有西晋 37 年的短暂统一。在这段时间内，由于长期南北分裂，南方王朝不断更迭，北方民族关系复杂，长时期内政权林立，充满动乱和战争，围绕着各王朝都城发生的战争频仍。

一、西晋洛阳与东晋建康城池防御体系

西晋首都洛阳财富、人口非常集中，商品、货币经济也极为发达，但繁荣的景象却难逃战火的焚烧，八王之乱致使洛阳一片狼藉。晋永嘉五年（311 年），刘曜、王弥进入洛阳，抱着"我们守不住的，他人也休想入驻"的态度，用大火燃烧繁花似锦的洛阳城，于是这里的城池防御体系也随即不复存在。

东晋首都建康城池基本上沿用三国时作为吴国首都时的防御体系。从汉建帝建安十六年（211 年）东吴孙权迁都建业开始，历经东晋、宋、齐、梁、陈，300 余年间，共有六朝在这里建都。西晋末年，改称建康。建康位于秦淮河入口地带，面临长江，北枕后湖（玄武湖），东依钟山，形势险要，风物

秀丽，素来就有"龙盘虎踞"之称。建康的居住区称为"里"，如长干里，是秦淮河南岸最著名的吏民居住的里巷。另外，还有小长干、大长干、东长干等处。所谓"干"就是山陇间的平地。长干里北面的乌衣巷则是东晋时王、谢等名族权臣的累世居住之地。整个建康按地形形成了不规则的布局，而中间的御街砥直向南，可直望城南的牛首山，作为天然的阙，其他道路都迂回曲折，这是地形对建设形成了明显的作用，也是建康城市规划的特色。可惜的是，这座曾经拥有百万居民的大城市的宫室都城，在开皇九年（589年）被隋军平荡成耕田，仅留下城南秦淮河两岸的居民区。

二、两晋禁卫军

泰始元年（265年），晋武帝司马炎废掉魏国建立西晋。

司马炎与祖父司马懿、伯父司马师、父亲司马昭先后任曹魏的禁卫军统帅，可以说是禁卫军世家，这为司马氏顺利问鼎皇权奠定了基础。

西晋建立后，司马炎对中央禁卫军体系进行了又一次整理。晋朝的中央军仍分为中军和外军两部分。中军是中央禁卫军，平时驻屯于京师，担负宫廷宿卫和京师警备，战时四处征讨；外军镇守地方。中军由"七军""七校尉"东宫卫率等部分组成，使中军将军统领。"七军"指左卫、右卫、前军、后军、左军、右军、骁骑，其中，左卫、右卫负责皇宫宫殿内警卫，骁骑负责皇宫宫城警卫，前军、后军、左军、右军负责京城警备，从而形成一种三层的防卫体系。

左卫、右卫的前身是司马昭做曹魏权臣时为自己创建的护卫亲军。当时，司马昭在相府设置中领军和中卫将军，中卫将军统领驻守相府的亲兵中卫军。中卫军由精于骑射的前驱、由基、强弩三部司马组成。司马炎代魏建晋后，分中卫军为左卫、右卫，置左、右卫将军分领。左卫又称熊渠虎贲，右卫又称佽飞虎贲，以下各五部督。原来的前驱、由基、强弩三部司马由殿中将军、殿中司马督统领，分别隶属于左、右卫将军。左、右卫将军和殿中将军被称为殿中诸将，全面负责宫殿内警卫，属官有右司马督、右佽飞督、殿中校尉、殿中中郎、殿中监和前驱、由基、强弩三部司马等，率领本部卫士轮流在宫殿内宿卫。晋朝也设有光禄勋，统虎贲中郎将、羽林郎将、冗从仆射、羽林左监等下属，负责皇帝日常起居的安全。

骁骑由骁骑将军统领，负责宫城门到宫殿门外的驻守和宿卫。骁骑将军下属有命中、虎贲、羽林、上骑、异力五督。此外，还有游击将军统领的游击营，共同负责宫城的安全保卫。

前、后、左、右四军称为宿卫四军，设四军将军分领，分驻在京城的四个方位，负责京城的治安警备，其职掌略同于西汉的北军。此外，京城中还有"七校尉"和领军、护军两营，也担负防卫任务。"七校尉"即是在曹魏屯骑、越骑、步兵、长水、射声的基础上，晋武帝再增置翊军、积弩二校尉，每校尉统营兵千人。领军、护军两营分别由领军将军、护军将军统领。

在京城城门之外，晋朝还专设了一支拱卫京师的牙门军，由城门校尉统领，负责城门的守卫。

此外，晋朝还特别加强了皇太子的安全保卫，东宫宿卫体系形成了一支强大的武装力量。晋初，建东宫禁军中卫率；泰始五年（269年），分为左、右卫率，各领一军；晋惠帝时，增置前、后卫率；成都王司马颖时，复置中卫率。东宫禁卫军的加强，使其在宫廷政治与军事斗争中具有了举足轻重的作用。

三、西晋洛阳与东晋建康保卫战

八王之乱

太熙元年（290年），晋武帝临终时命令弘农大姓出身的车骑将军、杨皇后的父亲杨骏为太傅、大都督，掌管朝政。继承皇位的晋惠帝几乎是个白痴，即位后，皇后贾南风（即贾后）为了让自己的家族掌握政权，于元康元年（291年）与楚王司马玮合谋，发动禁卫军政变，杀死杨骏，而政权却落在了汝南王司马亮和元老卫瓘手中。贾后政治野心没有实现，很不甘心，于当年六月，又指使楚王司马玮杀死汝南王司马亮，然后反诬楚王司马玮矫诏擅杀大臣，而将玮处死。贾后于是开始执政，并于元康九年废掉了太子遹，第二年又将他杀害。从此，诸王为争夺统治权，展开了极其凶残的内战，史称"八王之乱"。

先是统领禁军的赵王司马伦联合齐王司马冏起兵杀贾后。永宁元年（301年），赵王司马伦废掉惠帝自立为王。赵王司马伦篡位后，镇守许昌的齐王司马冏起兵讨伐赵王司马伦，镇守邺的成都王司马颖与镇守关中的河间王司马颙纷纷举兵响应。此时，洛阳城中的禁军将领王舆也起兵反司马伦，迎惠帝复位，杀死赵王司马伦。

于是，齐王司马冏以大司马入京辅政。太安元年（302年）底，河间王司马颙又从关中起兵讨伐司马冏，洛阳城中的长沙王司马乂也举兵入宫杀死齐王司马冏，政权又落入司马乂手。

太安二年（303年），河间王司马颙、成都王司马颖合兵讨伐长沙王司马乂。司马颙命令都督张方率精兵7万，自函谷关向洛阳推进；司马颖调动大军20余万，也渡河南向洛阳。二王的联军屡次被长沙王司马乂打败。

第二年正月，洛阳城里的东海王司马越与部分禁军合谋，抓住长沙王司马乂，将他交给河间王司马颙的部将张方，被张方烧死。成都王司马颖进入洛阳当上了丞相，但仍回根据地邺城，以皇太弟身份专政，政治中心一时移到邺城。

东海王司马越对成都王司马颖的专政不满，率领禁军挟惠帝北上进攻邺城。荡阴（今河南汤阴）一战，被成都王司马颖打败，惠帝被俘入邺，东海王司马越逃往自己的封国（今山东郯城北）。

与此同时，河间王司马颙派张方率军占领洛阳，接着并州刺史司马腾（司马越弟）与幽州刺史王浚联兵攻破邺城，成都王司马颖与惠帝投奔洛阳，转赴长安。

永兴二年（305年），东海王司马越又从山东起兵进攻关中，击败河间王司马颙。光熙元年（306年），东海王司马越迎惠帝回洛阳，成都王司马颖、河间王司马颙相继被他杀害，大权落入司马越手中，八王之乱到此终结。

这场历时16年之久的乱战，参战的诸王多相继败亡，许多老百姓被杀，社会经济严重破坏，西晋统治集团的力量消耗殆尽，隐伏着的阶级矛盾、民族矛盾便迅速爆发。

东晋王敦之乱

永昌元年（322）一月，王敦以灭刘隗为名起兵武昌。

晋元帝急忙调遣戴渊、刘隗回师保卫首都建康。刘隗、刁协趁机劝晋元帝将王氏赶尽杀绝，但晋元帝不同意。

司空王导得知王敦起兵，慌忙率领堂弟中领军王遂、左卫将军王廙、侍中王侃、王彬及宗族子侄二十余人，每天清晨入朝待罪。

晋元帝派人送还了王导的朝服，并召见了他。王导慨叹地说，哪朝没有逆臣啊，但想不到今日出在我们王家！晋元帝拉着王导的手说，我正要让你代为执掌政令，你这是什么话！晋元帝当即命令王导为前锋大都督，并传下诏令：王导大义灭亲，可把我作安东将军时的节拿来给他。

晋元帝把节交给了王导，意味着对他的信赖，但王导未能阻止王敦沿江直下。王敦攻破了建康城，杀死了刁协、戴渊及尚书左仆射周顗。长安失陷后，南北士族纷纷利用向晋元帝劝进的机会，想独揽朝政，但又担心晋元帝年长而不好摆布，曾想另立一个皇帝，但王导没有听从。攻破建康后，王敦责备王导说，当初不听我的话，要不是我得胜了，我们就已经灭族了。

王导仍然不理睬，王敦没办法。而晋元帝又急又气，不久忧愤而死。晋明帝即位，王导受遗诏辅政。

王敦为了实现篡权的野心，把军镇移到离建康不远的姑苏，在湖边驻扎军队，自领扬州牧，日夜与钱凤策划、密谋再次起兵之事。王导得到消息后，立即报告晋明帝预作准备。正在这时，王敦突然患了重病，王导闻讯，立即率兄弟子侄为王敦发丧。大家以为王敦已死，个个精神振奋，斗志倍增。王敦病势越来越重，但仍不死心，并于太宁二年（324年）六月，命令他的哥哥王含为元帅，命令钱凤等人率水陆5万兵力直扑京师，二次举兵作乱。叛军抵达江宁南岸，王导给王含写信，信中写道：你今天这番举动，恰似王敦当年所为。不过，如今的形势已完全不同：那年是因为有佞臣乱朝，人心不定，就是我自己也想外离以求自济；可是今天，先帝虽然去世，还有遗爱在民，当今圣主聪明，并无失德之处。如果你们今天反叛朝廷，作为人臣，谁不愤慨？王含看完信后，并没有回信。

晋明帝亲自率领六军迎战，杀死了钱凤、沈充，打败了王含，王敦也病死了，叛乱很快被平息。晋朝廷论功行赏，王导受到重奖，但他却推辞不接受。

东晋平苏峻叛乱之战

苏峻自以为参与平定王敦之乱有功，而且握有强大兵力，日益变得骄横起来，多次违抗朝廷命令。

咸和二年（327年）十月，晋朝执掌朝政的中书令庾亮不听从朝官的劝阻，以历阳内史苏峻终为祸乱为由，奏请晋成帝诏令苏峻入朝，想夺取他的兵权。苏峻接到消息后，自然不听从朝廷的诏令，同时派参军徐会往寿春（今安徽寿县）约豫州刺史祖约以讨庾亮为名，兴兵反晋。十一月，祖约派部将祖涣、许柳率兵同苏峻汇合。十二月，苏峻部将韩晃、张健攻克姑孰（今安徽当涂），劫掠晋朝廷的盐米。彭城王司马雄、章武王司马休也反叛晋廷，投奔苏峻。

此时，京师建康全面戒严。晋成帝以护军将军庾亮为都督征讨诸军事，以左卫将军赵胤为冠军将军、历阳太守，命令左将军司马流率兵在慈湖（今安徽马鞍山市东北，长江南岸）阻止苏峻。第二年正月，两军在慈湖交战，晋军失利，司马流战死，叛军攻陷了慈湖。苏峻亲自率领兵力2万从横江（今安徽和县东南渡口）渡江，与晋军战于牛渚山（今安徽采石）东北的陵口，晋军屡战屡败。二月，苏峻进攻到覆舟山（今南京玄武湖南），逼近建康。

一时间，京师大乱。负责守卫朱雀航陵以东的尚书令卞壶统率各路军同苏峻军苦战，最终战败而死。防卫建康其他诸门的晋军也纷纷溃败。庾亮逃奔到浔阳（今江西九江西南）。于是，苏峻的部队进入建康台城（皇宫所在地），纵兵烧杀抢掠，驱役百官，改官树党，自称骠骑将军、录尚书事，控制朝政。同时，派遣部将韩晃、管商、张健等分别攻下建康东南的吴郡及义兴、晋陵等地。三月，苏峻南屯于湖（今安徽当涂境内）。四月，镇守浔阳的江州刺史温峤与庾亮共同推举镇守江陵（今属湖北）的荆州刺史、征西大将军陶侃为盟主，移檄四方，共同讨伐苏峻。车骑大将军郗鉴也于广陵（今江苏扬州西北）发兵增援。五月，陶侃、温峤联兵4万，直指建康。

苏峻听说西线兵势强盛，自己料到难以在姑孰一带拦击，于是从姑孰还据石头城，分兵抵御陶侃等。

六月，陶侃各路军进到石头城。陶侃命人在石头城东北筑白石垒，以防苏峻军冲击，并命令郗鉴等还据京口（今江苏镇江），以分散苏峻的兵力。

随后，晋军同苏峻军在白石垒发生激战，庾亮激励将士，击退苏峻的军队。

七月，祖约因抵御后赵军失败，从寿春逃奔历阳。

九月，陶侃派遣将领到句容、湖孰（今皆属江苏）等地烧苏峻军粮，后闻苏峻军急攻京口一带之大业垒，为解其围，便督水军向石头城进攻。温峤、庾亮统步军从白石垒南面进击。苏峻派遣将士击败赵胤的部队，并乘势率数骑突阵，但遭到了晋军的阻击，回营时，又马失前蹄，被陶侃部将彭世等杀害。

苏峻死后，他的部属推举苏峻的弟弟苏逸为主，关城自守。此时，苏峻军兵势已衰。咸和四年（329年）正月，赵胤派部将征讨占据历阳的祖约，祖约大败，逃奔后赵。二月，各路晋军进攻石头城，苏逸等人战败而死。

至此，苏峻之乱正式平定。

王恭与司马道子之间的内战

东晋淝水之战后，东晋名相谢安身遭猜忌，出镇广陵，不久后病死，朝廷大权落入会稽王司马道子的手中。

司马道子是孝武帝司马曜的同母弟，特别受他母亲李太妃的喜爱。谢安死后，司马道子以骠骑将军、开府，领扬州刺史、录尚书事、假节、都督中外诸军事等职，总揽朝政。但司马道子在得志后，却亲信小人，横暴专恣。于是左卫领营将军许荣、中书郎范宁等纷纷上书论朝政之失，孝武帝由此也渐渐对司马道子不满。司马道子既深为李太妃喜爱，又常常因受太妃宠爱而不守礼敬。孝武帝因李太妃的缘故，不便对司马道子加以废黜，便任用自己亲信，以王皇后的哥哥王恭为兖州刺史出镇京口（今江苏镇江）、太子中庶子殷仲堪为荆州刺史出镇江陵（今湖北荆州）、尚书右仆射王珣为尚书左仆射，用他们来抑制司马道子的权势。孝武帝的这些措施，为后来东晋的内战埋下了祸根。

太元二十一年（396年），孝武帝去世，太子司马德宗即位，即晋安帝。晋安帝是个白痴。这时司马道子的权势更重，为了与王恭等人对抗，他任用太原大族王国宝为尚书左仆射，起用王国宝从弟王绪等人。于是，王恭派遣使者与殷仲堪及桓温之子南郡公桓玄联系，密谋起兵。殷仲堪得书后，认为自己远离建康，而王恭与建康又离得很近，不用自己真正进兵，因而假意顺从，却并没有诚意起兵。王恭得到殷仲堪首肯后大喜，于隆安元年（397年）四月在京口起兵，上表请求诛杀王国宝、王绪等人。司马道子因为害怕，所以杀掉了王国宝、王绪等人，请求王恭退兵。王恭一时失去口实，只好暂时退兵。当时王恭的名气威震全国，虽然退兵，但司马道子仍旧十分惧怕，任用谯王司马尚之为心腹，以谋对策。经过商量，司马道子任用司马王愉为江州刺史，都督豫州四郡军事，以戒备王恭。他们日夜谋划，商量对付方镇之策。

豫州刺史庾楷对王愉当江州刺史督其州四郡不满，便派遣儿子庾鸿去见王恭，说司马尚之兄弟弄权，比王国宝还要厉害，请求早日将他除去。王恭本来就忌恨司马尚之，于是与庾楷合谋起兵。王恭派人与殷仲堪、桓玄联系，殷、桓皆同意举兵，并共推王恭为盟主，约期一同起事。

隆安二年（398年）七月，王恭、殷仲堪、庾楷、桓玄等一同举兵，上表请求讨伐王愉及司马尚之兄弟。殷仲堪从江陵发兵，由南郡相杨佺期率舟师5000为前锋，又以5000兵马支援广州刺史桓玄，使他继杨佺期之后，自己则亲自率领大军2万跟进。

八月，杨佺期、桓玄等军来到湓口（今江西九江），江州刺史王愉逃奔临川（今属江西）。桓玄派兵追赶，将他抓获。

东晋朝廷听说方镇起兵了，上上下下都担心、害怕，宣布京城建康内外戒严，并以司马道子的儿子司马元显为征讨都督，道卫将军王珣、右将军谢琰率兵进讨王恭，司马尚之率兵迎战庾楷。

九月初十，司马尚之在牛渚（在今安徽当涂西北长江边）将庾楷打败，庾楷逃奔桓玄。司马道子随即命令司马尚之为豫州刺史，又命其弟司马恢之为丹杨尹、司马允之为吴国内史、司马休之为襄城太守，各拥兵马，保卫京师。当时桓玄与杨佺期进至横江（今安徽和县东南），攻击司马尚之等军，司马恢之所领水军全军覆没，司马尚之战败退走，桓、杨等军逼近建康。

当王恭起兵与朝廷对抗时，其司马刘牢之曾劝王恭不要屡次举兵向阙，王恭不听。刘牢之本为北府名将，身经百战，但王恭自以门第高贵，平时对刘牢之不够礼敬，刘牢之心怀不满。王恭起兵后，司马元显便派庐江太守高素游说刘牢之，劝他反叛王恭，归顺朝廷，并许事成之后，将王恭的位号转授给他。于是，刘牢之与他儿子刘敬宣密谋，决定除掉王恭。密谋却被王恭的参军何澹之侦察到了，并告诉了王恭。

刘牢之率大军开进竹里后，立即杀掉颜延，投降晋廷，并派他儿子刘敬宣及其女婿东莞太守高雅之袭击王恭。王恭正在京口城外曜兵时，刘敬宣率轻骑突袭，王恭措手不及，手下将士全部溃散，只得准备退入城中，而高雅之已将城门关闭，王恭与他弟弟王履单骑逃奔曲阿（今江苏丹阳）。曲阿人殷是王恭的旧将，于是将王恭藏在舟船之中，准备送他投奔桓玄。但王恭在途中被人告发，被抓送建康。不久后，桓玄军等开进建康，司马道子害怕情况有变，便将王恭杀掉。王恭兄弟子侄及其党羽全部被杀。这样，刘牢之接替王恭之任，为都督兖、青、冀、幽、并、徐、扬州晋陵诸军事，镇京口。

此时，桓玄、杨佺期军等开进石头（今江苏南京西），殷仲堪军也开进芜湖。正在竹里的司马元显火速返回建康，派遣丹杨尹王恺、鄱阳太守桓放之、新蔡内史何嗣等，征发京师士兵数万人，据守石头。

桓玄、杨佺期等听说王恭已经死亡后，三军失色，斗志全无。随后，桓玄、杨佺期两人上表为王恭申冤，请求杀掉刘牢之。这时，刘牢之已率领共府兵驰援京师，驻守在新亭（今江苏南京西南）。杨佺期、桓玄等人十分害怕，只得回军退至蔡洲（今江苏江宁西南江中）。

当时殷仲堪、桓玄、杨佺期等数万大军驻在建康附近，朝廷不知其真实情况，上下担惊受怕。桓玄从兄桓修建议朝廷许以桓玄、杨佺期重利，使其倒戈，则仲堪势孤，大军压境的威胁便可解除。司马道子采纳了这一建议。

于是，晋廷任命桓玄为江州刺史、杨佺期为雍州刺史、桓修为荆州刺史，降殷仲堪为广州刺史，并下诏令殷仲堪回军。殷仲堪恼怒被降职，命令桓玄、杨佺期急速进军。桓玄等喜得职位，想乘势归顺朝廷，犹豫不决。殷仲堪听说杨佺期等人准备接受朝廷任命，心中慌乱，立即从芜湖南归。他临行前曾对桓玄等军说，如不随他回归荆州，将诛杀全家。这样，桓玄、杨佺期等只好回军追赶殷仲堪，在浔阳与他会合。殷仲堪、桓玄、杨佺期等人在浔阳结盟，推举桓玄为盟主，都不受朝廷诏命，并为王恭申冤，诛杀刘牢之、司马尚之等。晋廷害怕再起祸端，只得恢复殷仲堪荆州刺史位，优诏慰谕，以求和解。于是殷仲堪、桓玄、杨佺期等各自回到本镇。

至此,王恭与司马道子之间的内战宣告结束,晋廷求得了暂时的安定。

桓玄攻破建康之战及其败亡

王恭之乱平息后,东晋朝廷获得了暂时的喘息,但朝廷的危机并没有消除,因而时隔不久,又爆发了桓玄之乱。

桓玄是东晋权臣桓温的儿子,嗣父爵为南郡公。隆安二年(398年),朝廷任命桓玄为督交、广二州军事,假节,广州刺史,桓玄接受任命却拒不赴职。后来参与了王恭之乱,事平后被任为江州刺史。

桓玄虽然与荆州刺史殷仲堪、雍州刺史杨佺期一同起兵响应王恭之乱,但他与殷、杨两人都有矛盾。桓玄是当时权贵子弟,在荆州闲居时蛮横无理,普通人害怕他甚至超过了刺史殷仲堪。殷仲堪的亲党曾劝说他杀掉桓玄,但殷仲堪看重桓玄的人才名望,不仅没有杀他,反而深相交结。

当桓玄在浔阳被推为盟主后,更加高傲了。殷仲堪见桓玄越来越猖獗,心中自然不满,便与杨佺期联姻,以便对抗桓玄。其实杨佺期为人也很骄傲强悍,自认为是华夏贵胄,江东无人可比。但桓玄却视他为寒士,并经常以此压抑他。杨佺期对桓玄也极为不满,有杀桓玄之心。

但殷仲堪又觉得杨佺期及其兄弟骁勇过人,害怕除掉桓玄后,自己反而会受到杨氏兄弟的迫害,故而对杨佺期想杀害桓玄之事加以劝阻。桓玄知道杨佺期对自己不怀好心,加之他本想消灭殷、杨二人以扩充势力,于是屯兵驻守夏口(今湖北武汉），等待时机。于是，晋朝廷乘机加桓玄都督荆州四郡军事，以加深方镇之间的矛盾，减轻对朝廷的压力。

隆安三年（399年），桓玄深知殷仲堪不善军事，便乘荆州发生水灾的机会，西上攻打殷仲堪。桓玄一路进展顺利，很快就攻到了江陵。殷仲堪见形势危急，便向杨佺期求救。杨佺期知道江陵军粮断绝，要殷仲堪到雍州与他共同守卫襄阳（今湖北襄阳）。殷仲堪自然不肯弃州而走，谎称自己有办法筹集到军粮。于是杨佺期率步骑兵8000人援救江陵，但到江陵后，殷仲堪只以饭食供应杨佺期的军队。杨佺期十分气愤，不肯见殷仲堪，自己与桓玄交战。

桓玄合军迎战，将杨佺期击败，杨佺期单骑逃奔襄阳，被桓玄军追上杀死。殷仲堪听说杨佺期已被杀死，十分害怕，便率数百人出逃，也被桓玄的追兵杀掉。至此，殷、杨二军及其荆、雍二州都被桓玄吞并。

桓玄在吞并荆、雍二州后，身任都督荆、司、雍、秦、梁、益、宁、江8州诸军事，荆州刺史，假节，领江州刺史，完全控制了建康上游地区。荆楚本来就是桓氏世居之地，故旧较多，桓玄想借助此地扶植自己的心腹，加强军队的战斗力，自然对晋廷有不臣之心。

隆安五年（401年），孙恩义军逼近建康，桓玄上疏请求攻打农民军。但桓玄攻打农民军是假，乘机自图大事是真，被晋廷阻止了。桓玄任命他的哥哥桓伟为江州刺史，镇守夏口；以司马刁畅为辅国将军，督8郡军事，镇守襄阳；以大将冯该等戍守谘口（今江西九江）。当时朝廷征召广州刺史刁逵、豫章太守郭犯之，桓玄都抗命不予放行。桓玄认为天命归己，便多次上言祥瑞之兆以为己应。他又写信给司马道子说，王恭当年受冤是朝廷用人之错，流露出对晋廷的强烈不满和威胁的口吻。

对此，晋廷掌权者司马元显十分恐惧。谋士张法顺认为，桓玄占有荆楚上流之地，他早晚会起兵作乱，应乘桓玄刚开始占据荆州，人脉关系还不稳定之时，派刘牢之为前锋，发兵攻打，可以一举而定。司马元显认为张法顺说得有理。恰好此时武昌太守庾楷害怕桓玄起兵不成，祸及自己，便秘密派人与司马元显联系，愿作内应。司马元显大喜，便派人与刘牢之联系，准备进兵。

元兴元年（402年）正月，朝廷以司马元显为征讨大都督、都督18州诸军事，以刘牢之为前锋都督，司马尚之为后部，发兵进攻桓玄。桓玄本以为扬州发生饥荒，孙恩起义没有平息，朝廷一定不会对自己用兵，当他听说朝廷发兵时，也十分害怕，想保住江陵与朝廷的军队对抗。长史卞范之认为朝廷的军队没有战斗力，应该主动进兵迎敌。桓玄听从了卞范之的计策，于是让他的哥哥桓伟留守江陵，自己则率领大军东下至浔阳（今江西九江北），移檄建康，列举司马元显的罪状。司马元显见到桓玄的檄文，心中恐惧，下船后不敢即刻进军。桓玄从江陵发兵时，就对率兵攻打建康心存疑虑，怕大事不成，直到过了浔阳，还没有见到朝廷的军队后，他心中大喜，部队士气也大振。这时庾楷暗投朝廷之事败露，也被桓玄拘捕。二月，桓玄的部队行进到姑孰（今安徽当涂），便派冯该等分兵攻打历阳（今安徽和县），大败豫州刺史司马尚之、襄城太守司马休之等军。晋军前锋刘牢之素对司马元显不满，害怕自己一旦平定桓玄，会不为司马元显所容，便想借桓玄之手除掉司马元显，自己再乘机对付桓玄。

由于刘牢之心怀多种疑虑，虽然身为前锋，却犹豫观望，不肯进击，桓玄请刘牢之的族舅何穆游说刘牢之归顺自己。刘牢之权衡利弊，决定投降桓玄。三月初一，刘牢之不顾其外甥何无忌与参军刘裕的劝阻，派他儿子刘敬宣向桓玄请降。桓玄接受了刘牢之的投降，随即进军新亭（今江苏南京西南）。司马元显见桓玄逼近，退守国子府。三月初三，司马元显陈兵于建康宣阳门外，军中通传桓玄军已至城南浮桥，晋军溃散，桓玄军攻入建康。司马元显逃入相府，被桓玄军抓住，后与司马尚之、瘐楷等人一起被杀。

桓玄进入建康后，以朝廷名义总百揆，任侍中、都督中外诸军事、丞相、录尚书事、扬州牧，加假黄钺，任命桓修领徐州和兖州刺史、桓伟为荆州刺史、桓石生为江州刺史、桓谦为尚书左仆射、卞范之为丹杨尹。桓玄为夺刘牢之兵权，在他归降后，即改任他为征东将军、会稽内史。而刘牢之却想占据江北与桓玄对抗，部下因为他的反复无常都不服从，刘牢之被逼自尽。桓玄任命他弟弟桓修坐镇京口，控制北府兵权。

元兴二年（403年）十二月，桓玄认为时机成熟，逼迫晋安帝禅让帝位，自己称帝，国号楚，改元永始。桓玄自从篡位后，对于东晋腐败政治没有革新举措，反而骄奢荒侈、游猎无度，于是百姓疲苦，朝野劳瘁。元兴三年（404年）二月，北府兵旧将刘裕联合北府兵中下级军官何无忌、魏咏之、檀凭之等27人结盟起兵，讨伐桓玄。二月二十八日，刘裕、何无忌等人在京口起兵，杀害了徐、兖州刺史桓修。同一天，刘毅、孟昶等人又在广陵（今江苏扬州）起兵，杀害桓修的弟弟、青州刺史桓弘；诸葛长民杀害了刁逵，据守历阳。刘毅等人渡江飞军京口，与刘裕军会合。众人推举刘裕为盟主，总督徐州事，以孟昶为长史，以京口为基地。刘裕等人起兵后，传檄远近，声言益州刺史毛据已平定荆楚、江州刺史郭艇之奉迎安帝于浔阳，镇北参军王元德率部据守石头。刘裕留孟昶守京口，自己则率将士1000余人进攻建康。三月初一，刘裕行进到江乘（今江苏句容东北），将桓玄军打败，斩杀了他的骁将关甫之，随即进军罗落桥（在建康东北），又大败桓玄军，阵斩皇甫敷。

桓玄听说刘裕逼近建康，连忙命令桓谦、卞范之等率兵2万分别驻守在东陵（在建康西）、覆舟山（在建康西北），抵御刘裕。刘裕的军队行进到覆舟山东，派人在山上张设旗帜以为疑兵，然后率军分数道而进，与敌决战。桓谦部队的将士大多为北府兵，素来畏服刘裕，没有斗志。刘裕挥军借风火攻，身先士卒，将士都准备决一死战，桓谦军一时溃散。刘裕逼近建康。桓玄听说楚军失败，便率领他的子侄与亲信数千人乘船南逃。三月初三，刘裕进入建康，派刘毅、刘道规等率军追赶桓玄。司徒王谧推刘裕为使持节，都督扬、徐、兖、豫、青、冀、幽、并8州诸军事，领军将军，徐州刺史，主持朝政。

四月，晋安帝被桓玄挟持至江陵，刘裕于是迎奉武陵王司马遵为大将军，总理朝政。何无忌、刘道规等军于桑落洲（在今江西九江西北）大败桓玄将庾稚祖、何澹之部，攻克浔阳（今江西九江西）。桓玄回到江陵后，大建水军，又聚集起一支2万人的水军，挟持晋安帝东下与刘裕军交战。刘毅、何无忌、刘道规、孟怀玉等人，自浔阳西上迎击桓玄。五月，两军相遇于峥嵘洲（在今湖北鄂州东长江中），当时刘毅等军不足万人，而桓玄则有2万兵力。两军交战后，桓玄军队大溃，他挟持安帝退回江陵。桓玄自从建康失败后，怕人心浮动，法令不行，轻于杀戮，将士心生离怨。峥嵘洲之战时，大将殷仲文投奔刘毅军。当桓玄败回江陵后，大将冯该请求再战，桓玄不许，想投奔梁州刺史桓希。但人情离叛，号令不行，他乘马去城西时，左右将士竟从暗中砍杀桓玄，但没有砍中，顿时，身边将士互相砍杀、乱成一团。桓玄好不容易逃回停靠于河边的船上，回头一看，身边仅剩下卞范之一人。不久，益州刺史毛璩的侄子毛修之诱惑桓玄进入蜀地，毛璩的从孙祐之和参军费恬、督护冯迁等率人伏击，将桓玄杀掉。

当年闰五月，桓玄族侄桓振与桓谦等乘刘毅等没有及时进军之机，率军袭取江陵，杀王康产等人，又将晋安帝控制在手中。此后，刘毅率军与桓氏势力继续攻战于浔阳、江陵一带。直至义熙元年（405年）三月，建威将军孟怀肃袭破江陵，杀死桓振，晋安帝被接回建康复位，桓玄之乱才宣告结束。

孙恩义军三次围攻建康

司马元显平息王恭之乱后，实际上掌握了东晋朝政大权。但司马道子终日嗜酒昏醉，他儿子司马元显乘机夺取了父亲的权力，将扬州刺史一职据为己有。司马元显虽然大权在握，但当时桓玄与殷仲堪等结盟于浔阳（今江西九江西），控制建康上游地区。在王恭之乱中倒戈归向朝廷的刘牢之坐镇京口（今江苏镇江），控制长江下游及江北一带。司马元显对方镇拥兵自重，如芒刺在背，时刻担心着方镇举兵反叛，而要解除这种威胁，最根本的是要组建一支自己控制的、具有实战能力的军队。隆安三年（399年）十月，司马元显为了达到上述目的，征发东土三吴诸郡原为奴隶被放免为佃客的人充兵，号称"乐属"。由于当时兵士身份低贱，战乱给他们带来巨大的灾难，加之地方官吏征发免奴为客者充兵时，常常滥发编户农民，因此终于由征兵引发了孙恩起义。当年十月，孙恩利用佃客及编户农民对征兵令的忿怨，以及人心骚动的有利时机，率领徒众数百人从海上登陆，攻打上虞（今属浙江），杀死上虞县令，转而进攻山阴（今浙江绍兴）。孙恩的起兵受到百姓的热烈响应，转瞬间起义军发展到4万人。十一月初二，孙恩一举攻克山阴，杀会稽内史王凝之。义军得到当地百姓的衷心拥护，队伍迅速扩大，发展成为一次大规模的农民战争。

在孙恩义军声势的影响下，东晋首都建康附近的百姓也纷纷起兵响应，引起东晋朝廷的恐慌，晋廷以北府名将谢琰督吴兴、义兴军事，与辅国将军刘牢之进剿义军。刘牢之是北府名将，所率北府兵"百战百胜"，有很强的战斗力。

隆安三年十二月，谢琰攻陷了义军控制的义兴（治今江苏宜兴），杀义军所设置的太守许允之。随后，谢琰又攻占了吴兴（今浙江湖州）。刘牢之进军吴郡（治今江苏苏州），谢琰派部将高素率军与刘牢之协同作战。两人共同攻克会稽，杀义军设置的吴郡太守陆壤、吴兴太守丘尼、余姚令沈穆夫等人。

孙恩义军在官军的连续进攻下，战势不利，被迫向海岛撤退。孙恩的第一次攻晋，虽在初期取得了巨大胜利，最终因为孙恩的麻痹轻敌而失败。孙恩退入海岛后，刘牢之还镇京口，谢琰被任为会稽内史，都督会稽、临海、东阳、永嘉、新安5

郡诸军事，戍守海边，以防义军再度登陆。

孙恩义军第一次登陆，虽遭失败，但主力部队并没有多大损失，经过休整后，于隆安四年（400年）四月，乘谢琰猝不及防，又从海上登陆，突然发动袭击，攻破上虞，进到邢浦（今浙江绍兴北）。

谢琰闻讯，立即调遣参军刘宣之阻击义军，而义军有意麻痹敌军，主动退回海岛以示弱，数日后，义军再次登陆，攻入邢浦。

这时，谢琰部下以义军势盛，建议"宜持严备"，列置水军，分兵设伏以抵御义军。谢琰经第一次战胜义军后，狂妄骄横，不肯听从。

五月三十日，谢琰的军队在山明附近与义军相遇，谢琰的军队还没有吃早饭，谢琰大言不惭地说，必须先灭此寇再吃早饭。

两军交战之地河湖密布，官军只能鱼贯而行，而义军在战舰之中，万箭齐发，使官军前后失去联系，中箭者人仰马翻，大败溃散。谢琰及其两个儿子谢肇、谢峻都被义军杀死，前锋广武将军桓宝也临阵被杀，孙恩义军再次攻占山阴。

谢琰兵败身死的消息传到建康，朝廷大为震动，派冠军将军桓不才、辅国将军孙无终、宁朔将军高雅之等北府兵将领至东土进攻义军。义军给予迎头痛击，在余姚大败高雅的部队。晋廷又以刘牢之为镇北将军，都督会稽五郡诸军事，进剿义军。孙恩为保存实力，退守浃口（今浙江宁波镇海南雨江入海处）。

隆安五年（401年）二月，孙恩率领义军从浃口进军，攻打句章（今浙江宁波南）。刘牢之的部将刘裕领兵据守，义军围攻数十日，没有攻克下来，又回到了浃口。

三月，义军转攻海盐（今属浙江），刘裕又在海盐筑城固守。义军与刘裕军展开激战，晋军虽惨遭失败，但义军未能攻下海盐，只好转攻沪渎（今上海青浦）。

五月，义军攻克沪渎垒，杀死了吴国内史袁山松及官军4000余人。此时，义军为摆脱刘牢之和刘裕的晋军主力，进行战略大转移，利用水师优势，以10万大军分乘战船千艘，浮海进攻东晋重镇京口（今江苏镇江），兵锋直指东晋京师建康。

京口是建康东面门户，义军兵锋所指，正是敌人的要害。朝廷听说义军来攻打，宣布京城"内外戒严"，布阵列守，并急调豫州刺史司马尚之入援京师。

六月一日，孙恩所率领的水师进到丹徒（今属江苏），京师上下震动。而此时司马尚之还在行进途中，刘牢之远在山阴，其他军队又害怕义军声势，不敢进兵。只有刘裕率北府兵一部倍道兼行，向建康奔驰，差不多与义军同时到达蒜山（今江苏丹徒西）。

义军当时达10万人之多，而刘裕所统率的兵力不多，又因步行远来疲惫，在力量对比上，显然义军处于优势地位。于是义军与晋军在蒜山附近展开战斗，义军主力攻破敌人要害后，弃刘裕军不顾，乘船直趋建康。但由于义军所乘楼船高大，又逆风而行，速度缓慢，当义军水师抵达白石（今江苏南京北），司马尚之军已先期赶到。与此同时，刘牢之也率北府兵援救建康，京都的防卫力量逐渐增强。孙恩乘官军分散，"欲掩不备"的战略目标没有能够实现。

根据当时军情，孙恩放弃了攻打建康的计划，将义军分为两部：主力由自己亲自率领，从海上进至郁洲（今江苏连云港东，当时为海岛）；非主力由义军首领卢循率领，进攻广陵（今江苏扬州）。

不久，卢循消灭官军3000余人后，到郁洲与孙恩会师。

当年八月，刘裕等人率官军追赶义军至郁洲。两军激战，义军失败，损失严重。孙恩率军南下，刘裕继续尾随追击。由于长时间航行在海上，数万名兵士得不到休整，给养也得不到补充，战斗力大为削弱。十一月，义军在沪渎、海盐等地连续登陆都没有成功，加上当时义军面临着饥饿和疾病，死者过半，孙恩又被迫退回海岛。

第二年三月，孙恩乘东晋统治阶级内乱之机，率义军再次登陆，进攻临海（治今浙江临海东南），发动第三次攻晋战争。由于这次攻晋与上次仅相差3个月时间，义军大败之后元气没有得到恢复，战斗力不强，因而攻打临海未能获得成功，反而被临海太守辛景击败。义军连遭重创，濒临绝境。孙恩见大势已去，不肯做俘虏，在临海投海自尽，义军将士随同孙恩一起投水而死者数百人。孙恩义军自开始起义的数十万人，于沿海转战南北，战斗牺牲及疾疫死亡，最后只剩下数千人。孙恩的三次攻晋战争，虽曾取得了辉煌的战绩，但最终仍在东晋北府强兵劲旅的残酷镇压下失败了。

中国都城保卫战

第十二章 十六国重要政权都城防御与保卫战

西晋在曹魏统一北方，进而晋武帝灭孙吴统一中国之后，本可以继续秦汉统一的格局，但是司马王朝走的是门阀政体之局。这样一来，社会各阶级的矛盾和对立，动摇了晋王室的基础。晋惠帝末年的"八王之乱"和其他的外患导致中原沦陷，边陲不保，群雄混战，生灵涂炭，司马王室南迁。而后北方的黄河流域则成为各少数民族的逐鹿之地，直至东晋灭亡，中原从来没有被东晋所收复，国家从来没有统一，而且由于这些政权多为匈奴、羯、鲜卑、氐、羌五个少数民族所建立，所以又称此时期为"五胡十六国"。十六国指前凉、后凉、南凉、西凉、北凉、前赵、后赵、前秦、后秦、西秦、前燕、后燕、南燕、北燕、夏、成汉。其实所谓"五胡十六国"也只是个概称，因为代国、冉魏、西燕、吐谷浑等都在十六国之外。五胡十六国兴替的历史相当繁乱。以公元383年淝水之战为界，这百来年的历史大体可分为两个阶段：第一阶段即人们常说的"胡亡氐乱"。永嘉之乱后，"五胡"所建立的多个政权一度为氐族前秦政权所统一，但淝水一战失败后顷刻之间便土崩瓦解。第二阶段更是祸乱不息,前秦灭亡后北方重又分裂,关中、关东、陇右政局纷乱,民族之间的斗争又出现一个高潮,社会动荡比以前更厉害。直到北魏统一北方,才结束"五胡乱华"。由于此时期是个分裂割据的时期,各政权立国时间长短不一,其禁卫军建设和都城防御体系建设也参差不齐。

一、十六国重要政权都城防御体系

后赵襄国邺城城池防御体系

当西晋朝廷和地方统治势力基本消灭后,北方反晋斗争的任务已经完成。石勒在占据黄河中下游地区,势力强大后,便公开与汉国决裂。

东晋大兴二年(319年),石勒称赵王,设置面官,以襄国作为首都,史称后赵。襄国(今河北邢台)历史悠久,源远流长,商代祖乙帝曾迁都于此,战国时是赵国早期国都。为了保卫京师安全,石勒对邢台进行了扩修,因为修建的城墙上可以卧牛,所以叫卧牛城。

但定都襄国并不是石勒的本意,在他建国之初,因在南方战事不顺之际,有谋士向他建议攻下邺城(今河北临漳),在此建都,这样对于统一北方大有好处。石勒当即表示赞同,但是因为久攻不下,他才暂时定都襄国。但石勒一直对邺城念念不忘,在最终攻下邺城后,他特意命人在邺城修建宫殿,以便迁都。但邺城真正成为后赵的都城,则是在公元335年石勒的义子石虎称"居摄赵天王"之后,他把后赵都城迁到了邺城,并在这里继位。为了进一步装饰美化邺城,他还专门派人从洛阳将一些九龙、铜驼等运来，对城门"表饰以砖"。

邺城西倚太行，北临漳河、滏阳河，南临洹水、淇水，是古代从山东到西北，从中原到幽燕的必经之地，扼河北咽喉，自古以来就有"天下之腰膂"的美称，而且它东、南、北三面与经济发达的黄河下游地区相毗连，土壤肥沃，物产丰富。春秋时期，齐桓公就在此筑城，但是那时邺城还只是个军事堡垒。战国时期，魏国西门豹、史起先后为邺令，他们营建的水利设施大大改善了当地的农业生产条件。东汉末年，群雄纷争，洛阳和长安等都城历经战火摧折，相比之下，邺城显得生机勃勃。袁绍拥有冀、青、幽、并四州，中心据点设在邺城。此后，曹操平定袁绍，夺得邺城后，毫不迟疑地将自己的霸府建在这里，此后17年间他基本住在邺城，并将这里建成了一个具有坚固城防体系，以及适当的供水、排水和灌溉设施体系、水陆交通体系、园苑游赏体系、外围驻军和练兵设施，在我国历史上带有划时代意义的新型城市。尤其是邺北城西边的三台是邺城建筑的标志。位于铜雀台南北还有金虎台和冰井台，三台之间有复道楼阁相衔接，台上均有屋室殿宇百余间。在曹操手中，邺城建设有了一次大发展。

前秦长安城池防御体系

永和八年（352年），氐族的苻健称帝，国号秦，定都长安（今陕西西安），历史上称之为前秦。三年后，苻健病死，他儿子苻生继位。苻生为苻健的第三子，性格刚愎自用，当上皇帝后荒淫无度，任情杀戮，激起了民愤。

东晋升平元年（357年），苻雄之子苻坚杀害苻生，自立为帝。苻坚是十六国时期杰出的少数民族统治者,他重用汉人,大张旗鼓地改革政治,加强长安禁卫军和城池防御建设,使前秦迅速强大起来,开始了他统一北方的战争。

前秦的长安城实际上基本沿用汉朝的长安城,没有过多的变化。前赵虽然也在此建都,但是建树不大。到了后赵石季龙的时候,曾经修复了未央宫和长乐宫。苻坚任用汉人王猛为相,励精图治,使得前秦政权变得强大起来,并且逐步统一了北方,长安城也逐渐恢复了生机。但后来苻坚没有听从王猛的劝告,执意进攻东晋,终于导致了失败。

纵观前秦一代,长安城并没有多少城池防御设施的建设。

后燕中山城池防御体系

后燕建兴元年(386年),慕容垂在中山(今河北定州)称帝,建后燕国都。此次是定州历史上第二次建都。

定州以其悠久的历史和灿烂的文化著称于世。其历史可以追溯到原始社会晚期。早在数千年前,先民们已经在这块土地上繁衍生息,并形成了一定规模的聚落。据传说,公元前2361年,尧受封为唐侯,定州为帝尧始封之国,今天定州城北唐河南岸的唐城即为唐侯的故城,唐河两岸就是昔日唐侯的封疆。商代,此地又成为商王朝的北方方国。春秋时期,此地属于鲜虞,史称"鲜虞中山"。楚昭公年间,中山被楚国灭掉,不久复国后迁都于顾(今定州)。周威烈王十二年(公元前414年),中山武公即位,亦定都于顾。周威烈王二十年(公元前406年),中山被魏国吞并,复国后迁都灵寿。

虽然后燕政权只存在短暂的二十几年,但统治者对中山城从军事防御角度出发进行了修建,确保了后燕政权的暂时安全。

二、十六国重要政权禁卫军

十六国各少数民族政权在建国之后,一般都仿照汉制设置军事机构。禁卫军也是如此。中军是十六国各政权军队中的主力,平时驻于京都内外,负责宿卫宫廷及保卫京都,有战事时要出征作战。各政权的中军一般分为两部分,一部分驻于京都之内,宿卫宫廷,一部分驻于京都近郊,拱卫京师。各政权统领中军、宿卫宫廷的有各种名号的将军。十六国各政权的宿卫中军,还包括太子东宫兵,由于太子的储君身份,各政权君主都配以东宫重兵,因而东宫兵实力非常雄厚,各政权因为实力强弱而兵力不等。宿卫部分之外的中军驻于京都附近,职责是拱卫京都。各政权的中军大体都是由本族人组成,是从建立政权以前本族的部落兵过渡而来的,数量十分多,实力强大,值得君主信赖。

三、十六国重要政权都城保卫战

晋攻前燕之战

太和二年(前燕建熙八年,367年)五月,前燕太宰慕容恪病死,前秦、东晋都想乘机夺权。

前秦因为王公作乱,根本就没有精力向外发展,但晋却打算攻打前燕。

太和四年(369年)四月,桓温亲自率领步骑兵5万人马从姑孰(今安徽当涂)出发开始北伐。参军郗超认为,北伐前燕,路途遥远,汴水又浅,恐怕难通漕运,粮草供应困难。桓温根本就听不进意见。六月，桓温军队来到金乡（今山东嘉祥南），适逢大旱，河床干涸，水运断绝。桓温派冠军将军毛虎生在钜野（今山东巨野北）开挖运河300里，引汶水和清水（古济水自钜野泽以下别名清水）会合。桓温率水军从清水进入黄河，船舰绵延几百里。

这时，郗超建议，从清水入黄河都是逆流，加之河道曲折，运输困难，如果敌人不立刻接战，我们的运输跟不上，又不能夺取敌人的物资，那样形势就十分严峻；不如率全部兵马直捣邺城（今河北临漳西南），因为燕人多害怕桓公的威名，一定望风而逃，如其出战，则可立即取胜；即使他们想在炎热的夏天坚守邺城，也不会长久，这样易水以南的各地也会竞相归附。郗超还建议，如果桓公认为这个策略太轻率，想稳妥一点，那么不如让大军停止前进，在黄河、济水之间扎营驻守，然后把粮秣准备充裕，到来年夏天再实施进攻计划。这样虽然速度慢，然而成功把握更大一些。桓温仍然没有采纳郗超的建议，继续挥军攻打前燕。他先派建威将军檀玄进攻湖陆（今山东鱼台东南），取得了胜利，并俘获燕宁东将军慕容忠。前燕幽帝慕容暐任命下邳王慕容厉为征讨大都督，统率步骑2万人和晋军战于黄墟（今河南开封东），燕军大败，慕容厉单骑逃回，燕高平太守徐翻举郡降晋。晋军前锋邓遐和朱序又在林渚（今河南新郑东北）打败燕将傅颜。慕容暐又派乐安王慕容臧统率诸军抵抗，慕容臧深感打不过敌人，于是，派散骑常侍李凤去前秦求援。

七月，桓温率军进驻武阳（今山东莘县东南），前燕旧将、故兖州刺史孙元率宗族起兵响应，桓温到达枋头（今河南浚县西南）。东晋大军连战连胜，使慕容暐统治集团十分恐惧。慕容暐和太傅慕容评商议，想逃到故都和龙（今辽宁朝阳）。吴王慕容垂请求率兵抗晋，认为如果不胜，再走也不晚。于是，慕容暐以慕容垂代替慕容臧为南讨大都督，率征南将军慕容德等5万步骑兵抵御桓温，并派散骑侍郎乐嵩往前秦求救，并答应让虎牢（今河南荥阳西北汜水镇）以西的土地给秦为条件。前秦王苻坚召集群臣商议，采纳辅国将军王猛先援弱击强，后再乘燕衰而取的建议。

八月，苻坚派将军苟池和洛州刺史邓羌率领步骑兵2万救援前燕。援军从秦洛州（今河南）出发，出洛阳进屯颍川（今河南许昌东），又派散骑侍郎姜抚去燕国报信。当时桓温在枋头徘徊不进，想以持久战静观燕国内变，坐获全胜。慕容垂遣将与桓温交战，俘获了他的向导段思，又击斩晋将李述，使晋军丧失锐气。攻燕初期，桓温曾派袁真攻打谯（郡治在今安徽亳州）、梁（今河南商丘南），想占领石门（即汴口），以通水运。结果袁真攻克了谯、梁而没有打开石门，晋军水运断绝。

九月，慕容德率骑兵1万人，兰台治书侍御史刘当率骑兵5000人进屯石门，出晋军之后。燕豫州刺史李邦率州兵5000人切断了桓温的陆运粮道。慕容德派将军慕容宙率步骑兵1000人为前锋，与晋军相遇。慕容宙知道晋军不善于冲锋陷阵，喜欢乘退进击，于是采取后退诱敌，设伏聚歼的战术，派200名骑兵出来挑战，其他骑兵伏于三处，挑战者未战即退，晋兵猛追，中伏大败。

桓温接连失利，粮草中断，又听说前秦援兵将要到达，于是下令焚烧战船，丢下辎重、铠仗，率军从陆路撤回。桓温从东燕（治今河南汲县东南）出发，撤退途中害怕前燕追兵在上游放毒，命令士兵凿井取水饮用，这样一直行走了700里。

前燕的将领们都想争相追击，慕容垂不同意，他认为桓温刚撤退时很紧张，必然以精锐重兵断后，现在追击难以取胜，不如等他加快退兵速度，部队斗志大大减弱之后再攻击，定能取胜。于是，慕容垂亲率骑兵8000尾随桓温军行进。桓温果然加速退兵，几天以后，慕容垂命令各位将领急进，在襄邑（今河南睢县）追上桓温。慕容德先率领4000名精锐骑兵埋伏在襄邑东涧中，和慕容垂东西夹击桓温，大败晋军，斩杀3万人。秦将苟池又在谯郡截击桓温，晋军死者数以万计。晋将孙元据守武阳抵抗燕军，却被燕左卫将军孟高擒获。

十月，天气渐冷，桓温收集残部，驻扎在山阳（今江苏淮安）。至此，桓温攻燕以失败告终。

前秦灭前燕之战

建元五年（前燕建熙十年，369年），东晋攻前燕时，前燕曾以割让虎牢以西的土地为条件向前秦求救，前秦出兵2万前往救援。但战争结束后，前燕却反悔食言，前秦王苻坚早就想夺取前燕，于是以此为借口，于十一月派王猛统领将军梁成、邓羌等率步骑兵3万，进攻前燕。十二月，王猛攻洛州刺史慕容筑镇守的洛阳。前燕幽帝慕容暐派卫大将军慕容臧率精兵10万驰援，进至荥阳，王猛派梁成等率精锐万人，轻装兼程奔袭，大败之于石门，歼灭万余人。洛阳守将、洛州刺史慕容筑因援军没到，在王猛政治争取下于第二年正月投降。梁成再次进攻荥阳，歼灭前燕军3000余人，慕容臧退军新乐（今河南新乡市)。前秦军占领洛阳、荥阳两战略要点后,王猛留邓羌屯金墉(今河南洛阳东北,晋洛阳故城西北隅),自己则率军返回长安。他回去的目的是以示这次攻燕,仅在于夺取慕容暐以前承诺割让的土地。

前燕左丞申绍认为前秦有吞并前燕全国的心,于是建议增加晋阳(今山西太原西南)等边境各要点的兵力,加强战备。但遗憾的是,慕容暐未予采纳。

四月,苻坚命令王猛统领杨安、张蚝、邓羌等10名将领,率步骑兵6万进攻前燕,同时继续集结兵力,准备亲自率领以为后继。苻坚想以迅雷不及掩耳之势,一举灭燕。苻坚命令王猛以洛阳地区为前进的基地,由捷径北进,直取邺城。六月,前秦军队出发。七月,王猛自率主力攻壶关,命令杨安率一部兵力攻打晋阳,以掩护主力之左侧背。八月,慕容暐命令太傅、上庸王慕容评率军30万援助上述二城,另外派遣慕容桓率军万余屯沙亭(今河北大名东)为后继。王猛攻破壶关,俘获上党太守、南安王慕容越,所到郡县,都投降归附。九月,王猛留屯骑校尉苟苌守壶关,自己率领主力部队援助扬安。他们以挖地道的形式攻城,攻破了晋阳,俘获前燕并州刺史、东海王慕容庄。慕容评因畏惧王猛而怯战,率援军滞留在潞川,不敢前进。十月,王猛留部将毛当守晋阳,自己率领主力进军潞川,与前燕军隔河相峙。

慕容评认为秦军深入,不利于持久,企图据河防守,坚壁不出,以拖垮秦军。王猛派游击将军郭庆率精骑500人乘夜由小道迂回至燕军后,烧了他们的辎重。当时邺城火光冲天,慕容暐派遣使者催促慕容评尽快发动战争。慕容评被迫出战,他的兵力虽占绝对优势，但由于慕容评为人贪鄙，官兵怨愤，军心离散，战力不强。十月二十三日，双方交战半日，前燕军大败，被歼灭5万余人。前秦军乘胜追击，又歼10万余人，前燕军全军溃散，慕容评单骑逃回邺城。原屯沙亭之慕容桓，率军撤至内黄（今河南内黄西北），前秦军于是进围邺城。

为保证必胜，苻坚命令王猛围而不攻，阵前休整，等主力到达后合力攻城。同时，他命令李威辅佐太子留守长安；命令阳平公苻融驻守洛阳，对东警戒，确保后方；他自己则率领精兵10万驰赴邺城。到达邺城后，在组织攻城的同时，苻坚命令邓羌率军攻信都（今河北冀州区），以牵制北部前燕军。十一月初六，慕容桓由内黄退去龙城（今辽宁朝阳）；初七，前燕散骑侍郎余蔚等人在夜里攻打北门，迎接前秦军进城，慕容暐等逃向龙城，被前秦军追俘。随后，各州郡牧守先后降前秦，前燕宣告灭亡。

北魏攻打后燕之战

东晋孝武帝太元二十一年（396年），后燕主慕容垂病死，太子慕容宝继位，改元永康。由于慕容宝荒怠无能，导致士民怨愤。而北魏的拓跋珪于六月称帝，改元皇始，想趁后燕主懦弱而攻打燕，进取中原。当时，后燕的慕容农率军队数万人在并州（治所晋阳，今山西太原西南）征集粮食，而当时正值并州早霜，老百姓都没有粮食了，自然群情怨恨，于是暗召北魏军队。

八月，拓跋珪大举进攻后燕,率步骑40余万人南出马邑（今山西朔城区），越句注山（今山西代县西北），扬旗鸣鼓向前开进，并任命李栗率骑兵5万作为前锋。同时，他派遣将军封真等由东道出军都（今北京昌平居庸关），袭击后燕幽州（今河北涿州）。

九月，北魏军临近晋阳，慕容农率军出战，大败，逃回晋阳。然而，驻守晋阳的慕舆嵩闭门不许慕容农进城，慕容农只得率数千骑兵东奔，被北魏将军长孙肥追上，燕军覆没，慕容农受伤，仅率3骑逃至中山（今河北定县）。北魏遂据有并州。慕容宝听说魏军将要到来，于是命令赶修城郭，积粟屯粮，准备持久防守，并派慕容农屯驻安喜（今河北定县西30里），军事行动委派慕容麟负责。

十月，拓跋珪派于栗、公孙兰率步骑兵2万从晋阳开路到井陉，再由井陉向中山进军，攻取常山（今河北正定），俘获太守苟延。常山以东郡县都归附了北魏，后燕仅存中山、邺（今河北临漳西）、信都（今河北冀州区）三城还在固守。

十一月，拓跋珪命令拓跋仪率5万骑兵攻打邺城，王建、李栗攻打信都，自己则率军攻打中山。后燕慕容隆率众守中山，杀伤魏兵数千人，决计先取邺和信都，便率军南行至鲁口(今河北饶阳南)，博陵(今河北安平)守令降魏。同时，出军都的北魏军攻蓟不克，退守渔阳(今北京密云西南)。北魏拓跋仪率军攻邺，后燕慕容德派慕容青等夜袭魏军，魏军败退新城。

十二月，北魏贺赖卢率2万骑兵会合拓跋仪攻打邺城。魏将没根率领亲兵数十人投降后燕，并率领百余骑兵夜袭北魏军营，拓跋珪狼狈惊走，由于没根所从人少，只取小胜而返回。

第二年正月，北魏军由于贺赖卢与拓跋仪不和，加上私与燕适的丁建从中挑拨，拓跋仪与贺赖卢各自退兵。慕容德乘机派慕容镇、慕容青率7000骑兵追击，大败北魏军。北魏王建等率军攻打信都60余天仍没有取得成功，士兵死伤甚多。拓跋珪亲自率军攻打信都，后燕慕容凤弃城逃奔中山，信都降魏。慕容宝为救援信都，派军屯驻深泽（今河北深泽东北），派慕容麟攻杨城，杀守兵300人。

二月，北魏将领丑提因其叔没根投降燕国，害怕罪加到自己身上，率所属部队回国作乱，拓跋珪想北归平息内乱，于是向后燕求和。慕容宝知道北魏内乱不断，于是立即调集步兵12万、骑兵3.7万屯驻曲阳之柏肆（今河北藁城北），列营于滹沱水北等待攻击北魏军。初九，北魏军来到了，扎营在水南。慕容宝于当天夜晚，派出募集的郡县勇士万余人渡河偷袭魏军营，募兵却顺风放火，急袭魏军，魏军大乱，放弃军营光着脚丫子逃走。然而，募兵却无故自惊，互相攻杀。慕容宝见状立即派出骑兵冲击募兵，募兵大败，慕容宝率军还渡水北。初十，北魏军整顿队伍，再次与后燕军相持。由于后燕军士气已经衰落，慕容宝率军退还中山，北魏军随后追击，多次打败燕军。不得已，慕容宝放弃大军自己率领2万骑兵奔还中山。当时正值大风雪天气，后燕军冻死无数，为了逃命，士兵丢弃袍仗、兵器数十万。后燕朝臣将士大部分或投降北魏，或被魏军俘虏。

随后，后燕内部矛盾激化。慕容会据守龙城（今辽宁朝阳）观望，不得已出兵后，仍缓缓而行，直到慕容宝兵败，才抵达蓟城。慕容麟对北魏军围困中山熟视无睹，多次阻止慕容隆率将士出战，并想谋杀慕容宝，后来因为事情泄露逃走。慕容宝害怕慕容麟、慕容会据守龙城作乱，于是由中山到保龙城。拓跋珪派3000名骑兵追慕容宝，但没有追上，于是复围中山。

五月，北魏军由于军粮不足，放弃了围困中山，撤回河间。七月，慕容麟潜入中山，擒杀了自称皇帝的慕容详，据守中山。十月，拓跋珪乘中山饥荒无粮，与慕容麟大战于义台（今河北新乐西南），慕容麟大败，被斩杀9000余人，后来仅率数十名骑兵奔赴邺城。北魏克中山，后燕公卿、将吏、士卒2万余人降魏。北魏皇始三年（398年）正月，慕容德由邺城南迁到滑台（今河南滑县），北魏拓跋仪进入邺城，追击慕容德至黄河，但没有追上。慕容麟拥立慕容德为燕王，史称南燕。后燕日益衰败。

刘裕灭南燕之战

这是一场著名的战争。

义熙五年（南燕太上五年，409年）正月，南燕帝慕容超嫌宫廷乐师不够，想对东晋用兵掠夺。二月，慕容超率领部队进击东晋宿豫（今江苏宿迁东南），掠走百姓2500人。刘裕为抗击南燕，扩大自己的影响，于四月从建康率水兵沿着淮水进入泗水。五月，刘裕部队进抵下邳（今江苏睢宁西北），留下船舰、辎重，改由陆路行进到琅琊（今山东临沂北）。为防止南燕以奇兵断掉自己的后路，他们所过之处都修筑城堡，留兵防守。可南燕鲜卑人则自以为自己勇敢而轻视敌人，对晋军进入自己的境内还不以为然，没有采取任何应对措施。

六月，刘裕在没有遇到任何抵抗的情况下，过了莒县（今属山东），越过了大岘山。慕容超先派遣公孙五楼、贺赖卢及左将军段晖等，率步骑兵5万人进据临朐（今属山东）。慕容超得知晋兵已过大岘山，自己率领步骑兵4万随后而来。

燕军来到临朐后，慕容超派公孙五楼率骑兵前进，控制临胊城南的巨蔑水（今山东弥河），与晋军前锋孟龙符遭遇，公孙五楼战败退走。刘裕以战车4000辆分左、右翼，兵、车相间，骑兵在后，向前推进。

晋军抵达临朐的南边，慕容超又派精骑前后夹击。两军展开激战，胜负未决，刘裕采纳参军胡藩的策略，派遣胡藩及谘议参军檀韶、建威将军向弥率军绕到燕军后方，乘虚攻克临朐，慕容超单骑逃往城南左将军段晖的营中。刘裕率兵追击，大败燕军，段晖等十余名将领被斩。慕容超逃回广固。刘裕乘胜追击北上，攻克广固外城。慕容超退守内城；刘裕率兵围困他，招降纳叛，争取民心，并就地取粮养战。慕容超被困在广固内城，先后派遣尚书郎张钢、尚书令韩范快马到后秦求援。

七月，后秦主姚兴派卫将军姚强率步骑兵1万人，与洛阳守将姚绍汇合，统兵共救南燕，并派遣使者向刘裕宣称，后秦以10万兵驻扎洛阳，如果晋军不退回去，就长驱而进。但刘裕识破了姚兴虚张声势，根本就没当回事。不久后，姚兴被夏主刘勃勃击败于贰城（今陕西黄陵西北），于是命令姚强撤回长安（今西安西北）。这时，慕容超久困在广固，不见后秦援兵，想割让大岘山以南的土地给东晋为条件，称藩于东晋，刘裕不同意。南燕的大臣张华、封恺、封融及尚书张俊相继投降晋国。九月，刘裕截获为借兵去后秦的韩范，使他绕城而行，以表示后秦救兵无望，城内南燕守军惊恐。十月，南燕大臣张纲被俘，晋军制成飞楼、冲车等各种攻城器具，加强攻防能力。

第二年二月，南燕贺赖卢、公孙五楼率军挖地道出击晋军，但也被击败，退回内城。刘裕乘机四面攻城，南燕尚书悦寿打开城门迎降，晋军攻入广固内城。慕容超率数十名骑兵突围而走,但被晋军追获,送到建康斩首,南燕宣告灭亡。

刘裕灭后秦之战

由羌族贵族姚苌建立起来的后秦,历来威胁着东晋。于是,刘裕在攻灭南燕和益州割据势力后,便谋划着攻打后秦。

义熙十二年(后秦永和元年,416年)正月,后秦国王姚兴派兵攻打东晋雍州(治今湖北襄阳),被雍州刺史赵伦之击败,这为东晋提供了北伐的借口。二月,后秦国主姚兴病死,太子姚泓即位,并且兄弟争位相杀,关中骚乱起来。四月,西秦主乞伏炽磐侵犯秦边。六月,并州(治今山西太原西北)匈奴部落聚众叛乱。同时,夏国赫连勃勃乘机起兵袭扰秦的边境。后秦因此内外交困,国力大减。

八月,刘裕乘机攻打后秦。他以长子刘义符和亲信刘穆之等留守建康(今南京),亲自率领大军,分五路征讨后秦:龙骧将军王镇恶、冠军将军檀道济率步兵为前锋,从淮、肥水一带向许昌、洛阳方向进攻;建武将军沈林子、彭城内史刘遵考率水军,从汴水入黄河,直指洛阳;新野太守朱超石、宁朔将军胡藩率领部队由襄阳赴阳城(今河南登封东南),策应洛阳前锋主力,从南面进攻洛阳;振武将军沈田子、建威将军傅弘之率领部队由襄阳趋武关(今陕西商南西南),牵制关中的后秦军;冀州刺史王仲德统领前锋诸军,经泗水开巨野泽(今山东巨野北)入河水。

九月,刘裕率大军来到彭城,此时各路晋军进展顺利。当时,后秦在潼关(今陕西潼关东北)以东置有豫、徐、兖三州,屯兵薄弱,而且缺乏防备。晋将王镇恶、檀道济进入后秦境内,连战告捷。秦将王苟生献漆丘（今河南商丘东北）投降王镇恶，徐州刺史姚掌以项城（今河南沈立）投降檀道济。随后，檀道济又攻破新蔡（今属河南），执杀太守董遵，攻克中原重镇许昌，擒获秦颍川太守姚垣及大将杨业。沈林子从汴水入黄河，攻克仓垣（今河南开封西北），击降后秦兖州刺史韦华。王仲德率水军入黄河，借道北魏滑台（今河南滑县东），守将尉建率领部队弃城北渡黄河西走，王仲德进屯滑台。

十月，王镇恶、檀道济会师成皋（今荥阳西北），后秦阳城、荥阳（今荥阳东北）二城都投降。此时，镇守洛阳的后秦征南将军姚洸求救于长安。后秦主姚泓派越骑校尉阎生率骑兵3000人，武卫将军姚益男率步兵1万前往助守。同时，他派遣并州牧姚懿从蒲坂（今山西永济西南）进驻陕津（即茅津，今河南三门峡市西黄河上）作为后援。这时洛阳守将姚洸的部将赵玄建议：集中兵力，固守金墉（今洛阳东北），以待援军。但姚洸拒绝接纳，并分兵扼守各处险要：命宁朔将军赵玄率领千余人南守柏谷坞（今河南偃师东南），广武将军石无讳东守巩城（今河南巩义西南）。不久，成皋、虎牢（今河南荥阳西北）守军相继投降晋国。于是，王镇恶、檀道济、沈林子等人的部队长驱而进。石无讳退还洛阳，赵玄战死。檀道济进逼洛阳，姚洸出降，秦军4000余人被俘。后秦援军阎生、姚益男等得知洛阳失陷后，不敢前来救援。晋军占领洛阳，西秦主乞伏炽磐派遣秦州刺史王松寿据马头（今甘肃礼县东北），紧逼后秦上邽（今甘肃天水），十二月派遣使者到刘裕处请求击出后秦。刘裕封乞伏炽磐为平西将军、河南公。后秦在洛阳被占后，正准备派兵增援潼关，没想到接连发生两起内乱，只得将兵抽回。

第二年正月，刘裕让刘义隆镇守彭城，亲自率领水军从彭城西进。刘裕原本命令前锋诸军到达洛阳后，等待后续大军会合再前进，但王镇恶见后秦内乱，潼关空虚，便机断而行，于二月乘胜进击渑池（今河南洛宁西），派遣毛德祖攻打蠡吾城（今河南洛宁西北），自己则带兵向潼关急行。檀道济、沈林子则从陕县（今属河南）北渡黄河，攻拔襄邑堡（今山西平陆境），再攻打秦并州刺史尹昭于蒲坂，但没有成功，于是转攻匈奴堡（今山西临汾一带），但被姚成都打败。蒲坂城坚兵多，一时难以攻下。檀道济等人只得挥师南下，与王镇恶会师并力攻打潼关。三月，他们夺取潼关，乘胜追击。后秦姚绍带兵出战失利，损兵千余人，退驻定城（今潼关西），依险拒守。

此时，后秦军先后两次派兵断掉晋军粮道，封锁他们的水路，但都被沈林子军队打败。刘裕率领水军从淮、泗水入清河，准备逆黄河西上。北魏因滑台丢失而更加防范刘裕，不肯借道，拓跋嗣以司徒长孙嵩督山东诸军事，派遣振威将军娥清、冀州刺史阿薄干率步骑兵10万人驻扎黄河北岸。同时，北魏还以数千骑兵，沿黄河北岸随刘裕军西行，不时进行袭扰，以达到迟滞晋军西进的目的。

四月，刘裕以车兵、弓弩兵及长矛兵等组成"却月阵"。魏军派了3万骑兵来攻打，但被晋阵打败了，并斩杀阿薄干等人，晋军才得以沿黄河西上。魏主拓跋嗣听了谋臣崔浩的计策，按兵以待。潼关方向，后秦姚绍再一次派遣长史姚洽、宁朔将军安鸾、护军姚墨蠡、河东太守唐小方率领2000人进到黄河以北的九原（今山西新绛北），设立河防，以断绝檀道济、王镇恶的粮援，但被沈林子击破，将士都被杀尽。姚绍接到姚洽败死的消息后，竟然发病身亡。这时，东平公姚赞代姚绍行使兵权，率兵攻袭沈林子，也被沈林子击败。于是，刘裕抵达洛阳。

七月，沈田子、傅弘之入武关，秦守将弃城逃走。沈田子进驻青泥（今陕西蓝田）。秦主姚泓派遣给事黄门侍郎姚和都屯峣柳，抵抗沈田子、傅弘之。

八月，刘裕到阌乡（今河南灵宝市）。姚泓想率军攻击刘裕，又怕沈田子等人袭击自己的身后，所以先攻击沈田子。当时，姚泓率领步骑兵数万人到青泥，而沈田子的军队仅千余人，但他先发制人，乘后秦营阵未立，首先出击，激励战士奋战，果然大败后秦兵，斩万余人。姚泓逃到灞上（今陕西西安东）。刘裕来到潼关，命令河东太守朱超石、振武将军徐猗之合攻蒲坂，但被后秦平原公姚璞与姚和都重创，徐猗之战死。朱超石只得败退潼关。这时，王镇恶率水军从黄河进入渭水，直逼长安。后秦恢武将军姚难自香城（今陕西朝邑东）回救长安。王镇恶率兵追击。姚泓从灞上率兵回屯石桥，支援姚难。于是，镇北将军姚强与姚难在泾上（今泾河入渭之口）汇合，共同对抗王镇恶。王镇恶派遣毛德祖率军进攻，取得了胜利。姚强战死，姚难逃往长安。姚赞退守郑城（今陕西华县）。此时，刘裕挥师进逼秦军。姚泓急忙派遣姚丕守卫渭桥，辅国将军胡翼度守卫城东北之石积，姚赞守卫灞东（灞水以东）。姚泓自己则驻守逍遥园。八月二十三日，王镇恶军到达渭桥，弃舟上岸，攻打姚丕，大获全胜。姚泓与姚赞率兵前来救助，遇到姚丕部败退，自相践踏，不战而溃。姚泓只得一个人逃回宫，王镇恶紧随其后从平朔门攻入长安。前面已无路可走，姚泓只得出城投降。后秦宣告灭亡。

中国都城保卫战

第十三章 南朝都城建康防御与保卫战

南朝是东晋之后建立于南方的四个朝代的总称。从公元420年东晋王朝灭亡之后，在南方先后出现了宋、齐、梁、陈四个国家，而它们存在的时间都相对较短。其中最长的不过59年，最短的仅有23年，是我国历史上朝代更迭较快的一段时间。此时，中国正处于南北分裂的时期，在我国历史上南朝与北方的北魏、北齐、北周等国合称为"南北朝"。各朝各代加强了禁卫军建设，加强了都城防御体系的建设。

一、南朝建康防御体系

南朝时，宋、齐、梁、陈四代都建都建康（今江苏南京）。城市的布局，由东晋到陈，基本上因袭沿用。城周长20里，有12座城门；宫城位于都城北侧，周长8里；官署多沿宫城前中间御街向南延伸；居民多集中于都城以南秦淮河两岸的广阔地区，大臣贵族多居于青溪、潮沟两岸。在宫城南面两侧又各建小城两座，东面是常供宰相居住的东府城，西面是扬州刺史所在的西州城。濒临长江的石头城则是保卫建康的重要军垒，每遇战事，必先争夺此城。建康还是南朝各代中外经济文化交流的中心，城内有不少外国使者、商人及僧侣，为城市平添了几分活力，具备较好的国防潜力资源。

二、南朝各代禁卫军

南朝时，驻守在京城的部分中军，统称禁卫军，他们是皇城的保卫者，也是封建王朝的重要军事力量。

南朝宋、齐、梁、陈的中央禁卫军分为内军（又称台军）和外军。内军驻卫在台城（皇城）之内，直接护卫皇帝和宫城；外军屯驻在台城之外，担负京城及周围地区的警备任务。

在禁卫官职的设置上，虽仍有秦汉沿袭下来的光禄勋等职，但已成为不掌禁兵的闲职，宫廷内外的警卫都由皇帝任命的亲信将领直接率兵担负。

刘宋设领军将军掌内军，全面负责台城内警卫，下设左、右卫将军掌宿卫营兵；设护军将军掌外军，负责京城的警备。宿卫部队仿照前朝旧制，组建屯骑、步兵、越骑、长水、射声五校尉，各领本营兵；又设虎贲中郎将、冗从仆射、羽林中郎将，号称"三将"，三将无兵，分领五校尉营，作为内廷警卫的基本力量。宫殿中置殿中将军、殿中司马督20人，轮流宿卫殿中，担负皇帝的近身警卫；设东宫屯骑、步兵、翊军三校尉，作为太子的护卫禁军，归太子指挥，其卫士实甲多达万人。

宋孝武帝时，由于皇室内部互相残杀，其对本朝禁卫制度进行了改革：恢复卫尉一职，掌宫门屯兵，在各殿门和上阁门增置屯卫兵；设武卫将军代替殿中将军之职，加强皇宫警卫；削减东宫兵力，派将军入驻东宫，直接控制东宫卫士。

建元元年（479年），禁卫军统帅萧道成废宋建齐，南齐的宫卫体系与刘宋差不多。萧道成为了控制出任方镇之宗室诸王和各州刺史，维护皇位不被侵夺，采取了"典签"。"典签"又称"签帅"，就是皇帝派禁卫军亲信将领担任宗室诸王出镇地方的"典签"，代理其政务、军事职责，以便监视其行动。

这样，禁卫军将领就卷入了皇帝、诸王、刺史权力斗争的旋涡之中，而每次残酷的争斗，禁卫军将领都成为牺牲品。因禁卫军已卷入皇室的血腥斗争中，皇帝便对驻守京师和皇宫的禁卫军将领不放心，而命令亲随近侍和心腹武将以钦使的身份亲领禁卫军，结果造成了禁卫军指挥体系混乱，训练废弛，皇帝被反叛的近身侍卫杀死。

南齐之后的梁、陈二代，其宫卫制度一如前朝。

三、南朝建康保卫战

刘宋皇统争夺战

东晋末年，北府兵低级将领刘裕在平定桓玄之乱中异军突起，并掌握了朝政大权，之后称帝代晋，建立了南朝第一个朝代——刘宋王朝。

元嘉二十七年（450年），刘宋与北魏进行了一场大规模的战争，最后以失败结束，社会经济受到了一定的破坏，国力大为削弱。随后，刘宋王朝陷入了内乱之中，皇室骨肉相互残杀，宗室各王争夺皇位，互相攻击，政治日益腐败，矛盾激化。

元嘉三十年（453年），宋文帝想废除太子刘劭，由于事情泄露，刘劭率所领东宫禁卫军杀死了文帝，自己当上了皇帝。

于是，文帝的第三个儿子武陵王、江州刺史刘骏起兵讨伐刘劭，不久攻破了皇都建康，杀死了刘劭及其子女，以及文帝的第二个儿子始兴王刘濬和他的三个儿子，自立为帝，也就是史称的宋孝武帝。

此后，刘宋宗室各王之间骨肉相残的事情不断发生。

孝武帝即位后，不愿让他的叔父荆州刺史、南郡王刘义宣居于上游重镇，于是召他入朝。刘义宣知道孝武帝不怀好意，不肯奉召，还率兵进攻建康，但被孝武帝击败，刘义宣以及他的儿子全部被杀害。随后，孝武帝又先后杀掉了自己的四个弟弟。

大明八年（464年），孝武帝去世，继立的前废帝刘子业，在位不到两年，杀刘义恭等多人。

泰始元年（465年），宋明帝刘彧即位。同时，江州刺史、孝武帝的第三个儿子晋安王刘子勋在长史邓琬的策划下，自称皇帝。于是刘宋爆发了一场以明帝为首的文帝诸子，与以刘子勋为首的孝武帝诸子之间的大规模内战。结果，宋明帝军取得胜利，刘子勋及孝武帝其余的十多个儿子都被杀害。明帝在位期间，还将自己的五个兄弟杀掉四个。

泰豫元年（472年），明帝病死，他的儿子刘昱继立为帝。

元徽二年（474年），明帝唯一没有被杀的弟弟、桂阳王刘休范在江州刺史任内举兵反叛，进攻建康。右卫将军萧道成设计杀掉刘休范，击破叛军，后废帝刘昱的帝位才得以保全。但是这时的刘宋王朝，已经在连续不断的内战中急剧地走向衰亡。不久，掌握了禁军大权的中领军萧道成仿效刘裕，代宋称帝，刘宋灭亡。

南齐内乱之战

南齐的内乱之战是从齐武帝死后开始的。

永明十一年（493年）七月，齐武帝死后，由于太子萧长懋先于武帝而死，皇太孙萧昭业继立为皇帝。武帝临终时命令次子萧子良及兄长萧鸾辅政。

萧子良在武帝的儿子中才干出众，曾经当过地方官吏，有很强的政治经验，又喜好文学，与当时名士沈约等八人号称"八友"，相当有名望。萧昭业深知叔父萧子良之声望，处处提防着，最终萧子良忧惧病死，朝政大权落入萧鸾手中，于是萧昭业的噩运开始了。萧鸾于隆昌元年（494年）废杀萧昭业，立萧昭业的弟弟萧昭文为帝，随即杀掉萧昭文自立，即齐明帝。

明帝即位后，大杀高、武二帝的子孙，高帝的19个儿子、武帝的23个儿子，都被他杀尽了，仅高帝的第二个儿子萧嶷一人有后代传世。永泰元年（498年），明帝去世，他的儿子萧宝卷即位。萧宝卷小时候就好玩不喜欢读书，当上皇帝后更加胡作非为，荒淫残暴，残杀宗室，诛戮大臣。当时的辅政大臣、始安王萧遥光、尚书令徐孝嗣等六人，号称"六贵"，也相继被他杀掉。于是，朝臣离心离德，人人自危。

永元元年（499年）十一月，江州刺史陈显达于浔阳（今江西九江西）举兵反叛，进攻建康，但兵败被杀。不久，豫州刺史裴叔业因屡遭朝廷疑忌，投降北魏。接着，萧宝卷派去讨伐裴叔业的平西将军崔慧景于广陵（今江苏扬州）倒戈，奉南徐州和兖州刺史、明帝第三个儿子萧宝玄为主，回兵进攻建康。

永元二年（500年）三月，齐宗室豫州刺史萧懿起兵救援京师，击破叛军，杀死崔慧景、萧宝玄。萧宝卷为除去后患，命令巴西太守刘山阳率兵与荆州军合兵一处,袭取萧懿的弟弟、雍州刺史萧衍。

萧衍知道这个消息后，暗中联络掌握实权的荆州长史萧颖胄，使他攻杀刘山阳，二人共同拥立荆州刺史、明帝的第八个儿子南康王萧宝融为帝，进讨萧宝卷。

永元三年（501年）三月，萧宝融在江陵（今属湖北荆沙）称帝，以萧衍为尚书左仆射、征东大将军，都督征讨诸军事，假黄钺；以萧颖胄为尚书令、荆州刺史。萧衍随即进军建康。十二月，萧宝卷被禁军杀死，萧衍攻占建康。

中兴二年（502年）三月，萧宝融到姑孰（今安徽当涂），禅让帝位给萧衍。

侯景之乱

这是南朝萧梁末年北齐降将侯景发动的一场叛乱。

侯景，原为北魏怀朔镇（今内蒙古固阳南）戍兵，后来渐渐升为镇功曹史。北魏末年"六镇"起义时，侯景率部队投靠契胡族酋长尔朱荣，参加镇压起义，因打败义军、活捉葛荣之功被擢升为定州刺史。高欢灭掉尔朱荣后，侯景又叛归高欢。

侯景狡诈多变，残忍酷虐，但他有个特点，只要掠得财宝都会赏赐给将士们，所以将士们都愿意为他卖命，并且总是打胜仗。他历任东魏尚书左仆射、吏部尚书、司空、司徒、河南道大行台（即河南道最高军政长官），拥兵10万，专制河南，权力仅亚于高欢。

东魏武定五年（547年），高欢去世，他的儿子高澄执政。

侯景平常轻视高澄，而高澄则担心侯景叛乱，于是征调侯景入京，想剥夺他的兵权。侯景害怕自己被杀，于是投降西魏，但西魏也想调侯景入京，所以他转而求降于梁朝的萧梁。

对此，梁朝大臣们大多表示反对，而梁武帝竟说夜梦太平，侯景求降，正符所梦，于是封侯景为河南王、大将军、大行台。梁武帝又派遣将领率军救援侯景，结果在寒山堰被东魏打败，主帅萧渊明被抓，几乎全军覆没。随后，东魏又进攻侯景，最终侯景的4万多兵力只剩下800人南逃，骗取梁寿阳城（今安徽寿县）。

东魏马上实施离间计，假装与梁朝议和，挑拨侯景反梁。梁武帝给东魏回信说，贞阳侯萧渊明早晨到，侯景傍晚回。

侯景本来就有作乱之心，于是暗中勾结野心篡位的梁武帝的侄儿萧正德作内应。梁太清二年（548年）八月，侯景发动叛乱，率兵南下，直抵长江。

此时的梁武帝完全没有防范，命令萧正德保卫京师，而萧正德却派船接侯景叛军过江，迎进建康，包围"台城"（即宫城）。侯景纵兵抢掠，并下令释放被役为奴的北人且加以任用。

侯景过江时兵力不过8000人，马不过数百匹，而当时台城中却有男女10余万人，甲士2万多人，四方援军相继奔赴建康的达到了30余万人。但援军无统一指挥，大多持观望态度，宗室各王顿兵不前，只想保存实力以夺取皇位。

太清三年（549年）三月，侯景攻陷台城。城破之时，城中只剩下二三千人，血流成河，尸骸如山，惨不忍睹。侯景又东犯三吴，使富裕的长江下游地区千里绝烟，人迹罕见，白骨成堆。

侯景得势后，杀死了萧正德，软禁了梁武帝。不久，梁武帝忧郁而死，侯景立萧纲为帝，后来又废杀萧纲立萧栋为帝。天正元年（551年），侯景终于废掉萧栋而自己称帝，国号汉。第二年，梁将陈霸先、王僧辩率军打败了侯景的军队，攻下了建康。侯景乘船出逃，被部下杀死。

隋灭陈之战

隋文帝杨坚夺取政权后，就有了吞并江南的意图。但因隋王朝刚刚建立，实力还不强大，又屡遭突厥南下袭击，便决定先巩固内部，充实国力，再南下灭陈，然后北击突厥，统一天下。后来，因为突厥举兵南下的规模越来越大，杨坚被迫改变取南和北战略，并制定先北后南的方针。为此，先后采取了以下重大措施：

经济上，颁布均田和租调新令，把荒芜的土地拨给农民耕种，减轻赋税徭役，兴修水利，促进经济的恢复和发展，储粮备战。政治上，强化中央统治机构和完善官制，废除一些酷刑峻法。同时采取对策，孤立分化突厥，不断派遣使者去陈朝，表面表示友好，实则探听虚实，使之松懈麻痹。军事上，改进北周以来的府兵制，集中兵权，加强军队训练，加固长城，训练水军。

杨坚利用突厥内部为争夺汗位互相残杀的机会，政治上孤立分化与军事反击双管齐下，迫使突厥先后称臣降附。然后，他全力谋划灭陈。在经过一番紧锣密鼓的准备之后，杨坚于开皇八年（588年）十月部署进军，设置淮南行省于寿春，以晋王杨广为尚书令。杨坚任命晋王杨广、秦王杨俊、清河公杨素为行军元帅，指挥水陆军51.8万人，同时从长江上、中、下游分八路攻陈。其具体部署是：杨俊率水陆军由襄阳进屯汉口；杨素率舟师出永安（今重庆奉节）东下；荆州刺史刘仁恩出江陵与杨素合兵；杨广出六合；庐州总管韩擒虎出庐江（今安徽合肥）；吴州总管贺若弼出广陵（今江苏扬州）；蕲州刺史王世积率舟师出蕲春攻九江；青州总管燕荣率舟师出东海（今江苏连云港），沿海南下入太湖，进攻吴县（今江苏苏州）。前三路由杨俊指挥，为次要作战方向，目标指向武昌，阻止上游陈军向下游机动，以保障下游隋军夺取建康。后五路由杨广指挥，为主要作战方向，目标指向建康，其中杨广、贺若弼、韩擒虎三路为主力，燕荣、王世积两军分别从东、西两翼配合，切断建康与外地联系，保障主力行动。

　　隋军这次渡江正面东起沿海，西到巴蜀，横亘数千里，是我国历史上一次规模浩大的渡江作战。为了达成渡江作战的突然性，隋在进军之前，扣留陈的使者，断绝往来，以保守军事机密。同时，隋朝派出大批间谍潜入陈境，进行破坏、扰乱活动。整个作战行动主要在长江上游和下游两个地段上同时展开。

　　开皇八年（588年）十二月，杨俊率水陆军10余万人进屯汉口，负责指挥上游隋军，并以一部分兵力攻占南岸樊口（今湖北鄂城西北），以控制长江上游。而陈指挥长江上游各军的周罗睺，起初没有统一组织上游军队进行抵抗，而是听任各军自由行动。当看到形势不利时，周罗睺又收缩兵力、防守江夏（今武昌），阻止杨俊军接应上游的隋军。两军在此形成对峙局面。

　　杨素率水军沿三峡东下，到流头滩（今湖北宜昌西），陈将戚欣利用狼尾滩（今宜昌西北）险峻地势，率水军据险固守。杨素于是利用夜暗不易被陈军窥察的机会，率舰船数千艘顺流东下，并派遣步骑兵沿长江南、北两岸夹江而进；刘仁恩的部队也从北岸西进，袭占狼尾滩，俘虏陈全部守军。陈南康内史吕忠肃据守歧亭（今湖北宜昌西北西陵峡口），以三条铁锁横江截遏上游隋军战船。杨素、刘仁恩率领一部分兵力登陆，配合水军进攻北岸陈军，经过四十余战，终于在第二年正月击破陈军，毁掉铁锁，使战船得以顺利通过。此时，防守公安的陈荆州刺史陈慧纪见势不妙，烧毁物资，率兵3万和楼船千艘东撤，援救建康，但被杨俊阻止在汉口以西。

在长江下游方面，当陆军进攻的消息传来后，陈各地守军多次上报，但都被朝廷掌管机密的施文庆、沈客卿扣压。当隋军行进到江边时，施文庆又以元会（春节）将至，拒绝出兵加强京口（今江苏镇江）、采石（今安徽当涂北）等地守备。

开皇九年（589年）正月初一，杨广进到六合南之桃叶山，乘建康周围的陈军正在欢度元会之机，指挥各军分路渡江：派行军总管宇文述率兵3万人由桃叶山渡江夺占石头山（今江苏江宁区西北），贺若弼由广陵南渡占领京口，韩擒虎由横江（今安徽和县东南）夜晚渡江。陈军因元会酒会，都喝得醉醺醺的，完全不能抵抗，韩擒虎的部队轻而易举袭击并占领采石。

正月初三，陈后主陈叔宝召集公卿讨论战守；正月初四，他下诏"亲御六师"，委派萧摩诃等督军迎战，施文庆为大监军。然而，陈叔宝、施文庆不懂军事，将大军集结在都城，派一部分舟师到白下（今江苏南京城北），防御六合方面的隋军，另以一部兵力镇守南豫州（今安徽当涂），阻击采石韩擒虎部队的进攻。

隋军突破长江之后，迅速推进。贺若弼的部队于正月初六占领京口后，以一部分兵力进到曲阿（今江苏丹阳），牵制和阻击吴州的陈军，并命令主力向建康前进。

韩擒虎的部队于正月初七占领姑孰（今安徽当涂）后，沿江直下，陈沿江的守军望风而降。这天，贺若弼率领精锐8000人进驻钟山（今南京紫金山）以南的白土岗，韩擒虎的部队和由南陵（今安徽铜陵附近）渡江的总管杜彦的部队2万人在新林（今南京西南）会合，宇文述的部队3万人进至白下，隋大军继续渡江跟进。

至此，隋军先头部队完成了对建康的包围态势。

建康地势虎踞龙盘，历来险要。此时，陈在建康附近的部队仍不下10万，陈叔宝弃险不守，把全部军队收缩在都城内外，又拒不采纳官员提出的乘隋先头部队孤军深入、立足未稳之机进行袭击的建议。正月二十日，陈叔宝孤注一掷，命令各军出战，在钟山南20里的正面上布成一字长蛇阵，鲁广达率部在最南方的白土岗列阵，向北依次为任忠军、樊毅军、孔范军、萧摩诃军。但陈军毫无准备，既没有指定各军统帅，又无背城一战的决心，各军行动互不协调，首尾进退不能相顾。

贺若弼还没有等到后续部队到达，就率先头部队出战陈鲁广达部，但初战不利，贺若弼燃物纵烟，掩护撤退，而后集中全力攻击萧摩诃部，陈军一部溃败，全军随之瓦解。就在同一天，韩擒虎进军石子岗（今江苏南京雨花台），陈将任忠迎降，引韩擒虎的部队直入朱雀门，攻占了建康城，藏匿在枯井之中的陈叔宝被隋军俘虏。

正月二十二日,杨广进入建康,命令陈叔宝以手书招降上游陈军周罗睺、陈慧纪等部。同时,杨广派兵东下三吴,南进岭南等地,先后击败残存陈军的抵抗。至此,隋文帝杨坚统一全国,结束了西晋末年以来近300年长期分裂的局面。

隋王朝之统一全国,是历史发展的必然。自西晋末年以后,我国南北长期陷于分裂。但随着经济的发展,南北之间的联系日趋密切,统一成为时代的需要。杨坚建立隋朝之后,注意争取人心,奖励生产,在政治上较为巩固,经济上较为富裕,军事上较为强大,因而具备了统一南北的条件,并最终完成了统一。此外,杨坚在战争指导上的正确性也是获得胜利的重要因素。

第十四章 北朝各都城防御与保卫战

北朝是我国历史上与南朝同时代的北方王朝的总称，其中包括了北魏、北齐、北周等数个王朝。但与南朝不同的是，北朝各国的建立者大部分是北方少数民族，而并非汉族。自从西晋灭亡后，中国北方一直处于"五胡十六国"割据的混乱局面，直至公元386年鲜卑族拓跋部在北方建立起魏国后，北方才从名义上脱离了东晋的统治，使局势逐渐安定起来。平城（山西大同）、洛阳（今河南洛阳）、邺城（河北临漳西南）、长安（陕西西安）等均为北朝各代的都城，为了保卫都城的安全，统治者都加强了禁卫军和城池防御体系的建设。

一、北朝各都城防御体系

北魏平城城池防御体系

　　从天兴元年（398年）七月，拓跋珪迁都平城（山西大同），直到太和十八年（494年）孝文帝迁都洛阳，北魏在平城建都97年，历经六帝七世，一直成为我国北方政治、经济、文化的中心，拥有百万人口。

北魏在平城建都后进行了一系列首都建设，先后建天文、天华、中天军殿24座；建西宫、北宫、南宫、东宫、宁宫等宫15处；建东苑、西苑、北苑、鹿苑4处；建华林、永林、永兴园3处；建鸿雁、天渊等池6处；建云母、金华等堂6处；建篷台、白台等台7处；建玄武等楼3处；建凉风、临望、东明观3处；建郊坛、方坛、五精帝坛3处；建太庙、太社、太稷帝社、孔子庙、虎圈、方泽、明堂、灵台、辟雍等。建筑规模、数目繁多、布局道严、规划完整是前所未有的。

当时平城防御体系十分坚固，全城分为皇城、外城、郭城。外城方圆20里，郭城周长32里，有12座门。它的外围又设置四方四维，部署八部帅统兵镇守。

北魏洛阳城池防御体系

永嘉之乱后，经历十六国的战乱，洛阳一再成为战场，许多宫殿被毁烧，化成瓦砾灰烬。直到北魏统一，孝文帝于太和十八年（494年）迁都洛阳，重建汉魏洛阳旧城，加强城池防御。

北魏洛阳城仍沿袭汉、魏故城规模，只对城门名称做了改动：南四门，除开阳门外，改平城门为平昌，小宛门为宣阳，津门为津阳；北二门，改夏门为大夏，谷门为广莫；东三门，改上东门为建春，中东门为东阳，耗门（魏晋时改称清明门）为青阳；西三门，改广阳门为西明，雍门（魏晋时改称西明门）为西阳，上西门为阊阖，并将西阳门北移正对东阳门，另在阊阖门之北增辟承明门，改12座城门为13座。城西北角有曹魏时筑的"金墉城"，城有三门：东含春门，南光极门，北逞门。

北魏在原洛阳城内南、北两宫的基础上，建立了单一的面积约 1 平方千米的宫城，即皇城。皇城有九座门：东二门，北起为东华门、云龙门；南三门，东起为左掖门、阊阖门、右掖门；西三门，南起为通门、神虎门、千秋门；正北为乾明门。宫城内正殿为太极殿、显扬殿、宣光殿。宫苑有宣光殿北的碧海及乾明门外的华林园。宫城南面正门阊阖门通向宣阳门的铜驼街，为全城的中轴线，中央高级官署都设在街的两侧。

北魏又在原洛阳城的外围，增筑了外城，又叫外郭城（原洛阳城称为内城），其范围东至七里桥，南临洛水，西近张方桥，北达邙山。城内有三百二十二街坊、二百二十宅里，纵横呈有规则的分布。从内城宣阳门南越过洛水上的永桥至外城以南伊水北岸的圜丘，建有御道，北与全城中轴线铜驼街相接。永桥北的御道东侧，为明堂、灵台与国学，永桥南的御道左、右为四夷馆与四夷里。城内主要商业区有位于西阳门外的"大市"，青阳门外的"小市"及永桥以南的"四通市"，总称"洛阳三市"。西域商人多来此贸易，商业繁盛。

北魏崇尚佛教，城中寺院多达 1367 所，其中，较著名的有位于外郭城西部东汉时创建的白马寺，以及位于内城铜驼街西侧的永宁寺。举世闻名的龙门石窟，也大多完成于北魏时期，是我国石刻艺术瑰宝之一。

北朝都洛阳计为时 40 年。孝静帝天平元年（534 年）迁都到邺，第二年，东、西魏分裂；元象元年（538 年），侯景围攻金庸城，大烧都城内的宫、寺、民居，洛阳再次成为丘墟。

东魏与北齐邺城城池防御体系

孝静帝天平元年（534年），北魏分裂成东魏和西魏之后，在权臣高欢的坚持下，东魏将都城由洛阳迁往邺城（河北临漳西南），为加强统治者的安全，增筑南城。从此，邺城包括北城与南城两个部分。北城虽然仍可使用，但活动主要都在南城。南邺城在城市布局上仿照洛阳城，规模超过了曹魏，比后赵建城还要奢侈。

北齐成立后，又在邺城建都，并多次扩建铜雀台。公元577年，北周攻打北齐，周军到邺城，烧毁邺城西门，将齐军打败，齐王公以下都投降了，周王下诏将铜雀台拆毁，至此，北齐灭亡。

北周静帝大象二年（580年）六月，相州总管尉迟迥起兵攻打杨坚，杨坚进兵到邺与尉迟迥大战，尉迟迥兵败后，在西门豹祠南自杀。于是，邺城被攻破。杨坚下令焚毁邺城及邑居，大火烧了一个多月都没有熄灭。

至此，邺城在历史上消失，从此一蹶不振。

二、北朝各代禁卫军

北魏在先后吞并了后燕、夏、北燕、北凉等后，于太延五年（439年）统一了北方，与南朝对峙。

道武帝拓跋珪在平城称帝时，设置八部帅，各统一军，分驻平城外围八个方位，担负京城防卫并出征作战；京城内设置宿卫军护卫皇宫，扈从皇帝车驾；皇宫禁苑禁卫军称扈从武士。

孝文帝拓跋宏迁都洛阳后，崇尚汉制，对禁卫军和兵制有所改革。其中央禁军沿袭魏晋称中军，人数达三四十万，集中驻守在洛阳，平日守卫京师、皇宫，战时奉命出征。中军分由领军将军、护军将军统帅，其中，领军将军所属主要担负宫城内外宿卫任务，护军将军所属驻守于京师周围。中军的核心专称羽林、虎贲，孝文帝曾一次诏选全国武勇之士15万人为羽林、虎贲，来补充宿卫军。宿卫军中又有以拓跋氏宗族子弟组建的宗子、庶子两军，作为精心简选的皇帝卫士。负责宿卫的官员有左右卫将军、武卫将军、羽林中郎将、卫尉、殿中将军、殿中监、宫门司马等，他们的职责与魏晋大体相同。

东魏、北齐定都邺城，宫卫体系大多沿袭了北魏的做法。驻扎在京师的中央军又称京畿军，有数十万人之多。宿卫军精锐为六坊军、百保鲜卑军，基本由鲜卑锐士组成。东魏时设京畿府，设置京畿大都督总领京师兵马，下置领军府、护军府、卫尉寺分掌布防于宫殿、皇城、京城、京畿的禁卫军。领军将军统领皇帝所在朱华阁外的宿卫军，其属官有左右卫将军、武卫将军、直阁将军、骁骑将军、左右中郎将、五校尉、虎贲中郎将、羽林监、冗从仆射、殿中将军、殿中监、殿中司马督等，率卫士协同保卫宫殿内外的安全；护军将军率部担负京畿地区交通要道的保卫及御驾护卫，属官有东、西、南、北四中郎将；卫尉卿掌宫城内禁卫甲兵及京城门禁。北齐后期，罢京畿府入领军府，并设领军大将军，禁军大权集中在领军大将军手里。

西魏、北周定都长安，统治者却远学西周的典章《周礼》改革官制，禁卫制度有较大的改变。西魏借用周代天子有六军之制，将禁卫军5万余人改为禁旅六军，设六柱国作为统军将军分领。六柱国直接由都督中外诸军事、大行台宇文泰统领。六柱国各督二大将军，共十二大将军；每大将军下督二开府将军，共二十四开府将军；每名开府将军领一开府，即一军，每军二千人。二十四开府即二十四军，自此即成为禁军的代称；开府将军下又有仪同将军二人，共四十八仪同将军，各统兵一千人；再下编有团、旅、队，分别置大都督、帅都督、都督统领。六军实行府兵制，军士自立军籍，不编户贯，不承担其他赋役，主要任务是担负京城诸门和外廷宿卫、征防。实行六官制度后，设置小司马"总宿卫"，职典禁旅，下领左右宫伯、左右武伯。左右宫伯"掌侍卫之禁，更直于内"，属官有左右中侍、左右侍、左右前侍、左右后侍、左右宗侍、左右勋侍等，其中，左右中侍为御寝禁卫。左右武伯"掌内外之禁令兼领六率之士"，六率为左右虎贲、左右旅贲、左右射声、左右骁骑、左右羽林、左右游击，担负宫城内外警卫。在地官府置城门中士、下士，掌管长安十二门之禁令。

北周时期，周武帝宇文邕对中央禁卫军进一步扩充和加强，先后设置大司武、大司卫、左右司武、左右司卫、武侯等职，掌领宿卫重任；设置宫门中士、下士，掌皇城五门之禁令。

三、北朝各代都城保卫战

梁攻打北魏洛阳之战

北魏自宣武帝景明年间以后，政治越来越腐败，贵族官僚荒淫腐化，阶级矛盾以及其他各种矛盾日益尖锐，终于在正光五年（524年），爆发了"六镇起义"。

此后各族人民起义此起彼伏，北魏政治动荡不安，元氏王朝摇摇欲坠。居于北秀容川（今山西忻州境内）的契胡（即羯人）酋长尔朱荣乘机起兵，在镇压各族人民起义的过程中，控制了北魏中央政权。

这时，身兼侍中、骠骑大将军、开府仪同三司、相州刺史等数职的北魏宗室元颢见国内大乱，尔朱荣专政，想自己夺皇位，但没有成功，于是率领他儿子元冠受南逃，投奔萧梁。听说元颢来投降，梁武帝十分高兴，并想利用元颢向北扩展势力。于是他封元颢为魏王，以东宫直合将军陈庆之为假节、飙勇将军，命令他护送元颢北还。实际上，这是萧梁政权利用北魏政治危机所进行的一次北伐。

梁大通二年（528年）十月，陈庆之率军护送元颢北上。陈庆之先进军袭取魏铚县（今安徽宿州西南），观察北魏虚实，待机而动。当得知魏廷派大军东出平"邢杲之乱"后，陈庆之乘虚而进，急速发动进攻。他们连续攻下途中几个城市，直逼京师洛阳。

魏廷见陈庆之的军队渐渐逼近洛阳，于是派遣南道大都督杨昱镇守荥阳（今属河南）、尚书右仆射尔朱世隆镇守虎牢（今河南荥阳汜水镇）、左卫将军尔朱世承镇守各关，防卫京师。

陈庆之率军进攻荥阳，未能取胜。元颢派左卫刘业等人招降杨昱，杨昱不从。魏荥阳守军有7万人之多，陈庆之仅有将士7000人，而且当时魏上党王元天穆与骠骑将军尔朱兆已击破邢杲军，率大军返回来救荥阳。

梁军前有坚城，后有大敌，将面临腹背受敌的险境，士兵都惶恐不安。这时，陈庆之激励将士们说，我军北进以来，屠城略地，实为不少，与魏人已结仇恨。我军只有7000人，敌军达30余万，今天只有决一死战。

随即，陈庆之命令全军攻城。于是梁军将士个个争先，虽死伤500余人，但荥阳即时攻下，生擒杨昱。

这时，元天穆、尔朱兆率大军已到荥阳，陈庆之亲率骑兵3000人背城迎战，又大破魏军，元天穆、尔朱兆都失败而逃。陈庆之疾速进攻虎牢等地，尔朱世隆闻讯弃城逃跑，尔朱世承被梁军活捉，陈庆之于是相继攻占虎牢等地。

荥阳、虎牢等地既失，魏都洛阳完全暴露在梁军的兵锋之下。魏孝庄帝元子攸听从中书舍人高道穆之建议，从洛阳北渡黄河，逃往河内郡（治今河南沁阳）。于是元颢被迎入居洛阳宫，改元建武，大赦天下，晋封陈庆之为侍中、车骑大将军、左光禄大夫。

但不久后，元天穆等率魏军4万兵力又先后攻下大梁、睢阳，并由魏将费穆率兵2万人进攻虎牢，对洛阳构成威胁。但这一切都被陈庆之化解了，他再次攻下了被魏军收复的地方。

元颢在进入洛阳后，一方面志得意满，极尽享乐，沉迷于酒色不问政事；另一方面，他见洛阳百官臣服，利用萧梁力量登上皇位的目的已经达到，心中渐起异心，于是与安丰王元延明等人筹划叛梁之计。但由于他当时还须倚仗陈庆之的兵力，所以表面上不露声色，实际上与萧梁已貌合神离。这一切，陈庆之有所察觉，也暗中谋划对策，他建议梁廷增兵，主张释放被掠在北方的南人，以扩充军力。

此时，元延明也劝元颢，要他不同意陈庆之的请求。为防止陈庆之暗中向梁请兵，抢先给梁武帝上表说：河北、河南一时已定，唯独尔朱荣还敢嚣张，臣与庆之自能擒讨。今州郡新服，正须安抚，不宜进一步增兵，那样会动摇百姓之心。

梁武帝见表，信以为真，竟然命令诸路梁军都停于梁界，不许入魏境。当时，陈庆之所率领的梁军在洛阳不到一万人，兵力既很单薄，而又处于孤军作战的境地。陈庆之手下军副马佛念认为陈庆之功高震主，难为元颢所容，劝他乘机杀掉元颢，占据洛阳自图大事。陈庆之没有听从这个意见，认为这是对梁廷不忠。他为了摆脱元颢的控制，请求赴徐州刺史（治今江苏徐州）之任，以便相机进退。元颢猜忌陈庆之，自然不同意他的请求。

而魏孝庄帝元子攸逃出洛阳后，先到河内郡，后又往长子暂住。这时，控制北魏朝政的都督中外诸军事、大将军、尚书令、领军将军尔朱荣亲至长子朝见孝庄帝，并统领兵众，集聚军资器仗，护送孝庄帝南返。

六月，尔朱荣、尔朱世隆、元天穆、尔朱兆等率大军号称百万，攻占在元颢控制之下的河内郡，杀河内太守元袭和都督宗正珍孙。

闰六月，尔朱荣大军进到洛阳北面的黄河北岸，与陈庆之军相峙于黄河一线。当时元颢命陈庆之守北中城（河阳三城之一，为洛阳外围戍守要地，故址在今河南孟州西），元颢自己守河桥（黄河浮桥，在今河南孟州西南、孟津东北黄河之上，为洛阳外围戍守要地，北中城即在河桥北岸）南岸，安丰王元延明沿河据守。

尔朱荣的军队缺乏舟船，一时无法渡河，加之陈庆之军守北中城杀伤魏军甚多，尔朱荣想暂时退军，以图再举。黄门郎杨侃等人极力进言，认为如果一旦退军，将会失天下之望。杨侃又献计，请征发民间木材，多扎木筏，布在黄河数百里沿岸之上，作出将从各处渡河的态势，使梁军首尾不能兼顾，然后集中兵力从一处突破，必能成功。听到这个建议，尔朱荣大喜，命令依杨侃之计而行。恰好此时，世居马诸（黄河码头）的伏波将军杨剑与族人等有小船数艘，自愿充当向导领魏军渡河。尔朱荣令杨侃与车骑将军都督尔朱兆、抚军将军大都督贺拔胜等人，率精锐骑兵乘夜南渡黄河。

　　元颢的儿子元冠受领马步军 5000 人前来迎战，尔朱兆等人将元冠受的军队打败，并生擒元冠受。沿河据守的元延明听说元冠受被擒且尔朱荣已经渡河，先自逃走，士兵溃散。

　　元颢听到败讯后，也率左右亲随数百人南逃，但到临颍被县卒杀死。陈庆之知道元颢、元延明军溃散，收集部下马步军数千人，结成方阵渡河南还。尔朱荣亲自率军追赶，但没有追上。陈庆之率军迅速退到阳城（今河南登封南）西，不料恰遇嵩山山洪暴发，军队被水冲没，基本上都死光了。无奈之下，陈庆之只得剃发假扮成僧人，只身从小路经汝阴（今安徽阜阳）逃回江南。

　　于是，洛阳再次被魏军占领，梁军此次北伐所攻克之地，也都被北魏所收复。从陈庆之孤军北上到单身逃回，萧梁始终没有派一兵一卒给予接应，陈庆之北伐取得的辉煌战果，也因孤军奋战而付诸东流。

北周灭北齐之战

　　建德五年（北齐隆化元年，576 年），北齐帝高纬在平阳战败后，退到晋阳。周武帝率军乘胜追击。北齐高阿那肱率军 1 万镇守高壁（今山西灵石东南）。宇文邕率军到高壁，高阿那肱望风而逃。

十二月，宇文邕与宇文宪在介休（今属山西）会师。他们在逼北齐守将韩建业投降后，向晋阳和北朔州急行军。高纬想逃到突厥，由于随从人员又多又散，只得回奔邺城。宇文邕亲自率各路军队攻破晋阳后，又疾驰邺城。而高纬退到邺城后，禅位给皇太子高恒，高恒当时才8岁。

第二年正月，高恒从邺城出逃济州（今山东茌平西南）。宇文邕围攻邺城，焚烧西门，北齐军战败。

高纬率领百名骑兵东走，让慕容三藏守邺宫。北周军攻入邺城，北齐王公以下的官员全部投降。而高恒在济州派人持玺绂到瀛州（治赵都军城，今河北河间），禅位于任城王高浩，与高纬等再逃青州（治益都，今山东淄博临淄）。

宇文邕派尉迟勤追击高纬和高恒到青州，齐将高阿那肱投降，高纬、高恒率十余名骑兵仓促南逃，想投奔陈朝，但在南邓树（今山东临朐西南）被周军俘获。

二月，周军攻下信都（今河北冀州区），俘获北齐任成王高浩、广宁王高孝珩等。随后，周武帝派军平定各地反抗势力。北齐宣告灭亡。于是北周统一北方。

中国都城保卫战

第十五章 隋代皇城防御与保卫战

隋代是继我国南北朝之后所建立的一个统一而短暂的封建王朝，历经文帝、炀帝等，共存在 38 年。为了加强京师（今陕西西安）和东都洛阳（今河南洛阳）的安全警卫，隋代统治者不仅加强了城池防御设施的建设，还加强了禁卫军建设。但到了隋炀帝杨广执政时期，特别是其统治后期，由于内施横征暴敛、外行穷兵黩武，致使隋朝封建社会所固有的各种矛盾，特别是农民阶级与地主阶级的矛盾急剧激化，而终于爆发了全国性的农民大起义。此时，即使隋朝有了一套完整的禁卫体系以及坚固的城池防御体系，但已经无济于事。

一、隋代皇城防御体系

京师大兴城城池防御体系

隋代统治者十分注意营建都城并掘堑设防以卫。

开皇二年（582 年）六月，隋文帝杨坚鉴于京师（今陕西西安）旧长安城过于狭小，便根据纳言苏威的建议，决定在龙首山（位于长安北 10 里）建造新都。十二月，经过半年的抓紧修建，新都建成了，因杨坚称帝前曾封大兴公，所以命名为大兴城。第二年三月，隋文帝杨坚就迁入了新都。但直到炀帝大业九年（公元613年）才开始修筑外郭城部分城垣。隋代大兴城的总设计师是隋代著名的建筑家宇文恺，他吸取了北魏、东魏、北齐都城建设的精华，精心设计了大兴城。

大兴城具有立体层次结构的特征。宇文恺在设计时，非常重视用高大建筑物控制城市的制高点。他把皇城、宫城和重要寺庙都放在六道高坡上，一方面体现皇权、政权、神权的至高无上；另一方面可确保都城安全，特别是皇宫的安全。同时也使都城的建筑错落有致，立体层次更加分明，气势更加宏伟壮观。

大兴城由宫城、皇城、外郭城三部分组成。宫城居城北部正中，是皇帝及皇族居住和处理朝政的地方，大兴宫为其正殿。皇城，又称子城，位于宫城之南，是政府机关所在地。外郭城即京城，约为当今西安城的7.5倍。城内除宫城、皇城外，其余为居民区。隋大兴城这种城池结构，使政府机关集中，官与民分开，开一代都城设计之先河，为后世所仿效。

为拱卫东、西两京两大政治中心的安全，隋炀帝杨广在扩建洛阳的同时，又下令调发数十万民工，自龙门（今山西河津）东抵长平（今山西晋城东北）、汲郡（今河南滑县西北），直到临清关（今河南新乡东北），再渡过黄河到浚仪（今河南开封）、襄城（今河南临汝），而后西向直达上洛（今陕西商县），掘堑设置关防，拱卫东、西两京。隋炀帝的这一措施，不仅有利于巩固隋朝两大政治中心的安全，而且在军事上大大加强了内卫力量。

为了对付来自漠北突厥的南下袭扰和掠夺,保卫两京,隋朝统治者还把修筑长城、巩固边防作为重要的国防建设来抓。

东都洛阳城池防御体系

洛阳位于河南西北部,地处豫陕走廊东部盆地,临水环山,北依邙山和黄河天险,南有伊阙山之塞,东据虎牢关,西控崤山,形势险峻,进可攻,退可守,历来就有"九州腹地""十省通衢"的说法。无疑,洛阳地理位置优越,对外交通便利,军工生产条件好,是军事上重要的战略后方基地。

隋炀帝为了加强对关东和江南的控制,于隋仁寿四年(1604年)六月二十八日征发数十万民工挖掘长堑,作为保护洛阳的关防。第二年,命杨素为营建东都大监,每月役使工匠200万人,营建新都。城分为宫城、皇城和外郭城,隋炀帝征发大江以南、五岭以北的奇材异石、嘉木异草、珍禽奇兽,输送洛阳充实各园苑。同时,他又在洛阳西南筑西苑,周长200里,苑内有海,海中有三神仙,离出水面百余尺,殿堂楼阁,穷极华丽。一年后,东都建成。洛阳空前繁荣,成为当时的政治、经济中心。

外郭城北倚邙山,南对伊阙山,又称大城或罗城。有城门十座:东面三座门,北起为上春门、建阳门及永通门;南面三座门,东起为长夏门、建国门及白虎门;西面两座门,南起为丽景门、宣曜门;北面两座门,西起为徽安门、喜宁门。外郭城为官吏的住宅和居民区。

皇城位于外城西北部,称为太微城,呈长方形,东西宽而南北窄。南面正中有端门,东为左掖门,西为右掖门;东面有宾耀门；西面有宣辉门。皇城是王公宅第、百官府署所在。

宫城在皇城北，称为紫微城，外形与皇城同。南面正中有应天门，东为明德门，西为长乐门。东有东宫，西有嘉豫门。宫城为皇帝的宫殿所在。其宫殿建筑的宏伟远在汉、魏故城之上。最大的是乾阳殿。宫城东有东城，东城北有含嘉仓城；宫城北有曜仪城，曜仪城北有园壁城，它们都是宫城的附郭。宫城的中央各殿面对正南的应天门，与皇城的正门端门、外郭城的建国门形成全城的中轴线，面对伊阙山，气势十分雄伟。

虽然洛阳城的建筑规模略小于京城大兴城，但嘉仓城粮窖密集，存储来自河北、河南诸道的官粮，洛阳城戒备的坚固严密，远在京城之上。

二、隋代两都禁卫军

隋文帝杨坚继承并改革北周军制，中央禁卫军设十二府，即左右卫府、左右武卫府、左右武侯府、左右领左右府、左右监门府、左右领军府，各府互不统属，分别设大将军或将军，统领内、外府兵，掌宫掖禁卫及京城巡警、京畿烽堠道路、督摄仪仗。太子东宫禁军设东宫十率，即左右卫率、左右宗卫率、左右虞侯率、左右内率、左右监门率，负责护卫东宫太子，听从太子指挥。

隋炀帝即位后，进一步改定名称，健全体制，变十二府为十二卫，随后扩建为十六卫，即把左右卫府改称为左右翊卫，所领军士称骁骑；将左右备身提升为左右骁卫，所领军士称豹骑；左右武卫府称左右武卫，所领军士称熊渠；左右领军府改称左右屯卫，所领军士称羽林；增设左右御卫，所领军士称射声；左右武侯府改称左右侯卫，所领军士称伙飞；左右领左右府改称左右备身；保留左右监门府。

隋炀帝统治后期，更新增置了折冲、果毅、武勇、雄武等郎将，招募军士称为"骁果"（意为骁勇果敢），担负侍从护驾。新组建的骁果卫士达到万人以上。然而大业十四年（618年），隋炀帝竟在江都（今江苏扬州）被叛乱的骁果卫士缢死。

三、隋代皇城保卫战

杨玄感起兵反隋帝

隋炀帝杨广是中国历史上有名的暴君，在他统治的十四年间，三次下江都，三次亲征高丽，并征民夫，大兴土木，修运河、筑东都。每项工程，大的要用一二百万人，较小的也要征发一二十万人。当时的劳役、赋役及兵役都比前代大有增加，人民不堪重负，不得不起来反抗。同时，在统治阶级内部，矛盾也急剧恶化。

杨玄感是隋朝名臣楚国公杨素之子，他骁勇善战，且好读书，喜爱广交朋友。杨玄感兄弟都因父荫封官，玄感位至柱国。杨素死后，杨玄感继袭父爵为楚国公，官拜礼部尚书。他目睹了朝政的腐朽，再加上隋炀帝猜忌心很重，使杨玄感心中常常惴惴不安。他认为自己累世贵显，朝中文武大臣大部分都是其父的好友及老部下，如果自己首举义旗，肯定会有众多支持者。于是，他开始与几个弟弟暗地谋划，准备寻机推翻炀帝，另立明主。

杨玄感深知要想成其事业，就必须有强大的军队，也只有领兵打仗，才能多结识带兵将领，树立自己的威名。于是，他主动向隋炀帝自荐道：我家世受国恩，臣愿带兵打仗，好为陛下效犬马之劳。隋炀帝非常高兴，还赞扬道：将门必有将，相门必有相，对他大加赏赐。从此杨玄感深得炀帝宠爱，并让他参与朝政。

大业九年（613年），隋炀帝再征高丽，并派杨玄感到黎阳仓往辽东前线督运军粮。当时百姓负担过重，人心思乱，在黎阳到辽东途中，运粮民夫饿死累死的不计其数，他们怨声载道，纷纷逃亡。杨玄感认为时机已到，于是与虎贲郎将王仲伯、汲郡赞治赵怀义等人共谋起事。他们故意拖延时间，不按期将粮草运到辽东，致使隋炀帝数次派使臣前来督促，要求限期运到。这更激起民愤。

此时，右骁卫大将军来护儿正率水师准备从东莱（今山东莱州）向平壤进军。杨玄感为寻找起兵借口，派人伪装成从东而来的使者，谎称来护儿因贻误军期，起兵反叛。六月，杨玄感令督粮军队及运粮民夫全进入黎阳仓城，紧闭城门，并集中城内青壮年男子，发给武器。他又以讨来护儿为名，向周围郡县发去公文，令他们迅速发兵汇聚黎阳。这样，杨玄感组成一支近万人的部队，然后公开打出了反对隋炀帝的旗帜。其实众人早有此心，无不欢呼，踊跃参加。正当大家积极筹备时，被杨玄感任命的怀州刺史、原河内郡主簿唐祎逃回河内郡，并派人到东都洛阳向留守的越王杨侗告密。起义消息泄漏，杨玄感于是加紧准备。

此前，杨玄感已偷偷派亲信到辽东召回跟随隋炀帝征战的两个弟弟虎贲郎将杨玄纵和鹰扬郎将杨万硕，又派人到长安，召来弟弟杨玄挺及好友李密（即后来瓦岗军起义领袖）。李密与杨玄感兄弟都是至交。李密到黎阳后，被尊为军师，与杨玄感共同处理军机大事。两人商议大军起义后的进攻方向。

李密献三策：天子出征远在辽东，相距千里，南有大海，北有胡戎，中间只有一条险道，如出其不意，拥兵长驱，直扼其道，则天子前有高丽，退无归路，不出十天半月，可不战而擒之，此为上策；关中为四塞之地，天府之国，如过城不攻，直入长安，攻其不备，天子即使回来，我们照样能据险败之，此为中策；如果就近攻取，先向东都，则处于屯兵坚城下的局势，那么胜负则难言，此为下策。杨玄感听后，则不以为然，认为李密之下策才是上策，他认为百官家属都在东都，取东都可不战而屈其兵。于是，最后决定大军直捣东都洛阳，从而拉开了洛阳大战的序幕。

杨玄感离开黎阳后，迅速向洛阳进发，由杨玄挺率勇士千余人为先锋，攻打河内郡，但由于唐祎加强了防守，攻克不了，遂绕过河内郡继续南下。他们又在修武县临清关遭到守军的顽固抵抗，最后又采取绕关而过的战术，从汲郡南渡黄河。沿途加入他们队伍的人很多。

渡河后，杨玄感兵分两路向东都包抄：一路由其弟弟杨积善率三千余人从偃师沿洛河西行，从东面进攻洛阳城；另一路由杨玄挺率领，从白司马坂翻越北邙山南下，从北面冲击洛阳。杨玄感自带三千人为后，自称大军，与杨玄挺相距十里。当时，其武器装备十分简陋，只有单刀和柳条盾牌，几乎没有弓箭、甲胄，甚至还有人用木棒当武器，但整个军队士气旺盛。

留守洛阳的越王杨侗和民部尚书樊子盖在得到唐祎告密

后，急忙在洛阳城内加紧防御，使本已固若金汤的东都更加难攻。杨玄感部接近洛阳时，杨侗派河南令达奚善意率精兵五千出东门迎战杨积善，令河南赞治裴弘策率兵八千出北门抵御杨玄挺。达奚善意率兵渡洛河，在河南岸扎寨，准备以逸待劳，一举歼敌。第二天，双方相遇，杨军虽在数量上处于劣势，但士气极高，隋军不堪一击，溃不成军，丢盔弃甲，四处逃散。杨军缴获大量武器装备，并乘胜直逼洛阳城。

在北战场，裴弘策带兵到白司马坂迎战，结果在杨军猛攻下，大败而逃，半数以上士兵的武器被抛弃在山野上。杨玄挺从容令士兵清理战场，用这些精良武器武装自己，从而大大提高了战斗力。杨军很快到达洛阳城下，两路会合，包围了洛阳城，大量隋军投降，使杨玄感的兵力得到扩充。从黎阳起事到包围洛阳，仅仅12天。

杨玄感屯兵上春门（城东面北门）下，积极动员，组织力量准备强攻，附近百姓也纷纷要求加入他的部队，每天参加的人数以千计。杨玄感动用全部精锐部队攻城，但由于各城门都有重兵据守，攻打多日未能奏效。此后，他一方面继续攻城，另一方面派兵据守洛阳各要冲，防备隋朝的援军。他以五千人守寿安县慈涧道，五千人守伊阙道，三千人攻打荥阳，五千人取虎牢关。

这时，正在辽东的隋炀帝及留守长安的代王杨侑都得知消息，忙派兵来援东都。隋炀帝命左翊卫大将军宇文述、卫将军屈突通及来护儿各带所部人马迅速回救东都，杨侑派刑部尚书卫文升带兵4万东援洛阳。

卫文升路过华阴县时，掘了杨素的墓，焚其骨骸，示士兵以必死心，然后东出崤关、渑池，绕到洛阳北面进攻杨玄感。杨玄感带兵迎战。双方交战，杨玄感假装不敌，向后败退，隋军追赶，结果中了埋伏，先头部队全部覆没。

几天后，双方再次交锋，再败隋军，杀敌无数，俘虏八千。卫文升几战都失败了，士兵死伤过半，粮草又不继，处于困境中，他被迫孤注一掷，带全部兵力在邙山上向杨军发动强攻，每天大小十余仗。杨军虽多次打退敌人的反扑，但杨玄挺却在一次激战中中流矢身亡，杨玄感带兵稍退。

此时，隋将屈突通已带兵抵达洛阳附近，准备渡过黄河，宇文述也率部紧随其后。杨玄感急忙派兵防御，阻止他们渡河与洛阳周围的隋兵会合。

正在此时，洛阳城内的樊子盖为策应屈突通渡河，多次出兵攻击杨玄感大营，使杨玄感无力分兵阻止屈突通。屈突通率兵顺利渡河，屯扎在洛阳东北破陵冢一带。这样，杨玄感处于隋军几面包围之中，腹背受敌。于是，他分兵两处，一支西抗卫文升，一支东拒屈突通。但是，城内隋军又不断出击，令杨玄感应接不暇，几次受挫，陷入极度困难之中。这时，李子雄劝说杨玄感：隋援军已从各地赶到，我们力量不足，寡不敌众，几次战败，士气低落，此处不可久留，应果断放弃攻洛阳的行动，迅速带兵直入关中，占粮仓，开仓济贫，安民心，关中可定，然后占据国库，东面争天下，霸业可成。

七月，杨玄感解东都之围，率军西趋关中，并扬言：我已攻破东都，并取得了关中。这一诈计使宇文述等各路援军大为震惊，一时不敢追赶。杨玄感率兵到达弘农宫，弘农太守蔡王杨智积为拖住杨玄感，登城大骂杨玄感以激怒之，杨玄感果然中计，决意攻打弘农宫城，李密苦劝不住。杨玄感率部大战三天，却未能攻克城池，这才又急忙引兵西去，在阌乡县皇天原，杨玄感部被宇文述、卫文升、来护儿、屈突通等率军赶上。杨玄感登上小山，布五十里长蛇阵，边战边走，连连受挫。

八月，杨玄感陈兵董杜原，但在隋军绝对优势兵力的攻击下，再次大败，士兵死伤过半，剩下的四处逃散，杨玄感仅与十余名骑兵逃进丛林中。最后到达葭芦戍时，只剩下了杨玄感、杨积善兄弟二人。杨玄感自知难免一死，又不愿受敌人之辱，要他弟弟将他杀害。杨积善先杀杨玄感，然后自杀，未遂，被俘。

至此，"杨玄感之变"彻底被平定。"杨玄感之变"前后共58天，其中杨玄感用了40多天时间活动于东都附近，虽然未能攻下洛阳，并很快失败，但它对隋朝的统治是一次沉重打击，强烈震撼着以隋炀帝为首的统治阶级集团，也促进了隋末农民起义的发展。

李渊攻取京师长安之战

隋朝末年，由于繁重的徭役和无休止的兵役，民不聊生，纷纷起而反抗，农民起义烽火遍布全国。在反隋斗争中，各地起义军逐渐汇集成翟让、李密领导的瓦岗军、窦建德领导的河北起义军和杜伏威领导的江淮起义军。三大反隋主力转战中原、河北和江淮地区，极大地动摇了隋朝统治基础，造成了隋王朝总体崩溃形势。在这种形势下，隋朝统治阶级内部逐渐形成策划起兵的新动向，分崩离析，各自寻谋出路。

大业十一年（615年），隋炀帝任命唐国公李渊为河东宣慰大使，留守太原，赴山西镇压农民起义。李渊升任太原留守以后，一些关东世族子弟为逃避辽东兵役，纷纷投靠李渊，河东地方官吏中一些人看到隋朝大势已去，也和隋朝统治者同床异梦，这些人不断向李渊劝进起兵，建立新王朝。

李渊次子李世民是太原起兵的主要策划者，晋阳县令刘文静向李世民分析当时的形势说：现在炀帝远在江淮，李密围攻洛阳，各地起义军不下数万，在这种形势下如果有人起来倡呼，取天下易如反掌。太原有许多豪杰，可以集兵10万，加你所带的数万军队，乘虚进入关中，号令天下，就可以成就帝业。

于是，李世民秘密做起兵的准备。李渊与突厥作战失败后，隋炀帝准备把他召到江都（今江苏扬州市）治罪，李世民乘机劝说李渊起兵：现在隋炀帝荒淫无道，百姓困穷，太原城外已是四战之地，如果你只知道效忠隋朝，那么既有不能平定农民起义之忧，又有被隋炀帝治罪之惧，恐怕要祸及自身了。不如顺民心，兴义兵，就能够转祸为福。裴寂、许世绪、武士彠等人也纷纷劝李渊起兵，李渊终于下定了反隋的决心。

大业十三年（617年）六月，李渊命令刘文静假造隋炀帝诏书，伪称要征发太原、西河（今山西汾阳）、雁门（今山西代县北）等地20—50岁男子，集合到涿郡（今河北涿州），东征高丽，搞得人心惶恐，更加剧了反抗隋朝的情绪。

接着，李渊派李世民、刘文静、长孙顺德、刘弘基等人到各地募兵，召集到1万余人。太原副留守王威和高君雅看到李渊招兵买马，准备告发，并想杀害李渊。李渊、李世民先发制人，伪称王威、高君雅引突厥兵入寇，在晋阳宫杀死了这二人，也就是历史上的"晋阳事变"。

晋阳宫事变，是李渊集团公开起兵的开始，然后北联突厥贵族势力，依靠关陇、河东地主集团的力量，宣称尊隋炀帝为太上皇，拥立镇守长安的代王杨侑为帝，传檄郡县，起兵晋阳。

西河郡隋将得知李渊起兵的消息，婴城拒守。李渊派李建成、李世民率兵攻打西河郡，并派太原令温大有参谋军事。西河郡兵力很少，郡丞高德儒闭门守城。李世民身先士卒，与士兵同甘共苦，军队秋毫无犯，士民非常高兴。李建成仅仅用了9天时间便攻下西河郡，杀死高德儒。李渊命令开仓赈饥，招募士兵，把军队分为三军，李渊为大将军，李建成封陇西公、左领军大都督，统领左三军，李世民封敦煌公、右领军大都督，统领右三军，将军府、都督府各置官属，形成了强有力的军事机构，力量更加壮大。

七月，李渊命令李元吉留守太原，亲自率军3万，在西突厥兵协助下，向长安进发。长安代王杨侑派虎牙郎将宋老生、骁卫大将军屈突通抵御李渊。

李渊南下逼近霍邑（今山西霍州），正赶上连雨天，军队缺乏粮食，李渊、裴寂准备返回太原。

此时，李世民建议说，现在正是收获季节，田野到处都是菽谷，何必担心粮食不够？如果遇到抵抗就班师撤兵，恐怕将士解体，大势已去。

李建成支持李世民的主张，也反对退回太原，李渊才同意与隋军在霍邑交战。

战斗开始之前，李渊、李建成在城东列阵，李世民在城南列阵，太原兵初战不利，李世民从城南率骑兵直冲隋将宋老生阵，从背后夹击隋军。李渊与李世民合击，隋军腹背受敌，遭到惨败，宋老生被杀，霍邑被攻克。随后，李渊相继攻克临汾郡和绛郡（今山西新绛），进逼龙门（今山西河津西北），关中势力最大的一支武装孙华和冯翊（今陕西大荔）太守萧造也投降李渊。

九月，李渊率兵围攻河东（今山西永济），隋将屈突通固守，久攻不克。裴寂认为应不惜任何代价攻下河东，然后再进入关中；李世民则认为兵贵神速，应该直捣关中。这两种意见都有道理，如果不消灭屈突通而直接入关，那么前面有长安隋军，后面有屈突通援兵，李渊会腹背受敌；如果老是疲兵围攻河东，关中隋军就有充分时间组织有效抵抗，会失去战机。

李渊权衡两种意见，各取其长，分兵两路，留诸将围攻河东，牵制屈突通，自己率领李建成、李世民大军攻取长安。李渊率军迅速渡过黄河，派李建成扼守潼关，阻挡关东隋军，李世民从渭北进入三辅，关中各处武装纷纷投降李渊，稳定了关中局势。

十一月，李渊会合李建成、李世民、刘弘基之兵20余万攻打长安，下令军中，不许侵犯隋朝七庙和代王宗室，违令者夷其二族。随后，他命令军队攻城，军头雷永吉率先登上城头，京城长安被攻克。

李渊在长安迎立代王杨侑为傀儡皇帝，自任使持节、大都督内外诸军事、尚书令、大丞相，加封唐王，与民约法12条，废除隋朝苛政，得到了关中地主阶级的支持和拥护。第二年五月，李渊废掉杨侑，自立为帝，建立唐朝。唐朝建立之初，全国呈现分裂局势：在李渊称帝的同月，越王杨侗在东都被拥立为帝；八月，薛仁杲也称帝于陇西；十一月，李轨称帝于凉州；唐武德二年（619年）四月，王世充代越王杨侗，在东都称帝，国号郑。

瓦岗军与隋争夺洛阳之战

隋末起义的农民军，影响最大的是河南的瓦岗军。

瓦岗军先由翟让领导，大业七年（611年）起义于河南省滑县南部瓦岗寨。翟让原是洛阳的一个执法小官，因犯死罪被捕入狱。狱吏黄君明见他是条好汉，就放了他。他逃到瓦岗，揭竿而起，很快，单雄信、徐世勣、邴元真等人都慕名投奔瓦岗，使瓦岗军迅速壮大起来。

大业十二年（616年），经在兰封地区起义的王伯当介绍，李密也参加了瓦岗军。李密是北周大官李弼的后代，曾当过隋朝叛军杨玄感的参谋，是个较有才能的人，深得翟让的赏识。所以，瓦岗军的许多事情，都由李密来谋划。李密向翟让建议，联合各路义军，壮大自己力量，争取农民百姓，反抗隋帝暴政。翟让大喜，让李密四处游说各路义军。当时，每天都有新的力量加入，多的时候，一天要接待好几万人。

强大起来的瓦岗军，很快就制定了自己的作战计划：先夺粮草，再攻东都，直捣隋的心脏。大业十二年（616年）十一月，瓦岗军首先攻破要塞金堤关，打下了荥阳各县。特别是荥阳大海寺一战，杀得隋军人仰马翻，头领河南讨捕大使张须陀突围不成，自杀毙命。瓦岗军名声大振，乘胜西进，连续拿下了康城等几座城池，来到离洛阳100多里地的洛口仓城，开始了瓦岗军与隋的夺洛之战。

洛口仓城贮藏了大量的粮食，隋朝在此重兵把守。瓦岗军首领决定先拿下这座仓城，把粮食分给老百姓。这样一则可以使广大贫苦农民不致饿死，二则使瓦岗军得到人民的拥护。义宁元年（617年），瓦岗军由登封东南翻过方山，从罗口对洛口粮仓发动突然袭击，很快就占领了洛口仓。瓦岗军开仓济民，深得百姓信赖，纷纷加入义军，数日之内，兵力达到了数十万之多。

瓦岗军攻占洛口仓，不仅拔掉了隋朝的一个重要军事供应基地，而且直接威胁到洛阳。执掌洛阳大权的越王杨侗为挽回败局，阻止义军西进，派军官虎贲郎将刘长恭率步兵2万多人出东都鼓行东进，又令裴仁基做河南讨捕大使西出汜水，以对瓦岗军形成夹击之势。

瓦岗军兵分两路，一路由翟让正面迎击刘长恭，两兵相遇石子河，刘长恭不等裴仁基兵到，便发动进攻，翟让接战不利；另一路由李密亲率瓦岗大军从侧面向隋军杀去，直杀得隋军丢盔弃甲，大败而逃。刘长恭脱了衣服，混在士兵中才逃脱了。

石子河大捷，李密显示了杰出的领导和组织才能，被翟让推举为瓦岗军首领，建立政权，改元永平，李密号为魏公，并设置长史以下官署，以洛口为基地，大军直逼洛阳。为攻打洛阳，义军发布讨伐隋炀帝的檄文，列举其十大罪状。这篇檄文在洛阳城下发布，很快传遍全国，斗争矛头直指隋最高统治者。

三月，李密率兵直抵东都城下。隋军紧闭城门不敢出战，义军挑战不应，就放火烧了位于西南郊的丰都市，攻下洛东仓，又挥师洛阳城下，烧掉横贯洛水之上的天津桥，使东都南北交通中断。李密又率精兵攻打宜仁门，火烧上东门，吓得杨侗下令20万隋军，兵不解甲，日夜巡逻。东都被困，粮食匮乏，杨侗只得冒险派兵回洛口仓抢运粮米，但被李密击溃。

隋王朝都城四面楚歌。

五月，被困在东都的杨侗惶惶不可终日，急调大军驰援东都，与瓦岗军在洛口仓大战。洛口仓先被隋军占领，后又被瓦岗军一举夺回。

七月，隋炀帝又调集亲信江都通守王世充等星夜赶来救援。王世充纠集刘长恭等10万多人，妄想一举消灭瓦岗军。

瓦岗军在洛水南岸和敌军对峙。面对强敌，李密西联李渊，东取黎阳，在黑石山大败敌军，把王世充打得落花流水，躲在堡垒内不敢迎战。掌握洛阳大权的杨侗也吓得手忙脚乱，度日如年，派人督促王世充再次出战，在石子河以东攻击瓦岗军，翟让接战失利。正在王世充得意之时，不料义军从侧后方杀出两支人马，打得王世充措手不及，大败而逃，士兵伤亡无数。王世充打了两次败仗，再也不敢出战。后来军中粮草快要吃完，不得已想乘夜偷袭洛口仓，夺取城中粮食。但他的计划事先被瓦岗军得知，早已埋好伏兵。

三更时候，王世充偷偷来到洛口仓之下，瓦岗军伏兵齐出，又把王世充杀得七零八落，因天黑，士兵为逃命掉进洛水淹死了1000多人。王世充仍不死心，求救于洛阳杨侗，杨侗派精兵7万支援王世充。

又是一个月黑风高之夜，王世充命士兵搭建浮桥，偷渡洛水，袭击瓦岗军，结果又被瓦岗军打得大败，士兵争先恐后跑向浮桥逃命。桥窄人多，许多士兵被挤下水去，淹死的达1万多人。王世充只得率残兵败将逃往河阳，不料又遇风雨交加，冻饿死1万多人。待他们逃到河阳，只剩下几千人。王世充怕杨侗怪罪，就把自己绑起来，等候发落。而瓦岗军却乘胜占据了洛阳城东。洛阳城里的居民已经可以听到城外瓦岗军战鼓的声音了。而东都城内外达官贵人则闻风丧胆，惊骇不已，偃师、柏阳及河阳郡尉独孤武都、检河内郡丞柳燮、职方郎柳续等，都献地投降，瓦岗军发展壮大到极盛时期。

随着战事上的胜利，瓦岗军内部却产生了严重问题，领导层内部开始出现裂痕。李密随着地位的提高，野心越来越大，竟派人暗杀了翟让。翟让旧部对李密自然是敢怒不敢言。

义宁二年（618年）三月，隋将军宇文化及发动兵变，勒死了隋炀帝，率兵10万多人进入山东聊城，自称皇帝。宇文化及对瓦岗军造成很大威胁，于是李密就与杨侗形成暂时妥协，全力对付宇文化及。七月，李密在童山与宇文化及部激战数日，宇文化及兵败东逃，李密受伤被秦叔宝救回，返回巩县、洛阳一带。瓦岗军虽然在这次战斗中大获全胜，但损失也很大，实力遭到很大削弱。

当瓦岗军和宇文化及决战的时候，王世充则在洛阳发动兵变，杀死内史令元文都，掌握了洛阳的军政大权。洛阳城中，存粮很少，王世充就乘李密大战后疲弱之机，选精兵2万，马2000多匹，袭击瓦岗军。李密亲自领兵，在邙山脚下与王世充对战，后不支退回洛口，因洛口守将邴元真背叛瓦岗军，引王世充入城，李密不得已又扎营洛水南岸，想趁王世充军抢渡洛水时一举把他打垮。不料此时单雄信也投降王世充，偃师城守军也叛变投敌。李密无奈，只得与王伯当在河阳会合，投奔李渊，不久被李渊所杀。

至此，瓦岗军覆灭了。瓦岗军与隋争夺洛阳之战前后进行了三年，义军虽没有取得东都，但却沉重打击了隋王朝的腐朽统治，在推翻隋王朝的统治方面，起了极为重大的作用。

李世民与隋军的洛阳之战

面对分裂局势，刚刚建立的李唐王朝开始了艰难的统一战争。他们的策略是先巩固后方，再逐步消灭其他政权。于是，他们从武德元年到三年（618—620年），唐军先后灭掉了薛仁杲、李轨，然后又出兵收复了大唐基业之发祥地河东及太原城，从而解除了腹背受敌的威胁，巩固了关中根据地。于是，唐武德三年（620年）七月，李渊命令秦王李世民率兵出潼关，东讨洛阳王世充，从而拉开了长达近一年的东都之战序幕。

当时，王世充占据着河南及河北、湖北之部分地区，管辖着数十州。但他的统治并不牢固，而且许多地区是新获地盘，所俘获的将士都不服从王世充。当听到唐派大军来攻，王世充便选诸州镇骁勇会聚洛阳，并置四镇将军，招募人员分守洛阳四城，又以其叔侄兄弟镇守各方：魏王王弘烈镇襄阳，荆王王行本镇虎牢，宋王王泰镇怀州，齐王王世恽负责洛阳南城，楚王王世伟守宝城，太子王玄应守东都，汉王王玄恕守含嘉城，鲁王王道徇守曜仪城。王世充亲自率领军队，以左辅大将军杨公卿率左龙骧二十八府骑兵，右游击大将军郭善才率内军二十八府步兵，左游击大将军跋野纲率外军二十八府步兵，总计3万人，防备唐军的进攻。

七月下旬，李世民的军队到达洛阳西面的新安，并在此安营扎寨。然后，唐大将罗士信首先率先锋部队东进围滋涧，王世充亲自率领他的3万大军援救。李世民率军跟进，双方形成对峙。李世民率轻骑部队前往侦探敌情，与敌不期而遇，因寡不敌众，李世民被围，经过奋勇冲杀，才突围而出，并且俘获敌左建威将军燕琪。王世充部也退去。

在探得敌情后，李世民果断地于第二天率5万大军挺进滋涧。王世充见势，放弃滋涧，命令守兵退回洛阳，集中力量保卫洛阳城。

李世民则以此为据点，然后分兵占据洛阳之外围重地。他命令行军总管史万宝自宜阳南据龙门，将军刘德威自太行东围河内，上谷公王君廓从洛口断其饷道，怀州总管黄君汉从河阴攻打迥洛城。李世民亲自率大军占据洛阳北面的制高点邙山，居高临下，监视洛阳城内的一举一动。

随后，黄君汉派兵攻占迥洛城，擒其将达奚善意，断掉了河阳南桥，并击退王世充的反扑；王君廓率兵攻克轩辕关，并乘胜东攻，直至管城（今河南中牟县）；刘德威兵袭怀州，攻下外城。

唐军的凌厉攻势让郑军闻风丧胆，各地守军纷纷前来投降。九月，显州总管田瓒率所部的二十五州全部投降唐军，使襄阳与洛阳失去联系。接着，尉州刺史时德敏率所部杞、夏、陈、随、许、颍、尉七州投降。随后，濮州刺史杜才斡投降。十月，王世充的大将军张镇周投降唐。王世充的郑政权已呈分崩离析之势。

九月上旬，李世民与王世充又在不期而遇的情况下发生了一场大战。

一天，李世民率500名骑兵在邙山巡视，并登上北魏宣武帝景陵观察形势。没想到被王世充发现，王世充亲自率领万余名步骑兵突然包围了唐军，郑将单雄信直奔李世民而去。

危急关头，唐将尉迟敬德跃马大呼，将单雄信刺落马下，郑兵稍退，李世民等人乘机突围而出，并与随后赶到的唐将屈突通所率大军合兵一处，反攻郑军，王世充大败而逃。唐军旗开得胜，斩杀敌人千余名，俘获6000名，并俘其冠军大将军陈智略。

此后，唐军继续在洛阳外围展开攻势，占其地盘，消灭其有生力量。

十月，唐将罗士信先袭取王世充设在城西的军事据点硖公堡，又计取千金堡。同月，郑之管州总管杨庆投降，李世民派遣总管李世勣率兵镇守管州。当时镇守虎牢关的王世充太子王玄应率兵企图进攻管城，被李世勣击退。李世勣又派人劝降荥州刺史魏陆。阳城令王雄之投降，使嵩山以南道路畅通，而汴州刺史王要汉的投降，更使王玄应胆战心惊，他只得弃虎牢关回到洛阳。

十二月，许州等十一州都向唐投降，随州总管徐毅也举州降唐。王世充的地盘越来越小，洛阳外围逐渐被唐军占据，洛阳城中愈发困难。王世充派太子王玄应率兵数千人，从虎牢关向洛阳运粮，李世民又派将军李君羡截击，大破敌兵，获其粮草。

经过数月相持和打击洛阳外围的准备阶段后，武德四年（621年）二月中旬，唐军再次向前推进，李世民移师于洛阳西苑的青城宫。王世充乘唐军营垒未立之时，亲自率领大军2万出洛阳城，临谷水准备攻打唐军。

此时，唐军人心未稳，将士产生惧怕心理。为鼓励士气，李世民亲自率领精骑在北邙列阵，再登景陵眺望敌情，并给部下分析当时形势，激励他们英勇作战，彻底打碎王世充的幻想。

然后，兵分两路：一路由屈突通率步兵5000人渡河攻敌，一路由自己亲率，并约定总攻信号。

大战开始，李世民带骑兵从邙山上居高下冲，猛击敌翼，屈突通从正面向敌阵攻击。双方激战三个时辰，王世充兵疲撤退。唐军乘胜追击，直抵城下，包围了洛阳。此战唐军又俘杀敌兵7000人。

此时，洛阳外围战对王世充更加不利。郑的河阳城降唐，郑将单雄信、裴孝达与唐将王君廓相持于洛口一带，李世民率步骑兵5000人援助，单雄信等人惧怕逃走，王君廓从后追赶，并打败单雄信。不久，郑怀州刺史陆善宗投降。

然而，王世充在洛阳的战备工作做得十分精细，城的四面防守严密。城上都架设新发明的大炮，它能将重达50斤的石头射出二百步，威力无比。另有一种特号大弩，其箭如车辐，箭头如巨斧，射程远五百步，并且能连发，杀伤力较强。唐军围城后，便从四面攻城，日夜不停，但久攻不下。唐军将士疲惫不堪，于是产生了厌战情绪。有些将领提议暂时退军回师，就连李渊闻讯后也密令李世民还军。面对此情况，李世民果断决定继续围攻洛阳城，有敢动摇军心者立斩不赦，军心才逐渐稳定。

此后，唐军改变策略，暂停猛攻，选择在城外挖沟筑垒，围而不攻，待城内困而自乱。不久后，城中果然出现粮食危机，形成粮贵物贱的情况。当时城中一匹绢才可换三升粟，十匹布仅能换一升盐，珍珠宝器，贱如粪土，树叶草根皆被食尽，居民只好用泥巴和米屑作饼充饥，死亡无数。王世充只能坐等窦建德的救兵。

早在上年的十一月，王世充已派人向河北的窦建德求援。郑、夏虽然矛盾重重，冲突不断，但窦建德接到王世充求援请求后，认为郑、夏是"唇亡齿寒"，郑若被灭，唐必乘胜攻夏，因此，窦建德坚决地出兵援郑，其真实目的是郑、夏先联合败唐，然后寻机灭郑。

武德四年三月中旬，窦建德率军十万，号称三十万西救洛阳。夏军一路攻陷管州、荥阳、阳翟，水陆并进，巩舟运粮，逆河而上，最后营于虎牢关之东，并派人告诉王世充。

窦建德出兵援郑，实在是出乎李世民意料之外。对此，李世民与部下商议对策，大多数人认为应该避其锋锐，而郭孝恪、薛收则主张分兵攻击。最后，李世民决定留兵继续围洛阳城，由自己亲自率领部分精锐东击窦建德。于是，齐王李元吉率军围困洛阳，李世民率精兵3500人向虎牢关挺进，阻击夏兵。

三月下旬，唐军进入虎牢关。

一天，李世民率骁骑500人到关东二十多里外探测夏营的情况，并故意引出夏兵，通过小战以窥其实力，最终李世民破其追兵，斩敌300余人。此后，双方相峙于虎牢关前长达一个多月。夏兵欲进不得，欲战不得，唐将王君廓还率兵抄夏军粮运。夏的将士都想退军，军心涣散。但窦建德不听部下劝告，仍一意孤行，继续与唐军对峙。

五月上旬，李世民得到谍报：窦建德准备等唐军粮草尽，牧马于河北之时，将倾兵袭虎牢关。于是，李世民将计就计，假装移兵河北，并牧马于河渚诱敌，同时于当夜率兵潜还虎牢关。

窦建德果然上当，第二天率军到关前，列成二十里的长蛇阵，准备攻城。李世民采取以静制动的策略，等他们疲惫后再攻，一举击溃夏兵，追赶三十里，俘获窦建德，俘敌5万人。

虎牢关一战，夏军几乎全军覆没。此战不仅消灭了窦建德夏政权，而且使王世充坐待援军的美梦成为泡影，还使郑军闻风丧胆，偃师、巩县望风投降，汉魏洛阳故城守将王德仁弃城而逃。

李世民率得胜之军西进，与围城唐军兵合一处。同时，为震慑王世充及其守军，李世民命令将窦建德、王琬、长孙安世、郭士衡等俘虏押至洛阳城下示众，并放长孙安世入城，向王世充讲述虎牢关战败的惨状。

王世充听后，吓得魂飞魄散，急忙召集文武百官商议突围之计，准备南走襄阳，伺机复仇，但此时众将已完全丧失信心，不愿再卖命。万般无奈，王世充只得于第二天身着素服，率领太子、群臣2000余人出城投降。

李世民率大军进入洛阳城，派兵分守各处，禁止侵掠，城中秩序井然。李世民命人收图籍、封府库、赈饥民、惩首恶，释放无罪被押者。李世民见隋洛阳宫殿过于奢华，命令撤掉它。

当月，王世充的洛、相、魏等州投降，徐州行台杞王王世辩以徐、宋等三十八州全部投降。至此，王世充原统治地全部平定。李世民率兵经过近一年的战争，不仅消灭了盘踞洛阳多年的王世充势力，而且连带消灭了窦建德的夏政权，使大唐统一向前迈进了一大步，为以后统一全国创造了极为有利的条件。

中国都城保卫战

第十六章 唐代皇城长安防御与保卫战

唐代是我国历史上一个军事体制变革深刻、各类战争发生频繁、军事理论日趋完善的重要时期，其间既有极度的辉煌，也有黯然之色。在唐朝建立的唐高祖武德元年（618年）到唐玄宗天宝十四年（755年）将近一个半世纪的时间内，李渊等领导的军事力量从小到大，由弱渐强，取得了攻占长安、建立帝业的胜利。接着，他们又相继歼灭割据群雄，完成了统一大业。此后的唐朝统治者们又在巩固和拓展疆域的斗争中，取得了一系列胜利，实现了中华民族空前的大融合，从而使唐王朝成为当时世界上最为强大的国家之一。但从天宝十四年"安史之乱"以后，唐王朝失去了昔日的威武强盛，渐渐从它的顶峰跌落下来，开始了由盛转衰、由衰而亡的演变过程。

一、唐代长安城池防御体系

唐代国都长安城，在隋代时称大兴城，是我国历史上规模最为宏伟壮观的都城。它最初是由隋文帝君臣建立的，反映出大一统王朝的宏伟气魄。为体现统一天下、长治久安的愿望，城池在规划过程中包揽天时、地利与人和的思想观念。为实现容纳更多的人口以及迁徙江南被灭各国贵族以实京师的宏伟计划,将城池建设得超前迈古,面积达 84 平方千米,是汉长安城的 2.4 倍,明清北京城的 1.4 倍,比同时期的拜占庭帝国都城大 7 倍,是当时世界级大城市。

唐王朝建立后,着眼于城市的军事价值和作用,对长安城进行了多方补葺与修整,使城市布局更趋合理化。龙首原上大

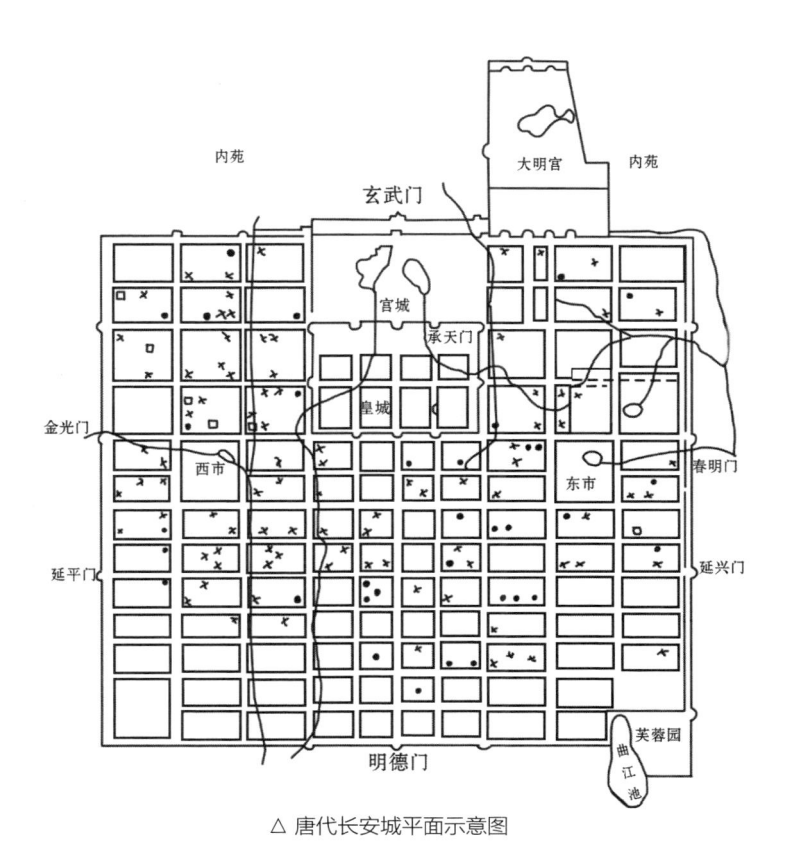

△ 唐代长安城平面示意图

明宫的建立，使李唐王朝统治者更加占有高亢而优越的地理位置。站在龙首原上，俯瞰全城，更显一代帝国一统天下的气度与风范。

唐长安城是一个东西略长，南北略窄的长方形城池。从东墙的春明门到西墙的金光门之间，东西宽为9721米（包括两城墙厚度）。从南墙的明德门到北墙的玄武门偏东处之间，南北长为8651米（包括两城墙厚度）。两相比较则东西长出1070米。全城周长约35.5千米，面积84平方千米。全城建筑分三大部分：宫城、皇城和外郭城。宫城位于全城北部中心，皇城在宫城之南，外郭城则以宫城、皇城为中心，向东、西、南三面展开。

二、唐代长安禁卫军

唐代中央禁卫军分为南、北衙兵两个系统，职守各有侧重，共同担负皇帝、皇宫和京师长安的警卫任务。

南衙兵指十六卫，它沿用隋朝的十六卫并对名称加以更定，成为本朝的十六卫，即左右卫、左右骁卫、左右武卫、左右威卫、左右领军卫、左右金吾卫、左右监门卫、左右千牛卫。由于十六卫驻守于宫城南面的皇城内，负责宫城、皇城的守卫，因而称南衙兵。十六卫中的前十二卫，分别兼领地方折冲府的府兵。

北衙兵指驻守于皇城北面宫城和禁苑（做为皇帝的侍卫亲军），因而称北衙兵。该军初称"元从禁军"，由唐高祖李渊选留从太原起兵的"义兵"3万人组成，是皇帝最亲近的侍卫军。自唐太宗李世民之后，北衙兵规模逐渐扩大，特别是唐朝中、后期，其实力和作用超过了南衙兵。贞观初年，唐太宗从"元从禁军"中选取善骑射者百人，分两番轮流于宫城北门宿守，并从田猎，号为"百骑"；贞观十二年（638年），选有才勇者置北衙七营，置左右屯营于玄武门，以诸卫将军领军，兵称"飞骑"。另外，从飞骑中择取骁健、善骑射者百人，作为巡幸翊卫。唐高宗时，改左右屯营为左右羽林军，仍号"飞骑"。武则天临朝时，改"百骑"为"千骑"。唐中宗时，"千骑"发展为"万骑"。唐玄宗时，将"万骑"从左右羽林军中分出，置左右龙武军，仍号"万骑"。"安史之乱"后，唐肃宗重整北衙兵，置左右神武军，号"天骑"，与左右羽林军、左右龙武军合称"北衙六军"。为加强宫中保卫力量，又置殿前射声左右厢，后扩充为左右英武军，唐德宗时改称左右神威军。中晚唐时期，北衙兵中最重要的力量是左右神策军。神策军原来是唐玄宗为防御吐蕃而设置的戍边军，由具有相当作战能力的西北边兵组成。唐代宗广德年间，吐蕃兵犯京师，神策军护驾有功，一跃成为最受皇帝信赖的禁卫军。神策军兵归禁中后，由宦官统领，分为神策左右厢，在收编几支久经征战的方镇军队后实力大增。唐德宗贞元年间，神策左右厢改称左右神策军。此时边兵也多遥隶神策军，称神策行营，兵至15万。神策军除担负保卫京城任务外，还多次出征。神策军的产生，给唐王朝的禁卫系统带来了重大影响，使得宦官与军权相结合，导致了唐朝后期宦官以禁卫军为利器，控制朝政的局面。

在唐初的禁卫系统中，除南北衙兵外，东宫太子也掌领一支相当规模的禁卫武装，设太子中左右卫率府、太子左右司御率府、太子左右清道率府、太子左右监门率府、太子左右内率府，分别负责东宫的安全保卫。

三、唐代长安保卫战

唐与吐蕃长安之战

唐朝初年，活动在西藏高原一带的吐蕃王朝开始与内地发生联系。吐蕃首领松赞干布遣使到唐朝求婚，唐太宗将文成公主嫁给松赞干布，双方关系十分亲善，30年没有动过干戈，形成唐朝与吐蕃两大势力和好并立的局面。松赞干布死后，唐朝和吐蕃之间时战时和。唐玄宗天宝十四年（755年），唐将安禄山、史思明反叛，攻陷了洛阳和长安，唐朝征调西北各地兵将讨伐安禄山，吐蕃即趁唐朝西部守备空虚的机会，不断东侵，几年间，六盘山和陇山以西，原属唐朝的兰州、渭州（今甘肃陇西）、秦州（今甘肃秦安西北）、成州（今甘肃成县）等几十个州的土地，都被吐蕃攻占。吐蕃还对陇山以东的关中地区，六盘山以东的陇东、陕北、宁夏、内蒙古等地区，以及岷山以南的四川地区，不断发动进攻，对唐朝形成极大的威胁。

广德元年（763年）七月，唐河北副元帅仆固怀恩叛唐，吐蕃大将马重英率领吐蕃和吐谷浑、党项、氐、羌各族兵20余万大举东侵，进入大震关（今陇县与甘肃清水县间）。九月，吐蕃从陇州（今陇县）北攻泾州（今甘肃泾川县），唐泾州刺史高晖投降吐蕃，并充当向导，引吐蕃军深入关中。十月，吐蕃军接连攻陷了邠州、奉天、武功等地，长安受到巨大威胁。

吐蕃军开始入侵时，唐朝守将陆续报警告急，都被骠骑大将军、元帅府行军司马程元振压下，闻奏不报，既不派兵往援，也不做任何抵抗准备。等到情况十分紧急时，唐代宗李豫才得知，唐廷震动。于是，李豫急诏雍王李适为关内元帅，重新起用已被罢官的大将郭子仪为副元帅，出镇咸阳，抵御吐蕃。郭子仪闲废已久，部众离散，手下无兵，临时招募士兵，征集百姓马匹共2000余骑以助军需。来到咸阳，吐蕃主力已从武功南渡渭水，沿山东进。郭子仪得知代宗准备东避，急忙派判官中书舍人王延昌奏请发兵增援，程元振阻遏不见。吐蕃军东攻长安。

十月初七，李豫逃往陕州（今三门峡市西），长安城中官吏四处藏窜，六军奔散，一片混乱。唐将王献忠拥丰王李洪等，准备迎降吐蕃，被从咸阳撤回的郭子仪执送潼关。

初九，吐蕃军占领了长安城，立广武王李承宏为皇帝，设置百官，任命原翰林学士于可封为宰相，摄理朝政。吐蕃军在城内洗劫府库和市民财物，焚毁房舍，唐朝乱兵也趁机劫掠，城中的官吏、群众纷纷逃跑避难，长安城"萧然一空"。

郭子仪撤出长安后，由御宿川经蓝田撤到商州（今商州区），沿途收集了不少从长安溃散的军队，并会合原来驻防于武关等地的唐军，共得数万人。他在商州积极筹备粮饷、装备，整顿军纪，使军队实力增强。

这时李豫怕吐蕃从长安来袭，命令郭子仪离开商州，到陕州来保护自己。但郭子仪表示：京都失守，皇帝逃难，是自己失职，不收复长安实无脸面去见皇帝。

李豫批准了郭子仪的计划，并命蒲州（今山西永济西）、华州（今陕西华州）唐军与郭子仪配合行动。同时，驻守坊州（今陕西黄陵县）的唐军白孝德也引兵南下，准备合攻长安。

十月底，郭子仪领兵5万，从商州向蓝田进发，屯兵蓝田南。他委任第五琦为京兆尹，命前锋长孙全绪进驻蓝田。其军队白天击鼓张旗，黑夜各处点火，以壮声威。活动于蓝田附近的唐将殷仲堪也与长孙全绪相配合，西渡沪水，游击于长安城郊。

民间广传郭子仪已亲领大兵来长安的消息，吐蕃闻讯，极为惊慌，连忙赶运在长安抢劫的珍宝财物，并把长安城中的唐官吏、市民和手工业者作为奴隶，强迫随吐蕃军分批撤退。

长孙全绪的部下王甫暗中与长安城内不满吐蕃统治压迫、奋起反抗的群众领袖马家小儿、张小君、李酒盏等联系，趁夜集合数百人，鸣鼓呼号，在几条主要街道大叫：郭令公带大军来了！

留在长安的吐蕃军以为郭子仪大军已攻入长安，于十月二十一日率兵仓皇撤退。马家小儿等带群众抢占长安各门，击鼓竖旗，迎接唐军。张小君派人赴郭子仪军营报信。唐军殷仲堪趁机开入长安，王仲卿部也取道长安旧城（今西安市西北的汉长安城）从西北面进入长安。

十一月初，郭子仪率主力进入长安。至此，被吐蕃占据15天的长安，又被唐朝收复。

李晟收复长安之战

唐平定"安史之乱"后，藩镇割据，对抗朝廷。建中三年（782年），河北四镇的地方势力自立为王，共劝淮西节度使李希烈称帝，李希烈自称天下都元帅、太尉、建兴王。第二年八月，李希烈率兵3万围攻襄城（今河南襄城）。唐德宗李适为保东都洛阳，调泾原诸镇兵前往救援。十月初二，泾原节度使姚令言领兵5000人路过长安，士兵到京城因得不到重赏和饭菜粗劣而发生哗变，从东郊冲向长安，并占据京城，大肆抢掠。唐德宗闻讯，派人安抚无效，被迫逃往奉天（今乾县）。叛军争入皇宫、官署、仓库，抢劫金帛财物，并拥立曾任泾原节度使已被罢官闲居在京的唐将前太尉朱泚为主。朱泚自称大秦皇帝，改元应天，遣使与河北诸镇割据势力遥相呼应。

唐德宗到奉天后，各地勤王的部队纷纷赶到。唐德宗又派遣使者向河北诸军告难，李怀光、马健、李梵、李抱真、李晟等纷纷率军驰往奉天。

这时，朱泚亲率大军西逼奉天，唐德宗命各路勤王军将朱泚拒止在醴泉（今礼泉县），但朱泚已先至奉天，攻城甚急。

十一月，灵武（今宁夏灵武）将领杜希全、盐州（今定边县）刺史戴休颜、夏州（今陕西靖边县东北）刺史时常春、渭北节度使李建徽入援奉天，但被朱泚击溃。

这时，朔方节度使李怀光率军5万，由河北经晋南入屯奉先；神策河北行营节度使李晟率数千人屯于东渭桥（今西安市东北），不久增到上万人；神策兵马使尚可孤率3000兵由襄阳（今湖北襄阳）入武关，经七盘山（今蓝田南），击破朱泚部将仇敬，攻取蓝田；镇国军节度使骆元光在华州招募士兵，得到万余人，西拒朱泚军于昭应（今临潼区西）；河东节度使马燧之军5000人已进至中渭桥（今西安市北）。各地的援军陆续接近长安与奉天。

李怀光主力经泾阳趋奉天，在醴泉打败朱泚，朱泚退入长安。奉天解围，李怀光进驻咸阳。但由于李怀光与宰相卢杞意见不合，不但不向长安进军，反与朱泚互相勾结，阴谋共分关中。

此时，唐德宗被迫从奉天逃往梁州（今汉中市），授李晟尚书左仆射、同平章事。于是，李晟成为唐军在长安附近的平叛主将。

兴元元年（784年）春，李晟率军万余人驻东渭桥，积极训练部队，整制兵器，修筑工事。在内无粮资，外无救援，极为困难的情况下，他以忠义激励部众，并命邠州（今彬州）、奉天、昭应、蓝田、华州等地的唐军都接受他的指挥，于是军威大振。

李怀光军叛变后，到处抢劫，遭到人民反对，内部又不统一，士兵相继逃散，势力日衰，曾三次企图进攻李晟军都没有实现。三月，李怀光烧营东逃，行进到富平（今富平县），他的部将孟涉、段威勇等率数千人投奔李晟。

四月，唐德宗命令大将浑瑊任行营副元帅率军从汉中出斜谷，并会合吐蕃来援的前军2万兵力，进拔武功，大败朱泚部将韩文于武亭川。但吐蕃前军得胜后大肆抢掠，并与朱泚暗中勾结，勒索了大批金帛财物而去。浑瑊退守奉天与李晟部东西呼应。

李晟节度鄜坊、京散、渭北、华商诸军，准备收复京城。随即疏通城壕，修缮兵甲，筹备粮草，巡捕间谍，了解城内情况。

此时，唐德宗采纳了翰林学士陆贽的意见，给前线统帅李晟、浑瑊以根据情况自行用兵的权力。

李晟奏请唐德宗批准，任京兆少尹张彧为副使、谏议大夫郑云逵为行军司马、京兆府司录李敬仲为节度判官，并授予唐良臣为河中节度使，令其保卫潼关，戴休颜为奉天行营节度使，令其守奉天。当时，神策军家属及李晟家上百口人都在长安，为稳定军心，他流着泪鼓励大家说，皇上都背井离乡了，我们怎能只顾自家呢？对于朱泚派来的说客，他立即处斩。

由于李晟与士兵同甘共苦，用大义激奋士气，并由从贼营逃来的将士控诉朱泚令人发指的罪状，以激励士气。

五月二十日，李晟亲自率领大军从东渭桥攻长安，进至通化门（今西安市东郊）处，朱泚的部队不敢迎战，唐军耀兵而回。

第二天，李晟召集主要将领计议攻取长安作战方略。有部将提议，先取外城，占据坊市，再攻北面的衙署和宫阙。而李晟认为，长安城内居民多，房屋拥挤，围墙、街巷错综复杂，不便部队进攻，而利于守军埋伏阻击。在这种地区作战，难免损民伤财，易于动摇人心，发生混乱。他主张先攻歼其主力，控制北部龙首原一带军事要点，从苑北突破，击其心腹，长安城便无法固守，朱泚军只有败逃。

将领们都赞成李晟的计划。于是，李晟派人和浑瑊及镇国军节度使骆元光、商州节度使尚可孤约定时间集中于城下会攻长安。

骆、尚两部按期到达，与李晟会师于长安东郊。李晟选择禁苑的光泰门为突破口。五月二十五日，李晟移军光泰门外的米仓村，亲自督促部下挖壕立栅，构筑工事。

第二天，朱泚以部将张庭芝、李希倩率兵来攻。李晟命兵马使吴诜等领兵出击。当时，骆元光营先遭叛军进攻，李晟当即派牙将李演领精兵前往助战，中军全力配合，叛兵败走，李演等乘胜追入光泰门，叛兵退入白华门。二十七日，骆元光在浐河西打败叛军一部。

这时，将领们都提议等西师浑瑊部到达后再夹攻敌人。

但李晟指出：朱泚军数败，已破胆，应乘胜进击，乘敌无备，夺取长安。

朱泚军出战，唐军屡次获胜。

二十八日凌晨，李晟集中主力进攻光泰门北的神墙村。事前，李晟曾派兵趁夜推倒禁苑墙200余步（五尺为一步），作为突破口。但朱泚军用木栅把缺口堵了起来，并以木栅为掩护，射刺唐军。唐军牙将史万顷领步兵直抵苑墙，牙将李演和牙前兵马史王佖领骑兵继进，史万顷身先士卒，率众拔栅而入，李演等率骑兵冲击，叛军败退。

激战到白华门，突然有叛兵千余骑兵出现于李晟军背后，被李晟亲率百余骑兵击溃，但叛军慑于李晟威名而惊慌溃退，唐军追斩无数。朱泚与姚令言率万余兵力西逃，李晟命令兵马使田子奇率骑兵追击，其余叛军先后投降，遂收复长安。

当天，浑瑊、戴休颜等部攻克咸阳（今咸阳市东北），听说朱泚往西逃走了，也派兵追击。朱泚与姚令言想逃往吐蕃，但途中被部将所杀，余众或散或降。

七月十三日，唐德宗返回长安。

黄巢起义军攻取长安之战

唐咸通十四年（873年）七月唐懿宗病死，年仅12岁的唐僖宗李儇即位。

年幼的唐僖宗一切由宦官田令孜摆布，朝廷政治腐败，加上关东连年水灾，百姓流离失所，饿殍遍野，起义蜂起。濮州（今山东鄄城北）人王仙芝聚众数千人于乾符元年（874年）在长垣（今河南长垣东北）领导起义。乾符五年（878年），王仙芝战死，部众公推黄巢统一指挥。黄巢自称黄王，号"冲天大将军"，先后转战于今山东、河北、河南及江南10余省。

唐广明元年（880年），黄巢见夺取两京的时机已成熟，便发檄文警告各地藩镇。

十一月十七日，起义军进抵洛阳，唐东都留守刘允章率百官出城投降。

接着，黄巢挥军西进，十一月二十二日攻克虢州（今河南灵宝市南），随后60万起义大军直逼潼关。

唐王朝统治集团听说黄巢的军队已到潼关后，一片慌乱。唐僖宗急忙任命太监田令孜为左右神策军、内外八镇及诸道兵马都指挥制置使，任命神策将军张承范为兵马先锋使兼把截潼关制置使，妄图集中兵力固守潼关。但是，各藩镇坐山观望，不发援兵。神策军听说要打仗，大多以金帛雇贫民顶替。经唐僖宗亲自面召，才勉强凑集了2800人，由张承范等人率领，于十一月二十五日出发。十二月初一，神策军到潼关时，起义军前锋也于同日到达，当天潼关守将齐克让被打得大败，退到关内。

第二天，起义军一部从潼关左侧谷地（时称禁坑）突入，迂回到关后，实行前后夹击。神策军和潼关守军都被击败，士兵溃散或投降，潼关被起义军攻克。

接着，起义军以投降的士兵充当向导，迅速西进，占领华州（今华州区），唐河中（今山西永济）大将王崇荣投降起义军。

十二月初四，唐王朝实在没办法了，于是下令授黄巢以天平节度使的官衔，以笼络起义军。但黄巢置之不理，挥师进逼长安。

十二月初五，长安城内一片混乱，早朝后田令孜率500名神策兵挟持着唐僖宗经骆谷逃往四川，宰相卢携却自杀，来不及逃命的文武百官，在金吾大将军张直方的率领下到灞上（今西安市东）出降黄巢。当天下午，黄巢率部队入城，起义军受到人民群众的夹道欢迎。

黄巢进入长安后，于十二月十三日即皇帝位，国号大齐，改元金统。黄巢将唐朝三品以上的官全部停职，四品以下的留任，并禁止军人乱杀无辜；以尚让为太尉兼中书令，孟楷、盖洪为左右仆射知左右军事，皮日休为翰林学士；遣朱温兵屯东渭桥，拱卫都城。同时，他加紧从政治上、经济上打击原唐朝上层统治阶级，先后杀掉一大批宗室、贵族、官僚等，并没收他们的财产，拿出一部分财物分给贫苦的人民。

但是，黄巢进长安后，对夺取两京的胜利估计太高，以为京都一占唐王朝就被摧毁，天下藩镇可以传檄而定，因而没有追击逃往四川的唐僖宗，也没有进攻西北广大地区各藩镇，甚至连近在咫尺的凤翔都没有攻取，并将陈（今河南淮阳）、许（今河南鄢陵）、河阳（今河南洛阳市北）、河中等中原要镇交给降将周岌、诸葛爽、王重荣等防守，北方强镇的势力仍原封未动。

由起义军直接占领的只有以长安为中心的关中部分地区，因此使唐廷的残余势力得以在四川苟延残喘，卷土重来。

广明元年（880年）十二月初九，唐僖宗到骆谷（今周至县西南）与凤翔节度使郑畋相见，命他征兵复兴唐廷，并授他便宜从事的全权。当时禁兵分镇关中的还有数万，郑畋立即把他们召到凤翔，加以整编。唐僖宗以郑畋为京城四面诸军行营都统，以泾原节度使程宗楚为副都统，以前朔方（今宁夏灵武西南）节度使唐弘夫为行军司马。郑畋又联合有州（今内蒙古鄂托克旗南）刺史拓跋思恭、鄜延（今黄陵东南）节度使李孝昌等进兵关中共同对抗起义军。唐僖宗逃到成都后，一面整顿流亡小朝廷，一面遣使诏命各节度使规复京师，已经接受黄巢官职的王重荣、诸葛爽、周岌等也很快背叛了黄巢，使唐军向关中愈集愈多。

面对这种情况，黄巢于唐中和元年（881年）二三月间兵分东、西两路，进击唐军。东路由朱温率领，远出关中进攻邓州（今河南邓州），企图控扼荆襄以切断四川同汉江的联系。三月初三，朱温攻克邓州，俘获了刺史赵戒。这一路虽然打了胜仗，但对整个局势影响不大，因为四川与江南的联系有多条通道，仅控襄、邓并不能切断交通线，而且为戍守邓州还分散了一部分兵力。

西路由尚让、王播、林言指挥，率兵5万于三月中旬进攻凤翔的郑畋。起义军在西路的胜败关系着全局，胜可巩固关中，败则唐军将会顺利进逼长安。凤翔西有陇山，东有岐山，南控入川的主要道路陈仓大道，地位重要而易于防守。郑畋命令唐弘夫选择要害之处，在龙尾陂（今岐山东）设伏以待。起义军以为郑畋是个书生，轻敌冒进，队伍不整，结果中了埋伏，损失2万多人，大败而归。

龙尾陂战后，唐军乘胜发起反扑。四月，唐弘夫屯渭北，王重荣屯沙苑（今大荔南），王处存屯渭桥，拓跋思恭屯武功（今武功西北），郑畋屯盘厘（今周至县）。郑畋、程宗楚指挥各部唐军不断向长安进逼，起义军处于数面受敌的态势。

黄巢见唐军节节进逼，处境不利，于四月初五主动撤离长安东走，起义军当夜露宿灞上。程宗楚、唐弘夫、王处存等部唐军抢先进入长安，丢下武器，四处掠夺金帛、妇女，部队混乱失控。

黄巢在侦知上述情况后，立即率军回击，从各门分道突入，大战长安城中。

唐军因突遭打击，且抢夺大量财物，重负不能走，死亡无数，程宗楚、唐弘夫都战死了，王处存收拾余众逃出长安。起义军虽取得较大胜利，重新控制长安及周围要地，但被困态势依然如故。

此后，在一年多时间内，双方相互争夺长安外围要地，处于相持状态。相持中，唐王朝不仅可以从富庶的四川、汉中取得物资供应，而且仍可以从江淮各道征收赋税，经济、军事实力不断增强。起义军则相反，周围为唐军所控，加之又遇到严重自然灾害，粮食供应断绝，军民受到饥饿的威胁，形势日趋不利。到中和二年（882年）九月以后，双方的相持局面开始发生变化。

首先是朱温叛变。九月十七日，黄巢所派的同州刺史朱温，见起义军形势不利，杀监军严实，叛变降唐。唐廷授朱温为同华节度使。十月，唐廷封朱温为右金吾大将军、河中行营招讨副使，赐名全忠，后又任命为宣武节度使。朱温的叛降，使起义军在潼关方面失去了屏障。

再是李克用出兵助唐。十一月，长期同河东、河北诸镇进行兼并混战的沙陀族首领李克用，与唐王朝妥协，唐朝授他为雁门（治代州，今山西代县）节度使。李克用于十二月率骑兵

4万到达同州，参加镇压起义军。李克用的沙陀骑兵，战斗力较强，因为他的军队都穿黑衣，所以被人称为"鸦军"。

朱温叛变和李克用参战，使双方力量对比发生重大变化，唐军很快发起了大规模的进攻。中和三年（883年）正月，李克用率军至沙苑，打败起义军黄巢弟弟黄揆的部队。二月十五日，李克用军进至乾院（今大荔西南），与河中、易定、忠武三军会合。这时，起义军太尉兼中书令尚让率15万大军屯于梁田陂（今渭南市东南），与李克用对阵。二月十六日，双方从中午激战到黄昏，起义军大败，损失数万人。二月二十七日，李克用军包围华州。黄巢见形势不利，军粮又尽，便发兵3万扼守蓝田（今蓝田县）道，做转移的准备。三月初六，黄巢派尚让率兵救华州，被李克用、王重荣截击于零口（今临潼区东），败回到长安。三月二十七日，李克用攻克华州，便会合忠武、义成、义武诸军进逼长安，屯兵渭桥。四月初，黄巢率主力与李克用战于渭南，但一天打了三仗都败了。此时，唐军攻入长安，黄巢力战不胜，巷战又败，于是率部众退出长安，经蓝田进商州，沿途多遗珍宝于路，唐军争相拾取，延误了追击时间，义军按计划出武关（今丹凤东南）进入河南境内。后来，义军败于山东，黄巢死于泰山狼虎谷。

第十七章 五代十国时期诸国都城防御与保卫战

五代十国（907—960年）处于我国封建社会前后期转变的过渡阶段，也是隋、唐以后我国逐步由分裂走向统一的重要时期。在我国北方以开封或洛阳为政治中心的梁、唐、晋、汉、周（史称后梁、后唐、后晋、后汉、后周）五代王朝，从未出现过大一统的局面。先有梁、晋两个政权的尖锐对立，后有周、汉两国的争战。长期比较稳定的长江、珠江流域一带，出现了吴、南唐、吴越、闽、楚、荆南、南汉、前后蜀诸国。此外，还有契丹（辽）、吐蕃、大理等兄弟民族政权。南北各国内部仍保存着唐朝后期的藩镇体制，节度使管辖数州，蓄养重兵，俨然以国中之国自居。五代时期各国政权并存与各国内部藩镇林立，构成了这时期政治上的显著特点，与当时军事发展变化的关系极为密切。由地方节度使发展起来的五代十国诸政权，面临着各国相互兼并，以及内部篡夺与藩镇动乱，在军事上最主要的任务就是建立由封建皇权直接控制的强大的中央禁军，以巩固其封建统治。

一、五代十国时期重要都城防御体系

五代十国时期，中原政权中心由长安东移至洛阳，再移汴州（开封）。汴州原来是唐宣武军治所，其子城扩建为宫城，后周时罗城之外再建外罗城。十国之中，以蜀和南唐境内较为安定富有，都城成都、金陵的营建颇具规模。这几个都城无论从军事防御上，还是建筑艺术上都是值得一提的。

洛阳城池防御体系

后唐定洛阳为首都的时候，洛阳就以首都和陪都的身份存在数百年之久了，并有了一套完整的城池防御体系。隋唐洛阳城始建于隋大业元年（605年），唐朝继续沿用为都。五代时期，虽然东京汴梁是当时的政治中心，但隋唐洛阳城仍为都城，被称为西京、洛京、洛邑。隋唐洛阳城主要由宫城、皇城和郭城组成。当时，隋唐洛阳城最外层的郭城上共修筑有八座城门，其中南垣上有三座，定鼎门居中，系郭城正门，地位最高、建筑最宏伟，是隋唐洛阳城的标志性建筑。

开封城池防御体系

早在唐德宗建中二年（781年），宣武军节度使李勉就对汴州城（今开封）进行了一次扩建。到五代时，梁、晋、汉、周分别建都开封城，周世宗柴荣于显德二年（955年）登上里城朱雀门，命殿前都点检赵匡胤跑马圈城，尽马之力，马跑了24千米又355米，周世宗以马跑的范围定为外城墙的范围，叫人运来汜水的虎牢土筑成坚固的外城。

那么开封城的名字是如何来的呢？春秋时期，诸侯林立，列国争雄。当时的古城村一带恰为郑国的东北边陲，出于战略上的考虑，郑庄公命大将郑邴在古城村一带屯兵筑城，并取启拓封疆之意名"启封"。进入战国时期，启封城属魏，成为国都大梁城的南大门，其军事地位更加突出。直至西汉景帝刘启即位时，因避景帝刘启讳，改启为开，是为"开封"，这便是"开封"一名的由来。

成都城池防御体系

乾符六年（879年），唐剑南西川节度使高骈为加强防卫，又修筑"罗城"。这是成都城第一次改用砖石建造。城内有大街坊一百二十个。其后，前蜀的王建、王衍父子和后蜀的孟知祥、孟昶父子割据于成都，前后长达六十年之久，后来被北宋灭掉。其间的公元927年，后蜀孟知祥在罗城之外，征发民丁12万修成都城，增筑羊马城，城周长达到42里。他儿子孟昶命人在城墙上遍种芙蓉树，一到秋天，四十里花开如锦，绚丽动人，人们称为芙蓉城，这也是今天成都别称"蓉城"的来由。

金陵城池防御体系

五代十国时期，今南京地区先为杨吴的军事重镇，后为南唐国都。杨吴和南唐的统治者，为了在动乱局面中保存和发展自己的势力，曾经在这个山川形胜的古都扩大城邑，在金陵地区设置上元、汀宁二县，同城而治。自隋唐以来一度冷落的南京城，这时又开始兴旺发达，进入了复兴时期。

二、五代十国时期的中央禁军

五代十国的创建人，大都是唐朝末期镇守各地的军事将领,他们入主帝位后,即将原来的亲兵改编为朝廷的禁卫军。

后梁创设侍卫马步军司,以侍卫马步军都指挥使统领禁卫亲军,侍卫皇帝及戍卫京城。这种制度被五代各王朝沿用。后梁禁卫亲军有左右控鹤军、保銮骑士、拱宸左右厢,中央禁军有左右龙骧军、左右龙虎军、左右天兴军、左右天威军、左右广胜军、左右神捷军等。

后唐的禁卫军有侍卫亲军马步军、从马直、控鹤军、龙骧军、捧圣左右军、彰圣左右军、宁卫左右军等。

后晋改置侍卫亲军司,以侍卫亲军都指挥使出任禁卫军统帅。禁卫军有拱宸内直军、威和内直军、兴顺内直军、护圣左右军等。

后汉承袭了后晋禁卫军制。

后周建立后,对禁卫体系进行了改造,将侍卫亲军中的马军命名为龙捷军,将侍卫亲军中的步军命名为虎捷军,龙捷、虎捷各分为左、右厢;增设殿前司,设殿前都点检、都指挥使统领,招募天下壮士择选武艺超绝者组成殿前诸班,番号有散员、散指挥、散都头、内殿直、铁骑、控鹤等,归殿前司领辖,负责内廷警卫。

三、五代十国时期诸国都城保卫战

后唐袭汴灭梁之战

后梁与后唐在郓州之战后,双方仍面临着不少困难。后唐因为德胜战斗一度失利,丧失了大量粮食,储粮已不够军队半年食用。此时,后唐泽、潞镇还没有收复,又传闻后梁冬天将大举入侵。后梁则在王彦章杨刘作战失利后,人心不稳,士气低落,将士们都不肯听从招讨使段凝的指挥。因此,梁、唐双方统治者都要制定新的战略决策,企图打破长期对峙的僵局,夺取胜利。

同光元年(923年)八月,梁末帝命令梁军挖开滑州(今河南滑县东南)南面的黄河大堤,造成滔滔河水横流,淹没曹州(今山东定陶西南)、濮州、郓州的平原地区,阻止后唐军队向汴州进发。

八月十七日,段凝率领5万大军从高临津(今河南范县东南)渡河,屯军顿丘(今河南清丰西),剽掠魏州、相州一带;王彦章领兵万人驻扎于兖州、郓州地区,伺机收复郓州。

后梁的作战方略是分兵两路,以主力北上收复黄河沿线要点并进军河北,同时用少数军队进攻郓州李嗣源军。由于兵力分散,京师汴州防守力量薄弱。后梁这时如果将大部分军队投入滑州至郓州一带,依托黄河阻止唐军南下,并加强对汴州的防守,伺机而动,同时命令西线泽潞、陕虢军队北攻太原,牵制唐庄宗李存勖在黄河沿线的军队,还有可能改变被动的局面。但由于后梁统治集团内部矛盾重重,以及指挥战争策略的严重失误,所以对后唐作战步步被动,以致败亡。

八月二十七日,后梁左右先锋指挥使康延孝投降后唐,唐庄宗命他为南面招讨都指挥使,领博州刺史。

康延孝向唐庄宗详细汇报了梁朝的内部情况:梁朝地盘不小,兵力不少,但梁末帝暗弱无能,外戚专擅朝政,吏治败坏,贿赂公行。段凝身为领兵统帅,大肆搜刮兵士财货以事权贵。出军作战,朝廷常常派近臣监视,将帅不能自主,终必败亡……

唐庄宗亲自了解到后梁内部军事、政治情报的第一手材料,并初次听到"自郓州直抵大梁"的作战方案,十分高兴。

九月,唐庄宗召开会议讨论对梁作战的方略。

宣徽使李绍宏等人认为,唐得郓州,周围都是敌人,孤城难守,不如与梁约和,用郓州交换被梁朝所占领的卫州、黎阳,双方以黄河为界,休兵养民,图谋以后再起。唐庄宗当场驳斥他们说,这将使我们死无葬身之地。郭崇韬也认为这是导致将士解体、食尽众散的失败之策。他在康延孝建议的基础上,进一步主张以唐军主力固守德胜、杨刘,牵制后梁大军;同时,出奇兵自郓州偷袭汴州,一举灭梁。康延孝也建议快速攻打大梁。唐庄宗当即表示同意这一建议。

这时,李嗣源这时在郓州附近递坊镇打败王彦章军,生擒梁朝将校、兵士300人,王彦章也退保中都(今山东汶上)。消息传来,更坚定了唐庄宗渡河袭汴的决心。

唐庄宗袭取汴州的战略决策,是在总结前阶段的作战经验、深入分析敌我双方的实际情况而制定出来的。当时,后唐方面虽然面临着军粮不济、梁军进犯河北等许多困难,但后梁军指挥不统一,主暗臣愚,兵力过于分散,完全放松了对京师汴州的防守,作战不利的因素更加严重。在这种形势下,后唐避实击虚,出敌不意,轻袭汴州,是一项大胆进取而又积极稳妥的战略决策。

十月二日,唐庄宗率领精兵自杨刘渡河。三日,抵郓州。唐军由李嗣源充当前锋,当天午夜越过汶水(源出莱芜东北,经乾封、中都、须昌等地由东向西流)。四日清晨,梁、唐两军相遇,刚一交战,梁军匆忙逃走。唐军追至中都并予以包围。

梁兵再次不战而逃，唐军攻克中都，抓获了后梁名将王彦章及都监张汉杰等200余人，斩杀数千人。

唐庄宗又及时召集诸将商议下一步的作战行动。后唐将领是在按照原先制定的袭汴决策继续前进，还是暂时停止军事行动的问题上，出现了相互对立的两种意见。不少将领认为，后梁京师大梁缺乏防备的传说，不知是否可靠。大梁以东青（今山东益都）、齐（今山东济南）、徐、兖诸镇的军队已全部外调，若先攻占这些空城，然后乘机而动，可谓万全之策。康延孝再次要求速取大梁。李嗣源也认为梁将王彦章被俘，段凝未必知道。他即使得知消息，梁兵还在黄河北岸，因河堤破坏，后梁几万大军无法回救大梁及其附近地区。李嗣源恳求唐庄宗率领大军继续前进，自己愿以1000名骑兵充当前锋。

唐庄宗赞同康延孝、李嗣源继续奔袭大梁的主张，下令向大梁进发，各军都踊跃前进。

四日傍晚，李嗣源率前军倍道兼程，直奔大梁。七日，唐军攻入曹州，梁守将投降。梁末帝得知王彦章被俘及唐军即将进攻大梁，聚族恸哭，召集群臣商议对策，但都无言可对。

梁末帝一面派人催促段凝回军，但因河堤已遭破坏，河水泛滥，使者无法前进；一面派开封府尹王瓚征发市民登城防戍。由于大梁四周无险可守，城内又缺少军队，后梁君臣慌作一团。这时，有人提出逃往洛阳，集中各地军队再与后唐对抗；有人要求北逃，依靠段凝大军的庇护；有人说段凝听到王彦章战败，早已胆战心惊，不会为后梁拼死尽力；更有人暗中带上传国宝去迎接后唐军队。梁末帝日夜哭泣，在绝望中让禁军将领杀死自己。

九日清晨，唐军攻打大梁城，开封府尹王瓒开门出降。唐庄宗入城内，梁百官拜伏请罪。十一日，段凝从滑州渡河回军入援，当得知大梁失陷，次日便率领5万大军在封丘（今属河南）投降后唐。后唐除杀死赵岩、张汉杰、李振等少数梁朝重臣外，其余官员各复原职。

后唐军队自黄河渡口杨刘城到大梁，全程六七百里，沿途还发生中都、曹州的战斗，仅用九天就完成了，成为我国古代战争中长途奔袭、速战速胜的著名战例之一。唐庄宗制定避实就虚、袭取大梁的战略决策，并多次与军将们商量，统一认识，调动了广大参战将士的积极性。在进军过程中，唐军不分兵占地，不贻误时间，始终把目标对准汴州。后唐骑军昼夜并进，行动快速，充分发挥了擅于平原野战的长处。所有这些，都是后唐袭取汴州取胜的重要原因。

后唐灭前蜀之战

同光元年（923年），后唐灭后梁之战后，唐庄宗李存勖想乘胜兴师兼并前蜀，因为蜀国境内山川地势险固，并不能轻易进攻。于是，他采取先疲后击的策略，假装与蜀国约好。

同光三年（925年）六月，前蜀主王衍撤除边地守备，唐庄宗随即乘机部署发兵。九月初十，唐庄宗命令魏王李继岌任西川四面行营都统，枢密使郭崇韬任东北面行营都招讨制置使，统领凤翔（治凤翔府，今陕西凤翔）、同州（治今陕西大荔）、陕州（治今三门峡市陕州区）、华州（治今陕西华州）、邠州（治今陕西彬州）兵力6万，从凤翔趋大散关（今陕西宝鸡西南大散岭上）入蜀；以高季兴为东南面行营都招讨使，率荆南兵攻取夔（治今重庆奉节）、忠（治今重庆忠县）、万（治今重庆万县）诸州，以策应。

十月十八日，后唐大军到达散关，排阵斩斫使兼马步军都指挥使李绍琛率步骑兵1.3万人前出攻克威武城（今陕西凤县东北），获粮20万斛，随后纵驱降兵万余人奔逃，以造蜀人恐慌之势；同时倍道尾随，直趋凤州（治梁泉，今陕西凤县东北凤州镇）。郭崇韬也率大军兼程跟进。十九日，前蜀守将王承捷迫于后唐军攻势，以凤、兴（治今陕西略阳）、文（治今甘肃文县）、扶（治今四川南坪东北）四州投降后唐。

此时，蜀主王衍仍领着妃嫔臣僚，在数万兵的护卫下巡游作乐。二十日，当他们巡游至利州（治今四川广元），听说后唐军破凤州时，大吃一惊，急忙命令随驾清道指挥使王宗勋、王宗俨、王宗昱为三招讨，率兵3万迎战。后唐军长驱直入，兵锋甚锐，蜀兴州刺史王承鉴、成州刺史王承朴相继弃城而逃。

二十六日，王宗勋等人在三泉（今陕西宁强西北阳平关）被李绍琛打败。

二十九日，蜀主王衍听说王宗勋等人溃败，留判六军诸卫事王宗弼率重兵守利州，自己返回成都，并截断桔柏渡（今四川广元西南嘉陵江、白龙江合流处）浮桥，以阻遏后唐军。

三十日，李继岌兵临兴州，蜀将宋光葆以领属梓（治县，今四川三台）、绵（治巴西，今四川绵阳东）、剑（治普安，今四川剑阁）、龙（治江油，今四川平武东南）、普（治安岳，今属四川）五州投降；接着，武定节度使王承肇、山南节度使王宗威、阶州刺史王承岳分别以其领地投降；只有天雄节度使王承休与副使安重霸欲出秦州掩击后唐军，抵达茂州（治今四川茂县）后，随行的兵马仅剩 2000 人，而且士兵饥饿疲劳，安重霸见大势已去，也以秦（治上邽，今甘肃天水）、陇（治汧源，今陕西陇县）二州投降。

高季兴乘势率水军沿江进入蜀国，攻打施州（治今湖北恩施）。蜀峡路招讨使张武用铁锁断绝长江航路。高季兴派遣勇士乘舟斫铁锁，当时刮起了大风，由于船上挂着铁锁，进退不得，遭到前蜀兵以矢石齐攻，被打败，高季兴乘轻舟逃走。不久后，张武闻北路军失败，便以夔、忠、万三州投降后唐。

十一月，后唐军昼夜兼行，直指利州，王宗弼闻风弃城西逃。李继岌率大军向剑、绵、汉州（治今四川广汉）推进。十五日，蜀武信节度使兼中书令王宗寿以遂（治今四川遂宁）、合（治今四川合川）、渝（治今四川重庆）、泸（治今四川泸州）、昌（治今四川大足）五州投降。

李绍琛抵达绵州时，民房已经被毁，绵江浮桥也被拆断。为快速攻取前蜀，李绍琛乘蜀兵溃败破胆之机，率领军队乘马浮江而渡，进入鹿头关（今四川德阳东北鹿头山上），攻克汉州，直逼成都。

二十六日，李继岌率大军进抵成都。第二天，蜀主王衍出降，前蜀宣告灭亡。

后晋灭后唐之战

五代后唐清泰初年，潞王李从珂即帝位，是为后唐末帝。河东节度使石敬瑭与潞王素来不合，见他当上了皇帝，疑忌加深，于是寻机图谋叛唐自立。

清泰三年（936 年）五月，唐末帝害怕石敬瑭联合契丹谋反，命他徙镇郓州（今山东东平西北）。石敬瑭拒绝接受命令，并借机起兵晋阳（今太原南晋源镇）反唐。

唐末帝随即以武宁节度使张敬达为太原四面兵马都部署、知太原行府事，统率代州（今山西代县）、义武（今河北定州）、河阳（今河南孟州）等镇兵6万到晋阳征讨。

五月二十日，唐末帝的军抵达晋安寨（今太原晋祠南）挖掘沟壕立营，并在晋阳城西北依山列阵，企图长围久困，待机破城。

石敬瑭深知寡不敌众，便派遣使者间道赶赴契丹，愿做契丹太宗耶律德光的儿子，乞求援兵，并约定事成后献卢龙一道及雁门关以北诸州（即燕云十六州，今北京至山西大同地区），得到耶律德光的应许。

八月，唐末帝听说契丹答应增援石敬瑭，多次要求张敬达急攻石敬瑭。石敬瑭自以为城坚粮足，闭城不出，固守待援。

九月，耶律德光得知后唐军未扼守雁门诸险，亲率骑兵5万，号称30万，自代州西南扬武谷南下，长驱直入，直抵晋阳附近之虎北口。他以诱敌入伏的策略，将主力埋伏在汾水弯曲处，派遣轻骑3000人向后唐军挑战，假装败退。张敬达等率步骑贸然追击，到汾曲步兵涉水循北岸进，伏击大败，损兵近万人，骑兵随张敬达退保晋安寨。契丹军乘胜推进至柳林（今太原东南），与石敬瑭会师于晋安寨南，占据要地，掘堑筑垒，将张敬达5万兵围于寨中。

唐末帝闻讯后，急忙命令彰圣都指挥使符彦饶率军屯河阳，天雄军节度使范延光率军趋榆次（治今山西榆次），卢龙节度使赵德钧率军出代州，耀州防御使潘环率兵出慈州（治吉昌，今山西吉县）、隰州（治隰川，今山西隰县），唐末帝则亲自率领亲军3万兵力从洛阳北上，共同救助张敬达军。

九月二十三日，唐末帝来到河阳，命令枢密使、随驾诸军都部署赵延寿率兵2万急行军到潞州（治上党，今山西长治）督战。随后，又命令赵德钧为诸道行营都统，以赵延寿、范延光为河东道南面、东南面行营招讨使，呈犄角合势，解晋安寨之围。

十一月初六，赵延寿率兵到西汤（今山西沁县西北西汤镇）与他的父亲赵德钧会合，父子同谋想趁国危自立，进到团柏谷（今山西祁县东南），按兵观变，逗留不进。十二日，耶律德光册立石敬瑭为大晋皇帝。

闰十一月，晋安寨已被围数月，粮断援绝，多次突围没有成功，军心动摇，副招讨使杨光远杀张敬达出来投降。

石敬瑭于是与耶律德光挥师南下，于十二日到达团柏谷。后唐救援军未战先逃，自相践踏，死伤数以万计，逃到潞州被追上，赵德钧父子都投降契丹。耶律德光留主力驻潞州，派遣高模翰率5000名骑兵护送石敬瑭南下，到河阳，在降将接应下渡河。

唐末帝退回洛阳自焚。石敬瑭进入洛阳，用后晋取代后唐。

契丹入汴灭后晋之战

五代后晋天福七年（942年），后晋出帝石重贵即位后，拒绝再向契丹称臣。契丹太宗耶律德光以晋廷负恩为由，举兵南下。

天福八年（943年），耶律德光在降将杨光远、赵延寿的劝诱下，乘中原饥荒，晋廷国内困竭之机，调集山后妫、檀、云、应（今北京延庆、密云和山西大同、应县）等州及卢龙（治今北京市城区西南）兵，于十二月兵分两路南进：东路以赵延寿率5万兵为前锋，耶律德光亲自率领10余万大军殿后，出南京（即幽州，今北京）向魏州（今河北大名东北）；西路由伟王率云、应诸军入雁门关（今山西代县西北）向太原，策应东路主力作战。

天福九年（944年）正月，东路前锋军攻陷晋粮储重镇贝州（治清河，今河北清河西北），随后占领南乐（今属河南），耶律德光牙帐设于元城（今河北大名东北）；西路军破代州（今山西代县），逼近忻州（今属山西）。

后晋出帝接到这个消息后，先派遣使者致书契丹，想恢复外交关系，但遭到拒绝。于是，他只得以黄河为屏障，部署防御：命高行周为北面行营都部署，率军进驻戚城（今河南濮阳北）；派遣张彦泽守黎阳（今河南浚县东北）；后晋出帝亲自率领禁军抵达澶州（今河南濮阳）指挥。另外，他以刘知远为幽州道行营招讨使，抵御契丹西路军。

二月，耶律德光率军围戚城，派遣麻答率数万兵力攻打博州（今山东聊城东北），抢渡马家口（今山东聊城东），会合晋叛将杨光远由翼侧包抄，钳击正面晋军。

晋廷命令何重进、白再荣、安彦威等分守麻家口（今山东鄄城东北）、杨刘（今山东东阿东北杨刘镇）、马家口、河阳，加强各津要守备。同时，派遣侍卫马军都指挥使李守贞、神武统军皇甫遇等率兵万余人，沿河水陆并进，疾驰马家口阻截。

至此，契丹步骑兵万余人已在河东筑垒，正掩护后续部队渡河。李守贞乘契丹军半渡而进行攻击，拔东岸契丹军营垒，军队溃散，溺死无数，西岸的士兵退走。

当时戚城交战相持不下，耶律德光便假装放弃元城，其实伏兵在顿丘（今河南浚县北），企图以示弱诱敌之策诱杀晋军。当时正接连下了几天大雨，晋军差不多半个月没有出来，契丹军伏击落空。

三月初一，契丹军再次攻打戚城，两军鏖战到傍晚，双方死伤都比较多。耶律德光乘夜退营30余里，随后便撤兵北归。契丹撤军后，晋廷遣军收复失地，调整部署，扩展军备。

四月，晋廷命令高行周戍守澶州；派遣李守贞攻打青州（今属山东）的杨光远叛军。

八月，晋廷又以刘知远为北面行营都统，杜重威为都招讨使，统领河北、山东、河南诸地防务。

闰十二月，李守贞破青州，杀杨光远。

此时，契丹军二次南下到元氏（今河北元氏西北），分兵攻掠邢等三州。开运二年（945年）正月，后晋护国节度使安审琦等率数万兵于安阳水（今河南安阳北安阳河）南岸列阵阻截。

十五日，义成节度使皇甫遇率数千名骑兵前出侦察，到邺县突然遇到数万契丹军，交战百余回合，晋军寡不敌众，边战边退，到榆林店（今河南安阳北），苦战半日，双方死伤较多。黄昏时，晋将安审琦率军逾安阳水前往救助，契丹军疲劳过度，于是撤师北走。晋军乘机转守为攻，集结各军到定州（今属河北），并命令杜重威统军北上。

三月，晋军下泰州（今河北青苑），攻克满城（今河北满城北），攻打遂城（今河北徐水西北）。这时，晋军将领听说契丹军8万骑兵于虎北口（今北京密云东北古北口）反扑过来，杜重威害怕了，于是率兵撤到阳城（今河北清苑西南）白团卫村，并迅速扎鹿角为寨。

契丹铁鹞军追到后，围寨好几重。当时北风大起，耶律德光派遣奇兵断掉晋军的粮道，命令铁鹞军下马拔掉鹿角，变骑兵为步兵，四面合击，放火扬尘以助其势。

晋将药元福、皇甫遇等出其不意，率精骑逆风迎战，殊死拼杀；符彦卿等率万余骑兵在后面横击；李守贞命令步兵全部拔出鹿角出击，契丹军被击溃，弃马夺路而逃。但是后晋却以阳城之捷，轻视契丹，想伺机北伐。契丹攻晋接连受挫，也不甘罢休。

开运三年（946年）七月，耶律德光指使赵延寿及瀛州刺史刘延祚诈降，诱惑后晋出兵接应。后晋出帝不分真假，就轻率命令杜重威、李守贞等会兵广晋（今河北大名东北），悉调京师宿卫禁军归杜重威麾下，企图攻取瀛（今河北河间）、莫（今河北任丘北州镇），安定关南，进取幽州，荡平塞北。

十一月，杜重威率兵30万抵达瀛州，契丹将领高模翰早已引兵潜出。晋偏将梁汉璋率2000名骑兵追击，战败身亡。杜重威不但不救，反倒退兵武强（今河北武强西南）。于是契丹军长驱南下，沿易、定向恒州（治真定，今河北正定）推进。杜重威还想南撤，遇到张彦泽返回恒州，于是转兵西行，到中渡桥（今河北正定东南滹沱河上），但桥已被契丹军占领了。张彦泽率骑兵进行争夺，契丹军把桥烧了。

两军隔着滹沱河对峙。这时，耶律德光派遣别将萧翰迂回到晋军侧后，抢占栾城（今河北栾城西），扼晋军粮道、退路。

十二月，晋将王清率兵 2000 人前进开道，遭契丹军堵截，请求杜重威支援。杜重威心怀异志，不许大军增援，致使王清的部队全部战死，主力也陷入重围。杜重威穷途末路，暗中勾通契丹，谋求率军投降。耶律德光假许立他为帝，杜重威派兵伏在城内，逼迫将士出降。契丹军随即乘晋后方空虚，挥师南下，直入汴梁（今河南开封）。张彦泽从封丘门斩关而入，城中大乱，晋出帝、李太后奉表报降，被押送到契丹境内长期囚禁。后晋王朝至此结束。

宋军灭后蜀之战

乾德三年（965 年）正月，后蜀主孟昶见宋军攻来，命令太子元喆为元帅，率兵万余人援剑门。因为剑门是蜀首都成都的重险，它的得失关系重大，孟昶却把这个重大的责任交给不懂军事且没有责任心的太子来承担。

此时，宋北路军从利州直指剑门。宋军见剑门险峻，有人提出以大军由剑门东南的来苏小路进军，绕到剑门的南边，断掉蜀军的后路。康延泽分析当时情况，认为蜀军数战数败，士气低落，可急攻而下；主帅不宜自率大军从小路作此迂远进攻，可派遣一小将从来苏小路绕到剑门南边，然后与北面进击的大军夹攻剑门的蜀军。王全斌采纳了康延泽的意见，分兵一部去来苏小路，自己率领精锐从正面进攻剑门。

蜀守军一部见宋军由来苏小路进攻，于是弃寨而逃；王昭远也处置失当，仅以小将防守剑门天险，自己率领大军退守汉原坡（今剑阁东 30 里）。宋军乘势前后夹击，迅速攻占剑门，并向汉原坡挺进。蜀将赵崇韬布阵迎战,而把自己比作诸葛亮的王昭远却畏战,竟卧床不起。甚至没有经过激烈的战争,宋军便击败了蜀军,歼灭他们万余人,擒住都统王昭远,乘胜占领剑州(今四川剑阁)。正月初,蜀太子元喆进至锦州(今四川绵阳),听到剑门已经失守,仓皇逃往成都。

与此同时,东路宋军从夔州沿江西上。蜀万(今重庆万州)、施(今湖北恩施)、开(今重庆开州)、忠(今重庆忠县)、遂(今四川遂宁)等州的守军全都献城投降,刘光义等人得以率军顺利西进。

此时,北路宋军直逼成都城下,接着东路宋军也到了。

正月初七,孟昶见大势已去,被迫向王全斌投降,后蜀至此灭亡。赵匡胤封孟昶为检校太师兼中书令。随即下令减免蜀境租赋,派参知政事吕余庆入成都主政,并渐渐平息了各地的骚乱,巩固了对蜀地的统治。

宋军攻灭南汉之战

宋平荆、湖并灭后蜀之后,威震南方。太祖赵匡胤按先南后北的方略,决定乘南唐、吴越被慑服之际进取南汉。开宝二年(969年)六月,他命令王明为荆湖转运使,调集物资,做好南进准备。

开宝三年(970年)九月初一,赵匡胤命令潭州防御使潘美为贺州道行营兵马都部署,朗州团练使尹崇珂为副都部署,道州刺史王继勋为行营马军都监,率潭(治今湖南长沙)、朗(治武陵,今湖南常德)等10州兵南下,避开五岭险道,直入南汉中部。二十九日,攻克富川(治今广西钟山),歼灭南汉军万余，随后占领白霞（今广西钟山西），进围贺州（治临贺，今广西贺州市东南贺街）。

南汉宦官职掌兵权，防务懈怠，兵甲破废，突然听说贺州被围，大为惊恐。南汉主刘鋹急派大将伍彦柔率水兵万余人出西江，沿临贺水（今贺江）北上救援。

十月二十日，潘美探知南汉援军将到，于是以假退诱伏之计，南撤20里，在南乡贺水岸边设伏以侍。第二天早晨，南汉援军方离船登岸，突然遭到宋军袭击，大部分被歼灭，伍彦柔被杀。于是，宋军再次围攻贺州，随军转运使王明率辎重兵百余及丁夫数千，挖土填堑助战，贺州守军最终投降。刘鋹害怕宋军沿贺江顺流直抵兴王府（治番禺，今广州），起用宿将潘崇彻为马步军都统，统兵3万扼守贺江口，阻截宋军南下。

十月二十三日，潘美率军接连攻克昭州（治平乐，今广西平乐西乐溪北岸）、桂州（治临桂，今广西桂林）、连州（治桂阳，今广东连州），进逼韶州（治曲江，今广东韶关西武水之西）。南汉都统李承渥领兵10余万人屯驻莲花峰（今广东曲江南）下列阵，布象群于阵前，以壮军胆。潘美命令集中劲弩射象，象群负矢惊跃狂奔，南汉军溃败，宋军乘乱攻占韶州，俘获刺史辛延渥、谏议大夫邹文远。

广州门户失陷后，南汉主又命令郭崇岳为招讨使，与大将植廷晓统兵6万在马迳（今广东广州北）筑垒，抵御宋军。

开宝四年（971年）正月，宋军攻克英（今广东英德）、雄（治浈昌，今广东南雄）二州。潘崇彻拥兵自保贺江口，见大势已去，不战而降。宋军乘胜沿北江南下，经泷头（今英德南）、栅口，于正月二十七日到达马迳，攻占双女山（今广州西），逼近郭崇岳军阵地。潘美多次派遣游骑挑战，郭崇岳就是避不出战。刘鋹见形势危急，想从海上逃亡，但没成功，于是派遣他弟弟祯王刘保兴率兵增援郭崇岳，抵抗宋军。

二月初四，植廷晓率领部队据水列阵，潘美军从水路进攻，植廷晓兵败死亡。潘美夜晚对郭崇岳竹木营栅施行火攻，将南汉军打得落花流水。郭崇岳也死于乱兵之中，刘保兴逃回兴王府，宋军追到城下。第二天，刘鋹出城投降，宋军进占兴王府。

宋军攻灭南唐之战

宋灭南汉后，让南唐处于三面夹击之中。

南唐后主李煜为求自保，明里臣服，暗地里备战，在派遣使者向宋请受册封的同时，也将兵力部署在长江中下游各要点，以防宋军进攻。

宋太祖赵匡胤志在统一江南，加紧作战准备。开宝七年（974年）五月，赵匡胤下令在荆湖建造大舰和黄黑龙战船数千艘，以备架设长江浮桥之用。九月，赵匡胤以李煜拒命来朝为由，发兵10余万，三路并进，直攻南唐：东路吴越王钱俶作为升州东南面行营招抚制置使，率数万兵力从杭州（今属浙江）北上策应，并派遣宋将丁德裕监其军；中路曹彬与都监潘美率水陆军10万兵力由江陵沿长江东进；西路王明为池、岳江路巡检、战棹都部署，牵制湖口（今属江西）南唐军，保障主力东进。

十月十八日，中路军曹彬部沿长江北岸东下，命令八作使郝守濬领舰船跟进。南唐军误以为宋军例行巡江，没有进行阻截，致使曹彬军顺利通过湖口。二十五日，曹彬率军突然袭占峡口寨（今安徽贵池西）。闰十月初五，宋军轻取池州（今安徽贵池）。十三日，在铜陵（今属安徽）击败南唐军一部，获得战舰200余艘。之后，宋军连克芜湖（今属安徽）、当涂（今属安徽），在采石矶（今安徽当涂北采石）击败南唐守军2万余人，俘获马步军副都部署杨收、兵马都监孙震等千余人，抢占要隘。随后，曹彬命令郝守濬率兵丁工匠于采石矶架通跨江浮桥，保障后续部队渡江。

李煜闻讯后，急忙派遣镇海节度使郑彦华率水军万人和天德都虞侯杜真领步兵万人阻击，与宋军遭遇，南唐军在新寨（今江苏江宁附近）战败。

十一月十五日，西路军攻鄂州（治江夏，今湖北武昌），击败南唐3000余人；东路军围攻常州（今属江苏），攻占利城寨（今江苏江阴）。

开宝八年（975年）正月初八，宋军各路全线出击。黄州兵马都监武宁谦等渡过长江，攻占樊山寨（今湖北鄂城西）；行营左厢战棹都监田钦祚率军破溧水（今属江苏），击败南唐军万余人，杀掉他们的都统李雄。

正月十七日，曹彬率大军攻南唐都城江宁（治上元，今江苏南京）。南唐水陆军10余万人前依秦淮河、背靠江宁城列阵防守。潘美为了不失战机，没有等到渡河船只齐备，就命令步骑兵涉水进攻；行营马军都指挥使李汉琼亦率部渡过秦淮河，以大舰载芦苇，对南唐水寨实施火攻，歼灭南唐军数万人，进逼江宁城下。没多久，南唐军再次反击，企图沿江而上夺取采石浮桥，又被潘美率军击破，神卫都军头郑宾等被俘。

正月二十日，赵匡胤命令京西转运使李符益调运荆湖军粮到江宁城下，补给宋军。到五月，宋军占领袁州（治今江西宜春）、白鹭洲（今江苏南京西南）、江阴等州地。东路军亦攻占常州。王明所率领的部队在武昌江州（治湓口，今江西九江）击败南唐军万余人，夺取战舰500艘。宋军围城数月，李煜知道形势危急，调遣神卫军都虞侯朱令赟率湖口兵10万前来救援。而朱令赟怕王明军从背后切断粮道，迟迟不敢东进。

六月初二，曹彬军于江宁城下打败南唐军2万余人，缴获战舰数千艘。八月，丁德裕在润州（今江苏镇江）击败南唐军5000人，并于九月初九与吴越军合势攻占润州城。

经李煜再三催促，朱令赟才于十月率兵15万，搭乘百米长的木筏和可容千人的大舰出湖口顺流东进,想冲断采石浮桥。当时正逢长江水浅，航道狭窄，大船不能并行；加上屯驻独树口（今安徽安庆附近）的王明军在江边竖立船桅形木桩，致使朱军不敢贸然轻进。

十月二十一日，朱令赟孤军乘大舰行到皖口（今安徽安庆西南，皖水入江口），遭到宋行营都指挥使刘遇部阻截，于是用火油攻击，但正赶上风转向，火势反烧，朱军不战自溃，混战中朱令赟被活活烧死，战棹都虞侯王晖等被俘，数万件兵器为宋军缴获。

十一月十二日，曹彬大军从三面攻击江宁城，李煜率5000兵夜袭宋军北寨，没有取得胜利。二十七日，宋军破城而入，守将呙彦、马诚信、马承俊等在巷战中战死，李煜奉表投降。南唐灭亡。

宋军攻灭北汉之战

宋统一南方后，宋太宗赵光义继承太祖赵匡胤遗志，决意攻灭北汉。鉴于宋太祖曾三次率军攻打北汉，都因为辽军南援而失败，于是制定了围城打援、先退辽军、后取太原的战略。随后组建飞山军，加紧练兵，并命晋（治今山西临汾）、潞（治上党，今山西长治）、邢（治龙冈，今河北邢台）、洺（治广年，今河北永年东南）、镇（治真定，今河北正定）、冀（治信都，今河北冀州区）等州制造兵器及攻城器械，储备粮草，做好作战准备。

太平兴国四年（979年）正月，宋太宗亲自率领大军征北汉。他命令宣徽南院使潘美为北路都招讨制置使，统领河阳节度使崔彦进、彰德节度使李汉琼、桂州观察使曹翰、彰信节度使刘遇等，分别从四面进围太原；命令云州观察使郭进为石岭关都部署，扼守石岭关（今山西阳曲东北关城）；命令孟玄喆为镇州驻泊兵马都钤辖，守镇州，分别待击从北、东两面救援北汉之辽军；命令河北转运使侯陟、陕西北路转运使雷德骧分掌太原东、西路转运事。同时，他派遣将领分兵攻隆（今山西祁县东南）、孟（治今山西盂县）、汾（治隰城，今山西汾阳）、沁（治今山西沁源）、岚（治宜芳，今山西岚县）等州，以割裂北汉军队，孤立太原。

正月十五，宋太宗从东京（今河南开封）出发，主力经镇州、承天寨（今山西娘子关）分兵西进，直奔太原。北汉主刘继元听说后，急忙派遣使者到辽求援。辽景宗耶律贤立即命令南府宰相耶律沙为都统、冀王耶律敌烈为监军，偕南院大王耶律斜轸率兵驰援。同时,他又命令左千牛卫大将军韩悖、大同军节度使耶律善补以本路兵南下增援。

三月十六日,辽东路援军日夜兼程到达石岭关,阻于大涧,当时宋郭进部已布阵待战。耶律敌烈不待后军到达,就率领前锋军渡涧,军队人马还未过半,郭进率骑兵突然出击,斩杀耶律敌烈等将领,歼万余人。耶律斜轸率后军到达后,弓弩齐放,救耶律沙脱身,率领余众仓皇退走。没多久,辽北路援军也被宋军击退。

宋军打援获胜,乘势攻取外围。至四月,相继攻克隆州、岚州等地,又攻破北汉鹰扬军及岢岚军,使太原陷于孤立。

北汉主刘继元十分害怕,再次派遣使者到辽,但被宋军俘杀;潜师出击,也被宋军击败,于是只得固守孤城,不敢出战。三月二十二日,宋太宗到达太原,集中兵力四面围城。二十四日凌晨,他亲临城西督战,命令数十万将士以弓弩轮番向城内发射矢石。五月初一,宋军攻破城西南护围羊马城,北汉宣徽使范超、马步军都指挥使郭万超等先后出城投降。刘继元在外无援军、内无兵力抵抗的困境中,于五月初六投降,北汉至此灭亡。

中国都城保卫战

第十八章 北宋皇城东京城池防御与保卫战

公元960年，后周大将赵匡胤发动"陈桥兵变"，建立宋朝，史称"北宋"。他以东京（今河南开封）作为首都。北宋时期战争十分频繁，仅以宋为交战一方的大小战争就达79次之多。为了保卫皇城的安全，北宋统治者加强了禁卫军与东京城池建设。

一、北宋东京城池防御体系

开封号称七朝（魏、梁、晋、汉、周、宋、金）古都，但作为南北统一王朝的都城，仅见于北宋一朝，由此也标志着中国古代政治中心东移完成。

在北宋成立之初，对于是否要把开封作为永久性的都城是经历了一番激烈争论的。赵匡胤认为，建都长安是上策，定都洛阳是中策，定都开封是下策，所以他一直主张把都城迁到洛阳或长安，说这样做可以"据山河之胜而去冗兵，循周、汉故事，以安天下"。而晋王赵光义等重臣则坚决主张定都东京，反对迁都洛阳或长安，其既有政治上的原因，又有军事上的原侍卫亲军司遂分为侍卫亲军马军司和侍卫亲军步军司，分别以都指挥使、副都指挥使、都虞侯为长官。殿前司与侍卫亲军马军司、侍卫亲军步军司并称"三衙"，统辖殿前诸班直及全国的禁卫军。

殿前司的职责是：入则侍卫殿陛，出则扈从乘舆……掌宿卫之事。下辖内殿直、外殿直、金枪班、东西班、御龙直等诸班直卫士和捧日军、拱圣军、骁骑军、骁胜军、宁朔军、龙猛军、飞猛军、骁猛军、骁雄军、神骑军、清朔军、擒戎军、布斗军等骑军，以及天武军、神勇军、宣武军、虎翼军、雄勇军、广德军、广勇军、广捷军、雄威军、宣威军、龙骑军、神射军等步军。殿前诸班直担负宫廷守卫任务，是皇帝的近卫部队；捧日军、天武军由后周时殿前司原辖的铁骑马军和控鹤步兵改称，与由侍卫亲军司原辖的龙捷马军和虎捷步兵改称的龙卫军、神卫军，称为禁卫军上四军，基本驻守京城；其他诸军则是禁卫军的中军和下军，除一部分驻守京城，负卫戍之责外，其余都要更戍。禁卫军更戍移屯的名目有三种：一种叫"就粮"，即部队移驻粮草丰足之地，并准许家属随营；二种叫"屯驻"，即部队由京城调出戍边或屯驻诸州，并临时隶属于诸州；三种叫"驻泊"，即部队移屯诸州但隶属关系不变。屯驻和驻泊均不许携带家属。

侍卫亲军马、步军司的职责是：侍卫扈从及大礼宿卫，以及担负京城的守卫任务。东京旧城由侍卫亲军马军司负责，新城和新城外由侍卫亲军步军司负责。侍卫亲军马军司下辖龙卫军、忠猛军、骁捷军、云骑军、归明神武军、克胜军、骁锐军、骁武军、广锐军、武清军、云翼军、厅子军、万捷军、横塞军、武骑军、骁骑军、无敌军、忠锐军等；侍卫亲军步军司下辖神卫军、步武军、虎翼军、奉节军、武卫军、雄武军、川效忠军、效顺军、雄胜军、拣中雄勇、怀勇军、威宁军、飞虎军、怀顺军、归圣军、顺圣军、怀恩军等。其中，除属上四军的龙卫军、神卫军主要驻守京域外，其他中军和下军分驻京城内外、畿县和全国各地。

北宋除三衙承担禁卫之责外，还设有勋卫、翊卫、亲卫三府和皇城司、御前忠佐军头司等，分负一些警卫之责。勋卫、翊卫、亲卫三府承唐制，由三卫郎主管，朝会时值班于殿陛。三卫官由皇亲、勋臣、贤德的后代充任。北宋末年，三卫官的警卫作用日益突出，有"随驾禁卫所"的称号。南宋初，"随驾禁卫所"改为"行营禁卫所"，掌管出入皇城宫殿门敕令等；皇城司掌握宫城出入之禁令，凡周庐宿卫之事，宫门启闭之节，皆属它管。皇城司的长吏称干当官，由宦官担任。皇城司与殿前诸班直职责相互交叉，并互相制约。御前忠佐军头司负责在皇帝召见或选拔禁卫将士时，引领后者到皇帝面前进见。

三、北宋东京保卫战

金灭北宋之战

金太宗在消灭辽朝之后，决定乘势灭掉北宋。

天会三年（1125年）十月，金太宗正式下诏攻打北宋。他任命谙班勃极烈完颜杲为都元帅，计划分兵两路南下：以移赉勃极烈完颜宗翰为左副元帅、经略使完颜希尹为元帅右监军、左金吾上将军耶律余睹为元帅右都监，统领西路军从大同攻太原；以六部路军帅挞懒为六部路都统、斜也任副都统、完颜宗望为南京路都统、闇母任副都统、知枢密院事刘彦宗兼领汉军都统，率东路军从平州（今河北卢龙，金曾改为南京）攻燕京，然后两路军会攻宋都东京。两路军将帅都是灭辽战争中的名将，两路军各约有十六七万人。完颜宗翰率领西路军，严整部队和兵器，从大同南下。

十二月，西路军经朔州（今属山西）、武州（今山西神池）、代州（今山西代县）、忻州（今属山西），越过石岭关，包围太原，并在汾河北大败宋河东、陕西军4万援军，歼灭宋军1万余人。西路军进展之顺利是完颜宗翰始料不及的。完颜宗翰在战前原认为，与宋军会有数战要打，结果是金人如入无人之境，直趋太原。但是，金军在太原却遭到当地军民的顽强抵抗，滞留不进，南下计划受挫。

完颜宗望率领东路军从平州经檀州（今北京密云）、蓟州（今天津蓟县），于十二月初进到白河。宋将郭药师率以原辽"怨军"投降宋军为骨干的常胜军10万迎战。

两军接战，金军以骑兵猛攻宋军左翼，常胜军部将张令徽等人溃逃，宋军大败，宋将郭药师投降。

金东路军乘胜进入燕京。金军以郭药师为前锋继续南下，接连攻克中山（今河北定州）、真定（今河北正定）、信德府等地。天会四年（1126年）正月初，金军入河南，攻占相州（今河南安阳）、溶州（今河南浚县），获宋天驷监所养马2万匹和堆积如山的饲料，军事实力大大增强。

随后，金军进攻黎阳，宋威武军节度使梁方平领兵弃城溃逃。金军从白马津用10余艘小船，先骑兵后步兵，分批渡过黄河，随渡随行，直取滑州（今河南滑县）。宋河北、河东路制置副使何灌弃滑州，领兵南逃到开封。

这时，宋徽宗已禅位于儿子钦宗。宋钦宗任命抗战派大臣李纲为尚书右丞、亲征行营使，组织开封军民守卫京城。开封城防原来就比较坚固，经李纲筹措，准备充分，军队严阵以待，准备抵抗金军。

金东路兵临开封城下，虽然气势很盛，但是由于西路军没能及时会师，兵力不过6万，难以攻克防守坚固的开封城。于是，完颜宗望采用打谈结合的方针。

完颜宗望首先指挥部分金军乘数十条船沿河而下，进攻宣泽门，被宋军击败，死百余人。首战失利，完颜宗望派使臣吴孝民等人进入开封城，提出要宋朝派人到金营议和。宋钦宗派同知枢密院事李棁为使，去金营谈判议和条件。双方正在谈判期间，完颜宗望再次指挥金军猛攻开封的通津、景阳等门，又被宋守军击败。完颜宗望再派萧三宝奴、耶律忠等人，随李棁到开封，提出退兵的四项条件：

一、索要金五百万两、银五千万两、牛马万匹、缎百万匹；

二、宋朝割让太原、中山、河间三镇；

三、以宰相、亲王为质；

四、宋对金称伯。

怯懦的宋廷急于求和，除金银数额略有减少之外，所有金军的要求基本予以满足。在宋各路援军20万纷纷抵达开封城外后，金军解开封之围，稍稍北移，但并没有撤军的意向。

二月，宋将姚平仲率兵1万，夜间偷袭金营，被金军击败，宋军死伤惨重。金军再次兵围开封。在宋廷罢免李纲，送肃王为质，表示谢罪后，金东路军撤军回到黄河以北。金东路军撤军后，西路军统帅完颜宗翰留银术可军继续围困太原，于当年三月，也率主力军回大同。

金军撤退后，完颜宗翰、完颜希尹、耶律余睹、完颜宗望、完颜昌、阇母等主要将帅，分别从太原和燕京赶赴会宁，商定第二次攻宋的战略计划。

这一年的八月，距宋、金议和仅几个月，金军又分兵两路大举攻宋，两路统帅仍由完颜宗望和完颜宗翰分任，预定进军路线与上次没有多大变化，战略重心是打通西路，以实现两路夹击、会师开封的战略目标。此次兴兵仍有30多万人。

完颜宗翰率西路军主力从大同赶赴太原，与围攻太原的银术可合兵一处，猛攻太原。

此次，金军攻太原势在必得。

太原之战，金军采用"锁城法"，即隔绝太原与外界的联系。同时，在潞州和汾州两路设重兵，以阻击宋朝援军。

九月，金军攻克太原。金军势如破竹，占领宋河东路三府最后一府平阳和十四州大部。河东地区战略地位十分重要，占领河东，金西路军南下开封的计划得以实现。

十一月，金西路军从怀州进至河阳（今河南孟州）。宋河阳守臣燕瑾弃城逃走，金军推进到黄河北岸，与南岸宋宣抚副使折彦质部12万宋兵和御史中丞李回的1万余名骑兵，夹河对峙。

金军采用"取战鼓，击之达旦"。宋南岸守军不战自溃，金军顺利渡过黄河，攻克西京洛阳。完颜宗翰分兵5万扼守渔关，以遏止宋西北军增援东京开封。随后，挥师直指开封。

完颜宗望率东路军，经过一路战斗，顺利到达开封城下。

闰十一月，金西路军也抵达开封，与东路军会师。当月底，金军攻入开封城。十二月初，宋钦宗投降，徽、钦两帝被俘，北宋灭亡。

中国都城保卫战

第十九章 辽代皇城防御与保卫战

辽代是北方少数民族契丹统治者建立的王朝，建都上京（今内蒙古巴林左旗）。契丹的传统经济形态是以游牧为主，虽然在建国前后建立了一些城镇，农业得到了较大的发展，但对契丹本族民众来说，大多还是以游牧为生。契丹建国后，以上京作政治中心，但在京城的设置上反映了草原游牧民族的特点。契丹皇帝有个传统的习惯，在一年之中，随季节的变化，要到不同的地方去巡幸和行猎，称之为"四时捺钵"。随着契丹领土的不断扩大，国家的建立，完全以临时帐幕作为行宫已经不能适应新形势的需要。随着社会历史的发展，契丹前后设置了五京。五京按时间先后设置情况是：上京临潢府（今内蒙古巴林左旗），建于神册三年（918年）；东京辽阳府（今辽宁辽阳市），建于天显三年（928年）；南京析津府（今北京），建于会同元年（938年）；中京大定府（今内蒙古宁城），建于统和二十五年（1007年）；西京大同府（今山西大同），建于重熙十三年（1044年）。辽朝虽然在五京部署了精锐的禁卫军，但是辽代的禁卫制度，与他们民族生活的方式有相应的关系。契丹在接受汉文化之前,还没有城郭、沟池,更没有宫室,他们的首领都是用毡车为营、硬寨为宫。他们并不经常居住在京城宫中,而是随四季变化游猎于各地,处于游动状态。因而辽朝皇帝、皇后们的守卫工作必须谨慎。核心一层侍从官都是与皇帝有血亲关系的贵族戚属,他们在皇帝的帐外搭设帐篷,平日近侍。而在五京之中,虽然南京只是当时的陪都,但它的规模最大,也是辽朝南境前哨的军事指挥中心,这里军事机构多,除有南京统军司使所辖机构外,还有辽朝中央的直属军事机关。为了加强南京的安全警卫,统治者在此修建了皇城,皇帝多次巡幸驻跸。

一、辽代上京和南京城池防御体系

上京城池防御体系

辽上京临潢府位于赤峰市巴林左旗林东镇南郊,是契丹建国初期在本土兴建的第一座京城,是辽国早期政治、经济、军事和文化中心。上京城幅员广阔,气势雄伟,内分为二城:北名皇城,周长10华里;南名汉城,周长17华里,两城相连为"日"字形。皇城呈六角

△ 辽上京城平面示意图

形，由外城和内城组成，墙高三丈，设有楼橹。汉城在皇城之南，略呈正方形，墙高两丈，不设敌楼。契丹统治者住皇城，汉族人居住汉城，是辽国"以国制治契丹，以汉制待汉人"的政治制度反映。

南京城池防御体系

辽朝升幽州为南京作为陪都后，就立即着手对南京城进行了改建。按理说，既然南京成了辽朝的陪都，就应该大兴土木，对都城进行修建，一是要体现至高无上的皇权思想，二是要真正起到防御大敌入侵的作用。为何辽朝统治者只是对南京城进行改建，而没有进行大规模的重建呢？难道是辽朝统治者不重视城池防御体系的建设吗？并非如此。城池防御体系是古代建立都城时首要考虑之处。其实幽州在成为辽陪都之前，早就已经是北方的军事重镇，历朝统治者自然在这里都修建了坚固的城池防御体系，当发展到幽州城的时候，已经是城墙高大坚实、坚不可摧了。在当时来说，这样的城池防御体系应该是走在全国前列的。

改建后的辽南京城城墙高约 10 米，城顶宽约 5 米，城周围 18 千米。共设 8 个城门，东为安东门、迎春门，南为开阳门、丹凤门，西为显西门、清晋门，北为通天门、拱辰门。改建后的南京城，城池更加坚固，防御更加完备。从史书记载与考古材料推测，辽南京城的东垣在现在的烂缦胡同西侧一线；西垣在今小马厂、甘石桥、双贝子坟偏西一线；南垣则在今白纸坊东西街稍北一线；北垣大致在今白云观以北一线。

南京城虽然规模不大，但却因为城墙高大坚实而令攻击者望而生畏。后来，北宋的几次攻打，都因为南京城的城池防御坚固，即使是数十万大军都束手无策。

皇城在南京城的西南。辽占领幽州之初没有进行大规模的改建，只是利用原来的子城和宫室作为自己的皇城。这与契丹人不大拘泥于中原礼数有关，也是辽统治者认真考虑后的结果，他们认为，这样设置，既避免了割断城市主要交通干线，又使皇城接近南部的永定河，这对皇室用水和帝后游幸都十分便利。

南京皇城周长5里，四面设门，北门叫子北，东门叫宣和，西门叫显西，南门两侧则有两个小门，称左掖门和右掖门。左掖门后来改名叫万春，右掖门改名叫千秋。为了加强警戒，皇城平时只开东门宣和门出入，其他的门一般不开。而在皇城内有巍峨的宫室殿堂、楼台。当然，在皇城内最引人注目的却是设在皇城西南角上的凉殿。它是一座居高临下的建筑，为了增加高度，修建在皇城宫墙之上。站在凉殿上，东北可望皇城内起伏的宫室、殿宇及南京全城；东南可观看滔滔的桑乾河及郊外风光。当时，越过皇城南墙有一个很大的空场，这既是契丹贵族端午射柳、打马球的地方，又是皇帝的阅兵场。要是站在凉殿上，还能看到场里各种活动。同时，如此高度自然又是一个较好警戒皇城周围突变的场所。所以，此处对保卫皇帝和皇宫的作用相当重要。

二、辽代皇城禁卫军

辽代负责皇室警卫的机构称御帐官，下辖侍卫司、北护卫府、南护卫府、三班院、宿卫司、宿直司、硬寨司等，分别负责侍卫、近侍、护卫、宿卫、禁卫、宿直等事务。辽代禁卫军有御帐亲军、宫卫骑军和侍卫亲军。御帐亲军是由皇帝、皇后亲自率领的中央禁军，除轮番入直扈卫皇帝、后妃宫帐外，还担负着作战、要地戍守任务；宫卫骑军又称斡鲁朵军，是皇帝、皇后的私人宿卫军，帝、后在宫帐室内时担负警卫，帝、后巡幸游猎时担任护从，帝、后作战时组成亲军，帝、后死后则去守陵，新皇帝继位后则重新组建自己的斡鲁朵军；侍卫亲军是由汉人组成的禁军，仿照五代军制而设立，名称有羽林、控鹤、神武、雄捷、骁武等，以侍卫亲军都指挥使等统军，分屯五京，主要担负五京守卫和宋辽边境的镇戍任务。

三、辽代皇城保卫战

高粱河之战

宋太平兴国四年（辽保宁十一年，979年），北宋的太宗在当上皇帝的第四年，就开始按照他父亲赵匡胤的遗愿，实施消灭北汉、收复幽燕，进而一统中国的伟大计划。客观上说，此时宋朝平定江南并积蓄了一定的力量，也正是攻打辽的理想时机。关键看他能不能把握好时机。

这年，宋太宗亲自率军气势汹汹地直逼北汉，俨然一副大将军的样子。出征的时候，宋太宗还雄心勃勃，他认为在江南每仗必胜，到了北方一定也是旗开得胜，但他低估了北方少数民族的军队。宋太宗甚至把出征当作了出巡，或者是游玩，出来的时候，带了众多的嫔妃。出兵打仗，带上众多的女人绝对不是什么好事，肯定会是个累赘。

面对来势汹汹的宋军，辽朝大臣们纷纷上奏。建议皇上加强南京城的守卫，同时，派兵增援臣服于自己的北汉。辽景宗虽然是个懦弱的人，但在用人纳谏方面，他还算清明，而且还有一个好皇后。

这个名垂千史的皇后叫萧绰，生于辽应历三年（953年），辽景宗时入宫。她出生于既为后族世家，又为驸马世家的大家族中。她的父亲萧思温，通晓史书，是个有较高文化、注重着装且受汉化较深的知识分子。萧绰的母亲是辽太宗长女燕国公主吕不古。虽然臣僚们都认为萧思温"非将帅才"，但太宗仍命他为南京留守。萧思温没有儿子，只有三个女儿，萧绰是最小的一个。她容貌秀丽，从小就十分聪明伶俐，就连萧思温都预测，将来他的小女儿一定能成才成家。开始的时候，萧绰是辽景宗的贵妃，但由于她聪明可爱，深得皇帝喜爱，保宁元年（969年），当时年仅16岁的萧绰就被立为皇后。由于辽景宗从小就体弱多病，所以有谋有勇的萧绰也就成了当时辽廷的主心骨、顶梁柱。

在萧皇后的敦促下，辽景宗自然采纳大臣们的意见。随后，辽廷进行了三方面的部署：一是通知南京留守韩德让与耶律学古等人，要他们安排禁卫军加强南京警戒，特别是要安定南京城内居民的人心；二是派兵加强南京地区的防守；三是派耶律沙和耶律斜轸率重兵增援北汉，只要北汉能保住，南京的安全就有保障了。

几天后，传来消息，耶律沙和耶律斜轸所率重兵刚到山西忻县附近的白马岭，就被宋军击溃了。此时，太原已经被重重包围，北汉绝援，北汉皇帝刘继元无奈于这年五月献城投降了。

太原失陷，南京告急。

宋太宗在顺利攻下太原后，似乎看到了收复幽燕的希望，于是他又马不停蹄，直奔南京。但就在宋太宗要急于攻打南京时，大多数将领不愿继续攻燕，他们还提出意见，希望军队有个喘息的机会。当然，这些将领们既有客观实际的一面，也有自私的一面，他们作战不为朝廷，而是为了自己论功领赏、升官发财，自然就不想冒更多的险。不过，宋太宗对于此事的处理确实过于急躁。

这种矛盾还体现在行动上，当宋太宗驾发镇州时，各军都没有按时到达指定的集合地点，可见将士们都不想急于打这场战争。

六月二十三日，宋太宗带着一大群嫔妃和数十万大军抵达南京城南，驻扎在宝光寺。

南京城内已经全面戒备，驻守南京的8万辽廷禁卫军在南京留守韩德让等人的率领下，全副武装，决心与宋军殊死搏斗，死守南京城。为了让南京城内的老百姓安心，极具政治才干的韩德让还每天数次对城内老百姓进行宣传鼓动，安抚人心，力争保持南京城内的宁静和井然有序。韩德让此举为南京城内的禁卫军打仗提供了一个极好的环境，没有内患，能一心一意地进行战斗，这是保证战争胜利的一个重要因素。

耶律斜轸在山西打了败仗，很快就率领残兵在宋军到达南京之前赶到了南京，驻守在城北的德胜口（今昌平北）。

就在耶律斜轸到达南京后不久，辽将耶律奚底等率军在南京城外被宋军打败了。耶律斜轸认为，宋军兵多，不能与他们硬碰，于是换上了耶律奚底的青色旗插在德胜口，装作溃军，示弱诱敌。轻率的宋军果然上当了，他们真以为这是自己手下败将耶律奚底的军队，于是不假思索地发兵德胜口。一个轻敌大意，一个暗中施加谋略。当宋军进入德胜口后，耶律斜轸率军从侧后攻击。宋军没有防备，十分被动，毫无招架之力，顿时伤亡数千，最后不得不逃跑。

六月二十五日，宋太宗又兵分两路，以部分兵力与耶律斜轸相持于清沙河，而自己则率军从四面向南京城强攻。在宋军强大的攻势下，南京城内人心浮动。契丹铁林都指挥使李札、卢存率部众125人投降。李札、卢存的投降无疑进一步影响了南京城内的人心。见此情形，南京留守韩德让急忙安慰城内百姓说，援军马上就到，只要我们坚持固守，就一定能取得胜利。

南京城处于十分危急的境地。驻守在燕山后的辽将耶律学古听说南京城吃紧，立即率军驰赴南京城。由于宋军把南京城围得死死的，他们不得不采取挖地道的方法进入城内，与城内的禁卫军一同固守待援。耶律学古的到来，对南京城内的军民是一个极大的振奋和鼓舞。

六月二十六日，宋军攻城，被南京城内的禁卫军顽强击退，于是宋军又转兵到城北清河与耶律斜轸打了起来。数量上占绝对优势的宋军，进攻没有坚固城池作为防御手段的辽军自然不在话下，他们杀害辽军数千人，获战马300余匹，取得了暂时胜利，耶律斜轸的军队也被他们打退了。

南京城坚固的城池，辽禁卫军严密的防守，让宋军感到无缝可插。其实此时宋军也犯了一个严重的战术错误，他们应该乘斗志旺盛时机，强攻南京城，不给辽方以缓解危局、等待援兵的机会。即使宋军在局部战争中时有胜利，但有利的战机也在渐渐地消失，已经从有利局势变为不利局势了。

六月三十日深夜，宋太宗决定再一次向南京城发起进攻。不过，这次他们采取的是偷袭。

深夜，宋军精选了300余名素质过硬的士兵，乘着月色登上了南京城城垣。但南京城内的禁卫军已经严密地注视着城垣四周，宋军刚刚爬上城垣，就被南京城内的辽禁卫军打得落花流水，300余名士兵死的死、伤的伤、逃的逃。虽然后来宋军又组织了几次进攻，但依然无法与城墙上的辽禁卫军抗衡。

由于屡攻不克，宋军将士中出现了倦怠厌战的情绪。这对宋军是一个不好的兆头。命运开始向辽军垂青。

辽景宗得知幽州被困时，他正在草原上打猎行乐。一听到这个消息，景宗被吓得不知所措，他可从未经历过这样规模的战争。本来景宗这个皇帝就当得十分勉强，他生性懦弱，即位以来全仗着皇后萧绰出谋划策和大臣们的辅助才勉强维持着朝政。

辽景宗回到宫中后就立即召集大臣们商议。景宗小声地对全朝文武官员们说，宋军来势凶猛，怕是势不可挡，与他们硬打恐怕要吃亏，还不如以保大辽江山为重，退守古北口、松亭关一线，放弃幽燕。

辽景宗的保守思路当场就遭到了许多大臣的反对。大将耶律休哥智勇双全，具有丰富的作战经验，是辽朝重要的将领，在关键的时刻总能力挽狂澜。他也极力反对放弃南京。耶律休哥说，南京地处我大辽南部，是与中原对抗的前沿哨岗，要是放弃南京，就等于敞开了我大辽的南大门。如果那样的话，大辽江山就岌岌可危了，微臣愿意带兵前往南京与宋军作战。

对此，景宗还是不放心，下不了决心，不知如何是好。这时，坐在景宗身边的皇后萧绰对景宗说，大将军说得有理，大敌当前，还犹豫什么，赶紧派兵援助南京吧。景宗看了萧皇后的脸色才下命令，急令参与援北汉回师途中的耶律沙与耶律休哥率五院精骑增援。

辽景宗能及时命令耶律休哥救援，成了这场战争由败转胜的转折点。

七月初六，耶律沙率领军队先抵达幽州。宋军此时正布阵于高梁河畔，看到耶律沙军队的到来，立马发动进攻。宋辽军队一直战到黄昏，由于耶律沙军队刚刚长途行军，还没来得及休整，这对他们当然不利，最后以耶律沙军队败退结束。宋军乘势追击。

眼看着耶律沙军队被逼上绝路。恰在此时，耶律休哥率五院精骑已经到达，看到耶律沙军队正逃，他们就从小路杀出。宋军意想不到，被耶律休哥军队冲散。耶律休哥军队杀声震天，十分勇猛。宋军看着"半路杀出了个程咬金"，并且不知对方军队的内情，不敢再追击了，只得又回到高梁河畔布阵抵御。

耶律休哥与耶律沙立即合军，并决定趁热打铁，于当晚乘夜色，由两翼向驻守在高梁河畔的宋军发动反击，准备给宋军以致命打击。与此同时，南京城内的禁卫军也探听到耶律休哥与耶律沙的援军已经到达南京城边，士气大增。南京留守韩德让果断决定，打开城门，配合援军，主动出击。于是，驻守在城内的禁卫军击着战鼓，呐喊助威，给宋军以精神上的压力和打击。这无疑是一个相当明智的决定。

一时间，宋军三面受敌，陷入重围，顿时大乱，全军溃退，死伤万余人。宋军自入辽境以来，从未遇到这样强劲的军事力量。耶律休哥不愧为一员猛将，在战斗中，他三处受伤，但他全然不顾，依然乘战车指挥追击。宋太宗吓得魂飞胆破，在数名将士的护卫下，也顾不了那些美丽年轻的嫔妃了，乘车快速南逃，自顾逃命去了。宋太宗所带的那些嫔妃在战争中死的死、伤的伤、逃的逃，落了个悲惨的下场。

宋辽高梁河之战，以宋军大败而告终。宋辽高梁河之战，也是北京历史上影响极其深远的一场经典之战，不仅证实了当时南京禁卫军战术方法的合理和军政素质的过硬，而且也是现代军人作战时很值得借鉴的一场战争。为何宋军在进攻时机合理的情况下，却无法攻破这个方圆30余里的南京城，这是我们今人值得思索的事情。

金军灭辽上京之战

辽天庆六年（1116年）正月，辽裨将渤海人高永昌乘辽势衰落，据东京（今辽宁辽阳）反辽称帝自立，周围州郡的渤海人也起兵响应。辽天祚帝派张琳率军前往镇压，高永昌向金求援。四月，金太祖将计就计，派斡鲁统内外诸军，与蒲察、迪古乃会咸州路都统斡鲁古以增援为名，"讨高永昌"，占领东京地区。张琳与渤海军经过三十余战，处于有利的形势。金军乘机从背后杀来，辽军队自己惊恐，望风而溃，死伤亡不可胜数。五月，金军攻战沈州，而后，击败高永昌军，攻占东京，擒斩高永昌。东京城被金军占领之后，东京各州县投降金军。自此辽东京等54州都归入金朝版图。金占领东京，实力大增。金太祖不失时机地进行制度方面的建设，并任命斡鲁为南路都统、迭勃极烈，负责镇守这一地区。

金朝占领东京之后，上下一心，士气高昂。金太祖接受群臣所上"大圣皇帝"尊号，改元"天辅"，始铸金牌奖授有功将领，准备继续西进以夺取辽上京。天辅元年（1117年）正月，金太祖命完颜杲及完颜宗雄、完颜宗斡、娄室等领兵1万西进，辽东北面诸军不战自溃，金军夺取了长春州和泰州（今吉林白城东南）。

金军步步进逼，辽军节节败退，引起辽朝君臣的恐慌。于是，天祚帝任命南京留守耶律淳为都元帅，萧德恭为副帅，永兴宫使耶律佛顶、延昌宫使萧昂为监军，"听辟官属"，招募辽东饥民2.8万人，组成"怨军"，编为八营。新组建的"怨军"八营，分驻于乾、显、卫等州待命。金天辅元年（1117年）九月初，辽都元帅耶律淳率领燕云部分禁军和民兵几千人，从南京起程北上，十一月到达卫州蒺藜山（今辽宁阜新北）。这时，"怨军"已有两营军兵因无御寒衣发生兵变。耶律淳正在"处置作过怨军"，整顿军队，部署迎敌的时候，金军已逼近，只得仓促迎战。两军会战于蒺藜山，辽军大败。金军乘胜占领成、懿、濠、卫、显、乾等州。蒺藜山辽"怨军"失利后，辽各地守军归降金军的日益增多，辽势更加衰弱。

辽天祚帝在中京（今辽宁宁城西大名城），得到辽"怨军"失利的消息后，十分震恐，一方面颁布罪己诏以自责；另一方面在军政方面也作了应急的准备。他派遣夷离毕查剌与大公鼎到诸路募兵，以西京留守萧乙薛为北府宰相，东北路行军都统奚霞末知奚六部大王事。此外，天祚帝还命内库三局官把宫中财宝装成500余囊，并挑选骏马2000匹，入飞龙院喂养，以作逃跑的准备。

金军取得蒺藜山之战胜利后，还师进行休整，并利用这一战争的间歇积极备战，采取主要措施有三：

一是在外交上，经过天辅二年至天辅四年（1118—1120年）与宋朝的频繁接触，两国订立了"海上之盟"，并与近邻高丽交好。天辅二年（1118年），金太祖派遣孛堇术孛"以定辽地谕高丽"。

二是广招辽军民，封赏归降的辽军将士，以瓦解辽军斗志。天辅二年七月，金太祖派遣阿里骨、李家奴、特里底到各处"招谕未降者"，并下诏给达鲁古部孛堇辞列。金朝的招抚策略收到很大成效，辽朝臣民纷纷归降金朝。金朝对这些人都给予妥善安置，原辽文武官员和部落首领都授予官爵。

三是调整部署，修备战具。天辅二年三月，金廷调整了主要将帅，以阇哥取代斡鲁古为都统；以娄室为万户，命合诸路谋克，镇守黄龙府。天辅三年（1119年）九月，诏各路军过江屯驻。天辅四年（1120年）三月，命令咸州路统军司治军旅、修器械。

金太祖在完成了大举攻辽的准备之后，决定亲统大军。

五月初，金军抵达浑河西。金太祖一面命令完颜宗雄率先头部队直趋上京城，一面派辽降臣马乙持诏书入城招降。随后，金太祖率主力军也到达上京城下。辽上京守军自以为城防坚固，粮草充裕，拒绝投降。金太祖下令攻城，从早晨开始攻击，不到中午，金军攻进上京外城，辽上京留守挞不野见大势已去，开城投降。金太祖占领上京临潢府后，进至沃黑河，然后班师回到会宁府。

燕京之战

保大元年（1121年），辽朝上京失守，于是中京变成了战争的前沿，辽朝末代皇帝天祚帝耶律延禧已是无处可走，不得不退到燕京，想据此作最后的挣扎，保住辽朝江山。

但此时的燕京也非昔日的燕京，辉煌大打折扣，这些年这里连年发生自然灾难，不是地震就是洪水，要么就是天荒。特别是天祚帝当皇帝后，这里的灾难更是频频发生。在这种情况下，南京朝廷政治还十分腐败，如同火上浇油，变得生灵涂炭。

保大二年（1122年）正月的一天，天祚帝正在与大臣们商量如何组织南京禁卫军对宋军进行反抗，忽然一名大臣上奏，说中京失陷。天祚帝听后，脸色顿时变得苍白，大脑中也一片空白。天祚帝知道中京失陷意味着什么。他是历史上有名的信用奸谗、穷奢极侈、沉于酒色与畋猎的皇帝。遇到这种情况，他认为，三十六计走为上计，首先想到的不是如何组织军队抵抗，而是如何逃走。当天傍晚，天祚帝便携带大量珍宝、后妃、侍卫亲军出居庸关西逃夹山（今内蒙古武川西北），留下秦晋王耶律淳、宰相张琳、李处温、奚王回离保及林牙耶律大石等留守南京。

天祚帝就这样一溜烟地跑了，走后音讯断绝，什么燕京，什么江山，他都无暇顾及了。而此时，崛起于北方的金人已经长驱南下，宋人也在做北上夹攻的准备。燕京城腹背受敌，自然是人心浮动。在这种情况下，出现了守燕大臣废天祚而谋立耶律淳为帝的历史事件。

耶律淳为兴宗皇帝的孙子，他的父亲和鲁斡被兴宗封为宋魏王，道宗清宁年间为南京留守。耶律淳从小就由道宗皇帝收养宫中，因为他十分爱好文学，深得道宗的喜爱。后来，道宗的儿子遭害，道宗一度想立耶律淳为嗣。最后虽然立了天祚帝，但耶律淳一直受到特殊的宠遇。他开始被封为郑王，后又进封为越国王、魏国王。乾统十年（1110年），耶律淳的父亲和鲁斡死于南京，耶律淳继承父亲的职业当上了南京留守。天庆七年（1117年），耶律淳又被进封为秦晋国王，封都元帅，赐金券等。此时，金人起兵东北，辽军接连败退，天祚帝命令他组建军队。于是，耶律淳招募燕云勇士，并与辽东饥民组成"怨军"，后来怨军失败，耶律淳把剩余的人马带到了燕京，并成为燕京的一支重要禁卫力量。耶律淳虽然不属于谋臣良将一类，但他为人忠厚讲道义，又是兴宗嫡孙、天祚帝的叔辈，所以在朝中还是很有威望的。

自从天祚帝逃回夹山，南京的大臣们对这个怕死的皇帝彻底失去了希望。这时，大臣奚王回离保和耶律大石等人勇敢地站了出来，他们认为，要保住南京，只有另立皇帝，以稳定人心。

那又让谁来当这个皇帝呢？

大臣们一致认为，皇位继承者无疑耶律淳最为合适。早在道宗朝就有意立他为皇太子，作为皇位的接班人，而今天朝中无君，或许这是天意所为。此时，汉人宰相李处温及其子李奭等人，也表示赞同废掉天祚帝，立耶律淳为皇帝。当然，他们的目的十分明了，那就是要以此进一步升官。反对立耶律淳为皇帝的只有宰相张琳，但他又老于事故，人缘不好，没人站在他一边，自然成不了气候。不过，大臣们商量来商量去，并没有具体跟耶律淳商量。虽然不能说此事耶律淳一无所知，但至少可以说是知之甚少。大臣们认为，不管是谁，要他当皇帝总不会推辞的，因为天底下有无数人梦想着当皇帝，只是没有那个机缘罢了。

保大二年（1122年）三月的一天，燕京官员、将士全都来到了耶律淳府。由于李奭等人事先没有跟耶律淳商量，耶律淳看到文武官员们都来到了自己府上，吓了一跳，以为发生什么政变了。这时，李奭立即把赭袍披在耶律淳身上，百官顿时齐声呼万岁。

耶律淳本来就是个胆小怕事的人，他一看到这场面，知道事态严重，竟然被吓得哭泣起来。但耶律淳又不敢违背众命，于是不得不以燕京为都，即皇帝位，改元建福，称天赐帝。随后，耶律淳宣布李处温为太尉，左企弓为司徒，曹勇义知枢密院，虞仲文知参政，奚王回离保为北院枢密使，南京禁卫军则由耶律大石负责。原来由耶律淳负责的"怨军"改为"常胜军"，负责保卫南京安全。

此时的辽朝分裂为二。耶律淳控制着燕、云、平及中京、辽西部分州县；天祚帝辖沙漠以北和西北诸番。历史上把耶律淳在燕京所立的小朝廷称为"北辽"。

当上了所谓皇帝的耶律淳，并没有好运气，从现实来看，当皇帝对他绝对不是什么好事。北辽是小朝廷，北有女真强敌，南有宋朝夹攻，西北又有天祚帝相威胁，内部政见又不一，局势十分不稳定，但官吏贪污之风丝毫不减。这样的一个小政权，怎么可能有效地保卫燕京这块水草肥沃之地呢？耶律淳称帝不到三个月，就因为这些伤透脑筋的事病倒了。北辽建立的消息传到逃亡皇帝天祚帝的耳中，他听后十分气愤。这个亡国的昏君抛下国家、百姓，只顾逃命，他自己不能抗击金人，又不容其他人自立。于是，天祚帝扬言要合诸番部兵入燕。胆小的耶律淳听到后，病情加重，急忙召集大臣将领商议对策。事情没有商量好，朝内反而变成一片混乱。

四月，宋徽宗正式作出发兵幽燕的决定，命童贯为陕西、河东、河北宣抚使，率兵15万巡边。之所以叫"巡边"，而不正式称北伐，是因为徽宗对能否用自己的力量攻下燕京还没有底，主要把希望寄托在招降上，并不打算强攻硬战。童贯到达前线，并不作战斗部署，而是按照徽宗的意图，一意招降。

此时，燕京虽然面临南北夹击的险境，但还有一定的军事实力。燕京主要有三股较强的军事力量：一是辽东常胜军3万余人，由郭药师统领，耶律淳直接控制；二是奚王回离保所领以奚兵为主的契丹、渤海、汉兵等部队，奚王回离保以勇猛善战著称，人称"四军大王"，所以这支部队极具杀伤力；三是耶律大石的部队，这是一支善骑射的禁卫军，耶律大石为辽太祖八世孙，不仅善骑射，有谋略，而且通晓辽、汉文字，是天庆时期的进士。

五月二十九日，辽将耶律大石率领禁卫军主动对宋军发起挑战。看到耶律大石率领禁卫军来了，宋将赵明没有立即出兵迎战，而是拿出了"招抚榜示"给辽军看。耶律大石是有备而来，决定进行生死之战。耶律大石看着宋军的举止，感觉可笑，不屑一顾地说："有死而已！"

耶律大石刚说完，辽禁卫军就向宋军投去了密集的石头。手里还拿着"招抚榜示"的宋军没有丝毫准备，只能眼睁睁地看着如同雨点般的石头打到自己头上。一时间，宋军乱成一团，纷纷逃亡。赵明率领的这路宋军大败。

同时，耶律淳命令奚王回离保前往范村抗击宋军。辽军要到达范村必须渡过白沟。看到辽军将要渡白沟，宋军中的许多将领纷纷要求迎战，但是宋将种师道却十分死板，命令部队不要轻举妄动。这无疑给奚王回离保军队提供了极好的机会，他们乘机快速渡河。

辽军上岸后，宋将种师道就开始后悔了，因为奚王回离保带着军队直扑他们，而自己却已经从有利形势变成了不利形势。奚王回离保是一个猛将，他冲在军队的最前面，直指宋军。犹豫的宋军哪是辽军的对手，面对着辽军的猛烈攻击，连招架之力都没有。

当时正刮着大北风，下着大雨，部分地区还夹杂着冰雹，这些对宋军无疑是雪上加霜。宋军统领童贯眼看形势不妙，立即下令全面退兵。奚王回离保哪能就这样放宋军走，于是他带领禁卫军乘胜追击，一直追到雄州。宋军狼狈不堪。

北宋末第一次伐辽就以失败告终。

六月的一天，耶律淳在忧郁中一命呜呼，北辽统治者内讧不已，特别是李处温的谋叛与贪污丑行败露之后，更是激起了上下普遍的愤慨。随后的日子里，北辽就没有安宁过。到九月十五日，易州守将高凤、王琮率军向宋朝投降。当时辽驻守涿州的常胜军主帅郭药师听到这个消息后，又联想到当时辽朝廷的情况，也决定向宋朝投降。

郭药师是渤海铁州人。女真起兵，耶律淳往辽东招募饥民为"怨军"，郭药师为渠帅。后来，"怨军"集中在燕京，耶律淳称帝，改"怨军"为常胜军，仍以郭药师统领这支部队，驻守涿州。在郭药师手下有四将,号称彪官,每彪500人,共2000人,逐渐增加到5万人。后来,奚王回离保统领各军,郭药师感到有威胁,于是产生投降宋朝的念头。当然,郭药师的降宋与耶律淳的死也有一定关系。郭药师派手下向宋送去了投降表。郭药师在投降表中说:女真起兵,天祚避于草莽,使百姓无依栖之地,五都有板荡之危。今契丹反杀常胜军子女,以怨报德,所以决心归附宋朝。宋军接到郭药师的投降表后,十分高兴,并立即回信,只要郭药师归宋,一定重用。

九月二十三日,郭药师带着自己喜爱的将领,率领所部8000人降宋。宋朝立即授郭药师为恩州观察使,他所率领的部队隶属于刘延庆。随后,徽宗又亲自召见郭药师,加升他为检校少傅,要他伐燕。

常胜军原来是守备燕京的一支重要禁卫力量,郭药师的降宋对燕京小朝廷无疑是釜底抽薪。接替耶律淳政权的是萧德妃。对于郭药师的降宋,萧德妃也慌了手脚,她急忙召集番汉百官商议对策。那天,萧德妃对文武百官说:易州的高凤、涿州的郭药师已经归宋了,大金人马已经入奉圣州,国步艰难,国家难保啊。今天与众爱卿等商议去留,宋和金两国哪个国家可以依靠,即使纳款称臣也无憾。听萧德妃这么一说,大臣们议论纷纷,他们意见不一。有的说,金人强大,应当依附;有的说,辽宋有百年之好,信誓可依。萧德妃也十分矛盾,不能决断,因为似乎两者都有道理。于是,萧德妃决定兵分两路,派张炎、张僅到金求和,派萧容、韩昉到宋求和,看到底哪方有诚意。

九月底的一天,宋军军营中。韩昉等人与宋军将领童贯、蔡攸进行谈判。韩昉说,辽愿意废止百年来宋纳岁币之约,复结和亲。韩昉还强调说，要是女真蚕食各国，辽朝不复存在的话，他们必定会对宋朝进行袭扰，你们不能不考虑啊。但是此时宋军将领童贯、蔡攸却不这样认为，他们心想，要不是迫不得已，北辽是不会来主动议和的，既然这样，燕京一定是无力对抗了。于是，童贯、蔡攸严词拒绝了辽的求和，要把韩昉等人赶出。韩昉十分生气，在大庭中大声说："辽宋结好百年，誓书具存，汝能欺国，独能欺天矣！"

宋朝得到郭药师的常胜军，又得到萧德妃的奉表求和，一时被所谓的胜利冲昏了头脑，想一举攻下燕京，哪还会考虑与他们议和。

派到金求和的张炎、张僅也没有带来好消息，完全遭到了金人的拒绝。

十月，宋发兵 10 万向燕京进攻。但是这次负责伐辽的宋军统制刘延庆又是一个麻痹轻敌的将领，他的军队军纪不整，犹如一盘散沙。当刘延庆率军到达良乡的时候，遇到了辽奚王回离保领禁卫军 2 万进行抵抗。宋军战败，于是闭垒不敢出来迎战了。

正当处于僵局时候，投降宋的郭药师向刘延庆进谏。郭药师对刘延庆说，以我的经验来看，辽军现在主要由奚王回离保掌握，今天他带兵出来迎战，燕京城内必然空虚，我们可选轻骑由固安渡桑乾河，直攻燕京城。刘延庆连忙点头说，你说得有理，你说得有理，就按你的意见办。刘延庆采纳了郭药师的建议，命令降将赵鹤寿半夜渡河，背道至三家店驻军；又派大将高世宣、杨可世与郭药师自东南直袭燕京。果然，辽兵猝不及防，宋兵夺取了燕京东南的迎春门，并进入城内，陈兵于悯忠寺前。

奚王回离保听到这个消息后,大为吃惊,立即率领精兵3000人,快速返回燕京,对进入悯忠寺一带的宋军进行攻击。由于是城内作战,没有大规模的场地,故他们只有展开激烈的巷战。因为宋军进入城内的兵不多,郭药师就约好刘延庆的儿子刘光世为后援。在燕京城内进行巷战,宋军肯定不是辽禁卫军的对手,再加上郭药师没有等到援兵,他被战败,不得不退出燕京。宋军失去了一次极好夺取燕京的机会。

刘延庆虽然战败了,但他仍然屯兵桑乾河以南,准备东山再起,向燕京发动再次进攻。一天,奚王回离保的部下抓到两名宋朝的护粮兵。奚王回离保没有把这两名护粮兵杀害,而是将他们关押在帐中。为了向宋军传递假消息,奚王回离保等将领就在关押护粮兵帐隔壁的帐中进行伪议论。奚王回离保说,听说汉军十万逼近我国,是我们军队人数的三倍,敌兵人多,当分左右翼,以精兵充其中,左右翼为应,歼之无遗。

第二天,奚王回离保又用计谋,故纵一人逃回宋营。那名护粮兵回到宋营后,就立即向刘延庆报告,把他自己在帐中听说的都一五一十地说了出来。

其实,燕京在天祚帝逃亡时就已经带走了不少部队,易州高凤和涿州郭药师降宋又减少了数万人,此时保卫燕京的所谓禁卫军也只不过是各族凑合的杂牌部队,奚王回离保虽然强悍,但他所率领的军队也不过数万人,燕京哪会有30万大军呢。但刘延庆却信以为真。

次日清晨,驻扎在桑乾河以南的宋军营冒出了一缕炊烟。开始烟小,并没有引起士兵们的注意,但是不一会,烟越来越大了，随后还冒起了红色的火光。有士兵开始叫了，起火了，起火了。还有不知情的人以为是辽兵来袭了，于是大叫"辽兵来了"。宋营中的士兵听说是辽兵来了，营中很快就乱成一团。

恰在这时，刘延庆又接到了辽军袭击的报告，他又想到那名"逃"回来的护粮兵所说的一切，以为自己的军队陷入重围，于是命令士兵把营房烧了，向后撤退。宋军一片混乱地向南撤退，一路上走散的、踩死的达数千人之多，当然他们更是没有了作战装备。其实辽兵正在营中睡大觉呢。

宋军不战自溃，北宋末第二次的伐辽之战就这样彻底地失败了。

金灭辽燕京之战

在辽天祚帝逃奔夹山的时候，辽金胜败就已经成了定局。从表面上看，辽朝虽然还有余力抵抗宋朝的腐败军队，但面对势头正旺的金人攻势已经毫无办法。燕京之所以能继续保存一段时期，只是因为金朝作战步伐还没有能顾得上燕京。早在辽保大二年（1122年）春天的时候，金就已经夺取了辽五京中的四京。

辽保大二年（1122年）十月，宋军第二次伐辽失败之后，完全失去了独自夺取燕京的信心，于是派人到奉圣州见金的首领阿骨打，相约夹攻辽燕京。阿骨打正不想让宋朝独吞燕京，于是答应了宋的请求，并立即派兵朝燕京进发。

十一月，阿骨打的军队到达燕郊。阿骨打对燕京的官民说："王师所至，降者赦其罪，官皆仍旧。"先从心理上瓦解燕京官员。金兵兵临城下，辽廷一片混乱。萧德妃还想保全自己的地位，在短短的一个月内五表上金请和，但都遭到了阿骨打的拒绝。北辽禁卫军只得增兵居庸关严守。

十二月，阿骨打亲自率兵来到妫州（今河北怀来），开始了攻打居庸关的战斗。阿骨打命令完颜宗望率兵7000人为先锋，完颜迪古乃出德胜口，完颜银术可出居庸关，完颜娄室为左翼，完颜婆卢火为右翼，进逼燕京。这时，运气也偏向了金这一方，金兵刚到关上，岩垒突然崩塌，辽禁卫军大部分被压死，一时大乱，辽军自然是不战而溃。于是，金兵沿关沟直捣燕京。

萧德妃看到大势已去，并且金军已经直逼燕京，她与耶律大石在部分禁卫军的护卫下，从古北口逃走了。当金兵到达燕京城下的时候，萧德妃虽已经逃远了，但北辽统治却走向了灭亡。这时，宰相左企弓召集百官商议对策，还在商议之中，北辽禁卫军统领高天就知道势不可挽，于是大开南门，迎接金兵进城了。阿骨打率金兵入城，辽朝宰相左企弓、参政虞仲文、

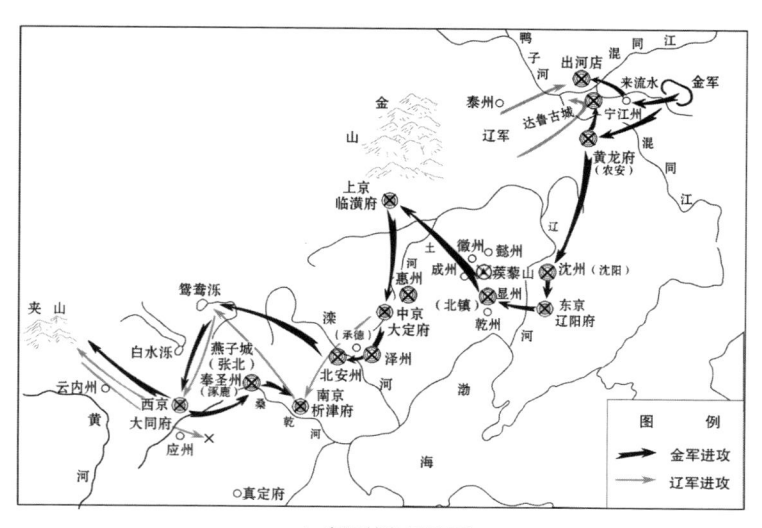

△ 金辽战争示意图

康公弼、枢密使曹勇义、张忠彦、刘彦宗等奉表投降。阿骨打命令降将们各守旧职。

阿骨打进入燕京宫城后，在德胜殿接受了群臣祝贺。至此，契丹统治了180多年的燕京城从此落入金人之手，辽五京全部落入金人之手。但让人不可思议的是，宋朝两次北伐都损兵折将，金人几乎没有遇到什么麻烦就进入了燕京。但宋朝还是不甘心，他们甚至和金人展开了讨价还价的谈判，想与金人共同占有燕京地区。但北宋腐败已深，只能眼睁睁地看着金把燕京夺走而无可奈何。

中国都城保卫战

第二十章

西夏皇城中兴府防御与保卫战

西夏是公元9世纪至13世纪，以党项族为主体，包括部分汉族和其他少数民族建立起来的少数民族封建政权，建都兴庆府（今宁夏银川），后改兴庆府为中兴府。西夏疆域"东尽黄河，西界玉门，南接萧关，北控大漠"，拥有今宁夏全部、甘肃大部、陕西北部和青海、内蒙古部分地区。西夏王朝先后有10位帝王登基，其创建者为夏景宗李元昊。西夏的军事制度是在党项部落兵制的基础上吸取宋制而发展起来的，为抵御外敌侵犯，他们扩建了宫城，加强了城池防御体系的建设。

一、西夏中兴府城池防御体系

中兴府，即今天的银川。

银川地势平坦开阔，地形走势自西南向东北逐渐倾斜，"贺兰为屏，黄河绕境，沃野千里，湖泊镶嵌"，是银川地貌格局的特征，具有重要的军事战略地位。

李元昊定都银川后，为抵御蒙古军的进攻，制定了城防作战的守势战略方针，动员全国军民修筑城池，特别是大力加强了宫城的修建，并囤积粮草，以利长期坚守作战。

南薰门就是银川古城六大城门之一，是至今保存下来的唯一的最完整城门楼，群众习惯上称之为"南门楼"。它坐落在银川老城南薰路与中山南街交叉口处，门楼坐北朝南，前面有开阔的广场，是银川市举行重大庆典集会的场所。台基正中壁有一南北向拱形门洞。台基北面门洞两侧有对称式的台阶，可登临而上。在高大的台座中央，建有歇山顶重檐二层楼阁，高20.5米。整座建筑结构严谨，廊檐彩绘，红墙碧瓦，气势宏大，素有"小天安门"之誉。南薰门相传为1020年西夏党项族首领李德明将都城从灵州（灵武）迁至怀远（银川），大起宫室，扩建城池时建造。

二、西夏中兴府禁卫军

宋明道二年（1033年），李元昊模仿宋制度建立了一整套比较健全的中央统御机构。

枢密院是西夏最高的军事统御机构，下设诸司。军队由中央侍卫军、擒生军和地方军三部分组成。

中央侍卫军包括"质子军"、皇帝亲信卫队和京师卫戍部队。"质子军"人数约5000人，是由豪族子弟中选拔善于骑射者组成的一支卫戍部队，负责保卫皇帝安全，号称"御围内六班直"，分三番宿卫。另有皇帝亲信卫队3000人，从境内各军中精选出来的强勇之士组成，全为重甲骑兵，分为十队，每队300人，随皇帝出入作战。京城地区还屯驻一支训练有素的卫戍部队，共2.5万人，装备优良，是中央侍卫军的主力。

擒生军人数约10万，是西夏的精锐部队，主要任务是承担攻坚和机动作战。因为在战斗中生擒敌军为奴隶,故此得名。

西夏的地方军由各监军司所辖,共有50万人,由骑兵和步兵组成。

西夏兵役制度是全民皆兵制,平时不脱离生产,战时参加战斗。近畿卫戍或宫廷值宿一般都佩戴由国家保卫部门颁发的"防守待命"或"内宿待命"西夏文铜牌作为标志。

三、西夏中兴府保卫战

蒙古围攻西夏中兴府之战

成吉思汗曾六次攻打西夏。

第一次是在蒙古建国前的宋宁宗开禧元年(1205年)夏,在大败乃蛮、蔑儿乞后乘胜进兵,攻克西夏边境城堡力吉里城,在边地掳掠后即退回。

第二次是开禧三年(1207年)秋,进攻西夏军事重镇斡罗孩(乌梁海)城,围攻数十日方破城。成吉思汗在这里驻扎5个多月,因粮草匮乏,于第二年春夏之交返回蒙古草原。

第三次是宋宁宗嘉定二年(1209年),围攻夏国都中兴府,久攻不下。成吉思汗派使者招降,蒙夏结亲讲和。

第四次是嘉定十一年(1218年),成吉思汗追击西辽屈出律时,要夏国协同进军被拒绝,蒙古军再度围攻中兴府,激战20多天,夏主乘夜率精兵突围,转移到西凉(今甘肃武威)。蒙古军没有追击,放弃围城,转向进军中西亚和欧洲。成吉思汗指天发誓,待西征归来,必再伐西夏。

第五次是嘉定十七年(1224年)秋,因上一年蒙古军攻金朝凤翔时，协同作战的西夏军中途撤军，西夏领导集团对蒙古又表示强硬态度，因此成吉思汗密令木华黎之子孛鲁发动对西夏的进攻。大军攻克银川，斩首数万，掠马驼牛羊数十万。西夏又受到一次沉重打击。

第六次，从宋理宗宝庆元年至三年（1225—1227年），成吉思汗举兵全力征讨，夏主投降，西夏国覆灭。

在这23年间，成吉思汗先后降灭40余国，所向披靡，而对西夏的作战，直到他死在前线后的三天才获全胜。可见，西夏是成吉思汗一生戎马征战中所遇到的颇为强劲的对手。

蒙古屡屡用兵西夏，其中重要的军事行动是第一、第三和第六次。

蒙古第一次对西夏作战

蒙古对西夏的作战，基本样式是蒙古军攻坚，西夏军守城。西夏当时是一个半农半牧的"城池之国"。蒙古建国前，因中间隔有克烈部落和汪古部落，铁木真与西夏没有利害冲突。在铁木真统一蒙古的历次战斗中，西夏都保持中立姿态，但也深感蒙古族的日益强大，有朝一日终会侵吞自己。因此，在坐山观虎斗的同时，西夏制定了城防作战的守势战略方针，动员全国军民修筑城池，囤积粮草，以利长期坚守作战。

宋宁宗开禧元年、夏桓宗天庆十二年（1205年），铁木真击败乃蛮回军南下，以西夏国收留克烈部王罕之子为借口，第一次征夏。当时西夏国君深知蒙古骑兵强悍勇猛，命令各地军队收缩入城，避免城外野战。这也是蒙古军首次攻城作战，在此之前，仅仅是攻打过一些栅寨，因而对可能遇到的困难缺乏准备，在战术战斗上也没有任何经验。蒙古军先是围困了夏国的力吉里城，攻击很不顺利。铁木真判断，困守城池必有夏军来援。可城夺不下，又不见援军驰来，使得蒙古军一时不知所措。铁木真分兵四处寻找夏军主力，也没有发现任何迹象。于是铁木真便分出一半兵力转而去攻打其他城池。苦战六十多天，力吉里城终被攻克，但战果却不大。蒙古军放弃攻城，在西夏国领地内的黄河西岸、北岸一带进行扫荡，掠夺了一些百姓、骆驼和牛羊，然后回到斡难河营地。据说这次征夏，使骆驼首次进入蒙古草原，在此之前，蒙古人还没有见过这种牲畜。通过这一仗，铁木真深感攻坚作战是蒙古骑兵所不擅长之战法，此后便开始用心研究学习攻城的办法。

蒙古第一次征西夏，西夏的损失虽不大，但政治上的震动却很大，它导致了一场宫廷政变。当时夏桓宗李纯祐在位，蒙古撤军后，他下令修复边地被破坏的城堡，把首都兴庆府更名为中兴府，以示中兴图强之愿。可李安全却与罗太后合谋，乘乱废掉夏桓宗，自立为皇帝，即夏襄宗。他采取联金抗蒙的策略，被金章宗所承认，册封为夏国王，从而激化了蒙古与西夏的矛盾。

蒙古第三次对西夏作战

宋宁宗嘉定二年、夏襄宗应天四年（1209年）秋，成吉思汗率军南下三征西夏。这一年，畏兀儿族归服蒙古。元代文献中所记载的畏兀儿，统治者是唐代回鹘汗国的后裔，居住在天山以南的哈剌火州（吐鲁番）和以北的别失八里（旧称北庭）一带。畏兀儿的归服，对蒙古的扩张具有重要的军事战略意义。从畏兀儿往东南，即可直接威胁西夏，往西则是进军西辽的通道。

对蒙古军这次来犯，夏主李安全下令全力抵抗。西夏采取开关诱敌深入的战法，想在野战中挫败蒙古军。但西夏军队长期沉湎于安逸，疏于训练，经不住蒙古军的勇猛冲击，一战即溃，死伤无数，领军元帅李世安的世子李承祯弃军落荒而逃。蒙古军一鼓作气杀至斡罗孩城。守军虽拼死抵抗了一阵，但很快开城投降。攻克此边关重镇后，蒙古军势如破竹，一路杀到中兴府外围要塞克夷门。这本是贺兰山外的关口，蒙古草原进入西夏腹地的要道，但守军没什么战斗力，很快被攻下，镇守要塞的重臣嵬令公做了俘虏。蒙古军直逼西夏国都中兴府。

中兴府城池非常坚固，蒙古军虽勇猛善战，并已学会使用云梯、发炮石的攻城之法，但都未显威力。成吉思汗又陷入久攻不下的僵持局面。他亲自骑马环城外巡视，看到流经城边的黄河，顿生一计，决定以河水灌城。中兴府城内地势高，成吉思汗命蒙古军筑起大堤拦水。结果大堤修得不牢，水没灌进城里，反倒破堤把城外的蒙古军淹了，成吉思汗只得暂时撤军。在临撤前他派使者进城，劝夏主脱离对金朝的附属，降服成吉思汗，如答应条件，蒙古军将不再攻夏。李安全虽不肯轻易投降，但苦于蒙古几番征伐，现在有了缓和余地，为生聚喘息，也需以和为贵，就同意送爱女察合公主给成吉思汗做妾，并答应每年向蒙古国纳贡。成吉思汗得到夏主的女儿和西夏国奉送的宝物，班师回营。

这次征夏战成和局，又导致了一次西夏国君易位。蒙古军攻中兴府时，李安全曾向金国求援。而当时金章宗已死，卫绍王永济刚继位，拒绝联夏抗蒙的主张，不向西夏发救兵。战后，李安全赔了公主又失地折兵，威信扫地，于宋宁宗嘉定四年（1211年）被废而死。宗室赵遵顼继位，为夏神宗。他一上来就改变了联金抗蒙路线，主张联蒙抗金。此举促成了蒙古和西夏修好十年，这也符合成吉思汗转向与金国作战的战略考虑。

蒙古第六次对西夏作战

成吉思汗对西夏有一个看法，即认为西夏是一个不能移动的国家，再过几年仍留存此地等待攻击，何必急在此时？所以对攻西夏常常小胜便止，转而向其他方向作战。成吉思汗到了暮年，深感不灭西夏乃一大心愿未遂，因而征灭西夏的愿望日益强烈，加上西夏又与金朝采取联合抗蒙的路线，所以西征归来的成吉思汗，不顾鞍马劳顿和64岁高龄，亲自领兵六征西夏。

宋理宗宝庆元年、夏献宗乾定三年（1225年）秋，征夏大军进发。在进军的路上，成吉思汗围猎一群野马被冲撞了坐骑，他被掀下马背，摔成重伤。大军暂停前进，派使者前去招降。而夏坚持抗蒙救亡，遣回使者，成吉思汗驳回了劝他放弃攻击的建议。经一段休整后，命令蒙古军分两路进军，并令从斡罗斯前线归来的速不台军从西面进攻。

第二年夏，西路军连破沙州、肃州、甘州。成吉思汗率主力从东北方长驱直入西夏境内。十月，西夏献宗赵德旺病死，其侄子赵睍继位，成为西夏国的末代皇帝。随后，蒙古军攻下西凉府，乘胜进军，连克搠罗、河罗等县，越过沙漠地带，至黄河九渡，取应里等县，攻入夏州。十一月，围攻灵州。西夏倾全国的兵力来抗战，以大将嵬令公挂帅，结果被蒙古军大败于黄河之滨。当时黄河冰封，成吉思汗站在冰上指挥战斗，令弓箭手射敌人的脚，使之不能踏冰渡河。

蒙古军攻无不克，只是在小小的德顺城（今宁夏隆德县）碰了一个钉子。蒙古军起初未把这个小城放在眼里，以为不必大动干戈。德顺城守将马肩龙，趁蒙古军骄兵气盛，戒备松懈，突然大开城门杀出，把立足未稳的围城蒙古军打了一个措手不及。待蒙古军整理阵容组织还击时，马肩龙已退回城中，并把砍下的蒙古兵人头挂在城垛上示众，大杀蒙古军威风。第二天，蒙古军发动强攻，马肩龙登城指挥，全城百姓协力，激战一天守住了城池。傍晚，乘蒙古军攻城疲惫，马肩龙又突然出城袭击，砍杀了不少蒙古兵。成吉思汗知道自己犯了轻敌的兵家大忌，便仔细研究了攻城战术，把军队分成四个批次，轮番进攻，不给守城军以喘息之机。这样一来，守军抵挡不住，士气下降。成吉思汗一向善于收降敌人猛将为己所用，见马肩龙有勇有谋，命令攻城军队不得伤害，只求活捉。马肩龙誓死不降，终被乱箭射死。

经一年多的征杀，西夏国土已大部沦丧，尸横遍野，赤地千里，只剩下一个孤零零的中兴府。

宋理宗宝庆三年、夏末帝宝义元年（1227 年）春，成吉思汗命大将阿术鲁等领兵围困中兴府，自己率大军侵入金境，攻下积石州等地，后由隆德县至六盘山驻夏。六月，成吉思汗进至清水县。这期间，他派使者往中兴府，谕降夏主。夏主见国力丧尽，同意投降。他派使者去见成吉思汗，请求一个月期限，以便迁出城中居民，并准备向蒙古国献礼。成吉思汗答应了这个请求。这时的成吉思汗老病交加，自知不久于人世，便把几个儿子召到身边交代说，我寿已将终，赖天人之助，立志建立蒙古人统治的大国。我为你们创下了大汗基业，你们一定要同心协力，才能保国家长久。大位必有人继承，我死后应奉窝阔台为主。他还嘱咐道，今后应先联宋灭金，然后兴兵灭宋，万不可同时用兵。

宋理宗宝庆三年（1227年）八月二十五日，成吉思汗结束了轰轰烈烈、金戈铁马的一生，病死在清水县，终年66岁。他临终前嘱咐诸子诸将，死后秘不发丧，万万不可让西夏人知道，以防西夏反悔；如西夏人按商定时期出城，要当时就把他们全部杀掉。

三天后，西夏国王献城投降，夏主被杀，出城的军民大遭屠戮。建国190年、传位10世的西夏国从此灭亡。

成吉思汗的儿子和部将们按照他的遗嘱灭夏后，便护送成吉思汗的灵柩返回故土三河源头，把这位盖世英才、一代天骄葬在一棵大树下，不起坟墓，周围遍种林木，使后人不知他究竟葬在何处。

第二十一章 南宋皇城临安府防御与保卫战

中国都城保卫战

北宋东京陷落之时，金兵曾大肆搜捕皇室宗亲，依据皇宫内侍邓述开具的诸王、皇孙、后妃名册，命令开封府尹徐秉哲"按图索骥"，把留居府邸和藏匿民间的赵氏宗亲一一捕获，前后俘虏3000余人。金军的目的是将赵氏皇族彻底根除。劫后余生的宗王，只有当时不在东京的康王赵构。于是，复兴赵宋王朝的重任就落到了他的肩上。赵构是宋徽宗赵佶的第九个儿子，宋钦宗赵桓的弟弟。靖康元年（1126年）十一月，在金兵尚未到达东京之前，他奉宋钦宗诏与资政殿学士王云前往金营求和而躲过一劫。靖康二年（1127年）五月，赵构在南京应天府即位，仍沿用大宋国号，史称南宋，年号建炎，是为宋高宗。由于金军的追击，两年后宋高宗逃到杭州，升杭州为临安府，绍兴八年（1138年）正式定都临安府，并加强了临安府城池防御与禁卫军建设。

一、南宋临安府城池防御体系

　　杭州历史悠久，隋开皇九年（589年），废掉钱唐郡置杭州。十一年，杭州州治移到江干柳浦西侧凤凰山麓，并建筑州城。这便是杭州城垣的发端。唐朝为避国号讳，改钱唐县为钱塘县，江干为杭州中心，从此步入隋唐三百年大郡时代。后梁龙德三年（923年）立吴越国，钱镠被封吴越国王，在州治故址筑王城（子城），建宫殿，为国治。

南宋建炎三年（1129年）升杭州为临安府。绍兴八年（1138年），南宋定都临安府，在吴越国皇城旧址基础上扩建大内（皇宫）、修筑皇城。在凤凰山东麓创筑内城（皇城），绍兴十八年（1148年）完成，周长9里，其南门叫丽正、北门叫和宁、东门叫东华。绍兴二十八（1158年）年，又增筑皇城西门（即西华门）及东南之外城。外城共有城门13座，东面为东便门、候潮门、保安门、新门、崇新门、东青门、艮山门，西面为钱湖门、清波门、丰豫门、钱塘门，南面为嘉会门，北面为余杭门。外城还有水门5座：东有保安水门，南有南水门，北有北水门、天宗水门和余杭水门。东青门与艮山门都是瓮城，即在大城门外，还有副城。旱门都建有楼阁，水门都是平屋。所有的城墙高3丈多，宽1丈多。

在防御体系上，主要是加强了城门和城墙的防护能力。旧式城门设计为一重，并在城门外修瓮城、筑敌楼，以防护敌军攻击城门。这对于防御冷兵器较为适用，但却经不起炮击。改革的方法是：城门为三重，以内外两道护门墙取代瓮城，保护城门；城高旧式门楼，改一层为双层，以利于上下同时攻击敌军；城门通道下设暗板，城墙上置炮石，上下配合，阻击破门之敌；改吊桥为实桥，并多设暗门、突门，便于突然多路出击，攻敌不意。

城墙的设计是：收缩防御薄弱、易受炮石攻击的四方城角，使敌军不能夹角施炮，而守城之军便于立炮向下射击；在城墙上建筑高大的鹊台，台上建护墙；拆除旧式马面墙上不能防炮的附楼，另筑高厚墙；改造旧式羊马墙，加筑鹊台和护墙；大墙和羊马墙上都设"品"字形射孔，形成大墙上和两侧羊马墙内三面拒敌；用大木和麻绳结成护墙网，使敌攻城炮石威力不能奏效；设置重城重壕，即于大城之内再修一道里城里壕，以替代一城一壕的传统格局，形成层层设防，增强防御能力，如果外城被突破，里城墙、壕也难以逾越。经过改造的临安府，提高了防御能力。

二、南宋临安府禁卫军

南宋临安府禁卫军基本延续北宋的编制与名号，仍由殿前司统领诸班直（二十四班）担任宫廷宿卫，三衙统领的禁卫诸军担负京师守卫及对外作战，而驻扎各地的军队不再径称为禁卫军，改称屯驻大军。

三、南宋临安府保卫战

临安卫军政变

自从南宋朝中排斥了"抗战派"之后，宋高宗把军政大权委付给黄潜善和汪伯彦，结果使渐有起色的政治和军事形势急转直下，接连遭到溃败。军事上的溃败带来的后果是极其严重的。当时皇帝和高级文武官员从扬州向南奔逃，沿途城乡居民成为受害者。军事上的失利，也大大增加了军队与决策者之间的对立情绪，进而发展到部分军兵捉杀当政官员以泄积愤的事件。司农卿黄锷被军兵误认为是黄潜善而处死，少卿史徽、垂范浩、左谏议大夫李处遁、给事中黄哲等朝官，在南逃途中也被宋朝军兵杀死。

宋高宗感到事态严重，罢免了黄潜善、汪伯彦，试图平息军民怨愤，稳定政局。但是，由于宋高宗继续坚持妥协逃跑的指导思想，新任命的军政要员也是黄、汪之流。主政的宰相朱胜非，是一贯主张与金和议的"投降派"。主管军事的签书枢密院事兼御营司都统制王渊，原是黄潜善、汪伯彦的同伙，对于扬州溃逃负有重大责任。朱、王二人的倒行逆施，造成军队中对当权者不满情绪更加激昂，从少数官兵的不满，发展到"诸将不悦"的严重态势。于是一场更大规模的事变发生了。

建炎三年（1129年）三月初五，临安卫军将官苗傅、刘正彦利用所部官兵对当权者的愤慨，打着"为天下除害"的旗号，发动了军事政变。他们捕杀了王渊，处死康履等宦官，逼迫宋高宗退位，另立宋高宗三岁的儿子为帝，由孟太后垂帘听政，并宣布改年号为"明受"。

在政变当天，苗傅等组织者曾发布告天下民庶官吏军兵宣言，以昭示他们举兵的原因。应当说，政变宣言所说的都切中了时弊，但是苗傅、刘正彦诚有余、水平不足，缺乏主持国家军政的能力，致使政变后不能有效地控制局势。他们不吸收有政治头脑的文官合作，也就提不出振奋人心的政治主张；既不与临安城外的其他军队取得联系，又不争取临安居民的支持；一味困守孤城，因而失败不可避免。

在忠于宋高宗的文官吕颐浩及张浚等人的串连和鼓动之

下，宋将韩世忠、刘光世、张俊等军，先后从淮南和江南等地发兵勤王，讨伐临安起事军队。

不久后，勤王军队攻入临安。

四月初一，宋高宗复位，任命吕颐浩为宰相，张浚任知枢密院事。起事军队遭到镇压，部分官兵被逮捕处死，苗傅、刘正彦率部众出走东南，被韩世忠追获斩首。

南宋新立后，所控制的地域相当可观，除江南之外，西北和中原大部分地区仍归其掌握之中。但由于宋高宗为首的南宋统治集团，排斥李纲的积极抗战方针，以退却逃跑为指导思想，造成军事部署方面问题重重：既没有防守黄河一线的决心，又没有统一指挥和部署。因此，在金军第一次进攻面前，黄河防线形同虚设，短短的3个月时间，西自秦州（今甘肃天水），东至青州一线的许多要点被金军攻占。所幸各地军民坚持抗金，才使金军东西联为一气、三路并进的计划未能全部实现，南宋统治者才得以暂时渡过危机。

金军攻占临安之战

宋建炎三年（1129年），宋高宗在平定苗傅兵变并复位后，于七月改杭州为临安府，准备在此建都。

九月，金太宗完颜晟发起燕、云、河朔之兵，分三路南下，以其侄儿完颜宗弼率主力为中路，直取浙江，追袭宋高宗，企图一举剪灭赵宋王朝。于是，宋廷在浙北等地匆促建立抗金防线。

十一月十八日，完颜宗弼率领10余万精兵，在马家渡（今安徽和县境）突破宋军长江防线，又击败陈淬、岳飞、刘纲等

17名将领所率的3万宋军的阻击,迅速占领建康。而后经溧水、广德攻入浙江,于十二月初八攻陷安吉。

当时宋高宗已渡钱塘江到越州,听说西线战败,立即率领大臣们趋明州。金兵前军阿里部从安吉经武康,攻取独松关(余杭西北),于十二月十五日进逼临安城。宋军数千人埋伏在西郊丛林阻击,斩杀金兵前锋骑兵30余人,阿里进军受阻。当天,阿里等人都下马作战,与宋军殊死一战,宋军阵亡甚众,余部退入山间。阿里部队攻到城下,临安守臣康允之弃城逃走,钱塘县令朱跸率军民拒战。当晚,临安城被金军攻破,朱跸战死。与此同时,宋高宗从明州走定海(今镇海),又渡海到昌国(今定海),留浙东制置使张俊守明州。

十二月十六日,完颜宗弼进入临安,立即派遣阿里、蒲卢浑、巴哩巴等将领率精骑渡钱塘江追袭宋高宗。在钱塘江右岸,知越州兼两浙东路安抚使李邺派军迎击金兵,取得了三战三捷,阻滞金兵于萧山、富阳一线。金兵继续渡江,宋军终因寡不敌众而败回越州。

十二月二十四日,金将讹鲁、补木列部攻击越州,宋军周汪部打不过金军败出东郊,亲事官唐琦战死,城被攻破,李邺投降。阿里率骑兵追击宋军于东关(今上虞境内),再次将周汪部打败。随后,阿里渡曹娥江,向明州进逼。进到余姚,知县李颖率民兵数千人拒战,与把隘官陈彦等盛列旗帜于城头,金兵不知道城里的真实情况,迟疑不敢进攻,被阻一昼夜。

十二月二十六日,宋高宗从昌国渡海南逃。为掩护宋高宗君臣南逃,张俊和明州守臣刘洪道实行全城动员,环城30里清野,迁居民入城,严防死守。

十二月二十七日，金兵攻破余姚，于二十九日抵达明州城郊。当天，张俊派遣统制官刘宝率部出西城，迎击金兵于高桥（今宁波市西），初战失利，刘宝部将党用、邱横战死。张俊继续指挥各部全力反击，再战高桥。统制官杨沂中、田师中，统领官赵密等皆殊死作战；主管殿前司公事李质率禁军（殿前班直）投入战斗；知州刘洪道又率领水师沿姚江击金兵侧翼。金兵突然遭宋军多路强击，大败，伤亡数千人，后退几十里。当天夜晚，金将阿里派人招降张俊，但遭到拒绝。张俊考虑到金兵必定再来，又重新部署防守，撤回城外驻军，轻舟伏弩，强化城防。

建炎四年（1130年）正月初一，刮起了大风，宋高宗御舟靠在海岛边不能起航，而金舟师已沿杭州湾东下，幸亏明州初战告捷，金舟师不敢贸然追击。

正月初二，西风大起，金兵再攻明州，张俊、刘洪道等都上城督战，多次毁掉金兵登城云梯，激战良久，金兵攻城没有取得实质性进展，退兵进行休整。张俊乘机派遣军队出城掩杀，激战于西郊，双方伤亡数相当。张俊又增军出击，逼金兵北奔姚江，背水作战。此时，宋军势盛，斩敌千余人，金兵不支，死在江中的士兵无数，大败，退军。当天夜晚，阿里、蒲卢浑率军退驻余姚，向临安求援。初三，风停了，宋高宗向南航行到台州章安（今属椒江），因考虑身边的兵力不够，于是诏令张俊率军前来护驾。

正月初七，完颜宗弼从临安大举增兵进攻明州。当时张俊已奉诏率军前往台州，刘洪道和浙东副总管张思正率部奔天童，他们所过之处全都把江桥撤掉了，以阻止追兵。明州城中仅留下了崇节马军数百人和乡兵千余人，由赵伯谔（又曰李木）统领防守。

正月十六日，金兵以火炮轰击西门，摧毁城楼，强攻登城，赵伯谔被俘，金兵攻陷明州。此时，阿里等人因并不知道宋高宗已远逃台州，连夜率军疾攻定海（今镇海），但一无所获。第二天，又以水师攻打昌国（今定海），获悉宋高宗南航台州，阿里、蒲卢浑于是集水师从海路向南追袭。

正月十八日，宋高宗离章安前往松门，又从松门南航到温州。二十一日，宋高宗泊贩江口岸。二十三日，宋高宗移驻温州的馆头。金兵水师追到漪头（贩江口外岛屿），距宋高宗御舟仅一日的航程。

此时，宋枢密院提领海舟（官名）张公裕率大船从海上进击金兵，金水师船小，又缺乏海战经验，接战失利，被迫北撤。

随后，金兵又行海追击三百余里，但没有追上，阿里、蒲卢浑只得回撤。于是，金军追歼赵构以灭宋的战略终于失败。

在金兵追宋高宗君臣之时，江浙各地军民奋起，不断袭击金兵后方。岳飞在广德、长兴一线击败金兵驻屯军，进驻宜兴以堵金兵退路。完颜宗弼考虑后路有被全部切断危险，于是决意退兵。

二月初三，金兵焚烧明州城，烧得仅东南角几座寺庙和少数僻巷民居幸存后，退回临安。二月初七，完颜宗弼在吴山召开各军将领会议，定策沿苏秀水道（京杭运河东线）北撤。随后，他下令在临安城放火，烧得三天三夜烟焰不绝，并纵兵大掠三日。二月十七日，完颜宗弼派遣一路军队沿海边走海宁、海盐掩护侧翼，自己率领 10 万大军护送所掳掠之大量财物沿运河北航。二月十八日，金兵攻破秀州，秀州兵马都监赵士䧒战死。金兵右路也攻破海盐城，县尉朱良战死。二月二十三日，金兵撤出浙境，随后在太湖和镇江等处遭到宋将陈思恭、韩世忠等部的截击，损失惨重。

元军攻陷临安之战

南宋在襄樊、丁家洲等战役中失败后，形势极为恶劣。南宋朝中官员纷纷出逃，在各地将领中，也只有张世杰、李庭芝、姜才等，仍坚守阵地，不断抗击元军。至于"勤王兵"，只有时任赣州知州的文天祥组织一支勤王军，于德祐元年（1275年）八月下旬到达临安。文天祥随即被任命为平江知府，身处抗元前线。这年十月，元兵从镇江兵分三路向南宋进攻：右路由阿剌罕率领出广德，攻独松关；左军为水兵，由董文炳率领出江入海，直取澉浦；中军主力则由伯颜自率，攻常州。三路大军约期会攻南宋都城临安。宋廷立即调文天祥从平江赴独松关抵抗，但文天祥还没有赶到，独松关已失守。文天祥只好退归临安。宋廷又命张世杰为平江知府，但常州失守后，平江守臣已投降，张世杰没有赶到，伯颜已先一步进了平江，张世杰亦只好退归临安。本来，这时到临安的勤王兵已达三四万人，文天祥、张世杰等主张与元军决一死战，但时任南宋宰相的陈宜中却要向元投降求和。

德祐二年（1276年），随着元军铁蹄的步步逼近，宋廷方面已经是惊惧至极，朝中乱成一锅粥。当朝宰相陈宜中派陆秀夫去平江见伯颜，表示宋朝可以向元朝称侄或称侄孙，哪怕最后"奉表求封为小国"，只要元朝能止兵，一切都答应。

伯颜仍不答应,坚持要宋"称臣"。宋恭帝赵㬎年纪还小,国事由谢太后等人作主。陆秀夫临安复命,谢太后哭着说:苟存社稷,称臣也可以。当时,谢太后等人还心存幻想,以为对元朝奉表称臣上尊号献岁币,还可以保存原有境土。

入朝不久的文天祥很有远虑,他深知元人没有什么信任可言,上疏请谢太后允许宋恭帝的一兄一弟出临安:吉王赵昰赴闽,信王赵昺赴广。谢太后同意,进吉王为益王,判福州;信王为广王,判泉州。以驸马都尉杨镇和二王两个舅舅"提举二王府事"。由此,两个娃娃王爷,也即将开始他们颠沛流离的生活。

陈宜中见元人不允和议,计无所出,只得率群臣入宫见谢太后,请求迁都避祸。谢太后开始不同意,陈宜中等人大哭求情,谢太后终于答应,回内宫立命宦者、宫人收拾行装。结果,等到夜晚,却不见陈宜中等人来接驾,谢太后大怒。其实,陈宜中本来是想转天一早成行,情急仓促之下,忘了告知谢太后出发时间,使得谢太后大发雷霆。

元军方面,在正月十八日已经三路会师,扎营于临安以北的皋亭山,真正是兵临城下。文天祥、张世杰上疏请帝室入海避兵锋,他们二人则率守军背城一战。陈宜中不同意,经与谢太后商量,派人携传国玉玺出城交给伯颜,准备投降。

至此,宋廷由议和变成了议降。

伯颜让人译读宋朝降表,结果,他对以宋恭帝名义上呈的降表内容非常满意。本来,身为宰相的陈宜中应亲自出城到元营议降。此人奸诈加胆小,竟然在定下投降"大计"后,置帝室及临安于不顾,连夜逃走,跑到自己老家温州清澳躲避。

宋将张世杰见宋廷不战而降,率领自己的部队离去,屯军定海,以观形势。

文天祥等人出城,在明因寺见伯颜。文天祥状元出身,起初还想以口辩说服伯颜退军,保全残宋社稷。出乎伯颜意料的是,文天祥这个"亡国宰相"如此抗言直陈,让人愠怒。于是,伯颜语气强硬,以死相逼,威吓文天祥。但文天祥不吃这一套,也大怒说:我乃南朝状元宰相,但欠一死报国,刀锯鼎镬之逼,又有何惧!一句话,噎得伯颜辞屈。在座元朝诸将面面相觑,数人按剑而起,大有杀文天祥之意。

伯颜见文天祥风仪俊爽,举动不常,心知此人定是豪杰人士。他呵呵一笑,遣返其他宋使,独留文天祥在元营。文天祥大怒,数次请归,但没有获得批准。伯颜还命令元军两名大将率军士严加看守文天祥。

临安方面知事不妙,驸马都尉杨镇等人忙乘间奉益王、广王两个孩童出走婺州。伯颜闻讯,立刻派范文虎率军追赶。

二月初五,宋恭帝率百官"诣祥曦殿望元阙上表",正式举行了投降仪式。伯颜取南宋谢太后手诏,"谕天下州郡降附"。南宋的宫廷琴师汪元量为此写诗讽刺说:乱点连声杀六更,荧荧庭燎待天明。侍臣已写归降表,臣妾签名谢道清。

而后,宋廷罢遣文天祥等部勤王兵,为了表示宋廷告降官员品级之高,以贾余庆为右丞相兼枢密使、刘岊同签枢密院事,与吴坚等人并充"祈请使",准备前往元大都告降。

至此,伯颜带文天祥与即将前往大都告降的宋臣共座。当时,文天祥悲愤至极,当面训斥贾余庆等人卖国,并指责伯颜失信。陪坐的吕文焕充当好人,从旁劝解。文天祥瞠目斥之。

说完，文天祥离席而去。惭怒之下，吕文焕与贾余庆等人共劝伯颜拘押文天祥，把他押往大都拘禁。

受降当日，元朝大军都驻守在钱塘江沙岸上。临安宋人都希望时节潮至，可把元兵"一洗空之"。奇怪的是，本该生潮的钱塘江，竟然潮三日不至，真让人怀疑是否天道冥冥，听任宋朝亡国。

伯颜派人进入临安，尽收宋朝衮冕、圭璧、符玺及宫中图籍、宝玩、车辂、辇乘、卤簿、麾仗等宫廷禁物，催促全太后、宋恭帝、宗室高官以及"三学士诸生"都北行大都"入觐"忽必烈。当时只有谢太后因病暂没前行。为此，当时的汪元量有诗感叹：谢了天恩出内门，驾前喝道上将军。白旄黄钺分行立，一点猩红是幼君。伯颜自从进入临安，志满意盈。

南宋大将李庭芝在扬州听说宋帝、宗室被掠北去，哭泣着誓师，率4万兵力夜捣瓜洲，准备夺回被俘的少帝及全太后等人。由于元军防备森严，没有成功。

宋恭帝北迁大都后，被忽必烈封为"瀛国公"。至元十九年（1282年），他又被元人迁往上都（今内蒙古正蓝旗）。青年时代，为避免被害，赵㬎自求为僧，往吐蕃习学佛法，终成一代高僧，修订翻译了《百法明门论》等不少佛经。至治三年，思宋亡国旧事，赵㬎（时法名合尊）作诗说：寄语林和靖，梅花几度开？黄金台下客，应是不归来！

结果有人拿着这首诗上告，元廷认为赵㬎其有复国招贤之意，下诏把他赐死，时年五十二岁。

中国都城保卫战

第二十二章 金代皇城防御与保卫战

金代是北方少数民族女真统治者建立的王朝，开始建都会宁（即金朝上京，今黑龙江阿城区白城村）；金海陵王于贞元元年（1153年）迁都燕京（今北京），并改燕京为中都；贞祐二年（1214年），由于蒙古军的威胁，懦弱的宣宗帝从中都迁都汴京（今河南开封）。金朝在中都为都的61年里，为了巩固和加强金廷的统治，不断加强了中都禁卫军建设。

一、金代皇城防御体系

金会宁城池防御体系

金初的都城会宁俗称白城，由南城、北城和皇城组成，周长11千米。南北两城皆呈矩形，面积相仿、横竖相对。全城外垣平均每隔80米至130米，就有一处马面堞楼突出墙表。城四角设有角楼。皇城坐落于南城里偏西处，面积32.25万平方米。

中都城池防御体系

海陵王完颜亮是金代历史上的第四任皇帝,是他将金朝的都城迁到了燕京。完颜亮早年出任军职,父亲完颜宗干死后,他又在完颜宗弼部下为将,先在外掌地方军政权,完颜宗弼死前一年将他调入金廷中枢任要职。完颜宗弼死后,他越级升为平章政事,半年之内,又连升为左丞相、领三省事、都元帅的高位。此时的完颜亮实际上全部控制了金熙宗的朝政。

皇统九年(1149年)十二月的一天,完颜亮利用自己手中的兵权,突然发动政变,谋杀了金熙宗,夺取了帝位。完颜亮刚刚登上皇位不久的一天,内侍梁汉臣就上奏皇帝,劝他迁都燕京。梁汉臣对完颜亮说:"燕京自古霸国,虎视中原,为万世之基。陛下宜修燕京,时复巡幸。"作为战将的完颜亮自然知道燕京的重要战略价值,守住了燕京就守住了金朝半壁江山。对于梁汉臣的提议,他并没有急于答复,而是进行了谨慎而又充分的考虑。

此时金王朝统治区已经向南扩至淮河一带,淮北广大地区归入版图,而上京远离南界,对治理中原已经不能适应。武夫出身的完颜亮已经开始偏向于迁都燕京。于是,完颜亮于天德二年(1150年)颁求言诏,就迁都征询建策。让完颜亮颇感意外的是,朝廷大部分大臣都认为应该迁都燕京,理由是上京地处偏僻,不利于治理国家。完颜亮听后自然高兴,因为他的这一想法得到了满朝文武大臣的赞同。

天德三年(1151年)四月丙午,海陵王完颜亮颁发《议迁都燕京诏》。他在诏书中说明了迁都燕京的三个目的:

一、为了适应疆土扩展的需要。当时金王朝的领土已经扩展到淮河以北，统治地区辽阔，上京偏于北方，显然不利于对全国的控制及与中原地区在经济上的联系。为解决这些问题和矛盾，必须把统治中心南移。

二、防范敌对的政治力量。海陵王在谋杀了金熙宗夺得帝位后，为压服反对派，曾杀害了一批宗室、勋臣。但这些敌对势力在上京地区仍很强大，通过迁都使金王朝的统治中心远离上京，可以减少来自他们的政治压力和对其帝位的威胁。

三、迁都燕京，更有地理条件的因素。因为上京土地贫瘠，交通不便，而燕京则是地广土坚、人烟稠密。特别是燕京四通八达，交通极为方便，不仅易于控制国内各地，而且可以使社会安定，政权稳固。

在海陵王下诏书要迁都的前一个月，海陵王就召大臣梁汉臣、孔彦舟等人进宫，责成他们在燕京城的基础上扩建新都，并要他们去汴京参观学习，参照宋朝都城进行设计、施工。海陵王特别强调的是，都城的建设必须以军事防御为中心，不管是城垣、城门，还是皇城和宫城都必须考虑到这一点。让梁汉臣、孔彦舟等人感觉为难的是，这么大的一项工程，海陵王竟然只给了他们一年的时间。

梁汉臣、孔彦舟等人接到这项重大任务后，不敢怠慢，立即兵分两路：一路前往汴京参观见学，一路前往燕京动员民夫、工匠和兵士快速参加扩建工程。历史记载了一组惊人的数字，在扩建工程中，单是役使的民夫、工匠就有80万之多，另外还有兵士40万，这其中不乏大量的禁卫军。后来，由于工期急促，奴役残酷，加上疫病传染，致使民夫、工匠大批死亡。

据正史记载，当时运载一根大木材的费用，多至 20 万两；拖拉一辆满载器材的大车，多至 500 人。由此可见，修建中都城花费了多少金银和血汗。

金中都在北京城市建设史上起承上启下的作用。中都城并不是简单地沿袭旧日的燕京城，而是参照北宋京都汴京城的规制，进行了大规模的城市改造和扩建。金朝在上京的城池、宫殿都十分简陋，但中都城就不一样了。金朝在劳动人民付出巨大生命财产代价的基础上，建成了新都城。贞元元年（1153年），完颜亮正式迁都，改辽朝时期的南京为中都，改析津府为大兴府。

外城城墙

中都城的大城，也就是最外面的城墙，最初是用土筑成的，后来筑成砖城。此种说法虽然还不能完全肯定，但据正史记载，在大定二十二年（1182 年）金世宗决定将上京的土城垣包砖，筑成砖城了，而中都的地位远比上京重要，所以城垣包砖也是极有可能的。

大城周长 18.5 千米，呈方形，在初建的时候每面设城门 3 座，共 12 座门。到了金中期的时候，因为皇帝每年都要到城东北的万宁宫去避暑，所以又在北垣的东部增辟一座城门，于是中都城大城有城门 13 座。中都城门顺序为：北垣有会城门、通玄门、崇智门、光泰门；东垣有施仁门、宣曜门、阳春门；南垣有景风门、丰宜门、端礼门；西垣有丽泽门、颢华门、彰义门。中都城大城的 13 座城门，既是老百姓进出城门的通道，又是金朝禁卫军重点守护的地方，他们以大城城墙为依托，守护着皇城的重要衙门以及宫城内的皇室们。

外城南墙，在今广安门外西南凤凰嘴村，经万寿寺、石门村、霍道口、祖家庄、菜户营到北京南站四路道的地方，这一线东西方向的凉水河，是为中都南护城河。

外城东墙，在今北京虎坊桥迤西梁家园的南北一线，南自四路通向北延长，经陶然亭东侧、窑台、黑窑厂胡同西侧向北直到翠花湾。现在的潘家胡同旧时叫潘家河沿，就是当时中都东护城河。虽然中都城的东护城河已经被历史所淹没，但它在金朝的历史上曾经发挥过重要作用，却是不争的事实。

外城北墙，在今宣武门内东起翠花湾迤向西、经头发胡同东西一线上，今宣内受水河胡同及其西的东、西太平街，就是当时的北护城河遗迹。

外城的西墙，北端在今羊坊店东、西角，向南延伸到凤凰嘴村一线。

皇城

中都的皇城是在辽南京（燕京）城内的子城基础上扩建而成的。中都大城建成后，皇城大致位于大城的中心部位而又有点偏南。皇城开4座门，东为宣华门，西为玉华门，南为宣阳门，北为拱辰门。这里不仅有金廷的中央首脑机关，离皇帝又近了，在皇城四周，侍卫亲军戒备森严，日夜巡逻。

宫城

宫城是金朝禁卫军防御的重中之重，富丽堂皇与防御的坚固性并重。宫城是在辽南京子城中的宫殿区基础上扩建而成的。宫城周长约为9里30步，后来明、清紫禁城周长与此相仿，如此推来金中都的宫城规模与现在北京的故宫相似。宫城的南门为应天门，其两旁有左、右掖门；东门为东华门；西门为西华门；北门的名称由于史书中从来未出现过，所以现在还无法知晓。守卫在宫城内的都是由皇帝亲自掌握的亲军。

开封城池防御体系

金朝最后迫不得已把开封定为南京，所谓"京"也只不过是徒有虚名。从公元1127年后，开封既不是行政中心，又不是工商都会，昔日繁华，都成泡影。公元1214年，金宣宗在蒙古大军的频繁威胁下，被迫把国都从中都（燕京）迁到了开封。国都迁移，伤筋动骨，随着庞大的政府机构南来的各色难民百余万口争先恐后涌入开封。而此时的汴京只是对内城进行了扩建。然而，就是在这种状态下，开封作为金国的首都竟然还长达二十年之久，尽管这二十年纯粹是苟延残喘。

开封最早的城池建筑在战国时期。当时魏惠王从山西安邑把国都迁到开封，在这里修筑了一座大梁城。大梁城共有12座城门，其中，东门名夷门，大约在今日铁塔附近；西门名高门，在今日城西的东陈庄。南北朝时期，开封升为州治。唐德宗建中二年（781年），宣武军节度使李勉对汴州城进行了一次扩建，奠定了今日开封城的基础。到五代时，周世宗柴荣于显德二年（955年）登上里城朱雀门，命令殿前都点检赵匡胤跑马圈城，尽马之力，马跑了24千米又355米，周世宗以马跑的范围定为外城墙的范围，令人运来汜水的虎牢土筑成坚固的外城。公元960年，赵匡胤夺得皇位，建立大宋王朝，并定都开封后，更加重视城防建设。开宝元年（968年），赵匡胤下令重修京城，将全城建成皇城、内城和外城三重城墙，城墙坚固，气势雄伟，设防严密。

二、金中都禁卫军

与辽代相比，中都卫戍警卫机构更为完善，统治更加严密。海陵王对禁卫体制再行改革，将金太祖、辽王、秦王原统领的合扎谋克合并为合扎猛安，共得四猛安，叫作侍卫亲军，设侍卫亲军司统之；将原护驾军、神勇军罢归，从侍卫亲军中精选1600人，分编为步、骑，骑兵叫"龙翔"，步兵叫"虎步"，以备宿卫。正隆五年（1160年），海陵王再罢侍卫亲军司，改其军大部隶于殿前都点检司；部分马军隶于大兴府，设置左右骁骑，也叫从驾军，平时担负京师警备，出行时担任行从宿卫；部分步军改隶宣徽院，由拱卫直使司统领，担负皇帝的仪仗和宫廷外围的警卫。拱卫直使司统领的部队还有威捷军。京师的警备由武卫军都指挥使司负责，所属武卫军兵力达万人，负责京城的守卫。

三、金中都保卫战

蒙攻中都之战

金卫绍王大安三年（1211年）二月，正是初春时节，蒙古大草原上还一片寒冷，但是成吉思汗的军队如同洪水猛兽一泻而下，直逼中都而来。

成吉思汗这次决定，要与金朝分庭抗礼。成吉思汗的号召也得到了蒙古人的积极响应。蒙古人没有忘记，自从金灭辽、宋后，他们就连年出兵北部边地，杀戮蒙古人。当然，成吉思汗决定与金朝分裂，还有一个重要原因，那就是金章宗死了，而继位的却是昏庸无能的卫绍王完颜永济。在蒙古，奴隶主国家需要扩大奴隶主的掳掠利益，金统治者完颜永济庸劣无能、朝政腐败、金统治层内部纷争日多的条件下，蒙金武力冲突已经是必然趋势，无法避免了。

一场战争不可避免。

成吉思汗的进逼，使中都城弄得人心惶惶。中都城立即进入警备状态，殿前都点检军、武卫军等在中都的中央禁军全部就位，准备保卫中都。

九月，成吉思汗率军攻陷了德兴府（即怀来县，在今河北怀来县东、官厅水库处）。成吉思汗的军队还没有到达中都，驻守在居庸关的将领完颜福寿就弃关逃跑了，中都也就失去了一道坚固的重要屏障。十月，蒙古军队没有费吹灰之力就进入居庸关，进抵昌平。

大都地区的形势变得更加紧张起来。为了保证中都城兵源，卫绍王下令，不准男子出中都城门。同时，卫绍王慌忙下令飞调各地金军入援中都，上京留守徒单镒遣同知乌古孙兀屯率兵2万入卫中都，泰州刺史术虎高琪率兵5000屯驻在通玄

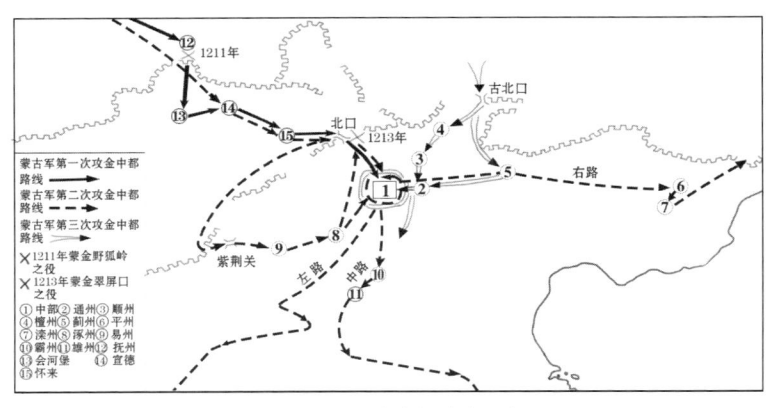

△ 蒙古军三次攻打金中都路线示意图

门外。

十二月，蒙古军进逼中都城下，城内变得一片慌乱，老百姓携家带口地四处逃跑。由于城内缺粮，加之天气较冷，大都城内冻死、饿死一大批老百姓。

面对着蒙古军兵临城下，金朝廷内有人主张迁都避敌，有人主张死守。主张死守的理由是，事情已经发展到这个地步了，唯有死守，真要是逃离京城，蒙古兵必然随后而至，到时连个驻足防御的地方都没有。卫绍王同意这种看法，他也认为，即使外逃，也难以逃脱，不如拼命守住都城，或许有取胜的可能。

卫绍王于是决定死守中都，并在城内对中央禁军进行作战部署。

此时，禁卫军首领们又议论守城方略。有人主张将中都城各门堵塞防敌，有人认为应该奋力作战来保卫都城，只靠城墙拒敌是没有用的。

十二月初七，蒙古军游骑到达中都城下，金守城的禁卫军出城打击蒙古军游骑。虽然金禁卫军杀死蒙古军游骑兵士多人，但不能远攻蒙古军。但是金禁卫军还是尽力地保卫着中都城，他们知道只有保住中都城才可能保自己和统治者。

让金朝禁卫军不安的是，当天晚上蒙古军居然在中都城下扎营。这对金朝相当不利，一是怕蒙古军采取围困战略，二是怕他们跨过护城河上的桥进入中都城。于是，大兴府的官员果断地命令禁卫军将中都城门外各护城河桥都拆毁，并把靠近大都城的民房拆除，把木料运进城中作燃料。

此时，中都城里的禁卫军首领做好了最坏的打算，并且制定了战斗计划：在蒙古军攻入中都城内市区时，与他们开展巷战，继续抗击。中都城内的禁卫军处于高度戒备状态。禁卫军将领和许多朝中大臣都在宫内住宿，准备应付突变。

十二月十一日，围守四天的蒙古军终于忍耐不住了，他们开始向中都城发动攻击。金禁卫军将领按原计划，诱蒙古军入城，给予打击。蒙古军中计，伤亡惨重，不得不退出中都城。不久，金朝的各路援军到达，蒙古军才开始退走。

通过此役，充分体现了金中都禁卫军的胆识和智慧。他们为保卫中都城起了决定性的作用。

金至宁元年（1213年）七月，蒙古军第二次对金朝展开多路进攻。

蒙古军在缙山战败完颜纲和术虎高琪的同时，成吉思汗亲自率领蒙古军向居庸关进攻。此时，居庸关的守军已经腐朽无能，只依靠关城已经不能抵挡新兴的蒙古军了。

一天深夜，居庸关守军还在酣睡时，蒙古军就攻破了关口，金的守军大多在梦中被杀。居庸关失陷，大批蒙古军进入了中都地区，开始包围中都城。

八月，成吉思汗鉴于中都城池坚固，加之禁卫军严守，难以攻下，而内地兵力空虚，于是命令怯台、哈台二将率5000名精骑围中都，大军分三路向南进攻。

十月，蒙古游骑到达中都近郊高梁河的桥上。这个消息传到金朝廷，朝廷又是一片恐慌。金宣宗派人找到自为都元帅、控制着禁卫军兵权的胡沙虎计议。经过议论，决定由胡沙虎率禁卫军与蒙古军对抗。胡沙虎果然不负众望，在高梁河（今西直门外）桥上击败了蒙古军，取得了一次胜利。

第二天，由于胡沙虎受伤不能上战场，于是他派术虎高琪率金禁卫军5000人再次与蒙古军进行战斗。而这次,金禁卫军不敌蒙古军。术虎高琪因为知道打了败仗后,胡沙虎一定会将他处斩,于是率禁卫军到中都城,包围胡沙虎府邸,在胡沙虎出其不意的情况之下,杀死了胡沙虎,随后向金宣宗自首请罪。胡沙虎部下的金军,见高琪的军队杀死了胡沙虎,又突入中都,于是大杀高琪所部的兵士。

这样一来,蒙古军还没有攻进中都城,中都城内的金军自己却先乱了起来。金王朝在中都地区失去了最后一点抗蒙力量,从此,中都城处于蒙古军重重围困之下,处于极为不利的局势。

贞祐二年(1214年)三月,成吉思汗破金两河、山东九十余郡后,又一次到达中都北郊。当时,成吉思汗的许多部下都劝他乘胜破燕,但是成吉思汗并没有采纳他们的建议,而是派遣使者向金宣宗勒索财物,以满足将士们的贪求。正急得不知如何是好的金宣宗见成吉思汗求和,心里自然高兴,于是派丞相完颜承晖到蒙古军营商议条件。成吉思汗向金方索要公主为妻,并要童男女各500名、彩绣衣3000件、御马3000匹,以及金银财物一大批。为了保全自己的江山,金宣宗全部答应。四月,蒙金达成议和,蒙古军离开中都北还。

蒙古军北退后,虽然中都城解除了危机,但金朝廷的许多大臣认为,蒙古军虽然撤退,但仍可卷土重来,并且中都的禁卫军根本就不足以保卫中都城。

其实,在三年前蒙古军初次进攻中都时,卫绍王就想南迁都城了。今日的金宣宗,同样主张苟安避敌。于是,在金朝廷迅速形成了两派。一派是正统观念者,他们反对迁都。他们认为,要是迁都,北边都无法驻守了,并且已经议和,应该趁此机会聚兵积粮，固守京师，这是上策。他们还认为，要是今天离中都而去，祖宗山陵都在此地，要是有残坏，有何脸面面对后代子孙。还有一点相当重要，如果迁都，中都的人心将大乱，必须坐镇中都才可以保住都城。但是他们也提不出对抗蒙古军的对策，更说不出更深刻的道理。一派是主张迁都者，他们主要是为了确保自己在朝中取得的官位和利益。他们反对那种"祖宗"不可弃的主张。他们认为，中都处于敌军包围之中，无法摆脱，迁都避敌是适宜的。当时有人说，如果不迁都，中都失守，金王朝就要灭亡了；如果迁都，至少还可以保住国家。

经过一番讨论，金宣宗最终决定迁都。

五月底，金宣宗下诏做迁都的准备，将金廷中央尚书省的文卷档案及贲文馆所藏书籍，分装 3 万车；将珠宝、玉器用骆驼 3 千只，载运出中都南行。金宣宗又吩咐亲王告辞皇陵、太庙，安排宗室、贵族、百官家属启行。金宣宗还下令释放宫女 2400 人，分别赐给无妻子的禁卫军士兵。宫中女官，则赐嫁给了将校及其子弟。

对于中都的城防，金宣宗委任都元帅完颜承晖、平章政事兼左副元帅抹捻尽忠共同保护皇太子完颜守忠，率领禁卫军守卫中都。

金宣宗迁都表面上看似乎保住了金王朝，其实这也是金王朝走向灭亡的开始。

胡沙虎政变

金朝在建立约 100 年的时候，遭到了崛起于北方草原的蒙古军队威胁。金朝日益败落的军队，在与蒙古军队交战中胜少败多。而在金朝内部，由军队将领引发的朝廷内乱却频频发生。卫绍王完颜永济在完颜匡谋划下夺得帝位，但仅仅在位五年，金将胡沙虎就发动政变，攻入皇宫，杀死了卫绍王。这也是金王朝定都中都后的一次重大事件。

在这场政变中，主人翁胡沙虎，又名纥石烈执中。胡沙虎在金世宗大定初年充当金宫廷侍卫。金大定八年（1168年），胡沙虎为皇太子完颜允恭护卫，任太子仆丞，后任鹰坊直长，升任鹰坊使，又升任拱卫直指挥使等职。由于胡沙虎长期担任完颜允恭侍从及东宫宫属，并被重用，所以，他与金世宗父子的关系较深，与皇太子允恭关系更是密切，深受允恭的倚重和信任。允恭的儿子金章宗当上皇帝后，同样对胡沙虎倍加重用，升他为右副都点检。后来，他被放外任，历任节度使、招讨使等重要军政职务。泰和元年（1201年），金章宗提升胡沙虎为大兴府尹，掌握中都地方政权。

金大安元年（1209年），官任西京留守的胡沙虎与蒙古军相遇，相持不能取胜，他便趁着夜色带领数名士兵逃跑了。这时，金军得知主帅逃了，也一并溃散，并且沿路抢夺官银民物。

胡沙虎在发动政变之前，曾在紫金关开关延敌，蒙古大军涌入关中，金朝守关士兵也随之纷纷溃逃。而这时胡沙虎却跑到宫中对皇帝谎称："大军势盛难敌，臣急来保守京城。"

皇帝完颜永济还蒙在鼓里，对胡沙虎也十分信任，并且对他的骄横和战败之事予以宽容，还赐给他金牌、任命他为右副元帅。

至宁元年（1213年）八月的一天，一个大臣匆匆来到宫中，说是有急奏上报皇帝。这个大臣见到皇帝完颜永济后，就直言不讳地报告,胡沙虎在紫金关的大败是由于受了蒙古人的贿赂,故意放敌入关的。

皇帝完颜永济听后,手重重地拍打在桌子上。显然,此时的皇帝对胡沙虎是恨之入骨,准备找适当的时候对他进行惩治。可惜的是,完颜永济知道此事后,并没有立即对胡沙虎采取什么应对措施,无形之中给胡沙虎提供了时机。

由于在中都城内有许多胡沙虎的党羽,这个消息自然很快就传到了胡沙虎耳中。胡沙虎开始有点害怕被皇帝杀害,但后来一想,横竖都是死,已经没有什么退路可走了,因此,他笼络了数名禁卫军将领,其中有宿直将军蒲察六斤、武卫军铃辖乌古夺剌等,进行政变准备。

这时,蒙古大军已临近中都。受皇帝派遣守卫京师的胡沙虎却忙着骑马狩猎,对军务不闻不问。皇帝完颜永济得知这一情况后,十分气愤,并派人到军中对他进行指责,要他立即中止驰猎。但完颜永济也没有多想,只认为胡沙虎是玩忽职守。当时,胡沙虎正在给一只鹞子喂食,一怒之下竟然把鹞子摔死了。

胡沙虎决定发动政变。

八月二十四日一大早,胡沙虎上奏皇帝,说大兴知府徒单南平及其子刑部侍郎兼驸马都尉没烈谋反。此时的完颜永济居然还对胡沙虎深信不疑,于是下令,要他带领禁卫军前去讨伐。此时,胡沙虎手握禁卫军权,为他发动政变创造了条件。

当时,正在中都城北屯兵驻守的福海是徒单南平的亲戚,胡沙虎认为要杀徒单就得先从福海开始。那天,福海在营帐内接见了胡沙虎派遣的人。胡沙虎的人说,右副元帅请你到府中议事。福海当时想都没想就答应了，并跟着胡沙虎的人来到了胡沙虎的府上。福海刚一到胡沙虎的府中，还没明白怎么回事，就被胡沙虎的亲兵杀死。随后，胡沙虎宣布福海的兵马归他管辖。

八月二十五日凌晨，胡沙虎率领军队入城，准备杀死皇帝。当他们快到城门口时，胡沙虎担心城中禁卫军会出来阻拦，心生一计，先派一名马前卒奔往东华门，大喊："大军到了北关，已经开战了。"城内守军听了，以为是胡沙虎的军队正在城北与蒙古人开战。不久之后，胡沙虎又派了一名士卒同样去东华门叫喊。通过这种方式，让人想不到在城外防御蒙古军队的金军正在入城发动兵变。

胡沙虎的行动当时并没有引起其他人的怀疑，他命令手下的干将徒单金寿去召大兴知府徒单南平。徒单南平在金寿的带领下，骑马来到广阳门西的富义坊时，与胡沙虎迎面相遇。徒单南平正准备与胡沙虎打招呼，胡沙虎送给他的却是手中的那支长枪，他直向南平刺去，将南平刺落于马下。金寿又迅速举刀砍下，把南平的脑袋砍了下来。接着，胡沙虎又以同样的方式把南平的儿子没烈杀了。

这时，胡沙虎政变的企图才被人发现。禁卫军殿前司卫官兼关西大汉军都统完颜鄯阳、护卫十人长完颜习古乃等禁卫军将领，知道胡沙虎政变后，急召大汉军500人，抵御胡沙虎的叛军。但是禁卫军将领低估了胡沙虎。完颜鄯阳等人不仅没有把胡沙虎给抓住，自己反而被胡沙虎军所杀。

完颜鄯阳是福海的儿子，素来作战勇猛，在叛军的包围中，他亲手杀死了数十人，但自己也身负重伤，最后死在了战场上。

他手下的禁卫军也全部阵亡。

金军大部队在大都城外对付蒙古军,这给胡沙虎提供了一个良机,他所带的3000余人在城内所向披靡,为所欲为。

随后,胡沙虎带兵来到东华门,要宫中守门的亲军百户冬儿、五十户蒲察六斤开门。蒲察六斤与冬儿坚决不肯顺从叛乱的胡沙虎,不开门。胡沙虎见此计不行,许诺事成之后授给他们世袭猛安、三品职事官,但冬儿与蒲察六斤还是不从。于是胡沙虎又派人去叫殿前都点检徒单渭河。渭河悄悄地从宫墙上顺着绳子下来,面见了胡沙虎,表示愿意顺从。这时,皇帝的诏书也从东华门宫墙上投了下来。诏书上说,谁杀死胡沙虎,就可以授职为大兴知府、世袭千户。

胡沙虎怕夜长梦多,决定强攻中都城。他命令军士火烧东华门,守门护卫斜烈、乞儿、春山等人不敢坚守,他们砸开门锁,迎接胡沙虎入宫。

胡沙虎入宫后,将所有宫中侍卫亲军都换成自己人,然后直奔皇帝所在的大安殿。皇帝完颜永济看着胡沙虎气势汹汹而来,知道自己的命运已经掌握在对方手中,便十分平静而又直截了当地问:"让我到何处去?"胡沙虎大声回答:"回你的旧府。"

皇后的心眼比完颜永济多,她知道这一去恐怕是凶多吉少。皇后担心被杀,不肯随同胡沙虎的侍卫出宫。胡沙虎命令士卒将帝、后二人强行送上车,载入卫王旧邸,并以武卫军200人严密监守。皇后的担心得到了验证,第二天晚上,胡沙虎就派人将完颜永济和皇后二人杀害。完颜永济即位的时候,叫卫王,死后的谥号是卫绍王,历史上也一直沿用后一种叫法。

胡沙虎有心政变，却无当皇帝的野心。杀死完颜永济后，自封为监国都元帅，住在大兴府内，在周围部署了大量的禁卫军，控制了宫城及中都全城。

　　此时，中都全城一片森严。金朝上下都把焦点聚集在到底由谁来当皇帝的事上，老百姓茶余饭后议论的也是此事。同时，掌握大局的胡沙虎对于立谁为皇帝心里也没谱。

　　一天，丞相徒单镒来到大兴府署，对胡沙虎说："翼王，章宗之兄，显宗长子，众望所属，元帅决策立之，万世之功也。"（《金史》卷九十九《徒单镒传》）胡沙虎一听，感觉如今之计也只好如此了，于是迎立世宗完颜雍的孙子完颜珣当皇帝。金宣宗完颜珣就这样被推上了皇位。这个皇位对于完颜珣来说来得太意外了，当时他已经是 51 岁的人了。

　　金宣宗即位后，授予胡沙虎文武最高职位，文兼太师、尚书令，武兼都元帅，同时封他为泽王。胡沙虎的弟弟被任命为禁卫军殿前都点检兼侍卫亲军都指挥使。

中国都城保卫战

第二十三章 元代皇城大都防御与保卫战

元代是中国历史上第一个由少数民族——蒙古族建立的统一全国的王朝。在成吉思汗统一蒙古各部之初,挑选蒙古千户、百户、十户长及白身子弟80人为宿卫,70人为护卫散班,负责汗帐的警卫。成吉思汗建蒙古国后,从蒙古各千户中征召1万名精锐之士组成"怯薛",分编为宿卫千户、箭筒士千户、护卫散班八千户,分四番轮流宿卫大汗宫帐及管理汗廷的各种事务,号为"四怯薛",由博尔忽、博尔朮、木华黎、赤老温4位开国功臣统领并以其子弟世任"怯薛长"。元世祖忽必烈即位后,改国号为"大元",定都大都(今北京),而把原来设的都——上都(今内蒙古正蓝旗东北)作为每年夏秋季节消暑的行都。蒙古统治者,除了加强大都城池防御,还建立了一个庞大的防卫专政体系,以保卫皇帝、宫廷和京都的安全。围绕大都而发生的战争更是惊心动魄。

一、元代大都城池防御体系

忽必烈迁都燕京的四个原因

十二世纪末十三世纪初的时候，中国北方的又一个游牧民族——蒙古族的势力越来越强盛。蒙古族在唐朝时候被称为"蒙兀室韦"，原来活动在今黑龙江额尔古纳河一带，公元8世纪的时候开始西迁，游牧于斡难河和怯绿连河之间。到12世纪的时候，由于铁制工具的使用和畜牧业的发展，再加上辽金以来中原地区先进文化的影响，蒙古族的社会经济有了显著的发展。金泰和六年（1206年），铁木真正式建立了蒙古政权，在斡难河上即位蒙古大汗，被各部尊称为成吉思汗。蒙古统一以后，以成吉思汗为首的蒙古贵族就开始向南方发动大规模的战争。金大安三年（1211年），蒙古军队大举进攻金国。两年之后，他们又分三路南下，一度包围了中都城，还占领了中都城以南大平原上的一些地方。第二年，蒙古军队再次包围了中都。金朝为了逃避蒙古军队的威胁，无奈地将都城南迁到汴梁（今河南开封）。此时的金朝已经腐朽不堪，军队也是毫无战斗力可言了。金贞祐三年（1215年），也就是金朝迁都汴梁的第二年，蒙古骑兵顺利地突破南口一带的天险，占领了中都城。不过，当时的成吉思汗没有在这里建立都城的打算，因此在兵荒马乱之中，中都城内金代皇宫的大部分建筑被大火烧成一片废墟，只有中都南面的建春宫和东北面的万宁宫在蒙金战争中破坏不是很严重。

40多年后，成吉思汗的孙子忽必烈继承了汗位。中统元年（1260年），忽必烈抱着消灭南宋、统一中国的勃勃雄心，从蒙古高原的都城和林来到燕京城。虽然此时城中的宫殿已经是一片废墟，但忽必烈还是十分喜欢这个有山有水、环境幽雅的地方，并决定将这里作为自己的行宫。于是忽必烈决定在旧金中都城的东北郊外选择新址，营建一座新都城。此时，忽必烈经常在万宁宫广寒殿召见官员，听取报告，决定军政大事，并接见来自海外的各国使节。此外，他还经常在这里举行重大的庆典活动。万宁宫实际上已经成为蒙古统治者的临时皇宫。

但真正让忽必烈决心迁都燕京的还得从如下几个方面考虑：

一是从军事战略价值考虑。这对于维系蒙古的统治地位相当重要。汗国的政治中心仍然是草原上的和林。但燕京却是蒙古统治者控制华北、中原的重要据点。这里地势十分理想，西北群山环抱，形势险要，易守难攻；东南一马平川，便于调动兵力，控制中原的政局。当年，忽必烈与留守在和林的弟弟阿里不哥进行汗位争夺的时候，忽必烈就是以燕京为基地，在东部诸王和汉人军将、儒士谋臣的支持下，打败代表草原贵族保守势力的阿里不哥。忽必烈认识到燕京战略地位的重要性，于是决定在燕京"修建宫室，分立省部"，以兼顾对华北、中原地区的统治。至元元年（1264年），忽必烈把燕京改名为中都，府名仍旧作大兴。

二是从经济环境考虑。燕京地区农、牧、手工业的生产比较发达，矿产资源丰富，纺织业也发达。

三是从历史文化基础考虑。早在周朝，燕国就雄踞这里。后来，历经秦汉至隋唐的多次朝代更替，这里始终是北方最重要的军事重镇。特别是在辽、金时期，这里的地位更加重要。辽朝把这里作为四大陪都之一的南京，金朝更是在这里大力经营，扩建城垣、宫室，立为中都，作为统治中国北方的中心。

四是从政治地位的特殊性考虑。忽必烈在战胜阿里不哥之后，要维护自己的统治地位，仍然需要得到幽燕地区的人力、物力大量支援。同时，忽必烈如果要向内地扩展自己的大本营和指挥部，燕京也远比上都便利得多。

大都城池防御体系的新建

中统年间，大臣刘秉忠开始受命负责营建燕京的皇城、宫殿。刘秉忠等人经过周密的勘察、规划，最后确定以万宁宫为中心来兴建新都城。大都城的新建，不仅要考虑实际，还要充分考虑以后禁卫军的防御。

为何最后确定以万宁宫为中心来兴建新都城呢？

第一，在旧中都城内兴建皇宫，已经不可能了，因为无法将大量居住在原皇宫区的老百姓全部迁走，即使能够强迫他们迁移，其拆迁工程的耗费也十分大，远远超过另建新宫城的费用，得不偿失。

第二，旧中都城的东面和南面，地势低洼，一片沼泽池塘，而西北面又有浑河（即卢沟河）流过，经常泛滥成灾，都是不利于建新城的因素。

刘秉忠在赵秉温等人的辅助之下，经过充分准备，将燕京地区的山川形势、新都城的规划等，绘成图册，又将修造兴建的方法写成条文，一起上奏给忽必烈，并得到了批准。

元大都的兴建，在北京城市发展史上是一个极其重要的转折点。它放弃了莲花池水系上历代相沿的旧址，而在它的东北郊外选新址，重建新城。由此可见，元大都的兴建，标志着北京城址的转移，这在北京城市发展史上无疑是一件值得人们关注的大事。

元大都的规划蓝图十分宏伟，是在科学调查、测量的基础上设计完成的。当时的设计者首先进行了详细的地形、地质和水系的勘探、测量，然后又按照《周礼·考工记》的设想进行了总体规划。元大都的规划是基于两点考虑的：一是水源。金代的大宁宫紧邻太液池。太液池北面有一个面积很大的湖泊，也就是今天的积水潭，这两个湖泊与高梁河相通，高梁河水比较充沛。以太液池、积水潭为中心建筑大都城，元朝政府从江南征收的数以百万石计的粮食就可以通过运粮船直接运到积水潭，以供应皇帝、官吏、军队的用粮。当然，充足的水源对于大都城的市民来说更是十分需要的。第二个考虑就是符合礼制。这一点对于一个大国的首都来说也是至关重要的。《周礼·考工记》中说："匠人营国，方九里，旁三门，国中九经九纬"，"左祖右社，面朝后市"。按此说法，帝王的国都应该是一座正方形的大城，形成九条南北大道、九条东西大道纵横交错的布局。在朝廷的左方设立太庙，右方设立社稷坛，都城的正南方为朝廷所在地，正北方设立集市。这个设计方案集中体现了皇权至上的思想，为中国历代王朝规划建设首都时所遵循。

至元四年（1267年），元大都正式开始营建。至元九年（1272年），改中都为大都，并定为元朝的京都。至元十三年（1276年），大都都城基本建成。至元三十年（1293年），完成了大都东连通州的通惠河与贯通南北的经济大动脉大运河相接，至此整个大都的营建工作才算最终完成。

元大都城的平面布局基本上是一个正方形，城区南北长

7400米，东西稍短，为6650米。周长28.6千米，城区面积50平方千米。元大都东、西城墙的位置与明清北京城东、西城墙的位置相同，只是在北端约延长5里，南端约缩短1里。元大都的南城墙在今天北京的长安街一线，元大都的北城墙在明清北京内城北墙北面约5里处。元大都共有城门11座，其中东、南、西三面各三座，只有北面是两座。不过，元大都城墙为土城，我们现在还可以看到部分北土城遗址。

在城门外都修有瓮城和吊桥。大城内为皇城。皇城以万岁山、太液池为中心。开始的时候，皇城并无城墙，仅以侍卫亲军环列守卫，后来以砖石修了一道长10千米的围墙，高度比大城矮，俗称红门阑马墙。

元朝大都军事防御体系集中体现在城墙、皇城等的修建上。虽然元大都的城墙是用夯土筑成的，但却修建得宽而高。城墙最下端，宽约24米，城高约16米，顶部宽约8米。在每个城门的上端，以及两门相隔的中间，都有一个漂亮的建筑物，也就是箭楼。所以，每边共有5座这样的箭楼。楼内有收藏守城士兵武器的大房间。城门上的箭楼面阔3间，进深3间，地面用砖铺砌，旁边有砖砌水池，主要是用来防御火攻。在城墙上端，沿中心线部分，还铺设了半圆形瓦管。

皇城内，在大小宫殿之间，都建有负责警卫的宿卫直庐。如太液池西岸的隆福宫后、兴圣宫前，建有宿卫直庐40余间。此外，还有散置直庐20余间，分布在兴圣宫的四周，供负责守卫太液池西岸的士卒居住。

这些都是基于防御而考虑的。

值得一提的是，元朝统治者在征调大批百姓从事宫室营造的同时，还动用了大量服军役的士卒，特别是常年驻守在大都附近的门卫汉军，更是经常参加宫殿、城墙的修造。每到兴工的时候，少则数千人，多则数万人，成为兴建大都城的重要力量。特别是至元二十六年（1289年），又抽调各卫汉军，共1万人，另立武卫亲军都指挥使司，专职宫殿的营缮工程。

二、元代大都中央禁军

元大都中央禁军主要有怯薛、五卫亲军等。

中统四年（1263年），忽必烈设枢密院掌全国军事机要，负责宫禁宿卫。在沿袭成吉思汗旧制以"四怯薛"轮番入卫宫廷的同时，另建了强大的侍卫亲军，分屯于大都、上都周围，分别担负宫廷与都城的警卫。侍卫亲军初称武卫军，约3万人；后改称侍卫亲军，分置为前、后、左、右、中五卫；后又增设了由汉人、色目人、蒙古人等分别组建的唐兀卫、左右钦察卫、贵赤卫、西域卫、左右阿速卫、左右翊蒙古侍卫、隆镇卫、武卫、康礼卫、宗仁卫、龙翊卫、宣镇卫、宣忠斡罗思扈卫等近三十卫，各卫设亲军都指挥使司领率，统军万余人左右，直隶于枢密院管辖。

此外，还有东宫、后宫侍卫亲军左右都威卫，左右卫率府，卫侯司等，专门担负东宫太子和皇太后隆福宫的警卫。随着禁军数量的愈来愈多，根据任务，元廷又创建了围宿军、仪仗军、扈从军、看守军、巡逻军等。围宿军主要担负皇帝游猎时的护卫和大朝会时的围宿，仪仗军担负皇帝举行祭告天地、宗庙等重大庆典时的礼仪，扈从军担负皇帝出行时的车驾扈卫，看守军担负皇室仓库的守护，巡逻军担负都城的治安巡逻。

但元朝作为中国历史上第一个由少数民族建立的统一全国的王朝，虽然以军事上的优势取得了入主中原的资格，但是在它存在的 98 年中，御林军体系远远不够典制化，管理上存在一些疏漏。

三、元代大都保卫战

王著刺杀阿合马

至元十九年（1282 年）三月初的一天，忽必烈带着皇太子真金巡幸上都。忽必烈走的时候，把大都的安全保卫工作全部交给了他自认为"明天道、察地理、尽人事"的宰相阿合马。但是蒙在鼓里的忽必烈并不知道，他身边的这个宰相已经激起了民愤，并且到了一触即发的地步。

阿合马的出现与财政管理有关。元朝刚刚建立的时候，财政大事分为两部分管理：中原地区的由耶律楚材主管；西域等地则由麻合没的滑剌西速主管。此后，西域理财的各大臣，如忽都虎等人，也先后被调入大都，主管中原地区的财政。但西域与中原毕竟是有所区别的，不管是在生活习性上，还是在工作方法上，都有所不同。众多的不同，又不善于求同存异，于是矛盾就出来了，双方几乎是水火不相容。忽必烈即位后，西域地区的财政已转归诸汗国所辖，元朝政治真正管理的，也只有中原地区及漠北了。而且，忽必烈执政以来，多行"汉法"，理财的各大臣大多用汉人，以中书平章政事王文统主管财政。中统三年（1262 年），王文统因为他的亲戚叛乱，受到了牵连被杀，许多汉族大臣也因此遭到疑忌。于是，忽必烈又开始启用西域人中的大臣主管财政。

正是在这种情况下才有了阿合马。阿合马是西域人,因为他办事干练,在王文统被杀后,开始接管全国的财政,并管辖着中书左、右部兼诸路都转运使,专以财政之任委之。此后,阿合马又先后奏请设立了制国用使司、尚书省等机构,权势越来越大。只要是财政大事,他并不上报中书省,而直接向忽必烈申奏。凡是任用理财的官吏,他也不经过吏部同意。阿合马虽然征敛财赋,但他的瞒上欺下还是做得相当之好。在征敛财赋的过程之中,为了得到忽必烈的赏识,他还不择手段,横加课税之额,并任用自己的亲信私党四处敲诈勒索,收受贿赂,为非作歹。他的手段特别残忍,不管是谁,只要与他作对,必是死路一条。

阿合马的种种倒行逆施,自然遭受了来自两方面的反抗:一是元朝政府上层的蒙汉大臣们,他们掌握着中书省、御史台的权力。在阿合马掌权后,他们手中原有的权力已经被剥夺殆尽,虽然看上去官位极高,但已经是形同虚设了。而此时忽必烈面对着各位大小官员的陈诉还不以为然。另一个是处于社会下层的广大人民,他们在阿合马及其亲信私党的横征暴敛下,倾家荡产的人不计其数。

王著便是在这种背景下出现的。益都(今属山东)千户王著,为人沉毅有胆气,轻财重义,疾恶如仇。民间宗教首领高和尚跟他极为相似,两个同样轻财重义的人走到了一起。王著秘密铸了一把大铜锤,准备谋刺阿合马,为民除害。王著和高和尚等人一直在等机会。忽必烈与皇太子的出巡自然给王著他们提供了极佳的机会。

忽必烈走后几天的一个夜晚，王著和高和尚等人秘密相聚在大都城郊的一间普通房子里，商量这次行动的可行性。经过一番争论，王著认为，还是有机可乘的。于是，他们又研究了具体实施计划：以皇太子要回京做佛事为由进宫，对阿合马进行刺杀。

三月十七日下午，王著和高和尚等人率80余人准备进入大都城，但是城门警戒森严，他们在城门口转了一圈后，决定：为了不影响计划，乘晚上禁卫军值宿松懈之时潜入大都。

三月十七日深夜，王著和高和尚等人利用自己不凡的身手顺利进入大都城。

三月十八日，两个西番僧人模样的人小心翼翼地来到宫城门外，准备进入宫城。此时，正守卫皇宫的侍卫亲军高觿等人把这两个西番僧人模样的人挡住了。高觿问两个西番僧人模样的人："入宫何事？"两个西番僧人模样的人对高觿说："皇太子要回京作佛事，让我们先进宫作准备。"高觿是一个有着丰富经验的侍卫亲军，大大小小的警卫事件经历过不少。他不动声色地观察着这两个西番僧人模样的人的言行举止，越看越觉得这里面有问题。首先，这两个人神色慌张，有点心神不安的样子；其次，若是西番僧人，北方话说得不会这样好。不过，囿于他们自称是要给皇太子作佛事，高觿自然不敢怠慢，但他还是觉得其中有诈，决定采取一定的办法来找出破绽。

这时，高觿严厉地对这两个人说："你们从哪儿来？"这两个人一听傻了眼，好半天没有憋出一句话来。高觿果断判断，这两个人根本就不是什么西番僧人，而是来宫中另有所图。高觿一声令下，几个侍卫亲军把高和尚的两个徒弟抓了起来。

数个时辰过去了，还没有看到高和尚的两个徒弟有消息，王著和高和尚猜到情况不妙，不得不采取进一步措施。王著派崔总管带着假圣旨去找留守大都的枢密副使张易。此时，大都禁卫军的军权都在枢密副使张易的手中，只要他一声令下，禁卫军就会立即行动起来，因此能不能把张易蒙住是刺杀能否成功的关键。

崔总管经验丰富，心理素质极好，他带着王著等人准备好的一张假圣旨，匆匆地赶到张易的住处。崔总管当场宣读了圣旨，要他调动禁卫军，于二更的时候汇集在东宫前听令。由于崔总管是宫内人员，所以张易没有产生任何猜疑。

与此同时，王著亲自去见阿合马。阿合马一见是素不相识的王著，并不理睬他。王著对阿合马说，他是皇太子临时派过来给宫内送信的官员，皇太子马上回京，要阿合马率官员到东宫前迎候。阿合马听完后，没有任何怀疑，立即叫下人通知各官员，准备迎接皇太子回来。

三月十八日夜二更时分，王著等数十人拥立着假皇太子自城北健德门进入皇城，然后进到宫城前。由于是深夜，加之假皇太子四周拥立着所谓的侍卫亲军，故守城的禁卫军无法看清假皇太子的面容，加之一般的禁卫军还不认识内宫深处的皇太子呢。

此时，阿合马等文武官员已经在东宫外等候了，张易也把禁卫军布置在了东宫外。

看到假皇太子等人进入宫城，阿合马等文武官员急忙迎了上去。这时，假皇太子令阿合马到跟前来。当阿合马来到假皇太子跟前时，假皇太子两目怒视着阿合马，显得十分生气。不容阿合马抬头看一眼假皇太子，王著便大声地对阿合马说："见到皇太子还不下跪，是不是要造反啊？"阿合马一时无话可说，立即跪了下来。这时，王著急忙走过来，用大铜锤将阿合马击死了。接着，王著又用同样的方法将阿合马的私党郝祯杀死。

面对这一突如其来的情况，一众官员惊愕得不知所措。他们一时间还没有弄明白，为何皇太子会深夜回宫，回宫后又为何突然杀了阿合马等人？

真是当局者迷旁观者清。这时，守卫在皇宫里的张九思、高觿等侍卫亲军发现情况有点不对劲，加上联想到之前有人扮作西番僧人之事，他们立即断定这一定是一场有预谋的刺杀事件。张九思、高觿立即调遣守卫在宫禁的侍卫亲军冲出皇宫，乱箭齐发。顿时，东宫前乱成一片，叫喊声、搏斗声交杂在一起。大臣们也纷纷逃命。宁静的大都宫城一时间变得喧闹起来。大都留守博敦乘机上前将假皇太子刺死。

高和尚等人见阿合马被杀，目的已经达到了，他们开始四处逃奔。但是王著没有逃走，他与元禁卫军搏斗了一阵后，被禁卫军抓了起来。王著主动承认了刺杀阿合马是他自己的责任，与他人无关。王著的心是好的，是为了避免更多的无辜者受到牵连。但元统治者哪会就此罢休。第二天一大早，大都的禁卫军开始在城内外进行大搜捕。没多久，禁卫军就将高和尚及他的弟子们抓获。与此同时，高觿、也先帖木儿等侍卫亲军首领派出信使，即刻飞报驻扎在察罕脑儿行宫的忽必烈及皇太子真金。忽必烈听到这个消息，大为气愤，急忙派孛罗等人赶回大都，负责严惩起事分子。

三月二十二日，参与刺杀阿合马的王著、高和尚等人，被押往刑场。刽子手举起手中的大刀时，王著大呼："王著为天下除害，今死矣，异日必有为我书其事者。"（《元史》卷二百五《阿合马传》）

在这起刺杀事件中，负主要责任的是留守大都的枢密副使张易，他没有及时分辨出真伪，严重失职，同样被处死刑。

王著舍身为民除害的壮举，大快人心，受到了大都人民的敬仰和怀念。当时的诗人侯克中在《挽义士王千户》一诗中称颂道："亿万生灵沸鼎中，当时争敢炫英雄……袖里有权除大恶，笔头无力写奇功。九原若见诸轲辈，应愧斯人死至公。"（《良斋诗集》卷六）

民心改变了忽必烈顽固的看法，原来他对阿合马十分信任与器重，但在阿合马死了两个月后，忽必烈命孛罗查清阿合马及其私党的种种罪行，这时他才意识到王著杀阿合马杀得应该。当然，忽必烈之所以这么做，还有一个更大的目的，那就是想借此缓和统治阶级内部正在激化的争权斗争，以及社会尖锐的民族矛盾，以维护自己的统治地位。

两都之战

致和元年（1328年）夏天，身体虚弱的泰定帝到上都避暑。元朝的大臣们都十分担心，泰定帝的身体已经不行了，此次到上都恐怕也是凶多吉少啊！武宗旧臣、佥枢密院事燕铁木儿与诸王满秃、阿马剌台等人甚至合谋，要是泰定帝病死在上都，因他的儿子阿速吉八还小，大家一起扑杀泰定帝的亲信大臣，共同拥立武宗后裔为帝。

同年七月，泰定帝果然在上都病死，于是，留守大都的燕铁木儿开始执行政变计划。燕铁木儿出身于显赫的钦察家族。他的父亲床兀儿是武宗海山的亲信将军和坚决拥护者，他的家庭在武宗时期达到了鼎盛。燕铁木儿备充武宗的宿卫有十多年，后来任正奉大夫、同知枢密院事。元仁宗即位后，燕铁木儿渐渐离开文职，跻身于禁卫军将领行列，被授任左卫亲军都指挥使。泰定帝去世前，他的职务是金书枢密院事，掌领着禁卫军的兵权。

燕铁木儿在征得留居大都的西安王阿剌忒纳失里的同意后，于八月初四率剌铁木儿、孛伦等人，将大都百官召集到兴圣官，宣布拥立武宗后人为帝。

当天黎明，大都百官齐集于兴圣官，燕铁木儿站在人群前，大声地说："武宗皇帝有两个儿子，都很孝友仁厚，这天下应是他们的，有不从者斩无赦！"随后，燕铁木儿首先命令侍卫亲军捆绑了平章政事乌伯都剌、伯颜察儿等反对他的大臣，然后派禁卫军严守皇宫和大都城的各个门户、要道。燕铁木儿完全控制了大都。

而在上都的满秃、阿马剌台等人，则因政变预谋被倒剌沙发觉，都被处死了。此时，上都丞相倒剌沙掌握着军政大权，在军事上控制上都后，随后立阿速吉八为帝，即为天顺帝，并起兵攻向大都，以镇压燕铁木儿的政变。

为了争夺帝位，大都和上都之间展开了一场你死我活的恶战。在这场争斗中，禁卫军将领扮演着举足轻重的角色，甚至还不时地成为主角，主持军政。

但这时武宗的长子周王和世㻋远在漠北，道路遥远，未能很快到达大都。燕铁木儿怕夜长梦多，于是派大臣明里董阿去江陵（今湖北）迎接武宗的二儿子怀王图帖睦尔，并通知河南行省平章伯颜备兵扈从。怀王图帖睦尔简装轻骑从江陵出发，昼夜兼程，风尘仆仆，直奔大都。

燕铁木儿在迎接图帖睦尔的同时，又抓紧时间在大都做了充分的备战工作，并对大都禁卫军进行了整顿。首先是征调屯驻大都附近的诸卫屯田军到大都集结，命其守卫居庸关、卢儿岭、白马甸、泰和岭等要塞。其次是命令所辖州县赶造兵器，以供军需。第三是将库藏中所储针帛财物取出，赏给守城的禁卫军，收买军心，并派人谎报图帖睦尔已经到达京郊，周王和世㻋也已率军由漠北南下的消息，以安定民心。第四是利用手中所掌握的枢密院大权，征调山东、河南、辽阳等外地兵马，前来守卫大都。

八月二十三日，上都兵马开始向大都进发。

八月二十七日，图帖睦尔在形势十分危急的情况下赶到大都。燕铁木儿一颗浮着的心总算沉落了下来。

八月二十九日，上都军在梁王王禅、右丞相塔失铁木儿、太尉不花等人的指挥下，逼近大都北面的榆林。大都城内戒严。禁卫军进入了紧急戒备状态。

九月初一，燕铁木儿与他的弟弟撒敦带领大都数万禁卫军出居庸关迎敌。撒敦率领奇兵袭击上都军马，取得了胜利。上都军见不敌大都军，撒腿就跑。撒敦哪会轻易放过，于是乘胜追击，一直追到怀来。

就在上都兵马往怀来逃跑的时候，隆镇卫指挥使翰都蛮也在陀罗台袭击上都的兵马，并把灭里铁木儿、脱木赤等人押回大都。

大都首战告捷，燕铁木儿等人高兴不已，但几天后，上都军再次向大都进逼。大都再次进入紧急备战之中。燕铁木儿只得分兵，派遣他的弟弟撒敦驻守在蓟州（今天津蓟州区）东面流沙河一带，以抵御辽东军马。

形势非常严峻，但大都的皇帝还没有宣布就位。图帖睦尔本想等到他的哥哥周王和世㻋来后，让他当皇帝。但燕铁木儿等人认为，不能再等了，先立个皇帝再说。在这种情况下，图帖睦尔走上了大明殿，当上了皇帝，改年号为天历，也就是历史上的文宗。不过图帖睦尔声称，即位只是暂时摄政，一旦等到哥哥到来，便立即让位。

于是在公元1328年里，元代在上都和大都出现了天顺帝阿速吉八和文宗图帖睦尔两个皇帝。不过，他们都是任职十分短暂的皇帝，仅在位一年。

此时，上都和大都各不相让，斗争进入了白热化的程度。

九月十六日，上都军马在王禅的带领下，再度攻破了居庸关。攻破居庸关的大军如同洪水猛兽一样，直逼大都。

九月十七日，上都军进逼到大都城北仅几十里的大口。此时，燕铁木儿率大都禁卫军和其他地方的援军数万人，迎战于榆河。

九月十八日，燕铁木儿率军将王禅击退。王禅退到了红桥（今北京昌平境内）北，与前来增援的上都军阿剌帖木儿、忽都帖木儿等部军马会合，再次向大都禁卫军发动进攻，但还是被大都禁卫军顽强地击退了。

九月二十二日，两都军队主力在昌平南面的白浮原野展开决战，燕铁木儿再次取得胜利。

但是王禅等人并不想就此罢休，于是他收集败散的军队，向大都发起了第三次进攻。而此时，燕铁木儿率领的禁卫军由于战争胜利，士气十分高昂。他们严阵以待。

九月二十四日半夜，燕铁木儿命令撒敦与脱脱木儿出兵，前后夹击，斩杀上都兵数千人，投降的更是多达万余人。上都军主帅王禅只身逃走。

这次胜利对于大都起到了至关重要的作用。但是，另一部分上都军马在驸马孛罗帖木儿、平章蒙古塔失等人的率领下，于九月二十六日攻破大都东北要塞古北口。燕铁木儿得到消息后，急忙命令撒敦急行军前往偷袭，自己则率大军随后追杀。上都军哪经得起大都禁卫军如此的袭击，上都军又战败了，将校投降的达万人之多，剩下的则四处奔逃，不知所去。在这场战斗中，大都军还抓获了上都统帅孛罗帖木儿等人，并将其处死。与此同时，脱脱木儿等所率的大都军马，在蓟州与支持上都政权的辽东军马也展开了激战，互有胜负。

九月二十九日，上都又有一部分军马在宗王忽刺台的指挥下攻入大都西南面的紫荆关。同时，辽东军也攻破蓟州，迫使脱脱木儿退守通州。由于这两路军马对大都构成东西夹攻的态势，大都的形势再度趋于危急。

十月初一，燕铁木儿率军东进，先去攻打兵临城下的辽东军马，将他们击退到潞河对岸。初二，燕铁木儿的军队跨过潞河，将辽东军队击溃。初五，忽刺台所率西面上都军已经抵达卢沟河畔，先锋散兵更是已经进抵大都旧南城外。于是，燕铁木儿率大军由通州向西北进发，与上都诸王太平、朵罗台等军在檀子山进行了激烈的战斗。同时，燕铁木儿又派脱脱木儿率军到卢沟河畔,与忽剌台所率领的上都军对抗。

好消息不断向大都城内传来:燕铁木儿带领禁卫军将太平、朵罗台等军马打败;脱脱木儿、也先捏与上都军忽剌台、阿剌帖木儿激战于卢沟河畔,顽强地阻住了忽剌台军。

十月初七,上都军与大都军再次展开激战。脱脱木儿扬言,燕铁木儿已经战败东北部上都军,率援军前来助阵。忽剌台等人见双方势均力敌,而对方又有强大的后援,于是撤兵西归。脱脱木儿乘势追杀,扑杀了阿剌帖木儿,并把他送到大都杀了。

十月十一日,秃满迭儿所率辽东军马攻破古北口,与燕铁木儿军激战于檀州(今北京密云)的南边,被击败,部下万余人投降。秃满迭儿于是率领残兵败将逃到了辽东。

最终,上都和大都的一场恶战,以上都失败而告终。在这次激战中,元的禁卫军得到了极好的锻炼,战斗力大大提高。

虽然两都之战结束了,但在大都内部又进行了一场你生我死的搏斗。这时,文宗图帖睦尔开始传檄海内,令各地罢兵。

随后,他下令处死了王禅、倒剌沙等人,又命令泰定帝皇后弘吉剌氏迁到东安州,同时派遣使者到漠北去迎接他的哥哥周王和世㻋。

十二月,和世㻋从漠北启程南下,诸王察合台、元帅朵列捏等人率兵扈行,旧臣勃罗等人随从。当他们行到金山(阿尔泰山)时,和世㻋派李罗先走一步赶赴大都城,说周王已经在途中了。

天历二年(1329年)正月,和世㻋在哈喇和林即皇帝位,也就是历史上的元明宗。宣布即位后,明宗派人到大都报信并转达他对弟弟图帖睦尔的指示:"朕弟(指文宗)曾熟读史书,近来政务繁忙,是否废书不读?听政之暇,应该亲近贤士大夫,讲论史籍,以明古今治乱得失。卿等至京师,可以此言相告。"

三月,文宗图帖睦尔派燕帖木儿把皇帝玉玺送给明宗,表示自己俯首称臣的诚意。明宗知道这次平定叛乱,全仗着燕帖木儿浴血奋战,而现在他又积极拥戴,功存社稷,于是加封燕帖木儿为太师,仍为中书右丞相,还掌握着大都禁卫军的兵权。同时,明宗为了报答胞弟逊位翊戴之功,他效仿了武宗、仁宗兄终弟及的成例,宣布立图帖睦尔为皇太子,命令大都有关官员铸造皇太子之印,以便百年之后传位给这位弟弟。同时,又诏谕中书省臣,凡国家筹措钱谷、选拔官员等重大政事,先启奏皇太子,然后转报皇帝裁决。

一切布置妥当后,他才在大臣们的簇拥下向大都进发。然而,他做梦也没有想到,前面等待他的竟是图帖睦尔和燕帖木儿精心设计的一个陷阱。

图帖睦尔与和世㻋虽然是亲兄弟,并且图帖睦尔即位也有言在先,即位只是摄政一段时间,等到其兄一到,就拱手相让。但是君主的地位、皇权的魅力,特别是打败上都犹如自己打下了江山一样,这时的图帖睦尔已经是今非昔比了,他感觉到要将如此来之不易的皇位让给兄长,由皇帝改称皇太子,实在是难以接受。此外,燕帖木儿向明宗奉献皇帝玉玺时,明宗身边的大臣对他傲慢无礼,这使向来以功臣自居的燕帖木儿颇为难堪。但是明宗却忽视了燕帖木儿的重要性,他可是大都禁卫军的统领,实质上掌握着大都。于是,图帖睦尔和燕帖木儿表面不动声色,暗地密谋,决定不露痕迹地除掉明宗,夺帝位为己有。但此时,和世㻋却被蒙在鼓里,毫无觉察。

天历二年（1329年）八月，和世㻋行到王忽察都（今河北张北西北）的时候，前来迎驾的图帖睦尔带领着侍卫亲军，以皇太子的身份拜见皇帝、兄长。兄弟二人自从延祐三年（1316年）分开后，一晃就是13个春秋，那时彼此都还是孩子，如今却已经长大成人了。和世㻋在驻地大摆筵席，为胞弟接风洗尘。

场面显得十分感人，但感动之中暗藏着杀机。

那天筵席上，燕帖木儿乘和世㻋疏于防备之际，偷偷地把毒药放在他的酒杯里。于是，年仅30岁的和世㻋还没到达大都，便命丧黄泉了。燕帖木儿在一片混乱之中先抢了玉玺，然后扶上文宗，在数十个侍卫亲军的护卫下，上马疾驰，直奔上都。到达上都后，图帖睦尔宣布即位，仍为文宗，并大赦天下。

帝党后党之战

元统元年（1333年），顺帝在成为元代历史上最后一任皇帝时，他还是一个不知世事的小孩。当时的顺帝根本就不具备判断世事的能力，是文宗的里后卜答失里及权臣伯颜相继把持着朝政，顺帝也仅仅是个傀儡而已。等到顺帝成年后，还算有自己的主见和作为，他清除了伯颜，诛杀了文宗的皇后及其儿子燕帖古思，任用了脱脱主持朝政。本来，顺帝的势头还挺好，但是不久后，顺帝却因迷惑于工艺制作和秘密淫乐之法而无心治国，造成了奸臣当道，结党营私，争权夺利，陷害忠良的局面。特别是顺帝的皇后、皇太子想发动政变，逼顺帝退位，互相残杀。

顺帝的第二皇后奇氏，原来只不过是他所宠爱的高丽宫女。至元六年（1340年），奇氏被立为第二皇后，奇氏的儿子爱猷识理达腊被顺帝立为皇太子。奇氏母子二人相互勾结，把持朝政。《元史》卷二百四《朴不花传》说："内外百官趋附之者十九。"可见当时奇氏母子日益发展的权势。

让人感到不可思议的是，对于奇皇后及皇太子爱猷识理达腊不断扩张的势力，只有顺帝的近臣老的沙（顺帝的母舅）等人敢与他们争斗。于是形成了帝党与后党两大派系之间的一场激斗。

奇皇后及皇太子爱猷识理达腊利用丞相搠思监把持朝政，而顺帝则任命老的沙为御史大夫，掌握监察机构和舆论。不过，禁卫军的兵权却掌握在皇太子的手中。

至正二十三年（1363年），老的沙为了打击后党的势力，命令他的下属监察御史也先帖木儿、傅公让等人上章弹劾皇太子的得力臂膀宦官朴不花等人奸邪之罪。然而，老的沙的做法却适得其反，皇太子反而将也先帖木儿等人降职，遣到了外地。老的沙当然不甘心，又命令下属治书侍御史陈祖仁、侍御史李国凤等人再上章弹劾朴不花，结果与第一次一样，老的沙的部下又被降职，并被遣到外地。

皇太子与此针锋相对。至正二十四年（1364年），丞相搠思监禀承皇太子的旨意诬陷老的沙等人图谋不轨，并将老的沙同党蛮子、按难答识理、脱欢等人逮捕入狱。顺帝为了袒护老的沙等人，特命大赦，但搠思监还是无所顾忌，将蛮子等人处死，就连老的沙也被治罪。

顺帝不能给老的沙提供安全的靠山，老的沙只有逃到驻守在大同的孛罗帖木儿军中。一天，孛罗帖木儿接到顺帝派来的密使，说是要他保护好老的沙的安全。皇太子、搠思监等人得知老的沙藏在了孛罗帖木儿军中后,他们多次派人来索取。在遭到拒绝后,皇太子、搠思监却打着顺帝的旗号,下诏书削去孛罗帖木儿的军权、官职。

孛罗帖木儿作为一名久经沙场的战将,他当然知道这不是顺帝的本意,而完全是皇太子一意孤行。孛罗帖木儿决定起兵,命令秃坚帖木儿与其他部将一起进攻大都。

于是出现了元朝历史上帝党和后党的第一次交战。

至正二十四年(1364年)四月初九,秃坚帖木儿率兵攻入居庸关,大都城告急。第二天,皇太子就派也速、不蘭奚等将领率领禁卫军迎战。秃坚帖木儿的军队似乎势不可挡,禁卫军不堪一击。也速半途退军自保,不蘭奚在大都西北的皇后店被打得一塌糊涂,只好逃回大都城。

四月十一日,皇太子听说也速、不蘭奚的军队被打败了,急忙率领侍卫亲兵由光熙门出逃,从古北口直奔兴州、松州一带,以躲避这场灾难。

皇太子逃走了,后党也就失去了核心,变成一盘散沙。秃坚帖木儿将军队驻扎在大都北的清河镇,并放言索要奸臣搠思监和宦官朴不花二人。历史上这个不敢与皇后和太子对抗的皇帝顺帝,这时才把搠思监和宦官朴不花抓了起来,交给秃坚帖木儿,并命令恢复孛罗帖木儿的官职和军权。

四月十七日,秃坚帖木儿率军浩浩荡荡地由健德门入城,与顺帝在延春阁会面。顺帝自然高兴,设宴款待秃坚帖木儿。秃坚帖木儿酒足饭饱,并得到顺帝一番赞扬后,第二天就高兴地打道回府了。

秃坚帖木儿退军后,皇太子又回到了大都。对于秃坚帖木儿扑杀自己的得力助手,皇太子十分恼火,但又十分无奈,虽然自己手握禁卫军兵权,但通过这次交战来看,禁卫军还不足以与庞大的孛罗帖木儿军队进行对抗。经过一番思考,皇太子决定将孛罗帖木儿的死敌扩廓帖木儿的军队收为己用。扩廓帖木儿很快就被皇太子的金钱和所封官位征服了。

这年五月的一天,皇太子下令,命令扩廓帖木儿出兵进讨孛罗帖木儿。扩廓帖木儿兵分三路,东路由白锁住率领3万人守卫大都,中路由竹贞等人率军4万,西路由关保率军3万,合兵进攻孛罗帖木儿。

看着来势汹汹的皇太子军,孛罗帖木儿决定与秃坚帖木儿、老的沙等人率军再次向大都进攻,以讨伐皇太子。这就是元朝历史上帝党和后党的第二次交战。

至正二十四年(1364年)七月二十五日,孛罗帖木儿大军攻入居庸关。大都的禁卫军确实不如孛罗帖木儿军有战斗力,孛罗帖木儿不仅杀死了扩廓帖木儿的部将、守关的杨同佥,还打败了皇太子亲信不蘭奚率领的禁卫军。孛罗帖木儿军一路畅通,当他们到达龙虎台的时候,又与皇太子及白锁住所率领的禁卫军相遇。皇太子手下的禁卫军全无斗志,双方交手后,禁卫军很快便败回大都。

第二天,白锁住率领部分禁卫军护卫皇太子从顺承门南逃,经过雄州、霸州、河间等地,投奔扩廓帖木儿。

七月二十七日,孛罗帖木儿、秃坚帖木儿与老的沙等人率军进入大都。顺帝这次在宣文阁接见了他们,并设宴加以款待。不久后,又任命孛罗帖木儿为中书左丞相,老的沙为中书平章政事,秃坚帖木儿为御史大夫。

十月，顺帝下诏命躲避在扩廓帖木儿军中的皇太子回京，但是皇太子拒不从命，仍在组织反攻孛罗帖木儿的军事行动。

至正二十五年（1365年）三月，孛罗帖木儿看皇太子还在外对抗，于是把皇后奇氏押出皇宫，关在皇城北面的诸色总管府中，并强迫她写信召皇太子回京。

但自从孛罗帖木儿向大都进攻开始，一直犯了一个低级错误，他在上都打了胜仗，却丢了他的大本营大同。正当孛罗帖木儿在大都欢庆胜利的时候，扩廓帖木儿已经率军从大同向大都奔来，对大都形成了包围之势。

孛罗帖木儿一方面派秃坚帖木儿率军到上都镇压异己势力，另一方面派也速出兵对抗扩廓帖木儿军队。然而，令孛罗帖木儿感到意外的是，也速率军出大都后突然就叛变了。孛罗帖木儿只得再派手下的骁将姚伯颜不花出兵通州，阻止扩廓帖木儿军的进攻，但却被也速率军偷袭，兵败被杀。顺帝见孛罗帖木儿军屡屡失败，知道其大势已去，于是密设计谋，准备除去孛罗帖木儿。

孛罗帖木儿怎么也没有想到自己一心一意为顺帝，最终却遭到了顺帝的毒手。

七月二十九日早晨，宫内一片宁静。顺帝命令侍卫亲军上都马、金那海、伯颜达儿等人埋伏在宫城内的延春阁。不久后，被诏见的孛罗帖木儿、老的沙等人入宫。他们以为顺帝是召他们商量战争的事情，虽然他们也知道由于战争的节节败退，顺帝不会再像前两次那样笑脸相迎，但绝不至于杀害他们。当孛罗帖木儿、老的沙等人经过延春阁旁边的时候，还没等孛罗帖木儿反应过来，伯颜达儿突然冲出，用刀砍向孛罗帖木儿。紧接着，上都马、金那海等人一拥而上，乱刀齐下，把孛罗帖木儿杀死了。老的沙走在孛罗帖木儿后面，看到这种情况后，知道事情不妙，急忙抱头逃窜，但由于躲闪不及时，额头上也挨了一刀。

老的沙还算对朋友忠诚，他没有自顾逃命，而是带领部分下属，携同孛罗帖木儿的老婆孩子，匆忙逃出大都城，往北奔去。老的沙逃到了上都，与到那儿镇压异己势力的秃坚帖木儿会合。但是，没多久，老的沙就被益王浑都帖木儿等人扑杀。秃坚帖木儿继续北逃，但是到了十二月的时候还是被元朝军队扑杀了。

同年九月，皇太子在扩廓帖木儿护送下，回到了离别一年多的大都。到了大都后，皇太子本想借助扩廓帖木儿的军队逼迫顺帝退位，但遭到了扩廓帖木儿的委婉拒绝。于是，皇太子又挑动其他地方割据军阀出兵，与扩廓帖木儿相斗不休。而此时，已经是元末，农民起义的烽火燃遍了大江南北、长城内外。皇太子虽然再度独揽朝政，但却没有当皇帝的福分了，因为元朝已经濒临灭亡了。

明军灭元之战

元至正二十八年（1368年）七月初的一天，元朝历史上最后一个皇帝顺帝接到大都城外围亲军的传报：徐达率领明军将要到达通州了。

顺帝大惊，急忙命令大都城戒严。大都城顿时变得格外肃静，路上行人匆匆。但是大都城内的老百姓心里却暗暗高兴，他们都希望元朝被农民军替代，元朝腐败的统治终于走到了尽头。元朝末年以来，顺帝和大都城的大臣们几乎没过上几天安宁的日子，农民起义不断，并且时时都有可能威胁着大都的安危。

最具有代表性的是毛贵率军北伐。农民军领袖毛贵于至正十八年（1358年）三月十二日，率所部军队由河间、直沽进发，攻克了蓟州。蓟州被攻克后，大都城自然陷入一片混乱之中。元朝虽然还布置着众多精锐的侍卫亲军，但是近百年来的太平局势和养尊处优的闲适生活，已经使这些职业的武士、令人敬畏的禁卫军丧失了根本战斗力。听说毛贵率军逼近大都，侍卫亲军的将领和士卒们都十分害怕，毫无生气。这一点，顺帝和大都禁卫军的将领们看得十分清楚，于是顺帝命令诏征全国各地的士兵补充禁卫军，保卫大都。但是，元廷的许多大臣认为禁卫军已经腐败到无可救药的地步了，根本就无法挽救走向没落的元王朝。当时朝廷主要出现了四种主张：第一种主张弃城而逃；第二种主张把国都迁到偏于西北的关中；第三种主张逃到漠北；第四种主张据城死守。

持第四种主张的是中书左丞相太平。此时，许多大臣都在忙于布置自己的后路，而太平则连夜急书，向顺帝上奏：建议顺帝调各地军旅入卫大都。

这次顺帝没有选择逃走，他认为，自己坐了二十多年的皇位不能随手就让给人家。顺帝又下令割据在晋陕一带的军阀察罕帖木儿率军东进，驻守涿州，保卫京城。

三月十七日，毛贵率军进攻通州，在枣林与元军相遇，展开了激烈的战斗，元军战败，枢密副使达国珍战死，毛贵军队直达元朝皇帝每年春天都去行猎的柳林行宫。

大都城告急。

这时，太平果断决定将从外地调来的元军精锐部队派到柳林，由刘哈剌不花指挥，与毛贵军再次进行激烈的战斗。毛贵军队被击败。即使如此，大都禁卫军也只不过是都城边上的一个摆设而已。虽然毛贵在前有强敌、后无援军的情况下退回山东，但不管是对元朝腐败的统治，还是对驻守大都的禁卫军，都是一次沉重的打击。

还有一件让顺帝十分伤心的事是：红巾军在经过一年多的长途转战后，于这年的十二月攻占了上都，并且将蒙古统治者经营多年的上都宫阙付之一炬。上都被焚毁后，顺帝心痛不已，没想到元朝数十年的辉煌竟会毁在自己手里。

元朝，有两京岁时巡幸的制度，但由于农民的反抗斗争在两京之间时有爆发，使蒙古统治者龟缩在大都城内不敢轻举妄动，两京岁时巡幸制度不得不废止。

此后，顺帝与太平等大臣对禁卫军进行了有效的加强，他们在京城的四周设置了二十四营军队。至正十九年（1359年）十月，大都的11座城门都修筑了瓮城，建造了吊桥，以防止农民起义军突然冲进城来。但是事实表明，即使加强也不过形同虚设，因为一个城池要达到坚不可摧，需要有坚固的城池防御、勇猛的将领和素质过硬的士兵，这几个要素缺一不可。正如《元史》卷四十五《顺帝本纪》所说："军卒疲弱，素不训练，诚为虚设。"

在元朝统治行将灭亡的形势下，统治阶级内部也出现了分崩离析、众叛亲离的现象。至正十九年（1359年）三月，在大都负责警备治安的要害部门兵马司中，就发生了一次叛乱活动。京城北兵马司指挥周哈剌歹与林智和等谋叛，被禁卫军发觉，将其杀害，并株连九族。

一波未平，另一波又起。虽然叛乱很快被镇压下去了，但远在漠北的蒙古宗王也起来乘元朝统治者之危，想取而代之，夺取帝位。还有另一支更让元朝统治者害怕的军队，那就是朱元璋的农民起义军。果然，这支农民军于至正二十八年（1368年）七月，在徐达大将军的带领下来到了大都城下。但是，明军并没有立即进攻大都，而是随即兵锋东向，先消灭了驻守在永平的元军，又陆续攻克了大都附近地区的一些州县。大都渐渐沦为孤城。

闰七月二十六日，元将知枢密院事卜颜帖木儿，接到前方哨位的急报，说是徐达、常遇春等人率领北伐明军向通州进逼。卜颜帖木儿立即命令禁卫军严阵以待，准备与明军浴血奋战。但是，明军的摧枯拉朽之势，元禁卫军根本就无法抵挡，数万禁卫军很快就被明军杀光。

通州距离大都城只有数十里之遥。通州被占，意味着大都城东边的防卫已经被攻破，大都城的安危无法保障了。

此时，大都城里乱成一片，皇帝大臣们无法安宁，驻守在皇城内外的禁卫军也是魂不守舍，他们知道大元大势已去，他们只想着如何保住自己的性命，哪有心思抵抗。

闰七月二十七日，顺帝在宫城内来回走动，是走还是留，他拿不定主意。如果走的话，有可能就把大元江山让给了别人；如果留，还能保得住江山吗？还能保得住自己这条命吗？

正当顺帝思考之际，禁卫军首领上奏，说明军将于几日后攻打大都城。顺帝叹了口气，对太监说，立即召淮王帖木儿不花、庆童等大臣进宫。其实，顺帝北逃的主意已定，只是没有说出来而已，他怕此时一说出来将造成大都的大乱。

很快，淮王帖木儿不花、庆童等大臣来到了宫中。顺帝宣布任命淮王帖木儿不花为监国、庆童为中书左丞相，并要他们带领数万禁卫军，共同留守大都城。顺帝还命令皇太子保护太庙诸朝先帝的神主，自己先逃往漠北。

这天晚上，想到自己经营35年的大元江山没了着落，顺帝无法入睡，也不敢入睡，生怕太监传来不好的消息。

二十八日，顺帝在皇宫中的清宁殿召集蒙古贵族、眷属和大臣，共同商议去留大计。在这紧急关头，只有极少数人主张战死大都，与明军决一死战，大多数人都主张逃往漠北。这一结果顺帝当然求之不得，无疑为顺帝北逃增强了决心。于是，他决定北逃。

八月初二夜，大都城里一片安宁，禁卫军加强了警戒。半夜的时候，一队人马悄然从宫中出发，他们向大都城的西北方向奔去，没多久，来到了健德门。守卫在健德门的禁卫军立即打开城门，这队人马向居庸关方向飞驰。

这队人马就是顺帝所带的眷属、贵族和一些大臣，以及护卫他们的侍卫亲军。顺帝等人过了居庸关后，直奔漠北。顺帝逃走的保密工作做得相当好，他们都到了漠北，明军还以为他们在宫城内。

四天后，也就八月初二，徐达、常遇春等人所率领的北伐明军，从通州出发，由大都城东面的齐化门攻入。留守大都的元朝大臣淮王帖木儿不花、中书左丞相庆童、中书左丞丁敬可、大都路总管郭允中等人率禁卫军与明军进行了激烈的战斗，但明军势如破竹，元朝禁卫军无法抵挡，不到一天时间，元禁卫军战死的战死、逃跑的逃跑、投降的投降,大都城被明军占领,淮王帖木儿不花、中书左丞相庆童、中书左丞丁敬可、大都路总管郭允中等人全部战死。

虽然逃到漠北的顺帝还想东山再起,但他始终没有机会。元朝宣布结束。

第二十四章 明代京师防御与保卫战

洪武元年（1368年）正月，朱元璋在应天称帝，在即位诏书中称应天为京师，也就是今天的南京。为了保证京师的安全，朱元璋下令加强了城池防御体系的建设，并建立了上十二卫亲军，护卫京师安全。永乐十八年（1420年）九月，明代第三任皇帝成祖朱棣下诏第二年改京师为南京（今江苏南京），北京为京师；第二年正月，明代正式迁都北京。崇祯十七年（1644年）三月，明朝末代皇帝崇祯帝在万岁山（即现在景山）上吊自尽，明王朝宣告结束。明代在以北京为都的223年里，北京始终处于民族政治、军事斗争的前沿，保卫京师北京的安全是明代军事工作的重要任务。为此，明廷将七八十万京营军驻扎京师，筑长城、修城池，加强北京的警备，设"上二十六卫"担负宫廷警卫，建立了一套防卫与治安制度。

一、明代京师城池防御体系

应天府城池防御体系

金陵（今南京）地处长江中下游经济发达区，自古富庶，物产丰富，地形有利，一面临江，三面环山，周围低山、丘陵交错分布，便于凭险固守，扼制交通。金陵"北连江淮，南控湖海"，是东南的战略要地。它前有屏障，后有依托，左右逢源，军事上具有较好的稳定性。历史上，三国吴，东晋，南朝宋、齐、梁、陈，五代十国的南唐都曾以此为都城。

金陵是南京最雅致而古老的名称，一直沿用至今。其来历，一般认为因南京钟山在春秋时称金陵山而得名。楚国在今清凉山上修筑了一座城邑。因为那时紫金山叫做金陵山，它的余脉小山都还没有自己的名字，楚邑建在清凉山上，而清凉山当时是金陵山的一部分，所以把此城命名为金陵邑。由于当年的长江还在清凉山的西麓下流过，金陵邑临江控淮，形势十分险要，所以楚国选在这里置金陵邑，欲借长江天堑为屏障以图谋天下。金陵邑是南京历史上年代仅次于越城的第二座古城。从城区结构上看，它貌似小城堡；但从性质讲，已和越城迥然不同，它是一座具有行政区治所性质的古城，标志着南京设置行政区划的开始，也是南京称为金陵的发端。金陵的来源还有另外一说，即埋金之说。相传金陵的名称是因秦始皇在今城北龙湾金陵岗埋金以镇王气而得，并说在秦始皇埋金的金陵岗曾立一碑，上刻："不在山前，不在山后，不在山南，不在山北，有人获得，富了一国。"又传说秦始皇并没有真的埋金，而是诡称在山中埋金，这样，让寻金的人在山的前后南北"遍山而凿之，金未有获，而山之气泄矣"。这是秦始皇驱人凿断山脉破坏王气风水地形的计谋。除此之外，还有楚威王埋金说，据说当时楚威王以为南京"有王气"，于是吩咐手下在今狮子山以北的江边（古称龙湾）埋金。关于金陵的来源，还有一种说法是，南京地接金坛，其山产金，故名。

虽然金陵具有重要的战略意义，但朱元璋在登基前后，对于国都的确定还是费了不少周折。朱元璋参加农民起义后，一直活跃在江淮之间。然而这里土地贫瘠，民生艰苦，而且接近元朝的军事力量，不利于自己的发展壮大。为了谋求更大的发展空间，成就一番伟业，朱元璋必须选择一个既有经济保障又地形险要的根据地。在这种情况下，金陵便进入了朱元璋的视野。鉴于金陵的战略地位，大臣冯国用首先向朱元璋建议攻取金陵，他说："金陵龙盘虎踞，帝王之都，先拔之以为根本，然后四出征伐，倡仁义，收人心，勿贪子女玉帛，天下不足定也。"陶安也建议先取金陵，据形势以临四方。叶兑也上书请求定都金陵，然后就可以拓地江广，进军两淮，北征蒙古，退军又可以据长江以自守。元至正十六年（1356年），朱元璋听取谋士的意见，以此为争夺霸业的基地。在此后的十多年里，朱元璋南征北战、四出征讨，将江南群雄依次消灭。洪武元年（1368年）正月，朱元璋在应天称帝，在即位诏书中称应天为京师，也就是今天的南京。不过，虽然朱元璋暂时肯定了应天作为京师的地位，但他在有生之年一直在定都困扰中度过，他对金陵作为都城不太满意有两个方面的原因：一是朱元璋觉得以应天为国都的历朝都是气数不久，似乎不太吉利；二是有些大臣认为"有天下者，非都中原，不能控制奸顽"，而且应天偏处江左，在位置上作为国都不是十分理想。

元至正十六年(1356年)，朱元璋率军攻克集庆，建立应天府。至正二十六年（1366年），朱元璋下令"改筑应天府城"。洪武四年(1371年)至洪武十九年(1386年)又建筑新城，历时 21 年，应天府城全部竣工。洪武二十三年 (1390 年)，朱元璋又下令建造 60 多千米长的外围土城，传统称为郭。

在应天府城内还有皇城，包括皇城和宫城。这样，明代的京师城垣，分外城、应天府城和皇城三重。

应天府城共建有 13 座城门，分别为：

一、正阳门。城下门券一层，月城一座。是都城南面正门，与明皇城洪武门、承天门、奉天门等门在一条中轴线上，是扼守皇城的险要之门。1931 年改为光华门。1937 年日寇屡攻不下，重炮轰击，飞机轰炸，使城门坍塌。1958 年拆除。

二、通济门。城下门券四层，每两层门券间设有瓮城，建筑宏伟，外有九龙桥，旁为东水关。1958 年拆除。

三、聚宝门。原为南唐都城南大门，历朝扩建，宋代创建瓮城和券门。民间有朱元璋借聚宝盆的传说，因而将此门称聚宝门。传说不是历史，实际上聚宝门是因为它正对聚宝山 (雨花台) 而得名。本门连通繁华的商业大道，门下门券四层，三道瓮城，设 27 个藏兵洞，可藏兵五六千人。该城门最为雄伟壮丽，显示"一夫当关，万夫莫开"气势，令古今军事家忍不住赞叹。

四、三山门。原为宋元旧门，明重建时，因为它正对城外三山，故改称三山门。清代改名水西门。本门为西出要道，连通繁荣的商埠，城下门券四层，右边是西水关。民间传说朱元璋夺取集庆后，陈友谅率数十万大军来争夺，刘基一夜造三桥，又把三山门的门栓从里搬到外，使陈军陷入迷魂阵，朱元璋遂在三山门一带大败陈友谅。1958 年后被拆除。

五、石城门。门券两层，连通繁荣的商业大道。因靠近石头城,故称石城门。路面均铺"监石",清代八卦洲柴薪由此车运入城,日久竟将监石碾碎。此门又称汉西门,或称旱西门,现存券门两个。

六、清凉门。地处幽僻,仅有一券。位于清凉山西麓的石头城侧,故称清凉门。由于面临秦淮河,又称清江门。清代时堵闭,后毁。

七、定淮门。地处幽僻,仅有一券。原叫淮远门,因为秦淮河在其附近入江,经常泛滥成灾,为镇秦淮河,所以改称定淮门,在清朝因淤塞而废。

八、仪凤门。城下水洞两座,是明清时出入长江的必经之路。太平天国大将林凤祥指挥挖掘通向仪凤门的地道,用地雷炸开仪凤门城墙,直攻两江总督衙门。1928年改称兴中门,1958年拆毁。

九、钟阜门。本门幽僻,仅有一券。踞狮子山岗,是明代都城北面西头第一门,由于门朝东,俗称小东门。清代时堵闭,后拆毁。

十、金川门。金川河支流由此经过,故称金川门,依山控江,形势险要,明叛将李景隆开门献城,朱棣"靖难之师"由此入城。清代塞闭此门,后毁。

十一、神策门。本门幽僻,有两券,东至后湖,依丘傍湖,地近幕府山和长江,是军事防守要地。十三门中唯此门由刘基开两洞。顺治时,郑成功17万大军攻城时,中了守城清将缓兵之计,守兵偷偷凿开另一城洞,偷袭大败郑成功,后称神策门为得胜门。1928年改称和平门,现存瓮城、券门各一,谯楼一座,2002年修复开放。

十二、太平门。本门可扼要钟山，控制北郊，自六朝以来，向为兵家争夺之地。太平天国时，在钟山上筑天堡城，门旁筑地堡城，后曾国荃挖地道轰塌城门城墙，攻陷天京。1928年曾改太平门为自由门，后毁。

十三、朝阳门。本门僻静，是明都城之东门，是通孝陵必经之地。皇家禁区，城门常闭。

应天府城的城垣，周长号称96里。城墙依山傍水，利用山脉、堤坝、河湖水系的走向，据岗垄之脊而建。迤逦曲折，宛如伏龙。城墙的高度与宽度，因地而异。整个城垣以巨大花岗岩或石灰岩条石砌成座基，上面用巨砖垒砌内外两壁和项部，中间杂以夯实的碎砖、砾石和黄土。城墙顶部再以石板铺道，可以说固若金汤。

除了城墙之外，应天府城还有一座外郭城。外郭城主要利用了应天府城外的黄土丘陵，依山带水，夯土而成，只在险隘处用城砖砌墙开门，因此通常又叫做土城。

应天府城土城西北据山带江，东南阻山控野，范围十分广大，全长据称为180里。

土墙一般高约8米，上宽7米左右。周围筑有18座城门：东边6门，分别为姚坊门、仙鹤门、麒麟门、沧波门、高桥门、上方门；南面也开6门，分别为夹岗门、凤台门、大驯象、小驯象、大安德、小安德；西面开2门，分别为江东门、栅栏门；北面开4门，分别为观音门、佛宁门、上元门和外金川门。

应天府城和外郭城工程浩大，不仅将城内诸山丘尽皆包括，更将钟山、雨花台、幕府山等山和玄武湖等水全部围入城中，墙厚且坚，更加上外有宽为120米的外秦淮为城濠，内有宽为 28 米的内秦淮为内堑，真可谓铜墙铁壁，牢不可破。

那么，朱元璋既建了一层规模空前的砖石城墙，为什么又要再建一层规模更大，号称世界第一的外郭城呢？据说，应天府城造好后，朱元璋亲率众王子及诸大臣登上钟山，察看都城形势。见城墙巍峨，蜿蜒百里，朱元璋不禁喜上眉梢，忘乎所以。他得意洋洋地问左右："孤王的都城建得如何？"群臣早已揣透皇上的心思，无不频频点头称颂，极尽夸张溢美之词。突然，14 岁的少年王子朱棣说出两句没头没脑的话："紫金山上架大炮，炮炮击中紫金城。"众大臣闻听此言，一个个面面相觑，屏心敛气，不敢出声。朱元璋听后，也不禁大吃一惊。原来，朱棣的一句话，道破了应天府城墙建造设计的一个致命缺陷，那就是城周山峦起伏，东面钟山、南面雨花台、北面幕府山等一系列重要制高点都留在了城外，这对都城防御极为不利。朱元璋脸色大变，急命回宫，将负责全面筹划筑城的刘基叫到跟前，痛加训斥。如此尚不解气，不久又命太监给刘基家中送去一盘橘子，意思是嫌他筹划失当，恨不能将其抽筋剥皮而吃肉。刘基见状，惊骇不已，连夜逃出京城，躲进茅山避祸。朱元璋万般无奈之下，不得不痛下决心，倾国库之所有，调能用之国民，下令在城墙外再建一墙。就这样，朱棣一句话，使应天府城出现了两道城墙，从而成为世界上首屈一指的都城。

北京城池防御体系

元朝末年，反抗蒙古统治者的农民大起义如同暴风骤雨般席卷全国。元至正十一年（1351 年），爆发了红巾军大起义，并且坚持了 13 年之久。起义军转战各地，一度攻占了蒙古统治者的老巢上都，甚至烧毁了"富夸塞北"的帝王宫阙，并且逼近大都城下。此时，腐朽的元朝政权处于风雨飘摇之中。虽然红巾军最终不幸失败，但在红巾军与元军浴血奋战的时候乘机在长江下游一带发展起来的朱元璋势力，却不断壮大。朱元璋在兼并了起义军陈友谅、张士诚的势力后，占领了江南半壁江山，并于元至正二十七年（1367年）派大将军徐达、常遇春率师北伐。北伐军顺应了广大人民迫切希望结束元朝暴政的要求，得到人们的广泛支持，势如破竹，取得了节节胜利。明洪武元年（1368年）七月，徐达率北伐军直逼大都城（今北京城）。八月初二，明军进攻大都，元顺帝妥懽帖睦尔和后妃、太子以及部分蒙古大臣从健德门仓皇北逃。至此，历时98年的元朝宣告灭亡。但是朱元璋早在这年的春天正月就在南京登上了皇帝的宝座，并宣布南京为国都。徐达将大都城改名为北平。虽然元顺帝退走蒙古高原，但他继续号称大元皇帝，时刻伺机南侵，企图复辟。在这种情况下，北平城的军事战略价值就显得更加重要了。而此时，北平城北部比较空旷，加上多年战乱饥荒，许多人要么出走，要么死亡，日益荒落。于是，明朝统治者开始修建北平城池防御体系。

在北平城防御体系的修建上，大将军徐达立下了汗马功劳。首先加强了城防。由于元大都城垣阔大，又是土筑的，这种防御体系显然不能满足徐达等人的心理要求。于是，他们决定首先紧缩城垣，同时将四面城垣加高并砌砖。为何他们要放弃大都城的北部地区，在北城垣以南五里处另筑新墙呢？出于军事防御目的最为明显。因为大都城北部空旷，北城垣南移对防卫确实有着非凡的意义。具体负责新筑城垣工作的是指挥华云龙。考虑到军事防御,北平城东、西、南三面城垣基本上是在元土城墙的基础上,外加砖包砌而成的,这三面的城垣高达三丈,城宽二丈;南移的北城垣,则高四丈有余。其次是加强了北平周围的防备。元顺帝退走蒙古后,还时常进行反扑,总想恢复对中原的统治。而要夺回中原的统治,首先就要夺回北平城。显然,在这种情况下只加固北平城本身的防御是远远不够的,而应该以北平为中心基地,形成完整的防御体系。徐达占领北平后,立即在北平府设了六处卫所,驻扎重兵。此外,北平城东边的通州卫、东北的永平卫、后来所设的大宁卫,都成为北平东、东北方面的屏障。而在西北地区,又有开平卫,以及后来设的宣府诸卫,成为北平西北的屏障。不过徐达将军这种城防体系是在特殊的环境下根据形势需要而修建的,所以有许多不完善之处,当时也并未作为都城的标准来修建。明建国之后,军事虽然进展迅速,局势也很快趋于稳定,但经济仍十分困难,在这种情况下,对北平城市建筑整体设计还提不上日程。

朱棣为何迁都北平 我们今天所能看到的明京师防御体系,都是明廷确定定都北平后所修建的。其实早在洪武初年,朱元璋就有过建都北平的打算。但是,由于北方在元末遭受了很大的破坏,地旷人稀,经济凋敝;运河也没来得及修复,江南的粮食和物资无法大量北运,只得把首都建在南京。即便如此,仍有许多客观现实向明朝统治者表明,明朝的都城建立在北平最合适。

原因之一:明代边地各民族与内地的联系继续加强,各族统治者在政治上都与明朝保持着隶属关系,各族人民与汉族人民的经济、文化交往更加频繁。当时，蒙古地方的统治者虽然与明朝处于对立的地位，但是蒙古人民与汉族以及其他各族人民的联系并没有断绝，不少蒙古族人停留在内地生产，也有不少蒙古人正在向内地迁徙。《明太祖实录》卷六六记载，洪武四年（1671年）六月，以"沙漠遗民三万二千八百六十户屯田北平府管内之地"，其中就有很多蒙古族人民。蒙古族人民从事农业经济生活的比重越来越大，牧民也迫切需要内地物资。加强汉族与蒙古族人民的联系，是两族人民的共同意愿。

原因之二：各民族联系的进一步加强，也要求政治上进一步统一。在当时，北平具有很多作为这个统一多民族国家都城的优越条件。北平曾经是元朝的首都，有着作为多民族统一国家首都的传统。北平离蒙古和东北都很近，又是东北与内地联系的必经之地，朱棣认为，建都在这里，便于维系对东北的统治，从而可以牵制蒙古族统治者的势力。不管是朱元璋，还是朱棣，都希望把塞外蒙古族地区纳入明朝的版图，虽然那不是一件容易的事，但他们却明白这一点：以北平为首都，把北平作为最高统帅部的驻地，就可以更及时地掌握情况的变化，更及时地部署和调配军事力量。

原因之三：北平背靠燕山、南瞰中原，左环沧海，右依太行，易守难攻。北平周围由西南向东北，有紫荆关、居庸关、古北口、松亭关、山海关等要隘，进可以攻，退可以守，足以保障京师安全。就连朱棣都说："水甘土厚，物产丰富。"北平与南方联系也较为方便，可以取海道上下，也可以利用运河来往。当然，与东北和西北联络就更为方便了。

当然，明朝之所以能够定都北平，还得力于朱棣当燕王的时候对北平的了解，他长期驻守北平，对北平的重要战略地位有着深刻的了解。

经过漫长的酝酿过程后，朱棣决定迁都北平。不过，朱棣迁都北平多多少少掺杂了一些个人利害因素。朱棣在北平起家，他巨大的影响和军事实力都在北方。朱棣在夺得皇位后，虽然当时仍以南京为都，但他的夺位之举，仍旧受到了南京不少遗臣的非议，甚至还有惠帝的死党想卷土重来。与南京相比，北平曾是朱棣的根据地，有大批的嫡系并得到当地人民的拥护，更有利于巩固他的统治地位。另外，朱棣在登上皇位后，朝廷重臣自然换上了自己的亲信，大多是北平三卫的宿将和靖难之役中的功臣。这些文臣宿将，长期居住在燕京地区，跟随燕王多次出征蒙古有功，在燕京地区大多有自己的恒产定业，又有妻儿亲朋，不愿意搬到南京，因而当然支持迁都北平。有大臣说，北平是"龙兴之地"，是燕王的发祥之地，都城理应迁到"龙兴之地"。

永乐元年（1403年）正月的一天，礼部尚书李至刚上奏皇帝，建议将北平升为陪都。李至刚的这一说法正合朱棣的心意，心情特别高兴，并立即下令改北平为北京，设北京留守行后军都督府、行部、国子监，改北平府为顺天府。同时，北京城的各种建设也随之全面展开。明朝迁都北京就这样开始了。当然，真正表明朱棣决心迁都北京的却是在永乐七年（1409年）。这一年朱棣巡幸北京。这次巡幸，朱棣在自己身边设置了行在六部、察院，与南京各自形成一套系统。另一件事更可以彰显他迁都的心迹。永乐五年（1407年），徐皇后病逝。徐皇后是大将军徐达的女儿，与朱棣共同征战南北，自然有着深厚的感情，是他患难与共的夫妻。但是徐皇后死后，朱棣并没有急于把她安葬在南京，而是在北京的昌平为她建造陵寝，也就是现在的长陵。细细想来，如果不是朱棣决心迁都北京，他是不会把心爱的徐皇后下葬到北京的。

朱棣迁都北京也是历经艰辛。许多大臣本来就生活在南方，都不愿意迁都，反对朱棣迁都北京。即使在迁都北京之初，仍有不少大臣反对。永乐十九年（1421年）四月初八，北京新宫中的奉天、谨身、华盖三大殿都遭到了雷击起火，全部化为灰烬。朱棣以为是上天示警，下诏求直言反省。这时，那些本来就反对朱棣迁都的大臣却借此事反对迁都。朱棣十分不满，甚至杀死了言辞激烈的萧仪。此时，反对迁都的大臣们不敢再指责皇帝，转而攻击那些拥护迁都的大臣。双方争辩激烈，朱棣命令他们于午门外跪着辩论。户部尚书夏原吉为稳定局面，主动将责任承担下来，才渐渐缓和了矛盾，迁都之议才算是平息下来。

北京城的每一处建筑无不考虑到军事防御，这是时代的需要，就像今天建筑房子必须考虑防空一样，这也是时代的需要，只是防御的方法和手段不一样。永乐四年（1406年），北京城开始建宫殿，修城垣。第二年，分遣大臣到四川、湖广、江西、浙江、山西等地征集木料为建筑用材。当时有23万工匠、上百万民夫以及大量兵士被投入宫殿建造工程。北京城的营建，从永乐四年（1406年）开始，到永乐十八年（1420年）基本结束，前后延续了15年之久。

紫禁城又称宫城。它位于皇城之中，是明朝时的政治中心。紫禁城的形制为南北向的长方形。城墙周长3400多米，南北城墙长961米，东西宽753米。城墙高达10米，墙下部宽8.6米，墙顶部宽6.6米。四个方向，每个方向开一个门。南门为正门，也就是我们常说的午门。午门城楼建筑是红墙黄瓦，朱漆大柱。午门高35.6米，双阙长50米，平面是"凹"字形。在正面和左右两侧部署兵力和火器，能严密控制午门的开阔广场和通道。在午门双阙之下，东、西各有一个小屋，这里是锦衣卫值班的处所。北门为玄武门（清朝改为神武门），东门为东华门，西门为西华门。城墙四角都构筑有角楼，居高临下可对周围瞭望、观察，对内可从4个方向俯瞰紫禁全城，对外可以观察和控制紫禁城与皇城之间的广大区域。角楼和四面城堞结合起来，可严密控制环护宫城的护城河。

皇城位于内城之中，紫禁城之外，也是明代拆除元大都城后重新建立的。城墙周长9千米以上，城墙高5.8米，墙基厚约2.1米，顶面宽约1.7米。皇城四周共设有7座门，正南第一道大门为大明门（清朝的时候改为大清门，辛亥革命后改称中华门）；左边是长安门，又称龙门；右边是长安右门，又称虎门；大明门向北是承天门（清朝改称为天安门），门上构筑有宏伟高大的城楼。皇城东门称之为东安门；西门称之为西安门；北门称之为北安门（清朝改称为地安门）。皇城在紫禁城和内城之间，其主要作用是护卫紫禁城和支援内城作战。

内城也叫京城，是明代北京城的主体防御工程，也是明京师御林军的主要防御依托。洪武元年（1368年）明军攻占大都后，为防元残余势力的南侵，大将军徐达命令华云龙改建北平。新建的城垣，也就是内城，将城北部（今德胜门外土城）南缩2.5千米，废东西光熙、肃清二座门，南北取径直，东西

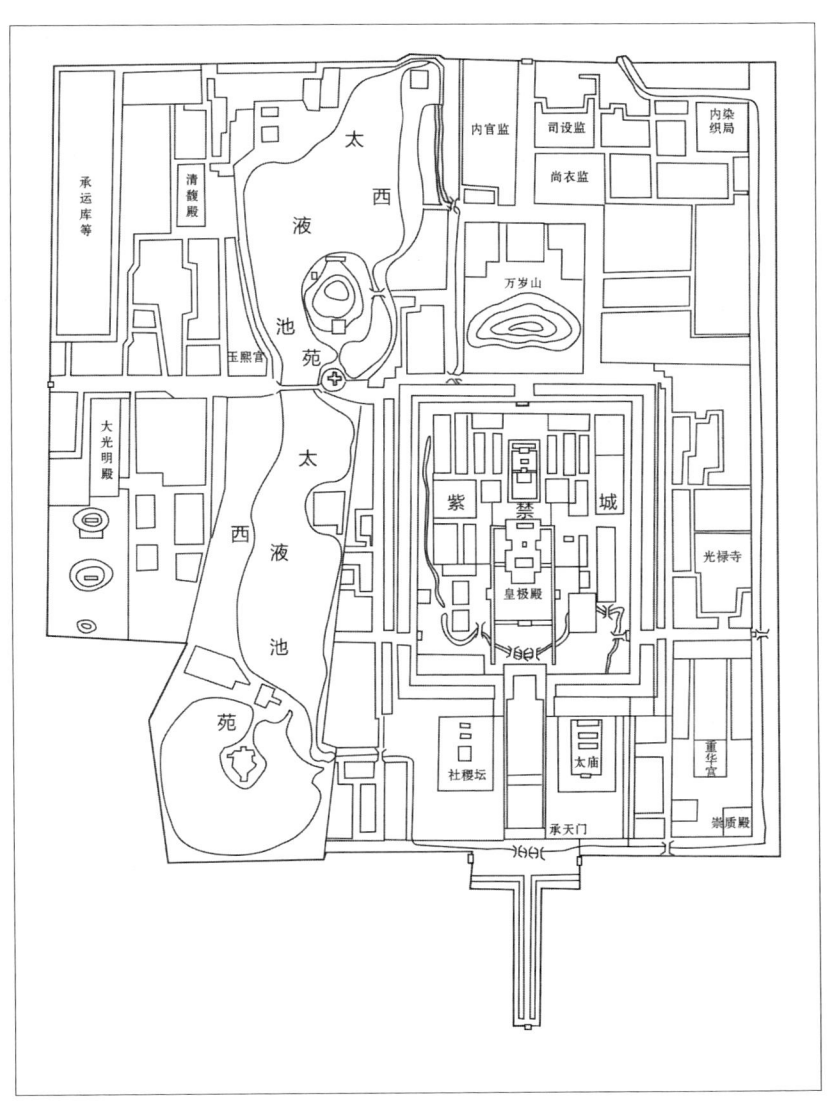

△ 明皇城、宫城（万历—崇祯年间）示意图

长 6.3 千米。新城垣在洪武四年（1371 年）建成。朱棣即位，并决定迁都北京后，又开始营建北京城和宫殿、庙坛，并改土城墙为砖城墙。为了皇城南墙和内城之间增加一段防御纵深，永乐十七年（1419 年）展拓南城墙，将内城南墙南移 1 千米，即从今天的东西长安街向南展拓至今天的前三门（正阳门、崇文门、宣武门）一线。直到永乐十九年（1421 年），北京各项建筑全部完工。此后，内城又多次加固。

正统元年（1436 年）十月，在九门修建城楼，大城四角修建角楼，将护城河加深，河岸用砖和石砌成，改九门木桥为石桥。为了进一步加强防御，正统四年（1439 年），九门又修建了瓮城与箭楼。正统十年（1445 年），又将城墙内墙改为砖砌。至此，内城军事防御设施主要包括城墙、城门、瓮城、敌台、角楼、钟鼓楼及护城河等，几乎汇集了城池防御的各种方法和手段。

内城墙的周长为 25 千米。东西长 6650 米，南北宽 5350 米。城墙高 13 米，底宽 19.5 米，顶部宽 16 米。城墙的内部是分层打实的黄土。基础顺向砌筑 2 米高的石条，墙体内处两面包砌 2 米厚的城砖。砌筑时渐渐倾斜上收，墙砖按顶顺交错垒砌，砖石缝隙灌满了灰浆并严密勾缝，使结构胶结为整体，防止不均匀下沉，确保城墙的整体稳固。城墙顶部以三合土灰浆灌实、抹平，而后再铺砌城顶方砖，将砖缝以灰浆填平，防止雨水渗透。为了保障守城禁卫军的作战和提供保卫安全，明朝的修建者还在墙顶外侧构筑雉堞共 11038 个。

内城有 9 座城门。9 座城门都具有极强的杀伤力和战斗力。南为正阳门、崇文门、宣武门，北为安定门、德胜门，东为东直门、朝阳门，西为西直门、阜成门。城门上都有城楼，城门前有瓮城。南面之中的正门为正阳门，于永乐十八年（1420年）构筑，是内城最高的建筑物。城门楼三重飞檐，两层楼阁，屋脊高约42米。正阳门是卷拱门洞，宽7米，高10米，可以双车并行通过。城门洞入口处设置木质双扇对开大门。门扇外包铁皮并密排铁钉。正阳门作为紫禁城的正前门，其前面构筑了半圆形瓮城1座，瓮城门顶上构筑有高达35.5米的箭楼。瓮城、箭楼、射孔、铁制闸门，使城门形成能独立进行战斗的坚固支撑点。

内城的四角分别构筑了角楼。角楼突出城角外墙面20米，高约30米，良好的视界和广阔的射界控制着左右两个方向，并与城墙相邻的敌台构成交叉火力和侧面杀敌。敌台单面（外侧）突出于墙面，内城共有172座，间隔为60米至100米，构成配置兵力和兵器的守备点，是守御城池的骨干工程。在每个敌台后面的城墙上，构筑有一所三开间的营所城铺，供守御禁卫军掩蔽和休息。整个城墙分段构筑有9个掩蔽库，90座火药库，135个存放各种军用作战物资的储备库。

内城墙外约50米处，环城构筑有一条宽30米、深5米的护城河。在城上火力的有效控制之下，形成以阻助打、阻打结合的防御工程措施。护城河起于北京西郊的玉泉山，经过高粱桥到内城西北分为两支：一支沿着城北转向城东，再折向城南；一支沿着城西转向城南，再折向城东。护城河环绕九座城门外都筑有石桥，保障正常交通。当来敌攻打城池时，禁卫军就会关闭石桥外的铁栅阻绝交通。凡是有水道通过城墙之外的设置水关，内外三层，护以铁栅，以防止敌人由水道潜入城内。

在内城北部中心区，建有钟楼和鼓楼。只要禁卫军发现敌情，或者是在作战期间，可向城内外报警，在战斗中，还可观察和发出信号。这大概相当于今天的警报系统。

明朝经过一百多年后，由于蒙古统治者多次派骑兵南下，甚至迫近北京城郊袭扰，直接威胁到北京城的安全。这种情况让大部分时间都在进行炼丹、斋醮的明世宗朱厚熜有些坐立不安了。这时，大臣们纷纷上书，要求修建外城，加强北京城的防御。迷信道教，想通过权术延长寿命的朱厚熜还没有糊涂到是非不清的地步，于是采纳了大臣们的意见，加筑城郭，以增强北京城御林军的防卫能力。

嘉靖三十二年（1553年），明朝增筑北京外城。原来准备建筑环围内城四周的外城，因财力不济，最后只修筑了环抱南郊，包括内城东西角、西南角的外城，外城墙周长约14千米，东西长7950米，南北长3100米，结构基本和内城相同，城墙高6.5米，城墙底部宽6.5米，城墙顶部构筑雉堞9487个，以供箭、弩、铳、炮等武器的射击。外城有城门7座，南为左安门、永定门、右安门，东为广渠门，西为广宁门（又名彰义门），北为东便门、西便门。城门上筑有城楼，城门外都以半圆形外瓮城加强回护。瓮城上构筑有高大的箭楼。外城城墙的四角城顶上构筑有角楼，城墙上构筑敌台60座，角楼和敌台、敌台和敌台构成交叉火力，能够有效地打击接近外城的敌人。外城的护城河与内城一样，也是起自玉泉山，分流到西角楼，绕城南流，再折向东流到东角楼。城门外的护城河都筑有石桥。水道通过城墙之处，均设置水关并护以铁栅。加筑外城，使北京城池的防御纵深进一步加大了，形成了一个组织完善、工程设施配套坚固、由多道城垣和沟池组合而成的环形防卫体系。

在外城的防御体系建设中，最值得一提的是，明朝统治者还建筑了一些城外之城，作为防守北京的阵地。洪武元年（1368年），大将军徐达命令燕山侯孙兴祖重筑通州附近的潞县旧城。景泰初年，代宗又在此城西门外建新城。万历二十三年（1595年），又加以扩建。这就是后来的通州城，也是北京东部重要的军事要地和粮仓。嘉靖十五年（1536年），在昌平东南10千米的沙河筑巩华城，驻军戍守，南卫京师，北护皇陵，真是一举两得。

当然，最为经典的要算是镶嵌在南郊的拱极城（今宛平城）。它建立在卢沟桥东，城池异常坚固，是拱卫北京的桥头堡。明朝末年，由于农民大起义，京师的安全直接受到了威胁。为了加强北京城的安全，崇祯十年（1637年），经崇祯帝批准，在卢沟桥畔建拱极城。崇祯十三年（1640年）八月建成。虽然拱极城方圆不过里许，但是建造得坚固而雄壮，是专门用来驻兵的，也是一个禁卫军前哨，还是一个大堡垒。它被誉为"崇墉百雉，俨若雄关"。它对保卫北京城有着相当重要的作用。

另外，由于明代的北京城处于民族融合的前沿，并且它又是军事战略要地，故明朝统治者不仅在这里部署了大量的京营军，还加强了长城防御体系。修筑长城，成了明朝廷一件重中之重的大事，自从洪武元年（1638年）大将军徐达攻克大都开始修筑长城，一直到最后一个皇帝崇祯帝，几乎没有停止过。不过，北京整个军事防御体系，是在洪武年间由徐达等人奠定的基础。明代北京长城有如下几个特点：第一，技术水平达到了空前高度。它吸收了历代修建长城的经验，利用地形，采取"用险制塞"的原则，专选高山峻岭或深沟大川等险要地形修筑长城，以增强它的防御威势，所以难度很大。其建筑也十分讲究，把城墙、敌台、烟墩以及城内外驻兵的关城、哨所相结合，形成了一个交叉的立体防线。第二，管理完善。明代把整个长城分为九大段管理，号称"九镇"。北京的长城包括蓟镇和宣府镇两段，东起山海关，西至西洋河（今山西大同东北），全长2200多里。九镇长城的关口有一千多个，各路分管，分工严密，战时御敌，平时维修，都有定制。各个关口设"守备""千总"管理，兵额视具体情况而增减。第三，层层设防，布局严密。为增强防御能力，许多地方设重城，最险要的地段达20多重，把长城的守备与经常性的军事指挥机构结合起来，形成了一个庞大的军事防御体系。蓟镇长城是首都的直接屏障，建造精良，管理严密。

二、明代京师禁卫军

在明朝建立之前，朱元璋就先后设置帐前总制亲军都指挥使司、金吾侍卫亲军都护府和武德、龙骧等17卫亲军指挥使司、拱卫司等，掌管亲军侍卫。等到明朝建国后，朱元璋在南京设立了锦衣卫、旗手卫等"上十二卫"为天子亲军，都叫做上直卫亲军指挥使司。后来，朱棣从建文帝手中夺得皇位后，先后升"北平三护卫"和北平都司所属的燕山左卫等七卫为亲军，于是上直侍卫军称为"上二十二卫"。后来，明朝迁都北京，上直侍卫军由南京分调北京。宣德八年（1433年），又改腾骧左、右卫和武骧左、右卫为亲军，上直侍卫军增至26卫。26卫中最为著名的是锦衣卫，也是当时权势最重的，它对明朝的政治产生了深远的影响。锦衣卫，这一听起来就令人心灵震撼和发指的特务组织的设置，与朱元璋生性疑猜有极大的关系。

在历史的长河中，朱元璋是我国少有的独揽大权的强势皇帝。朱元璋当上皇帝后，为了加强自己的统治，加大了对大臣们的监视。开始的时候，他派遣一些检校暗中侦察大臣们的举动，不过这些人并没有逮捕和审讯大臣的权力。当时最为著名的特务有高见贤、夏煜、杨宪等人，他们专门刺探别人的情况。其实，朱元璋的目的十分明确，就是要让大臣对自己和大明江山忠心不二，要他们知道恐惧，防止他们结党乱政。让大臣们感到可怕的是，他们私人空间里无论事大事小，不论家长里短，都被特务们探知，报告到了朱元璋那儿。

洪武年间一年的一天，一个叫钱宰的人因为被征编《孟子节文》从朝中回来后作了一首诗："四鼓冬冬起着衣，午门朝见尚嫌迟。何时得遂田园乐，睡到人间饭熟时。"但让钱宰意料不到的是，这首诗很快就被朱元璋的特务们探知到了，连诗句的内容都抄到了。第二天上朝时，朱元璋告诉钱宰，昨天的诗作得不错，只是没有"嫌"他迟，不如改成"忧"字更好些。钱宰听后，大惊失色，连忙跪在地上，吓得冷汗直流。

洪武十五年（1382年），朱元璋为了进一步加强监视，取消了军都尉府及仪鸾司，特别设立了特务机构锦衣卫，成为他实行特务政治的重要手段，也形成了中国历史上有名的明代特务政治。锦衣卫隶属于皇帝的亲军体系，是亲军中的亲军，设指挥使为长，为从三品官员，下领官校，官为千户、百户，校为校尉力士，因穿橘红色服装，骑马，所以又称"缇骑"。不过，当时锦衣卫只有数百人。

洪武十七年（1384年），锦衣卫指挥使改为正三品，下属有御椅等7员，都是正六品官员。锦衣卫下辖机构有经历司、将军营、千户所和镇抚司。经历司主要负责文移出入。将军营设侍卫大汉将军1507人，设置千户、百户、总旗7人，自成一军。其只要是朝会、巡幸，都侍卫扈从，罕卫则分番入直。到明朝万历时，锦衣卫增加到了5403人，并设置坐营指挥4人。共有17个千户所，其中中、左、右、前、后五所，分銮舆、擎盖、扇手、旌节、幡幢、班剑、斧钺、戈戟、弓矢、驯马10司，各领将军校尉，以备法驾；上中、上左、上右、上前、上后、中后六亲军所，分别领将军、力士、军匠；驯象所领象奴养象，以供朝会时陈列、驾辇、驮宝之类的事。镇抚司，主要负责本卫刑名。从这个时候开始，锦衣卫就可以不通过法司，直接奉旨捕人，关入监狱，权力大增。

洪武二十年（1387年），因为锦衣卫人数众多，并且非法凌虐遭到了众人的反对，于是朱元璋取消了锦衣卫狱。

无疑，朱元璋设立锦衣卫为明代后来的皇帝做了一个恶劣的开端。

明成祖时，增设北镇抚司，专门管理诏狱。原来的镇抚司改称南镇抚司，专门管理军匠。

永乐十八年（1420年），锦衣卫由南京迁往北京，衙署就在今天人民大会堂的西侧路。在锦衣卫外，永乐帝还设东厂，因设于东安门北而得名。成化十三年（1477年），宪宗设西厂，由汪直统领。成化十四年（1478年），锦衣卫铸北镇抚司印信，一切刑狱不必关白本卫。后来，北京镇抚司与东、西厂并称为"厂卫"，成为特务组织。而此时，锦衣卫的人数达到了五六万人之多，临时雇佣的那些打手还不计算在内，锦衣卫几乎充满了整个京师。嘉靖时，大臣陆炳管理锦衣卫，为了扩充势力，他居然一次就增加7000人，向户部支取十五六万人的粮饷。

锦衣卫这个特务组织，是维护皇权的重要手段，但更多的时候还是被专权的太监如刘瑾、魏忠贤等人所利用，成为打击报复大臣们的有力武器。当然，也有许多忠臣和平民百姓惨死在锦衣卫的手中。锦衣卫既然能做其他亲军所不能做的事，一定有它特殊的权力和职责。其实，朱元璋在南京成立锦衣卫的时候，就已经明确了锦衣卫的几项职责，分别是：侍卫、巡查、缉捕、刑狱、卤簿、仪仗。

三、明代京师保卫战

靖难之役

靖难之役是明朝开国皇帝朱元璋死后不久爆发的一场统治阶级内部争夺皇位的战争。起于建文元年（1399年）燕王朱棣以"清君侧之恶"的名义举兵反抗朝廷，至建文四年朱棣由燕王荣登皇位而结束，历时4年。

由农民起义领袖登上皇位的朱元璋，为了确保朱明王朝千秋万代地统治下去，一方面加强君主专制统治，把军政大权牢牢地掌握在皇帝一人手中；另一方面，想方设法加强皇室本身的力量，其具体的办法就是分封诸王。他把自己的24个儿子和1个从孙封为亲王，分驻全国各战略要地，想通过他们来屏藩王室。朱元璋是这样说的："天下之大，必建藩屏，上卫国家，下安生民，今诸子既长，宜各有爵封，分镇诸国。"从全国来看，这些封藩主要有两类，一是腹里，二是边塞要地。受封诸王在自己的封地建立王府，设置官属，地位相当高，公侯大臣进见亲王都得伏而拜谒，无敢钧礼。

每一个藩王食粮万石，并有军事指挥权，于王府设亲王护卫指挥使司，辖军三护卫，护卫甲士少者3000人，多者19万人。边塞诸王因有防御蒙古贵族侵扰的重任，所以护卫甲士尤多。北平的燕王朱棣拥兵10万，大宁的宁王"带甲八万，革车六千"。他们在边塞负责筑城屯田、训练将兵、巡视要害、督造军器。晋王、燕王多次出塞征战，打败元朝残余势力的军队，尤被重视，军中大将皆受其节制，甚至特诏二王军中小事自断，大事才向朝廷报告。尤其是燕王，由于功绩卓著，朱元璋令其"节制沿边士马"，地位独尊。

藩王势力的膨胀，势必构成对中央政权的威胁。在朱元璋大封诸王的时候，有个叫叶伯巨的人指出，藩王势力过重，数代之后尾大不掉，到那时再削夺诸藩，恐怕会酿成汉代"七国之叛"、西晋"八王之乱"的悲剧，提醒朱元璋"节其都邑之制，减其卫兵，限其疆土"。朱元璋不但听不进劝告，反而把叶氏抓进监牢，囚死狱中。事态的发展，远远超出了叶伯巨的预料，中央政权与藩王之间的矛盾，未及数代而是在朱元璋死后就立即强烈地爆发了。

洪武二十五年（1392年）太子朱标病死，朱元璋立太子的嫡子朱允炆为皇太孙。洪武三十一年（1398年），朱元璋去世，朱允炆即帝位，是为建文帝。朱允炆在做皇太孙时，就对诸藩王不满，曾与他的伴读黄子澄商量削藩对策。他即帝位后，采纳了大臣齐泰、黄子澄的建议，决定先削几个力量较弱的亲王的爵位，然后再向力量最大的燕王朱棣开刀，并令诸亲王不得节制文武将吏，皇族内部矛盾由此迅速激化。建文帝命令将臣监视朱棣，并乘机逮捕之。朱棣得到这一消息，立即诱杀了前来执行监视逮捕任务的将臣，于建文元年（1399年）七月起兵反抗朝廷。

朱元璋当国时，恐权臣篡权，规定藩王有移文中央索取奸臣和举兵清君侧的权力，他在《皇明祖训》中说："朝无正臣，内有奸逆，必举兵诛讨，以清君侧。"朱棣以此为理由，指齐泰、黄子澄为奸臣，须加诛讨，并称自己的举动为"靖难"，即靖祸难之意。因此，历史上称这场朱明皇室内部的争夺战争为"靖难之役"。

朱棣初起兵时，燕军只据北平一隅之地，势小力弱，朝廷则在各方面都占压倒性优势。所以战争初期，朝廷拟以优势兵力纵分进合击，将燕军围歼于北平。朱棣采取内线作战，迅速攻取了北平以北的居庸关、怀来、密云和以东的蓟州、遵化、永平（今河北卢龙）等州县，扫平了北平的外围，排除了后顾之忧，便于从容对付朝廷的问罪之师。经过朱元璋大肆杀戮功臣宿将之后，朝廷也无将可用，朱允炆只好起用年近古稀的幸存老将耿炳文为大将军，率军13万伐燕。建文元年八月（真定之战），师至河北滹沱河地区。燕王在中秋夜乘南军不备，突破雄县，尽克南军的先头部队，继而又于滹沱河北岸大败南军的主力部队。建文帝听到耿炳文军败，根据黄子澄的推荐，任李景隆为大将军，代替耿炳文对燕军作战。

李景隆本是纨绔子弟，素不知兵，"寡谋而骄，色厉而馁"。九月，李景隆至德州，收集耿炳文的溃散兵将，并调各路军马，共计50万，进抵河涧驻扎。当朱棣侦知李景隆军中的部署后，笑着说，兵法有"五败"，李氏全犯了，其兵必败无疑，这"五败"就是政令不修，上下离心；兵将不适北平霜雪气候，粮草不足；不计险易，深入趋利；求胜心切，刚愎自用，但智信不足，仁勇俱无；所部尽是乌合之众，且不团结。为了引诱南军深入，朱棣决计姚广孝协助世子朱高炽留守北平，自己亲率大军去援救被辽东军进攻的永平，并告诫朱高炽说："李景隆来，只宜坚守，不能出战。"朱棣还撤去了卢沟桥的守兵。

朱棣这一招果然灵验，李景隆听说朱棣率军赴援永平，就率师于十月直趋北平城。他经过卢沟桥时见无守兵，禁不住欢喜，说：不守此桥，我看朱棣是无能为力了。这时朱高炽在北平城内严密部署，拼死守卫。李景隆则号令不严，指挥失当，几次攻城，皆被击退。南军都督瞿能曾率千余精骑，杀入张掖门，但后援不至，只好停止进攻。又因李景隆贪功，要瞿能等待大部队一起进攻，错过了时机。燕军则因此得到喘息，连夜往城墙上泼水，天冷结冰，待到次日，南军也无法攀城进攻了。朱棣解救永平之后，率师直趋大宁（今内蒙古宁城西）。

大宁为宁王朱权的封藩，所属朵颜诸卫，多为蒙古骑兵，骁勇善战。朱棣攻破大宁后，挟持宁王回北平，合并了宁王的部属及朵颜三卫的军队。朱棣带着这些精兵强将于十一月回师至北平郊外，进逼李景隆军营。燕军内外夹攻，南军不敌，李景隆乘夜率先逃跑，退至德州。次日，士兵听说主帅已逃，"乃弃兵粮，晨夜南奔"。

建文帝为大臣所蒙蔽，反而奖励打了败仗的李景隆。建文二年（1400年）四月，李景隆会同郭英、吴杰等集合兵将60万众，号称百万，进抵白沟河。朱棣命令张玉、朱能、陈亨、丘福等率军10余万迎战于白沟河。战斗打得十分激烈，燕军一度受挫。但南军政令不一，不能乘机扩大战果。燕军利用有利时机，力挫南军主将，南军兵败如山倒。李景隆再次退走德州。燕军跟踪追至德州。五月，李景隆又从德州逃到济南。朱棣率燕军尾追不舍，于济南打败李景隆率领的立足未稳的10余万众。济南在都督盛庸和山东布政使铁铉的死守下得以保住。朱棣围攻济南三月未下，恐粮道被断，遂回撤北平，盛庸收复德州。

李景隆在几个月的时间内一败再败，建文帝撤免了他的大将军职务，建文帝采黄子澄之谋，遣使议和以求缓攻，又任命盛庸为平燕将军，代李景隆统兵。盛庸屯兵德州，以遏燕军南下。建文二年九月，盛庸率兵北伐；十月，至沧州，为燕军所败。十二月，燕军进至山东临清、馆陶、大名、汶上、济宁一带。盛庸率南军于东昌（今山东聊城）严阵以待。

燕军屡胜轻敌，被南军大败，朱棣亲信将领张玉死于战阵，朱棣自己也被包围，借朱能援军的接应才得以突围。东昌战役是双方交战以来，南军取得的第一次大胜利。兵败后，朱棣总结说：东昌之役，接战即退，前功尽弃，今后不能轻敌，不能退却，要奋不顾身，不惧生死，打败敌手。

建文三年（1401年）二月，朱棣率军出击，先后于滹沱河、夹河、真定等地打败南军。接着，又攻下了顺德、广平、大名等地。战争已经进行了两年的时间，南北交战主要在河北、山东。燕军虽屡战屡胜，但南军兵多势盛，攻不胜攻，燕军所克城邑旋得旋失，不能巩固。能始终据守者，不过北平、保定、永平三府而已。正在朱棣为此而苦恼之际，南京宫廷里不满建文帝的太监送来了南京城空虚宜直取的情报。朱棣手下谋士也劝朱棣勿攻城邑,越过山东,以迅速行动直趋金陵,金陵势弱无备,必可成功。于是朱棣决定跃过山东,直捣金陵。朱棣据此决定举兵南下,直指京城。

建文四年(1402年)正月,燕军进入山东,绕过守卫严密的济南,破东阿、汶上、邹县,直至沛县、徐州,向南直进。而燕军已过徐州,山东之军才南下追截。四月,燕军进抵宿州,与跟踪袭击的南军大战于齐眉山(今安徽灵璧),燕军大败,双方相持于泗河。在这次决战的关键时刻,建文帝受一些臣僚的建议影响,把徐辉祖所率领的军队调回应天府,削弱了前线的军事力量,南军粮运又为燕军所阻截,燕军抓住时机,大败南军于灵璧。自此,燕军士气大振,南军益弱。朱棣率军突破淮河防线,渡过淮水,攻下扬州、高邮、通州(今江苏南通)、泰州等要地,准备强渡长江。这时,朱棣之子朱高煦引番骑赶到,燕军军势大振。

建文帝曾想以割地分南北朝为条件同燕王议和,被拒绝。六月初三,燕军自瓜洲渡江,镇江守将降城,朱棣率军直趋金陵。十三日,朱棣军进抵金陵金川门,守卫金川门的李景隆和谷王为朱棣开门迎降。燕王进入京城,文武百官纷纷跪迎道旁,在群臣的拥戴下即皇帝位,是为明成祖,年号永乐。历时四年的"靖难之役"以燕王朱棣的胜利而告终。

战争虽结束,与此相关的历史却在发展。燕王进京后,宫中起火,建文帝下落不明。有的说建文帝于宫中自焚而死,有的说建文帝由地道出逃,落发为僧,云游天下,又有传说他于正统朝入居宫中,寿年而终。建文帝的真正下落已不可确考,成为明史上的一大悬案。

当上皇帝的朱棣,大肆杀戮曾为建文帝出谋划策及不肯迎附的文臣武将。齐泰、黄子澄、景清等被整族整族地杀掉:"命赤其族,籍其乡,转相扳染,谓之瓜蔓抄,村里为墟。"有"读书种子"之谓的方孝孺,因不肯为朱棣撰写即位诏书,九族全诛,这还没完,又将其朋友门生作为一族全部杀掉,十族共诛 873 人。这次清洗极为残酷,共有数万人惨死于朱棣的屠刀之下。

四年的"靖难之役",给明初刚刚有所恢复的社会经济以较大的破坏,而直接遭到战争践踏的地区,破坏更为严重,史书上称"淮以北鞠为茂草"。

于谦保卫北京之战

正统十四年(1449 年)十月初一,塞外的瓦剌军大举南下,矛头直指北京。瓦剌军首领也先和脱脱不花汗率主力部队,挟持着明朝历史上的第六任皇帝英宗朱祁镇,掠过大同城东门外,直捣北京。初三,也先前锋抵达紫荆关北口,接着顺关直入,攻势十分凶猛。与此同时,瓦剌军的另一部骑兵约 2 万人,正从北京北部的古北口进犯密云。

初四,瓦剌军另一别部 500 名骑兵掠夺宣府后,又过洪州堡,再转攻北京北部的居庸关西南的白羊口。当时风沙十分大,能见度相当低,兵马都分不清了,白羊口的明朝守将谢泽战死,白羊口宣告失陷。

古北口和居庸关,这是北京北部两道称之为天险的关口。如果这两处被攻破,北京城将面临极大的危险。情况万分紧急。此时,明朝兵部立即宣布,号召将士们卫国杀敌。

北京为何会在这个时候面临阵容强大的敌人？为何明朝皇帝朱祁镇会出现在瓦剌军手中？此事还得从英宗朱祁镇亲征说起。

正统四年（1439年）四月，蒙古瓦剌部太师脱脱病死，他的儿子也先继承了王位。也先依靠强大的军事力量，多次扰乱明朝的北部地区。正统十四年（1449年），瓦剌军兵分四路，大举南犯。以也先率领的大军为主力，兵锋直指明朝最重要的北边重镇大同。明大同镇参将吴浩在猫儿庄战死，驸马都尉井源等四名将都战败了。随后，明朝塞外的城堡几乎全部陷落，边关危急的报告一天几次地送到英宗手里。英宗看着来势汹汹的瓦剌军，急成了热锅上的蚂蚁。经过思考，英宗决定派遣驸马都尉井源等四名将领各率领一万大军抗击也先的军队。谁知，井源等四位将领刚刚出发，太监王振就诱劝英宗亲自出征。此时才23岁的英宗毕竟没有什么城府，王太监这么一说，他居然就同意了。

王振原来只是一个县的地方教育官员，在永乐末年的时候，他自愿净身当了太监。因为他和一般太监出身不同，在宣德年间，便被选入东宫侍奉太子朱祁镇。这样一来，王振便成了英宗的启蒙老师，英宗也一直称他为"先生"。英宗对王振很信任，也很惧怕。后来英宗当上了皇帝，王振便被授为司礼监。然而，王振却是一个极不识趣的人，他自以为是皇帝的老师，就作威作福，不把一般人看在眼里，什么事都敢做。正统六年（1441年）九月，为庆祝奉天、华盖、谨身三大殿及乾清、坤宁两宫的落成，英宗大宴文武百官。按照规矩，宦官不得参与外廷的大宴。王振很不高兴。英宗派人来看王振。王振还当着来人的面发起脾气，并说："周公辅成王，我就不能在那里坐一坐？"来看王振的人回去把这事跟英宗说了，英宗一想，他毕竟是自己的老师，便下令开东华中门，召见王振，甚至全朝的文武百官都在门外迎接他。这时，王振的脸上终于露出了微笑。王振不仅耀武扬威，而且干预朝政，到了朝中许多大臣见了他都要下跪的地步。王振也好大喜功，看到也先率军来了，就动员英宗盲目出征。

英宗如此轻率，自然引来了大臣们的反对。时任兵部尚书的邝埜和兵部侍郎于谦都极力劝说英宗，不要贸然行动。吏部尚书王直率领大小群臣100多人跪在地上求情，可年轻气盛的英宗哪里听得进忠臣们的话。英宗很想显示一下自己的作战指挥能力。英宗帝甚至十分苛刻地命令，要在两天之内，把所有出征的准备工作做完。英宗命令郕王朱祁钰留在京师，以驸马都尉辅佐。兵部尚书邝埜等人从军出征，兵部侍郎于谦代理兵部的事情。英宗还命令，赏给在京师操练的50万大军，包括三千营、五军营、神机营等官兵，每个军丁白银一两、棉袄一件、棉裤一件、鞋子两双，并发炒面三斗，作为军丁口粮。共发兵器、用具达80余万件。把总以上的军官"加赐钞五百贯"。同时，还命令已经是75岁高龄的老将军张辅"护驾"，命太师、成国公朱勇率师从征，户部尚书王佐、兵部尚书邝埜、文官内阁学士曹鼐、太常寺少卿黄养正等，共计100余名大臣扈征。

正统十四年（1449年）七月十七日，英宗带着50万禁卫军，浩浩荡荡地从北京出发了。朝中大臣，几乎有一半随同英宗出征了。他们出居庸关，过怀来，奔宣府（今河北宣化）。由于连日风雨，再加上物资准备不足，军队纪律混乱，士气低落，怨声载道，还没有到大同，粮食就已经全部吃光了，沿途许多士兵都饿倒了。

兵部尚书邝埜再次请求皇帝回师入关，以禁卫军精兵殿后护驾。但是王振不予理睬。邝埜想到皇帝大帐里申奏，被禁卫军挡住了。王振骂道："腐儒知道什么是用兵！你再言语就立即扑杀！"邝埜心急如焚，十分激动地说："我为社稷和天下百姓考虑，为他们说话，有什么可怕？"王振听了生气地对守卫的禁卫军说："把邝埜押出去。"

被押出的邝埜只得在军帐中与户部尚书王佐相对流泪。其实，邝埜在担心，论军事上的指挥能力，英宗又怎么能与也先相提并论呢？一个是善于用兵的战将，一个是年轻冲动、毫无战斗经验的皇帝。

行走了14天后，也就是八月初一，英宗帝得意地进入大同。随后，英宗帝和王振便打算出大同继续北进，扫荡瓦剌。随行的大臣、将领没有一个人愿意挺进。户部尚书王佐和坠马受伤的邝埜在营地外的草丛中，跪了一整天，伏请皇帝回京师，不能再涉险北征。特别是钦天监的官员看过天象后，忧心忡忡地对王振说："天象发出了警告，不能再往前进。如果出现意外，圣驾遇险，谁能负责？"王振居然理直气壮地说："如果是这样，那就是天命！"

这时，坏消息不断传来。先派出的驸马都尉井源等四位将军各率领的一万兵马不足以抵挡瓦剌军，瓦剌军将会直扑皇帝御营。

形势万分危急。英宗帝还不知天高地厚，不当一回事。禁卫军统帅王振还在一意孤行，甚至期望皇帝能亲临自己的老家，达到自己衣锦还乡的目的。

到了傍晚的时候，一块黑色的网状云笼罩御营，雷声震天，大雨倾盆。王振站在御营大帐中，看着帐外的雨幕，十分生气。此时，侍卫亲军送来紧急情报：前军西宁侯朱瑛、武进伯朱冕全军覆没，朱冕也战死了。这时，王振才感到不安起来，但他故意不以为然。直到王振的心腹近侍送来镇守大同的宦官郭敬的密信，说是瓦剌军势不可挡，形势十分危急，决不可北进，他才打算班师回京。

第二天，王振宣布班师回京。在出发之前，大同总兵官郭登急速进告随驾的学士曹鼎，说车驾回京最好从紫荆关走，这条路线肯定安全。曹鼎奏报王振，王振根本不听，却固执地要借班师回京的机会，让皇帝的车驾绕道到他自己的故乡蔚州。于是，数十万禁卫军按照王振的路线回师。临近王振老家时，王振又觉得这数十万大军会踩坏庄稼，数次改变行军路线。这样折腾来折腾去，他们的行军速度变得异常缓慢。即将到达土木堡的时候，探马亲军飞骑奏报，瓦剌军追到！

禁卫军开始出现骚动。这些从未经历过战争的禁卫军将士们面色苍白起来。禁卫军统帅王振急了，八月十三日，他急令太师、成国公朱勇率领3万禁卫军精骑迎击瓦剌军。然而，朱勇却是个有勇无谋的人，当他带领着3万大军还在半路上的时候，瓦剌军早就在山岭两翼设下了埋伏，以逸待劳，突然向朱勇骑军发动夹击。处于被动状态的禁卫军几乎全军覆没。就连恭顺侯吴克忠、都督吴克勤奉命抵御大量涌至的瓦剌军时，也战败阵亡了。

这时，王振率领侍卫亲军护着皇帝匆匆向安全地带转移。

英宗一行来到了离怀来城仅有20里的土木堡。当时邝埜建议：天色还早，应该紧急行军，赶紧入关，到怀来城，以保卫皇帝的安全。但是他的这个建议被王振拒绝了。王振瞪着眼对邝埜说："数千余辆辎重还没有赶到，能走吗？"邝埜只得干着急。王振又命令全军就地待命。邝埜想再次闯进御帐，拼死劝说皇帝入关，但是王振命令守卫的禁卫军把他赶了出来。

于是，英宗帝就和大队军马在土木堡驻扎下来。土木堡，没有天险遮蔽，更没有水草，又是交通要道，易攻不易守，正是敌骑折冲之地。

八月十四日，正当英宗帝准备带着大队军马离开土木堡，向关内出发时，前方探来军情，瓦剌军已经杀到了。瓦剌军对明军形成了包围圈，一层层地逼进了。大军被困在土木堡，不敢前移半步。连续被围两天两夜，禁卫军又饥又渴，浑身无力。这时，王振命令禁卫军就地取水，但深挖两丈，仍不见出水。而距此地向南15里就有一条河，但禁卫军却得不到水，因为那里已经被瓦剌军占领了。

瓦剌军首领也先感到进攻的时机已经成熟了，于是指挥瓦剌军兵分两路，沿麻谷口两侧向明军发动攻击。守护谷口的、饥渴难耐的禁卫军将士虽英勇阻击，但是瓦剌军却越战越多、越杀越勇，他们吃饱喝足后轮番攻击。守护谷口的禁卫军自然死伤惨重，渐渐支撑不住了。

麻谷口一开，英宗和他的侍卫亲军便没有退路了，只有坐以待毙。

八月十五日，也先采取了一种谋略，即派使者持书面见皇帝假意求和，实际上是在准备大规模进攻。英宗帝信以为真，立即要学士曹鼎草敕讲和书，并派遣两位通事随瓦剌军使者同去。王振以为和议已定，下令立即传示三军，起驾移营。当皇帝车驾南行不到三四里时，瓦剌军从四面八方展开了全面攻击。王振知道上当了，于是传令部队乘机急速转移。但是，禁卫军缺乏组织，刚刚一移动，马上就乱套了。向南没走三四里，也先的骑兵就像急风暴雨一般冲了过来。禁卫军毫无准备，争先逃命，互相挤压；也先骑兵大刀乱砍，弓箭连射。明军有的栽倒在地，鲜血直流；有的在马蹄底下，被踩成了肉泥。

此时，英宗帝面色苍白，在侍卫亲军的团团护卫下，骑着骏马试图突围，但终究无法冲破瓦剌军的重围。

这一仗，禁卫军死伤数十万人，横尸遍野，惨不忍睹。朝中大臣，如兵部尚书邝埜、户部尚书王佐等50多名大臣也全部遇难。还有20多万头战马，以及无数的盔甲武器，数不尽的财物，全部丧失。禁卫军统领王振也得到了应有的惩罚，被护卫将军樊忠用铁锤打死。

突围没有成功，英宗帝被侍卫亲军护着落荒而逃。但是瓦剌军一次又一次地冲击，把保卫英宗帝的侍卫亲军冲得七零八落。混乱之中，英宗帝不会骑马，也跑不动，身边的侍卫被冲散了，英宗帝只得找个地方，向南盘膝而坐，听天由命了。

其实，此时英宗帝旁边还有太监喜宁。不过，喜宁早就暗通瓦剌，并向也先详细地告知了明廷虚实。恰在此时，一位瓦剌士兵赶到，索要英宗穿在身上的衣甲，英宗不理他，瓦剌兵便挥动武器想动手，被赶来的另一个瓦剌兵制止了。这个瓦剌兵从衣着上看出英宗不是一般的人，便报告了也先。也先急忙找两个出使过明朝的人前来辨认，认出此人就是明朝皇帝。这样，英宗帝在土木堡之役中，成了也先的俘虏。

在土木堡战败被俘的禁卫军校尉袁彬，重新侍从在皇帝身旁。袁彬奉命派遣使臣持着皇帝的手书，告知怀来守将，皇帝被俘，必须立即送交大量金帛。守将哪敢打开城门，于是使臣吊绳子而上了城墙。守将得知皇帝被俘后，立即派人快马驰奔京师。

八月十七日，英宗被俘的消息传到京师，也传进了深宫。孙太后等人都号啕大哭起来，在哭声中他们准备了大量的贵重物品，想送到也先营中赎回英宗。但是，也先认为英宗奇货可居，不但没有放回，反而挟持他到大同、宣化等地，企图骗开城门。由于守卫边关的将士们没有上当，也先只好把英宗帝转移到塞外。

英宗被俘这一突然事件的发生，以及大批文武百官的被害，使明朝京师陷入了极大的混乱。当时，从前线溃败下来的禁卫军士兵布满了京城各地。在这种紧急情况下，负责留守京师的英宗弟弟、郕王朱祁钰便召集了大臣会议，讨论应付紧急事变的对策。侍讲学士徐珵抢先发言，他说："看星象，算历数，明朝天命已经过去，只有南迁才能解除大难。"他的迷信说法自然遭到了许多大臣的反对。兵部侍郎于谦厉声说道："京师是全国根本，不能轻易改变，谁再主张南迁，就应杀谁的头。"他建议赶紧从全国各地调集援兵，保卫北京，进行一场殊死的北京保卫战。大学士陈循也十分同意于谦的看法。这样，誓死保卫京师的决策就定了下来。

八月二十日，英宗的母亲孙太后下了两道诏书：一道是立英宗的儿子见深为皇太子，正位东宫；另一道是命令郕王朱祁钰管理朝政，百官都要听从他的命令。

郕王朱祁钰总理朝政后，鉴于许多大臣在土木堡之役中已经遇难，便对各政府机构的官员做了调整。京师禁卫军中的士卒及马匹，分为较强壮的和老弱不堪参战的，那些强壮的部分都已经跟随英宗亲征，在战场上陷没，留在北京的疲卒羸马不到十万。在这危难之际，于谦的沉着和自信便成为朝廷的一种资本。于谦请郕王朱祁钰发下一道檄文，号令两京、河南的备操军和山东、南京沿海的备倭军，以及江北、北京的诸府运粮军，急赴京师，共同保卫北京。

八月二十一日，于谦升任兵部尚书。这也是明廷后来能取得北京保卫战胜利的重要因素之一。于谦升任兵部尚书后，毅然以社稷为重，清醒地认识到要想保卫北京，首先应该刷新自王振专权以来被搞得混乱不堪的朝廷政治。为此，于谦作出了积极的贡献，主要有三个方面的成绩：

一、打击宦官势力，清除王振死党。王振在土木堡之变中死去，可以说是死有余辜。但是他此前培养了一大批死党，如今还有相当大的势力。要是不清除王振的死党，朝廷就不能稳定。在于谦等人的建议下，郕王朱祁钰于八月二十三日登临午门代理朝政，当着满朝文武百官的面，宣读弹劾王振及其死党的文章："（王）振顷危宗社，请族诛以安人心。若不奉诏，群臣死不敢退。"（《明史纪事本末》卷三十三《景帝登极守御》）朱祁钰当时虽然没有完全表明态度，但当朝的大臣们纷纷要求杀灭王振死党，随之，这种呼声已经震动殿堂，许多大臣都哭着求朱祁钰，要求族诛王振死党。王振的死党锦衣卫指挥马顺等人也在场，看到大臣们如此，竟然用恶语骂在场的大臣们。大臣们本来就对王振及其死党恨之入骨,马顺等人还这样嚣张,自然又引来了部分大臣的不满与气愤。大臣曹凯抓住马顺的头发,怒骂道:你以往依王振作威,今天还敢如此放肆!大臣们都愤怒了,当朝抓住马顺就打起来,最后竟将他打死。同时被打死的还有王振的另两个死党:一个是毛贵,另一个是王长。随后,大臣们又把王振的侄儿王山也抓来了,大臣们更是气愤,指着他就骂,一时朝班大乱。看到这种情形,郕王朱祁钰十分害怕,准备离开。于谦立即上前拦阻,并镇定地说:"顺等罪当死,勿论。"(《明史》卷一百七十《于谦传》)这时,大臣们的情绪才有所稳定,于是于谦下令将王山处死。

这件事的发生虽然突然,但于谦处置得当,朝臣们大为信服。吏部尚书王直赞扬于谦说:"国家正赖公耳,今日之事,若非你如此处理,像我王直这样的人,有一百个也没什么办法。又族诛王振全家,籍其产,抄出'金银六十余库,玉盘百(面),珊瑚高六七尺者二十余株,他珍玩无算'。"(《明史》卷三百零四《王振传》)

以于谦为首的大臣对王振死党的诛杀,对正统以来宦官权势是一次严重的打击,这对于争取民心、积极备战京师无疑起到了重要的作用。

二、辅立景帝,稳定皇权。英宗被俘,朝中无主。国不可一日无君,这是中国人自古就有的共识。当时,虽然立了英宗的儿子为太子,并且王振的死党得到了有效的铲除,但太子才二岁,根本就不能起到任何作用。朝廷仍然不稳定。在这种情况下,大臣们自然想到让郕王朱祁钰当皇帝。但郕王朱祁钰并无当皇帝的野心,听到大臣们的建议后,他再三推让。于谦给郕王朱祁钰分析了当时的形势，认为瓦剌既然挟持了英宗，必然轻视明朝，会大举南下。此时，另立皇帝一是稳定臣心、民心，二是可以绝瓦剌要挟之口实。于是，于谦等人提出"社稷为重，君为轻"的政治主张，立即促使皇太后抉择。九月，皇太后孙氏在于谦为首的大臣建议下，宣布郕王朱祁钰即位，遥尊英宗为太上皇。郕王朱祁钰当上皇帝客观上对明朝的局势起到了稳定作用，这样从大局上使英宗被俘以来所造成的混乱局面得到了改变。与此同时，又多方面选拔了有才干的文武官员，安排到各个重要岗位上，组成团结抗战的坚强核心。在军事上，也是积极备战，整顿禁卫军，选拔得力的将领加强独石口、居庸关等重要关隘的防守力量，大力加强了京师的防守。于谦用人也不拘一格，如石亨，因为在阳和之战中逃回而被关进牢中，但由于他确实有军事才能，于是于谦下令放了他，并让他总领京营兵。

三、调兵马，广储备。自从英宗帝被俘后，于谦就一直认为，瓦剌军直犯京师是迟早的事。所以，无论从军力、物力上，都需要尽快地做好一切准备。于是，于谦调南京、北京、河南备操军和山东及南直隶等地的军队，急赴京师，全力备战。他以辽东都指挥范广升任副总兵，佐理禁卫军的操练，调山东都指挥韩青协守紫荆关等。同时，选拔了新提拔的将领孙镗、卫颖、张仪、雷通等人分兵守九门要地。至此，于谦已经备军20多万。在物资方面，于谦也做好了充分的准备。瓦剌军很快通过了卢沟桥，兵临都城。在西直门外，瓦剌军摆开战阵，英宗则被安置在德胜门外休息。其实，这个时候也先也不想倾其全力与明朝一决高低，毕竟瓦剌军还没有重建元朝的实力。也先如此轻易地一路打败了明军官军，直抵大明的都城脚下，并非长期预谋的结果，运气成分很大。虽然此时京师一片紧张气氛，但于谦准备相当充分。

十月初八，新皇帝朱祁钰命令于谦提督各营军马，所有京师将士都受他管辖，保卫北京。面对大敌当前，大兵压境之势，石亨建议将禁卫军退守城内，坚壁清野，以避兵锋。石亨的这种想法遭到了于谦的强烈反对，他主张坚决出城迎战，他说："奈何示弱，使敌益轻我。"于是他委派兵部侍郎吴宁代理兵部的有关事宜，亲自指挥各路将士，共22万，列阵在九门之外。都督陶瑾安带兵驻守在安定门，广宁伯刘安带兵驻守在东直门，武进伯朱瑛带兵驻守在朝阳门，都督刘聚带兵驻守在西直门，镇远侯顾兴祖带兵驻守在阜成门，都指挥李端带兵驻守在正阳门，都督刘得新带兵驻守在崇文门，都指挥汤节带兵驻守在宣武门，于谦与石亨率副总兵范广、武兴埋伏在德胜门。

十月初九，于谦命令兵部侍郎吴宁，准备抗击瓦剌军，并下令："临阵将不顾军先退者，斩其将。军不顾将先退者，后队斩前队。"（《明史》卷一百七十《于谦传》）并明确，各将领都要亲自督战，要披盔甲，给禁卫军做出榜样，鼓舞禁卫军士气。

十月十一日这天，于谦就派副总兵高礼、毛福寿迎击瓦剌军于彰义门外（今北京广安门外十余里的地方）土城北，斩杀数百人，夺回被掠百姓千余口，挫败了也先的先锋。随后，投降瓦剌的宦官喜宁唆使也先邀请明朝大臣讲和，并索要金帛万万计。明朝自然知道也先的阴谋，决定不派大臣"迎驾"，只派小臣前去试探虚实。于谦派了礼部侍郎王复等人出城见"太上皇"。也先借口王复、赵荣等人是小官,不与之接触谈判,并点名要于谦、王直等大臣谈判。

消息回报到明朝廷,于谦等人坚持抗战,拒绝求和。于谦慷慨挥泪,激励驻守在京师的禁卫军说:大片田地已经丧失,京城已被敌人包围,这是我们的耻辱,全体将士应该不怕牺牲,替国家报仇雪耻!

十月十三日,明军同瓦剌军在德胜门外展开了大战。

于谦派石亨领禁卫军埋伏在德胜门外的居民空舍中,另外还派数名骑兵作为急先锋,冲向瓦剌军,战斗刚刚开始,这些骑兵就后退。也先立即指挥万余名精骑,向明禁卫军追来。于谦见时机已到,急令副总兵范广的神机营火炮、火铳一齐发射。与此同时,石亨的伏兵也冲出,前后夹击,也先的军队惊慌失措,阵脚大乱。禁卫军将士英勇冲杀,把瓦剌军打得一败涂地。也先弟孛罗、平章卯那孩,号称铁颈元帅,在这场战斗中也被炮火击毙。

于是,瓦剌军又转攻西直门,驻守在这里的孙镗率兵迎战,两军展开了激烈的战斗。孙镗带领禁卫军斩杀瓦剌军前锋数人。这时,高礼、毛福寿率兵从南面过来增援,两军战斗进入白热化。在激烈的战斗中,高礼身中炮火,孙镗兵死伤惨重。他们被瓦剌军围攻,战场也渐渐地移近城门。

情况万分危急。城门上的守将程信急忙下令放箭和发射火炮助战。幸亏这时石亨率兵从北面赶来,瓦剌军一时处于三面被围的局面,只好向西南方向退去。

十月十四日,瓦剌军又进逼到彰义门(今广安门)土城,于谦派遣毛福寿等人在京城外西南一带街巷要道设置障碍,埋伏神铳短枪，当瓦剌军攻城门时立即猛击。随后，于谦又派副总兵武兴、都督王敬等人，率领禁卫军到彰义门外迎击瓦剌军。

禁卫军的前队用神铳短枪冲锋，后队则张弓搭箭紧跟，很快击败瓦剌军主力前锋。瓦剌军狼狈溃退。由于监军太监想争功，率领数百名骑兵追击，导致禁卫军大乱，副总兵武兴也牺牲了。瓦剌军见此乘机反扑过来，又攻到了土城边。

当地居民纷纷上屋，喊声震天，尽力飞投砖石，打击瓦剌军。很快，毛福寿等人率领禁卫军来增援，瓦剌军一看明军援军旗帜，就仓皇退却。京城军民抗敌士气更加高涨。禁卫军在德胜门、西直门、彰义门都取得了胜利。

两军经过5天激烈的战斗，瓦剌军死伤惨重，士气低落。同时，瓦剌军的另外5万骑兵围攻居庸关，守将罗通智斗瓦剌军。当时正是天寒地冻的时候，罗通命令将士们汲水灌城，让水结冰，冰又硬又滑，瓦剌军的骑兵根本就不敢靠近城堡。攻城7天，罗通追击三次，斩杀无数瓦剌军的骑兵。前有坚固的北京城，后有居民的袭击，又听说各地明援军将要到来，也先怕归路被截断，于是拥着"太上皇"朱祁镇由良乡西行。

于谦得知瓦剌军夜间逃跑后，立即命令石亨等将领率领禁卫军，乘夜举火把追击，也先的军队又伤亡不少。也先率领残兵败将，出紫荆关退去，禁卫军追至此关后没有再追。

于谦领导禁卫军，打退了瓦剌的侵扰，挽救了明朝的危亡。后人有诗赞美于谦："銮舆北幸国无人，保障须凭柱石臣。不是于公决大议，中原回首尽胡尘。"于谦带领禁卫军打退了瓦剌军的进攻，取得了北京保卫战的胜利，实践了他对景帝的承诺。后来，为了加强京师禁卫军的战斗力，于谦对原有的三大营体制进行了改造。在调拨三大营兵组织京师九门防御时，于谦发觉，三大营各有统兵官，互相之间不易协作，临期调发，兵将都不熟悉。于是，于谦又从三大营中选拔出十万兵士，分为五营团练，制订了团营法。以50人组成一队，每队设队长，百人为两队，设领队官，千人设把总，五千人设一都指挥。体统相维，兵将相识，依据遇敌的多少以调度禁卫军人马。后来，增加了五万兵，将五营军改建为十团营。十团营建立后，于谦对新建的京师禁卫军又制定了严格的训练标准。

英宗夺门之变

景泰元年（1450年）八月二十一日，英宗帝朱祁镇被俘一年后，终于被也先放了回来。回到阔别一年的故乡，英宗帝心中不禁感慨万分。虽然现在自己还被称之为太上皇，但今非昔比了，此时没有了一年前至高无上的皇权。现在坐在金銮殿上的是朱祁钰。英宗丢失的不仅仅是一年的美好时光，还有自己的大好江山。

代宗朱祁钰与英宗朱祁镇是异母兄弟。代宗比英宗小一岁。代宗的母亲是吴贤妃，英宗的母亲是孙贵妃。代宗自从正统十四年（1449年）九月即皇位以后，便对迎回英宗的事不太热心。不仅如此，他在景泰三年（1452年）五月，还废弃了英宗儿子朱见深的皇太子位，而立自己的儿子朱见济为皇太子。英宗返回京师，代宗也只是迎拜于东安门。为了不让英宗复位，代宗把这位被尊为太上皇的哥哥关入东华门外南宫。这里高墙厚院，门窗紧闭，锁头封锢，只开一个小窗口供递饮食。这里由靖远伯王骥统领一支禁卫军把守，戒备森严，严禁任何人出入。

英宗朱祁镇心中很不是滋味。然而，事情却又在朝着英宗有利的方向发展。景泰四年（1453年）十一月，代宗唯一的儿子皇太子朱见济死了，御史钟同主张再立朱见深为皇太子。礼部郎中章纶还要求代宗在每月初一、十五和各种节日率领文武百官，在宫城的延安门朝见太上皇。代宗对此非常不高兴，把钟同、章纶关进了锦衣卫的监狱。

其实，代宗自从儿子死后，就处于深深的矛盾之中，他既不愿意把皇位归还给英宗，又不忍对英宗的儿子朱见深下毒手。恰在这时，他的皇后杭氏也死了，后宫生活的平淡让他感觉到无聊。长时间的心情郁闷，代宗在景泰八年（1457年）正月得了重病。当时，太子储位还没有定下来，于谦和许多大臣一次次上书请景帝早立东宫。

正月十二日，代宗召见了石亨。石亨见代宗确实病得厉害，活不了几天了，便找张𫐄、曹吉祥、徐有贞商量，打算在代宗死后让英宗复位。徐有贞对代宗的怨恨由来已久。他原来只是翰林院侍讲，在保卫北京时，发表了谬论提出迁都，遭到了大臣们的反对。代宗当政，他改名徐珵为徐有贞，因为治理河道有功，升为左副都御史。后来，他想当国子监祭酒，托于谦向代宗说情。代宗发现他就是徐珵，也就没有答应，因此他一直怀恨在心。张𫐄在英宗正统年间就已经是前军都督了，代宗即位后，一直没能升官，反而被关进监狱。

石亨和曹吉祥是见风使舵的人，他们也拥戴过代宗，如今眼看着代宗病危，皇帝一旦驾崩，英宗复位，自己的性命恐怕都保不住了，于是背叛代宗，与徐、张二人勾结起来。

他们认为，代宗已经危在旦夕，如果代宗一死，为争夺皇位必然出现激烈斗争，鹿死谁手实难预料。为了防止不测，自己还不如趁代宗病重之机先下手为强发动宫廷政变，迎英宗复位，必获功臣荣耀。

正月十四日晚，这帮阴谋复辟的人在夜色的掩护下，秘密聚集在徐有贞家。徐有贞说："太上皇当年出狩，不是出宫游乐，而是为国家！况且天下士民的心都向着太上皇，而当今皇帝却置之不问，这正是时机。可是，太上皇知道吗？"这时，石亨、张𫐓说一天前已经秘密通报。徐有贞自认为精通星象，于是在十六日的夜晚，他煞有介事地走出家门，爬上自家屋顶算卦，然后走下屋顶，装模作样地说："事成在今夜，机不可失！"于是，众人分头行动起来了。

禁卫军都督张𫐓调禁卫军严守各城门。当夜四更时分，石亨拿出门钥偷偷地打开了长安门，统领内廷禁卫军一千余人进皇城。守门的宿卫十分惊奇，但是不明真相，都愣着不知道该干什么好。禁卫军进入长安门后，徐有贞又命令禁卫军将长安门反锁，并把门钥投入水中，以防止外兵再入。

石亨、徐有贞急忙奔往南宫，但是南宫的门十分坚固，根本就打不开。徐有贞急忙命令禁卫军卫士数十人取来一根巨木，大家举着撞门，又命令勇士翻墙入南宫，从里面撞门，并内外合力推墙，墙破门裂，禁卫军进入南宫。

这时，太上皇朱祁镇早在等待，看到石亨、徐有贞等人来了，他便立马从屋内走出。徐有贞命令禁卫军护驾英宗帝，急急地赶往内宫。朱祁镇原来对这帮人并不熟悉，众人各自乘机报上官职、姓名，目的显然是等待请功。当他们来到东华门的时候，被守门卫士拦住了，问他们是何人。这时，朱祁镇立即大声地说："我是太上皇。"卫士一听是太上皇，不敢阻挡。于是，朱祁镇等人来到了后宫。进来后，他们直奔皇帝日常上朝的奉天门。在奉天门外，他们又遭到了守门卫士的阻拦。卫士们举起手中的金瓜要击杀徐有贞，被英宗喝止了。

事变众人将放在殿庭角落的御座推到了正中，英宗再次登上了告别八年之久的皇帝宝座。

这时，天快明了，代宗原先说要在十七日视朝，百官都准备上朝。百官上朝的时间到了，而天色还没有全亮。皇宫钟鼓齐鸣，百官随着打开的宫门入宫，准备朝见病中的景帝。只是大家感觉从奉天门传来的呼噪声不同以往，却见徐有贞站在百官面前，大声说道："太上皇已经复辟，快去朝贺！"这时，百官才大梦方醒。英宗本来就是老皇帝，又宣布百官"任事如故"，况且石亨等人以数十万禁卫军要挟，也只好如此了。朱祁镇又登上文华殿，命徐有贞为兵部尚书兼学士入内阁，参预机务。接着再登上奉天殿，进行了即位大典。

夺门之变成功后，英宗复位。参与夺门之变的所有人员都进职封爵。代宗在病榻上听到这一消息时，连声说了几个"好"字，再没有讲什么。得势后的徐有贞、石亨等人随即编织罪名，置于谦于死地。罪名是于谦和另一位大臣王文要迎立藩王承继皇位。这完全是莫须有的事。但是朝中大臣没有人敢站出来为于谦辩护，因为于谦"以定社稷功，为举朝所嫉"，加上他孤芳自赏，从不结交党羽，独来独往。于谦的"谋逆罪"很快就获得了通过。不过，在最后做决定的时候，英宗有些迟疑，他承认于谦有功于社稷，对于处死于谦有些犹豫不定。徐有贞则急切地说："不杀于谦,复辟就无名!"英宗终于痛下决心,命令将于谦和王文、舒良等大臣一同弃市问斩。

于谦被杀,祸及全家。他的妻子被派遣戍边,长子于冕被派遣卫戍龙门,小儿子于广由裴姓太监秘密陪同逃到了河南考城县。当锦衣卫到于谦家抄查时,什么值钱的东西和谋逆的罪证都没有查出来,就连抄查的锦衣卫都因为他家的简朴而深表惊奇。天顺三年(1459年),于谦的灵柩由其女婿朱骥运回浙江故乡,葬于西湖三台山麓。成化二年(1466年),明宪宗为于谦平反昭雪,将他的故宅改为"忠节祠"。

曹石反叛

英宗复辟后,继续着他的昏庸与顽固。

第一件事是迫害于谦以及其他所有的抗战派,第二件事是替死有余辜的大宦官、英宗自己的老师王振进行了平反。如果说八年之前的英宗还太年轻、太幼稚的话,那么年过而立之年的英宗应该有所成熟,但他没有,他还没有醒悟过来,继续着他的昏庸与顽固。

英宗帝对王振还追念不已,一上台就恢复了他生前的官爵,而且用香木精心雕刻了王振的形象,进行招魂,并重新埋葬。先不说王振给国家带来了多大的灾难,就是对英宗帝本人,若不是王振的诱惑、怂恿,也不致让自己因当了俘虏而失去帝位。这样一来,景泰以来抑制宦官势力的正确作法不能继续,造成了阉党势力的复起。

这时,两个在夺门之变中有重大贡献的人成了焦点。一个是曹吉祥,另一个是石亨。曹吉祥,滦州人,曾经是大宦官王振的部下。正统初年，云南少数民族起义，英宗派出明军前往镇压，曹吉祥就任监军。后不久，他又参与征伐兀良哈和镇压福建以邓茂七为首的农民起义。景泰年间，他总督京营，由他和刘永节制团营，这是明代自开创以来内臣监管京师禁卫军的最高职务。此后，他开始把持京城军事大权。正因为如此，曹吉祥和石亨利用手中的禁卫军权，才顺利地发动了夺门之变。英宗复辟，曹吉祥积极参与，英宗认为他是作出了重要贡献的人，便将他提为司礼太监，并让他总督京营。在明朝，京营是占有重要地位的。如今京营全部权力都掌握在曹吉祥手里，势力之大，可想而知。他的长子曹钦，从子曹铉、曹铎等都提升为都督。他的门客也冒功请官，居然有上千人被封了官。石亨，陕西渭南人。他武艺高强，不仅善于骑射，还十分有胆略。但他性格反复无常，且很有野心。瓦剌军入侵，石亨在同瓦剌军的交战中失败，朝廷将他免职。后来，由于于谦惜才，加之朝廷需要，石亨被免罪，而且复职。在京师保卫战中，他也确实作出了贡献。英宗准备复辟，石亨异常积极主动地同曹吉祥、徐有贞配合。复辟成功后，他又同徐有贞一唱一和地加害于谦，全然不念昔日他败于瓦剌军时被于谦救护之情及患难共事之义。夺门成功，石亨进封为忠国公，继续掌管京师禁卫军。他的侄子石彪守大同，为都督同知，并充任游击将军，地位高贵。

掌握着禁卫军权的曹吉祥和石亨，他们的权势不相上下，京师的人都叫他们为曹石。两人互相勾结，多次公开抢占民田，遭到了一些正直官员的弹劾。有一位御史上书弹劾，英宗看到奏书后，对大学士李贤和徐有贞说："御史敢这样直言，真是国家的福分！"站在皇帝身旁的曹吉祥十分气愤，当场就要治那位御史的罪，被英宗帝制止了。后来，这件事传到了石亨的耳朵里。石亨怒气冲天，指责御史胡言不实，进而迁怒于李贤和徐有贞，称他们是后台主使。石亨对曹吉祥说："如今，内廷是你的天下，外朝由我统领，李贤之流这样诬陷，其用意很明显啊！"

徐有贞在夺门之变中也是有功之人，他在升任内阁首辅后，想再立功名自固，这样的想法自然与不可一世的石亨格格不入。石亨与曹吉祥在皇帝面前猛烈攻击徐有贞，而御史又多次上书揭露石亨、曹吉祥的违法事端，于是英宗对这三个人都有了一定的看法。皇帝这时采取了对谁都不全信的方法，他让锦衣卫统帅门达等人侦伺实情上奏。让英宗帝没想到的是，门达正依附于曹吉祥、石亨。门达把此事密告他们。三人达成一致。门达和给事中王铉分别上书皇帝，说都御史耿九畴党附首辅徐有贞和大学士李贤，唆使御史诬蔑石亨。这时，曹吉祥又玩起了心眼，乘机在皇帝面前跪奏，说："臣等万死一生，舍命迎皇上复位，内阁大臣一定要杀了我等而后快！"曹吉祥的戏还演得十分动情，说的时候声泪俱下，伏在地上痛哭不起。皇帝被曹吉祥的假象迷惑了，决定将弹劾他们的御史夺职戍边，将徐有贞和李贤降职。

一天，内阁赞善岳正入值文渊阁。英宗帝问他："你何以辅佐？"岳正回答说："内臣、武臣权势过重。"皇帝顿时明白了岳正的意思。岳正退朝后，将此事告知了曹钦、石彪，劝他们辞却兵权。曹钦、石彪大惊，急忙把此消息告诉了曹吉祥。曹吉祥急忙面见英宗帝，摘下官帽，跪在地上哭着请求皇帝将自己处死。皇帝问清缘由，召来岳正，问他为何把谈话泄露。

岳正却说:"这二人必定会背叛陛下,我这是防患于未然,以全君臣共难之情。"皇帝极不高兴。曹吉祥、石亨自然也不高兴,对岳正恨之入骨。后来,岳正被谪调广东任钦州同知。

石亨等人恃宠骄狂,无所顾忌。一天,石亨率领千户卢旺、彦敬进入皇宫禁地,直入文华殿。英宗帝看到来了陌生人,十分惊讶,问石亨:"他们是何人?"石亨满不在乎地说:"这是微臣的两个心腹,迎复之功,这两人功劳最大。"石亨当即请英宗帝下旨,擢升这二人为锦衣卫指挥使。石亨所表现的种种骄狂,英宗帝自然有些不快,但念及夺门之功,也就容忍了。

一天,英宗帝向李贤咨询政务方面的事情。英宗帝问:"朝廷政务该如何治理?"李贤说:"权力不能下放,望陛下独断。"英宗帝点了点头,表示认同。随后,英宗帝问李贤:"你如何看待夺门之功。"李贤说:"迎驾还说得过去,'夺门'二字,如何能传示后世呢?陛下顺应天命,复收长位,门何必夺?而且内廷门哪能夺呢?当时有人邀我参与此事,我没同意!"英宗听了李贤的话感到十分吃惊,说:"为何没有同意呢?"李贤说:"景帝卧病不起,群臣自当上表请陛下复位。这样名正言顺,没有可疑虑的,更不至夺门。如果事泄,这班人倒没什么可惜的,但陛下又将置于何地?这些人只是想借机图个富贵,哪里想什么江山社稷!"英宗帝听李贤这么一说,脸上的表情也变了,他似乎领悟到了什么。

天顺二年(1458年)三月,石亨的心腹、兵部尚书陈汝言的贪污罪被揭发。陈汝言家的财物之多令人震惊。英宗帝知道此事后,命令将赃物陈列在宫殿、廊庑下,并召集石亨等人来验看。

触景生情。英宗帝的良心受到了谴责,此时想到了被处死的前任兵部尚书于谦。英宗帝还当着官员们的面说:"于谦在景帝一朝始终受宠,死时家无余赀;而今陈汝言当了不到一年的兵部尚书,竟然得了这么多贿赂!"石亨立即明白英宗帝的话外音,立即把官帽摘下来,跪在地上,无言以对。不过,英宗帝当时并没有治石亨的罪。

天顺三年(1459年)正月,锦衣卫奉命调查大同总兵石彪的行迹。八月正式逮捕石彪,但是石彪不服。锦衣卫在他家中抄得绣蟒龙衣等物,认为其有篡位野心,以此作为证据,立即将他逮捕,关入锦衣卫狱。石彪在锦衣卫狱中遭到了严刑拷打,只得承认自己图谋不轨,并把他的叔叔石亨也供了出来。英宗帝看在石亨立有军功面上,没有给石亨定罪,只是罢免了石亨的兵权和一切职务,令他回家休闲。石亨被剥夺兵权后,心中很不是滋味。这时,他才想到谋变,但他的行动很快被锦衣卫密探侦察到了。

石亨为何回到老家后又想谋变呢?一是,他被剥夺一切职务后心生怨恨,想报复;二是,他认为自己在大同一带有较好的军事基础。在石亨当权时,他曾经来往于大同和京师之间,有一次看着紫荆关对左右侍卫说:"如果严守此关,据守大同,京师无可奈何!"当年有一个擅长妖术的人叫童先,他曾向石亨出示神秘的妖书,书上写道:惟有石人不动。实际上,他在暗示石亨举兵起事。石亨自信地对他的私党说:"大同兵马甲天下,我一直优厚对待,石彪又统镇大同,完全可以依恃。有一天让石彪取代李文,佩带镇朔将军印信,专制大同军事,北拥紫荆关,东据临清,决开高邮堤坝,断绝饷道,京师不用血战就可拿下。"几年后,蒙古人袭击延绥,石亨奉命带领数万京师禁卫军出京迎战。童先再次劝石亨起兵反明,石亨却大大咧咧地说:"这事不难。只是,天下兵马都司还没有全换上我的人,等换好了,再起事不晚。"童先却有些着急地说:"机不可失,时不再来啊!"石亨没有听童先的。童先私下对身边的人说:"这哪能成就大事!"

天顺四年(1460年)正月,京师出现了彗星,朝野十分惊恐。锦衣卫指挥逯杲以亲军统帅和皇帝心腹的双重身份上书密奏皇帝:石亨心怀怨恨,与其侄孙石俊密谋不轨。英宗帝又把这份密奏拿给大臣们看,同时下旨逮捕石亨,关入锦衣卫狱。禁卫军奉旨逮捕了石亨,经过一番严刑拷打之后,曾经不可一世的石亨惨死在狱中,落下个悲惨的下场。石彪也被弃市问斩。就连石亨的私党童先等人也全被处死。

石亨事败,曾经与他同流合污的曹吉祥虽然没有被牵连治罪,但他开始变得不安起来。此前,曹吉祥也培养了自己的一批蒙古降丁武勇,倚为心腹,还为他们争取了不少的朝廷赏赐。这些降附的蒙古武勇也把自己的命运与曹吉祥系在了一起,认为一旦遭遇不测,都会死无葬身之地。曹吉祥家中还豢养着食客,其中一位名叫冯益。一天,曹吉祥的儿子曹钦问冯益:"历史上有没有宦官子弟当天子的?"冯益说:"你的本家曹操就是中官之后。"曹钦大喜,立即决定举行兵变。天顺五年(1461年)七月的一天,曹钦与他的死党、官任都督的蒙古降将伯颜也先等数十人密谋:"逯杲等侦缉紧急,再不起事,就是第二个石彪!"经过决议,他们决定第二天天明起事,并选定番汉敢死军500人,约定天明朝门大开时,曹钦拥兵入内,废掉皇帝，杀死总领京营禁卫军的孙镗、马昂，曹吉祥所拥内廷禁卫军作为内应。而在此时，英宗帝正命令怀宁侯孙镗西征，由兵部尚书马昂监军，不过还没有出发。

密谋已经定下来，曹钦大摆宴席，当夜盛情宴请众降将、降丁，并一一厚赏，准备三更以后开始行动。孙镗在出征前要陛辞皇帝，便提前宿在朝房，朝房是大臣办公、值夜和等待上朝的地方，位置在承天门外。当夜在朝房值宿的还有大臣吴瑾。曹钦的宴席进行到一半的时候，大约已经是深夜二更时分了，蒙古降将中有一位叫马亮的人，怕事情败露，自己生死难保，悄悄地离开席位，迅速赶到朝房密告吴瑾。吴瑾立即把这个消息报告给孙镗。两人急忙赶到承天门西侧的长安右门，但是无法进去，两人便在纸上疾书，由于都是武臣，不善于表达，只好写上：曹钦反，曹钦反。这一紧急奏章从长安右门的门缝投进去，由守门的内廷侍卫迅速转送到宫中。

英宗帝听说曹钦要发动兵变，立即下旨逮捕曹吉祥，并命令皇城各门和京城九门的禁卫军，紧闭各门，不许开门。内廷卫士当即逮捕了曹吉祥。而此时正准备起事的曹钦对这些变故一无所知，他正率兵来到长安门，只见平日天亮时就开启的皇城门户现在还紧紧地关着。曹钦知道事情不妙。于是，曹钦转往他一直痛恨的锦衣卫统帅逯杲的私宅，逯杲正准备出门奏报皇上。曹钦迎面撞见，当即将逯杲杀死，并碎其尸首。曹钦接着领兵驰入西朝房，与曹铎一道追找痛恨的都御史寇深。看到寇深后，曹钦的部下挥刀削下了寇深的肩膀，接着再一刀，把寇深一劈两半。

长安街上一时变得混乱起来，正准备入朝的大臣们以为是征西的禁卫军出发了，后来一听说是叛兵造反，大臣们一哄而散，各自逃命去了。大学士李贤正在东朝房等待上朝，却听见外面喊杀声传来。李贤惊慌出房，没走多远，就被一拥而上的甲士围住了，一人要切李贤的肩臂，一人要割他的耳朵，一人从后背用刀顶住他。这时，曹钦提着逯杲的人头驰奔过来，他叫手下先不要杀李贤，下马拉着李贤的手说："今天是逯杲激起的兵变，实在万不得已，请立即为我草拟一道章疏进呈皇帝！"接着，又捉来尚书王翱。李贤被迫为曹钦起草了一份章疏，投入长安左门门缝。

这时，长安门依旧紧闭着。曹钦率领着这帮亡命之徒攻打长安左门和右门，又放火。守卫长安门的禁卫军亲军卫士拆掉御河岸砖，用来垒实长安门，以抵御叛军。曹钦带领军队在门外呼叫，以助声势。曹钦本来想杀了李贤，但最后还是放了他，领兵去追兵部尚书马昂。

这时，天已经亮了。孙镗派两个儿子急忙召集准备西征的京营禁卫军。但是孙镗考虑到太平年月安逸惯了的京兵，听说谋反未必会出来杀敌，况且没有皇帝的诏书，兵士可以拒绝出营。于是，孙镗让他儿子在兵营外大喊，说刑部关押的囚犯越狱了，要是谁抓获了就可以得厚赏。果然，有两千多名征西将士，全副武装地出发了。这时，孙镗骑在马上对将士们说："没看到长安门的大火吗？是曹钦领兵谋反！但他的人马少，活捉或杀死他的赏重金！"将士们被孙镗的气概所激励，大声应命。这时，工部尚书赵荣也披甲跃马奔驰在街道上，大声地喊道："愿意杀贼的，跟我来！"

禁卫军开始向曹钦的军队进攻。曹钦没能攻开长安左门，转而又去攻打皇城东门东安门。他们又动用火攻法，点燃了东安门。东安门内原来就堆放着树枝，也烧着了，火势十分猛烈。但是叛军仍然无法进入皇城。

面对着孙镗统领的京营禁卫军，叛军抵挡不住，散了一部分。但曹钦杀红了眼，仍旧顽固地反抗着。

一直战到中午时分，曹钦中箭负伤，准备骑马奔逃。大臣吴瑾带领五六名卫士也参与了平叛，在路上碰到了曹钦的人马。虽然曹钦正在逃跑，但穷途末路的他们还是具有相当大的战斗力，他们把吴瑾一众人全都杀死了。

曹钦返回他们的驻地东大市街时，正巧碰上前来追剿的禁卫军。曹铉率领一百余名骑兵驰奔，与禁卫军作最后的较量，一次次地打退了禁卫军的进攻。

双方战到了傍晚时分。

孙镗在后督战，他命令神射手放箭，他自己也在后面放箭杀敌。不久后，禁卫军杀死了曹铉。孙镗的儿子孙軏在激烈的战斗中砍伤了曹钦的肩膀，但孙軏却被曹钦的卫士杀死。

曹钦感到大势已去，立即统率兵马想从朝阳门逃走，但由于朝阳门被守得死死的，没有成功。他又想从安定门、东直门、朝阳门逃走，但各门都被禁卫军紧闭着。

晚上，北京城下起了大雨，曹钦逃不出北京城，只好逃回家中，继续进行顽抗。禁卫军将曹钦的家团团包围。曹府门第被禁卫军攻开，禁卫军大声叫喊着蜂拥而入，见人就杀。

曹钦一见无路可走，投井自尽了。曹铎死在了禁卫军的刀下。曹钦家大小全被杀光。三天后，曹吉祥被处死。他的党羽和家庭成员也都被杀死或被流放到岭南。

刘六、刘七攻打京师

明朝中期，民不聊生。北京城街道上的老百姓来往匆匆，不敢与人多说一句话，街道角落到处是乞丐的身影。凶残的锦衣卫布满了北京城，不管走到哪个小胡同都能碰到锦衣卫。整个北京城笼罩在一片恐怖之中。

正德六年（1511年）三月的一天，年仅20岁的武宗帝在紫禁城内接到了兵部的急奏，说是刘六、刘七等人已经会合，率领大队起义军来到了京畿地区。武宗帝知道起义军到达京畿地区意味着什么，他惊恐万分，这也是他当上皇帝后遇到的最为严重的兵事之一。武宗帝在大臣们的建议下，宣布北京立即戒严。兵部命令禁卫军全副武装进入紧急状态，并派出部分兵力到霸州、文安等地镇压起义军。

刘六、刘七等人的起义是由于当时社会矛盾所引发的。明朝正德年间，由于武宗荒淫无道，加上宦官掌权，独断专行，老百姓处于水深火热之中。在重重剥削、压迫之下，各地爆发了农民起义。刘六、刘七兄弟原籍是顺天府文安县人。刘六原名叫刘宠，刘七原名叫刘宸，两人从小就彪悍，并且擅长骑射，早就以侠义而闻名文安、霸州一带了，并结交了不少仗义之士。刘六、刘七性格豪爽，是普通的农民。在明朝，文安人有到北京当宦官的习俗，刘六、刘七"因乡曲故"，曾有机会到北京，并进入了紫禁城，也就是说，刘六、刘七都曾有过在京城服兵役的经历，他们目睹了宫内的腐朽情况，这使他们产生了推翻腐朽统治的念头。

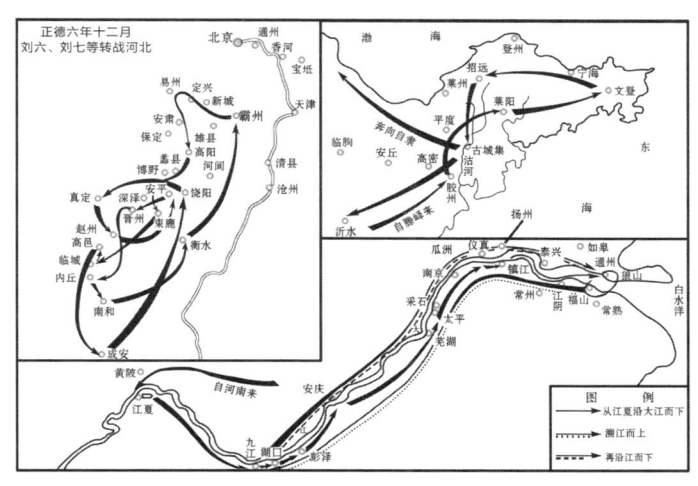

△ 刘六、刘七等起义军北方战场转战经过示意图

到霸州、文安等地镇压农民起义军的是右都御史马中锡和惠安伯张伟。他们统领着禁卫军出师，与起义军在彰德、河间一带激战。长期在北京城内从未出过战的禁卫军毫无战斗力。他们偶然也能侥幸地打胜仗，但从总体上来看，还不足以镇压农民起义军。有的禁卫军将领同情起义军，暗中与起义军"通气"。

在这种情况下，马中锡向武宗帝上奏，他说，强盗本来也是良民，是由于酷吏与贪官所逼迫，建议对起义军招抚。马中锡还对他的部下下令，对农民军不要赶尽杀绝，要是他们投降便不能将他们处死。但是，马中锡的这种开明思想并没有得到明廷上层统治阶级的同意，所以在马中锡与起义军举行谈判的同时，明廷还在调集边兵前来增援，还是想以武力解决。

明廷的这种行动，刘六、刘七当然看出来了，但他们并没有拒绝与马中锡的谈判。

一天，马中锡带领几名禁卫军来到起义军大营。刘六、刘七十分礼貌地接待了他，同时，他们也一针见血地指出："今阉臣柄国，人所知也。马都堂能自主乎？"（《明史》卷一百八十七《马中锡传》）谈判虽然没有取得成功，但刘六、刘七十分守信地把马中锡送出大营。然而，马中锡却因为自己的主张，换来了"故纵贼"的罪名，被捕入狱，不久死在狱中。马中锡的死亡，更加坚定了农民起义军坚持武装斗争的决心。

正德六年（1511年）七月的一天，农民军的先头部队悄悄地来到了北京阜成门外，杀死牌甲常礼和巡城的御史。牌甲常礼和巡城的御史被杀的消息传到紫禁城后，久不上朝的武宗帝十分惊慌，不得不召集内阁大臣入左顺门询问军情，并立即宣布京师戒严，还紧急调动所有京营禁卫军，甚至把宣府、延绥等地的边军也调到北京。农民军得到这个情报后，审时度势，暂时放弃了攻打北京的计划。

这年十一月底，起义军转战到山东之后，又辗转回到了霸州，准备在十二月一日武宗到天坛祭祀的时候，来一个迅雷不及掩耳的袭击，把武宗置于死地。然而，消息却过早地被泄露出来。兵部尚书何鉴得到此消息后，立即写了一个密报送给武宗帝。武宗帝看到这个消息后，十分害怕，立即宣召何鉴入宫。经过商量，兵部传令城内的勋戚和武官赶快带领禁卫军分守京师的九门，又派人通知通州、良乡等地的守备官，立即调遣兵马到京城南羊角房、南海子、卢沟桥等处下营。起义军得知情况有变后，只好再次放弃攻打北京、刺杀皇帝的计划。

正德七年（1512年）正月初八，刘六、刘七领导的农民军再次攻入霸州，北京城再次戒严。京师禁卫军列阵城门。皇帝除派兵分守卢沟桥、羊角房和草桥等地外，还下诏提督军务陆完、总兵毛锐带兵赶到北京，以加强北京的防卫力量。明军与起义军大战于文安，起义军损失很大。

这年三月，刘六、刘七的农民军在山东遭到明朝边兵和当地地主武装十余万人的重重包围，损失惨重。就是在这种情况下，刘六、刘七等仍率领骑兵300多人突出重围，轻装北上，很快又聚集了大量的农民武装，并在北京周围地区大败明军。京师再一次震动，立即戒严，数十万京营禁卫军守卫北京城。但这次，起义军并没有在有利的形势下直逼北京，而是南下，到河南解救友军。当刘六、刘七率军到达河南后，河南的这支友军已经被明军打败，他们只好继续南下，进入湖北，最后终于因寡不敌众而失败，刘六、刘七战死。

庚戌之变

15世纪中叶，蒙古族著名首领达延汗统一了大漠南北。达延汗死后，他的大儿子图鲁博罗特后裔继承了汗位。新汗年幼，人称"小王子"。但是达延汗的其他子孙，不尊奉新汗，他们各自拥众据地，独霸一方。这样一来，蒙古新汗徒有虚名，蒙古广大地区又陷入封建贵族割据的局面。俺答汗就是在这种情况下涌现出来的一位蒙古族强有力的历史人物。

俺答汗是达延汗第三个儿子巴尔斯波罗特的次子。他统领十二土默特，即今天呼和浩特一带。后来，俺答汗拥有十万余骑兵，称雄于蒙古各部落。达延汗时期，由于蒙古与明朝的关系紧张，当时的"通贡""互市"中断。双方不断的战争，给汉蒙人民带来了生命和财产的巨大损失。但是俺答汗统治以后，蒙古地区经济有了较大的发展，急需与中原互市贸易，换回他们短缺的生活必需品。而明朝还是采取闭关政策，拒绝贸易往来。蒙古因和平开放市场的要求得不到满足，于是采取了武力掠夺的手段。双方矛盾逐渐升级，常年战争不断。

嘉靖二十六年（1547年）四月，蒙古又派使臣到明廷，向明廷交了一封信。信中说，蒙古愿与明朝休战和谈，并向明廷赠送黑头白马一匹、白骆驼七峰、骟马三千匹，希望明廷回赠白缎、大神卦袍等物，且保证西起甘肃、东至辽东，双方边界之间不进行破坏活动，友好相处，为和平互市创造必要的条件。

当时，明朝大同总督翁万达上书，建议接受蒙古的要求，但是嘉靖帝还是听从了巡按御史黄汝桂的意见，认为俺答汗求贡是假，抢占是真，于是就没有答应。

俺答汗只有继续以战争的方式解决这些问题。

嘉靖二十九年（1550年），是庚戌之年。

这年的八月十四日，蒙古兵大举出动，集结在滦河，而马兔河、以逊河流域的蒙古军则顺潮河川南下，进攻古北口，直接威胁北京的安全。古北口是北京东北的门户，能否攻破这个关对于攻占北京城十分重要。前不久，明朝的兵部尚书丁汝夔曾请调兵加强古北口等地的防守，但是没有得到支援。古北口的守卫自然没有加强。这不能不说是明廷的一个重大战略失误。

蒙古兵以数千个骑兵攻墙，明朝的将领都御史王汝孝率领一队京营军前去迎战。明京营军的攻势十分猛烈，火炮矢石打得像雨点一样密集。看着攻势凶猛的明禁卫军，蒙古兵假装无法抵挡，纷纷后退。禁卫军看到自己猛烈的攻势起到了作用，想一鼓作气把蒙古兵打败，于是乘势追击后退的蒙古兵。当禁卫军追击到防御薄弱的黄榆沟墙时，俺答汗率领蒙古精骑数千人从墙后破墙而入，从背后突然攻击王汝孝的军队。对于这突如其来的"神兵"，明军一下子慌了手脚，本来还算整齐的军队一下子被冲散了，纷纷丢盔弃甲，逃往附近的山谷密林中。

俺答汗抓住了这一有利机会，顺利南下，攻占了北京城附近的怀柔、顺义等地，长驱直入，直达通州。蒙古兵就扎营于潞河以东20里的孤山、汝口等地。巡按顺天御史王抒一边召集部分京营军集结在潞河西岸，一边连夜上书告急，向京师请援。

消息传来，京师震惊。嘉靖帝宣布，京师立即戒严。嘉靖帝急诏各镇兵勤王，同时命令定西侯蒋傅、吏部左侍郎王邦瑞督守京师九门，又命令锦衣卫都督陆炳、礼部侍郎王用宾守皇城四门。兵部尚书丁汝夔好不容易才集中了五六万人，出城后还不敢战斗。其实，刚开始的时候，京营劲旅不少于七八十万人，也不乏才将猛将。自从三大营变为十二团营，又变为两官厅，虽然人数不如当初了，但还有京营军38万余人。而现在武备松弛，京营军也只不过14万人左右，而真正能参加操练的人不过五六万人。随后，明廷又招募了市民和武举生员共4万人协助守城。

八月十八日，咸宁侯仇鸾率大同兵2万人支援京师。他的兵马就驻扎在通州河西，与俺答汗骑兵对峙于通州河东岸。但是勤王的军队出来得太匆忙，准备不充分，粮饷不济，饥疲不堪，战斗力自然也就十分弱了。

在这个紧急时刻，嘉靖帝下令调集的各地勤王军也陆续赶到了京师，有保定都御史杨守谦的五千骑兵和延绥副将朱楫率领的三千骑兵，还有河间、宣府、山西、辽阳各地的兵马也先后到达，共有5万余人。嘉靖帝任命仇鸾为大将军，统帅各路明军，分别防守北京各城门。

没多久，俺答汗率领蒙古兵渡河到达西岸，随后派遣前锋700余骑兵驻扎在北京安定门北面的教场。明将杨守谦与朱楫不敢迎战。

兵临城下，北京城内一片紧张气氛。嘉靖帝更是坐立不安。数十万禁卫军面对着蒙古兵竟然不敢主动出城迎战，只在城门死守。

八月二十一日，俺答汗的大部队也抵达城郊，但他见北京城防守严密，明军众多，不敢贸然攻城，于是掳掠了北京近郊的明朝陵寝和西山、良乡、黄村、沙河、大榆河、小榆河等地。

面对蒙古兵的大肆掳掠，许多人纷纷要求主动出城攻击。一天，蒙古兵在北京东直门外捉到了御厩内官杨增等人，并将他们押到了俺答汗那里。俺答汗没有杀他们，而是想以他们为使者，让他们进城向明廷递交一封信。信中要求明朝答应同蒙古进行"通贡"和"互市"，只要答应就撤兵。

嘉靖帝急忙召集大学士严嵩、李本、礼部尚书徐阶等大臣商议，想听取他们的意见。但严嵩主张坚壁困守，让俺答汗饱掠自去。兵部尚书丁汝夔按此主张，命令各将闭营不战，任由蒙古兵掳掠。嘉靖帝也犹豫不决，一直没有给俺答汗回话。

此时，蒙古军已经掳掠大量人畜财物，但是不敢攻城，他们开始向白羊口撤去。

仇鸾为了掩人耳目，率领部分骑兵假意进行追击。但让仇鸾深感意外的是，他们的假戏变成真了。八月二十六日，当他们追到昌平北的时候，蒙古兵杀了个回马枪。京营军哪能与蒙古兵相对抗，顿时军队乱成一团，急忙回逃。京营军战死的、被踩死的达千余人。

九月一日，蒙古兵避开明军追击，从古北口撤回。

北京之危解除，京师也松了口气。

俺答汗率领蒙古骑兵从北京城下撤兵后不久，明朝大将仇鸾向嘉靖帝上奏，主张同蒙古和平互市，结束双方的军事对峙。当时仇鸾正得宠于嘉靖帝，加上明朝宣府、大同总督、内阁首辅严嵩等人都赞成和支持仇鸾的主张，嘉靖帝于是同意开设互市。不久后，俺答汗又派使者前往明朝要求互市贸易。明廷决定在大同、宣府等地开设互市，一年定为春、秋两季各开市一次。当然，明朝对此事十分重视，派遣兵部侍郎前往大同，总理互市全部事宜，而以将军徐洪坐镇大同，监督互市。

事实证明，和平才能求得发展，战争只能带来创伤。

袁崇焕保卫北京之战

明朝最后一个皇帝崇祯几乎集中了明朝皇帝们所有的特点，如机智和愚蠢、胆略与刚愎、高招与昏招。不过在他复杂性格的背后，同样是复杂的政治形势。他在位期间，正值明朝封建王朝的没落时期，各种矛盾和问题都充分地暴露出来。农民起义、后金军队的入侵、灾荒、大臣之间的党同伐异，都是让崇祯帝十分头痛的事情。不过，他还算是励精图治，上台后除掉了魏忠贤，并于上台的第一年就重新起用了被撤职的袁崇焕。

袁崇焕，字元素，号自如，祖籍广东东莞，落籍于广西藤县。由于是南方人，崇祯帝私下里称他为"蛮子"。袁崇焕的才华，主要体现在军事上，即使在他被杀之前的一段时间，崇祯帝仍是以为"守辽非蛮子不可"。袁崇焕是明末最善于与后金军队作战的明军将领。他是一名文臣，万历四十七年（1619年）的进士，却在天启六年（1626年）就做上了肩负东北防务重任的辽东巡抚，这充分说明了他突出的军事才能。袁崇焕"不爱钱，不怕死"的性格，赢得了士兵们的拥戴。当然，他的杰作应该还是指挥宁远之战，他以不足2万人的兵力打退了五六万后金军的进攻。这也是抚顺之战以来，8年间明军与后金作战取得的唯一一次大胜利。

崇祯二年（1629年）十月，后金汗皇太极率兵从龙井关（在今喜峰口之西）毁边墙进入关内，攻陷了近畿重镇遵化，屠杀了三河县全城的人民。

十一月，皇太极率领的八旗兵攻占了遵化，并越过蓟州，绕过三河，经过顺义，进至通州，渡河驻营城北。这月六日，八旗兵攻占了张家湾。八旗兵气势汹汹地直逼北京城。

崇祯帝急忙宣布：京师戒严。明京师禁卫军全副武装，进入了紧急战备状态。明朝兵部尚书兼右副都御史袁崇焕知道皇太极绕道进逼北京之后，立即率领9000劲旅，连夜从关外赶往北京。当时，为了国家利益，袁崇焕冒了巨大的风险，因为军队在没有得到皇帝允许之前，擅自率军直达京师，弄不好是要掉头的。但是，在紧急情况下，如果先请示，经皇帝批准后再行动，那就晚了。当时，袁崇焕对将士们说："北京很危险，现在顾不了那么多了，如果能使北京平安无事，就是我因此被处死，也绝不遗憾。"他的话使士兵们很受鼓舞，大家不顾疲劳，加急行军，终于提前三天到达通州。崇祯帝任命袁崇焕调度各镇援兵，相机进止，抗拒后金兵。

袁崇焕赶在八旗兵之前，列阵于广渠门外，严阵以待。但是袁崇焕此举，却留下了话柄。有人说，袁崇焕没有设法阻止后金军队，接着就退守京城，此举无异于纵敌深入。一时间，谣言四起，说袁崇焕与后金有密约在先，是故意引后金军队入关的。这便是后来袁崇焕被处死时遗体被民众"抢食"的原因。当然，这是后金实施反间计的结果。

十一月二十日，八旗兵抵达北京城下，扎营德胜门外城北土城关的东边。宣府总兵侯世禄、大同总兵满桂率领援兵与禁卫军一道守卫德胜门。皇太极率领八旗兵右翼四旗以及蒙古兵攻德胜门，侯世禄军队被冲散，满桂率领部分禁卫军在城下奋勇抗击，城上禁卫军则发炮支援满桂，但炮弹反而误伤了不少满桂的军队。满桂负伤，只得退入德胜门瓮城，但他仍带领禁卫军死守城门。

就在德胜门激烈战斗的时候，北京城的另一边——广渠门也发生了激烈的战斗。当时，八旗兵共有骑兵数万人，而袁崇焕仅有骑兵9000余人，加上驻守在广渠门的禁卫军，加起来也不足10000人。但是，袁崇焕的军队纪律严明，对老百姓秋毫无犯，得到了北京人民的大力支持。袁崇焕把军队摆成品字形，自己居中坐镇。八旗兵首先向左右两侧冲击，企图冲乱明军阵脚，结果没有达到目的。于是就倾其全力来闯袁崇焕主阵，企图一举击败主帅。但是，明军在袁崇焕的率领下，与八旗兵激烈战斗达十余小时。袁崇焕横刀跃马，冲在阵前，与敌人刀颈相交，舍生忘死。经过袁崇焕军队和禁卫军的奋勇冲杀，终于大败八旗兵,并乘胜追击,取得了保卫北京之战的胜利。但是,八旗兵在广渠门大败之后,率兵沿南海子趋良乡:兵分两路,一路屠固安,一路屠房山。

十一月二十三日,袁崇焕入宫觐见崇祯帝,请求入城休整。此时,袁崇焕还不知道,后金已经使用了反间计,爱猜忌的崇祯帝不仅断然拒绝了袁崇焕的请求,还对他产生了戒备之心。但是,崇祯帝用了比较"高明"的做法,他在召见袁崇焕的时候,脱下貂皮大衣为袁崇焕披上,用温情脉脉的面纱来掩饰自己的猜忌之心。崇祯帝的这种做法,与前不久除去魏忠贤的心机如出一辙。回去后,袁崇焕继续带兵在外围与八旗兵激战。

十一月二十七日,袁崇焕击退了皇太极的军队,京师外围局势趋于平静。皇太极在军事上失利后,特别嫉恨袁崇焕,于是正式设反间计加以陷害。一天,他故意让两个在南海子被俘的太监听到有关袁崇焕与皇太极有密约的谣言,然后悄悄地把他们放了。谣言就这样被带进宫廷。本来对袁崇焕就有所猜忌的崇祯帝信以为真,于是下决心要把袁崇焕杀了。

十二月初一,崇祯帝在平台召见了袁崇焕等人。满怀一腔爱国之心的袁崇焕满以为皇帝的召见是为了给自己授勋奖赏,特别高兴。刚进宫不久,几个锦衣卫就扑了上来,当着皇帝的面把袁崇焕抓了起来。

祖大寿是袁崇焕的部将,他听说袁崇焕被捕,立即率领1.5万兵力东返,离开京师战场。后来还是靠着狱中袁崇焕的亲笔书信,才将祖大寿及守辽军队召还,并收复永平、遵化一带。一些别有用心的人想利用袁崇焕来整倒内阁辅臣钱龙锡,说钱龙锡与袁崇焕两人早就密谋与后金议和。

不久后，袁崇焕的家被抄了，他的妻子和儿女都被流放了。崇祯三年（1630年）八月，袁崇焕被明廷凌迟处死。袁崇焕被害后，曝尸原野，乡人害怕祸及自己，不敢过问。当时，他的一个忠实的仆人佘义士，趁夜深人静偷偷地将尸体运走，埋葬在北京广渠门内广东旧义园，并终身守护，不肯离去。

袁崇焕遭诬陷一事，直到清廷修《明史》的时候才真相大白，并于乾隆年间为袁崇焕平反昭雪。一代杰出将领，总算是可以安息了。

李自成攻取京师之战

这是一场带有规律性的朝代更替的悲惨战争。这也是明朝曾经强大的禁卫军在最后正规场合的大战争。崇祯十七年（1644年）正月，李自成在西安建立了大顺政权。他的目的十分明确，那就是推翻明朝的统治，建立新的政权。二月，农民军从陕西长驱直捣北京，沿途受到了广大人民的欢迎。正如顾炎武在《明季实录》中所说："举国纷纷，尽以为时雨之需。"听说李自成的农民军要进攻北京城，北京城内的勋戚官僚感觉自己的末日快要来了。有些人急忙收拾起金银细软，

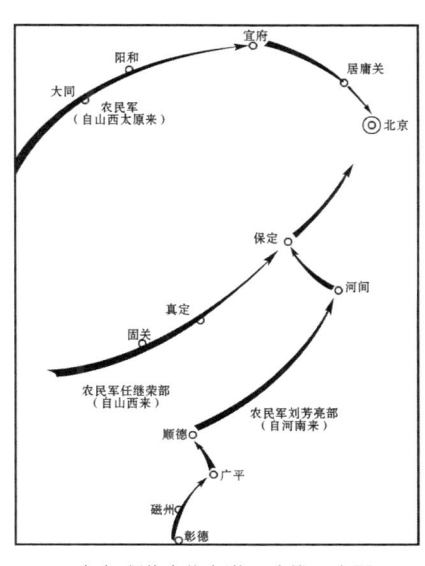

△李自成进攻北京进军路线示意图

筹划着如何逃跑。一些北京居民则公开扬言，只要农民军一到，就立即开门请进，丝毫不掩饰他们对农民军的期待。不仅广大城市居民准备迎接农民军，就连一些失意的士大夫也在宫墙上贴出了"此处不留人，自有留人处"的揭帖。

还不算太昏庸的崇祯帝要做最后的挣扎。他命令，三大营的军队在城外驻防，每座城门和城内的各街巷都配备守军，安置大炮。但是，崇祯帝的这些努力很难让北京的市民和勋戚官僚信服。他们知道，已经失去军事攻击力的明廷必将失败。

今非昔比。曾经为保卫北京作出过重大贡献的京营禁卫军，到明亡的时候不仅毫无战斗力可言，也已经人心涣散，没有任何凝聚力了。在崇祯帝统治的17年里，明王朝积弊并没有得到改观，当然做为明朝重要军队的京师禁卫军也无法得到改善。这种因素的存在，注定了明王朝的覆亡是不可避免的。崇祯帝登上皇位后，他深知禁卫军对自己的皇位是何等重要，但他对禁卫军的建设，也没有什么高明之处，只是继承了前期的一些习惯性做法，用宦官监督京营。京营提督之下，设总理捕务二员，提督禁门、巡视点军三员，都从宦官中任命。宦官首领其实就是京师禁卫军的首领。

崇祯二年（1629年），崇祯帝任命太监沈良佐、太监吕直提督九门及皇帝城门，太监李凤翔总督忠勇营，提督京营。

崇祯五年（1632年），崇祯帝任命太监曹化淳提督京营戎政。

崇祯七年（1634年），崇祯帝任命太监马云程提督京营戎政。

崇祯十年（1637年），崇祯帝任命太监李名臣提督京城巡捕。

崇祯十一年（1638年），崇祯帝任命太监曹化淳、杜勋提督京营。

崇祯十五年（1642年），崇祯帝决定罢撤宦官提督京营。

崇祯十六年（1643年），崇祯帝又决定将京城兵权交给宦官，任命太监王之俊提督捕营，任命王承恩督察京营戎政。

其实，崇祯帝对于禁卫军的实际状况并不清楚。崇祯十年（1637年），崇祯帝曾举行了一次誓师检阅。当时境内的农民武装攻陷了仪真、六合，崇祯皇帝调发京师禁旅勇卫营1.2万兵力赴援江北。出师前，崇祯帝乘坐銮驾检阅禁旅，群臣都穿戴礼服，策马随从在皇帝的驾后。这时，只见铠甲、旌旗构成了令人振奋的景观，禁卫军军士们望见皇帝的御驾，都高呼万岁。崇祯帝很少见到这样的场景，心中自然高兴，于是急忙派人将统帅陆完学召进御幄，赐给他御酒。其实，这些只不过是禁卫军一种仪式而已，不值得特别奖赏，可见崇祯帝对军队并不了解。崇祯年间，全面由宦官掌管京师禁卫军，这在整个明代也是十分突出的。但实际上，宦官并不懂得军事，他们做事的动机就是为了满足个人的威福。这也是造成禁卫军军心涣散的一个重要原因。对于禁卫军的训练，崇祯帝也十分重视，他曾下旨严申，但是没有人严格监督执行。事实是，每天教场上只有二三百个禁卫军士兵在那里做样子，并且每天天色还很早就收操了。想想看，十万禁卫军，一次只抽验一小队人马进行训练，那不是在蒙混过关，又是在做什么？有一次，崇祯帝问戎政侍郎王家彦京营管理的有关事情。王家彦回答说："现在要做的只有严格禁止士卒买人顶替之事，改操练之法，也许会有一些作用，但是已经来不及了。"

三月十五日，李自成率领的农民起义军进抵居庸关，明总兵唐通投降，起义军迅速过关。与古北口一样，居庸关同样是北京北部的重要关口，居庸关失守，京师自然告急。

三月十六日，李自成率军攻入昌平。昌平守军投降，只有总兵官李守镕誓死不降，拔刀自杀了。农民军占领了昌平。早在进入昌平之前，李自成就先要探知京师守备的虚实，便派遣士卒化装成小贩，又冒充部、院的办事员吏，到京城刺探官方的情报。只要明廷一有举动就立即传到李自成那里。

而禁卫军与农民军相比就差远了。明廷对于战事有着严格的保密规定，不许传抄边报，战事的真实情况，兵部以外就没有人知道了。这次李自成攻陷昌平，兵部派出的侦察骑兵，都被李自成的人抓走了，没有一个人能回来。

这一天，崇祯帝着急地召集大臣们议定国家大事。在会上，崇祯帝装出十分镇定的样子，但是大臣们却个个相顾无语，垂头丧气，会议自然是毫无结果。

三月十七日，李自成的先头部队极为顺利地进至阜成门外。开始的时候，北京城内竟然毫不知晓。这时，崇祯帝又召见大臣们，问他们如何是好。大臣们都默默无语，一筹莫展。有的大臣认为国家将要亡了，性命难保，当场痛哭起来。此时，崇祯帝也是仰天长叹，绕着大殿狂走。不时，他还捶胸顿足，大声疾呼道：内外诸臣误我，误我！随后不久，传来军情，李自成的军队到了彰义门。

此时，北京城内外的三大营禁卫军，一看李自成已经逼近，有的自动解散了，有的投降了，真正在城墙上守着的也是极少数。当然，禁卫军之所以不肯尽职，并非毫无抵抗力，其中一个重要的原因就是许多士卒已经有半年没有领到军饷了。军官们驱赶士卒上城守卫，但士卒们大多不肯上前。

直到此时，崇祯帝还不清楚京营禁卫军的实际状况。禁卫军弃守的情况对明廷十分不利。担任总管戎政事务的襄城伯李国祯汗流浃背地奔到皇宫午门前，宦官阻挡他入宫。李国祯大声叫道："都什么时候了，君臣能见面的次数已经不多了！"宦官问："有什么要紧的事？"李国祯说："守城禁军都不服从命令，都卧在地上。用鞭子抽起一个人来，另一人又卧下了。"宦官这才让他见皇帝。崇祯帝召见了李国祯。崇祯帝得知这一情况后，只得派出三四千名内操宦官参与守城。

三月十八日，农民军加紧攻城，城上仍有守城禁卫军在发射大炮。农民军对守城禁卫军说："快开城门，否则将你们斩尽杀绝！"听农民军这么一说，本来就涣散的禁卫军士兵害怕了，改放空炮，不装铅弹，只放出点硝烟。有意思的是，他们还挥手示意农民军，让他们后退一点，然后再放空炮。

李自成亲自在彰义门外督战，侍从在他身边的有太监杜勋。农民军架设云梯攻打西直门、阜成门、德胜门。明禁卫军根本就没有抵抗意识，纷纷自动逃散。城外三大营溃降后，明军的高级武器、巨炮等，都被农民军获得。

农民军又用刚刚获得的武器攻城，一时间，攻城的炮声轰鸣。在城墙的一处，明军的万人敌大炮发射，却误伤了数十名自己的人。一时间，守城士卒乱成一团。

此时，受崇祯帝信赖的宦官首领们还掌握着各个城门，但他们并不用心抵抗，而是想着如何与李自成沟通，以免城破被杀。而那些心急如焚的朝官们都无法过问守城的事情。左都御史李邦华到正阳门下，想登城了解情况，竟然被宦官拒绝了。兵部尚书张缙彦多次来到各城门下，想检视一番守御情况，也被宦官阻挡回去了。张缙彦急忙上书皇帝，崇祯帝这才赐给他一封亲笔诏书，允许他上城。张缙彦又来到彰义门前，然而让他震惊的是，堂堂的大门，竟然只有几个人在那里守着，其他人都已经溜之大吉了。这时，兵部侍郎王家彦对张缙彦说："这里两个箭孔才有一个兵守着，要守住彰义门，恐怕要调兵增援。"王家彦刚说完，就听见李自成的农民军砍墙的声音。守在这里的三个首领中，只有王承恩向农民军发炮，而宦官曹化淳和曹化成却在饮酒，若无其事。

李自成为了减少攻城军队的伤亡，他一边大军围城，一边派杜勋进北京城劝降。杜勋来到北京城根，因城门紧闭进不去，于是由守城太监用绳子将他吊到城墙内，去见崇祯帝。

杜勋转达了李自成要崇祯帝"禅位"的意愿。没多久，崇祯帝便派亲信与杜勋谈判。但是，谈判一直进行到晚上也没有达成一致。最主要的一个原因就是崇祯帝不想"禅位"。

就在此时，起义军攻破外城，进入城里。崇祯帝在殿前徘徊，无计可施。忽然，内官张殷来到崇祯帝前，对他说："皇爷不须忧愁，奴辈有策在此。"崇祯帝忙问："何策？"张殷说："贼若果入京城，只需投降，便无事矣。"崇祯帝一听十分生气，拔剑当场把他刺死了。

当李自成的农民军占领外城，其他城门被起义军围得水泄不通时，崇祯帝出皇宫，登上煤山（今景山），看到城周围都是烽火，知道大势已去。他在那里徘徊许久，伤心欲绝地回到乾清宫。

这一夜，是崇祯帝在紫禁城的最后一夜，他根本就无法入睡。一位宦官奔告皇上内城已经陷落。崇祯帝问道："大营兵都在哪里？李国祯现在何处？"那个宦官回答说："大营兵都散了，皇上赶快逃吧。"说完，那个宦官就先跑了。

十九日凌晨，天还没有亮，皇城已经无人把守，昔日的禁卫军早已经不见了踪影。崇祯帝鸣钟想召集百官，但无一人到来。崇祯帝全身都瘫软了，在太监王承恩的陪伴下，他企图趁天不亮逃出城外，但没有取得成功。在走投无路的情况下，崇祯帝决定一死。不过在临死前，为了不让自己的皇后、贵妃、女儿受辱，他勒令皇后、贵妃自尽，然后挥刀亲手杀死、砍伤了自己的两个女儿。在寿宁宫杀害女儿之前，他哭着说："汝何故生我家？"可见崇祯帝伤心之至。随后，崇祯帝带着太监王承恩跑到煤山，写了一封遗诏后，吊死在寿皇亭前的一棵槐树上。太监王承恩算是最效忠崇祯帝的一个了，他也在崇祯帝的旁边上吊，陪着崇祯帝去了。

中国都城保卫战

第二十五章

清代京师北京防御与保卫战

崇祯十七年（1644年）九月，年幼的顺治帝福宁从盛京（今沈阳）抵达北京。十月，顺治帝宣布定都北京。清朝的统治者完全沿用了明朝的北京城，没有做什么变动，就连紫禁城在内，也只是对建筑物作了一些重修和局部的、小范围的改建、增建工作。清朝是中国历史上最后一个封建王朝，也是一个由少数民族统治的王朝，社会矛盾和民族矛盾异常尖锐。清朝最高统治者为了维护其利益，集八旗兵力之半——10余万人厚集京师（今北京），号称"禁旅八旗"，以保卫皇室和都城的安全。

一、清代北京城池防御体系

崇祯十七年（1644年）九月，年幼的顺治帝福临从盛京（今沈阳）抵达北京。十月，顺治帝宣布定都北京。当然，真正决定定都北京的并不是顺治帝，当时顺治帝只是一个6岁的小孩，他什么都不懂，只不过是个摆设而已，主政的是摄政王多尔衮。自清军占领北京后，多尔衮就开始与诸王、贝勒、大臣议定，他们一致认为清朝应该建都燕京。与前几个定都北京的朝代相比，清朝定都时军事战略上的考虑就相对较小。

北京城头王旗的轮番变幻反复地证实着一个真理，城池防御体系对于一座城市、一个国家来说是一道抵御外敌入侵的坚固屏障，但是，与城池防御共同存在的还有政治、经济、军事、外交方面的因素，交战双方的力量对比也绝非仅凭城墙的高低即可判定其强弱。

历朝历代在建立朝代之初，都有将城池大修的习惯，而清朝定都北京后，基本上沿用了明朝的北京城，城池和宫殿的规模仍旧用明朝的，只是将战乱毁坏的部分加以修葺，门殿名称略有改换。例如，正阳门内大明门改名为大清门；皇城正门承天门更名为天安门；外廷三大殿皇极殿、中极殿和建极殿以及皇极门，分别易名为太和殿、中和殿、保和殿及太和门；内廷三大殿乾清宫、交泰殿、坤宁宫称谓没有变化，但它们的功能有所改动，交泰殿为尊藏御用宝玺之处，原为明皇后起居的坤宁宫西暖阁改为祭神的地方、东暖阁辟为皇帝大婚的洞房；玄武门改称为神武门。大清门内千步廊东侧的六部等中央官署的设置与明制相同，西侧的衙署建置则作了调整。

清朝的统治者完全沿用了明朝的北京城，没有做什么变动，就连紫禁城在内，也只是对建筑物作了一些重修和局部的、小范围的改建、增建工作。这说明了什么？其一，明代建设的皇城已经相当完善，并且保存相当完好；其二，说明在封建社会里，御林军以城池作为防御体系的时代渐渐衰落。

有一件事足以说明工事防御体系在清朝的渐渐淡化。有一年，古北口的总兵上了一个奏折，说他管的那一段长城有好几处都倾塌了，要求进行修筑。然而，康熙帝却不以为然，他这样批示："秦筑长城以来，汉、唐、宋亦常修理，其时岂无边患？明末我太祖统大兵长驱直入，诸路瓦解，皆莫能当，可见守国之道，惟在修德安民。民心悦则邦本得，而边境自固，所谓'众志成城'者是也。如古北、喜峰口一带，朕皆巡阅，概多损坏，今欲修之，兴工劳役，岂能无害百姓？且长城延袤数千里，养兵几何方能分守？"康熙帝认为，耗费大量的人力物力长期修建长城是得不偿失的一种行为，应该提倡以修仁德服敌，以众志成城。康熙帝对长城修筑的淡漠，也说明了以城池和长城作为御林军防御手段的时代即将成为历史。

当然，在城市建设方面清代还是有所建树的，他们大规模地开发了北京西北郊的园林风景区，营建了规模空前、华丽非凡的离宫建筑群，也就是人们通常所说的西北郊的"三山五园"，即玉泉山静明园、香山静宜园、万寿山清漪园（颐和园）和畅春园、圆明园。清朝的帝王们经常在这里观览山水，处理朝政，成为与北京城中紫禁城并重的另一个政治中心。但由于"三山五园"是建立在北京城外，处于坚固城池防御体系的外围，所以统治者在决定建设的时候，并没有像明代修建北京城那样明显地从城池防御体系方面来考虑，这也是不能把它们作为御林军城池防御体系的一个重要方面。

虽然清朝统治者没有对北京城内城、外城进行大规模的修建，但此时的北京城池对于驻守在北京城的清朝中央禁卫军来说，依然是一道天然的屏障，禁卫军的驻防几乎都是以城池作为依托的。

二、清代北京禁卫军及其防卫部署

禁卫军

清代北京保卫皇室和都城安全的主要是"禁旅八旗"。"禁旅八旗"中的镶黄、正黄、正白旗称为上三旗,由皇帝直接统辖,为皇帝亲军,是清朝禁卫军的核心力量;正红、镶白、镶红、正蓝、镶蓝旗称为下五旗,由诸王、贝勒、贝子分领。"禁旅八旗"按任务又分为郎卫和兵卫。郎卫以满、蒙贵族子弟为主组成,由侍卫处领侍卫内大臣、御前大臣统领,负责皇帝的翊卫扈从和营卫禁廷、更番侍值等任务。兵卫先后设骁骑营、护军营、前锋营、步军营、火器营、健锐营、圆明园八旗内务府三旗护军营、内务府三旗包衣营、善扑营、虎枪营、神机营等,由都统或统领率之,分别负责守卫京师、皇城、禁苑和随从皇帝出巡、狩猎等。清朝末年,随着清王朝的日趋腐败,"禁旅八旗"也走向衰落,在英法联军、八国联军两次入侵北京之战中,十几万京营禁军形同虚设,致使帝国主义列强的铁蹄两次蹂躏北京。因"禁旅八旗"终归无用,清廷被迫改用新军担负宫廷警卫。初调袁世凯统领的武卫右军入值宿卫,后武卫右军改编为陆军第六镇,与陆军第一镇轮流宿卫。甲午战争后,清廷改革军制,按新式陆军营制编练宫廷警卫部队,叫做禁卫军,由摄政王统领,但训练还没有结束,清王朝已告灭亡。这是在中国几千年历史上唯一一支命名为"禁卫军"的禁卫军,同时,它的短命也宣告了封建帝王"御林军"历史的终结。

禁卫军防守部署

清朝北京内城的防守，分为皇城和大城。

皇城，由满洲八旗分旗划界驻守。每旗设步军校2人，负责各汛守卫。每汛设步军12名，每座栅栏设步军3名。另外，还设有1名军校，率步军120名，负责管理街道洒水、河道等。

镶黄旗负责紫禁城北，东自北箭亭起，西至地安门甬路，北边从火药局城墙起，南到三眼井。共分汛10处，栅栏18座。景山后，设管理街道步军校。

正白旗负责紫禁城东北，东自内府库东口东墙起，西至景山东墙为止，北边从三眼井起，南至银闸、风神庙。共分汛11处，栅栏10座。景山东门，设管理街道步军校。

镶白旗负责紫禁城东，东自骑河楼东墙起，西至北池子止，北自宣仁庙起，南至北池子南口，并望恩桥北。共分汛10处，栅栏13座。北池子街道，设管理街道步军校。

正蓝旗负责紫禁城东南，东自东安门东城墙起，西至南池子街止。北自北池子街并望恩桥，南至菖蒲河城墙止。分汛11处，栅栏9座。南池子口，设管理街道步军校。

正黄旗负责紫禁城北，东自地安门甬路，西至西什库止，北自侍卫教场城墙起，南至宏仁寺。共分汛12处，栅栏16座。地安门内，设管理街道步军校。

正红旗负责紫禁城西北，东自景山西门起，西至西安门城墙止，北自宏仁寺，南至西安门甬路。共分汛12处，栅栏17座。景山西门，设管理街道步军校。

镶红旗负责紫禁城西，东自大高殿门，西至西安门城墙止，北自西安门甬路，南至大石槽城墙止。共分汛12处，栅栏24座。

光明殿后,设管理街道步军校。

镶蓝旗负责紫禁城西南,东自西华门起,西至西苑门止,北自慎刑司起,南至南府城墙止。共分汛 12 处,栅栏 9 座。西华门外,设管理街道步军校。

大城内各处汛守,分旗划界防卫。其他界与八旗的居址是一致的。但在同一旗内,满洲、蒙古、汉军的汛守地界,与其居址又不完全相同。例如,位于大城东北部的镶黄旗,满洲的北部,本蒙古居址,但满洲的汛守却一直向北延伸至安定门城根。也就是说,满洲的汛守地界,不但包括自己的住地,还包括蒙古的住地。蒙古的汛守地界则向东移,包括一部分满洲和一部分汉军的住地。

内城的九门,另有禁卫军驻守。每门设城门领、城门吏和门千总各 2 人,均为满洲籍。又设门甲 30 名,门军 40 名。康熙三十八年(1699 年)又规定,除正阳门城门领、骁骑等,都由八旗补充。其他内城八门城门领、城门吏、千总都各按本翼调门看守,旨在避免瞻徇。具体方法是,镶黄旗与正蓝旗对调。镶黄旗地界的安定门由正蓝旗看守,正蓝旗地界的崇文门由镶黄旗看守。按同样的方法,正白旗与镶白旗对调,正黄旗与镶蓝旗对调,正红旗与镶红旗对调,看守城门。

据乾隆年间的史料记载,北京内城的九门城墙上,共有房 241 所,每所 3 间,共有房间 723 间,主要用来收储灯旗、信炮、火药。同时,还设有堆拨 135 所,并设有步军堆拨 87 处。

清朝的北京城门,与明代一样设有炮位,每门额设炮手 2 名。为了加强北京城的安全,禁卫军在城门上设置了大量的大、小铜铁炮。不过,由于炮多时不用,各城门真正能使用的炮并不多。乾隆七年（1742年），清廷对设置在内城九门上的大、小铜铁炮进行了清点，仅外城永定、东便二门就查出不能用的大、小铜铁炮92门，能用的炮有1872门，不能用的炮都是存储年久而造成的。为了安全起见，禁卫军从中选出200门，运到卢沟桥演放验看，又选中160门，在每座城门上安装10门。后来，设置在城门上的大炮依然没有大的改进。据嘉庆四年（1799年）的统计表明，当时正阳门等16座城门存储炮共有1937门，内除各城门信炮57门，并三千斤以上及历年久存各炮外，真正能用的得胜炮等只有94门；神机神枢炮1729门，都因为膛宽口大，试放的时候都不能射远。最后不得不选择损坏锈蚀的826门，改铸成得胜大炮160门，又从现存的炮内，选出80门，共240门，分储各城门。清朝从嘉庆四年（1799年）开始，每年都要将60门炮运到卢沟桥演放，四年轮一周。

清朝的北京外城七门由禁卫军中的巡捕五营守卫。如北营分为四汛，因德胜门外地方广阔，北营参将驻扎在这个地方，游击驻护安定门外。在德胜汛，设都司一员。安定、东直、朝阳三汛，各设守备一员。右营同样分为四汛，因为考虑到阜成、广宁二汛人口稠密，而且管辖着西山一带，于是参将驻扎在阜成门，游击驻护广宁门。右安汛，有海子围墙，设都司一员。阜成、西便、广宁等门，各设守备一员。

彻底摧毁清朝城池防御体系的还是洋枪洋炮。清朝从1644年（崇祯十七年）到1911年（宣统三年）的267年中，北京城遭受了两次外敌入侵。这两次外敌入侵使北京城遭受了很大的破坏，多处城墙、城楼被炮火毁坏，城内的一些王公府邸和前门外商业街被付之一炬，侵略者在京城中烧杀抢掠，许多北京人惨死在侵略者的刀枪之下。曾经坚不可摧的城池防御体系在洋枪洋炮下变得不堪一击。

三、清代北京保卫战

天理教袭击皇宫

嘉庆十七年（1812年）正月，各地人民还沉浸在春节的喜庆气氛中，一个叫林清的直隶（今河北）人秘密来到河南滑县道口镇，与一个叫李文成的木匠会面。他们商定在来年的九月十五日午时，八方同时举行起义，由林清攻占北京，李文成率众北上，派一千名精兵化装成商贩，于九月十五日赶到北京，支援林清攻打皇宫。

为何定在嘉庆十八年（1813年）九月十五日？这还得从嘉庆十六年（1811年）说起。当年天理教组织"八卦九宫，林李共掌"。正好这年八月，"彗星出西北方"。李文成认为，这是"天意"，"星射紫薇垣，主兵象。应在酉之年、戌之月、寅之日、午之时"起来造反。这一时刻正好是嘉庆十八年（1813年）九月十五日午时。这个建议，在这次河南滑县道口镇首领会议上得到了确认。后来，李文成一再叮嘱林清，届时，一定要等滑县援兵赶到后才能动手。

一场袭击皇宫之战正在孕育之中。

林清和李文成是何许人也？他们就是清朝有名的天理教首领，他们领导了被嘉庆皇帝称之为"自古以来未有之奇变"的事件。

天理教是白莲教的一支，也叫八卦教，是嘉庆期间民间秘密宗教中影响较大的一个教派。在京郊的天理教以农民和手工业者为骨干，城里的奴仆、雇工、小贩和店员，甚至还有下层的太监和贫苦的旗人也参加了这个组织。天理教具有广泛的社会基础，几乎包括了各个劳动者阶层。从这里我们不难看出，当时社会已经相当腐朽，人民过着相当艰苦的生活。林清为直隶（今河北）大兴县黄村宋家庄人，是北京天理教的首领，也是天理教的天皇。林清小的时候当过药铺的学徒，打过更，后来在衙署里当过差役，曾有一段时间住在北京西城灵境胡同的灵济宫里。那时候，他常去灵济宫北边的西安门买卖鹌鹑的小市上，化装成卖鹌鹑的小贩。当时，有许多清宫里的太监常来小市买鹌鹑回去"斗鹌鹑"（一种赌博方式），林清通过这种方式渐渐熟悉了一些下层的太监，并在他们当中发展教众，成为后来进攻紫禁城的内应。与此同时，林清还以家乡大兴县黄村为基地，在农民当中秘密发展教众，积聚力量。由于教众当中也有少量小地主和下层官吏，故他们入教要缴纳"根基钱"，并造册登记，许诺起义成功后，偿以地亩官职。天理教的另一个首领是李文成，河南滑县人，是天理教的人皇。

  林清自从正月与李文成会面后，他后来又往返河南几次，互相商量通气。林清回到北京后，立即组织了一支140人的突击队，并安排了宫中太监的接应工作，还发动了旗人参加斗争，做好了进攻皇宫的部署。如此一来，参加斗争的不仅只有汉人，还有满人。

  嘉庆十八年（1813年）七月，嘉庆帝去木兰行围，北京城内的大批侍卫亲兵都随驾出京了。清宫空虚，形势对起义农民非常有利。林清果断决定按计划进行。

嘉庆十八年（1813年）九月十五日中午，原来宁静的皇宫一下子变得喧哗起来。200名天理教徒，头裹着白布，兵分两路，像突然从地下冒出来的一样，出现在东华门、西华门外，并由这两处杀入紫禁城。冲进东华门的天理教徒由陈爽率领，刘呈祥随后，太监刘得才、刘金接应引路；冲进西华门的天理教徒由陈文魁率领，刘永泰随后，太监张太、高广幅接应引路。教徒们挥舞着钢刀，举着"大明顺天""顺天保民"的旗帜，杀声震天，十分勇敢。

原来天理教徒都乔装打扮了一番，并以白布裹首为号，陆续潜伏在紫禁城东华门、西华门外，只等时间一到，宫内的太监一接应，他们就夺门而入。

守卫在皇宫的清中央禁卫军猝不及防，惊慌失措。这主要是两个方面的原因造成的：一是天理教徒速度迅猛，二是皇宫内空虚。而调动守在外围的部队毕竟还需要一些时间。

其实，在前一天，这200名天理教徒就已经在林清的安排下，化装成商贩，由宣武门潜入北京城内，他们以白布裹首为标志，分别集结在菜市口、珠市口、前门、鲜鱼口等地方，只等时间一到，就在太监的接应下向皇宫发起攻击。不过，天理教徒们行动的保密工作并非做得十分完美。天理教徒祝现参与天理教活动的情况，早就被他的族人、在豫王府当差的祝海庆察觉，就连天理教准备在九月十五日起义的绝密计划，也在一个星期之前被祝海庆所掌握。当时，祝海庆知道这个情况后，连夜赶赴北京城，把这个惊天动地的消息秘密告诉了禁卫军中的佐领善贵、参领伊精阿、护卫拜绷阿三个人。听了这个消息后，拜绷阿表示怀疑消息的真实性，但他觉得如此非同小可的情报绝不能隐而不报，于是在左思右想后把这个消息上报了豫王裕丰。王爷裕丰并没有将此消息当回事儿，说是要等查明后再办。这一查不要紧，这份重要的情报就这样被他搁置起来了。几天后，卢沟桥的巡检对在辖区内的林清等人起事情况也有所察觉，他们及时上报了宛平县县令，县令已经准备抓捕林清等人，但不知什么原因，他既没有向上级报告，也没有动手抓人。当时，素有"九门提督"之称的步军统领吉伦早就从营员举报中知道林清等人可能起事的情报，可是这位步军统领却不是一位称职的统领，保卫皇城本是他的分内之事，他却为摆脱干系，借口前往白涧迎接皇上，率领步军营的一队骑马侍从匆匆奔出左都门。这时，有一名士兵上前拉住他的轿子，悄悄地对他说："都中情形大有叵测，尚书请留。"然而，吉伦却装着一本正经的样子说："近日太平乃尔，尔作此疯语耶。"说完，马车便匆匆离开了北京城。

　　从东华门进行攻击的天理教徒，来到东华门时，宫门半开着，有许多人正往里面运煤，由于起义军攻城心切，争着进入门内，与卖煤人发生了争执，露出了暗藏的武器，守门的亲军察觉后立即将门关闭，这样一来，攻击东华门的天理教徒大部分没有进入东华门，只有五六人冲入。冲入东华门的天理教徒虽然人少，但他们却十分顽强地打到了景运门（内廷东门），杀死了不少清廷护军。而没有攻入东华门的教徒们，见门卫森严，各自逃回。

　　攻打西华门的天理教徒在太监的引导下，80余人全部攻入了西华门。他们打着"大明顺天"、"顺天保明"的白旗，登上紫禁城的城墙。战斗进行得非常激烈，他们连续攻进文颖馆、造办处和内膳房，直抵养心殿和中正殿，在隆宗门与清廷护卫军展开了争夺宫门的激战。现在我们参观故宫博物院时，看到的隆宗门匾额上的箭头，据说就是这次激烈战斗留下的遗物。

这时，从北京城逃回大兴的教徒向林清汇报"禁城有备不能攻"时，林清并没有采取应变措施，仍静待河南援军。然而，河南天理教徒已经有变，只是林清不知情而已。

在天理教徒攻击皇宫之前，李文成命牛亮臣率几百名教徒在滑县山区悄悄地制造武器，被滑县老安司巡检刘斌发觉。被捕的铁匠受不住皮肉之苦，很快就供出了实情。滑县县令强克捷迅速将此事密报卫辉府知府和河南巡抚。然而，两级知府只认为这只是一般性的地方盗匪，没有作出什么反应。但滑县县令强克捷认为这件事不同寻常，于是他派衙役逮捕了李文成和牛亮臣。衙役对李文成和牛亮臣两人进行了严刑拷打，他们两人屁股都被打烂、脚胫被夹断，但并没有吐露秘密。强克捷无奈，只得把他们押解到河南巡抚正法。这个消息传开后，李文成的徒弟黄兴宰、黄兴相等人被迫提前造反，于九月七日率3000多名教徒冲进了滑县县衙，杀死了县令强克捷，救出了李文成和牛亮臣，占领了滑县县城。秋狩木兰之后，正从承德避暑山庄返回京城的嘉庆帝得知此消息后，大惊失声，当天连发几道上谕，调兵遣将，进行围剿和堵截。因此，北上驰援的天理教徒遭到了清军的拦阻，使北上驰援的计划落空。

九月十四日下午，正黄旗汉军曹福昌向林清提供了一个重要情报：嘉庆帝将于十七日返抵白涧，按照惯例，北京城内留驻的大臣们都必须前往迎接，到时北京城内空虚，正是发兵造反的大好时机。可是林清却认为九月十五日这个造反日期是"天定"的,不能随意更改,加之林清对滑县发生的变故一无所知,他决定仍按原计划发动起义。

这时,有一位作内应的太监站出来说:紫禁城太小,派太多的人马杀进去反而施展不开,况且天理教徒人人身怀神术,还是少派些人马为好。林清听了觉得有理,于是决定只派200人进攻紫禁城。

现在,在隆宗门外大败清军的部分天理教徒,已经从门外廊爬上了皇宫大内的高墙。这道障碍一旦突破,后果将不堪设想,紫禁城将成为造反者的天下。这时,正在上书房读书的皇子们获悉了这个消息,顿时一片惊慌。同时,得知这一消息的宫中诸王大臣惊愕无策,有的甚至准备逃跑。当时31岁的皇次子旻宁(即后来的道光帝)很快就镇定下来了,急忙命令太监取来鸟枪、腰刀等武器,冲出书房迎击天理教徒。

正当旻宁冲出书房时,发现两名天理教徒已经爬上了养心殿墙头,正准备朝这边冲来。旻宁不觉出了一身冷汗。他镇定地在养心殿台阶下举起鸟枪,瞄准墙头的教徒,首发打死一人,再发又打死一人。两个朝这边冲来的天理教徒都被旻宁打死。

无疑,皇次子旻宁过人的胆魄和过硬的军事技能,为这场皇宫保卫战赢得了宝贵的时间,他也成了这场保卫战中的核心指挥人物。随后,旻宁还发布了数道命令:一是火速将皇宫事变奏报尚在京外的嘉庆帝;二是关闭紫禁城的四座城门,并命令健锐营和火器营两个清中央禁卫军中的特种部队进宫;三是安慰居住储秀宫的皇母,并派皇三子绵恺保护她,要求他不离皇母半步;四是亲自率亲军到西长街一带访查;五是派谙达侍卫到储秀宫东长街巡查警卫，以防不测。

天理教徒进攻受挫后，决定发动火攻，欲焚烧禁闭的隆宗门。这时，留守京城的仪亲王永璇等人，带领健锐营、火器营1000余人，从神武门陆续开进宫内，把紫禁城围得跟铁桶一般。健锐营是清中央禁卫军中专门习云梯的特种部队，火器营是清中央禁卫军中专司枪炮火器的部队。天理教徒已经是插翅难飞了，他们被迫退到武英殿外，最后被清禁卫军全部杀死。

清中央禁卫军从陈爽等人口中得知林清在黄村后，立即派出大量部队包围黄村，他们把黄村包围得严严实实。第二天黎明的时候，清亲军将林清抓住。

九月十六日，嘉庆帝正在护军营的保护下向白涧行宫行进。突然，宫中亲军送来旻宁等人的飞报。嘉庆皇帝被突如其来的宫廷变故惊得目瞪口呆。他怎么也没有想到，自己东巡秋狩木兰后，宫中禁卫军立即松弛下来，为天理教徒杀入禁宫提供了良好的机会。他立即嘉奖旻宁，并将他封为智亲王，同时他所持有的那杆枪也大大沾光，加封为"威烈"。嘉庆帝觉得表彰还没有到位，后来他又当着诸王大臣的面褒奖旻宁，夸他"忠孝兼备，岂容稍靳恩施"。旻宁谢恩，并十分谦虚地说，当时"事在仓猝，又无御贼之人，势不由己。事后，愈思愈恐"。

九月十九日，嘉庆帝回到宫中，并在南海瀛台亲自审问了这位天理教首领。

九月二十三日，清亲军将林清杀害。至此，天理教武装起义袭击皇宫宣告失败。

太平军进攻京畿

咸丰元年（1851年），咸丰帝刚刚登基，清朝就发生了一场惊天动地的大事。在广西桂平县金田爆发了一场历史上极其罕见的农民起义。它在历史上被称为金田起义，建号太平天国，军队被称为太平军。这次战争历时10多年，纵横18省，规模十分浩大，战斗也十分激烈，斗争水平十分高超，这是中国封建社会农民起义战争的最高峰。

太平天国的领袖建都金陵后，率领部队北伐和西征。大约在咸丰三年（1853年）三月，东王杨秀清命令镇守扬州的天官副丞相林凤祥、地官正丞相李开芳，带领部分部队回到天京（今江苏南京），领受"扫北"任务后，于四月会齐春官副丞相吉文元等人的部队，共9个军的番号，约2万余人，从天京出发，开始向清王朝的统治中心直隶进军。

太平军的目的十分明确，他们最终的目标就是直指皇城北京。

咸丰三年（1853年）四月的一天，杨秀清在给带领北伐军征战的林凤祥、李开芳的一份诰谕中说道："尔等奉命出师，官居极品，统握兵权，务宜身先士卒，格外放胆灵变，赶紧行事，共享太平……谕到之日，尔等速急统兵起行，不必悬望。"（《太平天国文书汇编》第175页）从此，可以看出太平军北伐的目的。

其实早在咸丰二年（1852年）年底，清政府已感到事态严重，但为了不影响民心，清廷千方百计地封锁消息。但纸是包不住火的，清军的败绩依然不胫而走。各种各样的传言在北京城内流传，如太平军进军长江流域了，太平军攻克武汉了，太平军攻占天京（今江苏南京）了，太平军快到北京了等。

消息传来，北京城内一片惶恐。钱店关闭，市场萧条，京官们、富商们纷纷携妻带子逃离北京城。据咸丰四年（1854年）二月，巡城御史凤保在一份报告中记载："自今春以来，京官之告假出都，富民之挈家外徙，总计不下三万家矣。各街巷十室九空，户口日减，即如北城，向来烟户最繁，臣等查上年北城现户仅八千有余。一城发此，五城可知。"（《太平天国资料丛编简编》第5册，第348页，中华书局1962年版）

清廷在惊恐、慌乱之余，部署禁卫军不断加强北京城的防务，以抵御北伐军的进攻。当太平军北伐军挥师北上之后，京城就已经岌岌可危了。咸丰帝谕令京师各旗营兵勤加训练，并在各城门外及官厅旁设立栅栏，缉拿北伐军密探。同时，又紧急抽调察尔马队官兵4000名，马匹5000来京；调哲里木、卓索图、昭乌达东三盟蒙古兵各1000名，在热河围场听候调遣；调盛京（今沈阳）步兵3000名、吉林马队2000名奔赴天津，拱卫京师。为了加强京师防务，咸丰帝不仅调兵遣将，全力加强北京防务，还渐渐形成了对抗北伐军的京师防御体系，其中重要的一环当属京师巡防处的设立。特别是重用了咸丰帝叔叔辈的绵愉，绵愉是嘉庆帝的皇五子，是一个不可多得的大臣。

咸丰三年（1853年）五月十八日，咸丰帝发出上谕：着派御前大臣科尔沁郡王僧格林沁、步军统领花沙纳、右翼总兵达洪阿、军机大臣内阁学士穆荫，专门负责京城的防务。

五月十九日，咸丰帝又起用了已革大学士赛尚阿襄办防务。

九月初七，咸丰帝谕令惠亲王绵愉"总理巡防事宜"（《清实录》第41册，第588页）。

此时，巡防大臣们也立即着手制定巡防章程、增兵筹饷、调集军械、构筑工事、严密巡查，并侦探北伐军行踪。由于北方精兵都陆续来到了北京附近，故咸丰帝认为必须有一个德高望重，且具有丰富经验的大臣来当大将军。无疑，惠亲王绵愉走进了咸丰帝的视线，于是咸丰帝授惠亲王绵愉为奉命大将军，科尔沁郡王僧格林沁为参赞大臣，命"恭亲王奕䜣、定郡王载铨、内大臣壁昌会办巡防"（《清史稿·文宗本纪》第4册，第727页）。

咸丰三年（1853年）十月初五，经绵愉等巡防大臣奏准，正式设立了京师巡防处，并命令原派巡防王大臣花沙纳、达洪阿、穆荫等人专门负责办理。京师巡防处的任务主要有两个：一是加强对北京民众的严密控制，二是有效地组织对北伐军的抵御和进剿。京师巡防处还议定了《京城巡防章程》，规定了12条严密防范的措施：（一）查获奸匪，以军法从事，容留者同罪，获犯弁兵升赏；（二）住户铺户，五家互保，不得容留罪人；（三）饬地方官驱逐娼赌；（四）严缉私造火器火药，加等治罪；（五）夜犯加重惩治；（六）起更后不准售卖物件；（七）严禁酗酒滋事；（八）无赖之徒，讹诈抢夺，照棍徒律发遣；（九）民人斗殴，加等科罪，弁兵参革；（十）严禁米石出城；（十一）士宦商民，不得无故迁徙；（十二）谣言惑众，严拿治罪。

为了确保京师的绝对安全，巡防处调集了援军层层设防，在近畿的天津、通州、宝坻、霸州、固安、良乡、卢沟桥、磨石口、马驹桥、密云等处层层设置重兵。北京各城门的戒备更是达到了空前的森严。经过部署，北京内城、外城安设了大小铜炮1830尊，其中仅西直、广安两座城门上，就设有大小炮位258处，还准备了大量的铝铁炮、抬枪、鸟枪、弹药等。同时，内城的9个门都添设了士兵守卫：东面的东直门、朝阳门，驻有兵丁3583名；南面崇文门、正阳门、宣武门，驻有兵丁4067名；西面的西直门、阜成门，驻有兵丁3797名；北面的德胜门、安定门，驻有兵丁5708名。紫禁城各门以及各处街道，更是增加了大量的护军。外城的7座门，即东便门、广渠门、左安门、永定门、右安门、广安门、西便门，也配备了6600名兵丁把守。

以惠亲王绵愉为首的巡防诸大臣坐镇北京城内，在层层设防、严密控制北京城的同时，不断派出大量八旗兵和步军统领衙门官兵搜集情报，及时掌握了北伐军驻地、兵额、进军方向等情报，指挥各路精兵对北伐军实行围追堵截。

虽然清廷已经动用了所有的禁卫军，以及外调了不少部队补充京师，但太平军还是不断派遣坐探到固安、通州，甚至潜入北京城内。他们收集军事情报，并作为将来攻城的内应。根据当时的文书档案记载，在两军对峙期间，巡防处审理的北伐军嫌疑犯案件多达300起，监禁和被害的人有700多名。这只不过是清廷公布的保守数字，实际数字不知要超过这个记载数的多少倍。

咸丰三年（1853年）二月，步军统领衙门抓捕了太平军可疑人员。经过逼问，那个太平军说，太平军的坐探三五成群陆续来到了北京。10天后，步军统领衙门又在白云观抓获一名正在探听消息的北伐军坐探。十一月十五日，步军统领衙门在宣武门外的菜市口抓获了一名太平军密探。经过拷问，其供出了一些实情：他于十月初的时候就同李四儿、王贵子两人来到北京，从广安门进到北京城，然后来到菜市口，由于没有找到住处，他们四处流浪。

后来，又有数名太平军坐探来到北京。祁州人王大，奉命到北京城内正阳门外租房，以备大司马陈初进京居住。他在广安门外被禁卫军发觉。天津人邢海山，是在湖北参加太平军的，后来随太平军打到杨柳青，并先后两次到北京城内探听消息。京师巡防处发现了他，将他逮捕并杀害了。通州人杨明，原来是香山正红旗火药库的更夫,曾经在僧格林沁驻王庆坨营服役，后来投了太平军。他也参加过杨柳青战斗，由于作战勇敢，取得了上级的信任。一天，他又奉命同几位太平军一起去香山抢火药，由于事情泄漏被捕，参加抢火药的全体太平军都被清禁卫军杀害。

由于京城防守严密，北伐军的坐探人员屡遭逮捕，以致太平军的潜伏、内应计划难以实现，但是，太平军这样频繁的派遣活动，必然牵动清朝最高统治者的神经，造成统治中枢极大震动。

这支由林凤祥、李开芳率领的北伐军在京畿直隶地区转战大概有一年多，但由于孤军深入，援兵难济，他们的兵力还是很难和清军相抗，结果是寡不众敌。

咸丰五年（1855年）一月十九日，僧格林沁攻陷了直隶东光县东连镇，北伐军受到重创。北伐军主将靖胡侯林凤祥受了重伤，并被僧格林沁抓住，押到京师。清廷把林凤祥当作重犯，又把他当作一件胜利品。刚开始的时候，林凤祥被押到了巡防处，后来又转到了刑部。当时，北京城的许多市民都来看热闹，想看看这个北伐军的首领到底长得啥模样。八天之后，也就是一月二十七日，北京城内人流涌动，人们纷纷奔向宣武门外的刑场。没多久，由禁卫军重兵把守、被关在囚车上的林凤祥来到了。虽然在东连镇的那场战斗中，林凤祥受了重伤，但是人们根本就看不出他是一个重伤者。只见他站得挺直，两眼直视前方。马上就要动刑了，但林凤祥没有显示出丝毫的畏惧，行刑者手中的刀砍在林凤祥的身上，直到死去，林凤祥都没有叫出一声。北京城的居民们亲眼见证了这位勇士的顽强。

不久后，僧格林沁率军攻克了冯官屯，太平军北伐军的另一名主要将领李开芳被俘。随后，李开芳也在北京遇害。至此，北伐军全军覆没。

英法联军侵占北京

在清咸丰十年（1860年）之前，北京这片土地一直处于相对宁静、祥和的环境中。皇帝在这里行使着至高无上的权力，他们完全不知道天有多高、地有多大、海有多深。几千年来中国的封建社会发展到了极其成熟的程度，但同时也因为盲目的自信带来了无知与愚昧。清咸丰十年（1860年）是北京的分水岭，因为这一年英法联军用枪炮把沉睡的北京惊醒了。当时北京还没有反应过来发生了什么事，刚刚揉了揉眼，就已经被洋枪洋炮打得晕头转向了。曾经威风凛凛的禁卫军，在洋枪洋炮面前变得十分脆弱。曾经坚固的城墙防御也变得无济于事了。

之所以挨打，就是因为"闭关锁国"政策限制了当时中国的发展。没有一定经济实力作为后盾，军事力量必然薄弱。自汉代以来，中国就与外部世界建立了一定的政治、文化交往。

但到了清朝的时候，清朝政府实行的"闭关锁国"政策和以"天朝"自居的姿态为平等的外交和贸易设置了重重障碍。从18世纪末期开始，英国等资本主义国家得到了迅速发展，迫切要求开拓外部商品市场。当时还处于"闭关锁国"状态的封建中国自然就成了列强输出以致军事侵略的目标。有数次历史事件足以证明中国当时的盲目自信。第一次发生在清乾隆五十八年（1793年）。还在乾隆五十七年（1792年）八月的时候，英国就任命了孟加拉总督马戛尔尼为外交特使，率领科学家、工程师、作家、商人等90余人组成的外交使团，带着当时先进的科学仪器、机器模型、纺织品等600箱礼品，以庆贺乾隆皇帝83岁寿辰为名前来中国。马戛尔尼带到中国的是先进的科学技术，而清朝政府却以一种愚昧的做法对待。清乾隆五十八年（1793年）七月，马戛尔尼到达天津。在清廷接待官员的带领下，沿京杭大运河抵达京城。开始的时候，这些英国使节被安置在圆明园以南的勺园，公使马戛尔尼、副使斯当东等人被要求演练三叩九拜的"天朝"大礼。之后，他们将携带的礼品一一点齐，准备"进贡"给皇帝。当时，乾隆皇帝正在热河行宫避暑，马戛尔尼经过批准后，又带着礼品前往热河。一路上，清朝政府典礼官与马戛尔尼依然在如何向皇帝行礼等具体问题上争执不休。到了热河避暑山庄后，权臣和珅准备接见他们，但是要求他们行跪拜的礼节。马戛尔尼坚信只能对上帝跪下双膝，对国王或皇帝只要单膝下跪就可以了。和珅接见他，他便称病回避，派人出面应付差事。当时清朝政府所重视的并不是英国的发展壮大，而是要求他们用什么礼来见皇帝。让人可笑的是，英国方面提出建立两国外交和发展贸易的事情，皇帝根本就没有予以理睬，也没有想到日益强大的英国到底会给清政府带来什么影响，而是把英国的举动当作了远夷藩属的一次"称臣纳贡"。而近百名英国人却非常认真地观察了中国，记录了沿途的见闻，记录了广州、北京等地的情况，知道了从皇帝到清朝廷官员对外部世界的认识。马戛尔尼使团虽然没有建立起外交，但他们并没有空手而归，他们以亲身的经历向西方介绍了物产丰富的中国和雄伟壮观的北京城，介绍了他们受到的"不平等"的待遇，对后来西方的对华侵略产生了很大的影响。第二次发生在嘉庆二十一年（1816年）。这一年英国人又希望见到嘉庆皇帝，重申扩大贸易、建立外交的要求。清廷再一次盲目地自信，要求他们对"天朝"皇帝俯首称臣。英国使臣拒不下跪，结果被赶出了北京，离开了清朝帝国。其实，英国的两次到京，都送给了清朝政府体现英国科学技术水平的礼品。然而，可悲的是，清廷并没有把那些礼品当回事，只是当作皇帝的玩物收进了圆明园。

几十年后，清朝的皇帝和大臣们才知道，这些洋人原来如此厉害。英法联军是用枪炮把他们自认为"高枕无忧"的森严的皇宫警卫打破的。清道光二十年（1840年），第一次鸦片战争敲开了自给自足而且自大的清廷大门。刚开始的时候，英国对中国沿海的侵略并没有对北京城造成直接的影响。但到清咸丰八年（1858年）的时候，英法联军侵犯到了北方沿海，就威胁到了京师北京的安全稳定了。清咸丰十年（1860年），英法联军攻占了北京，强迫清朝政府签订了《北京条约》。

英法联军侵略北京是一场侵略战争，它不同于北京历史上的其他战争，其他战争都是民族内部之间的矛盾。特别是清光绪二十一年（1895年），日本以攻占北京相威胁，强迫清政府签订丧权辱国的《马关条约》后，有人要求北京迁都。当年，康有为在有名的"公车上书"中，痛陈京师近海无险可守，鸦片战争以后，外夷屡以进攻京师为要挟，迫我赔款割地，建议"迁都以定天下之本"。他还指出："夫京都建自辽、金，大于元、明，迄今千年，精华殆尽。近岁西山崩裂，屡年大水，城垣隳圮，间阎房屋，倾坏无数。甚者太和正门、祈年法殿天故而灾，疑其地气当已泄尽。王者顺天，革故鼎新，当应天命，谓宜舍燕蓟之旧京，宅长安为行在。"当然，在当时中国千疮百孔的情况下，提出迁都，也无非是拆东墙补西墙的做法，今天看来，并不是明智之举。但康有为先生所言现状，以及那种焦急的心情，完全能够让世人所理解。

曾经自以为是的清中央禁卫军，没想到经不住洋枪洋炮的两下子打击，就纷纷败下了。这时连咸丰帝都弄不明白了，怎么连禁卫军都不行了？晚清时候的禁卫军已不再是清朝鼎盛时期的禁卫军了。到了嘉庆年间，禁卫军军纪废弛，懈怠散漫的风气十分严重。嘉庆皇帝自从亲政以后，就十分关注禁卫军的状况。嘉庆六年（1801年），嘉庆帝就已经注意到皇宫和京师城门的守卫都存在着问题了。看到禁卫军军纪散漫，嘉庆帝十分着急，他立即下了一道上谕："向来紫禁城内派有六大班，诸王、文武大臣及前锋统领、护军统领等轮流值宿，严密稽查。乃日久渐涉疏懈。又总管内务府大臣等，从前均轮班上夜。会亦废弛。以致太监及护军人等，竟敢乘夜赌博，无所畏忌。禁地森严，岂可不加意整肃！"按道理说，每次皇帝出巡时，京城九门应该增派骁骑营士兵巡逻值班，但是那些被增派的士兵往往不愿意到岗，竟然雇人顶替。后来，这样的事情被嘉庆帝知道了，于是他命令兵部、步军统领衙门重申禁令，严禁守城军允许他人冒名顶替，并同时详细制订了巡守城墙的章程。即使如此，禁卫军也是江河日下，难以恢复往日的局面了。守卫宫门的侍卫和护军，值守时常常会忘记佩带腰刀，遇到王公大臣经过才匆忙地把腰刀佩上。后来，清禁卫军更是松懈到了无可救药的地步了。以东华门守卫的松懈为例，门外的货郎竟可以挑着烧饼担子，从东华门进到宫里去卖。皇宫失窃事件更是时有发生。更让人不可思议的是，连疯子都进了紫禁城，来到太和殿，待了一晚都没有被守城的禁卫军发现。

在清中央禁卫军中，最值得一提的就是八旗兵。正是他们的衰落，在很大程度上影响到了北京城的安全。八旗兵是清统治者南征北战的劲旅，他们对清王朝的兴建立下了汗马功劳。特别是清朝定都北京以后，为了巩固满族的统治和旗人的优越地位，确定了"八旗者，国家之根本"的立国方针。依照这个方针，清统治者将八旗兵丁分区驻扎在北京城内城和外城，对皇室所居的紫禁城形成了"众星拱月"之势。但当历史发展到19世纪中叶的时候，清朝国势越来越衰微，八旗兵的生计问题变得十分严重，不少旗民日趋贫困。由于旗人难以维持生计，不仅毫无战斗力可言，不少八旗兵甚至被逼得铤而走险，八旗兵向皇帝告状、到衙门闹事的事件时常发生。

咸丰四年（1854年）六月初一，内务府镶黄旗旗员吉年，家中上有老下有小，又不能当差，所领的俸银宝钞也贬值了，连借钱的地方都没有了，他气得不行，于是写了呈子，直奔东华门的惇郡王府。来到惇郡王府后，吉年就大骂管理户部的军机大臣是头号大奸贼。守卫的官兵立即把吉年抓了起来。但即使如此，吉年的举动已经影响了整个京城。咸丰皇帝知道后，十分恼火，立即命令步军统领衙门将这个八旗兵处死。

其实，以咸丰帝为首的清统治者想错了，这样的方法不仅不能平息矛盾，反而会使矛盾加深。咸丰八年（1858年）二月初五，正当咸丰帝要出宫的时候，八旗兵万升、吉庆、觉罗景秀三人，分别在西直门外、西华门、乾石桥跪着向皇帝诉苦。

清咸丰十年（1860年）六七月的时候，英法联军再度进攻天津，不过他们这次没有像上次那样被守军击退，他们攻占了天津，并直向北京进犯。咸丰皇帝原来是想靠僧格林沁率领的清禁卫军把英法侵略军赶走，但一看到天津失陷了，这位历史上少有的好色皇帝就表现出了一副怕死相，他一面派大臣求和，一面派人在城内外搜集车马，准备拉着自己的家当逃走。当时有不少大臣纷纷上奏请求皇帝不要逃走，要坐镇指挥，稳定军心、民心，只有这样才能取得北京保卫战的胜利。咸丰帝怕人们说他怕死、没良知，故他在一面准备逃跑的过程中，还一面装腔作势地表示，即使英法联军打到通州一带，还要带部队在北京坐镇指挥，稳定军心。

这时，北京城更是戒备森严，自从这年的七月以来，北京的九门，就开始由满洲九卿带禁卫军把守，每座城门上都设了炮位，而内宫紫禁城则由王公带兵驻守。

八月初，英法联军16000人从天津一路烧杀直逼北京。位于通州的张家湾一地有许多妇女被逼自杀,可见侵略者的残忍。此时,北京大惊,乱成一团。同时,清政府还派人与侵略军议和。因为英国代表执意要进京换约，实现公使驻京的目标，清政府

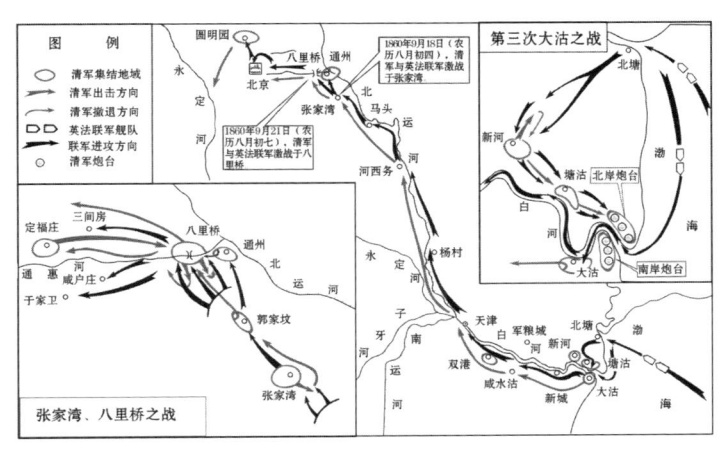

△ 抗击英法联军侵入北京之战示意图

代表没有同意，所以谈判破裂。清政府还扣押了英方代表39人，作为人质押回北京，关入大牢中。不过，这39名人质中有21人在监禁期间死亡。英法联军首先开始进攻张家湾，僧格林沁率领绿营步兵和蒙古骑兵共17000人英勇迎击。战场上枪炮声大作，硝烟弥漫。正当战斗激烈的时候，清军突然派出骑兵出击，想偷袭侵略军。然而，装备着最新式阿姆斯特朗大炮的联军炮队立即猛烈地炮击清军骑兵，又发射了大量的火箭，打得清军骑兵大乱。清军骑兵都拼命地往回跑，而这一来又冲击了自己的队伍，造成自相践踏，清军乱成一团，哪还有什么战斗力可言，都往北京方向跑去。英法联军乘胜追击，一举攻陷了通州。

僧格林沁又带领禁卫军在北京城东20余里的八里桥一线布防，并加强了力量，继续抵抗英法联军。这三部分清军总兵力超过了3万人，其中，骑兵约有1万人。

八月初七凌晨4时，英法联军在法军总司令孟托班的指挥下，以法军第一旅为东路、英军为西路、法军第二旅为南路，向部署在八里桥的清军发起进攻。清军对此也有准备，以胜保所部据守八里桥，抗击南路法军；以僧格林沁部迎击西路英军；以瑞麟部迎击东路法军。总的作战计划是，先用骑兵出击，步兵则隐蔽在附近的灌木丛和战壕中等待时机对敌人发起进攻。

清军的骑兵冒着敌人的炮火，向联军两边发起了冲锋。然而，在冲锋时，不断有战马因中弹而高高跃起，然后倒下，不断有牺牲和负伤的士兵满身鲜血滚落马鞍。当冲到距离敌人40多米远的地方，清骑兵停下射箭，然后再冲锋。然而，骑兵的箭无法与联军的洋枪洋炮相抗衡，他们火力十分密集，在两军相距二三十米的距离上，发射排枪和火炮，清军的骑兵成批地倒下了，最后不得不败退，伤亡十分惨重。咸丰帝这时醒悟了，如今的骑兵不再是他们老祖宗打江山的那会儿了，凭着肥壮的战马就打遍了整个中国。

这时法军第二旅随即向八里桥进攻，法军大炮炸得八里桥上乱石横飞。胜保部列阵坚守，也受到了重大的伤亡。这时僧格林沁指挥他的骑兵往来穿插，想把英军与法军第二旅分割开来，再与胜保部协力击溃法军第二旅。这个想法不错，但清军的武器无法与英法联军相对抗。迎击东路法军的瑞麟最先溃败。胜保负伤落马，他的部队也溃败。僧格林沁率领部队与英军激战，他见英军分兵来到了他的侧后方，于是自顾逃命，乘着一辆骡车逃回城里。

八里桥战败的消息传到城里后，咸丰帝带着家属和臣子们逃往承德。那些王公大臣、汉官、富户也早已迁出北京。北京城里粮食价格暴涨，驻守在城门的清禁卫军几乎毫无准备，只得把内、外城的许多城门赶紧关闭，用土堵塞，留一两个向西的城门通行。

张家湾、八里桥战争的失败，给清廷很大的震惊。这已经证明，北京不再安全了，驻守在北京的禁卫军不再是北京的守护神了。客观地说，在打张家湾、八里桥之战之前，清朝的统治者以及以僧格林沁为首的驻京部队，还是有一定斗志和信心的，但经过张家湾、八里桥之战，他们似乎看到了自己与洋人的差距，产生了畏惧心理，于是溃不成军、不战自败。特别是咸丰帝的逃跑更是扰乱军心、民心，加速了北京的被侵占。其实，经过张家湾、八里桥之战的英法联军同样损失惨重，他们来到高大的北京城城墙边时，虽然有洋枪洋炮，但心里也没有什么底，他们甚至认为要攻克这个城十分困难，以致指挥主攻的法军司令孟托班回到法国后，被拿破仑三世皇帝封为"八里桥伯爵"。这对清政府是一个莫大的讽刺。

英法联军驻扎在通州一带，加紧进行休整，想早一点进攻北京城。同时，参加八里桥之战的剩余清军也退入了北京城内或近郊。其实，两军战斗力都下降了不少。英法联军为了抵御严寒，法军司令孟托班强令通州城供应300头牛以及其他食物，并制作羊皮服装，等待天津的作战物资运到。损失惨重的英法联军，看着高大的北京城墙也没有攻而克之的信心了。看来，御林军皇城防御体系还起着相当重要的震慑作用。

北京城禁卫军戒备森严，内外城门都紧紧地关闭着，只留了西直门供行人出入。但却因为军情吃紧，又传来咸丰帝北逃的消息，禁卫军的斗志自然锐减。驻扎在朝阳门、德胜门外的僧格林沁与瑞麟的军队自从八里桥一战失败后，就变得如同惊弓之鸟，再也不敢出击了。他们还向后退，开始退到东直门外，后来退到安定门外。面对着英法联军，北京城的东郊竟然数十里的地方没有禁卫军驻守。

城内的防守是咸丰帝出逃前亲自部署的，城内防守由大学士文祥任九门提督，与左翼总兵西凌阿一同负责维持城内的治安，以及守卫北京城的安全。豫亲王义道、吏部尚书全庆等8位满族大员奉命驻守内城，户部尚书周祖培等4人负责驻守外城，内务府大臣文丰负责照料圆明园。此时的九门守兵，不足万人，毫无军纪，形同虚设。守城的禁卫军连武器都不齐全，甚至连饭都吃不上，于是到处抢掠，有时连城门都没有禁卫军守卫。后来，文祥等人开仓放米，才勉强维持下来。为了遏止日益蔓延的抢米之风，文祥等命令五城巡防部队拿获抢劫者便立即正法。

正当英法联军为进攻高大的城墙而发愁的时候，由于咸丰帝的仓皇出逃，使得事态反而向着有利于英法联军的方向发展了。

侵略者永远是贪婪的。当英法联军得知咸丰帝都已经逃出北京时，变得更加肆无忌惮。此时，由于咸丰帝的出逃，整个北京城乱了，驻守在北京城的禁卫军也乱了，毫无战斗力。

自清咸丰十年（1860年）八月二十二日开始，英法联军从东向西占领了北京近郊，追击清兵进入到圆明园行宫，并开始了零散的抢劫。按理说，当时圆明园内驻守的护军营有6000兵力，还是能在一定时间内抵御英法联军的，但当他们听说英法联军到来后，纷纷逃出圆明园，逃到了更远的郊外。

这里的禁卫军也是如同虚设。只有刚刚到圆明园任职不久的文丰没有逃走。文丰知道圆明园是北京的宝库，是中国的宝库，或许他已经感觉到了圆明园被侵略者抢劫，绝对是一种耻辱，于是他选择了投海自杀。文丰只是对历史的一种逃避，但也说明了他对圆明园的理解是相当深刻的。作为总管，没有保护好圆明园，他感到愧对全国人民，于是选择了自杀。我们当然不能过多地责怪文丰，当时的咸丰帝都跑了，禁卫军已经溃不成军了，他一个圆明园的总管又能奈何。比起那些逃走的人、卖国的人，文丰不知道要比他们高尚多少倍！

八月二十七日，联军司令部竟然堂而皇之地成立了"捕获品处理委员会"，在圆明园里统一拍卖赃物，价款由全军分配，物品分别运回英国和法国收藏。一个庞大的东方大国，就这样看着万余洋人把自家的稀世珍宝运走。八月二十九日，英法联军在北京的城墙上升起英国的米字旗和法国的三色旗，这些都是清政府与联军的协议。清政府满以为这样就可以停止洋人的枪弹，但他们又想错了。

九月初五，联军以人质被囚禁在圆明园为由，下令彻底焚掠圆明园。于是3500名英法联军像江水一样涌进了园内，到处掠夺，并放火焚烧。当年随军的牧师马卡吉在后来写的回忆文章中，详细地记述了他们对北京的这次暴行经过："命令发下后，不久便看见重重烟雾，由树木中蜿蜒曲折地升腾上来"，"不久这一缕一缕的烟，聚成一团一团的烟，又集合为弥天乌黑的一大团，万万千千的火焰，往外爆发出来，烟青黢黑，遮天蔽日。所有庙宇、宫殿、古远建筑，轮奂辉煌、举国仰为神圣庄严之物，和其中历代收藏、富有皇家风味、精美华丽、足资纪念的物品,都一齐付之一炬,化为劫灰了","当我们回来的时候,芬纳带着一两队骑兵,绕行一周,将我们进行时忽略的那些外国的建筑,也都一齐架火燃烧。现在所仅存的,就是那座正大光明殿,因为军队驻扎其中","时已三点钟,我们应须整队,开回北京,乃发布命令,一并焚毁。刹那之间,就找到了燃烧的材料,有几个手脚麻利的来复枪队士兵,立刻动手放火,使这座正大光明殿熊熊地燃烧起来。庄严华贵之区,且曾为高贵朝觐之殿,经此吞灭一切的火焰,都化为云烟了。屋顶在火焰中已经燃烧了一些时候,不久就要倒塌,一百码外,就可以感觉到那种炎热。扑通一响,震心骇目,原来是屋顶倒塌下来了。于是园门和那些小屋,也一个不留,一间不留,这所算做世界上最宏伟美丽的宫殿的圆明园,绝不留下一点痕迹"。

大火持续了两天两夜,"火光熊熊地烧着,仿佛一张幔子,罩着当日的行幸住所,并且随着大风,烟雾吹过联军驻扎的营盘,蜿蜿蜒蜒,至了北京。黑云压城,日光掩没,看起来,仿佛像一个长期的日食"。英法联军给中国人民造成的巨大损失是无法估量的。园内收藏《四库全书》的藏书楼——文源阁也葬身火海,片纸无存。这可是中国人民的国粹啊,是中国人民精神文明的见证啊!但侵略者认为,不是自己的文明,不是自己的文化,就是一种垃圾。清咸丰十一年(1861年),法国人、世界级的文学家雨果代表世界人民对英法侵略者进行了公正的审视,他在一封信中说:"有一天两个强盗闯夏宫(圆明园)。一个进行洗劫,另一个放火焚烧。胜利者原来可以成为强盗。胜利者把夏宫的全部财富盗窃一空,并把抢来的东西全都瓜分掉……我们的教堂的所有财富加起来也无法和这一东方巨大的且又漂亮的博物馆相比较。在那里不仅藏有艺术珍品，而且还有极为丰富的金银制品。真是战功赫赫，且又横财发了一票！一个胜利者把腰包塞满，另一个赶紧效法把箱子全都装得饱鼓鼓；两个人手挽着手，心满意足地回到了欧洲。这就是两个强盗的历史。我们欧洲人总是把自己看作是文明人，对于我们说起来，中国人都是野蛮人。看！文明就是这样对待野蛮的。在历史的审判台前，一个强盗将叫做法国，另一个则叫做英国。"

经过此次劫烧，这座世界上最大、最精美的皇家园林，变成了一片废墟。或许北京人看到的只是北京城的一块宝库被烧了，但面对着家乡宝库被抢，他们一时束手无策。迟钝的反应，说明了什么？说明了当时的中国人还缺乏一种革命的精神。好在通过此事，人民看清了一些事实，清政府已不再至高无上的了，他们成了贪生怕死的亡命之徒。

英法联军入侵北京，共在北京城郊抢劫骚扰近50天，给整个北京人民带来了深重的灾难，直到天冷了，才在九月底离开北京。让北京人民心痛的是，撤退的时候还迫使北京地方政府准备大批车辆，装载抢劫的赃物，仅法军所抢劫的物品就装满了三百辆车之多。眼睁睁地看着英法联军载着宝物的浩大车队离开北京……曾经作威作福的清禁卫军，在北京人民的心目中威信大失。它成了一支腐败并且毫无战斗力的军队了。

当年，英法联军还强迫清朝政府签订了《北京条约》。条约中规定，允许英、法派遣公使进驻北京。咸丰十一年（1861年）二月十五、十六日，法、英公使分别抵京进驻使馆。此后，至清同治十二年（1873年），俄、美、德、比、西、意、奥、日、荷等国相继在东交民巷设立使馆。

辛酉政变

宫廷的每一次政变都离不开禁卫军,辛酉政变也不例外。

咸丰十一年(1861年)七月,体弱多病的咸丰皇帝病死在热河行宫(今承德避暑山庄)。这个刚满30岁的皇帝,在他离开人世的时候留有遗诏,主要交代了两件事:一是立皇长子载淳为皇太子,一是派载垣、端华、景寿、肃顺、穆荫、匡源、杜翰、焦佑瀛八大臣"尽心辅弼,赞襄一切政务"(《清朝档案史料丛编》第1辑,第83页)。消息传出后,京师朝野一片哗然。

咸丰帝的去世,成为政变的前奏。

八大臣根据遗诏拥立载淳当上了小皇帝,这时,26岁的那拉氏慈禧以皇帝生母的身份与咸丰的皇后钮祜禄氏同尊为皇太后。然而,慈禧却是一个野心勃勃的权欲狂,她对咸丰的遗诏和八大臣对她的限制十分不满,并决心抓住咸丰帝刚死、载淳还年幼这个有利时机,推翻咸丰遗命,公开从王公大臣们手中夺权。八大臣自然是慈禧的心腹大患,因为他们手中掌握着禁卫军的兵权,他们八人中分别兼职着步军统领、管理火器、健锐营、皇帝禁军的差事。如果不把他们的军权解除,慈禧将无法安心地返回北京城,更无法夺得清廷的最高统治权。

咸丰帝死后的第三天,慈禧就开始了这场斗争。当时,她以西宫太后的名义,派遣密使请恭亲王奕䜣前往热河,商议大计。刚开始的时候,八大臣对奕䜣前往热河行宫一事是反对的,主要原因是,咸丰帝的临终遗诏中没有把他列入八大臣的行列。

虽然八大臣将奕訢列入了治丧委员会的名单，但还是不允许他到热河参加皇帝的丧仪。但正在此时，慈禧的密使却无形中给他打了气、鼓了劲。奕訢感觉自己的腰板直了，因为有西太后在给他撑腰。经过这么一折腾，八大臣还是让奕訢去了热河，毕竟咸丰是他同父异母的兄弟，不让他到热河与皇兄遗体告别，从人情上说不过去，再加上他已经不在八大臣之列，让他去一趟热河也不会有什么事。

八月初一清晨，恭亲王奕訢到达了热河行宫。奕訢很会作秀，到达行宫后，他趴在皇兄的梓宫前放声大哭。当时正是做殷奠礼的时候，人很多。众人看着奕訢伤心欲绝的样子，听着他那悲痛的哭声，无不泪下。据《热河密札》记载，他是咸丰帝死后十多天里，哭得"最为伤心"的一个。

随后，两宫皇太后召见奕訢。奕訢又请与端华等人一同觐见皇太后。当时，端华与肃顺等人并没有怀疑奕訢，于是让奕訢与慈禧这对叔嫂单独谈了约一个小时的样子。通过密谈，他们达成默契。

一天晚上，军机章京曹毓瑛秘密前往奕訢住所。曹毓瑛一直与奕訢关系不错。不过，奕訢还是没有完全把将要政变的消息透露，只是隐晦地说了回京之后，将有非常之举。

八月初八，奕訢先行返回北京城。

而此时，八大臣以为自己已经牢牢地控制了朝政，得意忘形，不太重视笼络手握兵权的实权人物。这个致命的错误，是他们最后失败的重要原因。最严重的是，他们还把统兵大臣胜保推到了自己的对立面。

那还是八月初二的时候，兵部侍郎胜保明知朝廷已经下令不准各地统兵大臣到热河吊丧，但那天他偏偏前往热河吊丧，而且不等批准就兼程北上。八大臣考虑到他手握重兵，只好准许他前往。可胜保又出花样，提出要向皇太后和皇上请安的要求。八大臣变得不高兴起来，说向来臣工无具折请皇太后安之例，并指责胜保不明事理，违背体制。后来，胜保还在八大臣的强烈要求下，承认自己一时糊涂，并写了一份检查。检查是写了，但八大臣却得罪了这位兵部侍郎。胜保回到北京城后，见了也是刚刚从热河回京的恭亲王奕䜣，并了解到奕䜣准备政变的计划。胜保是个见风使舵的人，加上与八大臣的过节，他决定站在两宫太后和奕䜣这边。

为了巩固自己的成果，八大臣曾主动拉拢僧格林沁，但僧格林沁根本就不吃这套。僧格林沁当时是钦差大臣，曾任过御前大臣、科尔沁亲王，指挥着一支八旗劲旅。后来，他们又试图说服手握王牌军队的曾国藩出来反对太后干政，结果也是希望落空。

八大臣失去统兵大臣的支持后，就变得弱不禁风起来，根本就经不起大风大浪了。他们不仅未能争取到各路统帅的拥护，反而弄巧成拙丢了手中的兵权。当时，端华是步军统领，统率着在京的八旗步军和在京经营马步军，共有3万多人，他还掌管着京师九门的管钥，身居要职，位置自然是举足轻重；载垣也兼了銮仪卫掌卫事大臣、上虞备用处管理大臣的职务，掌管着皇帝的侍卫队与仪仗队，负有随侍皇帝渔猎、率领三旗侍卫入值的责任；肃顺也是兼任着向导处事务大臣，掌握着一支皇家侦察部队。也就是说，当时的端华、载垣、肃顺三人统领着京城和皇帝的禁卫军，他们手中的这些部队控制着皇帝和宫廷，非常重要。端华、载垣、肃顺过于自信，以为慈禧和奕䜣对八大臣赞襄制度不敢提出异议，认为自己已经控制了局势。九月初四，他们竟面奏皇太后和小皇帝，说自己差事太多，一齐辞去了上述重要的职务。他们这样做，当然是慈禧和奕䜣求之不得的好事。慈禧这人十分精明，为了防止肃顺等人看出自己的野心，在委任奕䜣同党瑞常等人接任步军统领等要职的同时，特地委任端华暂署行在步军统领之职。于是，到了关键的时候，肃顺等八大臣所拥有的武器只有两只空心拳头了。

慈禧与奕䜣布下了天罗地网，等待着把八大臣收进网中。

九月二十三日，是回銮京师的日期。小皇帝在热河丽正门外跪送老皇帝灵柩启程返京，然后从间道先行，提前赶回京师，准备跪迎灵柩进京。因此，回銮队伍分为两支：一支以小皇帝和两宫太后为首，走间道；另一支由肃顺、仁寿等人为首，护送咸丰帝那笨重的灵柩，从大道缓慢而行。睿亲王仁寿等人是皇太后的人，他们一路上暗中监视着肃顺派的一举一动。担负途中护卫任务的大军多达26000余人，其中主要是胜保的兵马。慈禧利用这一时机，昼夜兼程，提前4天回到北京城，为政变赢得了宝贵的时间。

与此同时，奕䜣在京师则以两宫皇太后的名义，命令步军统领仁寿、神机营都统德木楚克扎布、前锋护军统领存诚，以及恒祺、胜保等带兵迎驾。特别是奕䜣已经布置了所有的禁卫军，政变已经在他们的控制之中。

九月二十九日中午，两宫太后抵达北京德胜门外。奕䜣率在北京城的王公大臣们出城门迎接。两相会见，两宫太后涕泪交加，痛哭不止，同时，向众大臣倾诉肃顺等八位辅政大臣欺辱孤儿寡母的种种逆行。特别是慈禧显得更为可怜。这时的小皇帝也跟着母亲哭得昏天黑地的。王公大臣们听后，个个义愤填膺，对肃顺等逆臣已经恨得咬牙切齿。慈禧回到宫中后，立即商量政变之事。

九月三十日，两宫太后正式召见恭亲王奕䜣以及桂良、周祖培、贾祯、文祥等大臣，数尽了载垣等人的罪状，并把在热河就拟好的密旨交给了恭亲王奕䜣当众宣读。在谕令中，解除了载垣、端华、肃顺的一切职务，并命令景寿、穆荫、匡源、杜翰、焦佑瀛五人退出军机处。正在这时，载垣、端华等人赶到，大声说"太后不应召见外臣"，并要各大臣退出。太后更加生气，急忙命令恭亲王奕䜣传谕："前旨仅予解任，实不足以蔽辜。著恭亲王奕䜣、桂良、周祖培、文祥即行传旨：将载垣、端华、肃顺革去爵职拿问，交宗人府会同大学士、九卿、翰、詹、科、道严行议罪。"（《清朝档案史料丛编》第1辑，第102—103页）

这时，随着奕䜣一声令下，一群侍卫如狼似虎地扑了过来，将载垣、端华两人拿下。载垣、端华还一副亲王派头，大喝一声："谁敢动？！"侍卫哪里再将他们放在眼里，擒住二王，夺下二人的冠带，拥出隆宗门，关进了宗人府。

此时，肃顺护送梓宫才到密云县，睿亲王仁寿接到密令，连夜率领一队禁卫军前去拘捕。这时，肃顺已关门休息。仁寿等人砸开院门，冲了进去。只听得肃顺在卧室里大声叫骂。仁寿等人管不了这么多了，砸开卧室之门，直闯而入，将正拥着两个小妾在床上睡觉的肃顺抓住。肃顺这时候才如梦初醒。

至此，辅政八大臣全部落网，两宫皇太后于是命令召开廷臣会议，讨论皇太后亲理大政和另简近支亲王辅政事情。十月初二，两宫皇太后下令授恭亲王奕䜣为议政王，在军机处行走，并领宗人府府令。第二天，奕䜣又被提升为总管内务府大臣。

十月初七，经过内阁会议决定，拟定肃顺等人罪状，判处肃顺斩立决，勒令载垣、端华自尽。两宫皇太后立即批准执行。当时，载垣、端华于宗人府自吊身亡，肃顺也同时被杀于菜市口。景寿、穆荫等五人则被革职，发配边疆。

八国联军入侵北京

八国联军入侵北京，已经是晚清期间的第二次入侵了。然驻守在北京的禁卫军全力以赴，但走向没落的清中央禁卫军已经无力回天了，根本就没有能力保护皇帝和京师的安全了。与清咸丰十年（1860年）第一次入侵一样，这些强盗在古城北京恣意焚毁、杀戮、劫掠，想尽最大限度地从北京的土地上得到所能得到的东西。而这次侵略者变成了8个。这次北京受害的范围更广，程度更深。他们进攻北京时的路线基本相同，八国联军从天津向通州的张家湾、八里桥进逼，占领通州后，他们又直逼北京城下。这40年里，清朝政府到底在做什么？他们并没有从咸丰十年（1860年）的受侵略中吸取教训。

清光绪二十六年（1900年）七月八日，八国联军攻占了通州。当天，八国联军各国司令官召开会议，决定在通州休整一天，十日进军北京城郊，十一日正式攻城。

通州失守后，当时驻守在北京城的清禁卫军约有7万人。兵力部署是：荣禄的武卫中军30营，分别驻守在内城西华门和棋盘街；董福祥的武卫后军25营，分别驻守在广渠门、朝阳门、东直门；宋庆、马玉昆的武卫左军万余人，驻守在永定门外的南苑一带；八旗、绿营兵2万余人，分别驻守在内城九门和外城七门；神虎营、神机营等39营，分别驻守在各城楼；八旗前锋营和护军营驻守在紫禁城。

另外，约有5万义和团军，分别驻守在东西河沿、东西珠市口、菜市口、花儿市等地。

北京城防名义上是由军机大臣荣禄负责，实际上并无统一的指挥和部署，城郊没有兵力进行阻击，城内又不进行工事构筑，只是靠着老祖先留下来的古城墙进行抵御。

让人感觉可笑的是，在七月九日那天，俄军为了争得第一个攻入北京城的"美誉"，竟然于当天晚上提前悄悄地向北京城进军。其他国家的军队听到这个消息后，也纷纷跟进，争先恐后地向北京城进发。

光绪二十六年（1900年）七月十日，八国联军对北京发起总攻。上午，日军攻打朝阳门、东直门，遭到了清禁卫军密集的步枪和火炮还击，双方激战十几个小时，最后日军以伤毙200余人的代价占领了这两处城门。武卫后军首领董福祥得知有几座城门被攻破后，立即调驻守在广渠门的禁卫军援助。然而，董福祥的调兵却为英军进入北京城提供了机会。下午2时，英军乘广渠门空虚的时候，最先攻入北京城内。随后，英军又通过崇文门西边城墙下面的御河水闸爬入内城，窜入东交民巷英国的使馆内。随后，俄军、日军、法军相继攻进城内。

而此时，坚固的城楼都被八国联军的炮火摧毁了，清禁卫军逃散。七月十一日凌晨，联军又进攻紫禁城。处在紫禁城内的慈禧太后和光绪帝听到洋枪洋炮声，意识到情况不妙，于是40年前的那一幕又重演了，不过上次是咸丰帝，而这次却成了慈禧。他们都是凌晨出逃的。

凌晨6时，慈禧带着光绪帝、隆裕皇后等人经神武门、景山西街、地安门、西直门、高梁桥，一直跑到颐和园。稍稍休息后，他们又从颐和园出来，过青龙桥、红山口、望儿山、西北旺，在距离北京70里的贯市过夜。第二天一大早，他们又经过南口、居庸关、康庄、怀来、宣化、大同，一直跑到了山西太原。在山西太原大概住了10天，他们感觉那里还是不够安全，于是又逃到了陕西西安。

同时，驻守北京城的军机大臣荣禄也无心应战，开始收集散兵，从西直门出逃，逃往保定。这时，北京城内的大部分禁卫军都已经溃散，只有义和团和部分爱国官兵筑起街垒坚持与八国联军作战。

慈禧的逃走自然给八国联军入侵北京带来了方便，也为他们占领紫禁城提供了机会。七月十二日的时候，八国联军就占领了紫禁城，并把司令部设在了紫禁城。这是一个十分可悲的现实，这个曾经被人们认为是戒备森严的内宫，前天还是皇帝大臣们工作、生活的地方，现在居然变成了八国联军的司令部。八国联军一进入北京城，就疯狂地进行烧杀抢掠，强奸妇女，成为人世间最野蛮、最凶暴的强盗和恶魔。八国联军的统帅德国陆军元帅瓦德西在他的回忆录中也这样供认，"所有中国此次所受毁损及抢劫之损失，其详数将永远不能查出，但为数必极重大无疑……因抢劫时所发生之强奸妇女，残忍行为，随意杀人，无故放火等事，为数极属不少"。

　　这次，八国联军对北京人民，对中国人民犯下了滔天罪行。

　　第一大罪行是大抢劫。说自己是文明国度之人的八国联军占领北京后，居然特许军队公开抢劫三天。不过，八国联军对北京的抢劫又何止三天，他们从进入北京的那天起，根本就没有停止过抢劫。他们有的结队，有的成群，带着武器，到处抢劫。被抢劫的大地方有紫禁城、颐和园等处，小的地方有各街巷里的普通老百姓。在抢劫中，能拿走的一律拿走，搬不动的就随手击碎，甚至放火烧掉。北京城一时成了一个强盗的世界。在这支帝国主义抢劫大军中，除了大小军官和士兵，还有一些帝国主义国家的驻华公使，甚至连一些公使的夫人也公然参与抢劫。

　　第二大罪行是烧。当时，鼓楼后门一带居民住房全部化为灰烬；从地安门到西安门的居住房也全部被焚毁；从前门到东四牌楼南，都变成了残垣断壁，满目荒凉；从西四到西单烧为焦土；从地安门到东安门的房屋被烧掉了十分之七……其他的就无需一一列举，总之他们是到处放火，到处焚烧，惨无人道。

　　第三大罪行是屠杀。八国联军闯入大街小巷，无论男女老少，只要见到人就开枪。还经常闯入民宅，乱杀乱砍，甚至对一些家庭实施连环枪杀。就连八国联军所在国的使馆人员都在大街上随意开枪，以杀人取乐，甚至以杀人多少来炫耀自己。仅在庄王府一处就杀害民团1700余人。

　　第四大罪行是奸淫妇女。八国联军入城后到处搜寻妇女，不论老少，强行奸污蹂躏，稍有不从，就杀人。他们还把抢到的妇女关押在裱褙胡同，作为官妓。八国联军可以随意入内游玩，许多妇女不堪帝国主义的欺凌，走上了自尽之路。

最终，清政府还是在卖国的基础上与侵略者达成了协议。光绪二十七年（1901年）八月三日，清政府与11个帝国主义国家分别签订了《辛丑条约》，这是令中国蒙受最大耻辱的条约。从此以后，外国侵略者在北京可以直接对清政府指手画脚。

外国驻华使馆刚开始设立的时候，东交民巷的管理权仍在清政府手中，治安事宜由步军统领衙门及巡城御史负责，街区内由满洲正蓝旗、镶白旗官兵驻守，巷内及东口设有步军值班的官厅，东、西两端路口设有栅栏，由清中央禁卫军日夜守护着，每日黎明启开，上更后关闭。然而，当八国联军入侵北京后，西方列强以保护使馆为名，行瓜分中国之实，强行派兵入京"护馆"，使中国的主权一步步丧失。

早些时候，也就是在光绪二十六年（1900年）五月初四，清政府迫于列强要挟，同意各国派兵"护馆"。这是完全违背常理的一种做法。当天19时，356名外国兵从天津抵达北京，其中，英国兵75名，美国兵63名，意大利兵42名，日本兵26名，法国兵75名，俄国兵75名。五月初的时候，又有德国兵50名、奥国兵30名、日本兵30名分别到了北京。到五月十二日止，以护馆名义进入北京的外国军队已经近1000名。五月十四日，首批八国联军2300人以保卫使馆为名，自天津出发侵向北京，企图一举消灭义和团。他们以"护馆卫兵"的名义强行入京，到达北京后骄横无忌，不可一世。八国联军四处寻衅，直接公开地枪杀义和团和无辜市民，他们的行径大大超越了护馆的范围。五月十九日，侵略者更是擅自圈定使馆防区，封锁东交民巷和东长安街一带，东交民巷、前门东城根、南御河桥、中御河桥、台基厂、东长安街、王府井大街都为外军看守，不准中国军民往来，并在巷口张贴告示称："往来居民，切勿过境，如有不遵，枪毙尔命。"五月二十四日，由于慈禧等人的愚蠢举动，发生了义和团助清军攻打东交民巷事件。这天的 15 时 49 分，义和团助清军向东交民巷使馆发动进攻。从此，时打时停，一直到七月初十，历时 56 天，久攻不克。据《庚子使馆被围记》记载："六十六名法军中死伤四十二人，五十四名德军中死伤三十人，六十名日军中死伤四十五人，共一百一十七人。"据中国文献记载，武卫中军、武卫后军"死者无虑四千人"，义和团伤亡更大。清政府的愚蠢举动，带来了政治上的极大被动，也为列强进一步大举入侵提供了"口实"。最终结果是七月初十八国联军攻破北京。

清光绪二十七年（1901 年）七月二十五日，清政府与西方列强签订了丧权辱国的《辛丑条约》。该条约规定：东交民巷划为使馆界，独由使馆管理，中国人民概不准在界内居住，中国应允列强常留兵队分保使馆。使馆由外国驻军守卫是中国丧失主权最主要的标志。根据条约，西方列强把东交民巷使馆区变成了一座国际兵营。列强各国都派有军队驻守使馆，设立兵营，守卫兵有炮兵、工兵、步兵各兵种，共 2000 人。使馆区除各国使馆已经有围墙外，外围四周又建起了高约 6 米的围墙，墙上雉堞、枪眼不断，间以红漆钢顶炮塔。围墙外还挖有一道壕沟。在大城根东头、东交民巷东口大街和街南口外、台基厂北口、明治路北口、西河沿北口、东公安街中间新大路口外、东交民巷西口美军兵营北墙外和大城根西头美军粮库西边，设有八个碉堡。八个主要入口处安置了铁门与岗哨，由全副武装的士兵守卫。界墙外，除南面有高大的内城墙和护城河作屏障外，为便于瞭望，东西北三面原有建筑物被拆除，拓出数十丈宽的开阔地，兼作各国操场，并插有"保卫界内、禁止穿行"的大木牌。使馆界壁垒森严，俨然"国中之国"。

东交民巷使馆区建立后，列强各国更加肆无忌惮地向清廷发号施令。只要中国政局一有风吹草动，各国就向使馆增兵，说是保护使馆，但更重要的是向中国政府炫耀自己的武力。

有人于光绪三十四年（1908年）对外国驻北京军队的兵力进行了调查，共有将校69人，士兵1700人。其中，日本军步兵队将校12人、士兵300人，骑兵5人，通信兵4人，宪兵4人；法国军步兵队将校8人、士兵240人，炮兵3人，电信队士兵2人，宪兵3人；德国军驻屯队本部将校5人、士兵11人，步兵引1、2中队将校8人、士兵210人，炮兵小队将校1人、士兵44人；英国军驻屯队本部将校3人、士兵18人，第2大队将校6人、士兵175人；美国军海军兵将校5人、士兵126人；意大利军海军兵将校9人、士兵220人；奥匈帝国军海军兵将校9人、士兵172人；俄国军司令部将校1人、士兵10人，公使馆护卫将校2人、士兵103人。

1928年（民国十七年）北洋政府覆灭后，各国使馆迁往南京。第二次世界大战中，使馆界名义上被中国政府收回，但实际上，帝国主义列强仍霸占此地。

1949年（民国三十八年）1月31日，中国人民解放军开进北京城，就宣告取消了帝国主义在北京的一切特权，包括政治的、军事的、经济的、文化的等各个方面。但是，帝国主义特权的残余势力和影响,在一定时期内依然存在。1949年11月,根据中央的战略部署,外交部起草北京市军管会关于征用美、英、法、德东交民巷兵营的布告。1950年1月6日,中国人民解放军北京市军事管制委员会发出布告,宣布收回外国兵营地产权,征用兵营及其他建筑。

当一个政府的军队推动战斗力的时候,什么都会因此变得苍白无力,包括一些统治者的民族气概都会消失得无影无踪。清朝统治者曾经令中国大地上的诸多民族俯首称臣,但当他们面对洋枪洋炮的时候,却当起了走狗,在侵略者面前点头哈腰。皇帝的威严何在?民族的气节何在?

克林德是德国人,光绪二十五年(1899年)任德国驻华公使。他是一个侵略者,杀害过数十名中国人,他被正义者杀死后,清朝统治者还为他建立过牌坊,以示对他的死表示哀悼。当时的外国侵略者根本就没有把北京当作一个国家的首都,而是当作了一个殖民地。克林德来到北京后,有一种极大的优越感。光绪二十六年(1900年)义和团兴起的时候,他还十分气愤,因为这些爱国主义者影响了他们在中国的利益。五月十七日,克林德用手杖痛打经过东交民巷的两名义和团民,并将其中的一个抓进了使馆拘押。第二天下午,义和团在城墙外侧操演练习时,他竟然命令德国卫兵从城上开枪,当场打死20人。

克林德这种嚣张的做法,其实早就激起了许多北京人的愤怒。五月二十三日,清朝政府因为大沽口陷落,决定对外宣战,并由总理衙门照会各国驻华使节,限他们在24小时内离开北京。第二天,克林德带着翻译、水师兵数人,乘轿子前往总理衙门交涉。正当他们来到东单牌楼的时候,遇到神机营章京恩海率队在街上巡逻。恩海是一个爱国热血青年，他命令德国人停轿，并取枪戒备。然而，嚣张的克林德却先从轿内向外放枪，恩海避过子弹，自卫地还击了克林德。

克林德死在了正义的枪声下，但因为弱肉强食的原因，事实却反其道而行了。清光绪二十六年（1900年）七月，八国联军攻占北京，慈禧太后与光绪帝仓皇西逃。出逃途中，清政府急于与帝国主义各国达成和议，于八月的时候致电给德国皇帝，对德国公使克林德之死表示哀悼和歉意。实际上，清政府正是以这种软弱的方式，进一步让侵略者得寸进尺。德国却以克林德事件为借口，向清政府进行威胁和勒索，在帝国主义向清政府提出的《议和大纲》中，居然把克林德事件的条文列为第一款，并规定清政府除派特使赴德国谢罪之外，还需要在克林德被杀的地方建立牌坊。后来，这一条款居然还正式列入了《辛丑条约》之中。光绪二十七年（1901年）三月，清政府便开始在东单牌楼处为克林德建造大理石牌坊。这个工程虽不算大，但直到十月才竣工，历时达7个月之久，额题"克林德碑"四个大字。

这事听起来令我们今人感到不可思议，但事实确实如此。不过这也让北京人明白了许多事理：落后就要挨打。1918年（民国七年）第一次世界大战结束后，德国帝国主义战败，北京人民群情激昂，捣毁了"克林德碑"，算是为中国人民雪耻。然而，当时的协约国和北京军阀政府却大肆庆祝宣扬所谓"公理战胜强权"，又把这块残存的石碑移到了当时的中央公署正门内，居然还在上面刻着"公理战胜"四个大字。直到1952年，为了表彰中国人民志愿军在抗美援朝斗争中的丰功伟绩，由郭沫若亲题"保卫和平"四个大字,将那块石碑上的"公理战胜"改为"保卫和平"。这样,数十年来的奇耻大辱才算是一扫而净了。不过,字虽然改写了,但历史并没有改写,中国人当然不能忘记这一段屈辱的历史。

中国都城保卫战

第二十六章 北洋政府时期北京防御与保卫战

1912年（民国元年），中国历史上最后一个封建王朝——清朝灭亡后，北京成为北洋军阀统治中心，直到1928年（民国十七年）6月，国民革命军北伐军进入北京，南京国民政府取代了北洋政府，行使对全中国的统治权，北京暂时失去了首都地位。

　　北洋政府时期，袁世凯及皖、直、奉系军阀为巩固他们的统治地位，都在北京部署了大量自己派系的部队，任命亲信统辖北京的军警机构，以加强卫戍警备，并为此而多次发生军阀混战。为了加强北京的安全警卫，北洋政府相继成立了禁卫军、拱卫军、京卫军、步军等警卫部队，担负公府警卫和京城警备。但此时的北京城池防御体系已经失去了实质性意义。

一、北洋政府时期北京城池防御体系

　　北京城经过几个封建王朝的精心经营，造就了一座典型的、完备的、封建时代的历史文化名城。从城市规制、建筑布局到管理设施，无不体现着皇权至上的原则和思想。但当时的统治者在修建皇城时都是基于两点考虑的，除了皇权意识外，还有一点就是为了防御。第二点相当重要。

1912年（民国元年）2月，清朝末代皇帝溥仪退位。按理说，当时溥仪等人要完全搬出紫禁城，但是在袁世凯的庇护下，宫城后半部的所谓内廷仍由逊位的清帝占用。到1914年（民国三年）的时候，宫城前半部分的武英殿已先行开放了。第二年，又开放了文华殿，以及太和、中和、保和三大殿，并辟为古物陈列所。

不管是紫禁城，还是外环护着的皇城，曾经都是御林军用来加强统治者警卫的重要防御工事。虽然此时"九门提督"这个防御机构还存在，但城池防御体系已经名存实亡，只是成了城市里的一处文物古迹。正因为如此，北洋时期的北京城池防御实际成了摆设，当时的执政者还拆除了皇城，打开封建时代的禁区。这标志着北京城池防御体系在北洋时期的彻底没落。

紫禁城外环护着皇城，周长9千米，开四张门，分别是天安门、地安门、东安门、西安门。以前，为了体现皇权，以及加强城内警卫，皇城各门出入限时，一般人不得穿行。1913年（民国二年），北洋政府首先开辟了天安门前的东西大道，神武门与景山之间也允许市民通过了，从而打通了紫禁城南北的东西两条交通干线。随后，又拆除了中华门内的东西千米走廊，以及天安门前东、西三座门两侧的宫墙，并先后开辟了南池子、南河沿、南长街、灰厂、翠花胡同、宽街、厂桥、五龙亭等处的皇城便门。1923年（民国十二年），北洋政府又陆续拆除了皇城城墙，到1926年（民国十五年）时，只剩下了太庙以西天安门至北新华街的一段。为了打通西南部外城与内城的交通，1924年（民国十三年）又在正阳门与宣武门之间开城门，并叫兴华门，后改称和平门。

此时北京城的城池防御体系已经失去了军事战略价值。在1917年（民国六年）反张勋复辟之战的时候，讨逆航空队是开着轰炸机对辫子军开战的。想必，此时再高再坚固的城墙也无济于事了。还有1924年（民国十三年）冯玉祥发动"北京政变"，携带着大炮的大军直达北京城，守城军队没有任何办法阻挡，北京城墙几乎没有一点防御价值了。

虽然此时的城池防御体系已经不能抵挡大规模的外敌入侵，但对于北洋政府的公府警卫来说，它还能起到一定的作用。这些城池仍旧是警卫部队的依托。当时，内城守卫队的警卫工作在很大程度上就是以城池为依托的。

二、北洋政府主要警卫部队

北洋政府时期，驻守在北京的警卫部队主要有：禁卫军、拱卫军、步兵等。

禁卫军

北洋时期的禁卫军就是清朝宫禁宿卫部队。早在清末的时候，袁世凯就已经掌握了这支部队。清宣统帝退位以后，禁卫军改归中华民国陆军部建制，设军统统御全军，直属于大总统袁世凯。军统继续由曾被称为清军第一军统领的冯国璋担任，统制王廷桢。其下设军、师司令处分处办事。全军有1.2万余人。1913年（民国二年）5月，禁卫军改为师、旅、团、营、连编制，师长王廷桢，下辖步兵第1、第2、第3、第4团和骑兵第1团、炮兵第1团、工兵第1营等部队。与清朝的禁卫军都驻扎在北京城内不一样的是，袁世凯除保留步兵第1团担负清朝皇宫紫禁城的警卫外，其他的部队全部移驻到了北京西郊的西苑，禁卫军司令部驻在嘎嘎胡同。

拱卫军

这是又一支袁世凯的"死党"警卫部队。它的命运同样随着袁世凯的命运而浮沉。

以袁世凯为首的北洋军阀是一个代表大地主、大资产阶级利益的庞大军事政治集团。多年来，它对内镇压人民，对外投靠帝国主义，上交权贵，下结死党，肆无忌惮地扩充势力。武昌起义后，其全部活动，无论是公开的、隐蔽的、军事的、政治的，集中到一点，就是为了夺取国家最高权力，建立北洋军阀的统治。所以，袁世凯必然要竭力控制北京临时政府。

步军

步军是步军统领衙门统辖的部队。这是专门守卫北京城的部队，于1912年（民国元年）7月组建。步军的编制基本上是沿袭清朝的旧有体制，编为左、右两翼和中、南、北、左、右五个营。两翼、五营共设军官604人，士兵11286人，相当于现代军队一个师的兵力。

三、北洋政府时期北京保卫战

反张勋复辟之战

北洋时期的1917年（民国六年），北京发生了一件令人啼笑皆非的复辟丑剧。发起这次复辟活动的张勋,在当时就遭到了军阀们的强烈反对,驻守北京的中央陆军部队以及外地的军阀部队都进行讨逆。

张勋,字绍轩,号松寿,江西省奉新县人,咸丰四年(1854年)十月二十五日出生于一个小商贩家庭。他10岁那年,父亲病亡,因家无力供他读书而辍学。到19岁的时候,他的母亲送他到清朝资政院一个议员家中放牛。没多久,他又到一家饭店当厨子。同治十三年(1874年),20岁的张勋又流浪到汉口,依然在一家饭馆当采买。之后,因为他懒惰,被掌柜赶跑。接着,他又到一家鸦片馆当伙计,干一些燃灯挖斗的活。在此期间,他经常出入赌场、烟馆、妓院,养成了不少恶习,并结识了许多黑道上的人物。后来,经过一名烟客的介绍,张勋一路讨饭到广西,投奔广西提督苏元春门下。这是张勋人生的一个转折点。从此,他踏上了人生的一个新里程。苏元春见张勋挺机灵,于是派他到上房听差。张勋凭借着自己灵活的手腕,结识了不少在苏元春身边的狐朋狗友,关系打得火热。这些人尽在苏元春面前说张勋的好话。于是,苏元春便授张勋亲兵什长之衔。后来,张勋参加过中法战争,一直升到中级军官,光绪十七年(1891年)的时候就升为副将。但没多久,他因为经常参加嫖赌惹恼了苏元春。张勋见势不妙,于光绪二十一年(1895年)的一天,偷了五十两银子连夜出逃,投奔到袁世凯门下,参加小站练兵,并很快就得到了袁世凯的欢心,被委任为土伕营管带。光绪二十五年(1899年)底,张勋随袁世凯一道到山东,任卫右军先锋队头等先锋官,并对义和团进行了残酷的镇压,成为袁世凯手下的一位得力大将。光绪二十六年(1900年),

八国联军入侵北京时，慈禧太后见大势已去，挟光绪帝仓皇出逃。张勋见表现自己的机会已到，于是带着数千名官兵日夜兼程赶去保护，在宣化附近赶上了清宫人马，他步行相随慈禧轿后，寸步不离，又得到了慈禧的欢心。回到北京后，他升任御林军头目。光绪二十七年（1901年），张勋任淮军冀长。光绪三十二年（1906年），他被调到奉天，为"奉天辽北总统"。宣统元年（1909年），他被清廷任命为云南提督，旋即改为甘肃提督，但仍留奉天驻防并未到任。宣统三年（1911年）8月，张勋调任江南提督兼江防大臣。10月，武昌起义枪响，清廷又任其为会办南洋军务大臣、江南巡抚，张勋指挥江防营与起义新军激战于雨花台，对起义新军和倾向革命者大开杀戒。11月11日，江苏、浙江、上海等省、市革命党人组成联军攻打南京，与张勋激战于紫金山、天宝山等地。张勋把辫子盘在头上，脱光上衣，手持大刀，立于队伍面前，要其部下与新军决一死战，但终因人马不支大败，逃到徐州。然而，他却又因"镇压乱党有功"，于1912年1月，被清廷委兼两江总督加袭二等轻车都尉。张勋对此感激不尽，更加决心效忠清室。只可惜不久后，清室就被推翻了。1912年2月12日，溥仪宣布退位。张勋听到这个消息后，匍匐在地，号啕大哭，并指天发誓："一定要恢复清室。"其实早在袁世凯就任中华民国临时大总统一年后的1913年（民国二年）4月，张勋就曾图谋拥溥仪复辟，但因为泄密而被迫停止。即使这样，袁世凯还是很重用张勋。1913年（民国二年）9月，袁世凯任命张勋为江苏督军，12月转任长江巡阅使。1915年（民国四年），袁世凯授张勋定武上将军，封一等功。1916年（民国五年）4月，袁世凯让其兼署督理安徽军务，7月又委任其为安徽督军。但是，张勋对袁世凯做大总统并企图称帝仍不满意，还是一心想复辟清室。袁世凯死后，黎元洪继任大总统，段祺瑞出任国务总理，中国陷入了四分五裂的军阀混战之中。以段祺瑞为首的皖系军阀操纵北京政府，控制了皖、鲁、浙等省；以张作霖为首的奉系军阀，控制东三省；以唐继尧为首的滇系军阀控制云、贵两省；以陆荣廷为首的桂系军阀占据广东、广西；以阎锡山为首的晋系军阀占据山西。各军阀为争夺势力范围，各霸一方，混战不休，使政局处于极其混乱的状态。张勋认为复辟时机已到，1916年（民国五年）6月9日，邀集7省军阀代表在徐州开会，订立攻守同盟；9月21日，他又召开第二次徐州会议，正式组成所谓"十三省联合会"，为其复辟做准备。

1917年（民国六年），北洋军阀大总统黎元洪与国务总理段祺瑞因为对德宣战的问题发生了"府院之争"。段祺瑞为加强自己的力量，4月，他以开军事会议为名召集各省督军到北京，指使他们对黎元洪施加压力，并企图强迫国会通过对德宣战。这时，张勋以13省大盟主自居，操纵着督军团的行动。黎元洪和段祺瑞两人本来都看不起张勋，但是当他们迫切需要外援的时候，都把这个怪物当作争相拉拢的对象。他们对张勋有着同样的错误看法，以为其是一个不善玩弄政治阴谋、不会耍弄两面手腕的爽直汉子，都不曾想到这个"老粗"正是以爽直汉子伪装隐藏了其狡诈的本质。张勋对双方采取的手段是快刀打豆腐——两面光。当段祺瑞的来使找他时，他坚决地说，我完全支持段总理；当黎元洪的来使找到他时，他坚决地说，我完全支持黎大总统。其实，张勋的目的是想利用黎元洪赶段祺瑞下台，然后再利用督军团赶黎元洪下台，而后就拥溥仪再登皇位。1917年（民国六年）5月，黎元洪将段祺瑞免职。段祺瑞愤然离开北京赶赴天津，一面唆使北方各省军阀宣布独立，一面唆使张勋领头以武力推倒黎元洪。此时，各地北洋军阀纷纷闹独立，并决心以武力推翻总统与国会。见此情形，黎元洪于6月1日电召张勋到北京调解此事。就这样，时任长江巡阅使、安徽督军的张勋就以"调停人"的身份粉墨登场了。

6月7日，张勋奉黎元洪之命，以调解为名，打着维护京城治安的旗号，率辫子军步、马、炮兵10个营4000余人，由徐州开赴北京。还在途中的时候，张勋就放风说，"必须立即解散国会，否则无法调停。"无奈，黎元洪于12日不得不下令解散国会。6月14日，张勋以"战胜者"的姿态抵达北京。由前门车站到南河沿张勋的住宅，沿途都用黄土铺路，军警警备森严，城楼和城墙上都站着全副武装的辫子军。张勋则头戴红顶花翎，偕同四个部将乘汽车到了神武门，然后换乘肩舆到清室谒见溥仪。张勋在养心殿见到溥仪后，立即行跪拜君臣大礼，口称"奴才恭叩圣安"。溥仪赐坐，同他进行了面谈。完后，溥仪赐宴，并赏以古瓷及名画多件。6月30日晚，张勋又偕同复辟派陈宝琛、刘廷琛二人潜入清宫，召开"御前会议"，驻在城外的"辫子兵"蜂拥入城，占领车站、邮局等要地和通往紫禁城的各街道，发动政变，拥清废帝溥仪复辟。7月1日，溥仪下诏即位，宣布恢复宣统年号，通电全国，改挂龙旗，任张勋为内阁议政大臣兼直隶总督、北洋大臣等职。那些清朝的遗老们纷纷从阴暗的角落里出来，争先恐后地从戏班和旧衣店抢购朝服和朝靴，并要求制作戏装道具的商店用马尾巴做假辫子，他们在北京上演了一场复辟的丑剧。

张勋的倒行逆施，遭到了全国人民的谴责，很多地区群众团体纷纷集合，声讨张勋，通电拥护共和；各地报纸无不"口诛笔伐、痛斥叛国"；孙中山与章炳麟等在上海发表宣言，号召各省革命党人兴师讨逆。这时，企图利用复辟倒黎的段祺瑞，见黎已下台，国会解散，在全国反复辟浪潮的推动下，乘机纠集旧部，于7月3日在天津马厂举兵讨伐张勋，并自任讨逆军总司令。他以段芝贵指挥中央陆军第8师和第16混成旅为东路，沿京津铁路北进；以曹锟指挥中央陆军第3师、第20师为西路，沿京汉铁路北上。随后两路会攻北京，歼灭辫子军。与此同时，讨逆军派人分头联络京奉铁路、津浦铁路有关部门，使其拒运徐州辫子军和参与复辟的奉军冯德麟部入京，以孤立在京张勋部队。4日，段芝贵率第8师由马厂出发，在廊坊与第16混成旅会合后，向北京地区前进。次日，段芝贵部在廊坊西北的万庄同辫子军接战，辫子军不支，溃逃丰台，讨逆军乘胜追击至黄村以北。5日，曹锟所部由保定出发，占领涿州、良乡后，向卢沟桥地区进攻。

真正讨逆的军事行动是从7月6日开始的。这天，讨逆军西路集中于卢沟桥，东路由廊坊开到黄村，在丰台的辫子军便陷于腹背受敌的情势。张勋命令辫子军破坏丰台铁路以阻止讨逆军前进，不过引起了外交团的抗议，他们根据《辛丑条约》中的"京津铁路行车不得中断"的理由，派遣洋兵保护，修理车轨，恢复通车。这一来，对于辫子军是很不利的。张勋在抵抗讨逆军时，自知力量薄弱，只带了辫子军5000人北上，这个兵力只是象征性的，一旦正式作战，就太不够了。为了掩饰自己的脆弱，只好让非辫子军打头阵，辫子军则押后督战。7月7日，张勋派吴长植的第1旅和田有望的第1团开赴丰台驰援，由辫子军第2营押后。结果吴长植和田有望的部队还没有到达目的地，就相互倒戈，驻南苑的第11师李奎元和第12师的刘佩荣旅也乘势将枪口对准辫子军，南苑飞机又飞往丰台向辫子军的阵地投炸弹，同时向清宫的乾清宫和中正殿也投炸弹，在宫中炸死了一个人和一条狗。

辫子军伤亡甚众，在这种情况下纷纷逃之夭夭。第12师师长陈光远由南苑赶到丰台，东、西两路讨逆军便在丰台会师。前线溃退的辫子军匆忙退到北京永定门外，步兵统领江朝宗却下令关闭城门，不许散兵进城，张勋听了大怒，强迫江朝宗开城放进辫子军。这样一来，讨逆军不费吹灰之力，以三战全胜的成果直捣北京城下。东路讨逆军总帅段芝贵的捷报说："逆军委弃辫发及鸦片烟枪很多。"

这时张勋也慌了手脚，他急忙打电报给参加徐州会议的各省军阀，请求他们实现诺言，赞助复辟，停止进攻。张勋在电报中着急地说："前荷诸公莅徐会议，首由张志帅（张怀芝）、赵周帅（赵倜）、倪丹帅（倪嗣冲）、李培帅（李厚基）及诸代表揭出复辟宗旨，坚盟要约，各归独立。故弟带队北上，临行通电，谆谆以达到会议主旨为言。弟之担任调人者，以未得京师根本之地。及弟至津京，犹未敢遽揭出本题，盖以布置未妥，未敢冒昧从事，故请解散国会，听李九组织内阁，并请各省取消独立，皆所以示天下不疑。及事机已熟，乃取迅雷不及掩耳之计，奏请皇上复位……乃诸公意存观望，复电多以事前未商为言。然徐州会议之要约，诸公岂忍寒盟……同属北派，何忍同室操戈……务退飞速赞成，以践前约。"

7月8日，张勋命令辫子军全部退入北京内城，集中在天坛、紫禁城和南河沿张勋的住宅三个地区。然后，张勋命令步兵统领江朝宗派兵防守各城门，原驻北京城外的第1师第1旅张锡元部则乘势攻进了朝阳门。此时，北京城内的局势变得紧张起来。北京警察总监吴炳湘匆匆会见张锡元，要求他退出，说是北京各城门已经由中立的步军统领接管，不会出什么问题。原来张勋的辫子军退入内城后，北京变成了三重势力范围：驻守内城的是辫子军，他们仍然悬挂着五爪黄龙旗。中间是不挂旗的"中立区"，由江朝宗的部队分驻各城门，江朝宗仍用复辟后的九门提督伪职发出安民布告。只是江朝宗既不称中华民国，也不称大清帝国，布告的后面还用阴阳两种日历。城外则是讨逆军，他们飘扬着自己的国旗——五色旗。张勋见大势已去，开始变得焦急起来。他派伪外务大臣梁敦彦到日本公使馆要求日本公使馆保护"皇上"，而这时黎元洪还住在日本公使馆，当梁敦彦见到黎元洪后，即向黎元洪请罪。张勋的这个打算自然是破灭了。于是他又想纵火宫室，挟"幼主"出齐化门"西狩"热河。这种方式在中国历史上出现过多次，在当时确实也有效，但现在这种社会背景下自然是行不通了。这时，北京各城门布满了半月形的沙袋，南池子张勋的住宅门外架起了机关枪，市区的商店关门闭户，老百姓整天惶惶不安，因为他们害怕辫子军又像1913年（民国二年）洗劫南京那样洗劫他们。但张勋并不是一个完全不识时务的人，他认识到北京的外国人很厉害，所以辫子军完全不似当年在南京那样烧杀劫掠，居然不敢动民间的一草一木！

讨逆军没有积极地进攻北京城，这一点是很值得赞赏的，因为他们怕巷战后让这座古城毁于炮火，所以段祺瑞打算通过外交途径来解决这一切。在7月8日那天，段祺瑞就派人入城和外国公使接洽，请他们转达张勋，提出了四项停战条约：取消帝制；解除辫子军武装；保全张勋生命；维持清室优待条件。同时，他还派人入城办理遣散辫子军的有关事宜。张勋听到段祺瑞提出的四项办法后，用了四句歌谣来作答复，他说："我不离兵，兵不离械，我从何处来，我往何处去。"各国公使推荷兰公使为代表，把讨逆军的条件转达给张勋的伪外交部，力劝张勋接受，并表示各国愿意承认张勋为国事犯而加以保护。这时的张勋还打了一个如意算盘，他想通过外交关系，率领辫子军安全地退出北京，回到徐州。同时，他和雷震春等人联袂向溥仪提出辞呈，并发表伪谕，以徐世昌组阁，在徐世昌未到达北京之前，由王士珍代理。另外，他还通电北洋派各大人物："复辟一举，声气相求，吾道不孤，凡我同胞各省多预共谋，东海（指徐世昌）、河间（指冯国璋）尤为赞许，信使往返，俱有可征。前者各省督军聚议徐州，复经写及，列诸计划之一……本日请旨以徐太傅辅政，组织完全内阁，召集国会，议定宪法，以符实行立宪之旨。仔肩既卸，负责有人，当即面陈辞职。其在徐太傅未经莅京以前，所有一切阁务，统交王聘老（指王士珍）暂行接管。一俟诸事解决之后，即行率队回徐。"张勋万万没想到，参加徐州会议的那些督军们，竟然用"拖"和"等着瞧"的态度来看他唱独角戏。张勋之所以把北京的事完全推给徐世昌和王士珍，他认为这两个人，一个是北洋派的元老，一个是北洋派的重臣，由他们出来负责，北洋派的人会服些。同时，他直觉地认为北洋派并不反对复辟，而是反对他一个人包办，如今他把北京的善后交给徐世昌和王士珍，北洋派的人自然不会赶尽杀绝，会放他一条生路，让他回到徐州。他的确很痛心，深深地感到自己被一些军阀出卖了，因此，他觉得不论维持"大清帝国"或者恢复中华民国，都让徐世昌之流去搞，自己还是尽早脱离北京这个是非窝为佳。张勋一再打电报，叫"相国"到北京来辅政，这个时候徐世昌怎么还会跳火坑呢！不过，他依然表现出对清室的关心，在给张勋的信上说："复辟一举，张绍轩以鲁莽灭裂行之。方事之殷，早知无济。现在外兵四逼，张军已不能支。目前第一要义，则为保卫圣躬，切不可再见外臣致生意外……优待一事，自必继续有效。昌在外已屡设法转商前途（注：此处指逆军），仍当竭力维持，以尽数年之心志。俟京中略为安宁，昌即来京，共图维系。"

这时，全国各地一片骂张勋背叛民国之声，从前参加徐州会议的人也没有一人出面替张勋说话。7月8日这天，只有曾经做过袁世凯重要幕僚的阮忠枢发信给徐世昌，要他尽力设法保全张勋的生命、财产。7月9日起，讨逆军联合近畿的北洋军，兵临北京城下。讨逆军第1师在安定门、广渠门、朝阳门外，第13师在西直门外，第11师的一部分在永定门外，第3师、第12师的一部在彰义门外，第11师、第12师的另一部在西苑，对北京采取了大包围。奉天第28师师长冯德麟本来投奔张勋，拥护复辟，眼见情势不对，想溜之大吉，不料才逃到天津，就在火车站被讨逆军拿获。7月10日，雷震春、张镇芳、梁敦彦也从北京逃出，在丰台车站被捕。雷震春和张镇芳都是袁世凯称帝时的宠臣，如今参加复辟，当时有人称他们为"双料帝制犯"。他们要求打电报给在徐州的倪嗣冲，可是电报也被扣留下来。唯有康有为，把自己打扮成一个古朴的乡下老农，偷偷地逃过了沿途的军警监视哨。他的财产在戊戌政变时被查封，民国3年（1914年）的时候发还，这次又被查封了。最可笑的是，伪邮传部副大臣陈毅在黄村车站被捕，当地驻军叫剃头匠剪去他的辫子，要他写了一张保证书："具结人陈毅，因参加复辟被捕，蒙恩不究，从此永不参与复辟，如违甘领重究。"写完才放他回天津，当时报上给他刊了一副对联："不死万事足，无辫一身轻。"这天，张勋发出一个通电痛斥北洋派人物的背信弃义，出卖朋友。他在通电中说：北洋人物，翻云覆雨，出于俄顷，人心如此，实堪浩叹……7月11日，外国记者到南池子张勋住宅会张勋。此时，这位反其道而行的辫子大帅还态度镇静，跟外国记者们从容谈话。他对外国记者说，复辟一事不是我独断独行，我只是执行北方各省督军们的共同主张，冯国璋有亲笔信在我手中，而段芝贵和徐树铮怂恿我，段祺瑞不能说是不知情的，我有他们签名的文件在手，我必要时会公布的，我决不会向他们投降。而此时讨逆军虽然把整个北京城包围起来了，但想不战而胜，尽量避免在北京城内用兵。所以9日到11日，讨逆兵一方面由汪大燮、刘崇杰通过外交团从事和谈，另一方面敦促王士珍从中奔走，只是张勋的态度很顽强，自恃有北洋派拥戴复辟的文件在手，所以坚持不缴械，一定要自己带辫子军回徐州。

由于和平解决无望，讨逆军决定攻城，汪大燮和刘崇杰找外交团商谈攻城计划。外交团仍推荷兰公使答复讨逆军，同意攻城时间以12日凌晨4时至晚上12时为限，大炮只许放实弹一发，其余则以空炮威胁辫子军投降。讨逆军是在 11 日晚间决定了作战计划，以第 1 师进攻朝阳门，攻入城内后，即继续向南河沿的张宅进攻；第 8 师、第 11 师、第 12 师各由永定门、广安门进攻天坛；第 3 师由彰义门进攻天坛及中华门。12 日晨，第 3 师进攻天坛，守天坛的辫子军约 3000 人，还没有接触，辫子军就挂起了五色旗表示投降。一小部分不肯投降的辫子军退往南池子张勋住宅。讨逆军团攻势开始，一切都很顺利，主要是由于辫子军完全失去了斗志，讨逆军东路由朝阳门攻进东单牌楼及东安市场，西路由宣武门向北到西华门，残余的辫子军被迫集中到南池子一隅。占领宣武门的讨逆军，在城楼上架设了大炮，炮口对准天安门和南河沿的张宅。就在这时，又传来了辫子军徐州老巢的消息，张勋手下第一大将、留守徐州的张文生，率领定武军第 64 营通电投降。张文生是沛县人，与丰市的李厚基同为苏北籍的北洋军阀。定武军在徐州投降后，头上的辫子都完全剪光，他们的投降使得在北京的辫子军更加绝望。宣武门的大炮在 12 日中午发了一弹，把南河沿的张勋住宅墙头打了一个大洞，而且引起了剧烈的震动和一片火光。护卫"大帅公馆"的辫子军纷纷弃械剪辫而逃。就在这兵荒马乱的时候，张勋被两名荷兰人挟上了汽车，疾驰到荷兰公使馆。北京城内留下的是遍街可见的辫子，因为辫子军逃亡时，剪掉辫子才安全。前几天，辫子军代表通行证和取物证，代表特权，好似一道灵符，乘车可以不买票，上戏馆也不要戏票，买东西更不需要付钱，调戏妇女也好像很应该。而今则是留辫子就要遭殃了，所以辫子便毫不留恋地被遗弃在街头巷尾。

这是讨逆军的第二次战争，也是最后一战，辫子军死了不到 100 人，其他则是逃之夭夭了。在讨伐张勋的军事行动中，曾有空军助战，这也是中国内战史上第一次使用空军。轰炸清宫的人是段祺瑞的讨逆军派出的南苑航空学校校长秦国镛，他驾机在清故宫上空投下了三颗炸弹。溥仪在回忆录中说：宫中掉下讨逆军飞机的炸弹，局面就完全变了，磕头的不来了，上谕没有了，大多数的议政大臣没有了影子，纷纷东逃西散，最后只剩下了王士珍和陈宝琛……把聚在那里赌钱的太监们吓了个半死。7月14日，段祺瑞由津入京，以"再造民国"功臣自居，重掌北洋政府大权。黎元洪通电下野，推举冯国璋继任大总统。

北京政变

1924年（民国十三年）10月21日夜晚，著名爱国将领冯玉祥的大军正在从古北口向北京城进发，张俊声指挥部队冲在最前面，他以接运给养为名，押着暗藏武器的大车向北京城急驰。

而此时，北京城却出奇地安静。集第13师师长兼任京畿卫戍司令和步军统领于一身的王怀庆，是正儿八经的北京御林军头目，他的部队是保卫北京的主要警卫部队。但就在前不久，他却在冯玉祥的建议下，由曹锟指令，到前方打仗去了。此时，担任守城任务的警卫部队首领是孙岳（第15混成旅旅长兼京畿卫戍副司令），他是在冯玉祥的建议下由西北过来的。对于城外的急行军，孙岳及他的守城卫戍部队是心知肚明的，他们也在等待着这一时刻的到来。

22日凌晨，张俊声所率先头部队悄然到达北京城内的旃檀寺后，白天他们并没有出门，只派了部分侦探作好侦察等准备工作。夜间 11 时他们才开始行动,然后向四下分散,分别占领了电报局、电话局和车站等交通和通信机构。

这时,历史的焦点聚集在了爱国将领冯玉祥的身上。

在北洋军阀中,冯玉祥是一个进步人物。他反对内战,主张团结、洗雪国耻。他也是国民军的主要创立者和领导者。冯玉祥,原名科宝,按族中基字排行,又名基善,号焕章,祖籍安徽巢县(今安徽省巢湖市)竹河村。他是中国近代历史上一位杰出的爱国主义者、坚强的民主战士、中国共产党的长期合作者,他的一生经历许多坎坷、曲折的道路。他父亲出身于泥瓦匠,后来从军,没多久,便任下级军官。光绪八年(1882年),冯玉祥出生于他父亲部队的驻地直隶(今河北)青县。后来,冯玉祥父亲调到河北保定服役,于是他们全家迁到保定的康格庄。因为冯玉祥家贫,生活艰难,故他从小就尝尽了生活的苦难,自六七岁开始就从事拔麦子等田间劳动。

光绪十七年(1891年)秋,冯玉祥入私塾读书。冯玉祥11岁那年,也就是光绪十八年(1892年),迫于家庭的贫困,他在清朝新建的练军中补了名"恩饷",冯玉祥这个名字也就是在补兵时管带随手而写的。这样他就可以领取一份饷银,但由于年幼,就没有随部队操练。光绪二十二年(1896年),冯玉祥正式入伍,开始了他的戎马生涯。这一年他才14岁。冯玉祥入伍后,他认真操练,积极自学,所以升迁很快。光绪三十一年(1905年),冯玉祥娶协统陆建章的内侄女刘德贞为妻。宣统二年(1910年),冯玉祥升任北洋新军第20镇第40协第80标第3营管带(即营长)。这时的冯玉祥已经看过《嘉定屠城记》《扬州十日记》等书籍,并逐渐产生了反清的思想。

辛亥革命爆发前，冯玉祥与同在第 20 镇任管带的王金铭、施从云、郑金声等一批年轻军官发起组织"武学研究会"，联络同志，从事秘密革命活动。宣统三年（1911 年）春，革命党人决定利用秋操发动起义，冯玉祥与王金铭、施从云等人商定届时起事。但是由于武昌起义爆发后，秋操被取消，各部队仍然回到原驻地，而当时留在滦州的只有王金铭、施从云和张建功三个营。这年的 11 月 30 日，白毓昆由天津赴滦州联络王金铭、施从云等人，并商定于 1912 年 1 月 2 日举行起义，成立北方革命军军政府。他们还派人到冯玉祥驻地海阳镇与冯玉祥密商，决定按白毓昆等人的主张，等到烟台民军到达秦皇岛后，滦州与海阳同时起义。但这时的清政府对京奉沿线的革命活动已经有所察觉了。情况十分紧急，王金铭不得不提前起义，于 12 月 31 日单独在滦州起义。1912 年 1 月 3 日成立北方革命军军政府，推王金铭为大都督，施从云为总司令，冯玉祥为参谋总长，白毓昆为参谋长。清政府采取了缓兵之计，派通永镇守使王怀庆前去劝慰。王怀庆先佯装赞同起义，后来与第三营营长张建功串通乘机逃脱并率部阻击起义军，但没有取得胜利。于是王怀庆又诱骗王金铭、施从云前去议和。王金铭等人没有任何戒心。当他们到达时，早已埋伏在那里的士兵将他们拘捕，并很快就将他们杀害。起义宣告失败。起义虽然失败了，但却成了冯玉祥生活道路的一个新开端。他发誓："继续死难同志的遗志，推翻万恶的清政府。"

由于冯玉祥在海阳未能得到提前起义的信息，所以没有行动。起义失败后，冯玉祥被标统范国璋软禁，后来又被递解回原籍，途经北京时幸被陆建章搭救，回到了保定暂住。1912

年2月,冯玉祥来到北京投奔陆建章。当时陆建章奉袁世凯之令正在编练左路奋补军第5营,于是委任冯玉祥为前营营长。冯玉祥亲自赴景县招募新兵。从这个时候起,他以亲兵、爱兵为主,从严治军的带兵风格开始形成。在这批新兵中以农民、工人及小贩居多,素质较好,其中佟麟阁、冯治安、孙良诚、孙连仲、刘汝明、韩占元、曹福林、石友三等人后来都成了他的重要将领。冯玉祥在北京附近以自己的办法训练部队,除了正规训练外,他还编了800字的课本,让士兵学习文化;编了《精神书》《国耻歌》等,使士兵受到了道德、爱国和军纪教育。1913年(民国二年),左路备补军改编为京卫军,冯玉祥升任左翼第1团团长兼第一营营长。这一次,冯玉祥又亲自到河南郾城招新兵。这批新兵中,有吉鸿昌、梁冠英、田金凯、程心明、赵选廷等人,后来也都成了冯玉祥部队的重要将领。冯玉祥早就对基督教产生了信仰。他在北京练兵时,住在齐化门内丰备仓,常去崇文门内的教堂听讲道,并接受了由刘芳牧师主持的基督教洗礼,成了一名基督教徒。后来冯玉祥将基督教引入他的部队中,并经常请基督教牧师为官兵们讲道和施行洗礼。他自己有时也去教堂讲道。冯玉祥被人称为"基督将军"。

1914年(民国三年)4月,袁世凯命令陆建章剿办白朗。陆建章命令冯玉祥率部入陕西,参与剿办。在陆建章的扶植下,冯玉祥部队先后改编为京卫军左翼第1旅、第7师第14旅和中央直属第16混成旅,都是以冯玉祥为旅长。第16混成旅辖步兵2个团、炮兵1个营、骑兵1个营、机关枪1个连,共五六千人。冯玉祥为了培植下级军官,选拔识字的优秀士兵编成"模范连",以李鸣钟为连长,刘郁芬、蒋鸿遇、宋子扬等人为教官，除了进行基本教练、拳击、劈刀等训练外，还设有战术原则、应用战术等科目。1915年（民国四年）5月7日，日本政府向北洋政府提出最后通牒，迫使袁世凯承认"二十一条"。冯玉祥以此为奇耻大辱，他命令官兵们在皮带上嵌上"五月七日国耻纪念"等字。8月，冯玉祥受命率部到四川阆中，到达阆中后，他收到了王士珍领衔、由北洋军旅长以上军官署名的拥护袁世凯称帝的电文，要求冯玉祥签署。由于冯玉祥反对帝制，所以他没有签名。12月，蔡锷等在云南组织护国军，发动护国战争。刘云峰率领一部护国军进攻四川叙府（今宜宾），守军溃败。陈宦调冯玉祥防守泸州，并委任冯玉祥为防泸兼攻叙总司令。冯玉祥到达泸州后，利用蒋鸿遇与刘云峰的同乡关系，派蒋鸿遇去与刘云峰接洽议和。刘云峰立即表明态度，以完全缴械为条件，冯玉祥不愿接受，和议未成。这时，陈宦频频下命令攻打叙府，冯玉祥于是下令攻打叙府。1916年（民国五年）3月1日攻克叙府后，冯玉祥随即与刘云峰达成了局部停战的协议。与此同时，冯玉祥电告陈宦，劝他宣布独立，并将叙府防务交护国军接收。陈宦此时正处于手握重兵的袁世凯心腹、重庆镇守使周骏等人的威胁下，并且没有可靠的部队，故犹豫不决。思虑一番后，陈宦电告冯玉祥，请他率部到成都共商大局。冯玉祥立即率部队由自流井开赴成都。经冯玉祥劝促，陈宦终于于5月22日宣布独立，给袁世凯以沉重的打击。而这时的冯玉祥部队也改称护国军第5师，扩充了一个团的兵力，由冯玉祥在第20镇时的旧部下张之江、鹿钟麟分别担任团长、营长。

1916年（民国五年）6月袁世凯死后，冯玉祥率部离开四川回到陕西，随后又奉命率部到河北廊坊驻扎，并恢复了第16混成旅的番号。正当冯玉祥在廊坊认真练兵时，段祺瑞命令第16混成旅抽调一个团赴甘肃驻防。冯玉祥以部队分散两地难以兼顾为由，请调全旅前往。1917年（民国六年）4月1日，段祺瑞以冯玉祥违抗命令为由，免去冯玉祥第16混成旅旅长之职，调任正定府第6路营巡防统领。冯玉祥的部下发电请段祺瑞收回成命，没有获得批准，但冯玉祥与其部下的联系始终没有断过。1917年（民国六年）7月，张勋拥溥仪复辟。第16混成旅参谋长、团长和营长邱斌、张之江、李鸣钟、鹿钟麟等乘旅长杨桂棠到北京谒见张勋的时机，迎冯玉祥回旅主持反对复辟之事。7月5日，冯玉祥在天津通电拥段祺瑞为讨逆军总司令。6日，冯玉祥发出讨伐张勋的通电。段祺瑞为了利用第16混成旅，于是不得不任命冯玉祥为旅长。7日，冯玉祥回到廊坊指挥作战。冯玉祥与讨逆军其他各部进攻北京，敌军溃退，张勋逃避荷兰公使馆。14日，冯玉祥通电请求惩办复辟祸首，主张取消优待清室的条例，但段祺瑞没有理睬。11月，冯玉祥部开抵浦口，因为他历来反对打内战，即停止了前进。

1918年（民国七年）1月，段祺瑞又调冯玉祥部援湖南。冯玉祥拖延至2月才率部沿长江西上，到武穴后再次停兵不进，并于2月14日、18日先后两次通电主和。孙中山阅报见18日电后，于3月4日致函冯玉祥表示赞佩。段祺瑞于是调大军包围冯玉祥部队，并免去他旅长的职务，交曹锟查办。曹锟派孙岳前去劝冯玉祥。同时，曹锟电请段祺瑞准冯玉祥革职留任，戴罪立功。段祺瑞怕事情闹大，也就不再追究。冯玉祥部队于3月下旬离开武穴经石首、津市向常德开进，未经大战于6月3日占领了常德。不久，冯玉祥恢复了原职并兼任湘西镇守使。直皖战争以后，直奉军阀控制下的北京政府于1921年（民国十年）5月任命阎相文接替陈树藩督陕。阎相文率其第20师、吴新田的第7师及冯玉祥的第16混成旅到达陕西。冯玉祥在打败陈树藩军后以战功扩编为第11师，并升任师长。8月，阎相文自杀身亡，北京政府任命冯玉祥继任督军。陕西靖国军领袖胡景翼与冯玉祥联络，受到冯玉祥的欢迎。1922年（民国十一年）4月28日第一次直奉战争爆发，冯玉祥奉吴佩孚之命出兵，所部李鸣钟旅开赴保定，攻击奉军后路大捷。冯玉祥则任后方总司令，坐镇洛阳。

经过直皖战争和第一次直奉战争，直系军阀单独控制了北京中央政权，直系军阀首领吴佩孚在北洋军阀中成为继袁世凯、段祺瑞以后的突出人物。1922年（民国十一年）5月15日，长江上游总司令孙传芳在吴佩孚的指使下，通电主张恢复1917年（民国六年）被解散的旧国会，请黎元洪复职补足总统任期。19日，曹锟、吴佩孚及直系各督军联名发出征求恢复旧国会意见的通知，得到了许多军阀和政客的响应。28日，孙传芳又通电要求南北两总统孙中山和徐世昌同时下野。直系企图借所谓"恢复法统"拔去孙中山护法的旗帜，使南方护法军政府失去存在的依据，同时想利用黎元洪赶走徐世昌，建立一个由直系控制的、所谓"全国统一的"、"合法的"过渡政府，然后操纵国会选举曹锟为大总统。6月1日，旧国会部分议员在天津开会，宣布国会"恢复"。2日，徐世昌被迫辞职。11日，黎元洪到达北京任职。8月1日，旧国会在北京正式开会。就在直系筹备让黎元洪复职的同时，也有皖、奉系等军阀反对。6月3日，皖系军阀卢永祥通电反对黎元洪复职。在通电中卢永祥指出：黎元洪法定任期终了，"早已无任可复"。5日，淞沪护军使何丰林通电响应卢永祥。15日，卢永祥邀集浙江省议会及各团体举行联席会议，宣布废除浙江督军。会议决定改督署为浙江军事善后督办处，并推卢永祥为军事善后督办。20日，卢永祥宣布浙江省境内不受任何方面非法干涉。皖系卢永祥变相地宣告独立。同在6月3日，奉系军阀张作霖宣布东三省自治。同时，东三省议会选举张作霖为东三省保安总司令。4日，张作霖宣布就职。7月3日，张作霖召开东三省军事会议，决定对北京政府持中立态度，不接受任何方面之命令及调解，并积极整军经武，准备新的战争。

1923年（民国十二年）6月，直系军阀发动了驱逐黎元洪的政变，不久就开始了贿选活动。北洋军阀直系首领曹锟以贿选手段篡窃大总统地位之后，北京政府就完全被直系所把持。吴佩孚想利用中央权力，借口统一军权，以推行他的排除异己、武力统一政策。当时，直系的势力范围已经由黄河流域发展到长江流域，吴佩孚为了实现他的武力统一梦想，更进一步地策动川、黔等军攻掠四川，勾结陈炯明、沈鸿英等牵制广东，而对于东北的张作霖，则派兵把守赤峰、朝阳、山海关一线，以阻止其进入关内。这时的吴佩孚已经是意气骄盈、野心勃勃，大有雄视中原、威加海内的气概。但是，与此同时，不利于直系的种种因素也在日益发展着。在直系内部，由于吴佩孚的飞扬跋扈而各怀异心，逐渐分化成为津、保、洛三派。津、保两派在拥曹锟抑吴佩孚的谋划之下，暗中活动，处处与吴佩孚作对。后来，津、保两派又因吴景濂与高凌蔚争夺内阁总理的问题，发生了矛盾。直系以外的各方面，在曹锟和吴佩孚的压迫下，也在积极地寻求应付和反抗的对策。如直奉战争失败后的张作霖，锐意整顿军备，企图卷土重来。浙江的皖系卢永祥，因为处于直系势力的包围之中，也想谋求自存和发展的出路。而在广东领导国民革命的孙中山，还在曹锟就任贿选总统的时候，就已经通电声讨曹锟，反对贿选政府，并且与张作霖、卢永祥取得了联系，共同进行"倒直运动"。孙中山、张作霖和卢永祥虽然政治主张不同，但在当时的情况下却有着一个反对直系的共同目的。孙中山之子孙科、张作霖之子张学良和卢永祥之子卢小嘉在沈阳集会，举行了所谓的"三公子会议"，形成了孙、张、卢反直阵线的三角同盟。吴佩孚的武力统一政策虽然遭到了各方面的反对，但是他穷兵黩武的野心并没有因此而受到影响。为了先发制人，把反对势力各个击破，他首先策动陈炯明等进攻广州，并勾结英帝国主义唆使广州商团叛变，以牵制孙中山的北伐。同时，他还指使齐燮元、孙传芳夹攻浙江的卢永祥，以肃清在东南仅存的皖系残余势力。1924年（民国十三年）9月3日，江浙战争爆发。同日，卢永祥发出讨曹通电。因为张作霖与浙江的卢永祥有同盟关系，张作霖通电声援卢永祥，并将所部编成战斗序列，待机出动。吴佩孚也由洛阳到北京部署军事，第二次直奉战争已经到了一触即发的时刻。正是在这个紧急的关头，在孙中山、张作霖和卢永祥三角同盟之外，在直系势力范围内也形成了冯玉祥、胡景翼、孙岳等联合反吴的三角同盟，对吴佩孚构成了极大的威胁。一场政变在逐渐酝酿和发育着。

冯玉祥见到北洋军阀的腐败情形常常流露出不满的情绪，以致遭到北洋军阀上层人物的歧视和猜忌。又由于他有着倔强的性格，对他的上级时有违旨抗命的行动，更为当权人物所嫉恨。他在皖系曾受到徐树铮等人的排挤，到了直系又遭到了吴佩孚的压制。不过，冯玉祥对吴佩孚并不肯俯首听命，在扩编队伍、催索饷项等问题上时常产生抵触。

1924年（民国十三年），吴佩孚50岁生日。当时各方人士前来祝寿，礼物唯恐不丰，全是些阿谀奉承的话。唯独冯玉祥以清水一缸为礼，意思是君子之交。吴佩孚虽然表面上很高兴，实际上心里却十分不是滋味。

在第一次直奉战争中，冯玉祥因援助直系击败奉军而任河南督军一职，但吴佩孚在发表冯玉祥为河南督军命令的同时，也发表了宝德全为河南军务帮办一职的命令。宝德全在冯玉祥与赵倜作战时，曾经通电对冯玉祥进行攻击，并在郑州以北袭击冯玉祥军的后路，当时形势十分危急，幸亏胡景翼部队由陕西及时赶到增援，最终将宝德全的部队击退。

吴佩孚知道宝德全与冯玉祥有隔阂，所以力荐宝德全为河南军务帮办，其用意在于对冯玉祥起到牵制作用。而冯玉祥是那种天不怕地不怕的人，只要他看不习惯的，或是他认为做得不对的，就是上级都敢顶撞。冯玉祥到了开封，立即就将宝德全枪决了。吴佩孚来电询问宝德全死亡的有关情况，冯玉祥则说，还没有与宝德全见面，宝德全已经被乱军打死。冯玉祥还未到职的时候，吴佩孚就将与自己有关的人开列名单，向冯玉祥推荐担任督署各重要职务，仅留秘书处长一职由冯玉祥自己支配任用。冯玉祥对着他的左右说："这样办，还要我这个督军干什么！"于是他将吴佩孚推荐的人予以拒绝。

也是在第一次直奉战争时，因为京汉铁路军情紧张，冯玉祥曾经派李鸣钟旅北上应援。战事结束后，吴佩孚即拟将李鸣钟旅扩编成师，留驻保定，企图使其脱离冯玉祥的节制，以削弱冯部的力量，但因李鸣钟旅以冯玉祥坚决反对而没有达到目的。吴佩孚一直把河南当作自己主要的根据地之一，冯玉祥任河南督军后，曾经拒绝吴佩孚更换省长，并且拒绝由地方拨款，这些都引起了吴佩孚的极大不满。特别是冯玉祥在河南将他的第11师大加扩充，积极训练，更是成了吴佩孚的一块心病。这一切都是吴佩孚不能容忍的。

正是在这种情况下，冯玉祥任河南督军不到半年，北京政府即在吴佩孚的提议和威逼之下，将冯玉祥调任为徒具虚名的陆军检阅使兼西北边防督办，移驻北京南苑。陆军检阅使署又称七营房，坐落在北京南郊的南苑机场内。这里曾经是清朝驻兵之处。冯玉祥迫于当时的形势，不得不遵命来京。当时吴佩孚拟将冯玉祥第11师的5个补充团全部留在河南，幸亏冯玉祥得到了自己的老领导、陆军总长张绍曾的支持，张绍曾一是念着旧日的关系，一是想利用冯玉祥的实力作为自己的政治资本。

1922年（民国十一年）11月3日夜至4日午间，冯玉祥不顾吴佩孚的阻拦，全部将部队运到北京。吴佩孚没有能在编制上削弱冯玉祥，又企图在军饷上制服他。冯玉祥部队刚调到北京时，吴佩孚原来答应每月由河南协助军饷20万元，但当他到北京后，吴佩孚却不履行诺言。北京政府不能按时拨付军费，使冯玉祥部队官兵饷项没有着落而陷入极端困难的境地。

冯玉祥写下了他的深刻感受："吴佩孚此次将我调职，其用意即要置我于绝境，使我们既不饿死，亦必瓦解。"

冯玉祥在北京南苑处于困境的时候，革命家李大钊曾到南苑与他商谈对策，并向他介绍苏联十月革命的情况和中国南方革命的形势等，使冯玉祥受到启迪。冯玉祥当时十分兴奋地说："教授一夕谈，胜读十年书。"

对于吴佩孚施加的种种压力，冯玉祥是绝不屈服的。他当时的处境极为不利，加之陆军检阅使是个无事的闲差，于是他就在北京南苑埋头练兵，积极扩充队伍，严格加强训练，将他的军队训练成为当时战斗力最坚强、纪律最严明的一支队伍，这是他治军历史上的成熟时期和黄金时代。这时的冯玉祥部队已有第11师第21、第22两个步兵旅（辖4个团）、1个炮兵团、1个骑兵团。另外，还有第7、第8、第25 3个混成旅，各辖3个团。冯玉祥部队共约3万人。除第7混成旅驻通州、第32旅的1个团驻北京城内外，其余部队都驻在南苑。军中设有教导团、高级教导团、学生团培训军官和军士，又设有电学练习所，培养掌握有线、无线和电报的士兵。此时的冯玉祥部队成了真正能控制整个北京安全的警卫部队。

冯玉祥练兵俗称西北军练兵。练兵的方法，大体上虽然沿袭了北洋军队的那一套老办法，但由于冯玉祥是从最基层的普通士兵成长起来的，对于单人和班、排、连的制式教练与战斗教练，他都非常精通。而且由于他带兵的方法是以亲兵、爱兵为主，并经常深入军队基层，考察军队教育以及生活实况，所以他的练兵，也就在实践中搞出了一套切合实际的、独特的、行之有效的办法。西北军的人事制度，比一般军队的要严格，他们都是从兵士中选拔军士，从军士中选择军官，而且都以学科和术科考试与平日服务的成绩好坏来作为选拔的标准。这也是维系兵士的一个重要条件。冯玉祥很讲究练兵的方法。一般的训练仍包括学科与术科两种科目。其学科按士兵与不同级别官佐规定不同的要求。正副目应学的科目有军人教科书、八百字课、各兵种教科书、简明军律、军人教育、精神书、军歌；正副目应学的科目除以上科目外，另加军士战术、军士勤务；初级军官再加初级战术、军人宝鉴、军人读本、典范令、曾胡治兵语录、《左传》摘要；中级军官又再加高级战术、兵器学、欧洲战史、国文以及《易经》《书经》等经书、子书选读；高级军官则组织各种研究会，从事专门研究。

冯玉祥带兵以身作则、吃苦在前享受在后。冯玉祥对军官、军士讲："你要善于练兵，必须先要善于带兵。"他主张官兵共同生活，共同劳动。官长除营长以上有小灶外，连级军官一般都同士兵同吃同住。穿的方面，从冯玉祥以下，不论级别，军官一律与士兵一样，同穿布衣。冯玉祥本人和高级军官在吃、穿、住三方面也都简单朴素，不像其他北洋军队高级军官过着与士兵悬殊的生活。冯玉祥经常在深夜带着随身警卫人员，直入兵营，不许营门卫兵和各连的岗兵声张，不准向他们的官长报告。他到兵棚子里躺下睡觉，从士兵暗中谈话中，了解各级军官的带兵好坏，以及在学术科教育方面和生活方面有什么意见。冯玉祥特别关心官兵的疾苦和生活。他经常亲自到医院慰问伤、病官兵，照顾阵亡官兵家属，每逢年节，常派人慰问官兵家属等。冯玉祥还进行官长以身作则的教育：士兵会的，官先会；士兵遵守的，官先实行；士兵未吃不先吃，士兵未睡不先睡；吃苦在前，享乐在后。正是冯玉祥对军队严格的要求及自己很好地维系了军心，才使自己的军队不断壮大。

不过，驻守在北京的冯玉祥没有只顾埋头练兵，同时也注意和各方面的联系与合作。早在滦州起义的时候，他就和南方革命力量有了联系，后来又结识了许多国民党人士，由于受到他们革命宣传的影响，对于孙中山领导的国民革命日益加深了向往之情。同时，孙中山和国民党也抓紧了对冯玉祥的工作。还在1922年（民国十一年）的时候，国民党北方特派员王用宾回到广东向孙中山提出"极力发挥北伐非北军自伐，革命非中央革命不可"的意见，"极蒙赞成"。同年，冯玉祥教友马伯援奉孙中山之命赴陕西访问冯玉祥、胡景翼时，就"谈冯胡合作，实行北方革命计划"。1923年（民国十二年），孙中山、张作霖、卢永祥三角同盟形成，孙中山曾派人将联合张、卢二人的情况告知冯玉祥，并促他早日发动倒直行动。同年10月，冯玉祥的教友到广州向孙中山力陈"中国革命，尤其北方革命，非他（指冯玉祥）不可，且他的行为与热心，已感动了陕军胡景翼，冯胡必合作革命，请先生北上"。孙中山说："你的计划，有许多可行的"，"倘冯胡等决心，我无别的方案时，也只得尽我的力量去干，我实在希望你的计划实现"。孙中山还说："你和徐谦从速着手此事。"

1923年（民国十二年）12月，马伯援再次奉孙中山之命访问冯玉祥。在北京南苑冯玉祥军营内，马伯援对冯玉祥说："现在广东方面情况还算可以，中山先生对你寄予了很大的希望！"冯玉祥说："我近日正在读俄国宪法，总觉今日之中国，宵小当国，非彻底改革不可以图存。"马伯援叹了口气说："是啊！"冯玉祥接着说："目前直系兵力数倍于我，如冒险盲动，必遭失败，待时机到来，我一定有所举动，请将此意转达中山先生及季龙（即徐谦）。"

1924年（民国十三年）1月，孙中山派大富豪、山西督军阎锡山参议孙祥熙将自己亲笔写的《建国大纲》赠给冯玉祥。冯玉祥细细读了两遍，不禁自言自语地说了起来："太好了，太完全了。"他心中不禁涌起了一种对革命的钦慕之情。这时的冯玉祥政治态度已经日益倾向于革命方面，并且看到反直阵线已经形成，更加增强了推翻直系军阀集团的决心。

冯玉祥除了积极训练军队以加强军事力量外，还积极地争取同盟，与北方将领孙岳、胡景翼等取得秘密联系。其实，冯玉祥、胡景翼、孙岳的结合并不是偶然的。由于他们有着类似的遭遇，在政治上有着共同的诉求，一旦时机成熟，采取一致的行动也是情理之中的事。冯玉祥与孙岳的关系，是从滦州起义前就开始了。在长期往来中，他们不但私人情谊很深，而且在政治上也有共鸣。孙岳早年就参加了同盟会，辛亥革命时任第三镇中校参谋，当时他正与南方暗通消息，并与滦州驻军军官王金铭、施从云和冯玉祥等密谋起义。后来，孙岳又一度去陕西，并与陕西国民党人胡景翼相结交。直皖战争中，孙岳兼任直隶督省义勇军总司令。战争结束后，因受到吴佩孚的压抑，仅任第15混成旅旅长兼大名镇守使之职。孙岳对吴佩孚的骄横专擅，早已心怀不满，每次见到冯玉祥时，总是牢骚满腹，对国家前途和个人的遭遇，感到悲观失望。这些，冯玉祥都看在眼里记在心头。

1924年（民国十三年）9月10日，孙岳亲自到北京南苑为冯玉祥新建的昭忠祠落成致祭。孙岳对冯玉祥感慨地说:"民国虽成立不过十多年,但这里却已经躺下了这么多战士。"冯玉祥显得有些沉重地说:"他们为国捐躯,落得一个忠字,也算不朽了。"孙岳有些激动地说:"都是忠义好汉啊!都是精魂忠骨啊!"这时,冯玉祥笑着和孙岳打趣道:"他们死了,能得忠骨之称;孙二哥,将来你百年之后,人们应该怎样称道于你呢?"孙岳也笑着答道:"那不用问,像我目前这样干法,在真正的革命党看来,还不是一个不折不扣的走狗?"冯玉祥紧接着说:"你既统兵数千,坐镇一方,为什么甘心做人家的走狗?"孙岳听了冯玉祥的话哈哈大笑起来。他对冯玉祥说:"我算什么,还有那带着三四万人的,不也是做着军阀的走狗而无可奈何吗!"冯玉祥严肃地对孙岳说:"目前闹到这局面,我想稍有热血良心的人,没有不切齿痛恨的。我所统辖的队伍,虽然名为一师三混成旅,但实际上不到三万支枪,在这样的情况下,自然不能鲁莽行事;但我们必须努力,把这一批祸国殃民的混账东西一股脑儿推翻,不然的话,如何对得起自己,如何对得起这些牺牲了的官兵,更如何对得起我们创造民国的先烈!"一席话,使得孙岳马上振奋起来,他以十分诚恳而又坚决的态度对冯玉祥说:"你若是决定这样干,我必竭尽全力相助。此外,还有胡笠(即胡景翼)也定然愿和我们合作,我可以负责去接洽。他们现在都郁郁不得志,对曹、吴的做法早已深恶痛绝,何况他们都是老革命,更何况他们和你我有如此的交谊,合作是绝对不成问题的。眼看直奉就要开火,我们有的是好机会。现在先布置一个头绪,待机行事,必有把握。"当天夜里,冯玉祥和孙岳又详细商量了很久,并决定由孙岳亲自与胡景翼接洽。

胡景翼在青年时期就参加了同盟会,与孙中山早有直接联系,辛亥革命时期曾起义于陕西耀州。在日本留学时,他因受孙中山的鼓励和督促而回国进行革命活动。因为胡景翼敬佩冯玉祥的为人,在冯玉祥任陕西督军时,胡就曾写信对冯表示:"只要你能带着我们救国卫民,任何办法都乐意接受。"冯玉祥感激胡景翼的诚意,于是把胡景翼的靖国军改编为陕军第1师。1924年(民国十三年),胡景翼曾派军官200余人到北京南苑冯玉祥所办的教导团学习,并且把他从苏联引进的一批军械转让给了冯玉祥。胡景翼处处都表现出了对冯玉祥的好感。在吴佩孚压迫下的胡景翼,正处于苦闷中,恰逢孙岳来与他通报在京和冯玉祥会商经过。胡景翼听了之后十分高兴,先后派李钟三、岳维峻去北京见冯玉祥,与冯密商,表示绝对服从冯的命令。冯玉祥对岳维峻提出了三点意见:"第一,吴佩孚要打倒异己,对奉战事已到了一触即发的地步,这种战事,我们誓死反对。第二,我们须利用形势,相机行事,将来如果成功,必须迎请孙中山先生北来主持大计。他是中国唯一的革命领袖,应当竭诚拥护,否则我们就是争权夺利,不是真正的革命。他的《建国大纲》真是太好了,如果把这个细细地读一遍,才知道真正的民国是怎么回事、真正的革命是怎么回事。第三,纪律是军队的命脉,有之则生,无之则死,我们既拿定了革命的决心,此后即当严整军纪,真正做到不扰民、不害民和帮助民众,否则我们绝不能成功。"岳维峻表示对这三项意见完全接受,随后返回陕西向胡景翼汇报了情况。几天后,胡景翼借口到北京看病,亲自来与冯玉祥密谈,表示了与冯合作的决心。

冯玉祥、孙岳、胡景翼等人的联系进行得十分隐秘,不但外人对此毫无所闻,就是冯玉祥的部下也不知道。有一次,冯玉祥以试探的口气对他的部下邓哲熙说:"看来战事是不可避免的了,各旅长对于目前的局势是怎样的看法呢?"邓哲熙说:"他们的看法是,在目前的情况下,如果没有张作霖,我们就没有出路。"冯玉祥说:"对,对,他们的看法完全对症下药。"至于采取怎样的办法以打开当前的局面,冯玉祥把下文留在了心里。迫于形势,冯玉祥已经感觉到自己缺乏政治上的人才。他知道,一旦推倒曹锟和吴佩孚,势必要有一班懂得政治的人来收拾这个大局。冯玉祥除了希望孙中山北上主持大计外,也在留心政治上有资望、有办法,而又能与自己合作的人物。正好,北京政府教育总长黄郛与冯玉祥交往密切。

一天,冯玉祥与黄郛密谈。冯玉祥对黄郛说:"不久将有大事发生,届时请孙中山先生北来主持一切,并且一定请你大力赞助。"黄郛说:"只要你有办法,我一定跟着你干!"几天后,冯玉祥试探国务总理颜惠庆的态度。试探的结果是,颜惠庆模棱两可。冯玉祥对此感到很失望。

1924年(民国十三年)9月15日,奉军向朝阳、山海关进兵。曹锟急召吴佩孚到北京主持对奉作战任务。17日,吴佩孚抵达北京。18日,北京政府发布了对张作霖的讨伐令。同时,曹锟责成吴佩孚组织讨逆军总司令部,并任命吴佩孚为讨逆军总司令。同日晚10时,吴佩孚在中南海四照堂点将。

吴佩孚穿着一套很不像样子的短衫裤,到场后就毫无礼貌地歪坐在桌边,当众宣读了一些不伦不类的声讨张作霖的词儿,接着就开始点起将来:"我自任讨逆军总司令,王承斌为副总司令兼直隶后方筹备总司令；彭寿莘为第一军总司令，沿京奉铁路之线出发；王怀庆为第二军总司令，出喜峰口，趋平泉、朝阳；冯玉祥为第三军总司令，出古北口，趋赤峰……"由于吴佩孚在事先并没有对整个作战计划加以全面周密的考虑，因而有些单位，如海军、空军等都没有布置任务，等到有关负责人向吴佩孚请命的时候，才临时一个一个地增添到命令中去。吴佩孚点完将后，最后写到总司令吴佩孚几个大字时，总统府突然全部停电。面对一片漆黑，各将领们感到了一种不祥之兆。19日，各国记者蜂拥而至，吴佩孚俨然是"全国兵马大元帅"的模样，满有把握地向他们说："我出兵20万，两个月内一定可以平定奉天。张作霖下台后，他的儿子张学良可以派送出洋留学。所有外国人在东三省和南满铁路的权力，我们都予以尊重。南方问题不久也可以解决。"冯玉祥进军的这一路线，交通不便，地方贫瘠，不但行军困难，而且给养也无法筹措。越是往北进展，人烟越是稀少，困难也就越多。显然，吴佩孚有意借这次战争把冯玉祥部调离京畿地区，并企图把这部分力量消耗在荒凉的长城以外。当时吴佩孚还对冯玉祥说："古北口这一带地势险要，攻守不易，非劲旅不足以胜任。"吴佩孚的不怀好意，冯玉祥心知肚明。就这样，冯玉祥对倒吴计划下了最后的决心。从这时起，冯玉祥就在政治上、军事上进行了多方面的接洽和布置。

在军事方面，冯玉祥首先对北京城防布置了内应。吴佩孚发布命令后，冯玉祥立即向曹锟建议："13师（王怀庆师）开赴前方，北京防务空虚，最好把孙禹行（孙岳）的15混成旅调来保卫首都。"曹锟以为冯玉祥关心首都的治安，就很高兴地同意了冯玉祥的建议，并立即调孙岳率部到京，担任京畿卫戍副司令一职。孙岳立即率部分部队进驻北京。一次集会场合，冯玉祥与孙岳相遇。孙岳悄悄地走到冯玉祥身边，耳语道："你特意把我搬来，是不是要我给你们开城门？"冯玉祥会意地一笑。

此时，奉军向朝阳进攻的一路首先与直军接触。朝阳守军事先毫无戒备，仓促应战，即陷入不利的地步。接着，山海关方面的战事亦日趋激烈。从整个形势看，奉军不但在兵力上占优势，而且在战略上也抢了先。冯玉祥历来主张兵贵神速，先发制人，可是这次他却采取了拖延的办法。他是9月18日被任命为第三军总司令的，但一直到21日，他的先头部队才开始出发。冯玉祥将第三军分为数个梯队，先头部队为张之江旅，次为宋哲元旅，次为刘郁芬旅，次为李鸣钟旅，最后为鹿钟麟旅，直至24日开拔完毕。冯玉祥让步兵第一营留守北京旃檀寺原司令部所在地，派蒋鸿遇为留守司令兼兵站总监，并嘱咐蒋鸿遇搜集有关吴佩孚的行动和前方战事的情报，随时向他报告。冯玉祥还从河南招募了新兵万余人编为3个补充旅，以孙良诚、张维玺、蒋鸿遇为旅长，借训练之名留驻城外南苑等地。

一切布置妥当后，冯玉祥开始向怀柔出发。开拔各部，每天行军路程只有二三十里，全然不像开赴前线作战的样子。冯玉祥的司令部移动得也很慢。9月24日从北京南苑出发，当日到达怀柔，28日到密云，10月1日才到达古北口。冯玉祥到达古北口后，就以筹措给养为名停下来，还派人通知胡景翼暂缓按吴佩孚的命令出喜峰口向热河前进。这样，冯玉祥和胡景翼的部队大都没有远离北京。

在行军途中，冯玉祥命令最后一个梯队鹿钟麟旅在行进中经常回过头来朝北京方向练习行军，走几十里再返回驻地，边行军边演习，使部队惯于急行军，也使沿途居民对部队忽南忽北的行军习以为常，以免日后回师北京时引起外间的注意而泄露机密。

冯玉祥在古北口，一方面从各地收集作战情况，留心观察整个战局的发展变化；一方面进行了秘密的政治活动。冯玉祥认为，为加速吴佩孚在军事上的溃败，必须进行多方面的工作。孙中山先生能否北来以及何时北来，尚不可知，但大局的变化就在眼前，而自己又向来以军人不干涉政治为标榜，在推倒曹锟、吴佩孚之后，势必要有资望较深的人物出面维持局面。恰好在这时，段祺瑞的代表找上门来了，于是冯玉祥与段祺瑞之间就很自然地取得了联系。段祺瑞自从直皖战争失败下台后，一直寓居在天津。他是一个不甘心下台的政治野心家，遇到时局动荡不安的时候，就会寻找机会，以图东山再起。他也知道冯玉祥与吴佩孚一直有过节。直奉战争爆发后，他派他的亲信贾德耀到古北口给冯玉祥送来一封亲笔信，大意是不赞成内战，并希望冯玉祥对贿选政府有所自处。这封信既有着试探的性质，也有着鼓动的意思。冯玉祥按到信后，曾与贾德耀进行数次密谈，最后冯玉祥向贾德耀说，等到计划实现后，将请段祺瑞、张绍曾等有威望的人物出来维持大局。几天后，段祺瑞派宋子扬来向冯玉祥表示同意合作，只是担心张绍曾因与曹锟和吴佩孚交情较深，并与自己向来有抵触一事。

接着，冯玉祥又派刘之龙与段祺瑞接洽合作的办法。没多久，段祺瑞说，山西的阎锡山和山东的郑士琦已经接洽妥当，到时能采取一致的行动。在与段祺瑞取得联系的同时，冯玉祥和张作霖也取得了联系。冯玉祥部下张树声与张作霖的驻京办事人员马炳南是好友，张树声在得到冯玉祥的同意后，即陪同马炳南至古北口见冯玉祥。

在古北口冯玉祥的军营中，马炳南向冯玉祥保证说："只要推翻了曹、吴，奉方的目的即已达到，决不再向关内进兵。"冯玉祥也坦白地对马炳南表示："我已经和北京方面几位将领有所接洽，只要你们的队伍不进关，我们的计划必能顺利进行，推翻曹、吴是不成问题的。"马炳南点着头说："那是！"冯玉祥接着说："将来事成之后，拟请孙中山先生来主持大计，这一条你们是不是赞成？"马炳南果断地答道："完全不成问题，一切听你的主张，我们没有不赞成的。"冯玉祥又重复说："一是请孙中山先生北来，二是你们的队伍不进关，只此两条就成，希望赶快回去转达此意，切勿食言，现在是怎样商定的，将来就怎样实行。我这里已经布置妥当，不久就有主和息争的通电发出。"双方还约定，如果两军相遇，均向天空鸣枪。冯玉祥军队在热河战场的停战，加重了山海关方面直军的压力，成为吴佩孚失败的关键。

吴佩孚对于冯玉祥的秘密活动虽然毫无所闻，但对他并不是没有戒心的。吴佩孚为了监视冯玉祥的行动，派副司令王承斌指挥第2、第3两军，于10月4日到达古北口，并督促冯玉祥部队迅速向赤峰方面前进。冯玉祥知道王承斌因为吴佩孚解除了他第23师师长的职务，早已心怀不满，所以，当王承斌到达古北口与冯玉祥见面时，冯玉祥为了争取他的合作，即将秘密计划告诉了王承斌。王承斌虽然不愿与冯玉祥采取一致行动，但对冯玉祥的主张表示同情，并声明决不泄密。两日后，王承斌即转赴承德。吴佩孚除了授意王承斌监视冯玉祥的行动外，还秘密嘱咐胡景翼对冯玉祥予以注意，如果冯玉祥有异动，可就近解决他。胡景翼将此事告诉了冯玉祥，并让他提高警惕。由此一来，吴佩孚对冯玉祥的防范，不但没有起丝毫作用，反而越加坚定了冯玉祥倒曹、吴的决心。

这时，直军在山海关战线已屡战不利。10月7日，九门口弃守。11日，冯玉祥由古北口进驻滦平。12日，吴佩孚亲往前线督战。在喜峰口、平泉方面，王怀庆的第二军，由于王怀庆的第13师原是直隶巡防营的部队，官兵腐败不堪，而且空额极多，王怀庆又不认真训练，部队毫无战斗力，一与奉军接触，即溃不成军。而冯玉祥的第三军，因与奉军有约在先，进军迟缓，始终未与奉军发生接触。这样就加重了第一军的压力，因此整个战局已使直军日益陷入不利的地步。冯玉祥从北京出发前，就已经布置蒋鸿遇向总统府及有关方面搜集关于吴佩孚的行动和前方战事的情报，并随时向自己报告。在得到直军放弃九门口和吴佩孚亲往前线督战的消息时，冯玉祥认为回师时机将至，于是派参谋长刘骥持亲笔信与胡景翼和孙岳两部联系。刘骥与胡景翼部的岳维峻、邓宝珊及孙岳部的何遂会于通州，告诉他们冯玉祥决定即日班师回京，请他们早作准备。为了慎重行事，冯玉祥又给吴佩孚发了一个电报，一方面报告先头部队已经抵承德以及沿途筹措给养的困难情形，一方面也探询了山海关方面的战况。随后，吴佩孚的参谋长张方严回电"此间形势急紧，不有意外胜利，恐难挽回颓势"，并催促冯玉祥部迅速前进，并且有"大局转危为安，在此一举"之语。

紧接着蒋鸿遇也来电报告冯玉祥："前方战事紧急，吴已将长辛店、丰台一带所驻之第三师悉数调往前方增援。"冯玉祥断定时机已至，于是派刘之龙返京与黄郛密商。黄郛除托刘之龙带去复信外，并于18日发电报给冯玉祥：要立志救国，在此一举。

10月19日，冯玉祥在滦平召开高级将领紧急会议。参加会议的高级将领有张之江、鹿钟麟、李鸣钟、刘郁芬、刘骥、熊斌等。在这次会议之前，冯玉祥从未宣布过他的秘密计划，但是他的将领和幕僚从这次行军的种种布置中，早已猜透了他的心事。会议开始后，冯玉祥对他的部下说："大家跟了我这么多年，历尽了艰难困苦，国家闹到这个样子，我真不知道会把你们带到什么道路上去。"这时，鹿钟麟站起来激动地说："我们大家患难相从，甘苦与共，原不是为了你我个人私利，既然是为了救国救民，我们一定永远跟着你干，遇到任何危难都不退缩。"冯玉祥听后，不禁感动得热泪直流。这时，冯玉祥才正式宣布了班师回京，推倒曹、吴的计划。各将领一致拥护冯玉祥的主张。于是冯玉祥对班师回京的步骤和办法进行了缜密周到的讨论和布置。这时，胡景翼的代表邓宝珊也由平泉赶来参加会议。随后，冯玉祥发布命令：命鹿钟麟率部兼程返京，会同孙良诚、张维玺两师开往北苑，再与蒋鸿遇旅会同入城；命李鸣钟率一个旅的兵力急趋长辛店，以截断京汉、京奉两路的联络线；命已抵承德的张之江、宋哲元两旅立即出动，限期回京；通知胡景翼将开赴喜峰口方面的部队迅速撤回通州，以防吴军的回击；通知孙岳秘密监视曹锟的卫队及吴佩孚的留守部队，以防发生意外；封锁京热大道，遇有从热河往北京的人一律予以扣留，以防走漏班师回京的消息。北京宪兵司令兼前敌执法车庆云，是吴佩孚派驻承德专为监视冯军行动的主要负责人，为了防止他的破坏活动，冯玉祥命令张之江派兵将其暂时扣留。

10月21日，鹿钟麟派张俊声率先头部队一部，以接运给养为名，押着暗藏武器的大车先行出发。同时，其他部队以每日行程200多里的速度向北京进发。为保证行军的速度，先头部队的营帐和炊具均留置沿途不动，以便后续部队到达时缩短吃饭和休息的时间。数万人的部队，一路行来，流水一般，不但行军迅速，而且对沿途居民毫无惊扰。22日凌晨，张俊声所率先头部队到达北京城内的旃檀寺后，白天作好侦察等准备工作，夜间11时开始行动，然后向四处分散，分别占领了电报局、电话局和车站等交通和通信机构。鹿钟麟率部于22日抵北苑，与蒋鸿遇、孙良诚、张维玺会商后，于夜间8时率部向北京城进发，夜间12时许抵达安定门，孙岳已于事先接到通知，即命令士兵打开城门迎接入城。鹿钟麟走在队伍的前面，每到一定的地点，鹿钟麟即派出一支队伍，并告以行动时间和任务。鹿钟麟由北向南一段一段地前进，队伍也一支一支地向四下分散，一直走到天安门前，鹿钟麟将司令部设于太庙（现在的劳动人民文化宫）。冯玉祥本人亲自率领刘郁芬旅于22日抵达顺义高丽营，黄郛由北京赶来相会，共商政府过渡时期的办法。最终，商定由黄郛负责组织摄政内阁，并对迎请孙中山先生北上的问题进行了筹划。

这时，全城的防务已经很快地布置妥当，城内各重要交通路口均用大车加以封堵，将总统府及有关机关的电话线全部割断。总统府卫队由孙岳派兵包围，守卫军官退至府中，见到曹锟后，大哭一场。曹锟见大势已去，只得命令卫队接洽缴械，另由鹿钟麟派兵一营守总统府。从这天起，曹锟即被监视在中南海延庆楼内，不准与外界接触。段祺瑞上台后，曹锟被保护起来，1926年（民国十五年）4月10日才获得释放。后来，曹锟曾通电各直系军阀请求拥护其复位。复位无望后，曹锟辗转于河南、山东等地，于1927年（民国十六年）去往天津。在天津期间，他作画自娱，尤其喜欢画梅。七七事变后，日伪汉奸以高官引诱曹锟出山，充当傀儡，他不为所动。1938年（民国二十七年）5月17日，曹锟病死于天津，终年76岁。此为后话。

23日晨，北京市民看到佩戴"不扰民、真爱民、誓死救国"臂章的士兵遍布各通衢要道，知道发生了重大的事变。老百姓无不赞叹地说："冯玉祥用兵神速,真称得上飞将军自天而下。"同时，冯玉祥发布安民布告表示："为国除暴，不避艰危，业经电请大总统明令惩徼，以谢国人；停战言和，用苏民困；趋国内之贤豪，商军国之大计；和平特下令班师，仍回原防，不特对于地方之秩序力予维持，而外人生命财产,更当特别保护。"这时，整个北京已经被牢牢控制在冯玉祥的手中。

这次班师回京后，冯玉祥立即命令鹿钟麟派人逮捕财政总长王克敏、公府收支处长李彦青。在冯玉祥任陆军检阅使期间，因请领经费、军械等遭到他们的多方刁难。有一次请领军械，虽然有曹锟亲笔批示，他们依然拒不发给，后听从蒋鸿遇的建议送给了李彦青10万元的巨款，冯玉祥才将枪炮弹药领到。王克敏已事先闻风而逃，所以仅李彦青被逮捕、枪决。同时，冯玉祥还计划将曹锐请来，叫他"报销"一笔军费，因为曹锐在直隶省长任期内搜刮了大量的钱财。冯玉祥对这些人都是非常痛恨的，常常骂他们是害民贼，只是之前对他们无可奈何，现在落在他手里自然不能任其逍遥法外。这时，曹锐正和曹锟同住在中南海内，在李彦青被捕之后过了几天，即被传至旃檀寺。让人意想不到的是，这个"舍命不舍财"的曹锐竟在事先吞服了大量的鸦片，传到之后不久，即毒发身亡。

冯玉祥于10月23日到达北苑后，当即发出由他领衔的主和通电："国家建军，原为御侮；自相残杀，中外同羞。不幸吾国自民九以还，无名之师屡起，抗争愈烈，元气愈伤，执政者苟稍有天良，宜如何促进和平，与民休息；乃者东南衅起，延及东北，动全国之兵，枯万民之骨，究之因何而战？为谁而战？主其事者恐亦无从作答。本年水旱各灾，饥荒遍地，正救死之不暇，竟耀武于域中。吾民何辜，罹此荼毒，天灾人祸，并作一时。玉祥等午夜徬徨，欲哭无泪，受良心之驱使，作弭战之主张，爰于十月二十三日决意回兵，并联合所属各军另组中华民军，誓将为国为民效用。如有弄兵好战，殃吾国而祸吾民者，本军为缩短战期起见，亦不恤执戈以相周旋。现在全军已悉数抵京，首都之区，各友邦使节所在，地方秩序最关重要，自当负责维持。至一切政治善后问题，应请全国贤达急起直追，会商补救之方，共开更新之局，所谓多难兴邦，或即在是。临电翘个，仁候教言。冯玉祥、胡景翼、孙岳、米振标、岳维峻、李纪才、邓宝珊、李虎臣、李鸣钟、张之江、鹿钟麟、刘郁芬、宋哲元、孙连仲、孙良诚、蒋鸿遇叩漾。"随即冯玉祥向曹锟提出了两件事：一、下令停战；二、免去吴佩孚本兼各职。10

月 24 日,冯玉祥迫曹锟下达四道命令:一、停战;二、撤销讨逆军总、副司令等职;三、免去吴佩孚直鲁豫巡阅使及陆军第三师师长等职;四、派吴佩孚督办青海垦务事宜。25 日,冯玉祥在北苑召开军事政治会议,出席会议的有胡景翼、孙岳、王承斌、黄郛、王瑚、贾德耀、刘骥、熊斌,以及冯玉祥、胡景翼、孙岳各部高级将领及幕僚 20 余人。其中,军官居多数都参加军事会议,黄郛、贾德耀等人则参加政治会议。会上首先讨论了改革政治的问题,一致认为孙中山领导国民党进行的国民革命运动是当前中国唯一的出路,只有实行孙中山的主张,才能彻底消灭军阀统治,改变中国的政治面貌;决议电请孙中山北上主持大计,以打开全新的局面。在会上胡景翼、孙岳极力赞成迎请孙中山北上。但孙中山北来尚需要一定的时间,为应付当前混乱的局势,应该先请段祺瑞出面维持;在孙中山和段祺瑞未来到北京之前,贿选政府即不容许其继续存在,由黄郛组织内阁,处理政府过渡时期的一切事宜。在内阁人选问题上,冯玉祥、胡景翼、孙岳等人表示,他们各部的人员均不参加内阁,以示大公无私。会议公推与孙中山有关系的国民党人李书城为陆军总长,根据孙岳的提议并在内阁以外推举李烈钧为参谋总长,以表明欢迎孙中山主持大计的诚意。在讨论军队名称问题上,一致认为孙中山是国民革命的领袖,应将参加这次政变的各部队改组为国民军,以符合为国民效用的宗旨,并当即决议组成中华民国国民军,推冯玉祥为总司令兼第 1 军军长,胡景翼为副司令兼第 2 军军长,孙岳为副司令兼第 3 军军长。

27 日,冯玉祥派赴天津见段祺瑞的吴光杰回京报告,段祺瑞表示愿意出山,共同维持大局。同时,冯玉祥收到了孙中山的贺电："大憝肃清,诸兄功在国家,同深庆幸。建设大计亟应决定,拟即日北上与诸兄晤商。先此电达,诸维鉴及。"与此同时,孙中山也致电段祺瑞,告以"拟即日北上,晤商一切"。28日,冯玉祥、胡景翼、孙岳联名通电正式提出速开和平统一会议的主张。他们想通过会议处理一切善后政治问题。电文中冯玉祥等提出召开和平统一会议的主张是真诚的,但是,这种集军阀、官僚、政客、名流于一堂的"和平统一会议"是不可能真正实现和平统一的。

冯玉祥虽然控制了整个北京,但面对着内外的压力,再加上财政的困难,他变得一筹莫展。10月30下午1时,冯玉祥离开北京城到丰台视察,5时就接到京师警察总监薛之珩与前步兵统领聂宪藩图谋不轨、有反对冯军动作的报告。冯玉祥不得不立即回到北京内城镇慑。

与此同时,帝国主义也对冯玉祥施加压力。27日,帝国主义各国联军以保卫使馆名义,开入北京;30日夜,驻丰台英军闯入冯玉祥军步哨线内,不服从阻拦,反而殴打卫兵,并且拘留了团长冯治安。在这种情况下,冯玉祥决定请曹锟退职并改组内阁。10月31日,颜惠庆内阁总辞职,冯玉祥以曹锟名义特任黄郛兼代国务总理并兼交通总长、王正廷为外交总长兼财政总长、王永江为内务总长、杜锡珪为海军部长、张耀曾为司法总长、王迺斌为农商总长、李书城为陆军总长。11月1日,黄郛内阁正式成立。黄郛内阁发表主张后,曹锟仍拒绝交出印信,而且态度十分强硬。于是冯玉祥派张之江、刘骥、孙连仲见颜惠庆,请其转达曹锟,限当日下午4时以前将印信交出,否则即令景山炮兵向中南海开炮。随后,冯玉祥派人进总统府索要，鹿钟麟派兵1个营随往，勒令已经解除武装的总统府卫队立即移往天坛。至此，曹锟才无可奈何地交出印信。新内阁成立之后，首先，根据冯玉祥的提议，取消了清朝旧制官署的步军统领衙门，任命鹿钟麟为京畿警卫总司令；接着，修改了清室优待条件。

为了刷新政治，冯玉祥向新内阁提出了五项施政方案，即：一、打破雇佣体制，建设廉洁政府；二、用人以贤能为主，取天下之公才，治天下之公务；三、对内实行亲民政治，凡百设施，务求民隐；四、讲信修睦，以人道正义为根基，扫除一切掠夺欺诈行为；五、信赏必罚，财政公开。

冯玉祥雷厉风行的措施，虽然是初露锋芒，但已引起了各方面的反感。冯玉祥虽然没有安排他自己及胡景翼、孙岳的部下及幕僚人员入阁，可是各方面却认为这个内阁完全受着冯玉祥的操纵。首先表示不满的是张作霖，他不许奉系阁员王永江、王乃斌到京就职。各省直系军阀在南京组织的十省大同盟，对于摄政内阁也表示不予承认，并且在会上决议，在正式政府成立之前，北京所发命令概不接受。11月6日，法国也向各国提议，暂不承认北京政府。14日，黄郛内阁按外交惯例举行宴会招待外交使团，外交使团却拒绝出席，以表示不承认摄政内阁的合法地位，宴会不得不取消。

摄政内阁成立后，冯玉祥提出了修改清室优待条件的建议。早在1917年（民国六年）张勋复辟失败后，冯玉祥就提出了修改清室优待条件的主张，只是那时候没有能够实现。1924年（民国十三年）11月4日，摄政内阁通过了《修正清室优待条件》。民国成立时所订《清室优待条件》规定：清朝皇帝"尊号仍存不废,中华民国以待各外国君主之礼相待";"岁用四百万两,俟改铸新币后改为四百万元,此款由中华民国拨用";"暂居宫禁","以前宫内所用各英执事人员,可照常留用"等项。依据这个优待条件,清朝末代皇帝溥仪仍居住皇宫,仍用宣统年号,拥有一批大臣、太监,继续颁爵赐谥,发布谕旨,依然是一个小朝廷。1915年(民国四年),民国政府订的《优待条件善后办法》略加限制,但实际上不能有所抑制,以致这个小朝廷成了复辟的祸根。针对以上情况,摄政内阁制订的《修正清室优待条件》规定:大清宣统帝从即日起永远废除皇帝尊号,与中华民国国民在法律上享有同等一切之权利;民国政府每年补助清室家用五十万元;清室即日移出宫禁等。

1924年(民国十三年)11月5日上午,末代皇帝溥仪正在紫禁城的储秀宫与"皇后"吃苹果、聊天。这时,内务大臣慌慌张张跑入宫内,双手颤抖着递上冯玉祥关于修改清室优待条件的一纸函文,要溥仪签字,并限在3小时内全部搬出故宫。溥仪看了公告后,一下子跳了起来,刚刚咬了一口的苹果滚落在地。没多久,京畿警卫总司令鹿钟麟奉命到紫禁城与清室交涉。鹿钟麟向溥仪宣布:从今日起,永远废除皇帝称号,与中华民国国民在法律上享有同等一切之权利;清室即日迁出故宫,日后可以自由选择居住地方;清室一切公产应没收归国家所有。溥仪知道清朝的大势已去,于是立即召开了最后一次"御前会议",将宫内太监470余人、宫女100余人,分别发了一定的钱遣散。下午,溥仪流着泪,心里极其复杂,坐上国民军所派的汽车离开了故宫,移住什刹海"醇亲王府"。随后,摄政内阁下令组成以李石曾为委员长的清室善后委员会，负责清点、整顿和保管清宫的历代文物。同时，负责清宫守卫的军警被缴械改编。

溥仪被逐出清宫的消息传出以后，北京街头热闹非凡，北京市民纷纷走上街头，庆祝这一具有历史意义的时刻。同时，摄政内阁准许北京城6日悬旗庆贺。随后，孙中山来电嘉奖：此举实大快人心，无任佩慰。复辟祸根既除，共和基础自固，可为民国前途贺。

冯玉祥北京政变胜利后，首先接到孙中山的贺电："义旗聿举，大憝肃清。诸兄功在国家，同深庆幸，建设大计，即欲决定，拟即日北上，与诸兄晤商。"冯玉祥立即复电："辛亥革命，未竟全功，以致先生政策无由施展。今幸偕同友军戡定首都，此役既平，一切建国方略，尚赖指挥，望速命驾北来，俾亲教诲。"

参考文献

[1] 罗琨，张永山. 中国军事通史（第一卷）[M]. 北京：军事科学出版社，1998.

[2] 黄朴民. 中国军事通史（第二卷）[M]. 北京：军事科学出版社，1998.

[3] 吴如嵩，黄朴民，任力，柳玲. 中国军事通史（第三卷）[M]. 北京：军事科学出版社，1998.

[4] 霍印章. 中国军事通史（第四卷）[M]. 北京：军事科学出版社，1998.

[5] 陈梧桐，李德龙，刘曙光. 中国军事通史（第五卷）[M]. 北京：军事科学出版社，1998.

[6] 黄今言，邵鸿，卢星，赵明. 中国军事通史（第六卷）[M]. 北京：军事科学出版社，1998.

[7] 余大吉. 中国军事通史（第七卷）[M]. 北京：军事科学出版社，1998.

[8] 朱大渭，张文强. 中国军事通史（第八卷）[M]. 北京：军事科学出版社，1998.

[9] 张文才. 中国军事通史（第九卷）[M]. 北京：军事科学出

版社，1998.

[10] 杨希义，于汝波. 中国军事通史（第十卷上）[M]. 北京：军事科学出版社，1998.

[11] 杜文玉，于汝波. 中国军事通史（第十卷下）[M]. 北京：军事科学出版社，1998.

[12] 方积六. 中国军事通史（第十一卷）[M]. 北京：军事科学出版社，1998.

[13] 冯东礼，毛元佑. 中国军事通史（第十二卷）[M]. 北京：军事科学出版社，1998.

[14] 韩志远. 中国军事通史（第十三卷）[M]. 北京：军事科学出版社，1998.

[15] 史卫民. 中国军事通史（第十四卷）[M]. 北京：军事科学出版社，1998.

[16] 范中义，王兆春，张文才，冯东礼. 中国军事通史（第十五卷）[M]. 北京：军事科学出版社，1998.

[17] 范中义，王兆春，张文才，冯东礼. 中国军事通史·明代（上下册）[M]. 北京：军事科学出版社，1998.

[18] 邱心田，孔德骐. 中国军事通史·清代前期（十六卷）[M]. 北京：军事科学出版社，1998.

[19] 邱心田，孔德骐. 中国军事通史·清代后期（十七卷，上、下册）[M]. 北京：军事科学出版社，1998.

[20] 中国人民政治协商会议全国委员会文史资料研究委员会. 文史资料选辑[M]. 北京：中华书局，1960.

[21] 王玲. 北京通史（第三卷）[M]. 北京：中国书店，1989.

[22] 于光度,常润华. 北京通史(第四卷)[M]. 北京：中国书店，

1989.

[23] 王岗.北京通史（第五卷）[M].北京：中国书店，1989.

[24] 贺树德.北京通史（第六卷）[M].北京：中国书店，1989.

[25] 吴建雍.北京通史（第七卷）[M].北京：中国书店，1989.

[26] 魏开肇,赵蕙蓉.北京通史（第八卷）[M].北京：中国书店，1989.

[27] 习五一,邓亦兵.北京通史（第九卷）[M].北京：中国书店，1989.

[28] 浙江省军事志编纂委员会.浙江省军事志[M].北京：方志出版社，1999.

[29] 陕西省地方志编纂委员会.陕西省志·军事志[M].西安：陕西人民出版社，2000.

[30] 高锐.中国军事史略[M].北京：军事科学出版社，1998.

[31] 戴逸.二十六史大辞典[M].长春：吉林人民出版社，1993.

[32] 陈高华,钱海皓.中国军事制度史[M].郑州：大象出版社，1997.

[33] 中国人民解放军军事科学院,钱海皓.中国军事百科全书[M].北京：军事科学出版社，1997.

[34] 白寿彝.中国通史[M].上海：上海人民出版社，2002.

[35] 王天有,陈时龙,许文继.正说明朝十六帝[M].北京：中华书局，2005.

[36] 王镜轮.中国皇家卫队[M].北京：新世界出版社，2002.

[37] 王镜轮，向斯.中国古代禁卫军——皇家卫队始末[M].北京：解放军出版社，2001.

[38] 王镜伦，向斯.明清禁卫军密档[M].北京：中国工人出版社，2000.

[39] 王学理.秦都咸阳[M].西安：陕西人民出版社，1985.

[40] 军事博物馆.中国战典[M].北京：解放军出版社，1994.

[41] 孙淼.夏商史稿[M].北京：文物出版社，1987.

[42] 赵芝荃.探索夏文化三十年[M].北京：科学出版社，1995.

[43] 曲英杰.先秦都城复城研究[M].哈尔滨：黑龙江人民出版社，1991.

[44] 邹衡.夏商周考古学论文集[M].北京：文物出版社，1980.

[45] 张晓生，刘文彦.中国古代战争通览[M].北京：长征出版社，1988.

[46] 张秀平，毛元佑，黄朴民.影响中国的100次战争[M].南宁：广西人民出版社，2006.

[47] 张驭寰.中国古建筑分类图说[M].郑州：河南科学技术出版社，2005.

[48] 北京市地方志编纂委员会.北京志·军事卷·军事志[M].北京：北京出版社，2002.

[49] 郑树民，张显传.北京乡土史话[M].北京：兵器工业出版社，1990.

[50] 侯仁之，邓辉.北京城的起源与变迁[M].北京：北京燕山出版社，1997.

[51] 李延珂.古都北京警卫风云[M].北京：作家出版社，2004.

[52] 陈平.燕国风云八百年[M].北京：北京出版社，2000.

[53] 北京燕山出版社.京华古迹寻踪[M].北京：北京燕山出版社，1996.

[54] 武弘麟.北京文明的曙光[M].北京：北京出版社，2000.

[55] 王岗.通往首都的历程[M].北京：北京出版社，2000.

[56] 王均.清末民初北京的政治风云[M].北京：北京出版社，1999.

[57] 中国第二历史档案馆.冯玉祥日记[M].南京：江苏古籍出版社，1992.

[58] 冯玉祥.我的生活[M].长沙：岳麓书社，1999.

[59] 樊树志.崇祯传[M].北京：人民出版社，1997.

[60] 武玉环.辽制研究[M].长春：吉林大学出版社，2001.

[61] 陈高华、钱海皓.中国军事制度史[M].郑州：大象出版社，1997.

[62] 季德源.中国军事职官大典[M].北京：解放军出版社，1999.

[63] 朱耀廷.正说元朝十五帝[M].北京：中华书局，2006.

[64] 任士英.正说唐朝二十一帝[M].北京：中华书局，2005.

[65] 游彪.正说宋朝十八帝[M].北京：中华书局，2005.

[66] 杜尚侠，张庆利.正说汉朝二十四帝[M].北京：中华书局，2005.